本书为武汉工程大学科研项目（项目编号：X012699）结项

# 程小青

## 和他在中国侦探小说史上的影响

程阿丹　著

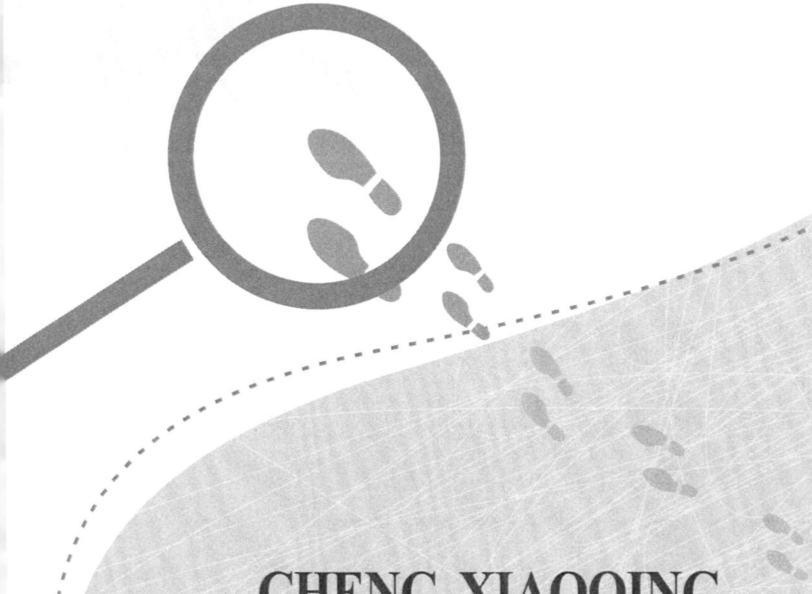

# CHENG XIAOQING

## ET SON RÔLE DANS L'HISTOIRE DU ROMAN POLICIER EN CHINE

WUHAN UNIVERSITY PRESS
武汉大学出版社

**图书在版编目(CIP)数据**

程小青和他在中国侦探小说史上的影响 : 法文 / 程阿丹著. —武汉: 武汉大学出版社, 2024. 7
ISBN 978-7-307-24379-8

Ⅰ.程… Ⅱ.程… Ⅲ.侦探小说—小说研究—中国—当代—法文 Ⅳ.I207. 42

中国国家版本馆 CIP 数据核字(2024)第 080151 号

责任编辑: 邓　喆　　　责任校对: 汪欣怡　　　版式设计: 韩闻锦

出版发行: **武汉大学出版社**　(430072　武昌　珞珈山)
(电子邮箱: cbs22@ whu.edu.cn　网址: www.wdp. com.cn)
印刷:武汉邮科印务有限公司
开本:720×1000　1/16　印张:25.25　字数:398 千字　插页:1
版次:2024 年 7 月第 1 版　2024 年 7 月第 1 次印刷
ISBN 978-7-307-24379-8　定价:96. 00 元

# 前　言

在法国留学期间，笔者一直致力于远东语言文学研究，硕士论文便聚焦于中国清末民初的短篇侦探小说。这一领域的探索让笔者深感其魅力与深度。于是在开启博士论文研究之旅时，笔者选择了这个看似冷门，但实则充满魅力的研究课题——“程小青和他在中国侦探小说史上的影响”。本书基于笔者的博士论文改编而成，是一部针对通俗文学研究人员、翻译史研究人员、中外侦探文学学者和爱好者撰写的关于侦探小说在中国近代历史中的发展变迁的“探案实录”，它将带领读者一窥中国侦探文学的独特风貌与内涵。或许不少人都知道福尔摩斯是英国作家柯南·道尔笔下的神探，但不是每个人都了解中国作家程小青笔下的“东方福尔摩斯”——霍桑。关于霍桑探案的故事早已在中国大地上广为流传，更是与西方的侦探小说有着千丝万缕的联系，这东方与西方的碰撞会擦出怎样的火花呢？随着研究的深入，笔者逐渐被程小青的才华与智慧所吸引。在他的作品中，中国特色元素与西方侦探小说的技巧巧妙结合，激发了笔者将这位中国作家的作品分享给热爱侦探小说的西方人的愿望。然而，由于语言和文化的差异，许多西方人难以直观地阅读程小青的作品，更难了解其蕴含的中国文化。因此，笔者希望通过法语架起一座沟通的桥梁，让更多的西方人能够领略到中国侦探小说家程小青作品的魅力，感受中国文化的博大精深。

霍桑，这位程小青笔下的神探，既有着中国传统公案小说提倡的智慧与正义，又借鉴了福尔摩斯等西方侦探的敏锐与机智。他的故事，既是中国社会的缩影，又是对人性的深刻剖析。程小青，这位一生未曾离开过故土的作家，借用霍桑的故事，将中国侦探小说推向了世界舞台。他的作品不仅深受中国学者，如魏守忠、卢润祥、姜维枫、战玉冰、谭景辉(Tam King-fai)的青睐，更吸引了诸多西方学界精英的关注，如德国学者Annabella Weisl、美籍华裔汉学家黄宗泰(Timothy C. Wong)教授及美国汉学家金介甫(Jeffrey Kinkley)教授，均对其作品进行了深入研究。事实上，“霍桑探案”系列译作日渐丰富，其盛况也可圈可点。据笔者粗略统计，在74篇“霍桑探案”系列小说中，Timothy C. Wong教授于2006年率先英译6篇；法国波尔多第三大学的邵宝庆教授于2010年法译1篇；近年来，露露出版社英译34篇，其中孟凡强译13篇，陈洁译21篇。译界对作品外译的重视，表明《霍桑探案集》不仅是中国侦探小说的经典之作，更是东西方文化交流的桥梁。19世纪末20世纪初是个充满变革与探索的时代，在这样的社会文化背景下，侦探小说作为一种舶来品，如何在这片古老的土地上生根发芽，绽放出独特的光彩？这背后又隐藏着怎样的历史背景、文学传统和社会变迁？在20世纪初，中国国际政治局势紧张的背景下，为什么“福尔摩斯”这一西方侦探形象仍然受到了中国读者的关注？中国早期侦探小说家在模仿和改编福尔摩斯故事时，为什么常常让他陷入困境和失败？他们改编的目的是什么？以程小青为代表的中国早期侦探小说家在侦探小说黄金时代中有什么贡献？让我们一起去书中探秘吧！

本研究旨在深入探讨侦探小说在近代中国(1840—1949)的起源、发展和兴衰，特别是聚焦于程小青及其代表作《霍桑探案集》对侦探小说类型的贡献。本书分为三个部分，共六章，每部分均包含两章：

第一部分：第一、二章，主要是通过梳理西方侦探小说的发展历史、定义和特点，以及中国侦探小说的前身与起源，力图揭示侦探小说在中国近代文学中的独特地位与演变轨迹。

第二部分：第三、四章，主要是概述程小青的生平与作品，包括其以多重身份原创及翻译的侦探作品。尽管程小青的侦探创作以原创为主，但他的侦探翻译作品对文坛的贡献也不容忽视。随后以《霍桑探案集》为例，探讨了程小青在中国侦探小说史上的重要地位，用数据图表来展示程小青的侦探小说创作和译作轨迹，以及福尔摩斯对其产生的深远影响。

第三部分：第五、六章，主要是通过比较《霍桑探案集》与中国传统公案小说《施公案》，分析侦探小说在继承与创新中的文学关系与叙事特点，借助叙事学的研究方法，进一步探讨侦探小说的叙事时间、叙述视角等要素，揭示其通俗性与文学性并存的艺术特色。

值得一提的是，在书后“程小青作品目录”中，蕴藏着程小青先生作品的丰富资料和珍贵线索。这些资料是笔者从上海图书馆的《全国报刊索引》“晚清民国全文数据库”中深入挖掘，同时参考了众多中外学者所著书籍中的程小青作品目录，经过精心收集、整理并译成法文的一手珍贵材料。书后还附有笔者绘制的“《施公案》案件一览表”，简述了 44 个案件梗概，方便读者对中国的公案小说情节窥见一二。

中国侦探小说不仅是文学的瑰宝，更是历史的见证和文化的传承。笔者希望通过研究，能让更多的读者，尤其是西方读者直观地了解，并喜爱上这一独特的文学形式，也希望能促进中国侦探文学在国际上的传播和交流，为进一步推动中外文化互鉴贡献绵薄之力。

最后，感谢所有为本书付梓给予帮助和支持的人。你们的鼓励是我完成这本书的动力与源泉。同时，感谢程小青先生，是他的“霍桑探案”系列小说激发了我的研究热情与灵感。在探索的旅途中，愿我们都能像程小青一样，保持对文学的热爱与执着，不断追求更高的境界与更深的理解。

现在，让我们共同踏上这段探寻侦探小说魅力的旅程吧！

**程阿丹**

2024 年 4 月 1 日于武汉工程大学

# MATIÈRES

## DEUXIÈME PARTIE
## L'APPORT DE CHENG XIAOQING AU ROMAN POLICIER



## TROISIÈME PARTIE
## HUO SANG ET LE JUGE SHI

# INTRODUCTION

## Cheng Xiaoqing, romancier incontournable dans la littérature policière chinoise

Contrairement à d'autres genres littéraires pour lesquels il est difficile de trouver l'exact point d'origine, nous pouvons situer le moment précis où le roman policier① est apparu en Chine. C'est très précisément en 1896 que furent traduites et publiées à Shanghai quatre nouvelles policières d'Arthur Conan Doyle dans le *Shiwu bao* « 时务报 » [Le journal du progrès]. L'intérêt suscité auprès du lecteur chinois fut tel qu'entre la fin de la dynastie des Qing et les débuts de la République pas moins d'une cinquantaine de romanciers se mirent à écrire dans un style qu'on peut identifier au genre policier②. Parmi eux, les plus notables furent Cheng Xiaoqing (程小青) — l'écrivain auquel le livre est consacrée —, ainsi que Sun Liaohong (孙了红) ou bien encore Lu Tan'an (陆澹安), des auteurs qui s'inscrivaient dans le courant littéraire dit « Canards Mandarins et Papillons »③. L'âge d'or de cette littérature ayant duré moins d'une vingtaine d'années, entre le 4 mai 1919 et le

① L'expression « roman policier » est à entendre ici dans son acception la plus large ; une définition plus stricte en sera donnée dans la première partie. Profitons-en pour indiquer que le mot « xiaoshuo », qu'on rend littéralement en français par « roman », désigne plus généralement les écrits relevant du genre romanesque.

② Cao Zhengwen 曹正文, *Shijie zhentan xiaoshuo shilüe* « 世界侦探小说史略 » [Brève histoire mondiale du roman policier], Shanghai yiwen, Shanghai, 1998, chap. 15, p.158.

③ Nous revenons plus loin sur tous ces auteurs et le courant littéraire auquel on les rattache.

milieu des années 1930.

En Chine comme en Europe, le roman policier a été souvent perçu, et c'est encore vrai de nos jours, comme une « littérature de gare », une littérature de seconde zone ne proposant que des ouvrages distrayants et faciles à lire mais dont le contenu est superficiel et l'écriture sans relief. On oublie que lorsque les premiers romans policiers venus d'Occident firent leur apparition en Chine, entre la fin de la dynastie des Qing et les débuts de la République, ils éveillèrent l'attention des lettrés chinois de l'époque. Et que progressivement l'engouement pour ce genre inconnu jusque-là fut tel qu'il incita des auteurs chinois à s'y consacrer.

Il est impossible d'évoquer le roman policier chinois sans citer immédiatement le nom de Cheng Xiaoqing. Pionnier et promoteur des récits d'enquêtes, il fut le fer de lance du genre en Chine. Touche-à-tout de génie, tout à la fois romancier et traducteur, mais aussi rédacteur en chef ou éditorialiste de revues spécialisées, Cheng Xiaoqing s'adonna totalement au roman policer, par ses œuvres de fiction originales ou ses traductions, mais également par des essais théoriques sur la question. Surtout, on lui doit la série policière chinoise la plus importante centrée autour d'un personnage, la série des aventures dont le héros est Huo Sang (霍桑).

Ce héros, on l'a découvert pour la première fois dans *Dengguang renying* « 灯光人影 » [Lumière et Ombres humaines], une nouvelle publiée en 1914, et on a compris d'emblée ce qu'il devait à Sherlock Holmes. En un sens, à première vue du moins, Huo Sang est le fils spirituel de Sherlock Holmes, à qui il emprunte même les initiales de son nom.① C'est que Cheng Xiaoqing s'est abreuvé aux traductions de son illustre prédécesseur écossais. Et du reste, le public n'a pas tardé à parler de Huo Sang comme du « Sherlock Holmes de l'Orient ». Pour autant Huo Sang n'a

① De la transcription phonétique évidemment. Nous reviendrons sur l'origine du nom de Huo Sang, dont nous montrons plus loin quel rapport il entretient avec celui de Holmes. Voir le détail dans la partie « Entre Sherlock Holmes et Huo Sang, genèse du premier détective chinois » (IV.2.1.).

pas qu'un seul parent, et sa singularité chinoise a eu tôt fait de s'exprimer. De Sherlock Holmes, Huo Sang a hérité les principales qualités et quelques traits de caractère. Comme lui il a reçu une solide formation scolaire qui lui permet de suivre de près les développements les plus avancés des sciences et des technologies, et plus généralement tout ce qui peut entrer dans la boîte à outils du criminologue. Comme Sherlock Holmes il est doté d'un sens aigu de l'observation, et doué d'une mémoire hors du commun. Il est capable d'enregistrer le détail qui a échappé à tout le monde et qui lui servira en définitive à mener à bien son enquête. Enfin, il n'aime rien tant que percer les mystères et résoudre les énigmes. Au-delà de l'intérêt que suscitent les intrigues, et du plaisir qu'on ressent à la lecture des récits qui en sont faits, les aventures du « Sherlock Holmes de l'Orient » retiennent l'attention du lecteur pour une autre raison, une raison de nature à la fois sociologique et historique. En arrière-plan de Huo Sang, c'est toute la société shang-haïenne des années 1920 et 1930 qui est dépeinte par Cheng Xiaoqing. C'est en particulier un tableau de la vie quotidienne des petites gens dans les quartiers chinois qu'il brosse, un aspect de la réalité shanghaïenne rarement évoqué.

Le succès remporté par ce premier récit paru en 1914 fut tel qu'il incita Cheng Xiaoqing à récidiver, et à utiliser alors son personnage comme héros récurrent. Les aventures de Huo Sang parurent dans des publications isolées avant d'être rassemblées sous la forme de volumes. Un premier recueil parut sous le titre de *Huo Sang tan'an huikan* « 霍桑探案汇刊 » [Anthologie des enquêtes de Huo Sang]. L'ouvrage, publié par les éditions Wenhua meishu tushu gongsi de Shanghai, comprenait deux tomes respectivement datés de 1931 et de 1932. Il fut suivi par d'autres recueils qui s'enrichirent de nouveaux textes au fil du temps. Chantre de la littérature populaire policière, Cheng Xiaoqing nous a non seulement laissé ses œuvres de création, mais aussi les essais théoriques qu'il a consacrés au genre. Il a également traduit des essais de vulgarisation scientifique qui ne sont pas sans rapport avec ses travaux sur le roman policier.①

① Une liste de ces textes figure dans la bibliographie déjà mentionnée.

Ailleurs qu'en Chine l'intérêt pour Cheng Xiaoqing est encore assez faible.

En français, sauf erreur ou omission, seule une œuvre de Cheng Xiaoqing est disponible : il s'agit de *Bieshu zhi guai* (« 别墅之怪 »), traduite sous le titre de « Mystère dans une villa shanghaïenne ».① En anglais, la situation n'est guère plus brillante, mais on dispose néanmoins d'un recueil de huit textes — dont six relatent des aventures de Huo Sang —, traduits et présentés par Timothy C. Wong : *Sherlock in Shanghai*②, et de treize romans et/ou nouvelles de Huo Sang traduits et présentés par Meng Fanqiang (孟凡强).③ En revanche, on dispose de plusieurs travaux dans cette langue : deux études de Tam King-fai sur les récits policiers de Cheng Xiaoqing et sur Huo Sang en particulier④, et un travail universitaire plus substantiel d'Annabella Weisl sur les mêmes sujets, *Cheng Xiaoqing (1893—1976)*

---

① *Mystère dans une villa shanghaïenne* (« 别墅之怪»), trad. du chinois par Shao Baoqing (邵宝庆), in *Shanghai, histoire, promenades, anthologie et dictionnaire*, sous la direction de Nicolas Idier, Paris: Robert Laffont, 2010, pp.1168-1180.

② Timothy C. Wong, *Sherlock in Shanghai : Stories of Crime and Detection by Cheng Xiaoqing*, Hawai : University of Hawai Press, novembre 2006, pp.1-232. Les textes qui figurent dans cette anthologie sont les suivants: *The Shoe* (« Yizhixie » « 一只鞋 ») ; *The Other Photograph* (« Di'er zhang zhao » « 第二张照 ») ; *The Odd Tenant* (« Guai fangke » « 怪房客 ») ; *The Examination Paper* (« Shijuan » « 试卷 ») ; *On the Huangpu* (« Huangpujiang zhong » « 黄浦江中 ») ; *Cat's-Eye* (« Mao'er yan » « 猫儿眼») ; *At the Ball* (« *Wuchang zhong* » « 舞场中 ».

③ Parmi toutes les histoires des *Huo Sang tan'anji*, Meng Fanqiang en a traduit 13 en anglais, et publié dans l'édition de Lulu en septembre 2023. Les textes qui figurent dans cette anthologie sont les suivants: *Jiang nanyan* « 江南燕 » [Hirondelle du sud de la rivière] ; *Hei dilao* « 黑地牢 » [La prison noire souterraine] ; *Xue bishou* « 血匕首 » [Le poignard sanglant] ; *Qingchun zhi huo* « 青春之火 » [Le feu de la jeunesse] ; *Yi ge Shenshi* « 一个绅士 » [Un gentleman] ; *Quan fei sheng* « 犬吠声 » [L'aboiement du chien] ; *Lou tou ren mian* « 楼头人面 » [Un visage à la fenêtre] ; *Lunji yu xueji* « 轮痕与血迹 » [Traces de roue et tâches de sang] ; *Mao'er yan* « 猫儿眼 » [La pupille du chat]. Consulter ces livres digitaux sur le site : https://play.google.com/store/info/name/Cheng_Xiaoqing? id=1213nz53 (page consultée le 8 décembre 2023).

④ Tam King-fai 谭景辉 : « The Detective Fiction of Ch'eng Hsiao-ch'ing », *Asia Major*, 3e série, Vol.5, part. I, 1992, pp.113-132 ; « The Traditional Hero as Modern Detective : Huo Sang in Early Twentieth-Century Shanghai », in Ed Christian (éd.), *The Post-Colonial Detective*, Palgrave Publishers, New York, 2001, pp.140-158.

*and His Detective Stories in Modern Shanghai*①. Sans compter la notice sur Cheng Xiaoqing rédigée par Timothy C. Wong pour le *Dictionary of Literary Biography* de Gale②. Enfin, on mentionnera le livre de Jeffrey Kinkley sur les rapports entre loi et littérature, qui consacre de nombreuses pages à Cheng Xiaoqing et à ses œuvres③.

Signalons également, dans l'espoir d'être à peu près complet, qu'il existe deux articles publiés au Japon, l'un par un spécialiste du roman policier chinois de l'Univer-sité Kansai, qui s'interroge sur les changements survenus dans le personnage de Huo Sang entre les années 1920 et les années 1940, et l'autre qui a paru dans la revue de l'Université de Kobe, où l'auteur s'emploie à comparer les aventures de Huo Sang à certaines œuvres de fiction japonaises.④

## Problématique et méthodologie

Le présent livre est un acte de foi : foi dans la qualité des romans policiers chinois. Contrairement aux intellectuels connus de son époque qui soit se sont

---

① Annabella Weisl, *Cheng Xiaoqing* (1893—1976) *and His Detective Stories in Modern Shanghai*, Grin Verlag, 2010, pp.1-116 (ouvrage issu d'un Master of Arts préparé à l'Université de Hambourg et soutenu en 1988).

② Timothy C. Wong, « Cheng Xiaoqing (1893—1976) », in Thomas Moran, (éd.) « Chinese Fiction Writers, 1900—1949 », *Dictionary of Literary Biography*, Thomson Gale, Farmington Hills (Michigan), 2007, Vol.328, pp.43-52.

③ Jeffrey C. Kinkley, *Chinese Justice, the Fiction : Law and Literature in Modern China*, Stanford University Press, Stanford, California, 2000, pp.170-240.

④ 池田智恵 Ikeda Tomoe, « 池田智恵, « 霍桑の限界— 1940 年代における探偵像の変化— » (The Limit of Huo Sang : How Changed the Image of Detective Character in 1940's China), *Higashiajia bunka kōshō kenkyū* 東アジア文化交渉研究 (Journal of East Asian Cultural Interaction Studies), n° 6, 27 mars 2013, pp.87-102 ; Cui Long 崔龍, « 上海に関する探偵小説にある探偵像 : 程小青の「霍桑 探案」シリーズをめぐって日本作家の作品との比較 » (The Detective Figure in the Detective Novel Set in Shanghai : Compare between « The Adventures of Huo Sang » Written by Cheng Xiaoqing and the Fictions of Japanese Writer), *Kaikō Toshi Kenkyū Senta* 海港都市研究, 2012, n° 7, pp.92-94.

alignés sur la position de l'occidentalisation totale soit n'ont pas voulu démordre d'une attitude traditionnaliste intraitable, Cheng Xiaoqing, sans jamais renier le passé de son pays①— en digne héritier du *biji*② des dynasties des Ming et Qing et du *huaben*③ des Song④ qu'il était —, s'est efforcé d'intégrer dans la littérature narrative traditionnelle des éléments stylistiques empruntés aux romans d'importation et de mettre en scène dans ses œuvres de création des personnages à l'identité chinoise fortement marquée. Bref, durant cette parenthèse littéraire d'un peu moins d'une vingtaine d'années évoquée plus haut, il aura contribué à la réalisation du syncrétisme de l'Orient et de l'Occident en une écriture singulière qui n'avait jamais existé avant lui et n'a plus existé depuis. Le credo de ce livre est aussi que les œuvres littéraires du courant singulier auquel Cheng Xiaoqing appartient devraient accéder au même rang que des œuvres plus connues et tenues pour plus prestigieuses, car elles ont contribué tout autant que celles-ci à l'évolution narratologique du roman chinois⑤.

---

① Voici ce qu'écrit à ce propos Timothy C. Wong : « *Thus, it would be neither fair nor accurate to classify Cheng Xiaoqing, who never left Chinese soil, as a simple westernizer. Rather, these stories have been selected to demonstrate that, like so many modern Chinese intellectual patriots, Cheng did not, like his better-known contemporaries, essentially reject his nation's past, even though he dearly wished to adapt it to modern realities.* [...] *In choosing to do so through the medium of crime fiction, he, perhaps more than all others assigned to obscurity because what they wrote mostly entertained, deserves to be noted in any history of twentieth century Chinese fiction. I hope further that the stories gathered here will help to break down the misleading and artificial barrier between the fiction of traditional and modern China that has been such an obstacle to understanding China's native tradition of fiction making as a whole.* » ( *Sherlock in Shanghai : Stories of Crime And Detection*, préface, pp.x-xi.)

② *biji* (笔记), notes. Il s'agit d'un type d'écrit en prose, relevant du *sanwen*. Sur ce dernier genre, voir Isabelle Rabut, « Le *sanwen*: essai de définition d'un genre littéraire », *Revue de littérature comparée*, Vol.65, n° 2, avril-juin 1991, pp.153-163.

③ *huaben* (话本), contes en langues vernaculaires.

④ Voir Jeffrey C. Kinkley, *Chinese Justice, the Fiction*, pp.183, 190.

⑤ Voir Jeffrey C. Kinkley, *Chinese Justice, the Fiction*, pp.183, 190.

*Cheng Xiaoqing et son rôle dans l'histoire du roman policier en Chine* se divise en trois parties : la première partie propose une analyse théorique du roman policier chinois ; tandis que la deuxième, qui s'ouvre sur une présentation de la vie de Cheng Xiaoqing et de son œuvre, et plus spécialement de la série des *Huo Sang tan'anji*, expose les caractéristiques du genre à énigme à l'époque où le roman policier occidental a été importé en Chine. Dans cette deuxième partie, on trouvera en plus une comparaison entre *Les Aventures de Sherlock Holmes* d'Arthur Conan Doyle et les *Huo Sang tan'anji* de Cheng Xiaoqing. On y revient sur l'influence de la série des Sherlock Holmes en Chine : Cheng Xiaoqing a appris les techniques du roman étranger ; il a créé son propre style et donné naissance au roman policier proprement chinois. Enfin, dans la troisième et dernière partie, c'est à une analyse comparée du *Shi gong'an* « 施公案 » [Les jugements du juge Shi], recueil anonyme traditionnel chinois, et des *Huo Sang tan'anji* que nous nous livrons. Le *Shi gong'an* est une compilation de textes qui relatent des enquêtes sous une forme très différente de celle sous laquelle on connaît le roman policier de nos jours, et qui sont représentatifs de ce qu'on appelle en l'occurrence le « roman judiciaire » (*gong'an xiaoshuo* 公案小说).

La comparaison des thèmes traités dans les *Huo Sang tan'anji* et dans le *Shi gong'an* nous permet de voir sur quelles problématiques sociologiques la littérature policière diffère du roman judiciaire. D'un côté le juge Shi (施公), qui sévit dans une Chine intemporelle ; de l'autre, un détective, Huo Sang, totalement en phase avec son époque et son environnement en pleine mutation ; il a recours aux dernières technologies et aux récentes découvertes de la science, il adhère à l'utopie d'un monde meilleur, inspiré des démocraties occidentales, bref, c'est un homme du temps du Mouvement du 4 mai. On retiendra encore que le juge Shi réussit ses raisons par statut [presque par décret impérial], l'enquêteur Huo Sang a raison par l'intelligence [presque par délégation démocratique]. La littérature policière de Cheng Xiaoqing, qui prend acte du changement survenu dans l'idéologie sociale, est une source précieuse pour les historiens qui font des recherches sur la société shanghaïenne des années 1920 et 1930.

Le « roman judiciaire » et le roman policier sont-ils reliés par autre chose que les sujets dont ils traitent, à savoir un crime et une enquête ? C'est l'un des objets princi-paux de notre réflexion. Nous nous intéresserons particulièrement à l'idée des « élé-ments judiciaires » (gong'an yinsu 公案因素) proposée par Lü Xiaopeng, en 2004, dans son ouvrage intitulé *Gudai xiaoshuo gong'an wenhua yanjiu*①. Celle-ci établit une distinction entre « roman judiciaire » et « éléments judiciaires ». Sur ce modèle, nous parlons nous-mêmes d'« éléments policiers » (zhentan yinsu 侦探因素). Ces « éléments » touchent autant à la forme qu'au fond. On pourra découvrir ainsi quel style narratif s'intéresse à quel type de développement (déroulement du crime, enquête, mobile du crime...). Il est tentant de dire que les changements qu'on note entre le « roman judiciaire » et le genre policier, sont le fruit de la rencontre de deux mondes et que c'est bien une rupture et non une continuité qu'il faut y voir.

Cheng Xiaoqing n'a jamais franchi les frontières de la Chine, et pourtant ses opinions en général et sa conception du roman policier nous semblent très proches de ce que pouvait penser au même moment un Occidental. Il a réussi à s'approprier judicieusement et adroitement la quintessence du roman policier occidental pour inventer un roman policier proprement chinois et imaginer un Holmes chinois. À travers son héros Huo Sang, ses enquêtes et ses aventures, ce sont toutes les aspirations de la société chinoise de l'époque qui transparaissent et cela permet de voir une époque, chaotique sur le plan politique, sous un éclairage nouveau.

① Lv Xiaopeng (吕小蓬), *Gudai xiaoshuo gong'an wenhua yanjiu* « 古代小说公案文化研究 » [Recherches sur la culture judiciaire dans le roman classique], Central compilation & Translation Press, Beijing, janvier 2004.

# PREMIÈRE PARTIE

# LE ROMAN POLICIER DANS LA CHINE 1840—1949 : GENÈSE D'UN GENRE LITTÉRAIRE

# CHAPITRE I LE ROMAN POLICIER, UNE INVENTION OCCIDENTALE ?

## I.1. Le roman policier en Occident

### I.1.1. Brève histoire du genre

Pour comprendre l'évolution des divers genres policiers en Chine (roman des affaires judiciaires, policiers classique et moderne), se replonger dans les origines du roman policier occidental demeure indispensable.

L'origine du roman policier se perd dans la nuit des temps. L'exemple mytholo-gique d'Œdipe décrit, entre autres, une affaire criminelle. Dans « Œdipe roi »①, tragédie de Sophocle, Laïos, le roi de Thèbes est assassiné. Les criminels sont sommairement appelés « brigands » en attendant d'être démasqués. La pièce de théâtre est structurée comme une enquête. Œdipe en est le détective. Il s'interroge et interroge d'autres personnes à la recherche du régicide. L'horrible conclusion, c'est que nul autre qu'Œdipe n'a tué le roi ; il est à la fois l'enquêteur et le meurtrier. Œdipe est l'investigateur de la première relation écrite d'une enquête. En un sens, la tragédie de Sophocle jette les bases du roman policier : un crime, un enquêteur et

---

① Pierre Grimal, *Dictionnaire de la mythologie grecque et romaine*, Seghers, Paris, 1962, pp.230-231.

une conclusion qui défie la compréhension première du lecteur.

Dans des rédactions plus récentes, la forme d'écriture s'approche encore davantage de la compréhension moderne du roman policier. Dans le conte philosophique de Voltaire : *Zadig ou La Destinée* (1748), un passage remarquable sur le chien et le cheval attire notre regard. Lors de la recherche du chien de la reine, Zadig arrive à décrire merveilleusement l'allure du chien mais dit qu'il ne l'a pas vu. Il arrive la même histoire pour le cheval. Les gens le soupçonnent donc du vol des animaux, mais il se défend en disant qu'il avait déduit leurs apparences d'après les traces qu'ils avaient laissées sur le sol. Le héros, Zadig, a un penchant pour l'observation comme pour la déduction. Ce conte constitue une des premières fictions contenant ce type d'énigme. Cette intrigue fondée sur le « raisonnement » inspire des histoires similaires dans différents pays, dont la Chine : *Zhao Luotuo* « 找骆驼 » [Chercher un chameau] qu'aujourd'hui les écoliers chinois étudient en cours de chinois. C'est en tout point comparable à l'histoire de Zadig. Les exemples d'observation et de déduction que nous avons choisis sont aussi présents dans *Les Fables d'Ésope* en Grèce antique ou encore dans *Les Mille et Une Nuits*, contes populaires arabes. Le facteur de « raisonnement » du roman s'avère populaire et attrayant dans les œuvres narratives.

*La Bible* livre également des exemples de raisonnement par déduction. Dans « Le Livre de Daniel », le jugement de Salomon est un fait de justice teinté d'intrigue policière, puisque sans aucune information, il faut trouver de manière sûre la véritable mère d'un enfant (I. Rois, 3.16-28). À Jéricho, les émissaires envoyés pour évaluer les forces en présence sont d'authentiques personnages de roman d'espionnage (Josué, 6.1-27). En Chine, un ouvrage du XIIIe siècle décortique aussi un petit crime civil ; dans le recueil des nouvelles *Tang Yin Bi Shi*① [Affaires résolues à l'ombre du poirier] de Gui Wanrong, une des affaires est intitulée « Li

① Gui Wanrong 桂万荣 (vers 1170—vers 1260), auteur du *Tang Yin Bi Shi* « 棠阴比事 » [Affaires résolues à l'ombre du poirier].

Chong rend un fils à son père »①. Le préfet Li Chong, comme Salomon, doit trouver le vrai père de l'enfant. Au début, il ne trouve nulle preuve directe ou indirecte, et puis il change de tactique. Même si les stratégies de Salomon et de Li Chong sont différentes, leurs démarches restent fortement apparentées : ils utilisent un raisonnement qui contourne la difficulté pour atteindre leur but. Leurs arguments et la résolution du mystère procèdent d'une analyse identique : les parents biologiques ont une forte affection pour leur enfant et s'érigent d'instinct en protecteurs. Grâce à l'analyse psychologique, le juge rend l'enfant à son père ou à sa mère. Ainsi, nous pouvons établir un parallèle entre « Le Livre de Daniel » et l'œuvre de Gui Wanrong. Il semblerait en effet que ce dernier soit inspiré de l'épisode dans lequel le roi Salomon voulait couper en deux un enfant dont deux femmes revendiquaient la maternité. Sans en avoir la certitude, les similitudes sont trop nombreuses pour ne pas être évoquées ici. Dans ces deux histoires, le héros projette sur les suspects sa compréhension du lien qui unit le parent à l'enfant. Il extrapole à partir de sa propre connaissance sociale et en tire une méthode de résolution de son problème. C'est un travail de psychologie, composante notoire de la description du travail d'enquête dans les premiers romans policiers.

Dans toutes ces histoires, on retrouve tous les éléments qui sont devenus les poncifs du genre, soit la résolution de l'énigme, le crime, l'enquête, la punition, etc. Mais, bien entendu, le style de narration est propre à un auteur et chaque auteur apporte une touche personnelle.

C'est bien « Le double Assassinat dans la rue Morgue » [The Murders in the Rue Morgue] d'Edgar Allan Poe (1809—1849) paru en 1841, qui marque le vrai point de

---

① Ce texte anglais établi par le sinologue Robert Hans Van Gulik (1910—1967, son nom chinois est Gao Luopei 高罗佩), puis traduit et annoté en français par Lisa Bresner et Jacques Limoni est publié sous le titre *Affaires résolues à l'ombre du poirier*. Robert Van Gulik, *Affaires résolues à l'ombre du poirier*, trad. par Lisa Bresner et Jacques Limoni, Tallandier, Paris, 2007, p.97.

départ du roman policier. Son héros, le chevalier Dupin, bien qu'il ne soit qu'un brillant amateur d'énigme, est considéré comme le premier détective de la littérature. Edgar Poe est incontestablement l'initiateur du genre policier. La publication de ses trois autres œuvres policières — « Le Mystère de Marie Roget » [« The Mystery of Marie Roget »] (1842—1843), « Le Scarabée d'or » [« The Gold Bug] » (1843), « La Lettre volée » [« The Purloined Letter »] (1844) — confirmeront qu'Edgar Poe a jeté les bases de ce qui sera le développement ultérieur du genre policier.①

À travers ces quatre œuvres policières, Edgar Poe décline deux modèles du roman policier qui feront école. Le premier concerne la structure du roman, qui se conforme en l'occurrence au modèle stéréotypé « Crime—Enquête—Déduction—Élucidation » ; le second concerne les personnages et le modèle triangulaire—type « Détective—Criminel—Suspect ». Sans compter que le mode de narration employé par Poe sera très souvent repris par la suite.

Voici les quatre schémas du roman policier créés par Edgar Poe : crime dans un endroit clos et inviolable ; analyse psychologique ; utilisation de codes secrets et de messages chiffrés ; énigme ou puzzle à résoudre. Ces schémas sont utilisés pour construire des intrigues captivantes et maintenir le suspense dans le roman policier. Nous sommes à une époque qui voit l'essor de la société capitaliste, dans un contexte d'explosion des savoirs scientifiques et techniques. Les continuateurs de Poe adeptes de ce schéma narratif iront puiser dans tout ce que la société moderne peut offrir : la cryptographie, l'électromagnétisme, la mécanique moderne, les découvertes dans le domaine de la chimie ou dans celui de la microbiologie.② Parmi eux, Arthur Conan Doyle, lequel va perpétuer le genre créé par Edgar Poe mais en

---

① Daniel Fondanèche, *Le romanpolicier*, Ellipses édition Marketing S.A., Paris, 2000, pp. 12-18.

② Kang Huanlong (康焕龙), « Guanyu zhentan xiaoshuo yu xiandai keji de jidian sikao » « 关于侦探小说与现代科技的几点思考 » [Réflexions sur les relations entre roman policier et techniques modernes], *Wenyi bao*, 2 mai 2013.

le développant profondément, en l'enrichissant de ses propres trouvailles.

C'est vers 1880 que Conan Doyle va hisser au sommet ce genre policier avec *Les Aventures de Sherlock Holmes.* Dès son premier roman policier, *Une étude en rouge* [A study in Scarlet], paru en 1887, il introduit un personnage appelé à devenir un héros de légende : le détective Sherlock Holmes. Alors que Dupin n'est qu'un détective amateur, Sherlock Holmes est un détective professionnel qui a ouvert un cabinet au 221B Baker Street. Au cours de sa carrière littéraire, Conan Doyle a aligné une centaine d'œuvres, parmi lesquelles *Le Signe des quatre* [The Sign of four] (1890), *Le Chien des Baskerville* [The Hound of the Baskervilles] (1901—1902), *La Vallée de la peur* [The Valley of Fear] (1914—1916) et *Un scandale en Bohême* [A Scandale in Bohemia] (1891).

Comment Conan Doyle a-t-il développé le genre du roman policier ? Premièrement, en élargissant les thèmes et le contexte. Tandis qu'Edgar Poe se limitait à un seul crime et à un seul criminel par conte, et se limitait à ce seul délit, Conan Doyle met en scène des milieux sociaux et des thèmes variés : politique, économie, culture et croyances. Deuxièmement, Conan Doyle travaille profondément l'image de son héros et de son adjoint, le docteur Watson, poussant plus avant le modèle d'Edgar Poe pour les rendre plus réalistes et humains. Troisièmement, il a aussi ajouté des éléments horribles et des ambiances mystérieuses pour générer des palpitations chez le lecteur en s'inspirant du roman policier d'Edgar Poe. C'est à partir de ce moment-là que nous pouvons dire que ce genre a véritablement atteint son apogée.

Pour presque chaque genre romanesque, il est difficile d'indiquer une date précise d'apparition, mais il semble que le roman policier puisse défier cette problématique. De plus, c'est un genre récent. « Que le genre policier appartienne à la culture moderne, personne ne le conteste ».① Ce genre ne cesse d'évoluer grâce

① Jacques Dubois, *Le roman policier ou la modernité*, Armand Colin, Paris, 2005, p.48.

aux efforts des auteurs de romans policiers étrangers, par exemple, Edgar Allan Poe aux États-Unis vers 1840, Émile Gaboriau en France, William Collins (1824—1889) en Grande-Bretagne vers 1860, Conan Doyle en Angleterre encore vers 1880, Gaston Leroux et Maurice Leblanc (1864—1941) en France, Georges Simenon (1903—1989) en Belgique, Agatha Christie (1890—1976) en Angleterre, Matsumoto Seichō (1909—1992) et Seishi Yokomizo (1902—1981) au Japon au début du XXe siècle.

### I.1.2. Définition et caractéristiques

Aujourd'hui, l'expression « roman policier » est devenue une dénomination générique. Au cours des cent quatre-vingts ans de son histoire, sont apparus de nombreux sous-genres, tels que déduction, suspense, étude de mœurs, noir, aventures, chronique sociale, politique-fiction, thriller, autant de types de récits différents qui se rattachent au tronc originel. Nous allons tenter ci-après de définir le genre, en confrontant les idées des contemporains de Cheng Xiaoqing et des chercheurs actuels.

Le temps de Cheng Xiaoqing est marqué par l'importation, l'évolution et le déclin du roman policier moderne en Chine, tandis que dans le monde entier, c'est l'âge d'or du policier d'Edgar Poe, de Conan Doyle, d'Agatha Christie et de Matsumoto Seichō. Dans le temps où l'édition des « détective novels » commence aux États-Unis, Zhou Guisheng① est l'un des premiers traducteurs chinois de récits policiers occidentaux. C'est lui qui a inventé le terme de *zhentan xiaoshuo* (侦探小

① Zhou Guisheng 周桂笙(1873? —1936) est l'un des premiers traducteurs chinois de romans policiers occidentaux. À l'occasion de la publication de « Dushe quan » « 毒蛇圈 » [traduction de « Margot la Balafrée »], roman de l'écrivain français Fortuné Du Boisgobey en 1903 dans le *Xiuxiang xiaoshuo* « 绣像小说 » [Romans illustrés], il a pour la première fois utilisé l'expression *zhentan xiaoshuo* (侦探小说 roman policier). Cette appellation est encore en usage. Du fait du mépris qui a longtemps entouré le roman policier, Zhou Guisheng est aujourd'hui un romancier et traducteur oublié.

说 roman policier), l'équivalent chinois de *detective Story*. Les Chinois ont adopté cette appellation et jusqu'à aujourd'hui, l'utilisent encore.

En Chine bien avant tout cela, essentiellement pendant la période de la dynastie des Ming (1368—1644), bien qu'il n'ait existé ni appellation telle que « roman policier » ni métier de détective, dans la fiction littéraire, le juge s'est souvent transformé en enquêteur détective. Confrontés à des crimes ingénieux, les juges éminents devaient user de stratagèmes dans leurs interrogatoires et investigations. Le légendaire juge Bao Zheng, réputé pour sa perspicacité mais aussi pour sa droiture et son intégrité①, qui vivait au XIe siècle, a servi par la suite de modèle à de nombreux écrivains chinois. « Longtu② gong'an » « 龙图公案 » [Enquêtes de Bao Zheng] paru à la fin de la période Ming est désormais un très grand classique. Le juge est mis en scène secondé par des *xiake yishi* 侠客义士 (bandits d'honneur ou justiciers traditionnels). Considéré comme le Sherlock Holmes oriental, Bao a atteint une grande renommée dans tout l'Orient. Robert Van Gulik, entre autres, souligne que le roman policier chinois est apparu à cette époque, au XVII$^{e}$ siècle. Ce dernier avait déjà traduit, en 1949, *Trois Affaires criminelles résolues* par le juge Ti, un roman chinois anonyme du XVIII$^{e}$ siècle qu'il publia à Tokyo en édition limitée à 1 200 exemplaires③. Si le roman policier est avant tout une enquête sur un crime, l'archétype du roman policier en Chine semble donc remonter au XVIII$^{e}$ siècle.

L'importation des romans policiers, qui commence juste à la transition entre la dynastie Qing et la République, présente au lectorat chinois le métier de détective,

---

① Bao Zheng 包拯 (999—1062), originaire de Hefei, province de l'Anhui, fonctionnaire de la dynastie Song.

② « Longtu » [龙图] est un nom emprunté à la bibliothèque des Song. Sous cette dynastie, il existait des titres officiels complémentaires parmi lesquels celui de « Longtu ». Ces titres ne conféraient pas de pouvoir supplémentaire, ils étaient purement honorifiques. Bao Zheng s'étant vu décerné le titre de « Longtu », il se fit par conséquent appeler « Bao Longtu » au lieu de Bao Zheng.

③ Robert Van Gulik, *Affaires résolues à l'ombre du poirier*, p.25.

qui n'a pas d'équivalent direct dans la société civile chinoise. Les romans de Conan Doyle, qui sont les premiers traduits, interpellent un certain nombre d'intellectuels, dont Zhou Guisheng①. Tout laisse à penser que pour ce dernier, le genre se caractérise par l'existence du métier de détective et ses activités. De fait, le roman policier centre son récit autour du détective et de l'élucidation de l'énigme. C'est ce qui donne au genre son aspect moderne.

L'expression même de *zhentan xiaoshuo* peut s'analyser de deux manières différentes : alors que le second mot, *xiaoshuo*, ne soulève aucune ambiguïté en ce qu'il précise qu'il s'agit d'un roman, le premier terme, *zhentan*, peut s'entendre comme un verbe ou comme un nom. Le verbe signifie indifféremment espionner, enquêter, examiner, inspecter, se tenir aux aguets, détecter et aller en éclaireur, ce qui suggère qu'on peut avoir un roman policier sans enquêteur mais avec une enquête [des faits et non des personnes] ; et le nom signifie enquêteur, inspecteur, policier, détective... ce qui laisse entendre qu'un roman policier peut être centré sur une personnalité, dans une histoire sans enquête [des personnes et non des faits]. Par ailleurs, la définition du *zhentan xiaoshuo* que donne Cheng Xiaoqing dans sa préface à une collection intitulé *Duanpian zhentan xiaoshuo xuan* « 短篇侦探小说选 » [Choix des nouvelles policières] en décembre 1947, vient étayer notre conviction en ce qui concerne le sens nominal de *zhentan xiaoshuo* :

> L'expression *zhentan xiaoshuo* a deux sens. Au sens étroit, c'est la « Detective Story », avec comme personnage principal un détective professionnel ou amateur (ou autres professions comme reporter, médecin, avocat) qui mène

① De 1904 à 1906, Zhou Guisheng et Xi Ruo ont traduit *Fuermosi zaisheng'an* « 福尔摩斯再生案 » (titre original : *The Return of Sherlock Holmes*), recueil qui comprend les treize aventures du héros de Conan Doyle. Zhou Guisheng a également traduit *Xieluoke fusheng zhentan'an* « 歇洛克复生侦探案 » [*Le Retour de Sherlock Holmes*], paru en 1904 dans le *Xinmin congbao* « 新民丛报 » [Le journal de la forêt du nouveau peuple].

son enquête de façon méthodique, et par induction et déduction finit par résoudre une affaire difficile. Au sens large, elle peut aussi désigner la « Mystery story » ou la « Crime story». La première pose une énigme, la deuxième raconte un crime sanglant en remontant dans le temps.①

*Zhentan xiaoshuo*, au sens verbal, devrait être traduit par « roman de détection » : on désigne par ce terme un roman dans lequel il existe une composante de détection (inspecter, examiner, déduire), mais dans lequel les personnages n'exercent pas forcément le métier de détective. Ainsi, les premiers traducteurs et auteurs policiers chinois, tenants de la première acception du mot (en tant que verbe), insistent sur la procédure d'enquête dans leurs premières œuvres policières. C'est vrai dans *Bishou* [Le poignard] de Liu Bannong, dans *Yeche* [Le train de nuit] de Zhou Shoujuan et dans *Shiyoukuang zhi baogaoshu* [Rapport sur un puits de pétrole] de Zhang Yihan.② D'autres traducteurs et auteurs de romans policiers chinois, tenants de la seconde acception du mot *zhentan*, en tant que nom, insistent sur le talent spécifique à leur héros. L'enquêteur brille par sa culture générale, son intelligence et un sens très fiable de l'intuition, lui conférant des capacités exceptionnelles d'observation, d'analyse et de déduction.

Il est difficile d'évaluer l'idée que les simples lecteurs se font d'un « bon genre policier » ; aussi s'intéressera-t-on essentiellement aux intellectuels, dont sont issus

① Ren Xiang 任翔 et Gao Yuan 高媛 (éd.), *Zhongguo zhentan xiaoshuo lilun ziliao* : 1902—2011 « 中国侦探小说理论资料(1902—2011) » [Documents sur les théories du roman policier chinois (1902—2011)], Beijing shifan daxue, Beijing, 2013, p.226.

② Liu Bannong 刘半农 (ou 半侬, 1891—1934) de son vrai nom Liu Fu 刘复, est né le 29 mai 1891 dans une famille d'intellectuels de Jiangyin (dans la province du Jiangsu). Il est linguiste, traducteur et poète ; Zhou Shoujuan 周瘦鹃 (1895—1968) a pour nom d'origine Guoxian 国贤; Zhang Yihan 张毅汉( ? —1950). Voir l'analyse dans le livre de l'auteur Cheng Adan 程阿丹, « Hu Jichen et la réception des premières œuvres policières étrangères en Chine », mémoire de master recherche, université Michel de Montaigne Bordeaux 3, 2006, pp.1-159.

les futurs écrivains. Leur perception de ce genre littéraire tout frais débarqué se résume souvent à la lecture d'un ou deux romans. Pour s'en tenir aux contemporains de Cheng Xiaoqing et Zhou Guisheng, chacun des auteurs, traducteurs ou lecteurs comme Liu Bannong, Zhou Shoujuan et Zhang Yihan, voit le roman policier à sa façon. D'après sa propre perception, chacun se livre à des développements qui n'ont pas cours chez les autres. Néanmoins, malgré des points de vue incomplets et parfois incorrects, leurs efforts dans la création et la traduction de ce genre sont sans conteste remarquables !

De nos jours, après l'avènement de la République Populaire de Chine, peut-on concevoir une définition idéale et ultime ? Le terme « *zhentan xiaoshuo* [roman policier] ①» est présenté dans le *Dictionnaire des Littératures de la langue française* ; l'entrée est développée sur plus d'une double page, en précisant son histoire, son évolution, ses auteurs et ses récits représentatifs, en particulier pour ce qui concerne la France. Mais, parent pauvre de la littérature chinoise, il n'est que succinctement défini dans le *Cihai* « 辞海 »[Dictionnaire encyclopédique] : on y trouve l'entrée : « *zhentan xiaoshuo* 侦探小说 » [le roman policier] avec juste quelques lignes de commentaires. Le contenu se résume à une explication globale dont voici le texte :

> Le roman policier est un genre populaire qui est apparu au milieu du XIXe siècle en Occident et qui a beaucoup évolué. Très souvent, le héros est un détective professionnel ou privé qui fait des enquêtes. Le roman relate les stratagèmes qu'il met en œuvre et ses aventures, et l'intrigue contient beaucoup de suspense. Ce genre connaît une grande popularité. Mais, en général, le roman policier ne s'attaque pas aux raisons des crimes commis dans les sociétés capitalistes. Ce genre décrit le déroulement d'un crime et la procédure du crime. Le roman policier est né en 1841 en Amérique, avec la publication du premier

① *Dictionnaire des Littératures de la langue française*, Bordas, Paris, 1984, pp.1988-1992.

roman de ce genre, *Le Double assassinat de la rue Morgue* d'Edgar Allan Poe. Parmi les récits policiers célèbres, *Les Aventures de Sherlock Holmes* de l'Anglais Conan Doyle sont les plus fameuses. Au début du XXe siècle en Chine, des écrivains ont imité ce genre. Au Japon, à partir de 1946, les Japonais ont commencé à utiliser le roman de raisonnement pour désigner ce type de roman.①

Loin d'être une définition du roman policier, ce n'est qu'une petite présentation du genre et de quelques-unes de ses caractéristiques. Les « maigres » informations données dans le *Cihai* nous permettent de comprendre que, d'une part, ce type de romans appartient à la littérature populaire, et que d'autre part, la thématique est celle d'un détective (privé), d'un crime et de la procédure d'éclaircissement du mystère.

L'intrigue est complexe et tortueuse, faisant la part belle à de nombreux rebondissements. Ce dédain, implicite dans la simplicité de la définition du *Cihai*, souligne à quel point ce genre était considéré comme mineur en Chine. Mais si les dictionnaires occidentaux sont en l'espèce plus prolixes, le roman policier y est bien souvent qualifié de « littérature de gare ». Certains auteurs admettent même « faire de l'alimentaire » lorsqu'ils rédigent leurs romans. Depuis toujours, le roman policier est considéré comme vulgaire et méprisé par une certaine élite intellectuelle. Les professeurs et chercheurs occidentaux ne manifestent aucun intérêt pour ce qui constitue pourtant, avec d'autres « genres mineurs », l'essentiel de la production littéraire. Il faudra attendre l'avènement des années 1980 pour voir enfin des écrivains et critiques littéraires chinois commencer à s'intéresser plus sérieusement au roman policier. Les premières études sur le sujet voient le jour à ce moment-là.

Nous trouvons une définition du roman policier dans un livre traduit du russe

① *Cihai* « 辞海 » [Dictionnaire encyclopédique], Shanghai : Shanghai cishu, 1989, p.270.

par Yang Donghua et publié en mai 1988, sous le titre de *Zhentan wenxue he wo : zuojia de biji* « 侦探文学和我——作家的笔记 » [La littérature policière et moi : journal d'un auteur]. Grâce à cet ouvrage, le lecteur chinois a pu enfin lire une définition claire et nette du genre policier :

> Le roman policier prend comme sujet des secrets criminels, dangereux et complexes. Son intrigue et toutes les histoires évoluent vers la découverte de la vérité.①

Évidemment, cette définition formulée par l'auteur soviétique de romans policiers Arkady Adamov② se base sur les chefs-d'œuvre d'Edgar Poe et de Conan Doyle. Pour lui, l'idée maîtresse du roman policier se résume à « découvrir la clef d'un mystère ». À n'en pas douter, il met bien en évidence une caractéristique essentielle du genre.

Dans le même livre, il cite le point de vue du Bulgare Bogomil Rainov③, lequel se trouve exposé dans un essai traduit en chinois sous le nom de *Heise xiaoshuo* « 黑色小 说 » [Le roman noir] :

> Le roman policier peut dépasser les normes de la forme que le genre lui fixe et les limites que le genre lui impose... Ce genre conserve sa caractéristique

① Arkady Adamov, *Zhentan wenxue he wo : zuojia de biji* « 侦探文学和我——作家的笔记 » [La Littérature et moi : journal d'un auteur], trad. par Yang Donghua, Qunzhong, Beijing, mai 1988, p.5.

② Arkady Grigoryévitch Adamov (1920—1991) est un écrivain russe. Après plusieurs années passées à travailler dans la police judiciaire, il est devenu l'un des tous premiers auteurs de romans policiers dans son pays lorsque le genre a été réhabilité en Union Soviétique.

③ Bogomil Rainov (ou Raynov) (1919—2007), écrivain bulgare, initiateur du roman d'espionnage bulgare. Romancier et poète, il avait commencé sa carrière en 1936. Il est l'auteur de *Heise xiaoshuo* « 黑 色小说 » [Le roman noir], un essai.

majeure : l'intrigue est forcément en rapport avec un crime.①

Rainov n'insiste que sur une des caractéristiques du roman policier : le crime. Pourtant, à y regarder de plus près, tous les récits d'affaires criminelles ne sont pas des romans policiers. Le premier crime décrit dans la *Bible*, Caïn tuant son frère Abel, n'amène aucune enquête ; on peut même dire que, de par son omniscience, Dieu connaît la victime avant même d'entreprendre une enquête. Si nous nous accordons à la définition de Rainov, tous les anciens récits chinois appartenant au « *gong'an xiaoshuo* » (公案小说, roman judiciaire) devraient-ils être classés dans la catégorie roman policier ? C'est un point de vue que nous ne partageons absolument pas.

En Chine, Huang Zexin et Song Anna, respectivement vice-directeur du Centre de Recherches sur le roman policier chinois et rédactrice en chef du *Tianjin ribao* « 天津日报 » [Journal de Tianjin], se sont lancés les premiers dans l'analyse systémique et la modélisation du genre policier avec leur *Zhentan xiaoshuoxue* (« 侦探小说学 », *Étude du roman policier*) paru en 1996. Ils définissent le roman policier comme étant l'acte de raconter une affaire criminelle. À travers un exemple, celui de *Chuang* (« 窗 », *La fenêtre*) de Cheng Xiaoqing, ils cernent les caractéristiques du genre. À l'issue de l'analyse de la nouvelle, ils concluent que : « Le roman policier est la description de la vie sociale en prenant des affaires criminelles comme supports de l'intrigue. »②

Ils établissent que cet argument est le critère principal pour mesurer si un récit appartient au genre policier. Le célèbre écrivain et peintre Feng Jicai a écrit pour ce livre une préface intitulée « Zhanling kongbai » « 占领空白 » [Combler des lacunes], dans laquelle il affirme : « Cet ouvrage est la première étude théorique du

① Arkady Adamov, *Zhentan wenxue he wo : zuojia de biji*, p.6.

② Huang Zexin et Song Anna, *Zhentan xiaoshuoxue* « 侦探小说学 » [L'étude du roman policier], Baihua wenyi, Nanchang, août 1996, p.10.

roman poli-cier en Chine . »①

Nous pouvons faire deux constats d'importance.

Premier constat, chercheurs et critiques chinois ne se sont intéressés que très tardivement à l'étude du genre, surtout à sa théorie. Dans les faits, au moment où Feng Jicai rédige les lignes qui viennent d'être citées, d'autres livres sur le roman policier sont en passe de paraître :

En janvier 1996, *Shenmi de zhentan shijie : Cheng Xiaoqing Sun Liaohong xiaoshuo yishu tan* « 神秘的侦探世界——程小青孙了红小说艺术谈 » [ Le monde mystérieux du roman policier : analyse de l'art romanesque de Cheng Xiaoqing et de Sun Liaohong ] de Lu Runxiang ( 卢润祥 ), consacré donc aux œuvres de Cheng Xiaoqing et de Sun Liaohong②;

En janvier 2000, *Wenxue de ling yidao fengjing : zhentan xiaoshuo shilun* « 文学的另一道风景：侦探小说实论 » [ Un autre paysage de la littérature : de l'Histoire du roman policier ], de Ren Xiang, une enseignante de l'Université normale de Beijing.

Deuxième constat, le livre de Huang Zexin et Song Anna, le premier du genre à paraître en Chine, présente des conclusions originales. Les auteurs se rangent du côté de Bogomil Rainov, affirmant que « le roman policier est une enquête sur un crime ». À ce titre, les romans judiciaires tels que *Bao gong'an* , *Shi gong'an* ou *San xia wu yi* ③ entretiennent un lien étroit avec le roman policier. Huang Zexin et Song Anna vont même jusqu'à soutenir qu'en Chine ancienne, « le roman judiciaire »

---

① Feng Jicai 冯骥才, préface à Huang Zexin et Song Anna, *Zhentan xiaoshuoxue*, préface, p.1.

② Sun Liaohong 孙了红 ( 1897—1958 ) est un nom de plume. Le vrai nom de celui qui signait aussi Yemao 野猫 n'est pas connu. Originaire de Ningbo dans la province du Zhejiang, il a déménagé à Shanghai. Il a écrit des romans policiers, par exemple, la série intitulée *Xiadao Lu Ping qi'an* « 侠盗鲁平奇案 » [ Lu Ping, gentleman-cambrioleur ].

③ *San xia wu yi* « 三侠五义 » [ Les trois chevaliers et les cinq justiciers ], paru en 1879, est un des premiers ouvrages du genre.

était une première forme du roman policier, puisqu'il y était question de crime. Finalement, que l'on comprenne *zhentan* en tant que nom ou verbe, il ressort toujours que le travail d'enquête est un axe central de l'histoire. Si le nom implique un métier, le verbe ouvre sur une activité, fût-elle dilettante. Ainsi, les traditionnels romans judiciaires, comportant des passages d'enquête, peuvent s'inscrire dans la définition du genre policier. Il y aurait une très nette continuité entre ces romans et les nouvelles histoires d'enquêtes.

Pendant longtemps, le genre policier avait subi un grand déficit de reconnaissance, lié au trop petit nombre de vrais connaisseurs, au manque d'études et d'analyses, et à une mise à l'index de la part du gouvernement chinois. Il ne subsistait sur le marché du livre que par son propre charme littéraire particulier et grâce au seul appui des inconditionnels du roman policier. Le changement arrive à partir des années 1980. Ayant enfin trouvé sa place de genre populaire, il donne même lieu au premier concours du roman policier en Chine. Ce salon s'est déroulé en 1998 à Xiangshan (aux Collines parfumées), près de Beijing. Dès cette première édition, mille romans policiers environ, regroupant traductions et créations chinoises postérieures à 1950, sont sélectionnés et présentés au public. Un concours est organisé pour primer les 76 meilleures : voilà qui a créé le besoin de répondre à la question de la définition d'un bon roman policier. Le salon du roman policier a été la première opportunité de confronter les universitaires, les écrivains, les intellectuels et critiques chinois et de leur faire rencontrer les lecteurs. À cette occasion, on a pu commencer à redorer le blason du genre resté trop longtemps dans l'ombre. Ce sont surtout la définition et les critères du concours général organisé lors de ce premier concours de 1998 qui ont le plus attiré notre attention. À un journaliste du *Zhonghua dushu bao* « 中华读书报 » [Journal chinois de lecture] qui interviewait Yu Hongsheng, la secrétaire générale du comité du concours a donné la définition suivante :

Le roman policier est un genre narratif qui reflète la société et la vie quotidienne. Le héros lève peu à peu le secret d'un crime pour montrer le chemin de la vertu et débusquer le mal. Il apporte, par la seule force de son raisonnement logique et des moyens autres, scientifiques et technologiques, la solution de l'énigme.①

Avec cette définition délivrée au nom des spécialistes du genre, il devient possible de comprendre la tendance du moment. Symbole des temps, il aura fallu attendre 1998 pour qu'enfin les Chinois organisent une activité littéraire centrée sur le roman policier chinois. Finie l'époque du mépris, désormais, intellectuels et critiques chinois voient le roman policier d'un autre œil. De plus en plus nombreux sont ceux qui s'intéressent au roman policier en Chine, et le genre ne cesse de faire des adeptes.

La lecture des critères du concours général est instructive :

Critères du concours général :

1. Favoriser l'esprit légal, aider à promouvoir l'esprit de droit et sensibiliser la population en matière de justice, plus conscient de lutter contre le mal, à avoir plus confiance en soi et à faire l'apprentissage des techniques et la tactique de base.

2. Favoriser l'esprit scientifique, mettre pleinement en valeur l'intelligence humaine et les techniques scientifiques de pointe et refléter le niveau le plus récent du développement de la science de notre époque.

3. Favoriser l'esprit humaniste, refléter de façon réelle et approfondie la vie sociale et le monde spirituel de notre époque. Créer des personnages très

① Yu Hongsheng (于洪笙), *Chongxin shenshi zhentan xiaoshuo* « 重新审视侦探小说 » [Re-examen du roman policier], Beijing : Qunzhong, 2008, p.363.

typiques et doués de force artistique.

4. Faire pleinement ressortir l'esthétique propre au genre policier : intrigue singulière, suspense bien mené, raisonnement logique.

5. La langue doit être précise, concise et naturelle. Le langage du personnage doit être adapté. Le style narratif doit montrer le style de l'auteur.

6. Contribuer à la rénovation de la forme littéraire du roman policier et à son évolution.

7. Influencer fortement la formation de sous-genres du roman policier.①

Les trois premiers critères, par leurs louanges de l'esprit légal, scientifique et humainiste prêtent à sourire. Au mieux, favoriser n'est pas induire, et au pire, le public passe rapidement sur ces aspects, sans en retenir la moindre leçon de vie. On peut même dire qu'il n'y a ici rien de très innovant. Le roman chinois se doit d'avoir une fonction éducative, y compris le roman policier. Les quatrième et cinquième critères cernent quelques caractéristiques du roman policier concernant l'intrigue, la structure et le langage. Les deux derniers critères présentent la nouvelle forme narratologique et le développement des sous-genres.

On perçoit à travers ces quelques lignes le décalage qui existe entre les littératures occidentales et chinoises. Le roman policier chinois se conforme au système politique qui ne tolère la contestation que dans une certaine mesure, tandis qu'il n'est pas rare que la littérature policière occidentale montre le désordre de la société et de ses acteurs dans les romans policiers étrangers. Quant à l'image du personnage (les troisième et cinquième critères), en général, les policiers dans la littérature policière occidentale, et encore plus depuis une vingtaine d'années, ont un style de vie assez marginal. Dans la littérature qui lui est consacrée, le policier

① Yu Hongsheng (于洪笙), *Chongxin shenshi zhentan xiaoshuo* « 重新审视侦探小说 » [Re-examen du roman policier], Beijing : Qunzhong, 2008, p.363.

est plutôt rebelle à l'autorité, il a une vie décousue, une sexualité débridée et des procédés très border line. Par exemple, Antoine Chainas, avec son commissaire Nazutti, dans *Versus*, a porté ce style à l'extrême. À l'opposé, dans la littérature policière chinoise, les personnages sont plutôt des modèles d'amabilité et de docilité. Les policiers ont une vie linéaire et conformiste et une sexualité modérée. Le protagoniste apprenti policier Hong Jun (洪峻) dans *Yueguo Leichi*① de l'auteur Peng Zuyi en donne le parfait exemple. On y relève un épisode riche d'enseignements sur l'écart entre les romans policiers occidentaux et chinois : la femme du maire explique à Hong Jun que son mari est intègre et fait la distinction entre l'utilisation des biens publics et privés. Comment réprimer son sourire devant ce boniment ? Bien sûr, il est évident que la vertu existe ! Un tel maire existe sans doute en Chine, comme il peut exister dans toutes les contrées du monde. Si l'accent est mis sur les qualités de ce type de personnage dans les romans chinois, on ne trouvera que très rarement ce genre d'aparté dans les romans occidentaux. Les lecteurs occidentaux ne s'y trompent pas : il s'agit de flatter le système qui a produit l'homme et non l'homme qui sert le système.

Neuf ans plus tard, en 2007, une autre chercheuse, Jiang Weifeng (姜维枫), dans un ouvrage ayant pour titre *Jinxiandai zhentan xiaoshuo zuojia Cheng xiaoqing yanjiu*,② a défini à nouveau le roman policier par comparaison avec le roman judiciaire. En se fondant sur plusieurs aspects, elle a bien mis en relief ce qui les opposait. Elle conclut : « Le roman policier met l'accent sur le déroulement d'un crime et son éclaircissement grâce à la déduction. » ③

① Peng Zuyi 彭祖贻, *Yueguo Leichi* « 越过雷池 » [Franchir la frontière du tonnerre], Zhongguo renmin gong'an daxue, Beijing, septembre 2008, pp.1-312.

② Jiang Weifeng 姜维枫, *Jinxiandai zhentan xiaoshuo zuojia Cheng xiaoqing yanjiu*, « 近现代侦探小说作家程小青研究 » [Recherches sur l'auteur de romans policiers de l'époque moderne Cheng Xiaoqing], Zhongguo shehui kexue, Beijing, octobre 2007, p.20.

③ *Ibid.*, pp.10-20. Dans son ouvrage l'auteur procède à une comparaison argumentée entre le roman judiciaire et le roman policier.

En s'appuyant sur l'existence d'une procédure qui met en avant l'esprit scientifique et la logique cohérente, elle peut affirmer que *Xie Xiao'e zhuan*①, *Su Wuming*②, *Bao gong'an*, *Di gong'an*③ et *Zhongguo zhentan'an*④ n'appartiennent pas au roman policier, malgré le fait que les sujets sont en lien avec le milieu criminel. Évidemment, pour Mme Jiang, le roman policier doit résoudre une série de questions telles que : Quelle est la vérité ? Qui est coupable ? Pourquoi et comment commettre le crime ?

Après avoir examiné les définitions ci-dessus, il apparaît que chacun définit le roman policier en soulignant une ou plusieurs caractéristiques principales du genre. En réalité, « dès sa naissance, ce genre littéraire est vite devenu insaisissable parce que multiforme et indéfinissable globalement ».⑤ Fort de ses multiples déclinaisons en sous-genres, qui pourra prétendre résumer ce qu'est le genre littéraire policier en quelques phrases seulement ? Voici une petite explication sur quelques sous-genres policiers dans le *Dictionnaire des Littératures de la langue française* afin de clarifier le vocabulaire employé :

> Dans la perspective d'une telle définition fonctionnelle, les diverses catégories secondaires du roman policier sont aisées à décrire. Pour celles qui nous concernent ici (il y en a d'autres), nous dirons que la fiction policière classique (le roman d'énigme) souligne le caractère analytique, logico-cognitif

① *Xie Xiao'e zhuan* « 谢小娥传 » [La vie de Xie Xiao'e] de Li Gongzuo 李公佐, paru sous les Tang.

② *Su Wuming* « 苏无名 » [Su Wuming] de Niu Su 牛肃, paru sous les Tang.

③ *Di gong'an* « 狄公案 » [Les jugements de Di] est un roman chinois de la dynastie des Qing dont l'auteur n'a pas été identifié.

④ *Zhongguo zhentan'an* « 中国侦探案 » [Les histoires policières chinoises] de Wu Jianren 吴趼人 (1866—1910) a paru sous les Qing. Wu Jianren possède un autre nom Woren. Il est originaire du Canton. Il est connu pour ses *qianze xiaoshuo* (谴责小说 romans de dénonciation).

⑤ Claude Mesplède et Jean Tulard, « Roman policier », *Encyclopædia Universalis*, 2007.

de l'enquête, le seul événement devant y être, en principe, le crime lui-même ; le roman « noir » (ou hard-boiled) insiste, au contraire, sur le caractère intrinsèquement événementiel de l'enquête elle-même, le crime n'y constituant qu'un moment non privilégié. Tous deux, cependant, sont narrés du point de vue de l'enquête (sinon de l'enquêteur) ; le roman à suspense, lui, verra sa narration se ranger, en général, du côté de la victime (actuelle ou éventuelle).①

En nous inspirant des différents avis cités jusqu'à présent, nous pouvons nous engager dans notre propre définition. Le roman policier comporte certaines dimensions caractéristiques qui nous permettront de le cerner, telles que « recherche d'indices, déduction, affirmation d'une culpabilité en vue du châtiment du coupable »②. Cette formule est tout à fait valable pour les romans policiers de Cheng Xiaoqing. Ceux-ci sont généralement classés dans la catégorie des romans d'énigme, qui se distinguent par « le caractère analytique, logico-cognitif de l'enquête, le seul événement devant y être, en principe, le crime lui-même ».

Le genre du roman policier présente encore d'autres caractéristiques. Tout d'abord, le roman policier plaît au lecteur, car son intrigue étrange et tortueuse concerne des crimes et souvent des morts inattendus. Il aborde également les problèmes sociaux les plus récents, les plus incisifs ainsi que les conflits d'intérêts les plus intenses. Tout cela peut susciter une grande curiosité et un effet de réel chez le lecteur. De plus, le lecteur a besoin de ressentir une ambiance tendue et palpitante qu'il ne peut éprouver dans la vie quotidienne. Résoudre le mystère, élucider un crime et découvrir la vérité cruelle de la société poussent le lecteur à poursuivre sa lecture jusqu'à la fin du roman. Le roman policier met fortement

---

① *Dictionnaire des Littératures de la langue française*, p.1989.

② Daniel Fondanèche, *Le roman policier*, Ellipses édition Marketing S.A., Paris, 2000, p.3.

l'accent sur l'intrigue.

Le second point sur lequel il est utile d'insister est que le roman policier est plus populaire à la ville qu'à la campagne. Le lectorat du genre policier est plutôt intellectuel et citadin. Le monde rural est beaucoup moins touché par ce genre. Le citadin a vu le jour dans une société capitaliste au sein de laquelle la propriété privée a une importance essentielle. Puisque ce qui est visible peut faire envie, la criminalité grandit en même temps que la ville. L'insécurité suit au même rythme, et les citadins sentent le danger les oppresser. L'homme de la rue aimerait avoir la conviction que la police est capable d'arrêter les criminels qui courent encore. Par exemple, jusqu'à ce jour, l'identité de Jack l'éventreur reste inconnue ! Dans le roman l'effet de réel assure le lien entre le lecteur et son environnement. Lorsqu'il lit des récits policiers, il s'identifie spontanément aux personnages du roman. Dès la fin du XIX^e siècle, de plus en plus de citadins s'intéressent au genre policier. Pour cette littérature, les ventes montent en flèche.①

Le troisième et dernier point d'importance est que l'époque de la naissance du roman policier est celle d'un avancement rapide et multiforme des sciences. Le genre policier est un produit de la société occidentale. Là, il met en scène les nouveautés scientifiques et technologiques, autant que les qualités de déduction logique de son héros. Le roman policier présente assez longuement, en général, des éléments importants tels que la description minutieuse de la scène du crime et des composantes essentielles de l'ambiance. Chaque détail est propre à créer le doute, à emmener le lecteur sur une fausse piste, et à générer le suspense. L'exemple des deux grands maîtres du genre policier est particulièrement éclairant :

Edgar Poe, qui connaît par cœur la science et les pensées de son époque, applique la déduction logique autant que les connaissances scientifiques, par

① Quelques chiffres précis sont donnés plus loin (II.2.1. *Les circonstances de l'apparition du roman policier chinois*), montrant la très bonne santé du roman policier sur le plan commercial.

exemple en psychologie, pour donner du lustre à son personnage Dupin. C'est ainsi qu'« Edgar Poe est le premier qui fait l'essai de lier la science et la littérature »①.

Conan Doyle, dans la série des *Aventures de Sherlock Holmes*, dote son héros, le détective Sherlock Holmes, d'un esprit de déduction à toute épreuve, et il est également très fin connaisseur des découvertes en chimie qui lui sont contemporaines. Sa connaissance des cendres et mégots de cigares est devenue légendaire !

## I.2. L'ancêtre du roman policier en Chine

Quand le roman policier réellement autochtone a-t-il vu le jour en Chine ? Existe-t-il des fictions policières avant le XX$^{e}$ siècle dans ce pays ? Voilà deux questions qui continuent à faire débat en Chine !

Dès les premières traductions de romans policiers occidentaux à la fin de la dynastie des Qing, les *wenren* (文人, lettrés)② chinois avaient déjà commencé à soulever ces questions. Les *zhishi fenzi* (知识分子, intellectuels)③ se sont posé aussi ce genre de questions, et ont continué à en discuter pendant presque un siècle sans pouvoir fournir de réponse irréfutable. Nous allons maintenant confronter les deux hypothèses concernant les origines du genre policier chinois.

---

① Arkady Adamov, *Zhentan wenxue he wo : zuojia de biji*, p.10.

② Les *wenren* sont à la classe des « lettrés » qui s'inscrivent quant à eux dans la tradition chinoise, issus de la classe privilégiée, ces derniers se refusent à publier dans la presse, considérant cela comme une disgrâce.

③ Vers 1898, une majorité de lettrés formait déjà un groupe d'écrivains modernes que nous appelons en chinois *zhishi fenzi* (知识分子, intellectuels). Ce sont des diplomates, des élèves d'écoles modernes, d'écoles missionnaires ou de jeunes Chinois revenus de l'étranger après des études (par exemple, Hu Shi qui a fait sept ans d'études aux États-Unis). Ils différaient des lettrés traditionnels de par leur formation, leur parcours, la pensée et le mode de vie. Guo Yanli, *Zhongguo qian xiandai wenxue de zhuanxing*, p.4.

### I.2.1. Le « gong'an xiaoshuo », précurseur du roman policier

Comme déjà indiqué plus haut, cette appellation chinoise, *zhentan xiaoshuo*, n'est apparue qu'à la fin de la dynastie des Qing et aux débuts de la République, grâce à Zhou Guisheng. Van Gulik s'est beaucoup inspiré des enquêtes de l'époque de la dynastie des Tang, et avec lui, un certain nombre de sinologues occidentaux arguent que le roman policier chinois est apparu au XVII$^{e}$ siècle. C'est une opinion répandue en Chine, pourtant, de nombreux universitaires, écrivains, traducteurs, spécialistes reconnus ou simples lecteurs chinois s'accordent quand même sur l'absence du genre policier chinois avant le XX$^{e}$ siècle. La thèse des premiers s'appuie sur la préexistence d'un genre voisin, le *gong'an xiaoshuo*. Les deux genres ont en commun de relater des affaires civiles ou/et criminelles, cependant, il existe aussi des différences manifestes.

Le roman judiciaire trouve ses racines au plus lointain de l'origine du « roman classique ». Sous les dynasties des Qin① et des Han②, des mythes et légendes décrivent déjà des intrigues qu'on pourra qualifier de « policières ». Pour autant, on ne peut parler ici de roman judiciaire : ces contes ne sont même pas des romans et, les enquêtes, quand enquête il y a, ne sont pas au centre de l'histoire. À l'époque des Trois Royaumes③, puis des Jin et des Wei, et encore lors des dynasties du Nord et du Sud④, certains *zhiren xiaoshuo* (récits sur des hommes)⑤ et *zhiguai*

---

① Dynastie Qin (221—207 av. J.-C)

② Dynastie Han (206 av. J.-C.—220 apr. J.C).

③ Période des Royaumes Combattants (453—221 av. J.-C.)

④ Dynasties du Nord et du Sud (420—589 apr. J-C)

⑤ Le *zhiren xiaoshuo* [志人小说 récit sur des hommes] est une sous-catégorie du *xiaoshuo* primitif. *Shishuo xinyu* « 世说新语 » [Nouveautés sur les choses de ce monde] est un chef-d'œuvre du genre. Ce type de récits réunit plus de mille anecdotes sur des personnages célèbres des Han aux Jin (25—420).

xiaoshuo (récits de l'étrange)①, sans être centrés sur des actions de la justice ou de la police, évoquent des affaires judiciaires. On peut, par exemple, trouver des verdicts de tribunaux qui veulent promouvoir la pensée juridique de la Chine ancienne, mais le centre d'intérêt des *zhiren xiaoshuo* est le personnage central, et les anecdotes qui courent autour de lui. Les *zhiguai xiaoshuo*, quant à eux, mettent en scène des histoires de démons, de fantômes et d'autres vampires, par exemple le *Shanhaijing* « 山海经 » [Classique des monts et des mers] qui transmet des écrits du IIIe siècle av. J.-C., *Soushenji* « 搜神记 » [À la recherche des esprits] compilé par Gan Bao, grand lettré et historien. Outre leur brièveté et leur style lapidaire et dépouillé, ces textes ont pour caractéristique commune d'explorer le registre du fantastique.

Sans que les historiens ne puissent affirmer si cette mode existait déjà avant, à l'époque des Tang, des troupes de théâtre de rue jouaient devant les passants des compositions issues d'intrigues policières de type *chuanqi*.② Ce jeu théâtral était pour le bas peuple le seul moyen d'accès à une culture réservée à l'élite lettrée. Il faut donc noter que pour le petit peuple, la transmission de ces récits était uniquement orale, alors que pour les élites, la transmission se faisait déjà à l'écrit. Le point central de l'intrigue amenait plus généralement l'auditoire à recevoir une morale et l'invitait à se prémunir des méfaits. Or le crime est un exemple notoire de ces méfaits. Ces artistes jouaient le même rôle social que celui des colporteurs dans l'Europe de l'ancien régime. Ils étaient porteurs d'informations réelles autant que de fictions.

Dans la structure de la majorité de ces *chuanqi*, il y a trois étapes qui sont similaires à celle du roman policier occidental : le crime—l'enquête—l'élucidation.

---

① Le *zhiguai xiaoshuo* « 志怪小说 » [Récit de l'étrange] est un type de récit dont il ne subsiste pas moins de 4 000 pièces écrites pendant la période comprise entre la fin des Royaumes Combattants (475 à 221 av. J.-C.) et l'avènement des Tang (618—907).

② Lü Xiaopeng, *Gudai xiaoshuo gong'an wenhua yanjiu*, pp.240—256.

D'un autre côté, la composition de ce type de récit comporte déjà un certain nombre d'articulations qui annoncent le roman judiciaire. La construction des *chuanqi* inclut souvent quelques-unes des étapes obligées du genre qui se développera sous les Ming.

La chercheuse Lü Xiaopeng (née en 1969) de l'Université de langues étrangères de Beijing, nomme ce phénomène « gong'an yinsu » (élément judiciaire).① En mettant au jour ce concept, elle ouvre une nouvelle ère dans la compréhension de la continuité qui sous-tend le développement de la littérature chinoise. Elle est en quelque sorte devenue la chef de file de cette nouvelle école de pensée.

Le roman judiciaire demeure un genre mineur, longtemps méprisé à cause de son intrigue stéréotypée, jugée simpliste et pauvre par des lettrés et intellectuels du XIX^e siècle. Il faut attendre le Mouvement du 4 mai pour que commencent les recherches sur l'évolution du roman chinois classique, dont le roman judiciaire. Lu Xun, Hu Shi et Sun Kaidi② vont lancer les premières études, et leurs travaux sur la littérature chinoise classique sont considérés comme la base de référence dans le domaine. Ces analyses seront reprises par leurs continuateurs. Les plus éminents, dont Zhao Jingshen③, Li Jiarui④, Aying⑤, s'y intéressent dans les années 1930,

---

① Lü Xiaopeng, « gong'an yinsu » 公案因素 [L'élément judiciaire], in *Gudai xiaoshuo gong'an wenhua yanjiu*, introduction générale, pp.1,6.

② Lu Xun 鲁迅 (1881—1936), Hu Shi 胡适 (1891—1962) et Sun Kaidi 孙楷第 (1898—1986).

③ Zhao Jingshen 赵景深 (1902— ), connu aussi sous le nom de Xuchu 旭初, écrivain et éducateur. Il est l'auteur des ouvrages suivants : *Baogong chuanshuo* « 包公传说» [Légende de juge Bao], « *Shi gong'an* » *kaozheng* « "施公案" 考证 » [Les témoignages sur *les jugements de Shi*] et *Guanyu Shi Yukun* « 关于石玉昆 » [Sur le conteur Shi Yukun].

④ Li Jiarui 李家瑞, auteur de *Cong Shi Yukun de Longtu gong'an shuo dao san xia wu yi* « 从石玉昆的"龙图公案"说到"三侠五义" » [Des « jugements de Bao » du conteur Shi Yukun aux « Trois chevaliers et cinq justiciers »].

⑤ Aying 阿英, auteur de *Ming kan « Bao gong'an » neirong xulue* « 明刊《包公案》内容叙略 » [Brève présentation des « Jugements de Bao » dans la version de la dynastie Ming].

et publient leurs essais et mémoires. Ils essaient d'identifier les sources les plus anciennes pour des romans qui ont pu prendre des formes multiples. Ils veulent aussi comprendre comment plusieurs versions d'une même histoire ont pu coexister, et encore quand ces nouvelles moutures ont été élaborées. Après l'avènement de la République populaire, en Chine, beaucoup de chercheurs continuent à faire des recherches sur ce sujet. Par exemple, *Shi gong'an he Peng gong'an* « 施公案和彭公案 » [Les Jugements de Shi et de Peng] de Xiao Surong (萧宿荣) et *Zhongguo gong'an xiaoshuoshi* « 中国公案小说史 » [L'Histoire du « roman judiciaire » chinois] de Huang Yanbai① présentent et analysent l'histoire du « roman judiciaire »; Cao Yibing (曹亦冰) fait également des recherches dans le chapitre principal sur *Shi gong'an* publiées dans *Xiayi gong'an xiaoshuoshi*②. À Taiwan, Zheng Huizhen et Yang shumei ont chacun écrit un mémoire de master intitulé *Shi gong'an yanjiu* « 施公案研究 » [Étude sur les jugements de Shi], où ils étudient cette œuvre sous l'angle du « roman judiciaire ». Il existe bien d'autres recherches dans *Shi gong'an yu qingdai fazhi* « 施公案与清代法治 » [Les Jugements de Shi et le droit sous la dynastie Qing] de Chen Hua (陈华) et *Ming Qing gong'an xiaoshuo yanjiu* « 明清公案小说研究» [Recherches sur « le roman judiciaire » de la dynastie des Qing et des Ming] de Wang Yanling (王琰玲). De surcroît, dans les années 1970, la recherche sur « le roman judiciaire », à l'étranger autant qu'en Chine, devient un sujet à la mode. Des sinologues occidentaux, tel que Jeffrey C. Kinkley, avec son *Chinese Justice, the Fiction : Law and Literature in Modern China* y prêtent la plus grande attention. La compréhension va croissante quant à la valeur sociale et littéraire du genre du « roman judiciaire ». Néanmoins, il existe encore des controverses sur d'importants points de vue de nos jours, comme la délimitation

① Huang Yanbai 黄岩柏 (1933— ).

② Cao Yibing 曹亦冰, *Xiayi gong'an xiaoshuoshi* « 侠义公案小说史 » [Histoire du « roman judiciaire » et du « roman de justiciers »], Zhejiang guji, Hangzhou, 1998, pp.1-267.

dans le temps de l'apparition de tel ou tel sous-genre, la liste exhaustive des critères de classement, les différents niveaux de compréhension et d'analyse, ou encore de possibles prolongements du genre du « roman judiciaire » et les définitions à en donner. En un mot, aujourd'hui encore, il reste impossible d'avancer une date exacte d'apparition du « roman judiciaire » ;① on ne sait pas davantage d'où vient le nom lui-même, ce qui n'est pas le cas pour d'autres genres littéraires.

La dénomination *gong'an xiaoshuo* fait son apparition dans l'ouvrage de Lu Xun, *Zhongguo xiaoshuo shilue* (中国小说史略, *Brève Histoire du roman chinois*). Cette dénomination désigne des œuvres écrites traitant d'affaires policières et judiciaires se déroulant sous la dynastie des Qing (清之侠义小说及公案, *Qing zhi xiayi xiaoshuo ji gong'an*). Dans sa préface à *San xia wu yi* (三侠五义, *Les trois justiciers, puis les cinq justiciers*), Hu Shi explique comment le juge Bao règle ses affaires (包公断狱故事, *Bao Gong duanyu gushi* : *Les affaires judiciaires résolues par le juge Bao*) ; dans son livre intitulé *Zhongguo tongsu xiaoshuo shumu* (中国通俗小说书目, *La liste des romans populaires chinois*), Sun Kaidi utilise une autre expression (说公案, *Shuo gong'an*), qui revêt un sens plus large, faisant référence à la fois aux récits écrits ou racontés à l'oral. En se basant sur les efforts de Lu Xun, de Hu Shi et de Sun Kaidi, les chercheurs qui leur sont postérieurs, dans les années 1930 et 1940 comme Zhao Jingshen, Li Jiarui, Aying, continuent à prêter attention aux origines des histoires et au développement des versions différentes. Un ouvrage paru en 1235, sous l'empire des Song, intitulé *Ducheng jisheng* (都城纪胜, *Note sur les merveilles de Lin'an*) donne un éclairage sur l'origine du « roman judiciaire ». L'un des personnages du roman, Nai Deweng②, dit en substance :

① Lü Xiaopeng, *Gudai xiaoshuo gong'an wenhua yanjiu*, pp.9-14.

② Nai Deweng 耐得翁 (un certain Zhao contemporain des Song du Sud) est l'auteur des *Ducheng jisheng* « 都城纪胜 » [Notes sur les merveilles de Lin'an].

« Le *shuohua*① comprend quatre catégories, dont le *xiaoshuo* [l'ancien *yinzi'er*]. Le *xiaoshuo* comprend des histoires de rencontres galantes, des anecdotes sur le monde des hommes et celui des fantômes ; le *gong'an* décrit des affaires de couteaux, de bâtons, bref d'armes blanches, et des affaires d'enrichissement et de perversité. »②

À partir de la dynastie des Song, le roman « gong'an » était déjà conçu comme une sous-catégorie du *shuohua* (说话), l'art des conteurs. Presque tous les chercheurs chinois ont la même lecture du début du discours de Nai Deweng, mais les avis divergent sur le passage qui définit le « shuo gong'an » (说公案). Le premier avis qui se dégage, de la part de savants et chercheurs comme Hu Shi et Lu Xun est que l'on n'a là rien de plus qu'une explication du genre judiciaires. Lu Xun, citant Nai Deweng, écrit que celui-ci divisait les *xiaoshuo* en trois catégories :

La première étant constituée par les *yinzi'er* tels que les histoires d'amour, les histoires de prodiges et de monstres et les *chuanqi* ; la seconde est constituée d'histoires relatives à des cas judiciaires, toutes traitant de combat martiaux, d'histoires de brigands, d'enquêtes et de revers de fortune et la dernière enfin est formée des histoires de chevalerie.③

La deuxième opinion est celle de savants et chercheurs tels que Wang Gulu④ et

① Parmi les spectacles de variétés, il y a un type de théâtre de rue qui s'appelle *shuohua* [说话 raconter des histoires], qui repose sur des récits de conteur et/ou des contes oraux. C'est une ancienne forme littéraire apparue sous les Song et disparue aujourd'hui.

② Lü Xiaopeng, *Gudai xiaoshuo gong'an wenhua yanjiu*, p.14.

③ Lu Xun, *Brève histoire du roman chinois*, trad. par Charles Bisotto, Gallimard, coll. « Connaissance de l'Orient », Paris, 1993, p.144.

④ Wang Gulu 王古鲁 (1901—1958).

Huang Yanbai qui expliquent quel est le contenu du *shuohua* :

> Ils pensent que le *shuo gong'an* est relèvent des [genres littéraires qui traitent de] rencontres galantes, démons et fantômes, *chuanqi*, etc. Ils ont en commun de décrire des affaires avec des couteaux, des bâtons, bref des armes blanches, et des affaires d'enrichissement et de perversité.①

Pour un troisième groupe, dont Wang Guowei② et Tan Zhengbi, il s'agit de titres désignant des sous-catégories du *shuohua*. Selon Tan Zhengbi, il y en a huit :

> 1. Démons et fantômes ; 2. rencontres galantes ; 3. *chuanqi* ; 4. affaires civiles ou/et criminelles ; 5. couteaux ; 6. bâtons ; 7. dieux et fées ; 8. sorcellerie.③

Malgré les divergences d'opinions, nous pouvons constater que sous la dynastie des Song, l'expression *gong'an* a déjà vu le jour. Ainsi, « à partir de cette dynastie, "le roman judiciaire" est considéré comme une sous-catégorie littéraire du roman classi-que »④. À cette époque-là, il n'existe pas encore une définition pour le *gong'an xiao-shuo*. Cependant, il est intéressant d'examiner le mot chinois *gong'an*. Voici ce qu'en dit Lü Xiaopeng dans son commentaire sur les propos de Nai Deweng :

---

① He Jia 何佳, « San yan er pai zhong de mingdai gong'an xiaoshuo » « 三言二拍中的明代公案小说 » [Le roman judiciaire de la dynastie des Ming dans « san yan er pai »], Xiangtan daxue, mai 2007, p.4.

② Wang Guowei 王国维 (1877—1927).

③ Tan Zhengbi 谭正璧, *Huaben yu guju* « 话本与古剧 » [*Huaben* et Théâtre classique], Shanghai gudian wenxue, Shanghai, 1956, pp. 14-37.

④ *Ibid.*, p.14.

> Selon les documents de l'époque des Song et des Yuan, il n'existe pas d'autre sens que : 1. Archives locales et documents officiels ; 2. Comptes-rendus d'actions juridiques ; 3. « Autel du jugement », bureau derrière lequel le magistrat-gouverneur préside les tenues de procès ; 4. Citations et anecdotes des vénérables bonzes zen.①

Au travers de ces explications, il devient évident que « gong'an » ne désigne que des objets ou activités judiciaires menées par des fonctionnaires et magistrats de la société féodale chinoise, ainsi que des citations de bonzes zen. Van Gulik donne aussi une explication précise sur « gong'an » dans l'introduction du *Tang Yin Bi Shi* :

> Une table haute recouverte d'un brocart rouge est dressée sur une estrade[...] Sur la table étaient disposés les objets régulièrement utilisés par le magistrat et qui symbolisaient son autorité.②

Des lettrés de la fin de l'époque des Qing et des débuts de la République, tel Wu Jianren, pensent que des livres représentatifs des affaires civiles et criminelles chinoises dans leur ancienne forme, qui appartiennent à un genre de littérature juridique, sont aussi bons que les romans policiers occidentaux de son époque. Il donne en exemple *Bao gong'an*, *Shi gong'an* (施公案) et *Hai gong'an* (海公案, *Les jugements de Hai*).

Convaincu de la force littéraire du roman judiciaire face au roman policier nouvellement importé, Wu Jianren décide d'en faire la démonstration. Pour ce faire, il écrit *Zhongguo zhentan'an* et le fait publier par la maison d'édition Guangzhi de Shang-hai en 1906. Il y introduit des éléments de romans policiers occidentaux, tout

---

① Tan Zhengbi 谭正璧, *Huaben yu guju* « 话本与古剧 » [*Huaben* et Théâtre classique], Shanghai gudian wenxue, Shanghai, 1956, p.23.

② Robert van Gulik, *Affaires résolues à l'ombre du poirier*, pp.123-124.

en conser-vant la structure des romans judiciaires. Dans les 34 nouvelles policières du *Zhongguo zhentan'an*, qui empruntent donc des idées principales aux anciens romans judiciaires, par exemple *Tulong gong'an*, il actualise la présentation en saupoudrant des éléments issus du genre policier occidental. Parmi les récits de ce catalogue de nouvelles, *Kaiguan yanshi* (开棺验尸, *Ouvrez le cercueil et examinez le cadavre*) base son intrigue sur le texte ancien *Yan Zun yiku* (庄遵疑哭, *Yan Zun et les pleurs suspects*, la 15e histoire) emprunté au recueil *Tang Yin Bi Shi*①. Plus tard, Van Gulik a repris ce texte comme ossature d'une de ses nouvelles policières du Juge Ti. Cette reconstruction de l'œuvre ancienne s'intitule *Le crime sur le clou* (The Chinese Nail Murders). Si l'on compare les textes de Wu Jianren et de Van Gulik avec celui du *Tang Yin Bi Shi*, on remarquera des différences importantes. Les deux écrivains, chacun dans leur style particulier, distillent un grand nombre de petits éléments, parfois riches en détails, dans leurs nouvelles. À côté de ce fourmillement d'informations, le texte du *Tang Yin Bi Shi* semble bien court et d'un argument plutôt obscur. C'est la nouvelle technique du roman policier occidental qui inspire à Wu Jianren et Van Gulik ces multiples développements et précisions, qui facilitent dans le même temps la compréhension du lecteur.

Avec certaines œuvres de Wu Jianren, on découvre une étape transitoire vers la forme des romans policiers spécifiquement chinois. Wu réadapte plusieurs anciens romans judiciaires dans des formes plus modernes, qui empruntent clairement au genre récemment arrivé du roman policier occidental. On note pour exemple *Jiuming qiyuan*②. Il en va de même avec *Chun Ashi* de Leng Fo③. Des auteurs chinois

① Robert van Gulik, *Affaires résolues à l'ombre du poirier*, pp.123-124.

② *Jiuming qiyuan* « 九命奇冤 » [L'injustice extraordinaire de neuf vies] fut publiée en feuilleton dans le *Xin xiaoshuo* entre 1904 et 1905, puis publié en livre par la maison d'édition Guangzhi en 1906.

③ Cet ouvrage, *Chun Ashi* « 春阿氏 » [La famille de Chun], composé en 1913 par Leng Fo 冷佛 et publié en 1914, se fonde sur l'affaire de l'injustice dont fut victime Chun Ashi à la fin des Qing l'a publié en mai 1914. Voir la réédition de juin 1987 (Jilin wenshi, Jilin).

comme Wu Jianren et Leng Fo ont considéré les romans judiciaires comme « les anciens romans policiers chinois ».

Des Occidentaux se passionnent aussi pour le « roman judiciaire ». En comparant l'un avec l'autre, certains, en suivant la journaliste Song Anna, s'accordent sur le fait que le *gong'an xiaoshuo* fait partie du roman policier. En Europe et en Amérique encore, Van Gulik trouve qu'au niveau de l'intrigue, l'ancien roman policier chinois est bien meilleur que le roman policier occidental. Ainsi, le hasard ayant mis entre ses mains un ouvrage anonyme chinois du XIIIe siècle, racontant les aventures du juge Ti①, il le dévore. Fort de soixante-quatre chapitres, le livre regroupe deux parties, de rédaction différente. S'il se régale des trente premiers chapitres, il se trouve bien dépité par la médiocre qualité d'écriture des trente-quatre derniers. Plutôt que d'en faire une simple traduction, il se décide à redonner vie lui-même au juge Ti.

Passionné par cette forme littéraire chinoise, Van Gulik affirme même qu'il trouve que, les *gong'an xiaoshuo* et les *chuanqi* sont bien meilleurs que les traductions de romans policiers occidentaux qui se vendent sur le marché du livre à Shanghai et au Japon à cette époque-là. Pour appuyer son propos, Van Gulik a choisi *Di gong'an*, dont il n'a traduit que la première partie intitulée *Trois affaires criminelles résolues par le Juge Ti*. Cette traduction en anglais a été faite en 1948 et publiée en 1949. Grâce à ses traductions et à leurs préfaces qui montrent sa grande érudition dans le domaine de la culture chinoise, pour la première fois, le lecteur occidental peut connaître le fonction-nement de la justice chinoise (qui a perduré jusqu'en 1911), la vie du magistrat et des petites gens à travers le roman judiciaire, dans la forme chinoise du genre policier chinois.

La Chine et le roman judiciaire chinois ont tellement intéressé et influencé ce

① Le juge Ti (ou Di dans la transcription sous laquelle on le connaît généralement), personnage qui a réellement existé au VII^e siècle.

sinologue qu'il a repris le genre à son compte. Fort de ses vastes connaissances sur la Chine et avec le soutien d'une importante documentation, il a recréé l'ambiance des romans judiciaires dans ses fameuses *Enquêtes du Juge Ti*, déclinées en seize volumes. L'auteur y a introduit des éléments de romans policiers occidentaux, afin de les rendre plus accessibles au lecteur occidental. Pour satisfaire celui-ci, l'auteur prête plus d'attention à la fonction de distraction et au jeu d'esprit qu'à la fonction instructive du roman. Par le biais de la brillante image de Juge Ti, comme une sorte de Sherlock Holmes anachronique qui résout les problèmes ( les casse-tête ), le lecteur occidental se découvre de l'intérêt pour les romans chinois, admire les finesses de la civilisation chinoise et le foisonnement de sa littérature. La connaissance de la vie de tous les jours en Chine, et tout spécialement au sujet du droit, de la police, de la justice et des châtiments, mais aussi des dimensions qui concernent toute la société chinoise.

Il est à noter que les grandes connaissances d'un auteur ne peuvent pas suffire pour qu'il se plonge complètement dans un univers qui n'est pas le sien. Van Gulik n'échappe pas à la règle, et sa présentation de la Chine de l'époque Tang est complète-ment anachronique, en ce qu'il n'a vraiment vu que la dynastie des Qing.

Beaucoup de lecteurs occidentaux ont commencé à connaître le roman judiciaire par le biais des ouvrages de Van Gulik. Dès lors, le roman policier chinois dit « roman judiciaire », création proprement chinoise, a pu franchir les frontières de la Chine. Il est à constater, qu'en un certain sens, l'auteur hollandais a créé une sous-catégorie du roman policier en rédigeant ses *Enquêtes du Juge Ti* : le roman policier historique. Ces romans sont historiques en ce qu'avant toute écriture de « roman judiciaire », il importe en tout premier lieu d'éplucher les archives et biographies de tous les juges représentatifs d'une époque, afin de rendre crédibles les fictions qui vont les remettre en scène, et même d'en extraire des affaires auxquelles ils ont été confrontés et qui serviront de sujet. Synthèse du roman policier occidental et de son corollaire oriental, les enquêtes du Juge Ti ont connu un grand succès dans le monde entier.

Song Anna et Huang Zexin écrivent dans *Zhentan xiaoshuoxue*:

*Le roman policier chinois a une longue histoire. En Chine ancienne, il relève du « roman judiciaire »*①.

Ils y expliquent encore :

Le *Xie Xiao'e zhuan* du milieu de la dynastie des Tang est déjà un récit policier digne de ce nom. Pendant la dynastie des Song du Sud, il est apparu successivement des récits policiers comme « Cuo zhan Cui Ning » [Exécution par erreur de Cui Ning], « Hetong wenzi ji » [Le contrat], « San xian shen Bao Longtu duan yuan » [Apparaissant par trois fois, le juge Bao casse des verdicts injustes]. Depuis, ce genre s'est développé rapidement, et il est devenu également de plus en plus mature. Prenez par exemple *Sanyan* [Trois paroles]② et *Erpai* [Deux coups]③. Ces deux recueils de nouvelles comprennent déjà quelques dizaines d'histoires voisines du récit policier. Après, sont apparus des romans judiciaires comme *Bao gong'an*, *Hai gong'an*, etc. Tout cela forme une page illustre de l'histoire du roman policier chinois.④

On peut se demander pourquoi les intellectuels chinois et occidentaux d'hier et

① Huang Zexin et Song Anna, *Zhentan xiaoshuoxue*, préface, p.1.

② Les « Sanyan » font référence à Trois (« san ») recueils d'histoires courtes de Feng Menglong (冯梦龙), parues entre 1620 et 1627, dont les titres se terminent par le caractère « yan » (paroles).

③ Les « Erpai » font référence à deux (« er ») recueils d'histoires courtes de Ling Mengchu, parus respectivement en 1628 et 1632—1633, dont les titres commencent par le caractère « pai » (frappements).

④ *Ibid.*

d'aujourd'hui soutiennent l'idée que le roman policier moderne est dans le prolongement du « roman judiciaire » de la Chine ancienne. La raison est que les deux catégories appartenant au cadre de la littérature juridique traitent du même thème : le crime. Dans les deux cas, il s'agit de coupables, de victimes, d'enquêteurs et de procédures criminelles. La volonté y est toujours de rendre justice aux innocents. On distingue deux parties dans le « roman judiciaire » : la description du crime et le jugement du crime. Cette seconde partie est celle qui comporte les phases d'enquêtes, d'éclaircissement des faits et le jugement à proprement parler. Huang Yanbai le définit comme suit :

> Le roman judiciaire était dans la Chine ancienne un sous-genre romanesque à base thématique. Il décrivait le déroulement et/ou le jugement d'un crime.①

Il est certain que cette définition est assez large pour y faire entrer le roman policier moderne ! De fait, force est de constater que dans une certaine mesure, le roman policier chinois a hérité de certaines caractéristiques du « roman judiciaire ». Par exem-ple, une structuration en trois étapes : le crime, l'enquête et l'élucidation de l'énigme ; le fond commun est la description du crime et le cheminement policier menant à l'arrestation.

Bien que certains chercheurs comme Song Anna et Huang Zexin considèrent le roman judiciaire comme l'ancêtre du roman policier, ils restent minoritaires. On considère en effet que cette filiation est pour le moins douteuse, les deux genres présentant trop de différences notables, que ce soit au niveau de la narratologie, de l'intrigue, ou bien encore de la perspective prise par l'auteur, pour qu'il y ait réellement une comparaison possible. Nous reviendrons plus en détail sur ces

① Huang Yanbai, *Gong'an xiaoshuo shihua* « 公案小说史话 » [L'histoire du roman judiciaire], Liaoning jiaoyu, Shenyang, octobre 1992, p.3.

différences dans la troisième partie.

### I.2.2. Le roman policier, un genre nouveau en Chine

Selon une autre interprétation, le roman policier chinois est un genre littéraire nouveau datant de la fin de la dynastie des Qing et des débuts de la République, et dont l'apparition serait due à l'importation et à la traduction préliminaire de romans policiers occidentaux. Ding Yi (定一), sous l'Empire des Qing, est le premier à s'exprimer sur le sujet. Dans le *Xin xiaoshuo* (新小说, *Nouveau roman*), n° 13, en janvier 1905, il affirme :

> J'aime lire des romans étrangers, surtout des romans policiers étrangers, parce que les intrigues des romans policiers y sont complexes et étranges et qu'elles suscitent de nombreuses surprises. Il est difficile d'arriver à devenir détective, surtout un détective réputé. Cela suppose trois choses indispensables : des connaissances sur l'art du détective, un caractère adéquat et des capacités. Un roman policier n'est complet que lorsque ces trois conditions sont réunies. Pour ce faire, les Occidentaux accordent une attention toute particulière au roman policier. Les romans policiers russes sont les plus connus dans le monde. En revanche, je regrette que ce genre soit absent du monde littéraire chinois, et que nous n'ayons personne qui soit doué dans ce domaine①.

Xia Ren (侠人) indique au même endroit :

> Le genre du roman policier est le point fort des romanciers étrangers. Les

① Cité par Yu Runqi 于润琦, *Qingmo minchu xiaoshuo shuxi : Zhentan juan* « 清末民初小说书系:侦探卷 » [Série sur les romans de la fin des Qing aux débuts de la République : Le roman policier], Zhongguo wenlian chuban gongsi, Beijing, 20 juillet 1997, préface, p.7.

romanciers chinois qui s'y essaient sont par contre bien maladroits. Leurs histoires partent dans tous les sens et manquent de cohérence. Et puis ils ne savent pas faire comme leurs homologues européens dont les histoires vont de rebondissement en rebondissement. Les romans policiers chinois sont pires que le plus inintéressant des romans policiers étrangers.①

Liu Bannong glisse dans son roman *Bishou* (匕首, *Le poignard*), une critique acerbe à l'encontre du roman policier chinois qu'il juge d'ailleurs inexistant. Cette charge est d'autant plus marquante que son livre est lui-même un roman policier :

Le roman policier est d'origine occidentale. Il mobilise toutes les ressources intellectuelles pour attirer les lecteurs. Mais comme la situation en Chine et en Occident est différente, les lecteurs comprennent difficilement ces spécificités. Il y a quelques années, j'ai lu un recueil intitulé *Commentaire du roman policier chinois* publié par une certaine maison d'édition, dans lequel l'auteur a recueilli des histoires chinoises d'hier et d'aujourd'hui semblables à des romans policiers. Il y a plus de cent dix histoires, dont certaines ne font que cent ou deux cents mots, et dont la plus longue en compte un millier. Malgré certaines qualités, les histoires sont souvent simplistes, et puis beaucoup ne parlent que de superstitions. Par conséquent, ces récits n'ont rien à voir avec le roman policier. Ensuite, j'ai lu *La détective chinoise* écrite par Lü originaire de la région du lac Yang. Il y relate trois affaires judiciaires aux intrigues étranges. L'explication réside sans doute dans le fait que Lü étant un lettré il ne côtoie pas vraiment la société. Voilà pourquoi ses histoires ont beau être extraordinaires, elles n'ont

① Su Manshu (苏曼殊), « Xiaoshuo conghua » « 小说丛话 » [Série de romans], *Xin xiaoshuo*, n° 13, 1905. Cité par Yu Runqi, *Qingmo minchu xiaoshuo shuxi : Zhentanjuan*, préface, p.7.

qu'un rapport lointain avec la réalité sociale. Si ce livre peut divertir les lettrés, pourquoi pas ? Mais on ne saurait le considérer comme un roman policier. Par conséquent, il n'est pas exagéré de dire qu'il n'existe pas de roman policier en Chine.①

À la lumière de ces articles, il apparaît que selon certains lettrés chinois, le roman policier est une vraie nouveauté de leur époque. On peut néanmoins s'interroger sur la coexistence de deux écoles de pensée, issues de deux compréhensions différentes de la même aventure littéraire. Un certain nombre des lettrés chinois contemporains de l'éclosion du roman policier chinois, comme Liu Bannong, sont dotés d'une large culture et d'une bonne maîtrise des langues étrangères. On peut se laisser aller à penser qu'ils peuvent lire les romans étrangers dans le texte et mieux saisir la différence entre le roman policier et « le roman judiciaire ». C'est la raison pour laquelle selon eux « il n'est pas exagéré de dire qu'il n'existe pas de roman policier en Chine ». L'autre tendance, parmi les lettrés, est celle qui s'appuie sur la thèse « le savoir chinois pour fondement, le savoir occidental pour pratique »②. Selon ce principe, il est donc essentiel de souligner que le roman policier et le roman judiciaire sont similaires. À ce titre, le roman policier occidental ne représente rien de plus qu'un petit enrichissement d'un savoir-faire déjà ancré en Chine. Des intellectuels modernes comme Song Anna et Huang Zexin emboîtent le pas de leurs aînés pour abonder encore dans le même sens.

---

① Hu Jichen, *Xiaoshuo minghua daguan* « 小说名画大观 » [Un recueil de nouvelles et de peintures célèbres], Shumu wenxian, Beijing, juillet 1996, p.895.

② C'est à Zhang Zhidong 张之洞 (1837—1909) qu'on doit l'expression « 中学为体,西学为用 Le savoir chinois pour fondement, le savoir occidental pour pratique ». On la trouve dans son œuvre « Quanxue pian » « 劝学篇 » [Exhortation à l'étude]. C'est une opinion qui s'inscrit dans le Mouvement d'occidentalisation [*yangwu yundong* 洋务运动]. Wang Kai 王恺 (éd.), *Zhongguo lishi changshi* « 中国历史常识 » [Connaissances générales en Histoire chinoise], Waiyujiaoxue yu yanjiu, Beijing, 2007, pp.174-175.

La question posée est donc la suivante : quel genre littéraire encadre l'autre ? Le roman judiciaire est-il un sous-genre du roman policier, ou le roman policier est-il un sous-genre du roman judiciaire ? Qu'un roman présente un crime et l'enquête qui est faite à son sujet suffit-il pour permettre de le classer en roman judiciaire ?

Certains opposants à Liu Bannong considèrent que le roman judiciaire, puisqu'il met en scène un crime et la résolution d'une énigme, doit faire partie de la catégorie des romans policiers. Cette conclusion nous semble un peu forcée et pour le moins partiale.

Pour mieux connaître les deux catégories littéraires, nous pouvons en étudier la typologie en prenant *Xieluoke He'erwusi biji* [Le journal de Sherlock Holmes]① et *San xia wu yi*② afin de servir de référence dans la comparaison qui suit :

| | **Le « roman judiciaire »**<br>(roman représentatif :<br>*San xia wu yi*) | **Le roman policier**<br>(roman représentatif :<br>*Xieluoke He'erwusi biji*) |
|---|---|---|
| **Origine sociale** | Société féodale | Société moderne et capitaliste |
| **Objectif social** | Modèle de morale (par exemple Bao Zheng), force morale des personnages face aux épreuves | Mise en avant du triomphe des sciences sur les techniques traditionnelles d'enquête. Réponse aux demandes du marché littéraire. |
| **Pensée directrice** | Idées superstitieuses | Sagesse, science, logique, démocratie, égalité |
| **Prérequis du jugement** | Aveux obtenus par tous les moyens possibles, y compris la torture | Dossier instruit par une enquête et présentant des preuves |

① Zhang Dekun (张德坤) en a traduit et publié quatre dans le *Shiwu bao* (n° 6, septembre 1896). Ce sont les plus anciennes traductions de littérature policière en Chine. *Xieluoke He'erwusi biji* « 歇洛克呵尔唔斯笔记 » [Le journal de Sherlock Holmes] est un des premiers romans policiers à avoir été traduit en Chine.

② *San xia wu yi*, déjà mentionné, est un roman judiciaire.

continué

| | | |
|---|---|---|
| **Moyens d'investigation** | Interrogatoire avant l'enquête, accusé soumis à la torture, et manipulation du juge | Démarche scientifique et logique |
| **Nombre de crimes** | Souvent trois ou plus de trois crimes que le juge traite en même temps | Un ou plusieurs crimes |
| **Comment rendre le verdict** | Toutes les audiences sont ouvertes au grand public, et toutes les délibérations sont conduites en public. | Jugement non obligatoirement devant le public. Le jugement ne fait pas forcément partie du roman. |
| **L'ordre narratif** | Principalement linéaire. Le retour en arrière reste secondaire. | Pas forcément linéaire, le roman policier fait volontiers appel à des techniques de retour en arrière. Pour clarifier ou mettre en lumière certains événements. |
| **Structure de narration** | Traitement en séquence de plusieurs affaires. Suite d'éléments sans grand rapport entre eux. | Traitement d'une affaire qui sera au moins principale si elle n'est pas unique. Cohérence de tout le récit. |
| **Personnages** | Présentation excessivement manichéenne des personnages. | Mise en situation de personnages issus du « tout-venant » |
| **Les limites du travail du héros** | Exclusivement dans le système judiciaire : il faut d'abord qu'un plaignant porte l'affaire devant le juge qui décidera s'il est intéressant de mener l'enquête ou non. On reste dans le cadre de la justice d'État incarnée par des officiels. | Hors et dans le cadre judiciaire. Évolution dans les milieux policiers, mafieux, et autres. |
| **Image principale du héros** | Idéale justice, c'est un fonctionnaire zélé, expert en arts martiaux [kung-fu] | Sa qualité principale est l'intelligence. Il a aussi une grande culture et du courage physique. |

continué

| | | |
|---|---|---|
| **Intrigues** | Sans suspense ( parfois, dès le début de l'œuvre, le lecteur sait déjà qui est le criminel.) | Énigmatique ( à la fin de l'œuvre, le lecteur découvre la vérité et le coupable.) |
| **Style** | La langue classique | *baihua*① |

À la fin de la dynastie des Qing, la majorité des romanciers chinois a estimé que le roman judiciaire soutenait mal la comparaison avec le roman policier occidental, et l'a déclaré définitivement moins intéressant. Wu Jianren donne son opinion dans sa compi-lation, *Zhongguo zhentan'an* : *fan li* (*Histoires policières chinoises* : *exemples*) :

> Les Chinois sont superstitieux de nature, ils en réfèrent couramment aux esprits et démons pour tirer au clair des affaires criminelles.②

La pensée de Sherlock Holmes, dans *Xieluoke He'erwusi biji*, s'érige désormais en véritable modèle de l'esprit scientifique ; en revanche, dans *San xia wu yi* se mani-festent des idées superstitieuses. Le personnage principal, Bao Zheng, y est un demi-dieu, traitant tour à tour des affaires criminelles dans le monde « normal » et dans le monde spirituel, aux Enfers.

Les Chinois ont découvert une logique nouvelle, basée sur la rationalité, à travers le genre policier. Les romanciers chinois avaient tenté d'appliquer des éléments plus tangibles, souvent avec maladresse, dans des « romans judiciaires » comme *Shi gong'an*. Au tournant du XX$^{e}$ siècle, les lecteurs et auteurs chinois

① Le *baihua*, la langue vernaculaire, basée sur le mandarin standard.

② Wu Jianren, *Zhongguo zhentan'an* : *fan li* « 中国侦探案·凡例 » [ Les histoires policières chinoises: exemples], in *Wu Jianren quanji* « 吴趼人全集 » [ Œuvres complètes de Wu Jianren], Beifang wenyi, Ha'erbin, 1998, Vol.7, p.69.

adoptent vite le roman policier étranger, adoption facilitée par les points communs précités. Avides de nouveautés, ils apprécient tout spécialement la rationalité du roman policier (par exemple, celle du *Xieluoke He'erwusi biji*), et en deviennent grands consommateurs. Autre point d'attrait, et non des moindres, les romans policiers présentent un style narratif nouveau, comprenant des allers-retours dans le temps ; cette présentation est génératrice du suspense inhérent au roman policier si absent des « romans judiciaires », et le public n'en est que davantage séduit.

Après avoir étudié les deux genres sur le plan de la typologie littéraire, il s'agit maintenant de les aborder sous un angle socio-politique pour examiner si le « roman judiciaire » et le roman policier se ressemblent.

Durant l'âge d'or du roman policier en Europe et aux États-Unis, dans les pays socialistes, ou plus précisément communistes, comme l'URSS (1922—1991), le monde littéraire a fait de ce genre un tabou. Tout au long de l'histoire de la littérature russe, il est évident que les écrivains, y compris et surtout les grands génies, ne manquent pas de connaître toutes les spécificités du roman policier occidental. Bizarrement, personne n'en parle et ne travaille dans ce domaine spécifique. L'explication d'un chercheur soviétique, Sergei Dinamov, nous aide à comprendre la raison de cette lacune dans le panorama littéraire russe. En 1935, il déclare :

> Parmi les genres romanesques, le roman policier a la particularité d'être spécifique à la société capitaliste. Dans le roman policier, l'auteur admire énormément le détective qui protège la propriété privée. Ce sont toujours des combats autour de la propriété privée qui opposent le criminel et le détective. Évidemment, les résultats sont clairs : la loi l'emporte sur les actes hors la loi ; l'ordre surpasse le désordre ; le détective se sert de la loi pour triompher du criminel ; les propriétaires gagnent contre les méchants ; et ainsi de suite. Le contenu du genre policier ressortit entièrement au monde capitaliste.①

① Arkady Adamov, *Zhentan wenxue he wo : zuojia de biji*, p.3.

Cette idée représente l'attitude ferme du gouvernement de type socialo-commu-niste (par exemple, celle de l'URSS, mais aussi de quelques autres pays) aux temps forts de l'application de sa politique. Figé qu'il est dans sa vision étatique, Sergei Dinamov ne s'écarte pas d'options du Parti, et classe définitivement le genre policier parmi les fruits de la seule organisation capitaliste du monde. Ainsi, nous pouvons trouver la raison pour laquelle, un nombre considérable d'auteurs russes, à considérer dans leur dimension communiste, comme Mikhaïl Cholokhov, ne franchissent pas la frontière du monde policier. En bref, perçu comme bannière du capitalisme, le roman policier est reçu avec beaucoup de froideur par le lecteur et l'auteur du monde socialo-communiste pour des raisons idéologiques et politiques.

De nos jours, un chercheur, Guo Yanli, tient des propos tranchés. Pour lui le roman policier était un genre littéraire inconnu en Chine avant le XX$^{e}$ siècle :

> À mon avis, le roman policier est apparu lorsque la société capitaliste ayant atteint un certain stade (c'est-à-dire quand la propriété privée a été concentrée entre les mains de quelques-uns et que ce groupe s'est senti menacé), elle a accordé de l'importance à la science et elle s'est intéressée à tous les domaines scientifiques. Il est le fruit de cette évolution.
>
> Au sens strict, le roman policier n'a pas existé en Chine avant le XX$^{e}$ siècle. D'aucuns estiment que *Xie Xiao'e zhuan* de la dynastie des Tang, *Cuo zhan Cui Ning*, « Kan pixie danzheng Erlangshen » [Enquête d'Erliangshen sur l'affaire des chaussures] et *San xian shen Bao Longtu duan yuan* de la dynastie des Song, de même que *Bao gong'an* et *Hai gong'an* de la dynastie des Qing sont des œuvres représentatives du roman policier. En réalité, ils appartiennent tous au « roman judiciaire », et pas au roman policier. En résumé, avant le XX$^{e}$ siècle, en dépit d'un nombre considérable de « romans judiciaires », il n'y a pas

eu de romans policiers.①

Sur la question de la date de naissance du roman policier chinois, certes, l'avis de Guo Yanli va à l'encontre de celui de Song Anna et Huang Zexin. Les différences entre les deux camps, formés sur la base d'analyses différentes de l'histoire du roman policier chinois, se sont cristallisées au fur et à mesure des arguments apportés par leurs défenseurs respectifs. Notre but n'est pas de donner tort ou raison à qui que ce soit ; il s'agit d'identifier les causes qui amènent chaque partie à penser ce qu'elle pense. Malgré la controverse, le roman policier a partie liée avec la société capitaliste. Guo assure la relève de l'opinion politique soulevée par Sergei Dinamov. Pour mieux analyser sa phrase « *En résumé, avant le XX*$^{e}$ *siècle, en dépit d'un nombre considérable de "romans judiciaires", il n'y a pas eu de romans policiers* », il est indispensable de rappeler la situation socio-politique du temps de M. Guo et les circonstances historiques qu'il a vécues. Né en 1937 dans la province du Shandong, il a passé son enfance dans une situation précaire sous la République de Chine. Guo Yanli a adhéré au Parti communiste. Après la fondation de la République populaire, il avait une tendance à faire la littérature prolétarienne. Cette prise en compte de l'époque permet de retracer le cheminement de pensée de Guo Yanli.

Avant le XX$^{e}$ siècle, la société chinoise est de type féodal. Une minorité très peu représentative du pays est véritablement entrée dans une ère différente. Les effets de la pénétration de la société capitaliste ne sont vraiment perceptibles que sous la République de Chine (1912—1949) et pour des raisons diverses, n'ont pas pu prendre leur plein essor. Après quoi, suite à la prise de pouvoir de Mao Zedong, après 1949, le Parti Communiste, interrompant la trajectoire du capitalisme précoce

① Guo Yanli, *Zixicudong : xianzhe wenhua zhi lü* « 自西徂东:先哲文化之旅 » [De l'Ouest à l'Est : le voyage littéraire des philosophes], Hunan renmin, Changsha, 2001, p.114.

de Chine, règne sur le territoire chinois. Ainsi, dans cette phase de son histoire, la mise en place d'une société capitaliste chinoise a été coupée dans son élan. Comparativement à la production littéraire d'une société capitaliste arrivée à maturité, les conditions de genèse d'un genre policier propre à la société chinoise n'étaient pas réunies. La conclusion s'impose d'elle-même : le roman policier ne pouvait pas exister en Chine avant d'y être importé, soit avant le XX$^{e}$ siècle.

Si l'on s'en tient à l'hypothèse soutenue par Guo Yanli, on conclut que l'histoire du genre policier en Chine est donc très brève, et son implantation récente, puisque la première traduction *Xieluoke He'erwusi biji* date de 1896. Cette conclusion doit même s'étendre à l'ensemble du monde, puisqu'il est entendu que seul un niveau de structuration sociétale due au capitalisme peut engendrer le genre policier. Bien que la date de naissance du roman policier chinois ne soit pas scellée par un événement précis, nous pouvons quand même en trouver un indice : en 1902, lors du lancement du magazine *Xin xiaoshuo*, les rédacteurs ont créé pour la première fois une rubrique pour le genre policier. Avec le temps, des rubriques, des revues et des magazines spécialisés dans le genre du roman policier ont vu le jour : par exemple le magazine *Zhentan shijie* « 侦探世界 » [Le monde détective] fondé en 1923. La création des magazines autour du roman policier marque l'apogée du genre. Nous pouvons en considérer l'avènement comme le symbole du succès du roman policier chinois.

# CHAPITRE II LA GENÈSE DU ROMAN POLICIER EN CHINE

## II. 1. Panorama du roman policier à l'époque de Cheng Xiaoqing

### II.1.1. Les trois phases du roman policier chinois

La vie de Cheng Xiaoqing, qui s'étend donc de 1893 à 1976, coïncide avec l'évolution suivie par le roman policier chinois moderne. Le roman policier chinois mo-derne apparaît vers 1896 et se développe de façon continue jusqu'en 1920 pour atteindre son apogée au milieu des années 1930 ; puis, entre 1949 et 1978, décrié pour des raisons idéologiques, il disparaît. De ce long parcours dans l'histoire du roman policier du temps de Cheng Xiaoqing, il semble que nous pouvons dégager trois grandes périodes.

La première est celle de la traduction de la littérature policière occidentale de la fin des Qing aux débuts de la République de Chine. Les activités littéraires de traduction à la fin de la dynastie des Qing et aux débuts de la République ont été particulièrement dynamiques en termes de production (plus de 5 000 livres différents !). L'éventail des sujets abordés touche tous les domaines : technologies scientifiques, philosophie, politique, droit, histoire, géographie, littérature et civilisation. Dans le cas particulier de la littérature romanesque, les traductions englobent maintes catégories : politique, militaire, éducative, sociale, sentimentale, policière, historique ou encore des romans d'anticipation. Deux livres édités sur trois sont étrangers. Sur les soixante-dix-neuf ans environ qui vont de 1840 à 1919, l'universitaire japonais Tarumoto Teruo, dont les travaux servent de référence en la matière, a dénombré 2 584 titres traduits de romans occidentaux.① Son travail démontre que le roman policier se situe au premier rang des ventes.

Dès 1896, les *Aventures de Sherlock Holmes* sont importés en Chine. C'est la première ouverture du monde chinois sur le roman policier. Si les premières traductions sont exclusivement affaire de passionnés, le roman policier occidental structure autour de lui un véritable marché un peu avant 1920. Le public est au rendez-vous et les ventes décollent réellement à ce moment-là. Entre 1896 et 1916, ce sont les œuvres d'Arthur Conan Doyle qui se situent au premier rang.② Entre 1896 et 1920, *Huasheng Bao tan'an* « 华生包探案 » [Le détective Watson] d'Arthur Conan Doyle sera publié par sept maisons d'édition différentes.③ En 1919, à l'époque du Mouvement de 4 mai, les traductions de romans policiers atteignent leur pic, avec quelque 400 romans.④ Très rapidement, presque tous les auteurs

① Tarumoto Teruo explique dans la *Benshu de shiyong fangfa* « 本书的使用方法 » [Notice d'utilisation de lecture] de son *Xinbian zengbu qingmo minchu xiaoshuo mulu* « 新编增补清末民初小说 目录 » [Nouvel index des œuvres de fiction de la fin des Qing aux débuts de la République] (Qilü shushe, Jinan, avril 2002, p.2), que le livre inclut principalement les productions écrites et traduites publiées entre 1902 et 1919 ; et qu'il intègre également des travaux publiés entre 1840 et 1919 voire plus loin dans le temps, afin de ne pas omettre d'œuvres majeures et en considération du caractère flou de la transition entre la période de la fin des Qing et les débuts de la République.

② Chen Pingyuan 陈平原, *Zhongguo xiandai xiaoshuo de qidian : Qingmo minchu xiaoshuo yanjiu* « 中国现代小说的起点——清末民初小说研究 » [Étude sur l'origine du roman chinois contemporain], Beijing daxue, Beijing, septembre 2005, p.44.

③ Guo Yanli 郭延礼, *Zhongguo jindai fanyi wenxue gailun (xiudingben)* « 中国近代翻译文学概论 » (修订本) [Une série d'études sur la traduction en Chine], édition revue, Hubei jiaoyu, Wuhan, 2005. pp. 115-118.

④ Guo Yanli, « Zhentan xiaoshuo shi zibenzhuyi de chanwu : jianshuo zhongguo 20 shiji qian wu zhentan xiaoshuo », p.115.

importants seront traduits, des auteurs du monde entier dont les œuvres sont rendues en chinois en passant souvent par une langue tierce, le japonais généralement. Un traducteur s'illustre particulièrement alors, Chen Xu①, qui va traduire une partie des *Aventures de Sherlock Holmes* de Conan Doyle ainsi que *Sangdike zhentan'an* « 桑狄克侦探案 » [Les histoires policières de Thorndyke] de Richard Austin Freeman ou *Du Bin zhentan'an* (杜宾侦探案, *Le détective Dupin*) d'Edgar Poe.

Réflexe spécifique aux auteurs de romans policiers, les histoires sont souvent créées autour de personnages récurrents et constituent de véritables sagas déclinées en plusieurs volumes. Les séries policières occidentales passionnent de plus en plus les traducteurs et lecteurs chinois. La traduction des séries policières devient à la mode. Parmi les séries de renom, on trouve entre autres : la série *Duonawen baotan'an* « 多那文包探案 » [Le détective Donovan] de l'Anglais Dick Donovan, la série *Bali wu da qi'an* « 巴黎五大奇案 » [Les cinq affaires criminelles de Paris] de l'Australien Guy Newell Boothby (1867—1905), la série *Gaolong tan'an* « 高龙探案 » [Les enquêtes de Gaolong] d'un auteur français dont l'identité n'est pas connue②, la série *Haimo zhentan'an* « 海谟侦探案 » [Enquêtes de Hawes] de Walter Hawes et la série *Nie Getuo zhentan'an* « 聂格脱侦探案 » [Enquêtes de Nick Carter] de Nicholas Carter qui comprend plus d'une trentaine de volumes③. Certains écrivains comme Zheng Zhenduo (郑振铎, 1898—1958) jugent pourtant

① Chen Xu 陈栩 (1878—1940) a aussi signé plusieurs œuvres du nom de Tianxu Wosheng 天虚我生.

② Zhou Guisheng a traduit *Gaolong tan'an zhi yi'an* « 高龙探案之一案 » [Une des enquêtes de Gaolong]. Cette histoire est publiée dans le n° 11 de la revue *Yue yue xiaoshuo* « 月月小说 » [Le roman mensuel] en 1907. Il indique comme nom d'auteur de l'œuvre originale Jishan 纪善, et précise que c'est un Français.

③ Guo Yanli, *Zhongguojindaifanyi wenxue gailun* (*xiudingben*), pp.124-125.

que toutes ces œuvres sont sans valeur①, un avis que partage Wu Jianren : « Tous les romans policiers qu'on traduit de nos jours sont des manuels qui apprennent aux gens à voler. »② Malgré tout, entre 1907 et 1916, ce sont les romans policiers qu'on traduira majoritairement en Chine.

Considérant que le nombre de traductions est environ le double de celui des créations à la fin des Qing, presque tous les intellectuels ont peu ou prou un lien avec le monde de la traduction. Un célèbre écrivain contemporain de la dynastie des Qing, Lin Shu③, qui ne connaissait aucune langue étrangère, n'en est pas moins très connu pour ses traductions. Pour réaliser cet exploit, il avait recours à des lecteurs bilingues qui lui rendaient le propos qu'il pouvait à son tour adapter avec de belles tournures en langue chinoise classique. Lin Shu a ainsi rendu en chinois un nombre considérable de romans occidentaux, dont sept romans de Conan Doyle, parmi lesquels *Xieluoke qi'an kaichang* (*Le début d'une étude extraordinaire de Sherlock*)④, une adaptation de *A Study in Scarlet*. Les traductions de Lin Shu sont beaucoup plus libres que celles de ses contemporains. Dans ces histoires qui mettent en scène des personnages d'un autre continent, dans ces intrigues très liées à leur façon de vivre, il insinue une esthétique propre à sa culture asiatique.

Au travers de l'expérience de la traduction, les Chinois ont tenté d'apprendre les techniques de composition des livres occidentaux pour rédiger leurs propres

① Zhang Wei 张伟, *Fuermosi zai zhongguo baiyu nian ceng bei dangcheng « duwu »* « 福尔摩斯在中国百余年曾被当成"毒物" » [Sherlock Holmes est en Chine depuis cent ans, on le considère comme « un poison »], *Huanqiu shibao*, 1er décembre 2008.

② Zhang Wei 张伟, *Fuermosi zai zhongguo baiyu nian ceng bei dangcheng « duwu »* « 福尔摩斯在中国百余年曾被当成"毒物" » [Sherlock Holmes est en Chine depuis cent ans, on le considère comme « un poison »], *Huanqiu shibao*, 1er décembre 2008.

③ Lin Shu 林纾 (1852—1924) a adapté plus de cent vingt romans occidentaux en langue classique qu'il se faisait expliquer oralement.

④ Lin Shu a traduit sept romans de Conan Doyle, six en collaboration avec Wei Yi 魏易 (1880—1932), et un en collaboration avec Zeng Zongkong 曾宗巩.

histoires. On entre alors dans ce qu'on peut appeler « la première période d'imitation du roman policier ». Les productions purement chinoises de cette nouvelle ère sont de qualité inégale, mêlant des compositions allant du plagiat le plus simpliste à l'œuvre de génie. Les œuvres les plus réussies sont celles des auteurs-traducteurs. Dans le même temps, le passage du « roman judiciaire » au roman policier est marqué par *Jiuming qiyuan* de Wu Jianren et *Chun Ashi* de Leng Fo à la fin de la dynastie des Qing.① Ce sujet fera l'objet d'une présentation précise dans le chapitre prochain, consacré aux trois recettes du roman policier chinois. Le genre étant encore nouveau, la perception qu'en ont les auteurs chinois reste longtemps grossière. À partir des années 1920, l'expérience venant, suite à l'introduction de nombreux romans étrangers en Chine, les techniques de construction de l'intrigue, de présentation de l'enquête et de description des personnages s'améliorent de façon sensible : la combinaison des raisonnements et du suspense commence à coloniser les romans policiers de pure production locale.

La troisième et dernière période est celle de l'apparition du roman policier chinois proprement dit, avec ses théoriciens, ses premiers tours de force, ses premières œuvres représentatives, par exemple, *Huo Sang tan'anji*, *Xiadao Lu Ping qi'an* « 侠盗鲁平奇案 » [Lu Ping, gentleman-cambrioleur], *Die Fei tan'an* « 蝶飞探案 » [Enquêtes de Die Fei] de Yu Tianfen②, *Li Fei tan'an* « 李飞探案 » [Les enquêtes de Li Fei] de Lu Tan'an③. Ce nouveau genre a trouvé sa voie en Chine avec ses propres caractéristiques (ses codes narratifs) et des caractéristiques venues du contexte socio-culturel (reflet de la société chinoise, de ses systèmes de justice et de police pendant les périodes de turbulences que vit la Chine). Au fil du temps, les écrits policiers sont de plus en plus diffusés. La

① Wu Runting 武润婷, *Zhongguo jindai xiaoshuo yanbianshi* « 中国近代小说演变史 » [L'évolution du roman moderne], Shandong renmin, Jinan, 2000, pp.78-91.

② Yu Tianfen 俞天愤(1881—1937).

③ Lu Tan'an 陆澹安 (1894—1980).

publication prend de multiples formes, la plus courante étant celle du feuilleton publié dans la presse quotidienne, donnant souvent lieu ensuite à une édition complète. Les romans les plus fameux sortent directement en format relié, et la consécration arrive avec une presse spécialisée qui se développe précisément autour du roman policier. Le genre policier chinois atteint son âge adulte.

Voici la présentation de quelques revues influentes de la période d'or du roman policier en Chine :

*Zhentan shijie*, qu'on doit considérer comme le premier magazine spécialement consacré au roman policier chinois, connaîtra au total 24 numéros. C'est un magazine bimensuel.① Fondé en 1923 par la maison d'édition Shijie, il disparaîtra l'année suivante. Ses rédacteurs étaient Yan Duhe②, Lu Tan'an, Cheng Xiaoqing, Shi Jiqun③, rejoint par la suite par Zhao Shaokuang④, tandis que Lu Tan'an abandonnait le groupe.

*Zhentan* « 侦探 » [Le détective], lancé le 15 septembre 1938 par les éditions Youli. Selon Lao Cai⑤, ce serait le deuxième magazine entièrement consacré au roman policier à avoir vu le jour en Chine⑥. Hélas, aucune collection n'en est

---

① Zheng Yimei 郑逸梅, *Minguo qikan* : *Zhentan shijie* « 民国期刊《侦探世界》» [Le périodique de la République : *Zhentan shijie*], *Zongheng* « 纵横 » [Verticalement et horizontalement], Zhongguo wenshi chubanshe, Shenyang, n° 1, 2004, p.64.

② Yan Duhe 严独鹤 (1889—1968).

③ Shi Jiqun 施济群 (1896—1946).

④ Zhao Shaokuang 赵苕狂 (1892—1953).

⑤ Lao Cai 老埃或老蔡 (son nom original est Liu Zhen 刘臻 et son nom de plume est Ellry) est responsable du site Internet *Tuili zhi men* : *zhentan tuili menhu wangzhan* « 推理之门——侦探推理门户 网站 » [La porte du raisonnement : le portail du roman policier], site chinois qui est ouvert depuis 2001.

⑥ Lao Cai, *Zhongguo tuili xiaoshuoshi* « 中国推理小说史 » [L'Histoire de la fiction policière en Chine], in *Qingshaonian wenxue* « 青少年文学 » [La littérature pour les jeunes], n°. 4, 2010, chap. 6, p.93.

conservée en Chine①, et rien n'indique que la série complète n'aille pas au-delà des 54 numéros qui ont pu être identifiés. Certains chercheurs semblent même ignorer son existence.

*Xin zhentan* « 新侦探 » [Le nouveau détective], lancé le 10 février 1946 à Shanghai, par les éditions Shijie, et dont Cheng Xiaoqing fut le rédacteur en chef. Son arrivée dans le monde de l'édition précède quelques mois celle de la revue *Da zhentan* « 大侦探 » [Le grand détective].

La revue *Xin zhentan* « 新侦探 » [Le nouveau détective] créée par Cheng Xiaoqing, photo prêtée par Zhang Xuan 张璇, critique littéraire et cinématographique et auteur de romans en ligne

*Da zhentan*, qui a paru de 1946 à 1949, a compté au total 36 numéros②, autrement dit c'est la publication qui, dans son genre, a eu la longévité la plus grande. Son rédacteur en chef était Sun Liaohong.

*Lanpi shu* « 蓝皮书 » [La couverture bleue], qui a paru de juillet 1946 à mai 1949. Au début, les traductions y occupaient une large place. Par la suite, pour élargir son lectorat, le magazine publia davantage d'œuvres originales, dont les

---

① Lao Cai a illustré son article intitulé « Minguo "Zhentan" zazhi de zhongda faxian » avec la reproduction des couvertures des numéros 3 et 43 du magazine *Zhentan*, mais sans préciser d'où il tenait ces documents. Il est en effet à noter qu'à cause des troubles de l'histoire de Chine, les publications du genre de *Zhentan* ont longtemps été négligées, brûlées, perdues. Aujourd'hui, il semblerait que certains exemplaires aient survécu, mais ils ne sont répertoriés nulle part, d'où la difficulté voire l'impossibilité de les localiser.

② Lao Cai, « Minguo "Da zhentan" zazhi (1946—1949) mulu » « 民国《大侦探》杂志(1946—1949)目录 » [Liste des œuvres parues dans la revue *Da zhentan* entre 1946 et 1949], publiée le 7 septembre 2004 sur le site spécialisé pour les fans de roman policier :http://www.tuili.com/bbs/bbsShowDetail.asp? act=search&fid=190513&aid=13&bid=125 (page consultée le 24 mars 2023).

auteurs étaient généralement aussi des traducteurs. Sun Liaohong fut de ceux-là. On peut ainsi distinguer deux périodes dans l'existence de ce périodique. La première, qui a duré un an et demi, est surtout marquée par la publication d'une dizaine de nouvelles policières mettant en scène le « détective à la grosse tête », le héros de Zheng Dike (郑狄克), même si ces œuvres, en raison de leur intrigue un peu molle, ne semblent guère avoir suscité l'intérêt du lecteur. La seconde période est celle qui s'ouvre avec l'arrivée de Sun Liaohong comme rédacteur en chef. C'est lui qui va convaincre Huanzhu Louzhu①, de collaborer à la revue, lequel lui confiera un roman, *Guanzhong daxia* (关中大侠, *Le chevalier de Guanzhong*). Cheng Xiaoqing participera également à la revue, avec *Ling bi shi* (灵壁石, *La pierre rare*). Quant à Sun Liaohong, il y fit paraître *Sai Jinhua de biao* (赛金花的表, *La montre de Sai Jinhua*), une histoire qui appartient à la série *Xiadao Lu Ping qi'an*.

*Xin zhentan*, lancé le 10 février 1946 par les éditions Shijie de Shanghai également, eut pour rédacteur en chef Cheng Xiaoqing, et comme l'auteur qu'il était avait déjà accédé à la notoriété, son prestige a rejailli sur la revue.

*Hongpi shu* « 红皮书 » [La couverture rouge], fondé le 20 janvier 1949, n'a eu que 4 numéros. Ses rédacteurs en chef étaient Zheng Yan (郑焰) et Long Xiang (龙骧), lesquels s'entourèrent de collaborateurs aussi éminents que Sun Liaohong ou Cheng Xiaoqing. Sun Liaohong a publié *Fuxing gongyuan zhi ying Hongpi shu* « 复兴公园之鹰红皮书 » [La couverture rouge : l'aigle du parc de la renaissance] dans le n° 1. Il a ouvert une rubrique de contes policiers sur le détective amateur Lu Ping (鲁平) qui s'appelait « Hong Lingdai xiaogushi » « 红领带小故事 » [Les histoires d'une cravate rouge]. Ensuite, il en publie un récit court (deux à trois mille mots) dans chaque numéro. L'excellence de ses intrigues crée l'accroche auprès des lecteurs, et stimule leur soif de romans policiers. La qualité de la revue

① Huanzhu louzhu 还珠楼主 (1902—1961).

*Hongpi shu* lui vaut de connaître la même notoriété posthume que *Lanpi shu*.

En bref, tout au long de l'histoire du roman policier chinois, il est incontestable que les Chinois n'arrêtent pas de s'abreuver à différentes sources pour s'imprégner au mieux de ce nouveau genre narratif qui les séduit. D'une part, séduits par l'afflux de traductions d'histoires policières, les Chinois s'adonnent à ce genre avec passion et établissent une distinction très nette entre le roman policier étranger et l'ancien roman policier chinois dit « roman judiciaire ». Aux yeux des lecteurs, la distance se crée entre les genres traditionnel et nouveau. Dans un même élan, un grand nombre d'auteurs apprécie le charme du roman policier occidental et le renouvellement qu'il apporte au genre un peu sclérosé du « roman judiciaire ». D'autre part, des auteurs se penchent à nouveau sur ces romans policiers traditionnels et en retirent les meilleurs éléments pour les refondre en de nouvelles versions. Ils y greffent les techniques de narration du roman policier étranger et innovent dans un nouveau genre : certains romans sont le fruit d'une composition hybride, plus ou moins heureuse, alors que d'autres sont déjà dans un style proprement chinois. L'action des romanciers et feuilletonistes chinois bouscule certains archétypes du roman policier.

### II.1.2. Les trois recettes du roman policier chinois

Dans le monde du roman policier, nous pouvons comptabiliser une cinquantaine d'auteurs entre la fin de la dynastie des Qing et les débuts de la République①— habituellement classés dans la littérature dite « Canards mandarins et des Papillons »②. Ce sont principalement Cheng Xiaoqing, Sun Liaohong, Lu

① Cao Zhengwen, *Shijie zhentan xiaoshuo shilue*, p.158.

② Le courant *Yuanyang hudie pai* (鸳鸯蝴蝶派 Canards mandarins et des Papillons) fait partie de la littérature contemporaine. Voir l'étude classique de Perry Link, *Mandarin Ducks and Butterflies : Popular Fiction in Early Twentieth-Century Chinese Cities*, University of California Press, Berkeley, 1981.

Tan'an, Xu Zhuodai①, Wang Tianhen②, Zhang Biwu③, Fan Yanqiao④, Su Shisheng, He Puzhai, Xu Chihen, Zhang Shewo, Hu Jichen⑤, Fan Yu, Tao Fengzi, ou encore Fan Jugao (范菊高). Nous pouvons classer leurs œuvres en trois catégories, selon la recette qu'ils utilisent.

La première recette est celle du roman policier issu d'un mélange entre traduction et réécriture. La nouvelle œuvre comporte des ajouts et modifications sur la base d'une œuvre étrangère traduite. Il s'agit là d'un phénomène littéraire spécifique à cette époque dans le monde de la traduction. Des intellectuels comme Zhou Shoujuan, Cheng Xiaoqing et Sun Liaohong ont souvent un double statut de romancier et de traducteur. D'un côté, ils font preuve de beaucoup de talent en créant et en traduisant des romans, mais d'un autre côté, ils mélangent ces deux rôles. Cela montre que les deux rôles à l'époque ne sont pas séparés, et que la conscience du traducteur n'est pas encore très développée. L'indécise frontière entre traductions et créations originales est une des caractéristiques des publications de la période. Prenons l'exemple de *Du sha an* « 妒杀案 » [Crime de jalousie] de Cheng Xiaoqing. On observe ainsi avec amusement que sous ce titre le *Zhongguo zhentan xiaoshuo lilun ziliao* recense deux œuvres, portées chacune au crédit de la même maison d'édition, Wenming shuju de Shanghai : une traduction datée d'avril 1928 (Annexe 2, « Fanyi zhentan xiaoshuo mulu (1896—1949) », p.658) ; et une œuvre originale datée du mois de mai de la même année (Annexe 3, « Yuanchuang zhentan xiaoshuo mulu » (1901—1949), p. 763). S'agit-il vraiment de deux œuvres différentes parues à quelques jours de distance, ou bien y a-t-il eu en l'occurrence une erreur de datation ou bien une erreur de classement ? Et si tel est le

① Xu Zhuodai 徐卓呆 (1881—1958).
② Wang Tianhen 王天恨 (? —1946).
③ Zhang Biwu 张碧梧 (1905—1987).
④ Fan Yanqiao 范烟桥 (1894—1967).
⑤ Hu Jichen 胡寄尘 (1886—1938).

cas, s'agit-il d'une traduction ou bien d'une œuvre originale ? Ou bien, ils font partie de cette catégorie qui hybride interprétation et création ? Les textes en question étant aujourd'hui introuvables, il est impossible de trancher. À la fin de la période Qing et aux débuts de la République, comme il a été mentionné précédemment, non seulement des magistrats qui traduisent et des lettrés, mais également des intellectuels modernes, jouissant de ce double statut d'écrivain et de traducteur comme Cheng Xiaoqing, ajoutent et suppriment des passages « à leur gré » dans leurs traductions d'œuvres étrangères. Doit-on encore parler de traduction ? Peut-on vraiment parler de création ? Tous les livres ne sont pas forcément sujets au même degré aux rajouts et amputations ainsi qu'aux interprétations hasardeuses. Au sens strict, il faudrait classer ces romans policiers mixtes dans la rubrique « traduction ». Dans le meilleur des cas, l'œuvre originale n'est pas dénaturée, et les nouveaux textes sont porteurs de sens voisins du texte de départ. Même quand l'objectif n'est pas complètement atteint, il y a une volonté de fidélité à l'œuvre étrangère. Le terme de traduction devient beaucoup plus abusif dans le cas de certains autres livres, qui conservent bien peu de l'état d'esprit du roman originel.

La deuxième recette est celle qui hybride le « roman judiciaire » et le « roman policier ». On peut parler dans ce cas spécifique de « roman policier chinois de transition ». Nous en avons mentionné précédemment quelques exemples : *Jiuming qiyuan* de Wu Jianren et *Chun Ashi* de Leng Fo, parus à la fin de la dynastie Qing. Les *Enquêtes de Juge Ti* de Van Gulik rédigées dans les années 1950 et 1960 font aussi partie de cette catégorie.

La troisième et dernière recette concerne les romans policiers proprement chinois. Étant donné que les œuvres policières dominent le monde de la traduction, elles exercent une influence durable sur le monde littéraire chinois au tournant du XX$^{e}$ siècle. L'impact du déferlement des livres étrangers prend des formes multiples. De par leur aspect populaire et leur large diffusion, les romans ouvrent pour tous une fenêtre sur l'Occident. Des aspects occidentaux pénètrent toute la société. Un nombre considérable d'amateurs de romans policiers, après avoir lu ou traduit un ou deux policiers occidentaux, brûlent d'envie d'en écrire. Les recherches de Guo Yanli sur les premières créations de romans policiers chinois① nous donnent une piste pour découvrir le panorama de la création policière de la fin de la dynastie Qing et des débuts de la République.

Selon Guo Yanli, *Shen wai shen* « 身外身 » [Le faux corps] (inachevé) de Wan Lan② que l'on considère comme la première création de roman policier chinois a été publié dans le n° 1 du journal *Jiangsu baihuabao* « 江苏白话报 » [Le journal en langue parlée du Jiangsu] en 1905. La toute première édition, précédant la publication dans le journal, est introuvable aujourd'hui. Bien d'autres romans suivant ce premier essai. Voici, dans l'ordre chronologique d'apparition, les plus marquants : En 1906, Bao Youfu (包柚斧) publie son *Cidie ying* « 雌蝶影 » [L'ombre des papillons] dans *Shibao* « 时报 » [Le journal du temps]. Cette œuvre relate une histoire policière qui se déroule à Paris. Le récit comporte des traces de traduction, aussi, on hésite à le classer comme une création pure ou comme un policier « hybride ». Ce doute résulte du fait qu'à cette époque-là, les auteurs chinois signent éventuellement par des noms de plume et n'ont pas encore pris l'habitude d'indiquer leur vrai nom, ni s'il s'agit d'une traduction ou d'une création. En 1907, la revue *Yue yue xiaoshuo* « 月月小说 » [Le roman mensuel] publie dans son n° 7 *Shanghai zhentan'an* « 上海侦探案 » [Les enquêtes de Shanghai], recueil d'histoires, toutes signées du pseudonyme Ji③. Cette compilation regroupe plusieurs récits émanant d'auteurs différents. On peut regretter qu'une des enquêtes, *Jinjiezhi'an* « 金戒指案 » [L'affaire de la bague d'or] a l'intrigue peu palpitante,

① Guo Yanli, « Zhentan xiaoshuo shi zibenzhuyi de chanwu : jianshuo zhongguo 20 shiji qian wu zhentan xiaoshuo », pp.115-116.

② Wan Lan 挽澜, sa biographie est inconnue.

③ Aujourd'hui, grâce à la recherche des savants, nous comprenons que Ji est le nom de plume de Zhou Guisheng.

dépare un peu l'ensemble.

Cette même année, Lü Xia① publie *Zhongguo nü zhentan* (中国女侦探, *La détective chinoise*) chez Shangwu Yinshuguan. Cette œuvre enchaîne trois affaires judi-ciaires : « *Xuepa* » (血帕, *Le mouchoir sanglant*), « Baiyuhuan » (白玉环, *Une bague blanche*) et « *Kujingshi* » (枯井石, *Le puits perdu et la pierre*). Les intrigues sont novatrices et captivantes. L'héroïne Li Caifu (黎采芙) raconte des affaires criminelles à la première personne du singulier. Malgré son caractère immature, l'œuvre brosse un tableau réussi de la première femme policière.

On pourrait allonger la liste. À ces œuvres qui sont les plus remarquables, on peut ajouter quelques titres moins importants, mais qui n'en méritent pas moins d'être cités : *Du tiexiang* « 毒铁箱 » [La boîte en fer qui empoisonne] (inachevée, 1907) de Yunfu (云扶), *Xiongchoubao* « 凶仇报 » [La vengeance] (1908) de Yaogong (耀公), *Xunxue shiwuji* « 洵学失物记 » [Lors de l'étude, on perd un objet] (1909) et *Yansi* « 烟丝 » [Scaferlati] (1915) de Yu Tianfen. Ou bien encore *Zhongguo xin zhentan'an* « 中国新侦探案 » [Les nouvelles enquêtes de Chine] (1917) de Tianfen, un recueil de vingt nouvelles. On peut encore citer les deux récits policiers jumelés *Pishi'an* « 砒石案 » [L'affaire de la pierre empoisonnée] et *Yapian'an* « 鸦片案 » [L'affaire de l'opium], œuvres inachevées de l'auteur Aogu (傲骨) en 1908.

La qualité n'est pas au rendez-vous de toutes les éditions policières. *Shuangxiong douzhi ji* « 双雄斗智记 » [La lutte intellectuelle entre deux héros], création pure de Zhang Biwu, écrivain et traducteur, représente la qualité moyenne de la production de son époque. L'écrivain, bien que débutant dans la création romanesque, aligne une bonne expérience de traduction dans le genre policier. On peut dire qu'il vient tard sur le marché, puisque ce n'est qu'en 1921 que paraît ce

① Lv Xia 吕侠, originaire de Yanghu dans la province du Jiangsu, a pour vrai nom Lv Simian 吕思勉 (1884—1957). C'est un historien célèbre.

roman. Ce premier opuscule est publié en épisodes dans la revue *Banyue* « 半月 » [Le Bimensuel]. L'œuvre est notable pour la singularité de la description de ses personnages. Néanmoins, il reste un roman de second plan, du fait de la platitude de son intrigue, des conclusions trop prévisibles et d'une imitation non maîtrisée de l'écriture occidentale. Dans son roman, l'auteur introduit toutes sortes de techniques et technologies d'usage quotidien en Occident, mais toujours rarissimes en Chine. Il va sans dire que le lectorat chinois a du mal à se reconnaître dans des œuvres de ce type, qui sont pour lui du registre de l'anticipation, si ce n'est de la science-fiction ! Luo Ping, son héros, se retrouve affublé d'une pipe et de cigares et encore d'un pistolet laser ! En munissant les personnages de noms étrangers, en situant les adresses dans les capitales occidentales, le lecteur chinois pourrait imaginer avoir affaire à une traduction. Les préoccupations que Zhang Biwu donne à ses personnages sont très éloignées de la vie quotidienne des Chinois de l'époque. Il est impossible de s'identifier à ses héros. Malgré ses efforts, Zhang Biwu ne remplit pas son objectif. Sa démarche forcenée de mimer les romans occidentaux annihile ses chances de produire le roman qui aurait dû le révéler. Comparativement, d'autres écrivains transforment mieux leurs essais que ne sait le faire Zhang Biwu avec ce livre. Au même moment Cheng Xiaoqing sait déjà créer une atmosphère tendue et donner de l'épaisseur à ses héros. Sans se décourager de cet insuccès, Zhang Biwu récidive avec une série nommée *Jiating zhentan Song Wuqi xin tan'an* « 家庭侦探宋悟奇新探案 » [Les nouvelles enquêtes du détective Song Wuqi]. Ses vingt-deux récits valorisent son héros, Song Wuqi, spécialiste de la résolution des affaires de famille. Cette fois-ci, l'auteur abandonne la description des combats de kung-fu chère à son premier roman, et se concentre sur la réflexion en mettant Song Wuqi face à face avec la famille traditionnelle chinoise. En s'immisçant dans la cellule familiale, il cherche à éclairer le monde sur la nature des relations qui y président. C'est enfin l'occasion pour le lecteur chinois de s'identifier aux personnages, et aux possibles lecteurs occidentaux de comprendre cette partie de la vie chinoise. Ce nouvel essai fait passer Zhang Biwu à la postérité : le talent qu'il y a montré a définitivement écrit son nom en lettres d'or dans le panthéon des écrivains de roman policier de Chine. Durant la première moitié du XX^e siècle, le nom de Zhang Biwu vient sur toutes les lèvres dès qu'on évoque le roman policier. On peut regretter que la période moderne l'ait quelque peu oublié. Il nous fait partager un peu de son expérience à travers les propos suivants : « Il est évident que les Chinois écrivent des romans policiers chinois très enfantins. Traduire le plus possible de romans policiers occidentaux nous aidera à étudier ce genre. »①

Au travers du jugement de Zhang Biwu, on se rend compte du bas niveau dans la création de romans policiers chinois à l'époque et de l'influence des écrits policiers occidentaux sur l'auteur sinophone. Par ailleurs, il expose ici la raison pour laquelle il a d'abord passé beaucoup de temps à traduire avec application des récits étrangers avant de se lancer dans l'écriture au début des années 1920. L'imitation est un bon moyen de se former dans la rédaction de romans policiers pour les écrivains de son époque, même si les débuts sont souvent maladroits. Sur le marché du livre, les policiers chinois d'imitation ne sont pas rares, par exemple, la série *Xu Yunchang xin tan'an* « 徐云常新 探案 » [Nouvelles enquêtes de Xu Yunchang]② de Zhang Wuzheng③, la série *Bao'er wen xin zhentan'an* « 鲍尔文新侦探案 » [Nouvelles enquêtes de Bao'er Wen (Paul Veyne ?)] de Yao Gengkui④, la série *Kang Busheng xin tan'an* « 康卜生新探案 » [Les nouvelles enquêtes de Kang Busheng] de Wang Tianhen, la série *Yang Zhifang xin tan'an* « 杨芷芳新探案 » [Les nouvelles enquêtes de Yang Zhifang] de Zhu Yi⑤, et la

① Fan Boqun (éd.), *Zhongguo zhentan xiaoshuo zongjiang : Cheng Xiaoqing*, p.339.

② Fan Boqun 范伯群 et Kong Qingdong 孔庆东 (éd.), *Tongsu wenxue shiwu jiang* « 通俗文学十五讲 » [15 Leçons sur la littérature populaire], Beijing daxue, Beijing, janvier 2003, p. 199.

③ Zhang Wuzheng 张无铮 (1905—1983) est le nom de plume de Zhang Tianyi 张天翼.

④ Yao Gengkui 姚庚夔 (1905—1974), dit aussi Yao Sufeng 苏凤.

⑤ Avec cette graphie Zhu Yi : 朱翄.

série *Dongfang Yasen · Luoping xin tan'an* « 东方亚森 · 罗平新探案 » [Enquêtes d'Arsène Lupin asiatique] de Wu Kezhou (吴克洲).

Certains écrivains, après qu'ils ont acquis de l'expérience, ont donné libre cours à leur sensibilité et ont fini par devenir des maîtres du genre. *Bali xin pianshu* « 巴黎新骗术 » [Une nouvelle ruse à Paris], le roman de Zhao Shaokuang, est un exemple de ces belles réussites. L'auteur était un admirateur inconditionnel des œuvres de Conan Doyle, et les *Aventures de Sherlock Holmes* ont été pour lui la meilleure des sources d'inspiration. Dans le registre de l'imitation, il a composé les romans qui forment la série *Hu Xian tan'an* « 胡闲探案 » [Enquêtes de Hu Xian]. Il a repris à son compte le type de lien, entre complicité et complémentarité, qui unit Holmes et Watson : Hu Xian, son héros, a lui aussi son faire-valoir. Hu Xian admire Sherlock Holmes et le talent qui est le sien en matière de déduction, et quoique non-fumeur il a constamment une pipe à la main comme son modèle, car en tous points il s'emploie à reproduire les gestes du détective anglais. Mais, et c'est là le génie de Zhao Shaokuang qui n'a pas voulu faire de son personnage un simple double de Sherlock Holmes, Hu Xian est loin d'être aussi brillant que le héros de Conan Doyle. Il a beau s'efforcer de ressembler à son idole, il se prend régulièrement les pieds dans le tapis au point de s'en rendre ridicule. Il ne manque pas d'intelligence, mais il n'a pas les sens aussi aiguisés que son maître à penser : ses observations sur le terrain sont loin de valoir celles du grand Sherlock Holmes, et les déductions qu'il en tire restent bien en deçà des siennes. En termes d'écriture, l'auteur, Zhao Shaokuang, emprunte aux techniques éprouvées dans les romans policiers occidentaux comme le retour en arrière, ou bien la focalisation restreinte et objective. Malgré tout, son personnage présente des traits spécifiquement chinois. Ainsi, grâce à un personnage, Hu Xian, qui se démarquait suffisamment de Sherlock Holmes, et à l'utilisation des techniques de narration nouvelles en Chine, l'auteur a connu le succès sur le marché littéraire. À en croire Yan Yingsun①— qui

① Yan Yingsun 严英孙, connu aussi sous le nom de Yan Fusun 严芙孙.

qualifie par ailleurs Hu Xian de « Sherlock Holmes asiatique assis au coin de la porte » (门角里的福尔摩斯) — le talent de Zhao Shaokuang en matière de littérature policière, c'est ce qu'il écrit dans son *Minguo jiupai xiaoshuo mingjia xiaoshi* « 民国旧派小说名家小史 » [Histoire des écrivains célèbres des romans de style ancien de la République], ne le cédait en rien à celui de Cheng Xiaoqing.

On pourrait mentionner bien d'autres bons romans policiers chinois, par exemple, *Weiyi de yidian* « 惟一的疑点 » [Un seul point incertain], *Pianzhou* « 扁舟 » [Une voile] et *San feng xin* « 三封信 » [Trois lettres] de Yu Tianfen, *Li Fei tan'an* de Lu Tan'an, ou bien les œuvres suivantes que l'on doit à (Zhao) Zhiyan : *Pei le yidunfan* « 赔了一顿饭 » [Un repas perdu], *Nang zhong zhu* « 囊中珠 » [La perle dans la poche], *Bu su ke* « 不速客 » [L'importun], *Zhentan riji* (1, 2 et 3) « 侦探日记 (1, 2 et 3)» [Le journal du détective (1, 2 et 3)), *Qiguai de husheng* « 奇怪的呼声 » [Un cri étrange], *Zhen dao jia dao* « 真盗假盗 » [Un vol vrai ou faux] et *Bendi fengguang* « 本地风光 » [Le paysage local] … Tous ces romans et toutes ces nouvelles, avec bien d'autres, favorisent l'évolution rapide de l'écriture et la mise en place du genre policier proprement chinois. Un bon roman policier exige de l'auteur de montrer des compétences spéciales. Il se doit d'avoir de très bonnes techniques narratives en même temps qu'une certaine compréhension de la psychologie criminelle et de vastes connaissances sur le code pénal. Ces qualités, moins d'une centaine de romanciers chinois ont essayé de les mettre en œuvre. La majorité d'entre eux a abandonné, car vouloir n'est pas pouvoir, et écrire dans ce genre est un des exercices les plus difficiles de toute la littérature. Fan Yanqiao a bien décrit la situation du monde policier à cette époque-là :

> Assurément, il faut des capacités particulières pour créer des romans policiers. Il est impossible à une personne du tout venant de s'y lancer en répondant à sa simple envie. Ceux qui s'y essaient ne parviennent pas facilement

à se faire un style propre. Par conséquent, sur le marché du livre, la majorité des romans policiers est de la traduction.①

Face à la difficulté de réaliser une œuvre véritable dans le domaine de la littérature policière, petit à petit, presque tous ont jeté l'éponge. À l'époque où le Japon commençait à envahir la Chine, il n'était plus que deux, d'une certaine envergure, à persévérer dans le genre : Cheng Xiaoqing et Sun Liaohong. Les temps qui s'ouvraient alors — une économie totalement désorganisée et une inflation galopante s'installe — n'étaient pas de nature à favoriser l'essor de la littérature : les Chinois avaient trop de mal à joindre les deux bouts pour s'offrir encore des livres. Les ventes des romans policiers ont décliné, et pour ceux de leurs auteurs qui jusque-là en dépendaient il a été de plus en plus difficile de vivre de sa plume. Cheng Xiaoqing et Sun Liaohong ont dû se mettre en quête d'autres sources de revenus. Le premier, qui savait peindre, a mis ses peintures en vente (par le truchement d'annonces dans les journaux). Hélas pour lui, Sun Liaohong, accablé par la tuberculose, n'a pas trouvé d'autre moyen de gagner de l'argent, et il en a été réduit à vivre dans le dénuement le plus total. Ces deux auteurs avaient beau avoir obtenu la reconnaissance de leur vivant, il leur a été impossible de faire fortune ou plus simplement de gagner leur vie en écrivant des romans policiers en Chine sous l'occupation japonaise, contrairement à ce qui se passe de l'autre côté de la planète. L'écriture d'un roman policier exige beaucoup de préparation. Ce sont des conditions que peuvent s'accorder Conan Doyle ou Agatha Christie, mais certainement pas les auteurs chinois.

---

① Wei Shaochang (sous la direction de), *Minguo jiupai xiaoshuo shilue* «民国旧派小说史略» [Brève histoire des romans de style ancien de la République], Yuanyang hudie pai yanjiu ziliao, Shanghai wenyi, Shanghai, 1984, p.337.

## II.2. L'essor du roman policier en Chine

Le roman policier a fait son apparition aux États-Unis au milieu du XIXe siècle. Il s'est développé rapidement et n'a pas tardé à s'exporter, que ce soit en Occident ou en Orient. En Chine, à la fin de la dynastie des Qing et aux débuts de la République, le contexte se prêtait à sa réception. L'héritage de la littérature policière chinoise traditionnelle et l'assimilation des romans occidentaux en sont les composantes essentielles. Le public réserve un bon accueil aux livres occidentaux. Toutes ces dimensions sont celles qui justifient l'existence du genre policier en Chine, puis l'émergence d'un style propre-ment chinois avant d'évoluer vers une forme aboutie du roman policier chinois.

### II.2.1. Les circonstances de l'apparition du roman policier chinois

Le roman policier chinois a fait son apparition au cours de la période de la révo-lution industrielle.① La croissance du nombre de fabriques appelle une main d'œuvre populeuse. À l'image de ce qui s'observe en Occident, la Chine connaît l'exode rural, et Shanghai reçoit un flot continu de paysans venus gagner leur vie en ville.② Ces pay-sans devenus ouvriers, avec peu de qualification installent durablement des quartiers pauvres dans la cité.③ Allant de pair avec la pauvreté, la délinquance gagne les rues, et l'insécurité gagne les esprits. Pour les intellectuels et autres urbains de souche, en un certain sens, le roman policier décrit les nouvelles

① Fan Boqun, *Zhongguo xiandai tongsu wenxueshi* « 中国现代通俗文学史 » [Histoire de la littérature populaire chinoise contemporaine], Beijing daxue, Beijing, janvier 2007, p.422.

② Jiang Weifeng, *Jinxiandai zhentan xiaoshuo zuojia Cheng Xiaoqing yanjiu*, p.88.

③ *Ibid.*

règles de vie dans cette nouvelle configuration de la ville. Le roman policier prend ici un rôle social. C'est aussi à dessein que certains intellectuels présentent d'autres façons de penser avec les traductions de livres occidentaux. Les récits proposent des modèles encore méconnus dans une société en recherche de nouveaux repères. Les lecteurs sont avides de savoir ce qui se fait ailleurs. Le roman policier arrive à point nommé dans la société chinoise pour faire la promotion de modèles d'organisation de la justice qui n'ont pas cours dans le pays. Tout au long de son histoire, ce sont souvent les fonctionnaires locaux (par exemple, le magistrat de district et les gouverneurs) qui traitent les affaires criminelles. C'est à l'issue de concours que ces agents de l'État sont nommés à un poste. Dans le territoire qu'ils ont à gérer, ils sont quasi-omnipotents. Rendre la justice est une des charges qui leur revient. Même si cette tâche est souvent celle qui leur prend le plus de temps, le plus souvent, ils l'abordent dans une totale impréparation. Robert Van Gulik, dans sa préface à une traduction du *Tang Yin Bi Shi* [Affaires résolues à l'ombre du poirier], décrit cette situation inquiétante :

> Il faut se souvenir que, suivant la tradition confucianiste, le droit civil et criminel ainsi que son application est un sujet fâcheux pour la simple raison qu'il doit son existence aux failles d'un ordre social qui devrait en être exempt [...]
>
> D'un autre côté, la quasi-totalité des lettrés et des fonctionnaires commençaient leur carrière comme magistrats de district, et l'administration de la justice représentait une part importante de leurs tâches quotidiennes. Les concours de recrutement—que l'on n'a pas tort de présenter comme des « examens de lettres » dans les publications occidentales—les préparaient mal à ce travail : le programme normal tournait autour des Classiques ; le droit était un champ d'études que n'abordaient qu'un nombre relativement réduit de spécialistes, qui, une fois diplômés, étaient en général affectés à l'une des

hautes instances judiciaires de l'administration centrale. Les fonctionnaires provinciaux de base n'avaient qu'une connaissance superficielle du sujet.①

Il apparaît donc, même au regard de la formation qu'ils reçoivent, que la fonction judiciaire n'est considérée que comme une lointaine annexe du travail de mandarin. Pour ces fonctionnaires eux-mêmes, rendre la justice n'est pas la partie la plus gratifiante du métier ; on y passe un temps toujours trop long à juger des affaires qui n'aideront que rarement à avancer dans la carrière ! Les pratiques qui sont devenues courantes aujourd'hui n'ont pas cours dans la Chine traditionnelle. On ne trouve nulle mention de réelles investigations criminelles, au sens moderne du terme. Inutile de préciser que l'utilisation de méthodes scientifiques dans le domaine de la police introduites vers la fin du XIXe siècle en Occident② est restée largement ignorée en Chine. Les gouverneurs-magistrats sont avant tout des hommes de lettres. À ce titre, ils ont très peu de connaissances pratiques dans la résolution des enquêtes. Les techniques employées reposent sur la présomption de culpabilité. Si l'accusé a maille à partir avec la justice, il trouble l'ordre public. Il est fatalement coupable de quelque chose, à lui de prouver le contraire. Ce principe n'est nulle part formulé aussi explicitement que dans la littérature juridique chinoise : dans les temps anciens, il était de coutume de considérer que jamais un bon citoyen, vraiment honnête, n'aurait de raison d'être traduit en justice. Même un homme bon et parfaitement innocent, accusé à tort, est déjà coupable dans la mesure où il est partie prenante à un trouble de l'ordre public dans le district. Pour le juge, la culpabilité est donc établie, il ne reste plus qu'à recevoir les aveux de l'accusé. Ils

① Robert Van Gulik, *Affaires résolues à l'ombre du poirier*, pp.29-30.

② En 1879, en France, Alphonse Bertillon est le premier à mettre en place une méthode scientifique d'identification des criminels, lançant ainsi le mouvement qui plus tard donnera naissance à la première police utilisant des méthodes scientifiques pour la résolution de crimes : les « Brigades du Tigre » instaurées par Clémenceau en 1907.

sont toujours obtenus, dans la mesure où on a alors recours à tous les moyens de torture possibles pour les avoir. Le professeur de chinois de l'Université Renmin, Zhang Guofeng 张国风①, prend pour exemple *Laocan youji* de Liu E②. « Selon lui, on pourrait considérer cette œuvre comme un roman judiciaire, car les deux magistrats incorruptibles qui y sont mis en scène occupent une place importante dans l'histoire du roman judiciaire. »③ Liu E travaille en tant que juge sans pour autant l'être officiellement. *Laocan youji* est un simple carnet de voyage. Si l'attitude du magistrat envers les innocents est d'une telle rigueur, on peut imaginer sans mal le destin réservé aux véritables criminels. Les actions en justice risquant régulièrement de se solder par des atrocités et des décisions injustes, la pression grandit dans la population, et on demande le changement.

Le 29 janvier 1901, sous la pression intérieure et extérieure, les autorités de la dynastie des Qing ont décidé d'opter pour la réforme. En 1905, elles ont aboli les tortures les plus atroces, notamment l'écartèlement, la décapitation et la peine du pilori en place publique.④ Après la victoire de la Révolution de 1911, le gouvernement provisoire de Nanjing a adopté une Constitution provisoire qui proclamait la séparation des pouvoirs : pouvoirs exécutif, législatif et judiciaire. Les habitudes sont bouleversées. Avec la disparition de la monarchie absolue, de nouvelles idées sont à l'ordre du jour : des idéologues fondent les premiers partis politiques, et proposent des systèmes en totale rupture avec la tradition chinoise multimillénaire. Les vérités de toujours ne sont plus des vérités, et les croyances s'effondrent, envers les usages, envers l'État, envers la religion même... Au milieu

① Zhang Guofeng 张国风, né en 1945.

② De *Laocan youji* « 老残游记 » (1907), roman de Liu E 刘鹗 (1857—1909).

③ Yu Hongsheng 于洪笙, *Chongxin shenshi zhentan xiaoshuo* « 重新审视侦探小说 » [Réexaminer le roman policier], Qunzhong, Beijing, septembre 2008, p.98.

④ John King Fairbank (Fei Zhengqing 费正清), *Jianqiao zhongguo wanqingshi* 1800—1911 xiajuan « 剑桥中国晚清史 1800—1911 下卷 » [The Cambrige History of China, 1800—1911, Part II], Zhongguo shehui kexue, Beijing, 1996, Vol.2, p.163.

de la tourmente, les écrivains chinois sont transcripteurs des différents événements et phénomènes qui traversent la société.

Cependant, en ce début de XX$^{e}$ siècle, il est difficile d'améliorer le savoir-faire et les méthodes policières par manque de base théorique. La traduction d'œuvres occidentales, telles que *Les Aventures de Sherlock Holmes*, est bienvenue. Elles donnent à lire des histoires qui s'appuient sur des techniques logiques et éprouvées, puisque existantes et utilisées au quotidien dans le monde occidental. Pour des policiers et magistrats qui ont tout à apprendre de leur métier, c'est une source inépuisable de renseignements et d'enseignements. Par imitation des romans, puis intégration des méthodes dans le milieu judiciaire chinois, les enquêtes gagnent en qualité. Suite à l'importation du roman policier en Chine, il est à noter que l'intrigue importe peu aux lecteurs chinois. Ceux-ci s'intéressent dans un premier temps au côté scientifique de l'obtention des aveux. En Chine, la seule méthode appliquée était la torture. Suite à cela, deux des lecteurs de romans policiers qui se trouvaient être également hauts fonctionnaires, Wu Tingfang 伍廷芳（1842—1922）et Sheng Jiaben 沈家本（1840—1913）, ont rendu un rapport à l'empereur le 24 avril 1905, suggérant l'abolition de certaines pratiques jugées comme brutales telles que la décapitation « xiao shou » 枭首, la bastonnade des cadavres de criminels « lushi » 戮尸, ou le démembrement « lingchi » 凌迟.① Les récits policiers permettent aux Chinois d'acquérir une connaissance générale des procédures de déroulement d'enquête, ainsi que du code pénal occidental et des moyens pratiques de le faire respecter. Grâce à certaines histoires spécifiques, le savoir arrive à toucher jusqu'au cœur des jurisprudences. Forts de ce constat, plusieurs romanciers chinois comme Cheng Xiaoqing se rallient à l'idée que voici : « Certains romanciers [comme Cheng Xiaoqing] considéraient sérieusement le roman policier

① Jiang Weifeng, *Jinxiandai zhentan xiaoshuo zuojia Cheng xiaoqing yanjiu*, p. 422.

comme un manuel scientifique. »① Plus largement, l'idée que le roman policier pouvait apporter un réel bienfait a touché la majorité des intellectuels chinois. En 1907, Lin Shu se fait leur porte-parole en déclarant :

> Récemment, après avoir lu les aventures de détective que des intellectuels de Shanghai ont traduites, j'ai eu une heureuse surprise. J'admire leurs bonnes intentions pour la société. La vulgarisation du roman policier fera que les fonctionnaires de l'empereur changeront de méthode d'enquête : au lieu de torturer les suspects pour obtenir leurs aveux, ils s'appuieront sur le travail des avocats et des détectives. En outre, il faut multiplier les écoles destinées à former les avocats et détectives. [...] Le peuple se débarrassera des maux causés par les « parasites » du métier de la justice tels que les secrétaires et gardes. Peut-être la justice sert-elle rétablie grâce aux idées du roman policier. En ce sens, la fonction du roman policier est formidable.②

À l'orée de la République, les gouvernements provisoires remanient perpétuelle-ment les lois, créant une confusion sans fin pour les juristes. Dans le brouillard des décisions de justice désordonnées, le roman policier devient une référence juridique, à laquelle les citoyens tentent de se raccrocher.

Les onze années qui séparent 1896 de 1907 voient la plus grande floraison de romans policiers en Chine. 1911, l'année de la révolution, marque aussi un seuil dans l'histoire du roman policier : les traditionnels romans judiciaires tombent en désuétude au profit des histoires policières à la mode occidentale. On constate ainsi à quel point l'histoire du roman policier colle de près à l'histoire du pays lui-même.

---

① Wu Runting, *Zhonggguojindai xiaoshuo yanbianshi*, p.77.

② Guo Yanli 郭延礼, *Zhongguo jindai fanyi wenxue gailun* « 中国近代翻译文学概论 » [Une série d'études sur la traduction en Chine] (A series of Translation Studies in China), Hubei jiaoyu, Wuhan, 1998, p.163.

L'une s'est nourrie de l'autre et inversement, en de multiples allers et retours.

Suite à la révolution de 1911, les nationalistes, derrière leur leader Sun Yat-sen, ont renversé l'Empire Qing et fondé la République. Le pouvoir absolu étant tombé, plus aucune institution ne fonctionne. L'exécutif est en place, certes, mais il faut encore mettre en place des lois et les faire appliquer.① Le « roman judiciaire » glorifie le « pouvoir d'avant », celui de l'ancien régime impérial. Ce genre d'ouvrage avait pour cibles les bons et mauvais fonctionnaires qui jugeaient les crimes. Le récit qui montrait comment rendre la justice à des innocents à l'aide des *xiashi* du Jianghu (bandits d'honneur ou justiciers traditionnels) a complètement perdu son fondement social à l'avènement de la République. Le genre « roman judiciaire » intéresse de moins en moins les lettrés. Sa situation décline. Il est considéré comme un « genre périmé » et sa disparition est inévitable. Le roman policier triomphe.

Si l'on veut comprendre à quel point le roman policier était populaire à l'époque, il suffit de jeter un coup d'œil sur le marché du livre en 1908.

> D'après les statistiques de Xu Nianci②, des livres publiés par la maison d'édition Xiaoshuolin, les romans policiers sont ceux qui se vendent le mieux. Ils représentent entre 70 et 80 % des ventes.③

---

① Chen Sizhe 陈嗣哲, *1912 zhi 1949 wo guo sifajie gaikuang* « 1912年至1949年我国司法界概况 » [Panorama du domaine judiciaire chinois entre 1912 et 1949], in *Institute of Legal History* (*Falü shixue yanjiuyan* « 法律史学研究院 » [Institut d'histoire légale]), publié le 9 janvier 2020. Page consultée le 12 avril 2023 : http://legalhistory.cupl.edu.cn/info/1034/1355.htm Cette œuvre a été écrite en 1980 par Chen Sizhe qui était procureur général à Tianjin au tribunal n° 1 de la Cour suprême du Hebei pendant la période la République [民国河北高等法院第一分院检察处首席检察官].

② Xu Nianci 徐念慈 (1874—1908).

③ Juewo 觉我, « Yu zhi xiaoshuoguan » « 余之小说观 » [Mon point de vue sur le roman], *Xiaoshuo lin* « 小说林 » [la Forêt des romans], n° 9 et n° 10, 1908.

Wu Jianren, écrivain et traducteur, s'exprime également sur la mode de la littérature policière du moment :

> Les traductions de littérature policière récentes remplissent les entrepôts des éditeurs de fond en comble. Malgré l'énormité des stocks, il semble encore qu'on s'inquiète de savoir si on pourra répondre à la demande des acheteurs.①

On peut dire sans exagérer que les lecteurs chinois se sont épris authentiquement du genre policier. Les remarques de Xu Nianci et de Wu Jianren nous inspirent d'autres réflexions sur la liaison entre le roman policier et la société du début du XXe siècle. L'analyse qui suit s'appuiera sur la typologie des lecteurs de romans populaires (roman judiciaire et roman policier) de la dynastie des Ming et des Qing à la République de Chine. On peut distinguer deux sous-classes de lecteurs de romans judiciaires lors de la période des dynasties des Ming et des Qing.

D'abord, celle des lecteurs directs.

Le lecteur direct, c'est celui qui a appris à lire ; c'est donc un lettré.

Sous l'Empire Song (960—1279), l'art de l'imprimerie fait de grands progrès grâce à Bi Sheng②. Auparavant, les livres étaient rares, chers et réservés aux seuls manda-rins. La nouvelle technologie va permettre de répondre aux besoins d'une société urbaine et marchande qui s'instaure et va croissant. Malgré tout, la publication d'un livre imprimé demeure une entreprise coûteuse. De cette période, on peut retenir l'exemple du livre *Tang Yin Bi Shi*, qui selon Van Gulik *ne circula donc que sous la forme de manuscrits*③. Pécuniairement, les gens du commun, même s'ils savaient lire, n'avaient donc pas de moyens de profiter des livres. D'autres œuvres monumentales, comme *Tulong gong'an*, ont subi le même sort. La

① Wu Jianren, *Zhongguo zhentan'an* : *bianyan* « 中国侦探案 · 弁言 » [Les histoires policières chinoises: préface], Shanghai guangzhi shuju, Shanghai, 1906.

② Bi Sheng 毕昇 (? —1051) est l'inventeur de l'imprimerie à caractères mobiles.

③ Robert Van Gulik, *Affaires résolues à l'ombre du poirier*, p.41.

lecture reste un privilège pour les riches, autrement dit la classe dirigeante.

Pendant de longues périodes, le prix élevé des livres a limité grandement le nombre des ache-teurs et l'extension du lectorat. Selon les informations disponibles à ce jour, il s'agissait surtout de marchands et de mandarins (ainsi que leurs familles et leurs proches) et de riches hommes de lettres. Ils se concentraient plutôt dans des régions économiquement développées, par exemple Wuzhong (région de Suzhou), Huizhou, Shanxi, Canton, etc.①

Même à la fin de la dynastie des Qing, les lecteurs ne sont pas légions, à cause de cette condition incontournable qui était de savoir lire. Selon Ma Zongrong :

> En 1900, un pour cent seulement de la société chinoise savait lire. Sans compter que ce chiffre date à la fin des Qing où des efforts avaient été accomplis dans la démocratisation de l'enseignement. Par conséquent, il est aisé d'imaginer que sous la dynastie des Ming et au début de la dynastie des Qing la situation d'analphabétisme était sans aucun doute plus grave.②

---

① Ma Zongrong 马宗荣, *Shizi yundong : minzhong xuexiao jingying de lilun yu shiji* « 识字运动 :民众学校经营的理论与实际 » [Le mouvement d'alphabétisation : théorie et pratique de la gestion de l'école publique], Shangwu yinshuguan, Shanghai, 1937. Cité dans *Mingmo baihua xiaoshuo de zuojia yu duzhe* «明末白话小说的作者与读者 » [Lecteurs et auteurs du roman en langue parlée de la fin des Ming] de Da Mukang 大木康 et de Wu Yue 吴悦, in *Mingqing xiaoshuo yanjiu* « 明清小说研究 » [La recherche sur les romans chinois de la dynastie Ming et de la dynastie Qing], 1988, n°. 2, pp.199-211.

② Ma Zongrong 马宗荣, *Shizi yundong : minzhong xuexiao jingying de lilun yu shiji* « 识字运动 :民众学校经营的理论与实际 » [Le mouvement d'alphabétisation : théorie et pratique de la gestion de l'école publique], Shangwu yinshuguan, Shanghai, 1937. Cité dans *Mingmo baihua xiaoshuo de zuojia yu duzhe* «明末白话小说的作者与读者 » [Lecteurs et auteurs du roman en langue parlée de la fin des Ming] de Da Mukang 大木康 et de Wu Yue 吴悦, in *Mingqing xiaoshuo yanjiu* « 明清小说研究 » [La recherche sur les romans chinois de la dynastie Ming et de la dynastie Qing], 1988, n°. 2, pp.199-211.

À la fin des Qing, la presque totalité de la population ne savait pas lire, même les messages les plus simples. Et parmi ceux qui savaient lire, combien avaient les moyens d'acheter des romans ? Avaient-ils seulement le temps ou le goût de la lecture ? À n'en pas douter, il n'y avait que très peu de lecteurs d'œuvres littéraires, et parmi eux probablement très peu d'amateurs de « romans judiciaires ». Pourtant selon Qian Daxin①, qui s'exprime en 1889 :

> En Chine antique, il exista trois religions : le confucianisme, le bouddhisme et le taoïsme. Depuis la dynastie des Ming, il semble qu'une autre religion soit apparue : « le roman ». Bien que le roman ne soit pas vraiment une religion, tout le monde sait très bien ce que c'est, hommes de lettres, paysans, ouvriers, marchands ou boutiquiers, autant que les femmes et les enfants illettrés. Aussi le roman est-il plus répandu que les trois religions.②

Comment tous les Chinois de cette époque, qu'ils soient lettrés ou bien gens du commun pouvaient-ils connaître les romans, et parmi eux « le roman judiciaire » ? Par le biais des contes et des romans chantés, et des spectacles : pièces de théâtre, opéra traditionnel, etc.

Deuxième sous-classe de lecteurs, celles des lecteurs indirects.

Le lecteur indirect est un récepteur passif des œuvres littéraires : il assiste à des représentations d'un texte dit par des artistes.

Anciennement, des artistes ambulants racontaient de ville en ville des histoires variées qui se nourrissaient souvent des « romans judiciaires ». Ce moyen de diffusion était suffisamment flexible pour s'adapter à la compréhension de tous.

---

① Qian Daxin 钱大昕 (1728—1804).

② Qian Daxin, *Qian Yantang wenji* « 潜研堂文集 » [Le recueil de Qian Yantang], Shanghai dianshizhai, Vol.17 (le titre du 17e volume intitulé *Zhenggu* « 正谷 » [Redresser les mœurs]), Shanghai, 1889.

Qu'ils fussent jeunes ou vieux, riches ou pauvres, lettrés ou illettrés, chaque citoyen de l'empire trouvait dans ces représentations une porte d'entrée dans les œuvres traditionnelles. Il va de soi que ces représentations théâtrales n'utilisent pas les mêmes techniques de narration que les versions écrites.

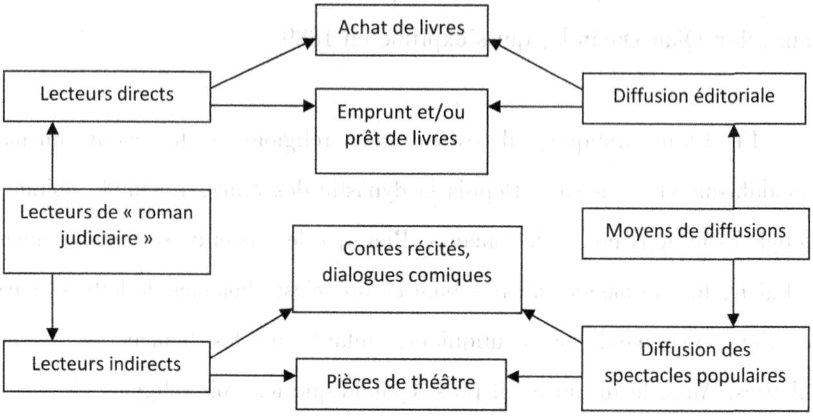


À la fin de la dynastie des Qing et aux débuts de la République, selon Wu Jianren, les traductions de littérature policière récentes remplissaient les entrepôts des éditeurs de fond en comble. Cela prouve indirectement l'impact de l'édition moderne et sa capacité de croissance incroyable. Il faut voir dans ce phénomène la raison pour laquelle les ventes du roman policier ont pu connaître une telle évolution. Les librairies se sont multipliées, et les bibliothèques regorgeaient de nouveaux ouvrages. Le livre est entré de plain-pied dans l'ère de la société de consommation. Les romans proposaient des lectures rapides et distrayantes, et sont devenus un commerce florissant. Le lectorat se recrutait non seulement dans les classes aisées, mais s'enracinait de plus en plus profondément dans toutes les couches de la société chinoise.

L'offre de lecture de romans policiers a pris plusieurs formes : les romans sous la forme de volumes complets, mais très souvent aussi sous la forme de feuilletons donnés dans la presse quotidienne, et plus tard dans des magazines spécialisés.

L'adoption du livre par les masses est facteur de liberté. Le Chinois de la rue, autant que l'intellectuel s'émancipe avec le torrent d'idées nouvelles qu'amènent les ouvrages occidentaux. La République qui s'instaure en Chine en 1911 est le théâtre de la naissance d'une certaine liberté d'expression. Toutes les composantes qui font la force de l'Europe et des États-Unis se donnent aussi rendez-vous dans le pays et distinguent une Chine occidentalisée d'une Chine qui reste rurale et traditionnelle. Ce sont les régions côtières et fluviales qui accueillent d'une manière privilégiée, si ce n'est exclusive, tous ces éléments étrangers. Dans cette nouvelle Chine, le roman policier est l'un des facteurs de modernité. Le pays, en recherche d'une nouvelle forme de société, devient tout à coup foisonnant d'informations accessibles à tous à travers le livre, et l'édition au sens large. Le journal est la marque de la société libre et l'un des piliers de la démocratie. Romans et journaux sont donc devenus un pôle d'influence de première importance dans l'évolution de cet Empire du Milieu qui va devenir la Chine moderne.

Le roman policier connaît à la fin du XIX$^{e}$ siècle son âge d'or en Occident. Il se diffuse dans le monde entier et trouve donc un écho très favorable en Chine. Il y apporte des réponses à une société qui se cherche, et il supplante les genres préexistants, comme, notamment, « le roman judiciaire ».

Suite à la première traduction en 1896, et après plusieurs années passées à cher-cher sa voie, c'est vers 1907 que le roman policier atteint son apogée.

### II.2.2. Les raisons de l'essor du roman policier

Selon la *Zhongguojindai baokan minglu* « 中国近代报刊名录 » [Liste des pério-diques modernes en Chine], entre 1815 et 1911, il a paru 1 753 journaux, tandis que Guo Yanli, dans *Zhongguo qian xiandai wenxue de zhuanxing*①, en comptabilise au moins 2 000 pour la période qui va de 1815 à 1919. La presse

① Guo Yanli, *Zhongguo qian xiandai wenxue de zhuanxing*, pp.22-23.

moderne a surtout pris son essor à la fin du XIXe siècle. Les chiffres sont éloquents①:

· entre 1815 et 1861, il n'existe que 8 journaux et périodiques en Chine ;

· en 1902, selon Liang Qichao, il y en a 124 ;

· après 1911, il en existe plus de 500 ;

· en 1921, il y en a 1 104.

Les suppléments littéraires des journaux et les revues littéraires ont été les vecteurs les plus efficaces de la diffusion du roman. C'est donc à la fin de la dynastie des Qing que la presse moderne est apparue en Chine.

Pour revenir au cas particulier des périodiques consacrés au roman policier, les études les plus récentes nous apprennent qu'il a existé onze titres [en fait dix revues, l'une d'elles ayant changé de nom]. En voici la liste, telle qu'elle a été dressée en 2007②:

· *Shiwu bao* « 时务报 » [Le journal du progrès]

· *Xin xia*oshuo « 新小说 » [Nouveau roman]

· *Yue yue xiaoshuo* « 月月小说 » [Le roman mensuel]

· *Shengjing shibao* « 盛京时报 » [Le journal de Shengjing]

· *Libailiu* « 礼拜六 » [Le samedi]

· *Hong zazhi* « 红杂志 » [Le magazine rouge], plus tard nommé le magazine *Hong meigui* « 红玫瑰 » [Rose rouge]

· *Zhentan shijie* « 侦探世界 » [Le monde détective]

· *Da zhentan* « 大侦探 » [Le grand détective]

· *Lanpi shu* « 蓝皮书 » [La couverture bleue]

· *Hongpi shu* « 红皮书 » [La couverture rouge]

① Chen Pingyuan, *Zhongguo xiandai xiaoshuo de qidian : Qingmo minchu xiaoshuo yanjiu*, p.67.

② Jiang Weifeng, *Jinxiandai zhentan xiaoshuo zuojia Cheng xiaoqing yanjiu*, pp.44-55.

En outre, dans des périodiques, il existait également des numéros spéciaux concernant le roman policier, par exemple dans :

- *Kuaihuo lin* « 快活林 » [La Forêt joyeuse]
- *Jingangzuan* « 金刚钻 » [Le diamant]
- *Chunqiu* « 春秋 » [Printemps et automne]

Bien que la presse spécialisée sur le roman policier soit loin de tenir une place centrale, son influence a été importante pour implanter durablement le genre policier en Chine. Elle connaît un développement proportionnel à celui des médias du pays.

Dans le sillage de son envol, la presse moderne a fait naître un marché pour le roman et favorisé les vocations de traducteurs et de romanciers libres. Une intelligentsia se développe au cœur de la société chinoise. Savoir lire et écrire n'est plus le privilège des hauts fonctionnaires : la majorité des lettrés ne se présentent plus à des examens mandarinaux qui ne laissent que l'espoir d'un maigre salaire. En 1911, les examens ont disparu. La première école moderne créée en Chine est celle de Ziqiang à Wuhan qui enseignait les langues étrangères et quelques disciplines scientifiques, en 1893.① Suivent des ouvertures d'université à Shanghai en 1896 et Beijing en 1898. Pour les lettrés s'ouvrent de bien meilleures perspectives de carrière que le fonctionnariat. Toutes les nouvelles activités des villes tournées vers l'Occident font appel à du personnel cultivé. Il en faut pour diriger l'industrie naissante ou encore pour le commerce. Les activités de traduction et de rédaction, qui ont été un temps le fait de passionnés bénévoles, deviennent aussi des métiers.

À cette époque-là, le marché littéraire est très animé. Beaucoup de traducteurs et d'auteurs célèbres de romans travaillent conjointement pour la presse. Le monde litté-raire qui se développe au sud (Shanghai, Suzhou et Hangzhou.) compte des

① L'École Ziqiang [自强学堂], ancêtre de l'Université de Wuhan, a été fondée en 1893 par Zhang Zhidong.

intellectuels comme Li Boyuan①, Wu Jianren, Zeng Pu②, Liang Qichao, Su Manshu, Zhou Gui-sheng, Bao Tianxiao③, Zhou Shoujuan, Chen Lengxue④, Hu Jichen, etc. Ils sont liés à des journaux ou périodiques chinois célèbres, à savoir, les *Xiuxiang xiaoshuo* « 绣像小说 » [Romans illustrés], le *Xin xin xiaoshuo* « 新新小说 » [Tout nouveau roman], la revue *Yue yue xiaoshuo*, le *Youxi zazhi* « 游戏杂志 » [Magazine du divertissement], la *Xiaoshuo lin* « 小说林 » [Forêt de romans], *Libailiu*, *Xiaoshuo daguan* « 小说大观 » [Le Grand magazine], *Zhonghua xiaoshuojie* « 中华小说界 » [Le monde du roman chinois]. Avec le développement du marché du roman, les intellectuels peuvent gagner leur vie en publiant leurs œuvres, qu'il s'agisse de traductions ou de créations. Vivre de leurs écrits eût paru incroyable une centaine d'années auparavant, pour des écrivains pourtant célèbres comme Cao Xueqin⑤ ou Wu Jingzi⑥.

Les conditions se sont mises en place pour créer autour du livre de nombreux métiers. Il est intéressant d'en observer le mécanisme.

Le fondement est une évolution structurelle des médias en Chine : le changement est radical quant aux façons de diffuser l'écrit. Dans l'Antiquité, la transmission écrite n'est que manuscrite. Au VIIIe siècle apparaît l'impression xylographique. Néanmoins, en regard des difficultés de production, il était difficile de diffuser des œuvres massivement. Les ressources d'imprimerie sont en tout premier lieu sollicitées pour le travail d'administration du pays. Dans le dernier quart du XIXe siècle, les techniques d'impression lithographique sont introduites en Chine, via Shanghai, par les Occidentaux. Leur utilisation connaît un

① Li Boyuan 李伯元 (1867—1906).

② Zeng Pu 曾朴 (1872—1935).

③ Bao Tianxiao 包天笑 (1876—1973).

④ Chen Jinghan 陈景韩 (1877—1965).

⑤ Cao Xueqin 曹雪芹 (1715? —1763?).

⑥ Wu Jingzi 吴敬梓 (1701—1754).

développement rapide dans les grands centres urbains. Le coût de production d'une page imprimée diminue en flèche. C'est enfin l'occasion d'imprimer le superflu autant que l'indispensable. Les romans policiers profitent à plein de cette opportunité.

Un petit exemple peut nous aider à le comprendre : en Chine ancienne, un recueil ne pouvait être imprimé qu'à quelques centaines d'exemplaires, très rarement à mille exemplaires. Cependant, avec la maturité des moyens d'impression, le roman *Nie hai hua* « 孽海花 » [Fleur sur l'océan des péchés] de Zeng Pu a pu être réédité quinze fois en à peine deux ans. Ainsi, ce récit s'est vendu à environ cent mille exemplaires. C'est du moins ce que nous précise Aying①. L'évolution technologique de l'imprimerie est l'élément déclencheur de la diffusion de masse du livre et de la presse moderne. La mutation intervient juste à la jointure de la période impériale des Qing et de la période républicaine.

> À partir de la dynastie des Ming, la loi a permis aux marchands de s'inscrire aux examens impériaux. Ils y ont vu une possibilité de reconnaissance et d'enrichissement.②

Dès lors, les marchands ont investi volontiers des capitaux dans le secteur de l'édition. He Bingdi③ nous montre un exemple concret dans son « Yangzhou de yanshang : zhongguo 18 shiji shangye ziben yanjiu » « 扬州的盐商:中国 18 世纪商业资本研究 » [Les marchands de sel de Yangzhou : étude sur le capital du

---

① Guo Yanli, *Zhongguo qian xiandai wenxue de zhuanxing*, p.18.

② He Bingli 何炳棣, *Yangzhou de yanshang : zhongguo 18 shiji shangye ziben yanjiu* « 扬州的盐商:中国 18 世纪商业资本研究 » [Le marchand de sel de Yangzhou : étude sur le capital du commerce du XVIIIe siècle en Chine], *Hafo yazhou yanjiu zazhi* « 哈佛亚洲研究杂志 » [Journal de Harvard sur les études asiatiques] (Harvard Journal of Asiatic Studies), n° 17, 1954, pp.130-168.

③ He Bingdi 何炳棣 (1917—2012).

commerce du XVIIIe siècle en Chine] pour éclairer la relation entre les marchands et les intellectuels sous la dynastie Qing :

> Les marchands de sel de Yangzhou se sont faits les mécènes de la recherche et de l'édition. Les marchands se sont élevés au même rang social que les notables intellectuels. Grâce à l'apport financier, l'édition des grands classiques a prospéré. On les a imprimés à tour de bras comme jamais auparavant sans précédent et massivement mis à la disposition des collectionneurs①.

De nombreux marchands ont choisi de diversifier leurs portefeuilles d'activités en investissant dans les maisons d'édition et les librairies. Ce qui a favorisé d'autant la fabrication et consécutivement la vente des publications écrites. Dans le même élan, cela a contribué à la prospérité de l'économie et à une expression plus élargie des sciences et des arts. Il s'en est suivi une très nette accélération dans l'édification d'un nou-veau profil de consommateur face à la littérature. Les publications ont pris des formes multiples (journaux, périodiques, romans et déjà quelques bandes dessinées) et ont rendu accessibles au plus grand nombre des champs de connaissances très vastes et diversifiés.

L'engouement pour la lecture étant avéré, c'est toute une économie qui se met en place autour du livre. Il va de soi que les auteurs, qui constituent la cheville ouvrière de l'écrit, se devaient de recevoir leur part de revenus. Ainsi, la rémunération qui ne leur était pas attribuée avant 1884 devient une règle, et la fonction d'écrivain devient un métier.

> La rémunération des auteurs a sans doute commencé à partir du *Dianshizhai*

① He Bingli, *Yangzhou de yanshang : zhongguo 18 shiji shangye ziben yanjiu*, pp.130-168.

*huabao* [Magazine du Studio de la pierre gravée]①. La mise en place de la rémunération systématique des auteurs des œuvres romanesques est beaucoup plus tardive que celle des revues illustrées. La rémunération des auteurs des œuvres romanesques est apparue à la fin des années 90 du XIX$^{e}$ siècle. Au début du XX$^{e}$ siècle, dans les annonces sollicitant des manuscrits, les rédacteurs des revues indiquaient souvent les conditions de rémunération, preuve que la pratique était déjà entrée dans les mœurs.②

Le rédacteur en chef Liang Qichao du journal *Xinmin congbao* « 新民丛报 » [Le journal du nouveau peuple] a publié une annonce intitulée « Xin xiaoshuo zhengwen qi » « 新小说征文启 » [Une annonce pour solliciter l'envoi de manuscrits]. Il y annonce le lancement du magazine *Xin xiaoshuo* en novembre 1902, et précise que les manuscrits acceptés seront payés. Il publie également la grille de rémunération reproduite ci-dessous③:

| | |
|---|---|
| Création de classe A | 4 yuan les mille mots |
| Création de classe B | 3 yuan les mille mots |
| Création de classe C | 2 yuan les mille mots |
| Création de classe D | 1,50 yuan les mille mots |
| Traduction de classe A | 2,50 yuan les mille mots |
| Traduction de classe B | 1,60 yuan les mille mots |
| Traduction de classe C | 1,20 yuan les mille mots |

① Le magazine *Dianshizhai huabao* « 点石斋画报 » [Magazine du Studio de la Pierre Gravée], publication décadaire basée à Shanghai, était une des revues les plus influentes en Chine à son époque. C'était un supplément du *Shenbao* « 申报 » [Journal de Shanghai]. Il a paru de 1884 à1898.

② Qiu Mingzheng (éd.), *Shanghai wenxue tongshi*, p.490.

③ Guo Yanli, *Zhongguo qian xiandai wenxue de zhuanxing*, p.30.

Cette annonce permet d'affirmer sans détour que la création et la traduction de romans étaient payées à cette époque-là. Ce constat reflète l'estime qu'il avait acquise dans l'esprit des gens. Avec sa grille de salaire, le journal *Xin xiaoshuo* reconnaît im-plicitement l'importance de cette nouveauté dans la presse : le roman traduit.

Cette pratique de la rémunération des auteurs ne se limite qu'aux romans et aux pièces de théâtre. Bao Tianxiao évoque ce point dans « *Shibao* de bianzhi » «〈时报〉的编制 » [Les effectifs du *Journal du Temps*] :

> À ce moment-là, mise à part la rémunération des auteurs de romans, rien n'était prévu pour les autres types de publications dans la presse.①

Dès lors que le travail était rémunéré, l'écriture de romans a appâté beaucoup d'intellectuels. Économiquement, traduire et écrire des romans pour la presse est donc devenu pour eux un métier de substitution, et même une bonne source de revenus. La rémunération des auteurs a profité au roman et favorisé la naissance de romanciers et de traducteurs libres, le roman policier s'inscrivant, bien sûr, dans le mouvement.

Dans le monde chinois de la République populaire, pour un intellectuel, les possibilités de carrières sont multiples, mais trois secteurs ont leur préférence :

· La traduction littéraire et l'écriture. Traducteurs, auteurs et rédacteurs de journaux sont rémunérés.

· L'enseignement. Il offre un salaire régulier.

· L'art au sens large : peinture, sculpture, photographie, cinéma… C'est l'occasion de rentrées d'argent liées aux droits d'auteur et d'exploitation.

---

① Bao Tianxiao, *Chuanyinglou huiyilu* « 钏影楼回忆录 » [Les mémoires du pavillon de Chuanying], Hku Press, Hong Kong, 1971, p.349.

…

Les revenus générés permettent généralement aux plus chevronnés et aux plus célèbres de vivre décemment. Un exemple peut nous aider à comprendre la situation financière de Li Boyuan et Wu Jianren parmi les intellectuels célèbres :

> Quand Li Boyuan et Wu Jianren se mirent à travailler dans le domaine de la presse, leur statut social s'était déjà beaucoup amélioré. Li Boyuan et Wu Jianren gagnaient tellement d'argent qu'ils refusèrent des postes de fonctionnaire en « *jingji teke* » [domaine de l'économie] que leur offrirait par la Cour des Qing et préférèrent continuer à travailler dans la presse. En tant que rédacteur, Wu Jianren vendait aussi très cher des encarts publicitaires que de riches annonceurs n'hésitaient pas à payer. Autant de signes tangibles du statut élevé des professionnels de la presse à Shanghai en ce temps-là.①

Travailler comme écrivain et traducteur professionnel représente un moyen d'améliorer sensiblement sa condition. Et Chen Pingyuan n'hésite pas à écrire : « À cette époque, la presse était un pilier pour toutes les créations littéraires. »②

Cette affirmation dresse le tableau du monde de la littérature. Dès la fondation du magazine *Xin xiaoshuo*, presque tous les auteurs à titre individuel ou collectif peuvent concrétiser leurs ambitions artistiques autant que financières en créant leurs propres journaux et périodiques. Les romanciers, ainsi dégagés de tout rapport avec les maisons d'édition, s'autorisent la parution de leurs propres œuvres en autoédition dans ces périodiques. La majorité des œuvres de ces auteurs, de l'ancienne comme de la nouvelle école littéraire, ont d'abord été publiées dans la presse, puis ont paru

① Qiu Mingzheng (éd.), *Shanghai wenxue tongshi*, p.256.

② Chen Pingyuan 陈平原, *Zhongguo xiaoshuo xushi moshi de zhuanbian* « 中国小说叙事模式的转变 » [Évolution des modes narratifs dans le roman chinois], Shanghai renmin, Shanghai, 1988, pp.279-280.

en volume① seulement ensuite. Les auteurs sont souvent des lettrés traditionnels, mais la majorité d'entre eux sont ceux qui ont raté ou n'ont pas tenté les examens mandarinaux. Par conséquent, lorsqu'ils écrivent, ils ont une grande propension à conserver dans leurs récits des traces de la règle de composition du genre *baguwen* (八股文 composition en huit parties). Ce mode de présentation est considéré comme démodé par les plus modernes de leurs contemporains. Par ailleurs, apparaissent les auteurs qui ont fait leurs études à l'étranger et sont revenus travailler en Chine.

La presse journalistique combine plusieurs dimensions propres à l'époque. Tech-nologiquement, c'est l'aboutissement le plus moderne du métier de l'imprimerie. Économiquement, ce sont des emplois d'un intérêt sans précédent. Culturellement, c'est le média citoyen qui n'existait pas et qui lie toutes les couches socioculturelles. Socialement, c'est enfin la possibilité d'accès pour tous à la culture. En ces sens, comme en bien d'autres, la presse est le symbole du modernisme et de la société vers laquelle on veut aller. Les écrivains sont aussi au cœur de ces symboles par les idées nouvelles qu'ils véhiculent. L'apparition de médias modernes a apporté toutes les conditions favorables pour que les intellectuels de l'époque puissent facilement gagner leur vie en publiant leurs œuvres dans la presse.

Au début du XX^e^ siècle, dans un cheminement parallèle à la colonisation et en réponse au développement de l'économie capitaliste en Chine, la population urbaine s'accroît dans de fortes proportions.

> Selon les statistiques démographiques, au début du XX^e^ siècle, 312 villes chinoises avaient une population de plus de 200 000 habitants, dont 216 villes

① Chen Pingyuan, *Wenxue de zhoubian* « 文学的周边 » [Autour de la littérature], *Xin shijie*, Beijing, juillet 2004, p.125.

de 20 000 à 50 000, 46 villes de 50 000 à 100 000, 41 villes de 100 000 à 500 000, et 9 villes de plus de 500 000 habitants.①

L'augmentation de la population marque tous les domaines de la société. Ce phénomène touche uniquement les grandes villes côtières et la capitale : ce sont celles qui développent leur commerce international à ce moment-là. Le fer de lance du mouve-ment est la ville de Shanghai, mais il est aussi très important dans Beijing et Canton. D'un autre côté, des villes qui ne sont pas sous juridiction chinoise à l'époque, mais en contact direct avec la population du pays, comme Hong Kong ou Qingdao, sont aussi parties prenantes du même processus. À l'image de ce que connaissent les villes occidentales au même moment, l'exode rural qui se produit en Chine est le fruit du fort appel de main d'œuvre que génère le développement de l'industrie. Les nouveaux arrivés n'ont qu'un savoir paysan, sans rapport avec les besoins urbains. Il faut pourtant en faire des travailleurs qualifiés. Pour faire face à cette situation, on met en place un système d'éducation moderne. Le besoin d'accès aux connaissances dépasse désormais largement le cadre étriqué du haut fonctionnariat impérial.

Les villes se peuplent d'un nouveau genre d'habitants : les salariés. Ils se classent en d'innombrables sous-catégories : ouvriers de l'industrie et du commerce, secrétaires, comptables, ingénieurs et professeurs... Les rédacteurs de la presse sont aussi à compter dans le salariat. L'effectif des professions libérales explose en même temps que le secteur industriel : médecins, avocats, publicistes... Les auteurs sont aussi à inclure dans la liste. Toutes ces activités composent les métiers respectables de l'homme moyen dans la ville de Shanghai des années 1910 et 1920. Conjointement à l'intégration des arrivants, la part de l'argent redistribuée gagne en volume.

① Guo Yanli, *Zhongguojindaifanyi wenxue gailun*, p.164.

À l'époque, comme dans tous les pays de la Terre, le monde de l'agriculture est essentiellement vivrier : il ne cherche qu'à répondre aux besoins physiologiques des personnes. Dans les campagnes, l'argent a peu cours : il ne sert qu'à entretenir un lieu de vie, se vêtir, et s'offrir du sel et rarement quelques épices. Dès que l'individu pénètre en ville, il est tout de suite confronté à de nouveaux besoins et envies dont il ne soupçonnait même pas l'existence auparavant. Il adopte une nouvelle attitude de consommation. Parmi toutes ces nouvelles habitudes, le journal, puis le livre trouve sa place. Si la première génération ne s'y intéresse pas, à coup sûr la deuxième le fera. Suivant la théorie de Maslow①, le paysan ne s'intéresse qu'au premier étage de la pyramide des besoins. Quand il gagne la ville, ses envies s'étendent à l'ensemble des besoins décrits par le psychologue américain dans son schéma, jusqu'au niveau supérieur, qui est celui du besoin d'accomplissement.

Quantitativement, les salariés forment déjà le premier groupe de la population, ils sont demandeurs d'informations et de divertissement. Tout cela c'est ce que peut offrir la presse moderne : des journaux et périodiques s'emploient déjà à répondre à leurs aspirations. Pour toucher un plus grand lectorat, les journaux incluent des éléments de plusieurs natures sans rapport direct avec le journalisme. Les romans à épisodes en sont une composante importante, qui happe un public désireux de connaître la suite de ce qu'il a lu en achetant le journal de demain ! C'est un des petits plus qui fidélisent la clientèle. Tel est le dessein du courant littéraire *yuanyang hudie pai* dont le roman policier fait partie :

> Se considérer soi-même comme lecteur, susciter l'intérêt chez le lecteur et penser toujours au besoin du lecteur.②

① Abraham Maslow, « A Theory of Human Motivation », *Psychological Review*, n° 50, 1943, pp.370-396.

② Yao Min'ai 姚民哀, *Xiaoshuo langman tan* « 小说浪漫谈 » [À bâtons rompus sur les romans], in *Hong Meigui*, Vol.5, n° 6, 1928.

Le but est explicitement de fournir au public de la distraction. Les créations littéraires doivent utiliser le divertissement et l'amusement, voire le jeu, pour engendrer un maximum de lecteurs. Tandis que l'influence des anciens lettrés disparaissait tout doucement, la littérature s'engage dans une voie différente. Elle vise à décrire la vie urbaine dans ses plus récents aspects.

À ce stade, il est important de décrire en quoi consiste l'écriture traditionnelle en Chine. En dehors des gouvernants, concernant le petit peuple, seuls les fonctionnaires et quelques rares privilégiés étaient réellement appelés à utiliser des documents écrits et à en composer. Le style de ces textes était très formaté : les lettrés écrivaient tout de même de la prose littéraire (*wen*). Ces constructions obéissaient encore à d'autres règles très élaborées : quatre ou six pieds de longs, licences poétiques, rimes et jeux d'accord sur les tons... Les mandarins utilisent un langage de connivence, propre à leur métier qui donne une allure cryptée à leurs écrits. Par ailleurs, ils ajoutent souvent à cela une vraie volonté de masquage de l'information. Enfin, spécifiquement dans le cas des fonctionnaires, le partage de références communes, par la fonction qu'ils occupent ou par la formation qu'ils ont reçue, leur permet d'évoluer dans un discours en demi-teinte, sans énoncer la totalité de leur pensée, ce qui peut rendre leurs propos incompréhen-sibles au non initié. Pour toutes ces raisons, on définit en Chine une « langue classique » qui désigne cette façon d'écrire.

Par le fait que le lectorat comprend de plus en plus de citadins, les intellectuels modernes font un effort spécial à leur intention. Ils commencent à utiliser le *baihua* au lieu de la langue classique pour être compris du lecteur ordinaire. Ce choix implique aussi un glissement dans les genres, la poésie étant le produit phare de la culture classique. Cette évolution autorise un accès croissant du grand public à la lecture, et au terme de la mutation, une authentique littérature populaire aura été créée.

Chez les auteurs, on observe un important phénomène de transhumance vers le travail de romancier : celui-ci est le seul métier de l'écrit qui génère du revenu. Les lecteurs sont en attente de nouveaux récits, et l'immensité du public qui se masse désormais dans les villes occidentalisées est assez large pour assurer des revenus fort convenables. Les écrivains et traducteurs professionnels ont, à partir de là, tourné leur attention vers le roman policier, qui plaît au lecteur. Le mode privilégié de diffusion en feuilletons leur est l'occasion d'un surcroît de revenus. En un certain sens, de tous les styles nouveaux, le roman policier est la forme qui incarne le plus la littérature s'intéressant à la vie citadine et au contexte de la ville moderne. La modernité est en effet une dimension essentielle de la ville nouvelle : les nouveautés arrivent en flots ininterrompus. Elles débarquent en Chine, essentiellement à Shanghai, en même temps que les étrangers. Il y a désormais des concessions étrangères dans plusieurs cités chinoises, entraînant une résidence permanente de ressortissants de toutes nationalités. L'ensemble des auteurs a sous les yeux des rues qui s'animent d'une vie qui n'a plus de chinoise que le nom ! Les grands centres urbains s'occidentalisent. C'est une source inépuisable d'inspiration pour les nouveaux romanciers !

Selon ce contexte de l'époque, nous pouvons résumer l'évolution de la littérature chinoise comme suit :

> Si la pré-modernisation littéraire se caractérise par la migration du milieu rural vers le milieu citadin, et d'un lectorat constitué de lettrés anciens vers les citadins, alors le plan spatial, la littérature moderne, en tant qu'est le fruit de la pré-modernisation, se base elle sur la vie moderne urbaine et véhicule principalement les valeurs dominantes de la culture urbaine moderne.①

Dans ce sens, l'apparition et l'évolution du roman policier correspondent bien à

① Qiu Mingzheng (éd.), *Shanghai wenxue tongshi*, p.603.

la modernité: le contexte du roman policier se limite souvent à de grandes villes. Par exemple, Cheng Xiaoqing prend souvent Shanghai comme contexte principal pour ses récits.

En conclusion, on peut dire que l'émergence du roman policier chinois et son essor sont étroitement liés à l'évolution des médias modernes. Le marché du roman naît en même temps que les vocations de romanciers et de traducteurs libres. De surcroît, l'écrit s'est adapté aux besoins de divertissement du lecteur. Le genre a connu son apogée dans la période située entre le Mouvement du 4 mai 1919 et le milieu des années 1930.

Après avoir fourni un panorama du roman policier chinois entre 1841 et 1949 dans la première partie, nous présenterons dans la deuxième partie un portrait biographique de Cheng Xiaoqing. On y trouvera une présentation détaillée de ses œuvres majeures, principalement de ses *Huo Sang tan'anji*.

# DEUXIÈME PARTIE

# L'APPORT DE CHENG XIAOQING AU ROMAN POLICIER

# CHAPITRE III CHENG XIAOQING, SA VIE ET SON ŒUVRE

## III. 1. La vie de Cheng Xiaoqing

### III.1.1. Biographie de Cheng Xiaoqing

Cheng Xiaoqing est né le 2 juin 1893 à Shanghai.① Il était l'aîné des enfants de

① Nos sources, pour la partie biographique du présent chapitre, proviennent essentiellement des ouvrages suivants :

· Fan Boqun (éd.), *Zhongguo zhentan xiaoshuo zongjiang : Cheng Xiaoqing* « 中国侦探小说宗匠 ——程小青 » [Géant du roman policier chinois : Cheng Xiaoqing], Nanjing chubanshe, Nanjing, octobre 1994, pp.11-25.

· Lu Runxiang 卢润祥, *Shenmi de zhentan shijie : Cheng Xiaoqing Sun Liaohong xiaoshuo yishu tan* « 神秘的侦探世界——程小青孙了红小说艺术谈 » [Le monde mystérieux du roman policier : analyse de l'art romanesque de Cheng Xiaoqing et de Sun Liaohong], Xuelin, Shanghai, janvier 1996, pp.2-10 et pp. 131-155.

· Zhu Ding'ai 朱定爱, « Lun Cheng Xiaoqing de zhentan xiaoshuo » « 论程小青的侦探小说 » [Sur le roman policier de Cheng Xiaoqing], Huazhong shifan daxue, Wuhan, 2002, pp.1-46.

· Wong, Timothy C., « Cheng Xiaoqing (1893—1976) », Thomas Moran, (éd.), *Chinese Fiction Writers*, 1900-1949, in *Dictionary of Literary Biography*, Farmington Hills, MI, Thomson Gale, 2007, Vol.328, pp.43-52.

· Jiang Weifeng 姜维枫, *Jinxiandai zhentan xiaoshuo zuojia Cheng Xiaoqing yanjiu* « 近现代侦探小说作家程小青研究 » [Recherches sur l'auteur de romans policiers de l'époque moderne Cheng Xiaoqing], Zhongguo shehui kexue, Beijing, octobre 2007, pp.65-78.

· Yu Hongsheng 于洪笙, *Chongxin shenshi zhentan xiaoshuo* « 重新审视侦探小说 » [Re-examiner le roman policier], Qunzhong, Beijing, septembre 2008, pp.101-103.

· Fan Boqun 范伯群, *Zhongguo xiandai tongsu wenxueshi* « 中国现代通俗文学史 » [Histoire de la littérature populaire chinoise contemporaine], Beijing daxue, Beijing, janvier 2007, pp.426-433.

· Annabella Weisl (Auteur allemand), *Cheng Xiaoqing* (1893—1976) *and His Detective Stories in Modern Shanghai*, Grin Verlag, le 12 octobre 2013, pp.1-116.

Portrait de Cheng Xiaoqing, prêté par collectionneur Hua Sibi (华斯比)

la famille. Son prénom d'origine était Qingxin (青心) et on le surnommait Fulin (福林). Sa famille, originaire de la ville d'Anqing (安庆), dans la province de l'Anhui, était une famille de paysans pauvres. En raison des guerres et de sa situation précaire, la famille se transporta au bourg de Liuxing (刘行镇), dans le district de Shanghai (上海县), chez les Fan (樊氏娘家) : la famille de la grand-mère paternelle de Cheng pendant le mouvement paysan du Royaume céleste des Taiping 1851 à 1864①. Puis, la famille se rendit à Shanghai, où le père de Cheng, Cheng Wenzhi 程文治, trouva à s'employer comme vendeur dans un magasin de soie. Mais l'entreprise ayant fait faillite, Cheng Wenzhi en fut réduit à vendre des journaux. Il mourut d'épilepsie lorsque Cheng avait à peine dix ans, et pour que celui-ci puisse poursuivre des études dans une bonne école, celle du quartier Nanshi à Shanghai, sa mère raccommodait et lavait du linge.

Cheng Xiaoqing, dont on nous dit qu'il était intelligent, curieux et travailleur, semble s'être passionné pour les secrets de la nature. À l'école, il étudia *Sanzijing* « 三字经 » [Le classique des trois caractères], *Baijiaxing* « 百家姓 » [Les noms des cent familles], *Qianziwen* « 千字文 » [Le classique des mille caractères] et *Shuowen jiezi* « 说文解字» [L'Explication des pictogrammes et des idéophonogrammes]. De même, il travailla sur les *Lunyu* « 论语 » [Entretiens de Confucius], *Mengzi* « 孟子 » [Mencius], et les poésies des Tang et des Song. Malheureusement, des problèmes financiers le contraignirent à interrompre ses études.

En 1909, à l'âge de seize ans, Cheng Xiaoqing entra comme apprenti à

① Jacques Reclus, *La Révolte des Taï-ping*, 1851—1864 : *prologue de la révolution chinoise*, préface de Jean Chesneaux, Le Pavillon, Paris, 1972.

*l'horlogerie Hengdali* 亨达利 *de Shanghai.*① Les journées de travail étaient longues (plus de dix heures par jour) et fatigantes, mais cela ne l'empêchait pas de prendre sur ses moments de repos et de se lever de bonne heure afin d'avoir le temps de s'instruire. La lecture était pour lui une vraie passion. Avec ce qu'il parvenait à économiser, il s'achetait parfois des livres d'occasion pour enrichir ses connaissances littéraires. C'est ainsi qu'il put lire nombre de chefs-d'œuvre, parmi lesquels *Shui hu zhuan*②, *Sanguozhi yanyi*③, ou bien le *Hong lou meng*④. Parallèlement, Cheng Xiaoqing se mit à l'apprentissage de l'anglais en suivant les cours d'une école du soir. C'est qu'en effet l'usage de cette langue lui était nécessaire dans le cadre de son travail : les montres étant importées d'Occident, les notices et les schémas de montage étaient rédigés en anglais. De sorte qu'il finit par être capable de lire les œuvres de Guy de Maupassant ou d'Alexandre Dumas fils dans leur version anglaise.

Passionné de littérature, donc, Cheng Xiaoqing se mit à écrire lui-même. D'abord des histoires sentimentales, à l'instar de Zhou Shoujuan. C'était à l'époque le genre qui dominait le monde littéraire chinois. Malheureusement pour lui, ses premières œuvres passèrent totalement inaperçues. De toute façon, à la suite d'une déception sentimentale, il ne persévéra pas dans cette direction et se tourna vers le roman policier. Zheng Yimei a raconté dans quelles circonstances Cheng Xiaoqing

---

① Fan Boqun, *Zhongguo xiandai tongsu wenxueshi*, p.426 ; et Jiang Weifeng, *Jinxiandai zhentan xiaoshuo zuojia Cheng xiaoqing yanjiu*, p.68.

② *Shui hu zhuan* « 水浒传 » [Au bord de l'eau], de Shi Nai'an 施耐庵, a été traduit en français : version présentée et annotée par Jacques Dars, Gallimard, La Pléiade, Paris, 1978, 2 vol.

③ *Sanguozhi yanyi* «三国志演义» [Les Trois Royaumes], collection UNESCO d'œuvres représentatives, série chinoise, Bulletin de la société des études indochinoises, nouvelle série : t. XXXV, n° 1, 1^er^ trimestre 1960, pp.1-447 ; t. XXXVI, n° 2 et 3, 2^e^ et 3^e^ trimestres 1961, pp.1-946 ; t. XXXVIII, n° 1 et 2, 1^er^ et 2^e^ trimestres 1963, pp.1-1426.

④ Cao Xueqing, *Hong lou meng* « 红楼梦 » [Le Rêve dans le pavillon rouge], trad. par Li Zhihua 李治华 et Jacqueline Alézaïs, Gallimard, La Pléiade, Paris, 1981.

s'était détourné du roman sentimental.①

Cheng Xiaoqing avait découvert Conan Doyle dès 1905, par des extraits traduits en chinois. Lui qui aimait la réflexion et l'analyse fut séduit par le personnage de Sherlock Holmes, et il s'enthousiasma pour le roman policier au point de décider de s'y consacrer. Aujourd'hui la majorité de ses nouvelles et romans sont rassemblés dans *Huo Sang tan'anji*. En 1915, Cheng Xiaoqing et les siens déménagèrent à Suzhou. C'est là-bas que Cheng Xiaoqing fit plus tard la connaissance d'un missionnaire Américain, Dwight Lamar Sheretz (1893—1970) — dont le nom chinois était Xu Anzhi②许安之, qui enseignait à mi-temps au lycée Dongwu 东吴. Les deux amis décidèrent de se donner mutuellement des cours : l'un des cours de chinois, et l'autre des cours d'anglais. De sorte que Cheng finit par être capable de lire sans l'aide de personne des textes en anglais, voire de les traduire.

En 1916, la maison d'édition Zhonghua demanda à Cheng Xiaoqing de traduire en langue classique, et en collaboration avec Zhou Shoujuan, les douze volumes des *Fuermosi zhentan'an quanji* « 福尔摩斯侦探案全集 » [Les Aventures de Sherlock Holmes]. La préface fut rédigée par Bao Tianxiao, et la postface par Liu Bannong. Cheng se chargea de traduire « Chuang zhong renying » « 窗中人影 » [Une apparition à la fenêtre] (Vol.6), « Xuanya sashou » « 悬崖撒手 » [La Perte au bord de l'abîme] (Vol.7), « Hongyuan hui » « 红圜会 » [L'Association du cercle rouge] (Vol.10) et « Zuishu » « 罪数 » [Les Péchés] (Vol.12). La première édition eu lieu en avril, et elle fut suivie de vingt rééditions jusqu'à la veille de la guerre sino-japonaise.

En 1924, soucieux de se perfectionner dans le genre dans lequel il était parvenu à s'illustrer, Cheng Xiaoqing s'inscrivit dans une université américaine et commença à étudier la criminologie par correspondance, tandis que ses *Huo Sang*

① Zheng Yimei 郑逸梅 (1895—1992).

② Dwight Lamar Sheretz appartenait à l'Église épiscopale méthodiste. Il demeura en poste à Suzhou de 1918 à 1956.

*tan'anji* avaient de plus en plus de lecteurs. En 1928, il traduisit et publia la version chinoise de *The Great Detective Stories* de Willard Huntington Wright sous le titre de *Shijie mingjia zhentan xiaoshuoji* « 世界名家侦探小说集 »[Recueil de romans policiers internationaux]①. Deux ans plus tard, à la demande des éditions Shijie, il traduisit, mais en *baihua* cette fois et tout seul, *Fuermosi tan'an daquanji* « 福尔摩斯探案大全集 » [Aventures de Sherlock Holmes]. Cette édition englobait l'ensemble des romans policiers de Conan Doyle. Si globalement le roman policier avait pris une place prédominante dans sa vie, Cheng Xiaoqing, fut loin de se cantonner à ce genre. Il écrivit également des romans d'amour, et s'adonna à la poésie, à la peinture et au cinéma.

Après 1949, Cheng Xiaoqing se rallia aux idées des nouveaux maîtres du pays, sans pour autant adhérer au Parti communiste chinois. Il enseigna le chinois à l'École secondaire attachée à l'Université Dongwu en 1951. En 1952, après la fermeture de cet établissement, il travailla comme enseignant au Lycée n° 1 de la ville de Suzhou. Plus tard, toujours dans les années 1950, déjà à la retraite mais il fut encore actif. Ce ne sont toutefois pas des romans policiers qu'il se remit à écrire mais des romans d'espionnage.

Pourquoi, donc, Cheng Xiaoqing n'a-t-il plus écrit de romans policiers après 1949, et pourquoi, en conséquence, n'a-t-il pas prolongé la série des « Huo Sang » ? Et pourquoi a-t-il préféré se lancer dans l'écriture de romans d'espionnage ?

Après 1949, le genre policier n'avait plus sa place.② En revanche, le roman d'espionnage gagna saplace. Les autorités au pouvoir ne cessaient de mettre en garde

① *Shijie mingjia zhentan xiaoshuoji* « 世界名家侦探小说集 » [Recueil de romans policiers internationaux] (The Great Detective Stories), Dadong, 1931, 2 volumes.

② En dehors de cet article, « Cong zhentan xiaoshuo shuo qi » « 从侦探小说说起 » [Commencer par le roman policier], publié par Cheng Xiaoqing dans le *Wen hui bao* « 文汇报 » du 21 mai 1957, et qui traite du genre policier d'un point de vue théorique, on cessa de publier de la littérature policière après 1949. Ren Xiang et Gao Yuan (éd.), *Zhongguo zhentan xiaoshuo lilun ziliao*, pp.239-241.

la population contre les espions. Il y avait de l'impérialisme étranger qui risquaient de s'infiltrer sur le sol chinois pour nuire aux réalisations du nouveau régime. C'est donc à des romans d'espionnages que Cheng Xiaoqing se consacra à compter du milieu des années 1950 — car avant cette date, et depuis 1949, il n'avait plus rien écrit d'autre — des romans où il s'employa à illustrer servilement cette façon de considérer les choses. Le premier avait pour titre *Ta weishenme beisha* « 她为什么被杀 » [Pourquoi elle a été assassinée], il fut publié par les éditions Wenhua de Shanghai en 1956, et remporta un franc succès : il s'en vendit quelque deux cents mille exemplaires.

Quatre romans à sensation de Cheng Xiaoqing, photo prêtée
par Zhang Xuan

Cheng Xiaoqing se mit aussi à écrire des romans à sensation. On peut mentionner parmi eux *Dashucun xue'an* «大树村血案»［Drame sanglant au village de Dashu］, *Sheng si guan tou* « 生死关头 »［Entre la vie et la mort］, et *Buduan de jinbao* « 不断的警报 »［Des Alarmes ininterrompues］, tous publiés par les éditions Wenhua de Shanghai en 1957. Chacun de ces trois romans se vendit à plus de deux cent mille exemplaires. Mais pour autant, si ces ventes étaient plus qu'honorables, elles restaient bien en deçà de celles qu'avait connues jadis la série des *Huo Sang tan'anji*.①

En octobre 1958, Cheng Xiaoqing adhéra à l'Association des écrivains de la province du Zhejiang, à un moment où il cessa pratiquement d'écrire et ce jusqu'à la date de son décès, survenu en octobre 1976.

Après 1949, Cheng Xiaoqing s'essaya brièvement à la politique. Il participa aux séances d'étude politique organisées par le Bureau d'éducation de la ville de Suzhou lors du mouvement pour la Réforme agraire en 1950. Cette étude fut obligatoire pour tout citoyen. En 1956, il devint membre de l'Association chinoise pour le progrès de la démocratie (中国民主促进会), un des huit partis politiques légalement reconnus en Chine dont des représentants siègent à la Conférence consultative politique du peuple chinois (CCPPC). Plus tard, il adhéra au Comité de l'Association chinoise pour le progrès de la démocratie de la province du Jiangsu (民进江苏省委委员), et il devint membre permanent du Comité de la municipalité de Suzhou (苏州市委常务委员). En août 1956, Cheng Xiaoqing il fut accueilli à la Conférence consultative politique du peuple chinois de la province du Jiangsu (省政治协商会议). Enfin, il intégra le comité permanent de la Conférence consultative politique du peuple chinois de Suzhou (苏州市政协委员) et y demeura jusqu'à la fin de sa vie.

① Zheng Yimei, « Cheng Xiaoqing he shijie shuju », in *Qingmo minchu wentan yishi*, Xuelin, Shanghai, 1987, p.252.

Le 28 septembre 1976, alors que le présidant Mao venait de décéder et que la « Révolution culturelle » allait toucher à sa fin quelques jours plus tard, Cheng Xiaoqing attrapa une pneumonie dont il ne réchappa pas, étant donné l'état général d'extrême faiblesse qui était le sien alors. Quinze jours plus tard, le 12 octobre, il décédait à l'hôpital. Il était âgé de quatre-vingt-trois ans.

Son nom avait été oublié de tous les professionnels de l'édition depuis presque trente ans① quand, en 1986, plusieurs maisons d'édition — Qunzhong, Jinlinwenshi, Zhongguo wenlian et Lijiang — entreprirent de mettre à leur catalogue les aventures de Huo Sang, redonnant ainsi vie au héros dont le nom restera à jamais associé à Cheng Xiaoqing.

### III.1.2. Liens et interactions entre enseignant, écrivain et traducteur

Depuis la fin de la dynastie des Qing et les débuts de la République, des intellectuels modernes ou contemporains tels que Cheng Xiaoqing, Li Boyuan, Wu Jianren, Zeng Pu, Chen Jinghan, Zhou Shoujuan, Bao Tianxiao, Li Hanqiu②, Zhou Guisheng, Xu Nianci, Yan Duhe et Zhang Henshui③ ont mené de front plusieurs carrières, et ils ont été écrivain (traducteur), rédacteur et éditeur.

En nous intéressant au cas particulier de Cheng Xiaoqing, nous ne pouvons pas nous cantonner à un seul domaine de ses activités, car il a travaillé dans différents registres : qu'il s'agisse de l'éducation en tant qu'enseignant, de la création en tant

① Lao Cai : « Cheng Xiaoqing zuopin xiaokao » « 程小青作品小考 » [Brève enquête des œuvres de Cheng Xiaoqing], 7 juin 2003 ; « Cheng Xiaoqing zuopin xiaokao zengbu » « 程小青作品小考增补» [Compléments de brève enquête des œuvres de Cheng Xiaoqing], 8 mars 2010. Les deux textes ont mis en ligne : <http://www.tuili.com/bbs/bbsShowDetail.asp? act=search&bid=125&fid=187300>, pour le premier, et <http://www.douban.com/note/62571467/> pour le second (pages consultées le 25 mars 2023).

② Li Hanqiu 李涵秋 (1873—1923).

③ Zhang Henshui 张恨水 (1895—1967).

qu'auteur et traducteur, ou bien de l'édition. Enseignant, et même s'il a souvent changé d'établissements (école, lycée ou université), Cheng Xiaoqing l'a été de 1915 à 1956. Des textes, écrits directement ou traduits par lui, il a commencé à en proposer à des journaux dès 1910, à un moment où, sans doute, il ne pensait pas faire de l'écriture son métier, bien que la création ait pris très tôt une place essentielle dans son existence. Par la suite, il a exercé la fonction d'éditeur. Le 10 octobre 1938, il fonde avec Xu Bipo 徐碧波(1898—1990) la revue *Ganlan* « 橄榄 » [L'Olive]. C'est Cheng Xiaoqing qui, sous le pseudonyme de « Le marchand d'olives » (Mai ganlanzhe 卖橄榄者), a rédigé la déclaration d'intention, « Mai ganlan yinyan » « 卖橄榄引言 » [Le mot du marchand d'olives] :

> Le goût de l'olive ne se laisse découvrir qu'une fois l'amertume passée. Nous voudrions en faire une métaphore, afin de redonner l'espoir à tous ceux qui sont travaillés par l'angoisse, la colère et la tristesse, l'abattement et le désespoir. Allez ! Prenez une olive, savourez son parfum ! Courage, préparons-nous au travail du futur !①

Il faut rappeler le contexte dans lequel cette revue a vu le jour. Depuis le 13 août 1937 les rives de la rivière Husong (Songhujiang 淞沪江), à Shanghai, étaient devenues une zone occupée par les Japonais. La guerre s'éternisait et toute la région vivait sous la menace d'être asservie par les Japonais. Cheng Xiaoqing,

① « 橄榄有着苦尽甘来的滋味,我们很想把它来做(作)一种象征,借以安慰一般焦虑、悲愤、颓丧、失望的人们。来！来！嚼一个橄榄罢,甘味就在眼前！我们振作些,准备未来的工作罢!» Wei Shouzhong 魏守忠 (1904—1987) : « Cheng Xiaoqing shengping yu zhuyi nianbiao » « 程小青生平与著译年表 » [Chronologie de la vie et des œuvres de Cheng Xiaoqing], in Lu Runxian 卢润祥, *Shenmi de zhentan shijie : Cheng Xiaoqing Sun Liaohong xiaoshuo yishu tan* « 神秘的侦探世界——程小青孙了红小说艺术谈 » [Le monde mystérieux du roman policier : analyse de l'art romanesque de Cheng Xiaoqing et de Sun Liaohong], Xuelin, Shanghai, janvier 1996, pp.131-156.

fervent patriote, voulait ici réveiller l'ardeur patriotique de ses compatriotes. *Ganlan* ne vivra pas très longtemps. Sa publication sera suspendue au bout du cinquième numéro, paru le 6 avril 1939. Non seulement ses ventes étaient mauvaises, mais on lui reprochait aussi son ton trop critique.① De ce fait, nous découvrons une des qualités de Cheng Xiaoqing : au lieu d'être un simple rat de bibliothèque qui s'intéresse seulement à ses affaires personnelles (recherches de romans policiers, réputation et revenus), il était plutôt un intellectuel (éditeur) responsable et soucieux de problèmes sociaux de son pays. Dans « *Cuimianshu* » « 催眠术 » [Hypnotisme], Bao Lang achète un livre intitulé *Shehui wenti gailun* « 社会问题概论 » [Une introduction aux problèmes sociaux] dans la librairie Zhonghua.② Ce comportement de l'écrivain Bao Lang prouve que ce personnage, ou plutôt son créateur se passionnait pour ce sujet sérieux. En ces temps troubles où les traîtres à la Chine collaborant avec l'ennemi japonais comme par exemple Zhou Zuoren③ devenaient de plus en plus nombreux, que ce soit de leur propre gré, ou sous la contrainte, cette qualité de Cheng Xiaoqing semble particulièrement admirable.

Quels liens existaient entre les rôles d'enseignant, d'auteur et de traducteur chez Cheng Xiaoqing ? Et comment se sont-elles manifestées ?

D'abord on peut remarquer que, entre l'enseignant et l'auteur, il existe bel et bien une influence. Dans la vie réelle, Cheng Xiaoqing donne des cours sur les doctrines des anciens sages, enseigne le chinois à des élèves et les aide dans leur vie de tous les jours. De même dans le monde de ses romans, en tant qu'auteur honnête, soucieux, donc des problèmes de son temps, il parsème ses œuvres de

① Aux dires de Xu Bibo, si la publication de *Galan* 橄榄 a été suspendue au bout de cinq numéros, c'est que des textes comme *Wang Xiao'er guonian* « 王小二过年 » [Wang Xiao'er passe le Nouvel An] était trop critique.

② Cheng Xiaoqing, *Maodunquan* « 矛盾圈 » [Contradictions], in *Huo Sang tan'anji*, Vol. 2, p.344.

③ Zhou Zuoren 周作人 (1885—1967), frère cadet de Lu Xun 鲁迅.

leçons de choses, manifestant un souci didactique. La « philosophie de l'éventail » de Huo Sang dans une nouvelle policière comme « Cuimianshu»① nous semble un bon exemple pour illustrer sa manière de faire. Cela va nous aider à connaître les valeurs auxquelles notre détective est attaché : il préfère agiter son éventail plutôt que d'allumer le ventilateur du bureau et de dépenser ainsi de l'électricité. À notre avis, cette « philosophie » emprunte à celles de Confucius et de Mencius, et en particulier à ce passage où Mencius explique en substance que les malheurs et les temps troublés sont propices à la formation des héros, tandis que des conditions de vie confortables annihilent la volonté :

> C'est ainsi que, lorsque le ciel veut conférer une grande magistrature [ ou une grande mission ] à ces hommes d'élite, il commence toujours par éprouver leur âme et leur intelligence dans l'amertume des jours difficiles; il fatigue leurs nerfs et leurs os par des travaux pénibles; il torture dans les tourments de la faim leur chair et leur peau ; il réduit leur personne à toutes les privations de la misère et du besoin; il ordonne que les résultats de leurs actions soient contraires à ceux qu'ils se proposaient d'obtenir. C'est ainsi qu'il stimule leur âme, qu'il endurcit leur nature, qu'il accroît et augmente leurs forces d'une énergie sans laquelle ils eussent été incapables d'accomplir leur haute destinée.②

Si la Chine souhaite devenir un pays développé, les Chinois doivent travailler dur et viser haut, et ne pas se satisfaire de leur situation actuelle. Pour Huo Sang, beaucoup de ses contemporains sont des fainéants en proie à la décadence physique

① Cheng Xiaoqing, *Cuimianshu*, in *Huo Sang tan'anji*, Vol.8, pp.353-370.

② *Confucius et Mencius*, *Les quatre livres de philosophie morale et politique de la Chine*, traduit du chinois par M. G. Pauthier, Charpentier, Librairie-Éditeur, Paris, 1852, p.429.

et morale. Ils aiment trop jouir des plaisirs de la vie. Évidemment, ces gens-là, ce sont des riches et désœuvrés que le détective méprise.

Une fois élucidée la véritable signification de la « philosophie de l'éventail » de Huo Sang, nous pouvons mieux connaître la logique de Huo Sang et sa pensée confucéenne. Le fait de se sentir en période de « crise » et d'« inquiétude » va aider les Chinois et donc la Chine à réussir dans la férocité de la concurrence désormais internationale. Étant donné que le détective moderne se soucie du destin de la Chine, il fait rayonner l'esprit confucéen traditionnel.

Ensuite, dans cette même nouvelle Huo Sang montre à son ami Bao Lang que dans sa création, un écrivain (qu'il soit fictif comme Bao Lang ou réel comme Cheng Xiaoqing) a la lourde responsabilité de guider correctement ses lecteurs dans le chemin de la moralité. C'est pourquoi Huo Sang explique d'un ton sévère et sentencieux à Bao Lang qu'il a trop noirci, dans son texte, le destin de l'héroïne, et que cela risque de traumatiser certains lecteurs. De là on comprend que Cheng Xiaoqing avait conscience que ses romans policiers pouvaient exercer une influence évidente sur ses lecteurs. L'étude de la société et une prise de position critique sur le comportement de ses contemporains permettent à l'auteur d'exposer ses opinions et de donner à réfléchir à ses lecteurs. L'auteur tout comme l'enseignant, qui transmet une erreur ou une mauvaise pensée, ne peut qu'égarer la jeunesse. Cheng Xiaoqing souhaitait éviter la propagation de rumeurs ou d'idées fausses par le mécanisme de la bouche à oreille.

Outre « *Cuimianshu* », d'autres œuvres telles ques *Maodunquan* « 矛盾圈 » [Contradictions], *Zhan ni hua* « 沾泥花 » [Fleur maculée] et *Qing jun ru weng* « 请君入瓮 » [S'il vous plaît, entrez dans ma jarre-piège], nous montrent Huo Sang s'inquiétant des problèmes sociaux et discourant sur ce qu'il considère être des maladies sociales de son époque. Dans « *Qing jun ru weng* », Bao Lang décrit le paysage politique, économique et social suivant :

> Je pense encore une fois à la société contemporaine de Shanghai qui va vraiment de mal en pis. La main monstrueuse de l'envahisseur a saisi notre « cœur ». En s'appuyant sur la force extérieure et par la ruse, des traîtres sans scrupule écrasent le peuple et volent le fruit de son effort. Ils dépensent sans aucune gêne, parient à leur guise et mènent une vie de débauche. L'environnement délétère envoie d'innombrables gens dans l'avilissement. [ … ] Bandits, viol et pillage se multiplient. Les crimes révoltants battent un record historique.①

À travers les yeux et la réflexion de Bao Lang, nous pouvons deviner un paysage vivant de l'époque de Shanghai : le mal causé par l'agresseur extérieur, l'augmentation des divers crimes et délits, le comportement des traîtres, l'effondrement de l'ordre social, le manque de repères des Chinois en ces temps troubles. Face à toutes ces maladies sociales de Shanghai, les Chinois ont pour mission urgente de trouver un remède et un sauveur. En d'autres temps, des juges incorruptibles et équitables comme Bao Zheng et Shi Shilun protégeaient la veuve et l'orphelin, mais seulement dans le domaine judiciaire. Pendant la République, l'auteur munit Huo Sang des capacités nécessaires à sa profession comme des connaissances scientifiques et des notions de droit moderne ainsi qu'une moralité à toute épreuve pour sauver l'âme de ses contemporains et donner un rayon d'espoir dans un monde de ténèbres. On peut ici évoquer le métier de Bao Lang qui est écrivain au lieu d'être médecin comme son alter ego britannique. Le choix de

① « 我又想起近来上海的社会真是越变越坏。侵略者的魔手抓住了我们的心脏。一般虎伥们依赖着外力,利用了巧取豪夺的手法,榨得了大众的血汗,便恣意挥霍,狂赌滥舞,奢靡荒淫,造成了一种糜烂的环境,把无量数的人都送进了破产堕落之窟……剽掠掳劫的匪党跟着层出不穷,骇人听闻的奇案也尽够突破历来的罪案纪录。» Cheng Xiaoqing, *Qing qun ru weng*, in *Huo Sang tan'anji*, Vol.10, p.127.

l'auteur est-il le fruit du hasard ? Lu Xun① a abandonné la médecine pour se consacrer à la littérature par amour de sa patrie. Ayant assisté en 1906 à une projection de diapositives d'actualités sur la guerre russo-japonaise où l'on voyait l'exécution publique d'un Chinois accusé d'espionnage, il expliquera plus tard les sentiments que la scène lui a inspirés :

> Les gens d'un pays faible et arriéré, me dis-je, si robuste que soit leur santé par ailleurs, ne peuvent que servir de matériaux ou de témoins dérisoires lors de ces spectacles pour l'instruction des masses. [...] La première chose à faire, c'était de changer leur esprit.②

Et selon lui, le moyen « le plus efficace pour obtenir ce résultat était la littérature»③. Ainsi, à Tokyo, durant les trois années suivantes il a écrit divers essais en chinois classique sur l'histoire de la science, la littérature européenne, la société chinoise et a traduit la littérature de plusieurs auteurs étrangers en chinois. Après son retour du Japon en 1909, Lu Xun s'est mis à travailler comme enseignant, d'abord à l'École normale supérieure de Zhejiang④, et ensuite au Collège de Shaoxing (绍兴府中学堂). Il est fort probable que c'est pour répondre à l'appel de Lu Xun que Bao Lang travaille dans la littérature, qui serait le meilleur moyen pour parvenir à changer les mentalités. Par manque de preuves irréfutables, cela reste une supposition. Mais quoi qu'il en soit, au travers de la construction des personnages, nous confirmons que la tâche de Huo Sang et de Bao Lang est bel et

① Lu Xun 鲁迅 (1881—1936).

② Lu Xun, Préface à *Cris*, divers traducteurs, Albin Michel, coll. « Les grandes traductions », Paris, 1995, p.16.

③ *Ibid.*

④ L'École normale supérieure de Zhejiang (浙江高级师范学堂) est devenue aujourd'hui le Lycée supérieur de Hangzhou (杭州高级中学).

bien de sauver l'âme du peuple chinois.①

On remarquera qu'une partie des titres des productions littéraires de Cheng Xiaoqing comportent souvent le caractère « lumière » (光 guang) ou « lampe » (灯 deng). Par exemple *Ye guang biao* « 夜光表 » [La Montre phosphorescente], *X guang* « X 光 » [Rayon X], *Kepa de guangdian* « 可怕的光点 » [Le point de lumière horrible], *Kexue xiaoshi : baiguang de zuzhi* « 科学小识：白光的组织 » [Petite étude scientifique: la composition de la lumière blanche], *Kexue xiaoshi : juguangdian* « 科学小识：聚光点 » [Petite étude scientifique : le point de convergence lumineuse], *Kexue xiaoshi : qise guangdai* « 科学小识：七色光带 » [Petite étude scientifique : les sept couleurs du spectre lumineux], *Kexue xiaoshi : X guang* « 科学小识：X 光 » [Petite étude scientifique : le rayon X], *Xin zhinang baiwen : riluo shihou de riguang weishenme fenwai meili* « 新智囊百问：日落时候的日光为什么分外美丽 » [Nouveau groupe de réflexion sur 100 questions : pourquoi la lumière des couchers de soleil est la plus belle ?], *Dengying qiangsheng* « 灯影枪声 » [Coups de feu dans les ombres de la lampe] et *Gudeng* « 古灯 » [Une lampe antique].② On peut imaginer que la lumière ou la lampe est un mot à double sens ou un objet symbolique d'espérance et de justice dans les ténèbres de la société de Shanghai.

En Occident, des détectives comme Holmes sont toujours indifférents à la politique, aux problèmes sociaux, etc., parce que « châtiment et récompense sont secondaires, rejetés hors texte ou implicites. Ils n'intéressent pas plus le détective que le lecteur. Comme souvent dans ces romans, le physique et le social n'interviennent qu'en position subordonnée là où ils sont utiles à la machinerie. Seul

① C'est la thèse que défend Lai Yilun 赖奕伦 dans *Cheng Xiaoqing zhentan xiaoshuo zhong de Shanghai wenhua tujing* « 程小青侦探小说中的上海文化图景 » [Le paysage littéraire de Shanghai au travers des romans policiers de Cheng Xiaoqing], Taiwan zhengzhi daxue, Taipei, 2006, p.133.

② Pour le détail, voir la fin : « Bibliographie des œuvres de Cheng Xiaoqing ».

importe véritablement le triomphe cognitif »①. Il est évident que pour Huo Sang, c'est loin d'être le cas. Huo Sang a à cœur de guérir les maladies sociales, il incarne le bon exemple moral, il maîtrise des connaissances avancées pour l'époque, telles que le « talking cure » ② inventé par le médecin autrichien Breuer dans *Cuimianshu* pour guérir Mademoiselle Guozhen.

On trouve dans ces romans « des notions qui font partie de la culture de l'époque, telles que l'attitude scientifique avec laquelle un citoyen [Huo Sang] peut faire face à la vie et le sens des responsabilités envers son pays et la société »③. Voilà pourquoi au fond d'eux-mêmes les lecteurs chinois ne considèrent plus Huo Sang comme un simple imitateur du détective britannique, et pourquoi ils voient en lui le « Holmes chinois ». Là aussi, on peut voir une caractéristique typique de la littérature chinoise de l'époque : la dimension éducative des romans policiers chinois occupe une place dominante dans les œuvres policières de Cheng Xiaoqing. Dans ses œuvres policières, il a indubitablement eu recours à des ressorts pédagogiques, voire éducatifs, à des fins d'édification morale. En bref, l'expérience de Cheng Xiaoqing comme instituteur ou enseignant du secondaire a laissé des traces indéniables dans sa création. Par la suite, nous allons analyser l'influence et l'interaction entre les activités de création : écrivain et traducteur, dans lesquelles la mission d'éduquer le peuple est toujours aussi présente.

Nous ouvrons deux perspectives de recherches car il y a tellement à étudier chez Cheng Xiaoqing ! Il a tout d'abord réussi dans le domaine de la traduction, pour ensuite connaître le succès dans celui de la création. À l'âge de 23 ans, la publication de ses premières traductions des *Aventures de Sherlock Holmes* avec Liu Bannong l'a aidé non seulement à établir sa réputation mais aussi à amasser une

---

① Yves Reuter, *Le roman policier*, Armand Colin, 2009, p.52.

② Cheng Xiaoqing, « Cuimianshu », in *Huo Sang tan'anji*, Vol.8, p.366.

③ Ren Xiang et Gao Yuan (éd.), *Zhongguo zhentan xiaoshuo lilun ziliao*, p.205.

véritable petite fortune. Lors de ses traductions, en accumulant de plus en plus d'expérience sur la technique du roman policier, il a peu à peu inventé son propos héros Huo Sang, et publié ses enquêtes merveilleuses à Shanghai. Sept ans plus tard, un de ses contemporains Zhang Meihun 章梅魂 l'a applaudi dans son article *Cheng Xiaoqing zan* « 程小青赞 » [Éloge de Cheng Xiaoqing] (*Zhentan shijie*, n° 20) : « Quel sens de l'esthétique ! La nouvelle star du monde policier. »① De fait, Cheng Xiaqing va très vite passer pour un traducteur-auteur de renom.

Si nous nous intéressons à la technique, au choix et à la réception des traductions de Cheng Xiaoqing en jetant un coup d'œil sur ses traductions chinoises du roman policier dans « Fanyi zhentan xiaoshuo mulu (1896—1949) »②, avec 262 titres (comprenant parfois plusieurs rééditions d'une œuvre traduite, par exemple *Les Aventures de Sherlock Holmes*), l'importance de ses traductions de romans policiers étrangers entre 1914 et 1949 n'est plus à démontrer. En se procurant une partie des matériaux de première main (éditions et rééditions originales publiées par Cheng Xiaoqing), on peut avoir un aperçu de la technique et de l'évolution du style de cet auteur-traducteur. D'après les œuvres que nous avons pu authentifier comme étant de la main de Cheng Xiaoqing, nous avons constaté que ce dernier a choisi de traduire des œuvres parmi les plus récentes, les plus en vogue, avec méthodologie et systématiquement, il a ainsi pu donner une vision globale de l'œuvre d'un auteur en traduisant la quasi intégralité de ses romans. En général, ses traductions paraissaient entre 2 ans et 20 ans après la publication de l'œuvre originale. Autrement dit, grâce à lui, l'introduction du roman policier en Chine s'est faite en parallèle de sa création en Occident. Parmi les auteurs traduits, on peut presque citer tous les grands noms du genre : en dehors d'Arthur Conan

① Wei Shouzhong, « Cheng Xiaoqing shengping yu zhuyi nianbiao », in Lu Runxian, *Shenmi de zhentan shijie: Cheng Xiaoqing Sun Liaohong xiaoshuo yishu tan*, Xuelin, Shanghai, janvier 1996, pp.131-156.

② Ren Xiang et Gao Yuan (éd.), *Zhongguo zhentan xiaoshuo lilun ziliao*, pp.620-722.

Doyle, les œuvres intégrales d'Ellery Queen, d'Anna Katharine Green, d'Arthur Morrison, de Richard Austin Freeman, d'Earl Derr Biggers, de L.J. Beeston, de Leslie Charteris, de Van Dine S. S., ainsi qu'une sélection de celles d'Agatha Christie, d'Edgar Allan Poe, d'Erich Kästner, parmi tant d'autres, on retrouve même quelques œuvres de Balzac, de Zola, de Dumas père, de François Coppée et de Tchékov. Ces activités de traduction ont enrichi les connaissances de la littérature policière de Cheng Xiaoqing. Cela lui a donné une base solide le rendant apte à remplir d'autres tâches comme auteur, rédacteur ou éditeur dans le domaine du policier. Plus il traduisait et créait des romans policiers, plus sa maîtrise de la technique du genre augmentait. La réception de ses traductions chez le lectorat chinois, a semble-t-il joué un rôle important pour notre traducteur-auteur. Lors de l'importation du genre policier en Chine, la préoccupation la plus importante des traducteurs de l'époque, n'était en effet pas la fidélité au texte original, mais la bonne réception de leurs travaux par le lectorat chinois. C'est pourquoi nous remarquons que Cheng Xiaoqing à ses débuts a sciemment modifié la description de lieux, de noms, etc.①, pour ne pas déplaire ou choquer le public chinois. Cela complique énormément le travail de recherche des œuvres à l'origine des premières traductions pour effectuer une bibliographie des publications de Cheng Xiaoqing. Ce dernier a en effet publié des traductions libres de certaines œuvres occidentales, allant jusqu'à en changer le titre. Cette façon de faire donne beaucoup de fil à retordre, et nécessite un véritable travail de détective pour l'identification des œuvres originales. Il ressort de ce travail une caractéristique fondamentale commune à toutes ses traductions : Cheng Xiaoqing avait l'habitude de prendre un élément de

① « On recherchait plus souvent une "assimilation" de l'œuvre dans la culture d'arrivée, plutôt qu'une restitution fidèle de l'original » (Shao Baoqing, « Les premières traductions chinoises d'œuvres littéraires françaises, à la fin des Qing et au début de la République », in Isabelle Rabut (éd.), *Les Belles infidèles dans l'empire du milieu : problématiques et pratiques de la traduction dans le monde chinois moderne*, Paris France, You Feng, 2010, p.112).

l'intrigue pour le mettre en exergue dans le titre de ses traductions. Nous pouvons citer par exemple des traductions d'aventures de Sherlock Holmes : *The Adventure of the Six Napoleons*, que Cheng Xiaoqing a traduit par *Poufu cangzhu* « 剖腹藏珠 » [Éventrer pour cacher une perle] au lieu de *Liu zuo Napolun banshenxiang* « 六座拿破仑半身像 » [Les Six Napoléon].① Les raisons du changement de ce titre sont très simples : à cette époque-là, la majorité de Chinois ignoraient qui était Napoléon, et n'avaient probablement jamais vu de statue en plâtre. Une traduction correcte sur le plan linguistique ne pouvait pas séduire le public chinois. Le titre d'une œuvre est destiné à donner une première impression ainsi qu'à attirer le lecteur éventuel. Par conséquent un titre résultant d'une traduction littérale n'aurait pas été assez accrocheur, et les ventes auraient sûrement été moins bonnes. Un autre exemple est le titre d'une traduction *Huang cun lun ying* « 荒村轮影 » [Trace de pneu dans un village désert] qui est à l'origine le titre anglais *The Adventure of the Missing Three-Quarter*.② « Le trois-quarts manquant » [Three-Quarter] étant un terme technique dans le domaine du football américain, cela ne disait rien au public chinois de l'époque qui ignorait pratiquement tout des règles de football et donc n'aurait pas pu saisir le sens de ce titre énigmatique et obscur à leurs yeux. Il semble qu'un titre évoquant une partie de l'intrigue du récit concernant un pneu soit plus simple, directe et plus à même d'intéresser le lecteur chinois qui peut ainsi suivre plus facilement l'intrigue de l'histoire et comprendre la référence intrinsèque. Le roman *The Adventure of the Dying Detective* a été traduit par Cheng Xiaoqing en 1916 pour la première fois par *Bing gui* « 病诡 » [La ruse de la maladie] et en 1919 pour la deuxième fois par *Sishen* « 死神 » [La Mort]③. Cheng Xiaoqing a souvent recours à cette technique du changement de titre dans ses traductions. Guo

① Guo Yanli 郭延礼, *Zhongguo jindai fanyi wenxue gailun (xiudingben)*, p.119.

② *Ibid*. p. 120.

③ Pour le détail, voir à la fin la « Bibliographie des œuvres de Cheng Xiaoqing ».

Yanli remarque également cette caractéristique. Dans son livre *Zhongguo jindai fanyi wenxue gailun* ( *xiudingben* ), il voit en cela « une imperfection »① dans sa traduction, et selon lui, si les traducteurs des *Aventures de Sherlock Holmes* de l'édition de 1916, dont Cheng Xiaoqing, ont changé de titres, c'était pour « avoir des titres de traductions réguliers, symétriques et artistiques »②. Mais nous pensons que les véritables buts du changement de titres étaient les suivants.

D'un côté, en tant que romancier populaire, Cheng Xiaoqing pensait toujours à ses lecteurs. « Freeman précise que le lecteur a son rôle à jouer dans le roman policier en tant que partenaire.»③ Ayant traduit quelques œuvres de Freeman④, Cheng Xiaoqing était probablement d'accord avec son idée. Il a ainsi pris conscience que ses traductions devraient s'adapter aux besoins de ses lecteurs et se conformer à la situation de notre pays. Sans aucun doute, plus le lecteur comprendra le sens de titres ou d'intrigues, plus il aura envie de continuer à lire jusqu'au bout, le nombre de lecteurs potentiels en augmentera d'autant. Cheng Xiaoqing ne perd pas de vue le but financier de ses œuvres. Changer de titre est donc une manière de s'adapter au goût du lectorat local. N'oublions pas qu'entre l'auteur/traducteur et le lecteur, « c'est aussi un défi »⑤. La huitième des 20règles du roman policier définies par Van Dine consiste à mettre en œuvre des « moyens d'enquête réalistes »⑥. Pour un bon auteur de romans policiers, duper le lecteur est implicitement interdit, de même qu'insérer de faux indices dans le récit. Nous constatons que Cheng Xiaoqing utilise un élément de l'intrigue pour en faire le titre de son roman. Par exemple la nouvelle intitulée *Huang cun lun ying* qui est à l'origine le titre anglais *The Adventure of the*

---

① Guo Yanli, *Zhongguojindaifanyi wenxue gailun* (*xiudingben*), p.118.

② *Ibid.*, p.118,119.

③ Boileau-Nacejac, *Le roman policier*, PUF, Paris, coll. « Que sais-je ? », 1975, pp.45-46.

④ Pour le détail, voir la « Bibliographie des œuvres de Cheng Xiaoqing ».

⑤ Boileau-Nacejac, *Le roman policier*, p. 49.

⑥ Les 20 règles de Van Dine, p.51.

*Missing Three-Quarter* de Conan Doyle. Dès le premier coup d'œil sur ce titre, le lecteur tient déjà une piste importante. Le jeu commence… « Le fin mot de l'énigme doit être apparent tout au long du roman, à condition, bien entendu, que le lecteur soit assez perspicace pour le saisir. »① Mais pour savoir qui est gagnant entre l'auteur et le lecteur, il faut attendre jusqu'au dernier chapitre, parce que la piste-clef paraît souvent dans le dernier chapitre. « C'est une nécessité logique. Cette structure est devenue classique. C'est la raison pour laquelle, notamment, le dernier chapitre d'un roman de détection est, en général, si long. »② S'il réussit à garder le suspense (qui est criminel) jusqu'à la fin de l'œuvre, l'auteur aura gagné. Si le lecteur trouve qui est le criminel avant la fin du roman, l'auteur aura échoué.

D'un autre côté, dans l'essai *Zhentan xiaoshuo de duofangmian* « 侦探小说的多方面 » [Les multiples aspects du roman policier] de Cheng Xiaoqing, l'auteur explique pourquoi il garde le titre original de certaines de ses traductions :

> Une seule règle est à observer pour intituler une œuvre : il faut employer des mots implicites et laisser [au lecteur] imaginer. Il en est de même pour le roman policier, il faudrait observer scrupuleusement cette règle d'or. Il est évident que des titres tels que « Rancœur de… » ou « Vague de… » ne conviennent pas pour un roman policier. Les titres qui permettent au lecteur de tout comprendre d'emblée, sont également à bannir. Prenons l'exemple de « The Adventure of the Dying Detective ». En anglais ce titre signifie « le détective dangereusement malade », parce que Holmes fait semblant d'attraper une grave maladie pour tendre un piège à un malfaiteur et l'arrêter. En chinois ce titre, « Bing gui » « 病诡 » [La ruse de la maladie], serait trop évident et donc sans intérêt. […] Par conséquent, dans un bon titre de roman policier, le plus

① Les 20 règles de Van Dine, p.52.

② *Ibid*, p. 46.

important consiste à suggérer et à faire appel à l'imagination. Rien n'est pire qu'un titre qui laisse tout découvrir au premier regard du lecteur. Si un titre a un double sens, c'est encore mieux. [...] En Occident, les intrigues sont tellement tortueuses qu'on ne peut englober la totalité de l'intrigue dans un titre. Alors, sans chercher plus loin, les œuvres sont intitulées tout simplement « Le vol de la rue untel » ou « L'affaire sanglante untel ». Par exemple, Van Dine a appelé respectivement ses six romans « L'affaire sanglante » suivie du nom du concerné.①

Sur la façon d'intituler un récit policier, Cheng Xiaoqing s'est donc forgé sa propre théorie. Il ne donnait donc pas de titre au hasard, que ce soit pour ses créations, ou ses traductions. Le remaniement des titres de ses propres œuvres ne doit également rien au hasard. La création de romans policiers s'inspire également beaucoup de ce travail d'analyse et d'adaptation au public chinois. Cette recherche du titre juste, de la formule juste l'a poussé à renommer une fois, parfois deux, certaines de ses œuvres. Par exemple une nouvelle *The Adventure of the Dying Detective* a deux titres en chinois « Bing gui » pour la première traduction, et « Sishen » pour la réédition. Cela témoigne du fait que Cheng Xiaoqing ne traduisait pas mécaniquement et systématiquement ses titres d'anglais en chinois. Il est à noter

① « 任何小说的命名,唯一的条件,要在能有含蓄和有暗示力量。侦探小说更应恪守着含蓄不露的戒条。"什么怨""什么潮"的标题,固然不适宜于侦探小说,而那些一目了然、毫无含蓄的命名,也应绝对禁忌。譬如《福尔摩斯探案》中有一篇" The Adventure of the Dying Detective ",意思是"病危的侦探",福尔摩斯假装患了重病,设计侦捕一个巨憝。但译名《病诡》,那就犯了显露乏味的弊病。……所以侦探小说的题名,最重要的就是含蓄和暗示,最忌的是"拆穿西洋镜"般率直显露。若能含着双关的意义,那才是上乘。……所以西国作家对于命名一点,往往因着案中事实的复杂,找不出一个集中的题目,便索性唤作某某路盗案,或某某人血案。像范达痕的六种长篇,原名便都是某某人血案。» Cheng Xiaoqing, « Zhentan xiaoshuo de duofangmian », in Ren Xiang et Gao Yuan (éd.), *Zhongguo zhentan xiaoshuo lilun ziliao*, p.154.

que ses traductions sont toujours beaucoup plus importantes en nombre que les créations.① Dans la création, Cheng Xiaoqing a peu à peu formé sa propre théorie sur le roman policier, et on peut voir, une fois encore, que ses activités de traducteur et d'auteur s'influencent mutuellement.

Bien que cette méthode de titrage nous crée des difficultés pour retrouver et identifier les titres des œuvres originales, elle a le mérite de correspondre à la théorie du roman policier de Cheng Xiaoqing : à travers le récit de Bao Lang ou le récit des policiers, le lecteur peut suivre plusieurs pistes dont une seule mène à la résolution de l'énigme. Le titre de ces traductions donne une piste, une référence que le lecteur ne peut pas saisir pleinement à moins d'avoir lu le récit dans son intégralité. Cette caractéristique qui s'est développée au fil des traductions faites par Cheng Xiaoqing finit par se retrouver, plus tard, dans ses créations originales. Même lors de ses débuts, alors qu'il n'était que simple traducteur, il s'identifiait à l'auteur et en futur théoricien du genre, n'hésitait pas à apporter les adaptations adéquates à ses idéaux et au contexte socioculturel de la Chine de son époque.

D'ailleurs, toujours concernant les titres de Cheng Xiaoqing, une autre caractéristique attire notre attention. S'il traduit librement le titre d'une œuvre étrangère, en revanche, pour ses œuvres originales, il fait souvent référence à ses propres titres traduits, et n'hésite pas à incorporer des éléments d'œuvres étrangères dans ses créations. En 1925 par exemple, l'américain Biggers Earl Derr publie *The House Without a Key*. De 1939 à 1942 Cheng Xiaoqing publie à son tour une traduction de cette œuvre, intitulée *Ye guang biao* « 夜光表 » [La Montre phosphorescente]. Trois ans plus tard, en 1945, Cheng Xiaoqing publie une œuvre originale, *Gu gangbiao* « 古钢表 » [La vieille montre à gousset], dont le titre ressemble à celui de l'œuvre traduite. De même, *The Adventure of the Six*

① Voir le tableau synthétisant le nombre des productions littéraires de Cheng Xiaoqing (III. 2. Les récits policiers de Cheng Xiaoqing).

Napoleons, que Cheng Xiaoqing a traduit par *Poufu cangzhu* « 剖腹藏珠 » [Éventrer pour cacher une perle] et publiée en 1921, est certainement à l'origine d'une œuvre, originale celle-là, intitulée *Wu gu ji* «乌骨鸡» [Le coq nègre-soie], parue 3 ans plus tard, en 1924. Ces deux œuvres partagent un élément important de l'intrigue, à savoir une perle cachée dans le ventre d'une volaille. Si nous nous mettons dans la peau des lecteurs de l'époque de Cheng Xiaoqing, il est fort probable qu'ils confondent ces deux nouvelles. Nous avons déjà présenté dans la première partie qu'à cette époque, les œuvres de Cheng Xiaoqing étaient souvent un mélange entre traduction et création, sans aucune précision quant à l'origine du récit. Si ses lecteurs pouvaient facilement repérer le style de Cheng Xiaoqing, ils n'avaient en revanche aucun indice pouvant leur indiquer quel était le récit original. Cheng Xiaoqing s'inspirait sans doute des œuvres mettant en scène Sherlock Holmes sans citer ses sources, afin de se faire une réputation comme maître du policier chinois.

En bref, Cheng Xiaoqing en tant qu'auteur, s'efface de temps en temps tout en s'affirmant, car il est le « Sherlock Holmes chinois », à la fois le personnage, le traducteur et l'auteur ! Quelle que soit la casquette que porte Cheng Xiaoqing, celle d'enseignant, d'écrivain ou de traducteur, l'édification morale reste un sujet central et incontournable. C'est la jeunesse à qui il enseigne toute sa vie et à qui il s'adresse le plus dans ses romans policiers de Huo Sang.①

## III.2. Les récits policiers de Cheng Xiaoqing

Nous nous sommes efforcés de recenser le plus grand nombre possible

① Plusieurs articles de Cheng Xiaoqing — comme *Huo Sang he Bao Lang de mingyi* « 霍桑和包朗的命意 » [Le sens de noms de Huo Sang et Bao Lang] (1923), *Guanyu Huo Sang* (1938) ou *Cong zhentan xiaoshuo shuoqi* (1957) — en témoignent.

d'œuvres de Cheng Xiaoqing, et nous les avons ensuite ordonnées. Grâce aux statistiques précises① qui sont reproduites dans le *Zhongguo zhentan xiaoshuo lilun ziliao* : 1902—2011 « 中国侦探小说理论资料(1902—2011) » [Recueil d'articles sur les romans policiers chinois 1902—2011], nous pouvons calculer le nombre de créations et de traductions de Cheng Xiaoqing afin de synthétiser le nombre de ses productions littéraires, ainsi que le rythme de leurs parutions. Les deux graphiques ci-dessous mettent en évidence les créations de Cheng Xiaoqing, représentées par la ligne de barre de couleur claire, ainsi que ses traditions représentées par celle de couleur foncée.

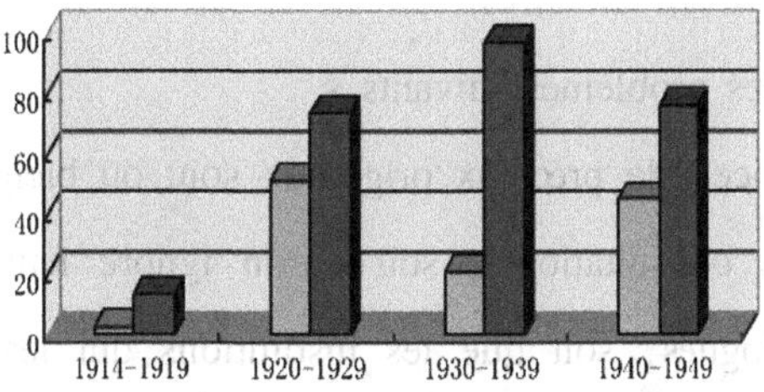


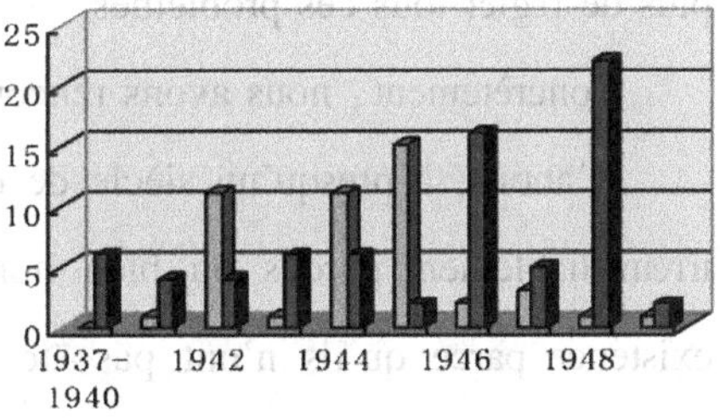


Il est évident que les traductions de Cheng sont toujours beaucoup importantes en nombre que les créations.② On trouvera la bibliographie que nous avons ainsi dressée dans la bibliographie des œuvres de Cheng Xiaoqing au présent livre. Nous

① On notera que les données concernant les productions littéraires de Cheng Xiaoqing sont incomplètes. De plus, comme la majorité de ses nouvelles et romans ont été publiés en feuilleton dans la presse et ce parfois pendant plusieurs années consécutives, il arrive qu'une même œuvre soit comptabilisée plusieurs fois comme s'il s'agissait d'œuvres différentes : c'est, par exemple, le cas du roman *Bailemen xue'an* « 百乐门血案 » [Le crime devant la porte de Baile] (*Seven Keys to Baldpate*), qui a paru de septembre 1939 à octobre 1942, et qui dans certaines bibliographie est recensé aux années 1939, 1940, 1941 et 1942.

② Selon la recherche d'une thèse de l'Université de Suzhou intitulée *Xiandai tongsu zuojia yiqun wu da daibiao renwu yanjiu* « 现代通俗作家译群五大代表人物研究» [Étude des cinq figures représentatives du groupe de traduction des écrivains populaires modernes] publiée par Yu Ling 禹玲 en 2011, le nombre de traductions de romans policiers effectuées par Cheng Xiaoqing en dépasse 154.

avons tendu à l'exhaustivité, sans être sûrs d'y être parvenus. Ce travail de bibliographie n'a pas été facile. Cheng Xiaoqing était à la fois un romancier et un traducteur, or les éditions originales de ses œuvres ne précisent pas forcément le statut de celles-ci : production originale ou traduction ? Mélange des deux ? En outre, quand il s'agit d'une traduction, ou d'un texte mêlant production originale et traduction, le nom de l'auteur traduit et le titre original ne sont pas précisés. Et l'inventaire chronologique établi par Jiang Weifeng①, qui figure parmi les recherches les plus récentes consacrées à Cheng Xiaoqing et que nous reprenons à la fin du livre la « Bibliographie des œuvres de Cheng Xiaoqing », ne permet pas non plus de régler tous ces problèmes.

Concrètement, nous avons rencontré les problèmes suivants :

D'abord, à presqu'un siècle de distance, de précieux originaux sont ou bien irrémédiablement perdus ou bien hors de consultation : soit qu'on ignore leur existence parce qu'ils n'ont pas été catalogués, soit que les institutions qui les conservent refusent, le plus souvent en raison de l'état détérioré dans lequel ils se trouvent, de les mettre à la disposition des lecteurs. Quant à ceux auxquels on peut avoir accès, ils sont dispersés dans de si nombreuses bibliothèques disséminées sur le territoire chinois qu'il ne nous a pas été possible matériellement de tous les avoir tenus en main.

Ensuite, même quand on a accès directement aux éditions originales des œuvres de Cheng Xiaoqing, il n'est pas plus facile de déterminer, en l'absence d'indices parfaitement probants, si l'on se trouve en présence d'une traduction ou d'une création originale. La quarantaine de récits dont nous donnons ci-après un extrait de la liste illustrent parfaitement cette difficulté. Après examen des

① *Cheng Xiaoqing zuopin liebiao* « 程小青作品列表 » [Liste des œuvres de Cheng Xiaoqing], in Jiang Weifeng, *Jinxiandai zhentan xiaoshuo zuojia Cheng xiaoqing yanjiu*, pp. 246-263.

documents, personne n'a pu prouver s'il s'agit d'une création ou d'une traduction. Outre le travail de Jiang Weifeng, que nous venons de citer, et en dehors des explorations que nous avons nous-même menées sur place, dans les bibliothèques chinoises, nous nous sommes appuyés sur la collection numérisée de la revue *Zhentan shijie* disponible auprès de la Bibliothèque Nationale de la Chine① et sur la « Chinese Periodical Full-text Database (1911—1949) »②. Nous avons également tiré profit des deux annexes figurant dans l'ouvrage publié sous la direction de Ren Xiang et Gao Yuan, *Zhongguo zhentan xiaoshuo lilun ziliao* : *Fanyi zhentan xiaoshuo mulu* (1896—1949) « 翻译侦探小说目录(1896—1949)»③[Liste des traductions de romans policiers (1896—1949)] et *Yuanchuang zhentan xiaoshuo mulu* (1901—1949) « 原创侦探小说目录(1901—1949)»④[Liste des romans policiers originaux (1901—1949)], ainsi que la bibliographie de Cheng Xiaoqing faite par Lai Yilun dans *Cheng Xiaoqing zhentan xiaoshuo zhong de Shanghai wenhua tujing*⑤.

Voici un extrait de la liste constituée⑥:

· Arthur Train, *Lingniu* « 领钮 » [Le bouton du col], *Xiaoshuo daguan*, Shanghai, octobre 1916, n° 7, pp.1-11. Ren Xiang et Gao Yuan considèrent cette œuvre comme une traduction, de même que Lai Yilun. Le « Tableau

① Voir le site de la National Digital Library of China : http://www.nlc.cn.

② Voir le site National Index to Chinese Newspapers & Periodicals : https://www.cnbksy.com.

③ Ren Xiang et Gao Yuan (éd.), *Zhongguo zhentan xiaoshuo lilun ziliao*, pp.586-725.

④ *Ibid.*, pp.726-787.

⑤ Lai Yilun, « Cheng Xiaoqing zhentan xiaoshuo zhong de Shanghai wenhua tujing », pp.186-192.

⑥ On trouvera la liste complète dans la « Bibliographie des œuvres de Cheng Xiaoqing » de ce mémoire.

chronologique » de Wei Shouzhong, lui, ne précise rien (cf. Lu Runxiang).①

· Askew Alice et Claude, *Guidu* « 鬼妒 » [La jalousie du diable], *Xiaoshuohai*, Shanghai, 1er avril 1915, tome 1, n° 4, pp.46-55. Titre original non identifié, mais probablement s'agit-il de *Aylmer Vance : Ghost-Seer*. Ren Xiang et Gao Yuan référencent cette œuvre en tant que traduction (p.624), de même que Lai Yilun (p.186). Le « Tableau chronologique » de Wei Shouzhong ne précise rien (Lu Runxiang, p.134).

…

D'autres œuvres au statut ambigu entre création ou traduction sont signalées dans la « Bibliographie des œuvres de Cheng Xiaoqing » à la fin du livre.

Mises à part les cinq œuvres intitulées *Shu*, *Wubaibang de daijia*, *Xianjin ji*, *Xian de xuhuan* et *Xisheng* « 牺牲 » [Le sacrifice] qui ne sont pas référencées dans le « Chinese Periodical Full-text Database (1911—1949) », les autres œuvres sont téléchargeables, et après examen, nous sommes sûrs qu'elles sont bel et bien de la main de Cheng Xiaoqing, qui signe parfois de son vrai nom, parfois de son nom de plume Xiaoqing 小青.

Malgré la disponibilité des textes originaux, nous n'avons pu confronter les traductions de Cheng Xiaoqing aux textes sources, faute d'avoir pu consulter ces derniers. Sachant que dans la plupart des cas, surtout pour les premières publications, comme ni le nom original de l'auteur ni le titre original de l'œuvre ne sont mentionnés, il est impossible de s'y reporter. Et quand par chance le nom de l'auteur est indiqué, il l'est dans une transcription en sinogrammes qui ne permet pas toujours de percer l'identité de l'intéressé. Par exemple, nous savons que

① Ren Xiang et Gao Yuan (éd.), *Zhongguo zhentan xiaoshuo lilun ziliao*, p.631 ; Lai Yilun, « Cheng Xiaoqing zhentan xiaoshuo zhong de Shanghai wenhua tujing », p.186 ; Lu Runxiang, *Shenmi de zhen-tan shijie : Cheng Xiaoqing Sun Liaohong xiaoshuo yishu tan*, p.135.

l'auteur Weilian Fulimen 维廉·弗利门, a écrit une série de récits tels que *Bifan zhuhuan* « 璧返珠还 » [*Rendre la perle*] (*probablement s'agit-il de The Mandarin's Pearl*), *Jinggui* « 镜诡 » [Miroir et diablerie], *Niujiao* « 牛角 » [Corne de bœuf], *Feidao* « 飞刀 » [Coupe-mouche] et *Qinghai yi bo* « 情海一波 » [Une vague de la mer d'amour], mais le nom latin n'est pas indiqué. William Freeman Kitchen (né en 1873) ou bien Austin Freeman ? Probablement c'est Austin Freeman, sans sources, on ne peut pas le vérifier. Difficile donc de savoir à qui on a affaire. S'agissant de noms d'auteurs étrangers, chacun les transcrit en chinois comme bon lui semble, sauf à compter du moment où un usage s'est déjà établi, mais il s'agit alors d'auteurs assez connus en Chine. Pour tenter de surmonter ces difficultés, nous nous sommes basés sur le *Xinbian zengbu qingmo minchu xiaoshuo mulu* « 新编增补清末民初小说目录 » [Nouvel index des romans de la fin des Qing aux débuts de la République]① établi par le professeur Tarumuto Teruo, spécialiste japonais de la période. Cette distinction, une fois faite, et bien que loin d'être sûre à 100 %, nous permettra néanmoins de pouvoir opérer une distinction entre traduction et création originale, afin de pouvoir faire ressortir leurs différences et leurs similitudes.

### III.2.1. Les traductions

Cheng Xiaoqing a été un grand traducteur de romans policiers. Il a commencé par traduire des œuvres ayant pour personnage principal Sherlock Holmes, le héros imaginé par Conan Doyle. Les *Fuermosi zhentan'an quanji* comptent huit volumes : *Maoxian shi* « 冒险史 » [Les Aventures de Sherlock Holmes], *Huiyilu* « 回忆录» [Les mémoires de Sherlock Holmes], *Guilai ji* « 归来记 » [Le retour de

① Tarumoto Teruo, *Xinbian zengbu qingmo minchu xiaoshuo mulu* « 新编增补清末民初小说目录» [Nouvel index des romans de la fin des Qing aux débuts de la République], Qilü shushe, Jinan, 2002.

Des romans policiers traduits par Cheng Xiaoqing, photo prêtée par Zhang Xuan

Sherlock Holmes], *Xin tan'an* « 新探案 » [Les enquêtes], *Xuezi de yanjiu* « 血字的研究 » [Étude en rouge], *Si qianming* « 四签名 » [Le signe des quatre], *Gudi zhi guai* « 古邸之怪 » [Le Mystère de la vallée de Boscombe] et *Kongbu gu* « 恐怖谷 » [La Vallée de la peur]. En 1935, Cheng Xiaoqing a traduit, pour les éditions Shijie, *Feiluo Fanshi zhentan'an* « 斐洛凡士侦探案 » [Les aventures de Philo Vance] du grand écrivain anglais S. S. Van Dine. C'est un travail qu'il a effectué malgré lui à titre presque gracieux : on lui a donné quelques titres boursiers en guise de rémunération.① En janvier 1937, il traduit *Shengtu qi'an : wocang dawang* « 圣徒奇案——窝赃大王 » [Une affaire extraordinaire : le grand receleur], une œuvre de l'auteur anglais Leslie Charteries, pour le mensuel *Shanghai shenghuo* « 上海生活 » [La vie de Shanghai] fondé par Gu Lengguan②. En 1946, les éditions Shijie de Shanghai publient une vingtaine de ses traductions,

① Zheng Yimei, *Cheng Xiaoqing he shijie shuju*, in *Qingmo minchu wentan yishi*, p.260.

② Gu Lengguan 顾冷观 (1910—2000).

dont : *Shengtu qi'an* (shizhong) « 圣徒奇案» 十种 [Les Affaires criminelles du Saint], en dix volumes, de Leslie Charteries ; *Ke Ke tan'an ji* « 柯柯探案集 » [Les Aventures de Ke Ke] de Jane Austen ; *Chen Chali zhentan'an* « 陈查礼侦探案 » [Une affaire criminelle de Charlie Chan] de Biggers Earl Derr ; *Feilou Fanshi tan'an quanji* « 斐洛凡士探案全集 » 二十一种 [Collection complète des aventures de Philo Vance], en vingt et un volumes, de S. S. Van Dine. Mais Cheng Xiaoqing, qui fut un traducteur prolifique, a produit beaucoup d'autres traductions. Nous en avons établi une liste complète, qu'on trouvera dans la « Bibliographie des œuvres de Cheng Xiaoqing » dans l'annexe.

En se mettant à traduire ces romans policiers, Cheng Xiaoqing a découvert un genre qui lui était inconnu et pour lequel son intérêt n'a cessé de croître. Il a découvert Edgar Allan Poe, Wilkie Collins, Anna K. Green, Sir Arthur Conan Doyle, R. A. Freeman, A. Morrison, I. S. Flecher, Leslie Charteris, Edgar Wallace, S. S. Van Dine, Ellery Queen, Agatha Christie, Dorothy L. Sayers, Émile Gaboriau, Maurice Leblanc et Anton Chekhov.① Quand il a commencé à bien maîtriser la mécanique intrinsèque au genre, il s'est mis à en écrire lui-même. Et finalement, à y regarder de près, on constate que sa bibliographie compte plus de traductions que de créations originales.② Quant à son travail de traducteur, même si les traductions des *Aventures de Sherlock Holmes* qu'on lit aujourd'hui ne sont plus les siennes, nul ne contestera le rôle qu'il a joué pour la diffusion en Chine des romans de Conan Doyle. Ses propres créations en revanche, celles qui mettent en scène Huo Sang, ont mieux survécu. On en compte une dizaine de rééditions.③

① Ces auteurs sont cités dans *Lun zhentan xiaoshuo* « 论侦探小说 » [Du roman policier], *Xin zhentan*, Shanghai Wenyi, Shanghai, 1946.

② Voir en détail le nombre de créations et de traductions de Cheng Xiaoqing dans III.2. Les récits policiers de Cheng Xiaoqing, p.90.

③ Pour le détail, voir à la fin de cette thèse la « Bibliographie des œuvres de Cheng Xiaoqing » que nous avons établie.

Indice de l'intérêt qu'elle peuvent encore susciter aujourd'hui : en 2007, le sinologue Timothy C. Wong 黄宗泰, qui enseigne aux États-Unis, a traduit et publié en anglais une anthologie des aventures de Huo Sang.① Tout cela montre que, malgré le temps qui passe, le charme des *Huo Sang tan'anji* ne faiblit pas. Et grâce à cette série, c'est légitimement que le nom de l'auteur figure au panthéon des lettres modernes en Chine.

### III.2.2. Les œuvres originales

Cheng Xiaoqing a été un écrivain prolifique. Dès l'âge de dix-huit ans, il avait le projet d'écrire, sans pour autant espérer en faire un jour son métier. Mais c'est seulement en 1914, à l'âge de vingt et un ans, qu'il s'est décidé à entreprendre une carrière littéraire, après avoir constaté, comme nous l'avons déjà dit, le succès que remportait sa première nouvelle policière.

Tout au long de sa carrière d'écrivain, Cheng Xiaoqing a collaboré à un nombre considérable de publications chinoises. Il a écrit en particulier pour *Xiaoshuo daguan*, revue fondée en mars 1915 par les éditions Wenming de Shanghai. À la demande de son rédacteur en chef, Bao Tianxiao, Cheng Xiaoqing a fourni au *Xiaoshuo daguan* quantité de nouvelles en langue classique, comme : *Xisheng* et *Hua hou qu* «花后曲» [La chanson dans un jardin] (n° 6 juin 1916) ; *Sijiren* «司机人» [Le chauffeur] (n° 8, décembre 1916) ; *Juezhi ji*② «角智记» [Mémoires de combats], le récit des rivalités entre Sherlock Holmes et Arsène Lupin ; *Shi shang ming* «石上名» [Le nom sur la pierre] (n° 14, septembre 1919). Mais il a aussi collaboré au *Xiaoshuo yuebao*, à *Xiaoshuo hai* «小说海» [La mer des romans], au *Xiaoshuo shibao* «小说时报» [Roman du temps],

① *Sherlock in Shanghai: Stories of Crime and Detection*, textes de Cheng Xiaoqing, trad. et présentés par Timothy C. Wong, University of Hawaii Press, Honolulu, 2007.

② Cheng Xiaoqing, « Juezhi ji » «角智记» [Mémoires de combats], in *Xiaoshuo daguan*, Wenming, Shanghai, n° 9 et n° 10, 30 mars 1917 et 30 juin 1917.

publications dans lesquelles il a publié, rien qu'en 1917, les œuvres suivantes : *Guiku* « 鬼窟 » [*Le trou du diable*], *Zha quan* « 诈犬 » [La triche d'un chien], *Hong bieshu zhong zhi shengjie* « 红别墅中之圣节 » [La fête sainte dans la villa rouge], *Mu mian wu* « 幕面舞 » [La danse masquée], ou *Gu jinqian* « 古金钱 » [Une monnaie antique].

En 1919, dans le journal *Xianshi leyuan ribao* « 先施乐园日报 » [Le journal du paradis de Xianshi] de Shanghai, Cheng Xiaoqing a publié également, et toujours en langue classique, cette autre œuvre policière, *Jiangnan yan* « 江南燕 » [Hirondelle du sud de la rivière]. L'image positive qui est donnée dedans du détective Huo Sang, celle d'un homme intelligent, courageux et doué de l'esprit de justice, a séduit d'emblée le public, et le récit a été porté sans tarder à l'écran par la compagnie Youlian de Shanghai, avec Zheng Junli① dans le rôle principal. C'est ce qui a poussé Cheng Xiaoqing à multiplier les suites aux aventures de son héros. Et le succès a été tel que les éditions Wenhua de Shanghai ont décidé de réunir l'ensemble des textes parus en revues dans une collection comprenant 12 volumes, qui ont paru en 1931 et 1932. Les éditions Dadong ont fait de même à Shanghai en juillet 1932, avec une collection en six volumes. Et au début des années 1940, les éditions Shijie de Shanghai ont publié la *Huo Sang tan'an xiuzhen congkan* « 霍桑探案袖珍丛刊 » [Collection de poche des aventures de Huo Sang], une collection en 30 volumes. Cette dernière collection intégrait soixante-quatorze récits, ce qui représentait au total quelque deux millions huit cents mille caractères.②

Soit dit en passant, c'est sa vocation littéraire qui a probablement permis à Cheng Xiaoqing de faire la connaissance de celle qui est devenue son épouse, Huang Hanzhang 黄含章. Nous manquons d'informations précises à ce sujet, mais

---

① Zheng Junli 郑君里 (1911—1969).

② Pour le détail, voir à la fin la « Bibliographie des œuvres de Cheng Xiaoqing » que nous avons établie.

on remarquera que celle-ci était la sœur aînée de Huang Shanmin 黄山民, le rédacteur en chef de la revue *Xiaoshuohai*, publication à laquelle Cheng Xiaoqing venait de confier un premier texte, *Guidu*①, lorsque Huang Hanzhang et lui se marièrent, en mars 1915. Huang Hanzhang avait le même âge que Cheng Xiaoqing. Sa famille était originaire du bourg de Zhapu (乍浦镇), dans le district Pinghu (平湖县) de la province du Zhejiang, où elle possédait une scierie. Après leur mariage, Huang Hanzhang et Cheng Xiaoqing se découvraient une passion mutuelle pour la peinture et il leur arrivait de peindre ensemble. Huang Hanzhang, qui était une grande amatrice de littérature, a encouragé son mari à embrasser définitivement la carrière des lettres. Si Cheng Xiaoqing a pu connaître le succès qu'il a connu dans le monde du roman policier, c'est en partie grâce à son épouse qui l'a poussé dans cette voie et n'a cessé de le soutenir.

En bref, sa passion pour le roman policier a fini par occuper Cheng Xiaoqing à plein temps. S'il écrivait au début pour le plaisir, Cheng Xiaoqing a fini par s'adonner à l'écriture afin de subvenir aux besoins de sa famille. Néanmoins, une fois sa réputation établie, c'est davantage pour satisfaire sa passion que pour l'argent que cela lui rapportait qu'il a continué à écrire.

En 1956, Cheng Xiaoqing a quitté sans regret l'enseignement pour se consacrer exclusivement à l'écriture. Sa passion pour la littérature l'a emporté sur son intérêt pour l'enseignement.

À présent que nous avons présenté à grands traits la vie et les écrits de Cheng Xiaoqing, nous allons nous pencher sur son œuvre majeure, à savoir le recueil qui a pour titre *Huo Sang tan'anji*.

① *Guidu* « 鬼妒 » [La jalousie du diable], texte qui est considéré par Yan Fusun et Zheng Yimei comme « le premier roman policier de Cheng Xiaoqing » : il existe en effet une traduction du même nom, réalisée par Alice et Claude Askew (*Xiaoshuohai*, t. 1, n° 4, 1er avril 1915).

# CHAPITRE IV LES *HUO SANG TAN'ANJI*

## IV.1. La série des Huo Sang

### IV.1.1. Présentation générale

La première nouvelle policière de Cheng Xiaoqing, publiée donc en 1914, avait pour titre *Dengguang renying* « 灯光人影 » [Lumière et Ombres humaines]. Elle a paru dans *Kuaihuo lin*, le supplément littéraire du *Xinwen bao* « 新闻报 » [Journal des nouvelles] de Shanghai. Elle mettait en scène celui qui deviendra par la suite, et pour toujours, son héros, à savoir Huo Sang (霍桑). C'est ce même personnage qu'on retrouve encore trente-quatre ans plus tard, dans le dernier roman de Cheng Xiaoqing, *Ling bi shi*, roman inachevé qui fut publié en feuilleton dans le magazine *Lanpi shu* entre le 15 décembre 1948 et le 1er mai 1949. En réalité, lorsqu'il fit sa première apparition, Huo Sang portait un autre nom : Cheng Xiaoqing, en effet, avait choisi initialement d'appeler son personnage Huo Sen (霍森), et c'est une malencontreuse coquille d'imprimerie qui décida en définitive du patronyme sous lequel celui-ci est passé à la postérité.

Les premiers récits policiers de Cheng Xiaoqing, comme la plupart de ses autres textes, ont paru dans des journaux ou dans des magazines. Ils ont été ensuite repris en volume. S'agissant des deux premiers recueils parus de ses œuvres, voici ce que Cheng Xiaoqing a déclaré :

*Huo Sang tan'an huikan* « 霍桑探案汇刊 » [Anthologie de Huo Sang], photo prêtée par collectionneur Hua Sibi

*Huo Sang tan'an waiji* « 霍桑探案外集 » [Recueil « extérieur » du « canon » des enquêtes de Huo Sang], photo prêtée par collectionneur Hua Sibi

> Pendant plus de 20 ans, j'ai rédigé une soixantaine de récits mettant en scène Huo Sang. Il y a quelques années, j'ai publié deux volumes de ces récits sous le titre *Anthologie de Huo Sang*, à titre d'essai uniquement. J'ai été surpris par le bon accueil qui a été réservé à cette œuvre.①

Ce recueil initial en deux tomes, paru à Shanghai en 1931 chez Wenhua meishu tushu, sous le titre de *Huo Sang tan'an huikan* « 霍桑探案汇刊 » [Anthologie de Huo Sang], et dont rien malheureusement n'a été conservé,

① « 我在以往的二十多年中所撰著的《霍桑探案》约有六十篇。若干年前我刊印过两集《霍桑探案汇刊》，原只是尝试性质，不料竟获得许多嗜痂的读者们的爱好。» Cité et traduit d'après la première préface originale rédigée au printemps 1944 à Shanghai : *Huo Sang tan'anji*, Jilin wenshi, Vol.1, p.1.

comprenait douze volumes de nouvelles et de romans, dont on sait qu'ils furent sélectionnés sans que l'auteur soit consulté.

En juillet 1932, un autre recueil de seize nouvelles, réunies sous le titre *Huo Sang tan'an waiji* « 霍桑探案外集 » [Recueil « extérieur » du « canon » des enquêtes de Huo Sang], parut aux éditions Dazhong de Shanghai, dont il ne subsiste non plus aucun exemplaire.

En revanche, sont arrivés jusqu'à nous des exemplaires de *Huo Sang tan'an xiuzhen congkan*, une collection réalisée par Cheng Xiaoqing en personne, qui reprend, mais dans une version révisée, certaines des pièces contenues dans les deux collections précédentes. Cette collection a été publiée par les éditions Shijie de Shanghai entre 1942 et 1945. Elle comporte trois tomes, chaque tome se divisant lui-même en dix volumes, et contient au total soixante-treize récits, ce qui représente environ trois millions de caractères. C'est la collection des aventures de Huo Sang la plus complète, bien qu'elle ne soit pas intégrale.① Cheng Xiaoqing s'est expliqué sur les raisons qui l'avaient poussé à remanier ses textes :

> Je considère que le point fort de mes œuvres de jeunesse, c'était l'imagination et rien d'autre. Les autres aspects tels que descriptions, structure et dialogues sont enfantins et ridicules.②

① Il est difficile de connaître exactement le nombre des œuvres composées par Cheng Xiaoqing où Huo Sang apparaît. L'édition de Zhongguo guoji guangbo (*Huo Sang Jingxian tan'an* « 霍桑惊险探案 » [Les aventures passionnantes de Huo Sang], Beijing, 2002), en recense 156, mais rien ne permet de le prouver formellement, certains des textes ayant disparu.

② « 因为少年时的作品,除了想象力有若干可取以外,其他描写、结构和对话等,都不免幼稚可笑。» Cité et traduit d'après la troisième préface originale de Cheng Xiaoqing, laquelle fut rédigée à Shanghai, à l'automne 1945, et figure désormais in *Huo Sang tan'anji*, Jilin wenshi, Vol. 1, p.6.

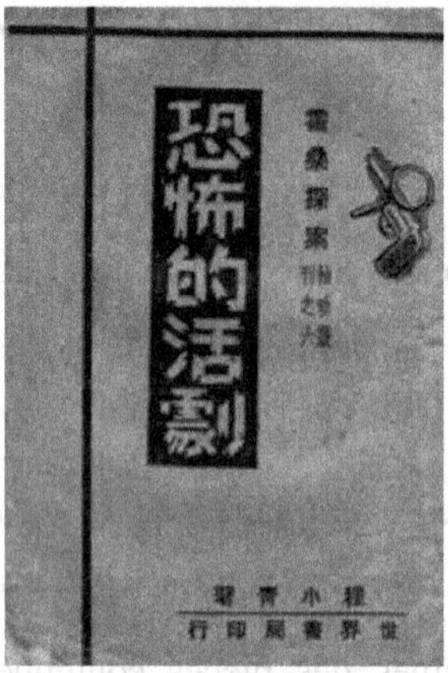


*Kongpu de huoju* « 恐怖的活剧 » [Scène de terreur]

*Duan zhi tuan* « 断指团 »[Le groupe aux doigts coupés]

*Zi xinqian* « 紫信笺 » [La lettre pourpre]

*Hei dilao* « 黑地牢 » [La prison noire souterraine]

En dehors de ces trois éditions, qui furent les premières, sept autres éditions des aventures de Huo Sang ont vu le jour. La plus complète d'entre elles est la collection parue aux éditions Qunzhong de Beijing, *Huo Sang tan'anji* : 13 volumes, sortis entre 1986 et 1988. Elle a été rééditée en 1997, mais en 6 volumes seulement. L'édition la plus complète disponible aujourd'hui est *Huo Sang tan'anji*, une collection parue chez Jilin wenshi, à Changchun, en 1991. Elle fait partie de la série des *Wanqing minguo xiaoshuo yanjiu congshu* « 晚清民国小说研究丛书 » [Collection d'œuvres allant de la fin des Qing aux débuts de la République] et se base sur le corpus, hélas incomplet, proposé par les éditions Shijie : *Huo Sang tan'an xiuzhen congkan*. Les autres éditions sont : *Cheng Xiaoqing wenji : Huo Sang tan'an xuan* « 程小青文集——霍桑探案选 » [Compilation de Cheng Xiaoqing : quelques aventures de Huo Sang], Zhongguo wenlian, Beijing, 1986 ; *Huo Sang tan'an xuan* « 霍桑探案选 » [Quelques aventures de Huo Sang], Lijiang, Nanning, 1985, 1986 et 1987 ; *Huo Sang Jingxian tan'an* « 霍桑惊险探案 » [Les aventures passionnantes de Huo Sang], Zhongguo guoji guangbo, Beijing, janvier 2002 ; *Huo Sang tan'anji* « 霍桑探案集 » [Les aventures de Huo Sang (nouvelles)], Haixia wenyi, Fujian, 2003 ; *Huo Sang tan'anji : shijie baibu wenxue mingzhu sudu* « 霍桑探案集——世界百部文学名著速读 » [Les aventures de Huo Sang : lecture en parcours panoramique d'une centaine d'œuvres mondiales célèbres], Haixia wenyi, Fujian, janvier 2003.①

Faute d'avoir pu avoir accès aux éditions originales, faute même d'avoir pu déterminer en toute rigueur la date et le lieu précis de leur parution initiale — les compilateurs des différentes collections, dont l'auteur lui-même ne s'en étant pas préoccupés —, nous avons fait le choix de nous fonder, pour le présent travail, sur l'édition de Jilin wenshi, laquelle se compose de 74 récits :

L'édition de Jilin wenshi a republié ces récits en se basant sur l'édition de *Huo Sang tan'an xiuzhen congkan* de la maison d'édition Shijie en conservant l'ordre original. La raison en est que, l'édition Shijie ne respectant pas l'ordre chronologique de la première parution des récits, il a été difficile de tout vérifier et il aurait été imprudent de procédé à des modifications à la légère. On notera

① Pour le détail, voir à la fin la « Bibliographie des œuvres de Cheng Xiaoqing ».

que si l'édition originale était ponctuée, elle ne l'était pas comme on ponctue de nos jours. Bai Ding a actualisé la ponctuation et a corrigé les coquilles. Des phrases mal formées ou dont la structure était par trop européenne ont aussi été reformulées.①

Bien que Cheng Xiaoqing soit un auteur de romans policiers un peu oublié de nos jours, on ne saurait sous-estimer l'influence qu'il a pu exercer sur la société et le monde littéraire de son temps. En 1963, dans *Wo he shijie shuju de guanxi* « 我和世界书局的关系 » [Mes rapports avec les éditions Shijie], Cheng Xiaoqing rapporte que le patron de la maison d'édition en question, Shen Zhifang②, aurait bien voulu qu'il lui cède d'avance les droits pour ses œuvres futures, ce que Cheng Xiaoqing avait refusé, estimant que les intérêts commerciaux de son éditeur nuisaient à sa liberté de création. Une anecdote qui nous laisse imaginer le succès que Cheng Xiaoqing pouvait avoir alors.

### IV.1.2. Les lecteurs fervents des aventures de Huo Sang

La période de création des *Huo Sang tan'anji* s'étend de 1914 à 1949. Toutefois, c'est au cours des années 1920 et 1930 que la série est devenue un best-seller et a attiré à elle un grand nombre de lecteurs qui admiraient passionnément Huo Sang.

Qui étaient les lecteurs des *Enquêtes de Huo Sang* ? Pourquoi lisaient-ils des romans policiers ? Qu'avaient-ils de commun avec le héros détective ? Une étude sur le profil socio-éducatif du « lecteur type » de Huo Sang nous aidera sans doute à mieux comprendre le contexte de sa création et sa réception. Cette étude ressemble plutôt à un exercice de déduction qu'une étude de statistiques : à partir des indices

---

① *Huo Sang tan'anji*, Jilin wenshi, Vol.1, préface, p.8.

② Shen Zhifang 沈知方 (1883—1939).

trouvés dans les témoignages de Cheng Xiaoqing et ses contemporains, nous dresserons le profil du lecteur à l'aide de la déduction. Celui-ci contient les informations suivantes : sexe, âge, niveau d'études, conditions de vie, milieux sociaux et répartition géographique.

Parlons d'abord de l'éducation des Chinois en général de cette période. Qui savait lire ? Qui lisait les romans d'un genre « importé » qu'est le roman policier ? Un reportage datant de 1935, que l'on doit à un journaliste, Fan Changjiang①, nous donne une idée du niveau d'éducation dans les provinces « intérieures », c'est-à-dire les provinces du Sichuan, du Gansu, du Qinghai, du Shanxi, de la Mongolie intérieure et du Xinjiang. Dans ces régions qui font presque la moitié de la superficie de la Chine, il a été frappé par le fait que beaucoup de communes ne possédaient qu'une école primaire avec quelques dizaines d'élèves et même les officiers de l'armée étaient illettrés.②

On y fait aussi état des ravages de seigneurs de guerre, de la politique d'isolement des chefs militaires locaux depuis plus de vingt ans③, de jeunes filles si pauvres qu'elles n'avaient pas de pantalon④, de petites gens écrasées par le poids des taxes et des impôts⑤, de « l'inondation » du Nord-Ouest de la Chine par l'opium⑥ après l'invasion japonaise de la Mandchourie le 18 septembre 1931. Nous constatons qu'il n'y avait presque pas de vie culturelle dans cette moitié de la

① Fan Changjiang 范长江 (1909—1970), grand reporter au *Dagongbao*, un des journaux les plus importants de la République, devenu célèbre à l'âge de 27 ans grâce au témoignage en question ; *Zhongguo de xibeijiao* 中国的西北角 [Le Nord-Ouest de la Chine], récit épique d'un séjour de dix mois dans le « far west » chinois, alors méconnu des grandes villes côtières.

② Fan Changjiang, *Zhongguo de xibeijiao*, Sichuan daxue, Chengdu, 2010, pp.103, 126, 176, 189 et 197.

③ *Ibid.*, pp.119-120.

④ *Ibid.*, p.142.

⑤ *Ibid.*, pp.148-149.

⑥ *Ibid.*, p.174.

Chine, et encore moins de culture occidentale. À la lumière de ces éléments, les conditions de vie des personnes constituant le lectorat des œuvres de Cheng Xiaoqing paraissent presque exceptionnelles.

Si la plupart des Chinois de l'époque n'avaient aucun accès à la culture moderne voire à la culture tout court, si un journal de Tianjin — en l'occurrence le *Dagongbao*① envoyé par Fan Changjiang — mettait un an pour parvenir à l'une de ces provinces reculées②, si personne ne fréquentait la bibliothèque de la ville de Xining③, sans parler de la censure exercée par le Guomindang sur les informations en provenance des provinces de l'ouest de la Chine à cause de la Grande Marche de l'Armée rouge dans ces régions, les lecteurs de Cheng Xiaoqing ne pouvaient se trouver que dans les grandes villes côtières ouvertes à la culture occidentale, parmi ceux qui avaient un niveau d'éducation équivalent ou supérieur du lycée, capables au moins de comprendre « les réactions chimiques utilisées »④ dans les enquêtes.

Dans la Chine de cette première moitié du XX^e siècle, les hommes occupaient une place sociale supérieure à celle des femmes. Davantage d'hommes que de femmes pouvaient poursuivre des études.⑤ Par conséquent, il est légitime de supposer que dans les rangs des amateurs fervents de Huo Sang on trouvait plus d'hommes que de femmes. Malgré ce fait, Cheng Xiaoqing avait sa propre idée sur

① *Dagongbao* « 大公报 » [Le journal impartial] a été fondé par Ying Lianzhi 英敛之 (1867—1926) le 17 juin 1902 à Tianjin.

② Fan Changjiang, *Zhongguo de xibeijiao*, p.165.

③ *Ibid.*, p.86.

④ On peut prendre l'exemple du texte de Cheng Xiaoqing intitulé « Wuzui zhi xiongshou » dans lequel un criminel a utilisé des réactions chimiques complexes pour échapper aux mains de policiers.

⑤ « 教育的享受也只好让男子有优先权 » L'éducation doit être réservée pour l'homme afin de le favoriser. Autrement dire, davantage d'hommes que de femmes pouvaient poursuivre des études. Voir, Cheng Zhefan 程谪凡, *Zhongguo xiandai nüzi jiaoyushi* « 中国现代女子教育史 » [L'Histoire de l'éducation moderne des femmes chinoises], Shanghai zhonghua shujuyin, 1936, p. 226.

la question, et voici ce qu'il écrit dans *Zhentan xiaoshuo zahua* :

> Auparavant, je pensais que seuls les hommes apprécieraient le roman policier, et que les femmes ne s'y intéresseraient pas. En général, les histoires policières, qui racontent des crimes ou des délits horribles, ne correspondent pas à ce qu'attendent psychologiquement les femmes. [...] La réalité est toute autre. Parmi les amateurs de Huo Sang, il me semble que les plus fervents lecteurs ce sont les femmes et non les hommes.①

Les femmes seraient donc de plus ferventes admiratrices de Huo Sang que les hommes. Qu'est-ce qui donne à Cheng Xiaoqing cette impression ? Dans un autre essai, *Zhentan xiaoshuo de duofangmian* (publié en 1932), il indique que quatre lycéennes de McTyeire School (Zhongxi nüshu 中西女塾) ont écrit au rédacteur en chef Zhou shoujuan pour se plaindre de l'image de Huo Sang dans *Shuangxiong douzhi ji*②. En 1923, Cheng Xiaoqing avait été recruté pour donner des cours sur le roman policier [侦探小说专科教员] dans l'École de formation du roman de Shanghai [上海小说专修学校]. On peut déduire que si un établissement a été jusqu'à créer un cursus sur le roman policier, ce genre devait être populaire chez les étudiants, (même si aujourd'hui nous ne disposons pas de chiffres sur la fréquentation de ces cours). On mentionne en effet « un certain lecteur [qui] se souvient qu'auparavant dans la bibliothèque de Shanghai, les enquêtes de Huo Sang

① « 予初尝以为侦探小说,仅为男子所偏嗜,女子则未必嗜此。盖以侦探小说,所叙咸劫杀恐怖之事,或与女子心理违反故也。[...] 不宁唯是,凡读者于《霍桑探案》有嗜痂癖者,似尤以女子为较热诚。» Cité dans les récits de Cheng Xiaoqing, « Zhentan xiaoshuo zahua » « 侦探小说杂话 » (两篇) [Essais sur le roman policier] (deux récits), *Banyue*, t. 3, n° 6, 8 décembre 1923 ; in Ren Xiang et Gao Yuan (éd.), *Zhongguo zhentan xiaoshuo lilun ziliao*, p. 84.

② Cheng Xiaoqing, « Zhentan xiaoshuo de duofangmian », dans le 2ᵉ volume d'*Anthologie de Huo Sang*, Shanghai wenhua meishu tushu yinshua gongsi, Shanghai, janvier 1932 ; *ibid.*, p.156.

figuraient parmi les livres que les lecteurs ou emprunteurs feuilletaient les plus »①. La raison pour laquelle Cheng Xiaoqing se souvient particulièrement de ses lectrices est peut-être parce qu'elles étaient effectivement plus rares et leurs réactions plus précieuses. Le fait d'être privées d'éducation et de culture les rendait sans doute plus désireuses de saisir toute occasion de s'instruire et s'ouvrir au monde extérieur, surtout grâce à un genre mettant en scène de beaux hommes courageux et intelligents en tant que héros.

Par conséquent, on peut déduire que si numériquement, les femmes sont minoritaires dans le lectorat, ce sont bien elles qui marquent plus Cheng Xiaoqing, et qui exercent la plus grande influence sur l'auteur.

Si l'on peut dire que parmi les populations instruites, des hommes aussi bien que des femmes pourraient s'intéresser au roman policier, nous devrions ensuite déterminer qui étaient ces populations instruites. Par manque de sources irréfutables, il est difficile de définir en toute rigueur le profil éducatif de l'amateur fervent de Huo Sang à l'époque de Cheng Xiaoqing. Malgré tout, nous disposons de quelques indices dans ce qu'a pu écrire l'auteur lui-même.

Dans son essai *Tan zhentan xiaoshuo* publié en 1925, l'auteur donne son opinion sur le niveau d'études de ses lecteurs :

> Voilà presque trente ans déjà que les romans policiers étrangers ont été introduits dans notre pays, et les amateurs ne sont que des étudiants ayant une éducation scolaire et une poignée de gens ayant des idées nouvelles. Le roman policier est encore loin d'être populaire.②

① Xu Huan 许欢, « *Huo Sang tan'an* xilie congshu dui bentu zhentan xiaoshuo chuban de qishi » « 《霍桑探案》系列丛书对本土侦探小说出版的启示 » [Sur la collection des *Huo Sang tan'an* et son influence sur l'édition du roman policier chinois], Chuban kexue, Wuhan, n° 4, 2013, pp.106-107.

② « 我国自侦探小说输入以来,亦已二三十年,而嗜好之人仅限于曾受学校教育之学生,及少数思想较新之人,去普遍之限度尚远。» Cité dans un essai de Cheng Xiaoqing, « Tan zhentan xiaoshuo », « 谈侦探小说 » [Sur le roman policier], *Xinyue*, 2 octobre 1925, t. 1, n° 1 ; in Ren Xiang et Gao Yuan (éd.), *Zhongguo zhentan xiaoshuo lilun ziliao*, p.115.

Seule une partie de l'élite intellectuelle savait apprécier la série policière de Huo Sang. Il ne suffisait pas d'être cultivé, mais également être susceptible d'aimer la littérature en « baihua », et patriote pour pouvoir accepter les discours parfois moralisateurs de Huo Sang tout au long de ses aventures. Ceux qui étaient partie prenante du système, la grande bourgeoisie, les compradores, les colonialistes, les seigneurs de guerre, les lettrés « moribonds » de l'ancien régime impérial et les fonctionnaires corrompus ne pouvaient pas faire partie des lecteurs de Huo Sang.①

Il est possible que Cheng Xiaoqing ne sache pas exactement qui lisait ses romans, mais il s'adresse volontiers à un certain genre de lecteurs à travers ses récits. Ses articles *Huo Sang he Bao Lang de mingyi* « 霍桑和包朗的命意 » [Origine des noms de Huo Sang et Bao Lang] publié en 1923, *Guanyu Huo Sang* « 关于霍桑 » [Sur Huo Sang] publié en 1938 et *Cong zhentan xiaoshuo shuoqi* « 从侦探小说说起 » [Commencer par parler du roman policier] publié en 1957 témoignent de sa forte intention de viser les « jeunes » durant toute sa carrière d'écrivain. Dans son article *Huo Sang he Bao Lang de mingyi*, il explique que la motivation pour donner des noms modernes aux détectives Huo Sang et Bao Lang avait un désir profond de voir naître de nouveaux « modèles pour la jeunesse », afin de « mieux garantir la justice et ne plus laisser les riches et puissants piétiner les prolétaires »②. Dans *Guanyu Huo Sang*, Cheng Xiaoqing appelle les jeunes Chinois à suivre Huo Sang pour construire dans le futur « une société équitable et éclairée »③; dans son autre article intitulé *Cong zhentan xiaoshuo shuoqi* , Cheng Xiaoqing souligne également la fonction pédagogique inégalable du roman policier.④ Il a

① C'est ce qu'explique Cheng Xiaoqing : « "Duanpian zhentan xiaoshuo" xu » «《短篇侦探小说》序 » [La préface de « nouvelles policières »], Shanghai Guangyi shuju, Shanghai, décembre 1947 ; *ibid.*, p.226.

② Cité dans un essai de Cheng Xiaoqing, « Huo Sang he Bao Lang de mingyi », *Zui xiaobao*, mars 1923, n° 11 ; *ibid.*, p.56.

③ Cheng Xiaoqing, « Guanyu Huo Sang », *ibid.*, p.177.

④ Cheng Xiaoqing, « Cong zhentan xiaoshuo shuo qi », *Wen hui bao*, 21 mai 1957 ; *ibid.*, p.239. Pour Cheng Xiaoqing le roman policier peut aider aux jeunes à juger sainement les choses.

qualifié à maintes reprises le roman policier de « manuel déguisé de vulgarisation des sciences»①, et de « remède adapté aux maladies de notre société qui sont la décadence et la superstition »②, excellent pour apprendre l'esprit scientifique à la jeunesse de manière ludique③. Selon lui, « la curiosité fait de chacun un détective inné »④. Il est évident que l'auteur s'adresse aux jeunes lecteurs avides de savoir, désirant un monde meilleur à l'aide des connaissances modernes. Nous déduisons ainsi que ses lecteurs sont plutôt des jeunes gens ouverts et éduqués, ainsi que toute personne entre deux âges influencée par le Mouvement du 4 mai 1919. Ses efforts ne furent pas vains, les courriers de lecteurs et lectrices en furent témoins.

En ce qui concerne d'éventuels contacts directs entre lecteur et auteur en Chine, dans l'essai *Zhentan xiaoshuo zahua*, Cheng Xiaoqing apporte une précision : « Les éditeurs occidentaux ont le devoir de transmettre avec soin tous les courriers et lettres d'hommages de lecteurs à l'auteur. L'auteur a aussi le devoir d'y répondre à la fin des publications pour remercier et encourager ce genre de correspondances. Alors qu'en Chine, cette pratique n'est guère courante chez les éditeurs. L'auteur ne peut avoir un retour que par le biais du rédacteur si ce dernier le veut bien. C'est pour cette raison qu'en général, dans notre pays, même un auteur populaire avec des œuvres de renom et des admirateurs nombreux, ne peut se rendre compte de l'ampleur de sa popularité. Encore plus rares sont les remerciements aux lecteurs de la part d'un auteur. »⑤ Néanmoins, dans ce même article, Cheng Xiaoqing se rappelle avec fierté qu'un des rédacteurs de la revue *Zhentan shijie*, (Zhao)

---

① Cheng Xiaoqing, « Huo Sang tan'an huikuan zhuzhe zixu » «《霍桑探案汇刊》著者自序 » [Préface de l'auteur Cheng Xiaoqing dans le 1er volume d'*Anthologie de Huo Sang*], Shanghai wenhua meishu tushu yinshua gongsi, Shanghai, 1930 ; *ibid.*, p.145.

② Cheng Xiaoqing, « Zhentan xiaoshuo de duofangmian », dans le 2e volume d'*Anthologie de Huo Sang*, Shanghai wenhua meishu tushu yinshua gongsi, Shanghai, janvier 1932 ; *ibid.*, p.152.

③ Cheng Xiaoqing, «Cong zhentan xiaoshuo shuo qi », *Wen hui bao*, 21 mai 1957 ; *ibid.*, p.239.

④ Cheng Xiaoqing, « Zhentan xiaoshuo zuofa zhi yide » « 侦探小说作法之一得 » [Une idée venant des créations policières], *Xiaoshuo shijie*, 6 novembre 1925, t. 12, n° 6 ; *ibid.*, p.118.

⑤ Cheng Xiaoqing, « Zhentan xiaoshuo zahua (liang pian), *Banyue*, 8 décembre 1923, t. 3, n° 6 ; *ibid.*, p.84.

Shaokuang lui a transmis un petit message d'encouragement de la part d'une admiratrice des *Huo Sang tan'anji*.① Cette anecdote démontre indirectement le succès des *Huo Sang tan'anji*, l'admiration et la fascination de ses lecteurs et éventuellement, alors qu'une vente importante de la série. Pour que les éditeurs et rédacteurs soient si impressionnés de l'enthousiasme insistant des lecteurs qu'ils transmettent le message, la vente devrait être très bonne.

Ensuite, dans quels milieux sociaux les amateurs de Huo Sang se situaient-ils ? Plus haut dans ce présent chapitre, Cheng Xiaoqing a déjà dit que, les amateurs fervents du roman policier (dont celui de Huo Sang) se limitaient aux élites intellectuelles qui professaient des idées nouvelles, autrement dit des lecteurs qui avaient eu les moyens et le temps de faire des études. *Zhongguo zhentan xiaoshuo lilun ziliao* recueille les avis de dix-sept intellectuels contemporains de Cheng Xiaoqing qui ont consacré des critiques souvent positives aux enquêtes de Huo Sang. Ce sont eux aussi des lecteurs représentatifs des *Huo Sang tan'anji*, et on peut les tenir pour des aficionados de Cheng Xiaoqing. Voici leurs noms : Fan Jugao②, (Zhao) Zhiyan③, Zhang Biwu④, Zhou Shoujuan⑤, Zhu Yi⑥, Wuxuesheng⑦, Wang Tianhen⑧, Hu Jichen⑨, Tianlang Wanglang⑩, Zheng Yimei⑪, Suo Yin⑫, Fan Yanqiao⑬, Cheng Zhanlu⑭, Chen

① Cheng Xiaoqing, « Zhentan xiaoshuo zahua », *Banyue*, t. 3, n° 6, 8 décembre 1923 ; *ibid.*, p.84.

② Ren Xiang et Gao Yuan (éd.), *Zhongguo zhentan xiaoshuo lilun ziliao*, p.85.

③ *Ibid.*, p.82.

④ *Ibid.*, pp.43 et 134.

⑤ *Ibid.*, p.48.

⑥ *Ibid.*, pp.49, 50, 106 et 121-124.

⑦ *Ibid.*, p.57.

⑧ *Ibid.*, p.71.

⑨ *Ibid.*, p.88.

⑩ *Ibid.*, p.102.

⑪ *Ibid.*, p.105.

⑫ *Ibid.*, p.130.

⑬ *Ibid.*, pp.132 et 148.

⑭ *Ibid.*, pp.141 et 164-165. Cheng Zhanlu 程瞻庐 (1879—1943) — également connu sous les noms de Wensuo 文梭, de Guanqin 观钦 et de Nanyuan 南园 — est originaire de Suzhou (Jiangsu).

Guanying①, Chen Dieyi (1907-2007)②, Liu Zhonghe③ et Yao Sufeng④. De huit d'entre eux — Fan Jugao, (Zhao) Zhiyan, Zhu Yi, Wuxuesheng, Wang Tianhen, Tianlang Wanglang, Suo Yin et Chen Guanying —, il n'est pas facile de dire grand-chose car il n'existe aucune source les concernant.⑤ Les neuf autres, en

① Ren Xiang et Gao Yuan (éd.), *Zhongguo zhentan xiaoshuo lilun ziliao*, p.174.

② *Ibid.*, p.201.

③ *Ibid.*, p.231. Liu Zhonghe 刘中和 (1900-1977) — connu aussi sous les noms de Jinsheng 晋升 ou de Kanghou 康侯— est originaire du district Boshan de la province du Shandong. Il fut enseignant. D'abord membre du Guomindang — auquel il adhéra en 1924 — il rejoignit ensuite, en 1926, le Parti communiste, avant d'en démissionner en 1928. Il participa à la guerre sino-japonaise, et devint plus tard, à compter d'avril 1956, vice-président de l'Association politique provinciale de Zibo [Ziboshi zhengxie weiyuan 淄博市政协委员].

④ Ren Xiang et Gao Yuan (éd.), *Zhongguo zhentan xiaoshuo lilun ziliao*, p.20.

⑤ Les seuls éléments dont on dispose à leur propos sont des éléments bibliographiques établis d'après le National Index to Chinese Newspapers & Periodicals (www.cnbksy.cn). Ce sont ces éléments que nous indiquons ci-après pour chacun d'eux :

· Fan Jugao 范菊高 a collaboré à de nombreux périodiques parus sous la République de Chine comme *Shanhu* « 珊瑚 » [Corail], *Yihan zhoukan* « 艺海周刊 » [Hebdomadaire d'Art], *Lianyi zhi you* « 艺海周刊 » [Hebdomadaire d'Art], *Liangyou* « 良友 » [Bon ami], *Banyue* « 半月 » [Le Bimensuel], *Youxi shijie* « 游戏世界 » [Le mond de jeux], *Xinyue* « 新月 » [La nouvelle lune], *Xin shanghai* « 新上 海 » [La nouvelle ville de Shanghai], *Ziluolan* « 紫罗兰 » [La Violette], etc.

· (Zhao) Zhiyan (赵)芝岩 est l'auteur de plusieurs romans policiers : Voir 6 titres de ses œuvres dans cette présente thèse (II. 1.2)

· Zhu Yi 朱戣 (nous ignorons comment ce dernier caractère, qui n'est plus utilisé de nos jours, se prononce), a publié trois œuvres dans *Funü* (Tianjin) « 妇女（天津）» [Les femmes (Tianjin)] et une, en 1932, dans *Tuhua zhoukan* « 图画周刊 » [Hebdomadaire de peintures].

· Wuxuesheng 无虚生, le National Index to Chinese Newspapers & Periodicals (www.cnbksy.cn) recense 26 récits dispersés dans *Libailiu*, *Zuixiao* « 最小 » [Le minimum], *Meigui huabao* « 玫瑰画报 » [Peintures en rose], etc.

· Wang Tianhen, a collaboré aux publications suivantes : *Banyue*, *Hulin* « 虎林 » [La foret de tigres], *Hong zazhi* « 红杂志 » [Le magazine rouge], *Hong meigui*.

· Tianlang Wanglang 天攮王郎 (sans doute le nom de plume d'un personnage qui n'a pu être identifié) un seul écrit de lui est connu : « Zhentan xiaoshuo de timing » « 侦探小说的题名 » [Dénommer le roman policier], *Zhentan shijie*, Shanghai, Vol.23, 1924, p.26.

· Suo Yin 索隐 (sans doute aussi un nom de plume) a apporté son concours aux publications suivantes : *Xiaoshuo shibao* « 小说时报 » [Roman du temps], *Zhonghua xiaoshuojie*, *Minzhong zhoubao* (Nanjing). « 民众周报（南京）» [Hebdomadaire de peuple (Nanjing)]. Nous ignorons qui se cache derrière.

· Quant à Chen Guanying 陈冠英, son nom figure dans le *Shenan xin bao* « 射南新报 » [Le nouveau journal de Shenan] et dans *Jingwei* « 经纬 » [Longitude et latitude].

revanche, ont laissé des traces, et certains figurent parmi les personnalités marquantes de la Chine du XX$^{e}$ siècle. Par exemple, Zhang Biwu est célèbre pour les peintures de lui dont on colle des reproductions aujourd'hui encore sur les portes ou sur les murs à l'occasion de la Fête du Printemps ; Cheng Zhanlu① est un célèbre écrivain de romans « zhanghui » (romans à épisodes) ; Chen Dieyi② est un célèbre éditeur, compositeur, auteur de chansons ; Fan Yanqiao③, surnommé le « Génie de Jiangnan », s'est illustré dans de nombreux domaines artistiques ; Yao Sufeng④ était connu dans les milieux de la presse, le monde littéraire et la société chinoise des années 1930 et 1940 ; Zhou Shoujuan, grand traducteur, est aussi connu pour ses réalisations dans l'art du paysage en miniature. Nous remarquons qu'ils comptent tous parmi les figures éminentes de divers milieux sociaux. De tels lecteurs, ayant de l'argent et du temps libre, comme souligne Zhou Guisheng, le roman policier se caractérisant par « sa sagacité » et « sa vivacité d'esprit »⑤ s'intéressaient au roman policier qui donnait en un sens, du piment dans leur vie.

« Victime du sectarisme, le genre policier a connu une longue période de discrimination. »⑥ La majorité des progressistes du Mouvement du 4 mai 1919 dédaignaient les romans policiers, néanmoins, Cheng Xiaoqing mentionne avec

① Cheng Zhanlu 程瞻庐 (1879—1943), également connu sous les noms de Wensuo 文梭, de Guanqin 观钦 et de Nanyuan 南园, est originaire de Suzhou (Jiangsu).

② Chen Dieyi 陈蝶衣 (1907—2007), dont le nom d'origine est Chen Yuandong 陈元栋 et qu'on connaît aussi sous celui de Yuyuansheng 玉鸳生, est originaire de Changzhou (Jiangsu).

③ Fan Yanqiao 范烟桥 (1894—1967), également connu sous les nom de Ailian 爱莲, de Wannianqiao 万年桥, ou de Choucheng xiake 愁城侠客, est originaire de Wujiang tongli. Il a touché àplusieurs domaines : le roman, la poésie, le cinéma ou bien la peinture. Il était membre de *Xingshe* 星 社 [Société de l'Étoile].

④ Yao Sufeng 姚苏凤 (1905—1974) était originaire de la province du Suzhou. Il fit des études d'architecture à l'École de formation industrielle de Suzhou (苏州工业专门学校). Figure du monde littéraire chinois des années 1930 et 1940, il était membre de *Xingshe*.

⑤ Ren Xiang et Gao Yuan (éd.), *Zhongguo zhentan xiaoshuo lilun ziliao*, p.8.

⑥ *Ibid.*, p.240.

reconnaissance deux personnes faisant partie de l'élite, réputés, qui admiraient le genre : « Le docteur Hu Shi et le professeur Quan Zengjia font partie des amateurs du roman policier. Quan Zengjia a même écrit un mémoire① sur le roman policier. »② Sans doute ces deux géants des lettres ont-ils lu aussi quelques-unes des histoires de Huo Sang.

La maison de Cheng Xiaoqing est près du pont du Wangxing beitu 望星桥北堍茧庐, photo prêtée par Zhan Yubing 战玉冰

Ces intellectuels avaient-ils vraiment les moyens de soutenir ce nouveau courant littéraire ou bien la littérature tout courte ? Nous nous penchons maintenant sur les revenus moyens d'un intellectuel dans les années 1920—1930 avant la Seconde Guerre mondiale pour le bien-fondé de notre déduction. Prenons l'exemple de Cheng Xiaoqing lui-même, bien que nous n'arrivions pas à trouver ses comptes. Avant l'occupation japonaise, les enseignants de Suzhou tels que lui connaissaient

① Quan Zengjia 全增嘏, « Lun zhentan xiaoshuo » « 论侦探小说 » [Du roman policier], *Shiyuetan* « 十月谈 » [Conversation du mois d'octobre], n° 1, 10 août 1933 ; in Ren Xiang et Gao Yuan (éd.), *Zhongguo zhentan xiaoshuo lilun ziliao*, pp.166-169.

② Ren Xiang et Gao Yuan (éd.), *Zhongguo zhentan xiaoshuo lilun ziliao*, p.212.

des conditions de vie relativement aisées①. L'Université Dongwu offrait au grand maximum à ses professeurs chinois sans diplôme mais qui avaient des expériences occidentales un salaire mensuel de 50 yuan②(en argent, avec l'effigie du président Yuan Shikai, monnaie stable entre 1914 et 1935). Nous en déduisons que le salaire mensuel de Cheng Xiaoqing devait se situer entre 30 et 40 yuan.③ N'oublions pas que les autres « casquettes » de Cheng Xiaoqing lui apportaient également des revenus non négligeables. Les journaux, revues et magazines donnaient général entre 1 et 5 yuans les milles caractères chinois, seuls Guo Moruo (郭沫若), Hu Shi, Lu Xun ou Lin Shu pourraient prétendre jusqu'à 6 yuan les mille caractères.④ Cheng Xiaoqing, en tant que chroniqueur de plusieurs revues, traducteur, auteur et éditeur, publia 24 chroniques scientifiques de 3 à 4 pages essentiellement dans *Funü zazhi* (400 caractères environs par page)⑤, entre 1919 et 1925, surtout, les 75

① Dans les années 20 et 30 du XX$^{e}$ siècle, le niveau de vie des intellectuels chinois n'était pas inférieur à celui du Japon. En particulier, les enseignements supérieurs et les éditions dans les villes de Beijing, Tianjin, Shang-hai, Nanjing et Hangzhou étaient en phase avec les normes internationales. Voir Chen Mingyuan 陈明远, *Zhishifenzi yu renminbi shidai* « 知识分子与人民币时代 » [Les intellectuels et l'époque de renminbi], Wenhui chubanshe, Beijing, 2006, pp.9-10.

② Prenons un exemple sur le salaire mensuel d'une enseignante Su Xuelin (1897—1999) de l'Université Dongwu. À partir de 1924, Cheng Xiaoqing a travaillé comme enseignant en langue chinoise dans l'École secondaire attachée à l'Université Dongwu. Entre 1925 et 1926, Su Xuelin donnait des cours à l'Université Dongwu. Selon elle, cet établissement lui offrait au maximum le salaire mensuel de 50 yuan, puisque bien qu'elle ait étudié en France pendant trois ans, elle n'a obtenu ni diplôme chinois ni diplôme étranger. Voir Su Xuelin 苏雪林, *Su Xuelin zizhuan*, « 苏雪林自传 » [L'autobiographie de Su Xuelin], Jiangsu wenyi chubanshe, 1996, p.68.

③ Avant 1932, le salaire était généralement payé à l'heure, en fonction du nombre d'heures de cours enseignées. En 1923, une rémunération horaire allant de 1, 5 à 2, 5 yuan pour les enseignants de l'école secondaire (équivalent à 60 à 100 RMB de nos jours). Voir Chen Mingyuan, *Wenhuaren de jingji shenghuo* « 文化人的经济生活 » [La vie économique des intellectuels], Wenhui, Shanghai, 2005, p. 141. Les enseignants diplômés gagnaient bien mieux leur vie que Cheng Xiaoqing, et ils n'étaient pas bridés financièrement pour se procurer de la lecture.

④ Chen Mingyuan, *Wenhuaren de jingji shenghuo*, pp.52-54.

⑤ *Funü zazhi* « 妇女杂志 » [The Ladies'Journal], revue mensuelle fondée en 1915 par Shangwu jinshuguan, dont chaque livraison était diffusée à plus de 10 mille exemplaires.

romans et nouvelles de sa plume et les 185 traductions de roman policier dont l'intégrale de Sherlock Holmes, Charlie Chan, S. S. Van Dine, etc.① Les enquêtes de Huo Sang, à elles seules, comptent presque 3 millions de caractères chinois. Supposons que Cheng Xiaoqing travaillait à un rythme de 1 000 caractères par jour, création et traductions confondues, ses travaux lui auraient rapporté en moyenne 2 yuan par jour. Ses revenus passeraient à 100 yuan environ par mois. Sachant que le riz coûtait à l'époque 0,062 yuan la livre② et que Cheng Xiaoqing avait une famille de 5 personnes à nourrir en 1924 : sa mère, sa sœur mariée la même année et partie vivre avec son mari, sa femme, son fils aîné (5 ans) et sa fille (3 ans), nous pouvons déduire que la majeure partie de ses revenus n'était pas destinée à l'achat de nourriture, puisque 10 yuan suffisaient largement à acheter du riz pour tout le mois. De plus, Cheng Xiaoqing avait les moyens de procéder à l'achat d'un terrain et à la construction de sa maison en 1923, et ensuite d'investir dans la première salle de cinéma à Suzhou en 1927, juste après la naissance de son deuxième fils en 1926. Même si nous ignorons la manière dont il gérait ses finances, nous pouvons quand même dire qu'il gagnait très bien sa vie et n'hésitait pas à consacrer une petite partie de ses revenus à des revues littéraires ou des magazines de loisirs, par exemple, un *Libailiu* au prix de 0,10 yuan le numéro, hebdomadaire avec lequel il collaborait③, ou bien, *Funü zazhi*, revue féminine mensuelle de renom, au prix de 0,20 yuan le numéro (frais postaux supplémentaires pour la Chine : 0,02 yuan et 0,20 yuan pour

---

① Voir à la fin de cette thèse la « Bibliographie des œuvres de Cheng Xiaoqing ».

② Chen Mingyuan, *Wenhuaren de jingji shenghuo*, p.126.

③ En août 1914, les tarifs du *Libailiu* étaient les suivants : 0,1 yuan le numéro ; 2,2 yuan pour un abonnement de 25 numéros ; et 4 yuan pour un abonnement de 50 numéros ; tandis qu'en janvier 1933, les tarifs du *Libailiu* étaient les suivants : 0,05 yuan le numéro ; pour un abonnement de 52 numéros, frais postaux supplémentaires compris pour la Chine : 1 yuan et 3,5 yuan pour l'étranger. Données disponibles sur le site de National Library of China · National Digital Library of China : http://read.nlc.cn/allSearch/searchDetail? searchType=all&showType=1&indexName=data_416&fid=14jh002416 (page consultée le 7 avril 2023).

l'étranger)①. D'après cette petite étude sur les revenus de Cheng Xiaoqing, nous nous rendons compte qu'un intellectuel comme lui ne devait avoir aucun problème pour vivre confortablement de sa plume, et en conséquence, pouvait se procurer des lectures qu'il aimait sans souci pécuniaire.

Quant à la répartition géographique des lecteurs passionnés de Huo Sang, elle était étroitement liée au réseau de diffusion et de distribution des éditeurs qui publiaient ses aventures, à savoir les trois maisons que voici : Wenhua meishu tushu gongsi, Dazhong shuju, et Shijie shuju, ainsi que les périodiques *Banyue*, *Hong meigui huabao*, *Hong zazhi*, *Hong meigui*, *Shanhu*, etc. Arrêtons-nous sur le cas de Shijie shuju qui a publié de nombreuses aventures de Huo Sang.② Aux débuts de la République de Chine, cet éditeur était considéré comme l'un des plus importants et des plus influents du pays, notamment pour ce qui est de la littérature du XX^e^ siècle. La maison, fondée en 1917 par Sheng Zhifang — et qui dut fermer ses portes en 1950 —, a publié environ 5 500 livres.③ Son siège central était situé à Shanghai, mais elle disposait de 22 bureaux④ disséminés un peu partout, à Canton, à Beijing, à Hankou, à Fengtian, à Suzhou et à Hangzhou, à Changsha, à Shaoyang, à Zhongqing, etc. Par conséquent, partout où Shijie shuju était présente il y avait des lecteurs de Huo Sang, et potentiellement des aficionados du détective chinois. Il en allait de même pour Dadong shuju et Wenhua meishu tushu gongsi.

① Données disponibles sur le site de National Library of China · National Digital Library of China : http://read.nlc.cn/allSearch/searchDetail? searchType = all&showType = 1&indexName = data_404&fid = 01J002598 (page consultée le 7 avril 2023).

② Xu Huan, « *Huo Sang tan'an* xilie congshu dui bentu zhentan xiaoshuo chuban de qishi », *Chuban kexue*, Wuhan, n° 4, 2013, p.7.

③ Rédaction d'examen national du métier de l'édition, 2015 *nian quanguo chuban zhuanye zige kaoshi dagang* « 2015 年全国出版专业资格考试大纲 » [Programme de l'examen national du métier de l'édition, année 2015], Shanghai cishu, Shanghai, 2013, p.116.

④ Xu Huan, « *Huo Sang tan'an* xilie congshu dui bentu zhentan xiaoshuo chuban de qishi », p.7.

En général, ces éditeurs avaient des antennes dans les plus grandes villes, celles en particulier où l'on trouvait des établissements d'enseignement supérieur, et celles qui comptaient les gens les plus instruits.

Enfin, comme une dizaine de rééditions faites dans les années 1980 et 1990 des *Huo Sang tan'anji* circulent encore aujourd'hui sur le marché du livre, on ne saurait nier le succès commercial de la série depuis sa création. Mais jusqu'à quel point ? Nous pouvons nous référer à la page de copyright de chacun volume des éditions et rééditions des *Huo Sang tan'anji* sur laquelle le tirage est souvent mentionné. Cette pratique n'était malheureusement pas courante avant les années 1950, période de création de la série où son auteur a pu acheter une maison et nourrir toute sa famille en grande partie grâce à sa plume. Nous allons dresser le tableau suivant sur le nombre d'exemplaires diffusés dans les années 1980 et 1990 qui nous servira de base pour calculer le nombre d'exemplaires diffusés avant les années 1950.

**Tirage des différentes éditions des *Huo Sang tan'anji* entre 1986 et 2003**

| Éditeur | Nombre de volumes | Date de diffusion | Exemplaires imprimés |
|---|---|---|---|
| **Jilin wenshi**<br>1re édition, 1er tirage | Vol.1 | Avril 1987 | 39 150 |
| | Vol.2 | — | 42 050 |
| | Vol.3 | — | 40 950 |
| | Vol.4 | — | 40 850 |
| | Vol.5 | — | 41 650 |
| | Vol.6 | Août 1991 | 2 930 |
| | Vol.7 | — | 2 890 |
| | Vol.8 | — | 2 900 |
| | Vol.9 | — | 2 900 |
| | Vol.10 | — | 2 930 |
| **Total** | | | **219 000** |

continué

| Éditeur | Nombre de volumes | Date de diffusion | Exemplaires imprimés |
|---|---|---|---|
| Qunzhong<br>1re édition, 1er tirage | Vol.1 | Juin 1986 | 80 000 |
| | Vol.2 | — | 80 000 |
| | Vol.3 | Août 1986 | 40 000 |
| | Vol.4 | — | 40 000 |
| | Vol.5 | Avril 1987 | 36 000 |
| | Vol.6 | Mai 1987 | 36 000 |
| | Vol.7 | — | 3 500 |
| | Vol.8 | Août 1987 | 36 000 |
| | Vol.9 | Septembre 1987 | 26 000 |
| | Vol.10 | Octobre 1987 | 26 000 |
| | Vol.11 | Juillet 1988 | 17 400 |
| | Vol.12 | | 17 700 |
| | Vol.13 | Août 1988 | 17 600 |
| **Total** | | | **456 200** |
| **Qunzhong**<br>1re édition, 1er tirage | Vol.1 à 6* | Juillet 1997 | 72 000 |
| | Vol.1 à 6* | Janvier 1998 | 72 000 |
| | | **Total** | **144 000** |
| **Lijiang**<br>1re édition, 2e tirage | Vol.1 | Mai 1987 | 38 000 |
| | Vol.2 | — | 38 000 |
| | Vol.3 | — | 38 000 |
| **Total** | | | 144 000 |
| **Zhongguo guoji guangbo**<br>1re édition, 1er tirage | Vol.1 à 4 | Janvier 2002 | n.c. |
| **Total** | | | **n.c.** |

continué

| Éditeur | Nombre de volumes | Date de diffusion | Exemplaires imprimés |
|---|---|---|---|
| **Zhongguo wenlian**<br>1re édition, 1er tirage | Vol.1 | Juillet 1986 | 22 500 |
| | Vol.2 | — | 22 500 |
| | Vol.3 | Décembre 1986 | 20 300 |
| | Vol.4 | — | 20 000 |
| **Total** | | | **85 300** |
| **Haixia wenyi**<br>1re édition, 1er tirage | Un tirage | Janvier 2003 | n.c. |
| **Total** | | | **n.c.** |
| | | | |
| **TOTAL GÉNÉRAL** ** | | | **1 018 700** |
| Notes :<br>* Tirage non justifié, estimé d'après la deuxième édition à 6 000 exemplaires par volume.<br>** Donnée incomplète | | | |

Premier constat :

À première vue, nous remarquons que depuis la fondation de la RPC (1949), au total, plus d'un million d'exemplaires de la série de Huo Sang ont été mis en vente en Chine. Si l'on rajoute le nombre de copies piratées ou manuscrites (pendant la « Révolution culturelle », des livres circulaient sous forme manuscrite, on se les recopiait), il est très probable qu'il y en a eu beaucoup plus. En conséquence, les enquêtes de Huo Sang méritent bel et bien le titre du best-seller dans les années 1980—1990.

Durant la période précédant l'année 1949, les tirages n'étaient pas indiqués dans les livres. Comment évaluer quantitativement leur diffusion ? Nous avons suivi le raisonnement suivant : partant du principe selon lequel le taux de lecteurs de romans policiers dans la population instruite était resté continuellement constant, nous l'avons rapporté au taux de la population instruite dans la population totale avant les années 1950. Nous avons alors établi le tableau de proportionnalité que voici :

| | |
|---|---|
| Taux de population instruite avant 1950 | Nombre d'exemplaires des histoires de Huo Sang diffusés avant 1950 |
| Taux de population instruite dans les années 1980—1990 | Un million : nombre d'exemplaires des histoires de Huo Sang diffusés dans les années 1980—1990 |

Parmi ces quatre chiffres, l'inconnue porte sur la diffusion avant 1950.

Or, selon les statistiques, le niveau d'éducation des Chinois autour de 1911 était très faible, plus de 90 % des adultes étaient illettrés.① Par exemple, en 1928 (cette année est représentative car c'était pendant les années 1920—1930 que Cheng Xiaoqing a été le plus productif), sous le Guomindang, sur une population totale de 465 millions, seuls 9, 14 millions fréquentaient un établissement d'enseignement moderne.②

Selon l'UNESCO③, en 2010, le taux d'alphabétisation en Chine serait de 99,6% pour les jeunes de 15 ans à 24 ans, 95,1 % pour les adultes de plus de 15 ans, et 73,9% pour les personnes âgées de plus de 65 ans. Et le ministère chinois de l'Éducation affirme de son côté que l'illettrisme serait passé de plus de 80 % avant 1949 à 15,9 % en 1990.④ Nous prenons donc la moyenne du taux d'alphabétisation

① Chen Mingyuan, *Wenhuaren dejingji shenghuo*, p.80.

② Chen Mingyuan, *Wenhuaren dejingji shenghuo*, p.80.

③ Source : Institut de statistique de l'UNESCO.

④ Selon le ministère chinois de l'Éducation, il y a un taux de 80 % d'illettrés à la constitution de la RPC en 1949, tandis que le recensement de 1990 a donné 15, 9 %. Voir Commission nationale de la santé et de la planification familiale (éd.), *Zhongguo weisheng he jihua shengyu tongji nianjian* 2015 « 中国卫生和计划生育统计年鉴 2015 » [Annuaire statistique de la santé et de la planification familiale en Chine (2015)], Beijing xiehe yikedaxue chubanshe, Beijing, p.347.

en Chine au cours des années 1980—1990 qui serait de l'ordre de 90 %.

Nous nous fondons ici sur ce que rapporte de Bao Hongxin à propos des chiffres de vente des romans d'espionnage de Cheng Xiaoqing après 1949 :

> Les chiffres de vente des romans d'espionnage de Cheng Xiaoqing tels que « Drame sanglant au village de Dashu » et « Pourquoi elle a été assassinée » sont plus élevés qu'avant la Libération, peut-être même ont-ils décuplé.①

Selon la règle de trois et en se référant à Bao Hongxin, nous arrivons au résultat suivant : environ cent mille exemplaires de la série de Huo Sang ont été diffusés avant 1949, sur une trentaine d'années, en moyenne, plus de 3 000 diffusés chaque année. Parmi les étudiants, un sur dix aurait lu un Huo Sang.

Deuxième constat : depuis les années 1950 jusqu'aux années 1980 la série des Huo Sang a disparu du paysage littéraire. Mais pendant la seconde moitié des années 1980, cette série a connu un regain d'intérêt conséquent, comme en attestent les chiffres de vente : presque neuf cents mille exemplaires. Les premiers tirages étaient élevés: jusqu'à 80 000 exemplaires pour la première édition des deux premiers volumes aux éditions Qunzhong de 1986. Le marché s'engouffre dans le roman policier chinois. Prenons aussi l'exemple de la maison d'édition Qunzhong qui a édité et réédité les œuvres de Huo Sang et a même dû réimprimer sa deuxième édition, soit trois diffusions sur dix ans. De même, la maison d'édition de Qunzhong qui a édité la série de Huo Sang en juillet 1997, a dû, seulement six mois après (en janvier 1998), relancer une seconde impression. La demande du marché a été pressante et constante pendant plus d'un demi-siècle.

---

① « 程小青所作《大树村血案》《她为什么被杀》等反特小说,销售量为中华人民共和国成立之前的数倍至 10 倍 », Bao Hongxin 鲍红新, « Canglangqu wenxue chuangzuo gaikuang » « 沧浪区文学创作概况 » [Panorama sur la création de la zone Canglang], en ligne :http://blog.sina.com.cn/s/blog_5039ca61010165yn.html (page consultée le 21 mai 2015).

Bref, bien que les enquêtes de Huo Sang fassent partie des best-sellers avant 1949, à l'époque de leur création, les aficionados de Huo Sang étaient malgré tout en nombre faibles. Dans la société chinoise de l'époque où l'illettrisme était pour le moins massif, seule les gens ayant fait des études, ayant du temps libre et des revenus stables, pouvait s'offrir le luxe des actualités littéraires. Les œuvres de Cheng Xiaoqing mentionnant très souvent des mots ou des concepts occidentaux, seules des personnes ayant une connaissance de la culture occidentale pouvaient les comprendre.

Dans le tableau suivant, nous avons tenté de définir le profil type de l'amateur fervent des aventures de Huo Sang.

**Profil type du lecteur fervent des aventures de Huo Sang dans les années 1930 en Chine**

| | | |
|---|---|---|
| 1 | **Sexe** | Selon Cheng Xiaoqing, les femmes étaient plus passionnées que les hommes par les enquêtes de Huo Sang. Cependant, les hommes avaient plus d'accès à l'éducation et à la culture.① On peut en déduire que numériquement, parmi les lecteurs, le nombre d'hommes était supérieur à celui des femmes, même s'il n'existe aucune statistique à ce sujet. |
| 2 | **Âge** | Jeunes ou personnes entre deux âges influencés par le Mouvement du 4 mai 1919. |
| 3 | **Niveau d'études** | 1. Avoir poursuivi des études pendant quelques années dans une école moderne.<br>2. Connaître quelques mots étrangers ou avoir déjà voyagé à l'étranger.<br>3. Avoir entendu parler du métier de détective. |
| 4 | **Conditions de vie** | 1. Disposer d'un revenu suffisamment stable pour acheter des livres et des périodiques, tels les fonctionnaires, les étudiants ou les enseignants.<br>2. Disposer du temps libre pour pouvoir se consacrer à la lecture de romans policiers et de romans populaires en général. |

① Cheng Xiaoqing, « Zhentan xiaoshuo zahua », *Banyue*, t. 3, n° 6, 8 décembre 1923 ; in Ren Xiang et Gao Yuan (éd.), *Zhongguo zhentan xiaoshuo lilun ziliao*, p.84.

continué

| | | |
|---|---|---|
| 5 | **Milieu social** | S'intéresser à la vie des petites-gens.<br>1. Petite bourgeoisie.<br>2. Bourgeoisie.<br>3. Des littéraires petits bourgeois issus de classes populaires, comme Zhou Shoujuan et Chen Dieyi. |
| 6 | **Localisation géographique** | Principalement Shanghai et sa région, mais aussi grandes villes où l'on pouvait distribuer à temps les journaux et les revues : Canton, Beijing, Tianjin, Hankou, Fengtian, Suzhou, Hangzhou, Changsha, Shaoyang, Chongqing, etc. |

## IV.2. L'influence de Sherlock Holmes en Chine

### IV.2.1. Entre Sherlock Holmes et Huo Sang, genèse du premier détective chinois

Arthur Conan Doyle est considéré comme le fondateur du roman policier en Angleterre, tandis que de son côté Cheng Xiaoqing est vu comme le « père » du roman policier chinois.

À partir de 1919, Cheng Xiaoqing crée le deuxième roman policier en langue classique autour de Huo Sang, « Jiangnan yan ». Dès lors, il se met à créer une série d'aventures du même détective. Jusqu'en 1949, l'auteur en rédige une centaine.

Que fait Cheng Xiaoqing entre 1914 et 1919, la première et la deuxième histoire de Huo Sang ? Jusqu'en octobre 1918, la naissance de son premier Cheng Yude (程育德), Cheng Xiaoqing semble être partagé entre la vie de famille, la carrière d'enseignant, la traduction et la création. En 1915, il publie une nouvelle en langue classique intitulée « Guidu » dans le magazine *Xiaoshuo hai* dirigé par son futur beau-frère Huang Shanmin. Le texte original étant introuvable, nous ne savons pas s'il s'agit des aventures de Huo Sang.① Il déménage au printemps de la même année à Suzhou et s'installe là-bas avec sa famille. C'est à cette époque qu'il fait la connaissance de Dwight Lamar Sheretz, dont nous avons déjà parlé, le missionnaire américain qui lui donna des cours d'anglais. Il publie quelques œuvres qui n'appartiennent pas au registre policier, comme *Xisheng*, *Guo yu jia* « 国与家 » [Le pays et la famille] et *Jia huo* « 嫁祸 » [Faire porter le chapeau à quelqu'un].

Entre 1916 et 1927, à la demande des éditions Zhonghua, il va traduire en langue classique, sur un rythme soutenu, et en collaboration avec Zhou Shoujuan, les 54 histoires qui forment les 12 volumes des *Fuermosi zhentan'an quanji*. Il s'est tellement imprégné des personnages et de l'ambiance des œuvres qu'il traduit, qu'il finit par écrire un crossover, un duel entre Sherlock Holmes et Arsène Lupin « Juezhi ji » en 1917.

Le lien de parenté entre Huo Sang et Sherlock Holmes est assez transparent, et du reste Cheng Xiaoqing n'a pas cherché à le dissimuler : les premières éditions des *Enquêtes de Huo Sang*, en effet, étaient toutes flanquées de cette mention : *Les aventures du Holmes d'Orient* « Dongfang Fuermosi tan'an » [东方福尔摩斯探案] : c'est ainsi le cas pour *Wo dao ji*②, Shangwu yinshuguan, Shanghai, juin 1920; ou pour *Jiangnan yan*, Huating shuju, Shanghai, avril 1921. Cette mention a même servi de titre à un recueil des *Enquêtes de Huo Sang* : *Dongfang Fuermosi*

---

① D'après « Tableau chronologique de la vie et des œuvres écrites et traduites de Cheng Xiaoqing » dressé par Wei Shouzhong, « Guidu » — une nouvelle qui raconte de quelle façon un détective s'y prend pour percer le secret d'un malfaiteur ami des démons — serait la deuxième œuvre de création policière de Cheng Xiaoqing (Lu Runxiang, *Shenmi de zhentan shijie* : *Cheng Xiaoqing Sun Liaohong xiaoshuo yishu tan*, p.5). Mais pour Liu Zhen, collaborateur régulier de *Tuili shijie* « 推理世界 » [Le monde de raisonnement] et de *Tuili* « 推理 » [Raisonnement], il s'agirait plutôt une traduction («Cheng Xiaoqing zuopin xiaokao »).

② Avant de paraître en volume « Wo dao ji » « 倭刀记 » [Le précieux poignard japonais] avait été publié dans *Xiaoshuo yuebao* « 小说月报 » [Le mensuel du roman], revue publiée par les éditions Shangwu yinshuguan de Shanghai, du 25 octobre 1919 au 25 avril 1920 (Vol.10, n° 10, et Vol.11, n° 4). Le texte en était écrit en langue classique. Plus tard, réécrit en *baihua*, son titre fut changé en « Xue bishou » « 血匕首 » [Le poignard sanglant].

*tan'an*, Dadong shuju, Shanghai, mai 1926.①

Cheng Xiaoqing, qui n'a pas été le premier traducteur chinois de Sherlock Holmes, a découvert le détective anglais en 1905, quand il n'avait que 12 ans.② Le premier Sherlock Holmes est probablement un de ceux qu'avait traduits Zhang Kunde③. Né en 1914, avant que son auteur se mette à traduire des histoires de Sherlock Holmes, Huo Sang ne commencera à se faire son propre nom qu'en 1932 : l'édition de Dazhong Shuju, parue cette année-là, ne fait plus référence au « Holmes

① Celui-ci comprend les sept œuvres. Voir à la fin du livre la « Bibliographie des œuvres de Cheng Xiaoqing ».

② Jiang Weifeng, *Jinxiandai zhentan xiaoshuo zuojia Cheng xiaoqing yanjiu*, p.68. Dans l'article intitulé « Zhentan xiaoshuo zuofa zhi guanjian » « 侦探小说做法之管见 » [Mon humble opinion sur l'Art du roman policier], Cheng Xiaoqing dit lui-même : « 记得当我十二三岁的时候,偶然弄到了一 本福尔摩斯探案,便一知半解地读了几遍。Je me rappelle que quand j'avais douze ou treize ans, j'ai par hasard trouvé une aventure de Sherlock Holmes et je l'ai lue plusieurs fois sans tout comprendre. » Jiang Weifeng, *Jinxiandai zhentan xiaoshuo zuojia Cheng xiaoqing yanjiu*, p.218.

③ Les quatre premières traductions des aventures de Sherlock Holmes ont paru en feuilleton dans le *Shiwu bao*. Elles étaient signées d'un pseudonyme : Zhang Kunde du district de Tongxiang 桐乡张坤德. En voici le détail :

1. « Ying Bao tankan daomiyue'an » « 英包探勘盗密约案 » [Enquête sur le Traité par le détective anglais]. Il s'agit de la traduction de *The Adventure of the Naval Treaty*, paru en feuilleton dans Riviera Magazine en octobre et novembre 1893. Texte publié en feuilleton dans le *Shiwu bao*, du 27 septembre au 27 octobre 1896 (numéros 6 à 9), en tant que « Xieluoke He'erwusi biji » « 歇洛克呵尔晤斯笔记 » [Le journal de Sherlock Holmes].

2. « Jiyuzhe fuchoushi » « 记伛者复仇事 » [L'estropié]. Il s'agit de la traduction de *The Adventure of the Crooked Man*, paru en feuilleton dans Riviera Magazine en juillet 1893. Texte publié en feuilleton dans le *Shiwu bao*, du 5 au 25 novembre 1896 (numéros 10 à 12), en tant que « Xieluoke He'erwusi biji ».

3. « Jifu kuang nü po'an » « 继父诳女破案 » [Le beau-père ment à sa fille]. Il s'agit de la traduction de *A case of Identity*, paru en feuilleton dans Riviera Magazine en septembre 1891. Texte publié en feuilleton dans le *Shiwu bao*, du 22 avril au 12 mai 1897 (numéros 24 à 26), en tant que « Huazhen biji » « 滑震笔记 « [Le journal de Watson].

4. « Ke'er wusi ji'an bei qiang » « 呵尔晤斯缉案被戕» [Sherlock Holmes assassiné]. Il s'agit de la traduction de *The Adventure of the Final Problem*, paru en feuilleton dans Riviera Magazine en décembre 1893. La version chinoise a été publiée en feuilleton dans le *Shiwu bao*, du 22 mai au 20 juin 1897 (numéros 27 à 30), en tant que « Yi Huazheng biji » « 译滑震笔记 » [Traduit du journal de Watson].

d'Orient », et elle est adoubée par les deux grands critiques littéraires de l'époque : Fan Yanqiao et Gu Mingdao 顾明道. Et c'est l'auteur cette fois, et plus le traducteur de Holmes, qui s'adresse aux lecteurs dans la préface.① Sherlock Holmes semble s'être définitivement effacé derrière son clone chinois, Huo Sang. Pour autant, Cheng Xiaoqing est toujours considéré par les critiques et les historiens de la littérature comme un grand traducteur, surtout d'œuvres appartenant au genre policier. Zheng Yimei l'a élevé au statut de « grand traducteur expert en roman policier »② avant d'admettre qu'il était également un « grand maître » en matière de création littéraire policière. Chen Dieyi, de son côté, estime que « Cheng Xiaoqing a autant contribué à la traduction qu'à l'écriture »③. Bien que Cheng Xiaoqing n'ait pas été le premier traducteur de Sherlock Holmes, son personnage Huo Sang a largement aidé à rendre le détective britannique plus populaire en Chine.

Cheng Xiaoqing s'est expliqué sur les raisons qui l'avaient poussé à appeler son héros Huo Sen — puisque tel aurait dû être son nom —, dans un article, *Huo Sang*

---

① *Huo Sang tan'an waiji* « 霍桑探案外集 » [Recueil « extérieur » du « canon » des enquêtes de Huo Sang], Dazhong shuju, Shanghai, 1932, six volumes, 1200 pages, avec des préfaces de Fan Yanqiao, Gu Mingdao et Cheng Xiaoqing. Au total seize récits : « Jiangnan yan » « 江南燕 » [Hirondelle du sud de la rivière], « Wu tou'an » « 无头案 » [Un cadavre sans tête], « Hei Miantuan » « 黑面团 » [La pate noire], « Wuzui zhi shou » « 无罪之凶手 » [Assassin innoncent], « Bai sha jin » « 白纱巾 » [La mousseline blanche], « Huiyi ren » « 灰衣人 » [L'homme en gris], « Zi xianqian » « 紫信笺 » [La lettre pourpre], « Liang li zhu » « 两粒珠 », [Deux perles], « Lunji yu xueji » « 轮痕与血迹 » [Traces de roue et tâches de sang], « Guai fangke » « 怪房客 » [Un étrange locataire], « Wuhui » « 误会 » [Malentendu], « Jiu hou » « 酒后 » [Après avoir bu], « Xinhun jie » « 新婚劫 » [Les mésaventures du mariage], « Huo Sang de tongnian » « 霍桑的童年 » [L'enfance de Huo Sang].

② C'est ce que Zhang Yimei 郑逸梅 déclare dans son article intitulé « Renshoushi yi wanglu : zhentan xiaoshuojia Cheng Xiaoqing » « 人寿室忆往录——侦探小说家程小青» [Mémoires de Zheng Yimei : le romancier policier Cheng Xiaoqing]. Fan Boqun [sous la direction de], *Zhongguo zhentan xiaoshuo zongjiang : Cheng Xiaoqing* « 中国侦探小说宗匠——程小青 » [Cheng Xiaoqing : géant du roman policier chinois], Nanjing chubanshe, Nanjing, 1994, p.21.

③ Chen Dieyi, dans sa préface à la revue *Chunqiu* « 春秋 » [Printemps et automne] de 1933, écrit : « 无论在翻译或创作方面,小青先生都有不可磨灭的贡献。» *Huo Sang tan'anji* « 霍桑探案集» [Enquêtes de Huo Sang], Jilin wenshi, Changchu, Vol.1, préface 2, p.4.

*he Bao Lang de mingyi* ① paru en janvier 1923 :

> Depuis que la série des *Huo Sang tan'anji* est apparue, des lecteurs et des amis curieux m'ont posé ces questions amusantes : « Qui est Huo Sang ? » « Existe-t-il réellement ? » « La prononciation de Huo Sang vient-il de « Heshang [terrorisé] » ? Ou bien, empruntez-vous son nom à Nathaniel Hawthorne, le célèbre romancier américain ? »②
>
> L'article était limité à 2 000 caractères. Cette contrainte m'a poussé à réduire au plus court même le nom des personnages. Le nombre de caractères dans mon récit *Lumière et Ombres humaines* tombait tout juste. À l'époque, les personnages de détectives tels que Sherlock Holmes étaient prisés par des lecteurs chinois. Mais un nom tel que Zhang Jinbiao ou Li Defu renvoie à une image de « flic ripou » arrogant avec un gros bide et la casquette sur l'oreille. Tout ce que le lecteur chinois déteste ! Je voulais créer un détective moderne ayant une attitude scientifique et qui rendrait justice. Dès lors je devais lui donner un nom pas comme les autres.③

Il est permis de supposer que le nom de Huo Sen a été forgé à partir des initiales de Sherlock Holmes. Huo 霍, le « h », pour Holmes, et Sen 森, le « s »,

---

① Cheng Xiaoqing, « Huo Sang he Bao Lang de mingyi », in Ren Xiang et Gao Yuan (éd.), *Zhongguo zhentan xiaoshuo lilun ziliao*, p.56.

② « 自从拙著《霍桑探案》问世以后,有不少好奇的读者和同文友好,曾问我发过种种有趣的问句:"霍桑是谁?""究竟有没有这一个人?""他的命名是不是谐声'吓伤'? 或是借用了美国的名小说家 Nathaniel Hawthorne 霍桑的名义?" » Cité dans le livre de Yuan Jin, *Yihai tanyou: yuanyang hudie pai sanwen daxi* (1909-1949) « 艺海探幽——鸳鸯蝴蝶派散文大系(1909—1949) » [Recherches sur l'Art : anthologie du courant *Canard Mandarin et Papillon* (1909—1949)], Dongfang chuban zhongxin, Shanghai, 1997, p.233.

③ « 征文是限定两千字,因拘泥了这个限制,恐怕 2000 字不足畅写,所以不得不紧缩到篇中人姓名的字数。因为我的那篇《灯光人影》的字数,不多不少,恰恰扣准了 2000 字啊。那时候小说中的像福尔摩斯般的侦探,虽受一般人的欢迎,但实际上的那些张金标、李得福一类姓名的所谓侦探,却常会给人们感到挺胸凸肚,和帽子歪在额角边的印象,而发生厌恶和诅咒!我既然希望把一个值得景仰的有科学思想的态度,重理智持正义的崭新中国侦探,介绍给一般人们,那自然不能不另想一个比较新颖的姓名了。» *Ibid.*

pour Sherlock, puisqu'il fallait « limiter le nombre de caractères ».① La traduction par Huo est plus proche de la véritable prononciation de Holmes en mandarin que Fuermosi (福尔摩斯) qui reflète un certain accent du sud (au Hunan, au Sichuan, au Jiangxi, au Zhejiang et au Fujian, les dialectes locaux inversent les consonnes « f » et « h »).

Quand a-t-on commencé à s'intéresser à Sherlock Holmes en Chine ? Combien d'aventures du détective anglais Cheng Xiaoqing pouvait-il avoir lues avant de se lancer dans le roman policier ? Chen Pingyuan nous éclaire sur ce point :

> D'après une statistique par auteurs concernant les traductions littéraires publiées en Chine entre 1896 et 1916 : Conan Doyle arrive au premier rang avec trente-deux œuvres ; Haggard occupe la deuxième place avec vingt-cinq publications ; Jules Verne et Alexandre Dumas (père) sont ex æquo au troisième rang avec dix-sept publications ; la cinquième place est occupée par Shunro Oshikawa avec dix œuvres.②

Conan Doyle — à travers les aventures de son héros Sherlock Holmes — était donc l'auteur étranger le plus traduit en Chine quand Cheng Xiaoqing a inventé son personnage de Huo Sang. Le livre de Guo Yanli intitulé *Zhongguo jindai fanyi wenxue gailun (xiudingben)* constitue ainsi une liste qui s'étend sur cinq pages des œuvres de Sherlock Holmes ainsi que de leurs publications en Chine lors de la période du Mouvement du 4 mai 1919.③ Il existe également deux traductions d'aventures de Sherlock Holmes effectuées par Cheng Xiaoqing comme nous le

① « 福尔摩斯之英文原名为 Holmes，以官音译之，当为霍尔姆斯。未知最先译述者伊谁，竟将 Ho 之拼音，译作"福"字，殊不可解。或为其人殆浦东产，"福"字固然读音作 Ho 者，此说虽无稽考，然可通也。Cheng Xiaoqing, «Zhentan xiaoshuo zahua », in Ren Xiang et Gao Yuan (éd.), *Zhongguo zhentan xiaoshuo lilun ziliao*, p.84.

② Chen Pingyuan (éd.), *Ershi shiji Zhongguo xiaoshuo lilun ziliao* « 二十世纪中国小说理论资料 » [Matériaux théoriques sur le roman chinois du XX^e siècle], Beijing daxue, Beijing, Vol. 1 (1887—1916), 1989, p.43.

③ Guo Yanli, *Zhongguojindaifanyi wenxue gailun (xiudingben)*, pp.110-120.

précisons dans la bibliographie.

Comment Sherlock Holmes a-t-il été reçu par les lecteurs chinois de l'époque? Liu Bannong nous vante la force de caractère et l'indépendance de l'enquêteur. Intéressantes qualités qui le rapprochent de Huo Sang tel que le décrivent ses amis :

> Pourquoi un « Sherlock Holmes » a-t-il pu devenir ce qu'il est ? Je réponds : parce qu'il a des valeurs morales et qu'il n'aime ni l'argent ni la célébrité. S'il n'avait pas respecté les règles de la morale, Baker Street aurait sombré dans des extorsions et des accusations sans preuves. S'il s'intéressait à l'argent et au pouvoir, il aurait lutté pour prendre le pouvoir et mettre en avant ses intérêts personnels. Alors, il se serait concentré sur la poursuite de ces buts. Il n'aurait plus eu ni le temps ni l'énergie de se dévouer à son travail. Comment les gens auraient-ils pu avoir confiance en lui ? Avec une personnalité comme la sienne, un détective ne peut qu'être célèbre, un magistrat qu'intègre, un gentleman forcément parfait. Sans cette noblesse de caractère, rien n'y aurait fait. Si Conan Doyle fait l'éloge de Holmes et blâme de stupides inspecteurs comme Lestrade, il le fait pour célébrer des valeurs morales. Voilà une attitude fort estimable. Le résultat est que, quand les lecteurs chinois voient le nom de Holmes, ils sont pleins d'admiration. Alors qu'à l'évocation de détectives chinois ils sont remplis d'effroi, car ceux-ci ne valent même pas un Lestrade. Si Conan Doyle savait cela, je me demande s'il ne pourrait pas user de son talent de plume pour s'attaquer à nos inspecteurs corrompus et libérer ainsi notre colère.①

---

① « 福尔摩斯何以能成为福尔摩斯？余曰：以其有道德故，以其不爱名不爱钱故。如其无道德，则培克街必为挟嫌诬陷之罪薮；如其爱名爱钱，则争功争利之念，时时回旋于方寸之间，尚何暇抒其脑筋以为社会尽力，如何能受社会之信任？故以福尔摩斯之人格，使为侦探，名探也；使为吏，良吏也；使为士，端士也。不具此种人格，外事均不能为也。柯南・道尔于福尔摩斯则揄扬之，于莱斯屈莱特之流痛揞之，其提倡道德人格之功，自不可没。吾人读是书者，见“福尔摩斯”四字，无不立起景仰之心，而一念及吾国之侦探，殊令人惊骇惶汗，盖求其与莱斯屈莱特相类者，尚不可得也。柯氏苟闻其事，不知亦能慧其如椽之笔，为吾人一痛揞之否。» Liu Bannong, postface à « Fuermosi zhentan'an quanji », Zhonghua, Shanghai, 1916, in Ren Xiang et Gao Yuan (éd.), *Zhongguo zhentan xiaoshuo lilun ziliao*, p.36.

Ni Holmes ni Huo Sang ne refusent l'admiration et la reconnaissance — « Il (Holmes) appréciait toujours l'admiration sincère : la marque de l'artiste véritable»①—, cependant, ils ne courent ni derrière l'argent ni derrière la renommée. Ce qui les anime, c'est la « responsabilité », celle qui consiste à servir autrui quand il en a besoin, à élucider le mystère par les expériences scientifiques et à satisfaire leur propre curiosité :

> Quand on vit en société, il faut respecter trois éléments : la connaissance, l'expérience et la responsabilité, qui sont essentielles pour obtenir réussite et succès.②

Ce passage de « Gu gangbiao » nous montre que Huo Sang accepte avec plaisir les « compliments sincères » :

> Lorsqu'on présente Huo Sang à des invités, on lui tresse souvent des couronnes. Par exemple, Huo Sang est intelligent et juste, et il a le sens des responsabilités, une qualité rare chez ses contemporains. En principe Huo Sang n'aime pas les compliments. Mais en présence d'intellec-tuels et quand les remarques sont sincères et tombent à propos, il s'en réjouit totalement. Quand un homme excelle en quelque chose, il apprécie toujours les compliments des connaisseurs. Seuls quelques rares grands esprits dérogent à la règle, et se méfient des renommées surfaites.③

① Arthur Conan Doyle, « La Vallée de la peur », in *Les Aventures de Sherlock Holmes*, nouvelle traduction, édition intégrale bilingue, Omnibus, Paris, 2007, Vol.3, p.31. C'est à cette édition que ren-voient toutes nos citations et tout le présent mémoire.

② « 一个人处世为人,必须守住三个要素,才能达到成功,才会有成就。三个要素就是学识,经验加上责任心。» Cheng Xiaoqing, « Wu tou'an », in *Huo Sang tan'anji*, Vol.5, p.399.

③ « 把霍桑介绍给来宾们时,着实称颂过几句,说他不但思想敏锐,而且正直无私,极富责任心,在同辈中实在少见。霍桑本来不喜欢人家当面谀赞,但此刻都是几个知识分子,主人所下的评语又不虚不滥,比不得那些虚伪的恭维或笼统的誉扬,所以他也觉得十分开怀。人类的心理,凡有一技一艺的长处,对于知音的赏识,除了少数矫俗逃名的高士,总是愿意接受的。» Cheng Xiaoqing, « Gu gangbiao », in *Huo Sang tan'anji*, Vol.10, p.258.

Lorsque Sherlock Holmes parle de son métier de détective-conseil non officiel à son ami Watson, il pense qu'il est « tout à la fois l'ultime et la plus haute cour d'appel en termes de recherche criminelle. Quand Gregson, Lestrade ou Athelney Jones touchent le fond-ce qui, d'ailleurs, est leur été habituel-on [lui] soumet le problème. [Il] examine les données avec son regard d'expert, et [il se] prononce en tant que spécialiste et [il] ne revendique aucun crédit dans les affaires de ce type »①. Car « le travail lui-même, le plaisir de trouver un champ d'action pour [ses] facultés personnelles, voilà [sa] plus grande récompense »②.

Quant à Huo Sang, Bao Lang nous confie dans « Bai yi guai » les raisons pour lesquelles il a choisi de devenir détective :

> Il ne fait des enquêtes et n'élucide des crimes que pour le plaisir de ce travail, pour rendre justice aux gens dans cette société injuste. C'est pourquoi dans la plupart de ses enquêtes, il refuse toute rémunération et que quelquefois il en est même de sa poche.③

Cheng Xiaoqing, qui a étudié la criminologie, était forcément au courant des avancées de ce domaine encore en plein essor.

> Huo Sang m'a dit en souriant : « Mon frère, à mon avis les romans occidentaux t'ont intoxiqué. Il est évident que les civilisations asiatique et occidentale ont des systèmes et des méthodes scien-tifiques fort différents. Quand on étudie ou qu'on apprend les méthodes scientifiques occidentales, il faut savoir faire le tri. Il ne faut pas imiter tout sans réfléchir. Par exemple, dans les

---

① Arthur Conan Doyle, « Le Signe des quatre », in *Les Aventures de Sherlock Holmes*, Vol. 1, pp.198-199.

② *Ibid.*

③ « 他给人家侦查案子,完全是为着工作的兴味,和给这不平的社会尽些保障公道的责任,所以大部分的案子都是完全义务,甚至自掏腰包。» Cheng Xiaoqing, « Bai yi guai », in *Huo Sang tan'anji*, Vol.2, p.10.

investigations, les empreintes de pieds sont importantes. Or en Occident, le sol des résidences est recouvert d'un parquet ciré où les empreintes de pieds sont bien visibles, ce qui n'est pas le cas en Chine. En plus, les chaussures des Chinois ont des semelles molles et leur taille n'est standardisée. Dans ces conditions, les empreintes de pieds constituent-elles une preuve suffisante en elles-mêmes ? Bien sûr que non ! On ne peut considérer les empreintes de pieds que comme une preuve secondaire. Quant aux empreintes digitales, les commissariats occidentaux en font des fiches. Les policiers occidentaux peuvent de cette manière accumuler de plus en plus d'empreintes et comparer les empreintes des suspects pour retrouver le coupable d'un crime. Cela n'est par conséquent efficace que pour les récidivistes. Pour un malfaiteur qui en est à son premier coup, ou un criminel dont les empreintes n'ont pas été enregistrées, cette méthode est inefficace. De plus, le criminel peut porter une paire de gants ou poser laisser fausses traces pour tromper le policier. En Occident, les policiers rencontrent déjà de nombreuses difficultés dans leur usage de cette méthode. Alors que dire des policiers chinois ? N'étant pas moi-même policier, je ne possède pas de fiches d'empreintes des criminels, et peu me chaut pour résoudre des délits mineurs. Faut-il que l'on s'enferme dans des idées toutes faites sur ces empreintes ?①

De ce fait, nous reconnaissons que Huo Sang apprend de l'Occident sans pour

① « 霍尝笑谓余曰："老友,君殆中欧美小说之毒耳。东西之学术制度固不相同,然亦各有短长。吾人今步武西学,必也采其长而弃其短,以求合吾用,而不可刻舟求剑,亦步亦趋。须知足印固重要,然西人居室,地板咸加漆髹,着迹易见;吾华则不然。况吾人之鞋,鞋底柔软,亦不如西人之分寸有准,殊非处处可凭,仅足以资辅佐,乌可视为专证?至于手印,在欧美之官家警探,都有指印之存本,凡人一度犯罪,必留印其上,积之既伙,嗣后一得印据,或可检索而得。然此仅限于积盗故犯而已,若有外来罪徒,及初次犯法之人,即亦失其效用。虽获案之后,亦可假以为证,无所逃犯,然狡黠者流,或戴手套,或造伪印,转足使侦探者迷其趋向。夫手印之未足深恃,在欧美侦探已有种种困难,在吾华?更进言之,吾初非奉公之警探,既无存本,亦不屑侦刺囊盗鸡之小偷,则手印又何能拘泥哉?" » Cheng Xiaoqing, « Jiangnan yan », in *Huo Sang tan'anji*, Vol.5, p.320.

autant perdre de vue le contexte chinois, différent du contexte occidental. Il est par exemple conscient du fait que si les empreintes des pieds sont certes très importantes, c'est uniquement valable pour les Européens, car leur maison possède des parquets bien cirés et ne se déchaussent pas. Alors que les Chinois ne portent pas de souliers, mais des chaussons souples. Quant aux empreintes digitales, il existe des bases de données de la police. Pour identifier un récidiviste déjà fiché, c'est plutôt pratique, car ils ont déjà laissé leurs empreintes. Mais la base de données ne fonctionne pas face à quelqu'un qui commet un crime pour la première fois, ou qui porterait des gants !

Par ailleurs, les textes de Huo Sang sont truffés de références à Sherlock Holmes, consciemment ou non, Cheng Xiaoqing se mesure à ce Conan Doyle qu'il admirait tant. On peut sans doute y voir également un souhait de ses lecteurs qui devaient connaître Holmes, et rêver d'un duel d'intelligence entre les deux duos Huo Sang-Bao Lang et Sherlock Holmes-Docteur Watson.

### IV.2.2. Sherlock Holmes, Huo Sang et leurs « binômes »

Comme nous l'avons évoqué plus haut, les lecteurs de l'époque connaissaient très bien les héros des romans policiers occidentaux : Sherlock Holmes, Docteur Watson, Arsène Lupin, etc. Si tous ces personnages finissent par rencontrer leurs homologues chinois et se confrontent à eux, leur lutte sera-t-elle spectaculaire pour les lecteurs ? En vérité, si, de nos jours le film américain *The Avengers* obtient un si grand succès, c'est bien parce que l'on y trouve Iron Man, Captain America, Hulk, Œil-de-faucon, la Veuve noire et Thor, tous ces superhéros aimés des spectateurs. C'est sans doute aussi la raison pour laquelle Cheng Xiaoqing, après Maurice Leblanc, a aussi imaginé un duel opposant Arsène Lupin à Sherlock Holmes : *Long hu dou*, qui se compose de deux histoires publiées dans la revue *Ziluolan* « 紫罗兰 » [La Violette] (n° 4, 1943), *Zuanshi xiangquan* « 钻石项圈 » [Collier de diamants] et *Qianting tu* « 潜艇图 » [Plan du sous-marin].

Cheng Xiaoqing a expliqué pourquoi il avait voulu écrire ce récit, qui a pour sous-titre *Fuermosi yu Yasen Luoping de bodou* « 福尔摩斯与亚森罗苹的搏斗» [Le duel entre Holmes et Arsène Lupin] :

> Holmes et Lupin sont les deux héros exceptionnels des premiers romans policiers, d'œuvres si nombreuses que le nom de Holmes est déjà devenu synonyme de « détective » ou de « géant de l'intelligence ». [...] J'ai écrit deux histoires pour venger l'honneur de Holmes. [...] Il [Leblanc] s'est copieusement moqué de Holmes car tel qu'il le décrit, non seulement ce n'était pas un tigre, mais il était « bête comme un cochon », et quelle qu'ait été son intelligence il n'était malgré tout qu'un homme, alors que Lupin avait tout du « surhomme ».①

Dans cette histoire, Holmes poursuit Lupin jusqu'à Paris pour le mettre derrière les barreaux. Il est flanqué de l'inévitable Docteur Watson, « brave et fidèle homme, un tant soit peu pédant ». Cheng Xiaoqing, qui a une grande estime pour ce personnage secondaire qu'est le compagnon de Holmes, a par la suite respecté les techniques narratologiques utilisées par Doyle.

Cheng Xiaoqing préfère la technique de la narration restreinte à la première personne, contrairement aux romanciers traditionnels chinois qui utilisaient la narration à la troisième personne. Il justifie ainsi son choix :

---

① « 早期侦探小说的园地里,有两个杰出的主角:一个[...]福尔摩斯;另一个是[...]亚森罗苹。[...] 这两种作品是相当多产的。[...] "福尔摩斯"早已成为"侦探"和"睿智人物"的普通名词。[...] 我写过两篇给福尔摩斯反案的东西。[...]他(勒勃朗)蔑视了福尔摩斯的历史和身份把他写得不但不像一头虎,简直是"笨如蠢豕!"福尔摩斯无论怎样智能超群,究竟还是一个"人",但亚森罗苹却像是个"超人"了。» Cheng Xiaoqing, introduction à « Long hu dou », in Ren Xiang et Gao Yuan (éd.), *Zhongguo zhentan xiaoshuo lilun ziliao*, pp. 198-199.

Dans bon nombre de romans policiers, la plupart du temps, l'auteur utilise la narration restreinte à la première personne : par exemple, l'assistant anonyme dans la « trilogie du chevalier Auguste Dupin » [*Double assassinat dans la rue Morgue* (1841), *Le Mystère de Marie Roget* (1842—1843) et *La lettre volée* (1844)], Watson dans *Les Aventures de Sherlock Holmes* et le détective Philo Vance, expert en peinture et en égyptologie, dans les aventures du détective Philo Vance de S. S. Van Dine. Quant à la création chez nous, la majorité des écrivains de romans policiers ont recours à la narration restreinte à la première personne. C'est pour cette raison qu'on a besoin d'un monsieur Bao Lang dans *Huo Sang tan'anji*.①

Grâce à Bao Lang, et cela dès le deuxième épisode des aventures de Huo Sang, *Jiangnan yan*, qui date de 1919, le lecteur dispose d'informations sur le passé de Huo Sang. Bao Lang révèle que Huo Sang est « un ami de longue date », que « six années durant » ils ont été condisciples au « Lycée Dagong de l'Université Zhonghua », bien que lui-même se soit destiné aux lettres et Huo Sang aux sciences. Et l'on apprend que déjà, dans sa jeunesse, Huo Sang était considéré comme un « grand détective » par leurs amis.②

Contrairement à Watson qui a rencontré Holmes au hasard d'une colocation fortuite, Bao Lang se présente d'emblée comme la personne qui connaît le mieux Huo Sang et son récit n'en est que plus précis, car il sait analyser les actions et réactions de son acolyte, rendant ce dernier plus accessible au lecteur. Si Watson

① «在许多侦探小说中,大半采用自叙的方式。如《杜宾探案》中不著姓名的助手与《福尔摩斯探案》中的华生。《斐洛凡士探案》中的范达痕等都是。至于我国的创作方面,采用自叙体的也居多数。所以拙著的《霍桑探案》,也借重了一位包朗先生。» Cheng Xiaoqing, *Zhentan xiaoshuo de duofangmian*, p.71.

② Cheng Xiaoqing, « Jiangnan yan », in *Huo Sang tan'anji*, Vol.5, p.319.

observe Holmes avec discrétion et une pointe d'ironie①, Bao Lang est en revanche un grand admirateur de Huo Sang et si les lecteurs de Cheng Xiaoqing peuvent avoir l'impression *a priori* que le couple Huo-Bao ressemble beaucoup au couple Holmes-Watson — comme invite à le supposer cette allusion au « Sherlock Holmes d'Orient» —, en creusant un peu on constate que les deux duos ne partagent pas tant de similitudes que cela : les enquêtes sont différentes, de même que le contexte géographique et social. De par l'empathie que Bao Lang ressent pour Huo Sang, le récit qu'il fait de ses aventures dresse un portrait presque sans défaut du héros. Si lors de certains récits Bao Lang a des divergences d'opinion avec Huo Sang, l'ironie ou la critique, qu'elles soient implicites ou explicites, sont quant à elles totalement absentes de la narration. Le portrait de Huo Sang qui en ressort est celui d'un homme quasiment parfait, et consensuel, un exemple à suivre pour la jeunesse chinoise de l'époque. Et on peut dès lors s'interroger : Huo Sang mérite-t-il vraiment la réputation de « Sherlock Holmes d'Orient » qu'on lui a faite ? Ou bien faut-il simplement considérer que cette expression, « Sherlock Holmes d'Orient », n'est rien d'autre qu'un synonyme de « détective d'Orient » et que là s'arrêtent les points communs avec le héros de Conan Doyle ?

Au début de *Jiangnan yan*, Huo Sang déduit que Bao Lang est allé à Huangtiandang pour y faire du bateau. Sa méthode nous est familière : il est arrivé à cette conclusion en observant les cheveux en bataille de son ami. Face à

① « Holmes est un peu trop scientifique à mon goût. Ça frise l'insensibilité. Je le crois capable d'administrer à un ami une petite pincée de l'alcaloïde végétal le plus récent, non par malveillance voyez-vous, mais simplement par esprit scientifique, afin d'en connaître exactement les effets. Pour lui rendre justice, je pense qu'il se l'administrerait à lui-même avec la même célérité. Il semble avoir une véritable passion pour la connaissance exacte, précise. » Et aussi : « Il [Holmes] pousse parfois un peu loin. Quand on en arrive à frapper des cadavres à coup de canne en salle de dissection, cela prend certainement une tournure plutôt bizarre. [...] Oui, pour voir dans quelle mesure on peut provoquer des bleus sur des corps après leur mort. » Arthur Conan Doyle, « Une étude en rouge », in *Les Aventures de Sherlock Holmes*, Vol.1, p.9.

l'étonnement de celui-ci, le détective se lance dans une explication de sa méthode :

> Toute dissimulation ne saurait être parfaite. Un malfrat peut presque tout maquiller, mais il laissera forcément des traces qui si elles peuvent échapper à un homme peu averti n'échapperont pas à un détective. Aussi infimes qu'ils soient, ces indices sauteront aux yeux du détective.①

Cette « méthode d'observation », l'équivalent de la déduction holmésienne, est « indispensable non seulement au travail de détective, mais aussi à toute recherche scientifique ».②

Un tel début de récit, où l'on voit le détective faire étalage de sa science, pour la plus grande surprise de son compagnon admiratif, partage plus qu'un air de famille avec les enquêtes de Holmes (voir, par exemple, « Le Signe des quatre » ou « La disparition de lady Frances Carfax ». Il existe malgré tout une différence avec Huo Sang. En effet, les déductions s'enchaînent et s'étendent sur une vingtaine de pages, (voir les deux premiers chapitres d'« Une étude en rouge » jusqu'à ce que Watson, et à travers lui le lecteur, comprenne quelle est la démarche de Holmes. C'est la méthode utilisée par Doyle pour établir la crédibilité du détective anglais au yeux de Watson, qui avant cela ne connaissait pas Holmes, et donc aux yeux du lecteur.

On pourrait citer beaucoup de similitudes entre les duos britannique et chinois ;

---

① « 一切伪装,做不到天衣无缝,缜密到一点漏洞也没有。无论如何老奸巨滑,千方百计的安排,仍会有顾此失彼,难免有懈可击。有时漏洞太小,智力不够的人往往不觉察。做一个侦探,必须对极细小的漏洞加以注意,不让它逃过眼帘。» Cheng Xiaoqing, « Jiangnan yan », in *Huo Sang tan'anji*, Vol.5, pp.321-322.

② « 这种观察[...], 这是从事侦探事业的人所不可少的一种技术,也是研究任何科学不可跳越的一种步骤。La méthode d'observation [...] Il est indispensable non seulement au travail du détective, mais aussi à toute recherche scientifique. » Cheng Xiaoqing, « Zhan ni hua », in *Huo Sang tan'anji*, Vol.9, pp.25-26.

entre autres le fait que leurs binômes respectifs partagent, jusqu'à leur mariage, leur logis avec Holmes ou Huo Sang ; ou bien que ce soient eux les narrateurs des récits. Et les héros partagent également des points communs : il est frappant de noter en effet que Huo Sang joue du violon, un instrument extrêmement rare en Chine à cette époque①, détail qui le rapproche d'autant plus de son alter ego britannique.

Huo Sang n'en est pas pour autant une pâle copie de Holmes, et dans ses aventures le narrateur est écrivain professionnel, contrairement à Watson qui est médecin. Si les enquêtes de Sherlock Holmes rassemblent des souvenirs anciens du docteur Watson (ainsi, dans « La bande tachetée », l'une des premières histoires publiées, il s'agit de souvenirs vieux de huit ans au moins)②, celles de Huo Sang font état d'affaires récentes, et elles sont relatées sur un ton qui donne l'impression de les vivre sur le moment. Nous pourrions voir en Huo Sang, Bao Lang et leur auteur Cheng Xiaoqing des donneurs de leçon, ce qui donne parfois un ton didactique et ennuyeux à ces récits, mais ces histoires font toujours également montre d'un aspect excitant qui attire et accroche le lecteur. Cheng Xiaoqing en explique probablement la raison dans la préface du duel qu'il a imaginé entre Holmes et Lupin.③ Il apprécie tout particulièrement la façon dont Maurice Leblanc entame ses romans par une scène « franche et tonitruante, qui est suivie par un

① Cheng Xiaoqing, « Anzhong'an », in *Huo Sang tan'anji*, Vol.6, pp.259-260.

② « En parcourant les notes que je possède sur les soixante-dix et quelques affaires dans lesquelles j'ai étudié les méthodes de mon ami Sherlock Holmes au cours des huit dernières années, j'en trouve beaucoup de tragiques, quelques-unes comiques et un grand nombre de plus ou moins bizarres, mais aucune de banale. En effet, travaillant plus pour l'amour de l'art que par appât du gain, il refusait de s'investir dans une enquête qui ne penchait pas vers l'étrange, voire le fantastique. De toutes ces différentes affaires, cependant, je ne peux pas me souvenir d'aucune présentât plus d'éléments singuliers que celle qui concernait les Roylott de Stoke Moran, la famille du Surrey bien connue. » Arthur Conan Doyle, « La Bande tachetée », in *Les Aventures de Sherlock Holmes*, Vol.1, p.691.

③ Cheng Xiaoqing, introduction à « Long hu dou », in Ren Xiang et Gao Yuan (éd.), *Zhongguo zhentan xiaoshuo lilun ziliao*, p.198.

enchaînement d'actions devant lesquelles le lecteur retient son souffle »①. Malgré l'admiration que Cheng Xiaoqing voue à Conan Doyle pour « son style adroit et élégant »②, « ses structures impeccables, ses dialogues pertinents, les personnages dotés d'un caractère intègre de tous ses récits »③, il opte pour un mode de narration moins distant, à la Leblanc. C'est pour cette raison que ses récits nous donnent l'impression de suivre une caméra qui nous plonge d'emblée au cœur du mystère.

Tandis que Sherlock Holmes se donne à voir comme quelqu'un de prétentieux — c'est en tout cas ce qui ressort des remarques de Watson à ce sujet —, Huo Sang semble doué de modestie, une qualité toute orientale que son compagnon, Bao Lang, loue à diverses reprises.

Quand Watson cite Holmes, c'est toujours sur un ton un rien sarcastique, à la façon des gentlemen britanniques. Ainsi dans *L'interprète grec* :

> —Mon cher Watson, je ne peux être d'accord avec ceux qui classent la modestie parmi les vertus. Pour le logicien, toutes les choses doivent être vues exactement comme elles sont, et se sous-estimer revient à s'écarter de la vérité autant que lorsqu'on exagère ses propres mérites. Par conséquent, quand je dis que Mycroft a des talents d'observation supérieurs aux miens, vous pouvez être certain que je dis là l'exacte vérité.④

Bao Lang, au contraire, n'hésite jamais à vanter les qualités de Huo Sang, quelle que soit son admiration pour le Holmes détective. Et par la bouche de Bao Lang, on comprend que Cheng Xiaoqing a fait de Huo Sang, sur le plan humain,

---

① « "开门见山""迅雷破空"式的开端,接连的是步步紧凑的开展 » *ibid.*

② « 非常缜密而优美的 » *ibid.*

③ « 结构的紧密、布局的谨严、对白的句句着力、人物个性的渗透 » *ibid.*

④ Arthur Conan Doyle, « L'Interprète grec », in *Les Aventures de Sherlock Holmes*, Vol.2, pp.157-159.

le négatif de Sherlock Holmes, ce cocaïnomane narquois :

> L'intelligence d'un être humain a des limites. Avoir une trop bonne opinion de soi-même conduit souvent sur un mauvais chemin. [...] La sagacité de Huo Sang est hors pair, que ce soit chez les policiers ou les détectives privés. De même, sa modestie est remarquable. Je pense à Sherlock Holmes dont le talent est certes excellent, mais qui est trop arrogant : il se croit supérieur à tout le monde. Quand on compare Holmes et Huo Sang, on se rend compte que la façon de se comporter des Orientaux et des Occidentaux présente des différences évidentes.①

Le lecteur s'identifie plus facilement à Holmes, lequel possède les qualités et défauts de tout un chacun, surtout si on le compare à son *alter ego* chinois Huo Sang, ce Holmes oriental un peu trop idéaliste. Paradoxalement, si Conan Doyle a voulu tuer son héros, il a échoué dans cette entreprise, et Sherlock Holmes a survécu à son auteur. Alors que Huo Sang, lui, est mort bien avant son auteur②: Cheng Xiaoqing n'a pas réussi à faire survivre son héros, et Conan Doyle n'aura

① « 一人的智力有限,有时自信过甚,还往往容易走进错路上去。[...] 霍桑的睿智才能,在我国侦探界上,无论是私人或是职业的,他总可以首屈一指。但他的虚怀若谷的谦德同样也非常人可及。我回想起西方的歇洛克·福尔摩斯,他的天才固然是杰出的,但他却自视甚高,有目空一切的气概。若把福尔摩斯和霍桑相提并论,也可见得东方人和西方人的素养习性显有不同。» Cheng Xiaoqing, « Wuzui zhi shou », in *Huo Sang tan'anji*, Vol.5, pp.64-65.

② Lu Runxiang considère que « Ling bi shi » est le dernier roman policier sur Huo Sang de Cheng Xiaoqing. Il a été publié dans les numéros 20 à 25 de la revue *Lanpi shu* (dates d'édition : du 15 décembre 1948 au 20 mars 1949). Or le magazine s'est arrêté au n° 27. Ainsi, ce roman reste inachevé en 1949. « 至于霍桑,这位"东方的福尔摩斯",在(NDLR 程小青 1949 年后创作的)以上新作中已销声匿迹 Quant à Huo Sang, ce Sherlock Holmes de l'Orient a définitivement disparu dans les nouvelles œuvres (NDLR créées par Cheng Xiaoqing après 1949) ». Peng Hong 彭宏, *Dangdai zhongguo zhentan xiaoshuo de wenlei liubian* « 当代中国侦探小说的文类流变 » [Le roman policier chinois contemporain en évolution], Wuhan daxue chubanshe, 2017, p.16.

jamais su en finir avec le sien.

L'analyse ci-dessus entre *Les Aventures de Sherlock Holmes* d'Arthur Conan Doyle et les *Huo Sang tan'anji* de Cheng Xiaoqing, notamment en ce qui concerne les images des versions orientale et occidentale de Holmes, nous permet d'avois compris l'influence de la série Sherlock Holmes en Chine et sa réception par les Chinois de l'époque de Cheng Xiaoqing.

Dans cette troisième et dernière partie, nous allons effectuer une analyse comparative du *Shi gong'an* « 施公案 », un recueil anonyme traditionnel chinois, et des *Huo Sang tan'anji* pour élaborer un plan narratologique. À présent, Nous commencerons par la présentation générale de *Shi gong'an*.

# TROISIÈME PARTIE

# HUO SANG ET LE JUGE SHI

# CHAPITRE V HÉRITAGE ET RENOUVEAU : LES *HUO SANG TAN'ANJI* ET *SHI GONG'AN*

## V.1. *Shi gong'an*, recueil traditionnel chinois anonyme

### V.1.1. Présentation générale de Shi gong'an

*Shi gong'an* « 施公案 » [Les jugements de Shi], est, parmi les classiques du « ro-man judiciaire » de la Chine ancienne, l'un des plus célèbre. Ce livre, dont on ignore qui en est l'auteur, est aussi connu sous le titre de *Shi gong'an qiwen* « 施公案奇闻 » [L'histoire fantastique des jugements de Shi] ou encore sous celui de *Baiduan qiguan* « 百断奇观 » [Une centaine de jugements]. Il s'inscrit dans la longue tradition popu-laire du théâtre de rue, et c'est donc tout naturellement qu'il a su séduire un public qui lui était acquis d'avance.

La première édition est celle de Wendetang à Xiamen (厦门文德堂). Réalisée en 1820①, elle avait pour titre *Xiaoxiang Shi gong'an zhuan* « 肖像施公案传 » [L'histoire des jugements de Shi et son portrait] et se composait de 97 chapitres. Quelques exemplaires sont arrivés jusqu'à nous, tous conservés dans des

① La préface évoque néanmoins une édition xylographique remontant à 1798 (Cao Yibing, *Xiayi gong'an xiaoshuoshi*, p.105).

bibliothèques chinoises à l'exception de celui qu'on peut consulter au British Museum à Londres.

*Shi gong'an* a connu de nombreuses rééditions, notamment celle de 1829, qui fut réalisée par les éditions Jinchang benya (金阊本衙), également sous le titre de *Xiao-xiang Shi gong'an zhuan*. Toutes ces éditions, conformes à l'édition Wendetang, com-prenaient les mêmes 97 chapitres, ainsi que la préface originale. L'ensemble de ces chapitres ainsi que la préface sont considérés aujourd'hui comme la « partie antérieure » de l'œuvre, soit sa forme classique. À elle seule, cette partie forme huit tomes, pour un total d'un million deux cent mille sinogrammes !

Car il faut savoir qu'à compter de 1894 pas moins de dix suites différentes ont été ajoutées à la « partie antérieure », et rien que deux cette année-là : *Xiuxiang xu Shi gong'an* « 绣像续施公案 » [La suite des jugements de Shi illustrés], en 100 chapitres répartis en 36 tomes ; et *Shi gong'an houzhuan* « 施公案后传 » [La suite des jugements de Shi]. Quelques années plus tard, la suite la plus importante ajoutera 430 chapitres aux chapitres initiaux (chapitres 98 à 528). À ce jour, aucun des auteurs de ces suites n'a pu être identifié.

Le livre est devenu si populaire qu'en 1909 les vingt premiers chapitres du *Shi gong'an* ont été traduits en russe et publiés sous un titre qu'on peut rendre par *Les jugements de Shi : Holmes chinois*①.

La partie classique de *Shi gong'an*, soit les 97 premiers chapitres, relate de nom-breuses histoires fantastiques mettant en scène, au temps de l'empereur Kangxi (1654—1722) de la dynastie Qing, le fonctionnaire de police et lettré Shi Shilun ainsi que le *xiashi* Huang Tianba. Shi, juge du district de Jiangdu, qui deviendra plus tard préfet de la ville de Shuntian, s'intéresse aux problèmes administratifs

① Titre retraduit ici du chinois: *Shi gong'an Zhongguo de Fuermosi* « 施公案 : 中国的福尔摩斯 ». Le texte aurait paru entre le 8 novembre 1909 et le 21 janvier 1910 dans un périodique publié à Vladivostok qui s'intitulait, en russe, *Le Journal des frontières*. Le traducteur était un dénommé Afanassiev (transcription incertaine pour 阿发纳西耶夫). Voir Wang Lina (王丽娜), *Zhongguo gudian xiaoshuo xiqu mingzhu zai guowai* « 中国古典小说戏曲名著在国外 » [Les classiques du roman et du théâtre traduits et publiés à l'étranger], Xuelin, Shanghai, 1988, p.382.

pratiques et à la philosophie bien plus qu'aux intrigues politiques et aux manœuvres alambiquées qui se trament dans les hautes sphères de l'État. Avec l'aide de ses subordonnés et des *xiashi*, il est capable de tirer au clair un nombre considérable d'affaires. Son jugement toujours impartial, son intégrité, ses méthodes éprouvées et le flair dont il fait preuve pour démasquer les criminels ont fait de lui un homme célèbre à travers tout le pays. En parcourant les comptes-rendus des affaires civiles ou criminelles qu'il traite, lesquelles se suivent ou s'entremêlent, on le découvre dans sa vie quotidienne et on voit comment il résout les énigmes qu'il rencontre.

Dans les suites qui ont été données aux *Shi gong'an*, le style change du tout au tout : ce sont les *xiashi* et leur pratique du kung-fu que l'on met en avant. Seule la partie antérieure est authentiquement dans la veine du « roman judiciaire », les suites s'apparentant davantage à un mélange de roman judiciaire et de *xiayi xiaoshuo* (侠义小说 roman de justiciers). C'est pourquoi on a tendance aujourd'hui à considérer que l'en-semble relève du *xiayi gong'an xiaoshuo* (侠义公案小说 roman judiciaire et de justi-ciers).① C'est donc uniquement à la partie classique, et à elle seule, représentative du roman judiciaire, que nous nous intéressons ici. Dans le tableau des « Crimes et Délits » reproduit en annexe, nous avons résumé 44 des affaires civiles et criminelles qu'elle contient.②

Parmi toutes les éditions du *Shi gong'an*, nous avons choisi celle de Shanghai guji parue en 2005. Elle comprend 188 chapitres (dont les 97 chapitres initiaux), et

---

① « Roman judiciaire » et « roman de justiciers » sont deux genres différents. Ils sont apparus et se sont développés indépendamment l'un de l'autre. Le premier met en scène des magistrat-fonctionnaires et raconte des histoires criminelles et civiles ; les héros du second sont des *xiashi* dont on raconte les aventures. Dans la seconde moitié de la dynastie Qing, un troisième genre a vu le jour, qui mélangeait les deux : les *xiayi gong'an xiaoshuo* [侠义公案小说 romans judiciaires et de justiciers], dont les œuvres suivantes sont représentatives : *San xia wu yi*, *Shi gong'an* ou *Peng gong'an* « 彭公案 » [Les jugements de Peng].

② Nous avons dressé un tableau « Crimes et Délits » qui énumère les synopsis et les types de crime des œuvres retenues dans notre corpus, à savoir les 44 histoires de *Shi gong'an* (tirées des 97 premiers chapitres dans la version Yiming (佚名 Anonyme), *Shi gong'an*, Shanghai guji, Shanghai, 2005, pp.1-474). Voir le tableau reproduit en annexe « Crimes et Délits » à la fin.

se fonde sur les versions parues en 1820 et 1830 des éditions Wendetang de Xiamen, ainsi que sur l'édition Dada de 1849. Elle a été corrigée sur la base des éditions réalisées par les éditions Zhengyi et Guangyi de Shanghai. Les chapitres initiaux reproduits dans ces édi-tions ne présentent pas de variantes.

Le personnage du juge Shi Shilun (施世纶) s'inspire de la vie, au XVII$^{e}$ siècle, d'un homme d'État semi-légendaire portant un nom très approchant, Shi Shilun 施世纶 (1659—1722) :

> Shi Shilun, nom social Wenxian, est originaire d'une famille de la bannière jaune bordée de la nation Han.① Il est le fils de Shi Lang. En 1685, par égard à ses aïeux, Shi Shilun reçut le titre de préfet de Taizhou dans le sud de la Chine.②

À son propos, l'empereur Kangxi de la dynastie Qing avait un avis réservé :

> Je connais bien l'intégrité de Shilun. Mais il est obstiné. Si un paysan se dispute avec un lettré, Shi protège indûment ce paysan. Si un lettré se querelle avec un mandarin, Shi est toujours du côté du lettré. Il faut être juste ! Vu son caractère, je lui confierai la responsabilité trésorière. Ce travail lui conviendra bien.③

Dans cette anecdote qui évoque le vrai juge Shi, l'accent est mis sur un trait qui caractérise précisément le juge Shi du roman : Shi Shilun, notre héros, se range invaria-blement dans le camp des plus humbles.

---

① Les nobles mandchous étaient appelés « hommes de bannières », par référence aux huit bannières, des armées de la confédération mandchoue.

② Cf. Cao Yibing, *Xiayi gong'an xiaoshuoshi*, p.178.

③ Cf. Huang Yanbai, *Gong'an xiaoshuo shi*, p.90.

Le rêve de justice est un rêve commun à toute l'humanité, en tout temps et en tous lieux. Le moindre roitelet assoit son pouvoir sur une caste privilégiée de fonctionnaires — ministres, aussi bien que collecteurs d'impôts ou soldats — et depuis le début des temps, les privilégiés en question ont eu tendance à profiter de leur position : passe-droits, décisions arbitraires, clientélisme, autant d'abus qui inspirent invariablement le dégoût du petit peuple. C'est pourquoi le juge Shi est pour ce même petit peuple une icône : il est à leurs yeux le champion intègre qui défend le faible contre les puissants et oppose le droit à la corruption. À son époque, c'était une qualité aussi rare qu'admirable.

Dans les pièces du théâtre de rue où il apparaît, le personnage du juge Shi exerce tous les pouvoirs du district, aussi bien le pouvoir administratif que les pouvoirs exécutif et judiciaire (on notera que le vrai Shi Shilun ne s'occupait pas, lui, de rendre la justice). Les petits gens le surnomment « Qingtian » 青天 [Ciel Bleu], ce qui doit se comprendre comme un synonyme de « Justice ».

*Shi gong'an* capitalise l'image positive du personnage historique et lui prête des aventures s'étant produites avant qu'il ne devienne juge.

### V.1.2. Le chemin du « roman judiciaire » au roman policier

Comme nous l'avons déjà dit, le « roman judiciaire » est le précurseur principal du roman policier chinois. Pour des raisons à la fois historiques et littéraires, il était inévitable que le genre policier remplace le « roman judiciaire » à la fin des Qing et aux débuts de la République. Pour ce qui nous concerne, nous allons nous en tenir à l'aspect littéraire, et à travers les exemples de *Shi gong'an* et des *Huo Sang tan'anji*, nous allons essayer de mieux comprendre ce qui distingue et ce qui rapproche les deux genres.

Il faut remonter aux origines du roman classique pour retracer le processus qui a abouti aux *Shi gong'an*. À l'origine *Shi gong'an* était un ensemble de saynètes jouées par un artiste seul en scène : le *shuoshuren* (说书人), le conteur. L'art du conteur était un art qui s'adressait à tout le monde, aussi bien les riches que les pauvres, les lettrés comme les illettrés. Les premières histoires concernant le juge Shi Shilun ont donc été des saynètes de ce genre qui sont apparues avant que l'empereur Jiaqing (1796—1821) ne monte sur le trône. La tradition mise en place par les conteurs est toujours vivante aujourd'hui mais sous le nom de *pingshu*. Dans la Chine ancienne, cet art du conteur était appelé *shuoshu* ou *shuohua* (说书 ou 说话, littéralement « raconter des histoires »). Son origine remonte aux Song. Le *shuohua* comprend quatre catégories : les récits courts, les sutras, la relation des faits de la période des trois royaumes ou l'histoire des cinq dynasties. Ces récits étaient très prisés du public, et ceux qui les racontaient, en s'accompagnant parfois d'un instrument de musique, pouvaient en vivre. Au fil du temps, cela devint un métier.

Hu Shi, dans sa préface à *San xia wu yi*, explique comment on est passé du conte oral au roman populaire, et sa démonstration colle parfaitement au processus de création de *Shi gong'an* :

> Au début, il n'y avait qu'une histoire simple. C'était la trame du sujet. Petit à petit, un interprète a ajouté une intrigue et un autre interprète en a rajouté une autre. Par un effet boule de neige l'histoire s'est étoffée et elle est devenue de plus en plus intéressante. Au fur et à mesure que des « conteurs » se la transmettaient de bouche à oreille, l'histoire se colorait de leurs interprétations, puis elle a été modifiée par des dramaturges, retouchée par des romanciers… le fond de l'histoire s'est enrichi, l'intrigue s'est faite plus complète et plus tortueuse, ses personnages ont brillé d'un éclat plus vif.①

① Liu Xicheng 刘锡诚, *20 shiji Zhongguo minjian wenxue xueshushi* « 20 世纪民间文学学术史 » [Histoire littéraire de l'art populaire du XXe siècle], Henan daxue, Kaifeng, 2006, p.231.

Le conte a traversé les siècles par l'intermédiaire de la mémoire des hommes, plutôt que par celle des livres, sans jamais être répété tout à fait de la même façon selon les époques et les lieux : une même histoire a pu présenter de nombreuses variantes. Quant à la mise en scène, avec le temps, elle a évolué. À la fin des Qing et aux débuts de la République, le conteur, vêtu d'une tunique longue, s'asseyait dernière une table sur laquelle étaient disposés des objets dont il avait besoin pour illustrer son discours. Le conteur avait une cliquette dont il se servait comme d'un marteau et qu'on a fini par appeler le « jing tang mu », c'est-à-dire « le bois qui fait sursauter la salle ». Il était également muni d'un éventail. Des conteurs ont adapté des passages des histoires de Shi Shilun, ajoutant à leur guise certains détails pour étoffer les histoires et multiplier les rebondissements. Au fil des années, les histoires mettant en scène le juge Shi, modifiées et remaniées oralement par les différents « conteurs », ont fini par être compilées sous formes de pense-bêtes. Sous le règne de l'empereur Jiaqing, un auteur anonyme a recueilli tous ces pense-bêtes et les a réunis en un recueil intitulé *Shi gong'an.* C'est ainsi que ce livre a vu le jour.

Grâce à *Shi gong'an*, nous découvrons des caractéristiques essentielles de la forme du « roman judiciaire » : À l'origine, les récits qui forment *Shi gong'an* étaient basés sur des notes prises dans l'exercice de sa profession par le magistrat Shi Shilun, et par conséquent le roman ressemblait beaucoup à son journal de bord. Le lecteur peut ainsi connaître le détail de ce que le juge a accompli dans sa journée de travail : au matin son entrée au bureau ; puis l'accueil en salle d'audience des plaignants battant tambour devant la cour du *yamen* ; l'écoute des doléances, et l'envoi en mission des gardes pour collecter des informations ou arrêter les suspects ; les verdicts rendus en public à propos des affaires aussi bien civiles que criminelles. Le narrateur insiste sur la lourdeur des tâches du magistrat : parfois, il traite seulement une affaire dans la journée, mais le plus souvent, il en mène plusieurs de front qui l'occupent pendant plusieurs journées de suite. Une idée de la façon dont travaille le juge Shi nous est donnée dès le premier chapitre, avec l'affaire n° 1, qui concerne l'assassinat dénoncé par Hu Xiucai. Cette affaire revient de façon récurrente à plusieurs reprises dans les chapitres suivant (chapitres 2, 3, 11, 12, 13, 14, 15, 16, 17, 18, 21, et 22), et on nous entretient de dix autres affaires telles que l'assassinat du commis de Li Longsi, la plainte de Zhu Youxin contre Liu Yong, et le meurtre commis par Dong Liu (affaires nos 2, 3, 4), avant que finalement on connaisse le fin mot de l'histoire. En fait la narration respecte fidèlement la chronologie de l'emploi du temps du juge Shi.

On remarque que les chapitres ne sont jamais très longs. Dans l'édition de Shang-hai guji, la plupart des chapitres ne font qu'une ou deux pages, voire cinq au maximum. Et parfois, ils se résument même à une simple demi-page. Cela s'explique par l'origine des récits : la longueur d'un chapitre correspond en effet à la durée moyenne d'une séance de conte, laquelle était environ d'un quart d'heure.

Grâce aux conteurs traditionnels chinois, à la fin des Qing et aux débuts de la République un public de plus en plus large a eu accès aux récits qui composent *Shi gong'an* et découvert à travers lui le « roman judiciaire ». Les contributions de ces con-teurs sont le terreau sur lequel le roman policier est apparu et a prospéré.

Nous venons de signaler qu'un seul chapitre pouvait englober plusieurs histoires. Autrement dit, au cours d'une même séance le conteur abordait plusieurs enquêtes, il concluait une affaire et entreprenait d'en raconter une nouvelle. Il était exceptionnel qu'il relate d'une traite et dans son intégralité une seule et même histoire. Des 44 affaires qui forment la partie antérieure des *Shi gong'an*, trois seulement sont intégralement contenues dans un chapitre unique : l'affaire n° 12 du chapitre 28, l'affaire n° 28 du chapitre 50 et l'affaire n° 30 du chapitre 60. La majorité des histoires fantastiques et étranges sont toujours longues et s'étalent par épisodes sur plusieurs chapitres. Précisément, à part les affaires n$^{os}$ 12, 13 et 34, les quarante et une autres sont consacrées à des délits et à des crimes. Par exemple l'affaire n° 24, relatée dans les chapitres 39, 40, 41, 45, 50, 51, 52, 53 et 54 ; ou l'affaire n° 27, relatée au long des chapitres 45 à 50. Les histoires sont donc souvent racontées de manière discontinue. Nous revien-drons sur ce mode de narration dans la partie traitant de la narratologie. Pour l'instant, bornons-nous à constater que les chapitres tels qu'ils ont été conçus répondent à deux exigences : marquer la progression des enquêtes et créer un maximum de suspense. C'était en effet la méthode qu'employaient les conteurs pour retenir leur public.

Voyons maintenant ce qu'il en est pour les *Huo Sang tan'anji*.

Dans l'édition Jinlin wenshi qui nous sert d'édition de référence, on note que cha-cune des 74 aventures de Huo Sang, qu'il s'agisse des nouvelles comme des romans, ne relate qu'un seul délit ou crime. Il y a là un changement radical dans la mise en forme de la narration, directement inspirée du style occidental. Aux yeux des lecteurs des aventures de Huo Sang, les clients se succèdent, et jamais deux affaires ne sont traitées en même temps. Quand le détective n'a pas de clients (comme lors de son déménagement de Suzhou à Shanghai①), on le voit qui se morfond la cigarette au bec ou qui essaie de tromper son ennui en jouant du violon. Scènes inimaginables dans *Shi gong'an* où jamais on ne nous montre le juge Shi dans sa vie privée et où les affaires se suivent et s'interpénètrent sans qu'aucune place ne soit laissée à l'ennui ou au désœuvrement ; ses journées et même ses soirées sont intégralement occupées à résoudre des affaires et à en accepter de nouvelles. Le modèle « une œuvre égale une histoire complète », qui est celui de *Huo Sang tan'anji*, est une des caractéristiques du genre policier : l'œuvre couvre l'intégralité d'une affaire, elle peut être divisée en plusieurs chapitres, mais qu'il s'agisse d'un roman ou d'une nouvelle elle commence par le prologue et se termine par l'épilogue.

De ce point de vue, avec *Shi gong'an* et les *Huo Sang tan'anji*, nous sommes en présence de deux formes narratives radicalement différentes.

Le « roman judiciaire » appartient à cette catégorie du roman classique chinois

① Cheng Xiaoqing, « Zhan ni hua », in *Huo Sang tan'anji*, Qunzhong, Vol.2, p.282.

qu'on appelle le *zhanghui xiaoshuo* (章回小说 roman à épisodes ou roman à chapitres). *Shi gong'an* — qu'on considère comme le plus ancien « roman judiciaire et de justiciers » en Chine et l'un des plus représentatifs du genre judiciaire①— se compose d'un grand nombre de chapitres (ou épisodes) : 97, dans sa version la plus courte, et 528, dans sa version la plus longue.

Qu'est-ce qu'un *zhanghui xiaoshuo* en général, le *zhanghui xiaoshuo* judiciaire en particulier ?

Premièrement, Un *zhuanghui xiaoshuo* se compose d'un grand nombre de chapitres, souvent entre 100 et 200 : les quatre romans fondateurs de la littérature classique chinoise — *Xiyouji*, *Hong lou meng*, *Sanguo yanyi* et *Shui hu zhuan*, — en possèdent chacun 100 ou 120. Par ailleurs, les titres des chapitres sont composés en vers relevant du *duizhang* (对仗 parallélisme antithétique).②

Deuxièmement, Chaque affaire civile ou criminelle est généralement narrée en plusieurs chapitres, par ordre chronologique du déroulement des événements.③

Troisièmement, C'est principalement le temps chronologique linéaire qui est utilisé, sauf quand le narrateur précise le contraire. Les conteurs des rues avaient coutume de dire dans ce cas : « Les deux événements simultanés seront contés l'un

① Xie Mian 谢冕 et Li Chu 李矗 (éd.), « Zhongguo wenxue zhi zui » « 中国文学之最 » [Dictionnaire des meilleures œuvres de la littérature chinoise], Zhongguo guangbo dianshi, Beijing, 2009, pp.301-302. Parmi les 1001 des meilleures œuvres de la littérature chinoise de ce dictionnaire, *Shi gong'an*, c'est la 329e meilleure œuvre de littérature correspondant au genre littéraire connu le plus ancien « roman judiciaire et de justiciers » en Chine (第 329 条 中国最早的长篇侠义公案小说 : « 施公案 »).

② Le parallélisme antithétique ou couplet antithétique est une forme de poésie chinoise utilisant une forme de contrepoint en jouant sur les tons des caractères. Les règles principales étant la brièveté et la correspondance des tons entre les couplets (chaque couplet devant avoir le même nombre de caractères, et le même ton pour le caractère final). Chen Meilin 陈美林 Feng Baoshan 冯保善 et Li Zhongming 李忠明, *Zhanghui xiaoshi shi* « 章回小说史 » [Histoire du roman à chapitres], Zhejiang guji, Suzhou, 1998, p.52.

③ *Ibid.*

après l'autre, car je n'ai qu'une seule bouche et ne peux donc pas vous raconter tout en même temps. »①

Quatrièmement, Parfois, en tête et en fin de chapitre, on trouve quelques vers destinés à exprimer l'opinion ou le sentiment de celui qui s'exprime envers ses personnages.②

Les titres des chapitres du *Shi gong'an* sont strictement formés de vers rimés parallèles de cinq à huit caractères. Chaque titre annonce l'intrigue du chapitre. Dans les *Huo Sang tan'anji*, si un grand nombre des nouvelles et des romans portent de petits titres, aucun d'eux n'emprunte au *duizhang* ou à une autre forme poétique. En tête des chapitres du *Shi gong'an*, on trouve la formule « Comme nous l'avons déjà dit… » (话说), l'équivalent du « Il était une fois » occidental, ou bien « Nous poursuivons l'histoire du chapitre précédent » (书接前文) ; et en fin de chapitre, cette autre formule : « Si vous voulez connaître la suite, il faudra écouter le chapitre prochain » (欲知后事如何,且听下回分解). En revanche, on ne trouve aucune formule analogue dans les *Huo Sang tan'anji*.③

Bon nombre des récits qui composent les *Huo Sang tan'anji* ont paru d'abord en feuilleton dans des journaux et autres périodiques. Il est alors intéressant de comparer les avantages respectifs qu'offrent le « roman à chapitres » et le roman en feuilleton. *Shi gong'an*, qui est narré sous la forme *zhanghui*, permettait au conteur de tenir son auditoire en haleine. Il est facile de comprendre que si le conteur avait achevé son histoire en une seule séance, son auditoire se serait dispersé aussitôt

---

① « Hua kai liang duo, ge biao yi zhi » [花开两朵,各表一枝], littéralement « Deux fleurs éclosent chacune sur sa branche ». On ne trouve pas l'expression dans le *Shi gong'an*, mais elle était couramment utilisée par les conteurs de rue, et on la rencontre fréquemment dans les romans traditionnels chinois parmi lesquels les romans judiciaires. Elle est tirée du *Hong lou meng*. Voir *Zhongguo suyu da cidian* « 中国俗语大辞典 » [Grand dictionnaire de proverbes chinois], sous la direction de Wen Duanzheng 温端政, Shanghai cishu, Shanghai, 1986. p. 385.

② Cf. Chen Meilin, Feng Baoshan, et Li Zhongming, *Zhanghui xiaoshi shi*, p.52.

③ Voir l'analyse des titres donnée plus loin, dans la partie intitulé « La chronologie fictive ou chronologie réelle ? Genèse du texte dans la fiction populaire » (VI. 1.3).

après. Pour retenir le public en piquant sa curiosité, il lui lançait cette formule, devenue par la suite rituelle : « Si vous voulez connaître la suite, il faudra écouter le chapitre prochain. » S'agissant des *Huo Sang tan'anji*, la façon de tenir le lecteur en haleine consiste à lui offrir un épisode quotidien. De ce point de vue, la forme *zhanghui* présente incontestablement des similitudes avec la forme feuilletonnante. Aux formules traditionnelles telles que « Si vous voulez connaître la suite, il faudra écouter le chapitre prochain » s'est substitué un laconique : « La suite au prochain numéro » (未完待续).

Retraçons à présent à grands traits la naissance du roman chinois afin de mettre plus clairement en évidence le lien qui relie le genre policier à ses prédécesseurs, à ses contemporains et à ses successeurs.

Depuis l'apparition du premier roman en *baihua* sous la forme *zhanghui*, à savoir le *Shui hu zhuan* de la fin de la dynastie Yuan et du début de la dynastie Ming, le genre *zhanghui* a traversé les dynasties Yuan, Ming et Qing. Pendant la période des deux Guerres de l'Opium, les librairies étaient inondées de « romans judiciaires » de type *zhanghui*, parmi lesquels ceux que voici : *Shi gong'an* (1838)①, *Long tu er lu* « 龙图耳录 » [Transcription des aventures du juge Bao]②, *Qi xia wu yi* « 七侠五义 » [Les sept chevaliers et les cinq justiciers] (1894), *Xiao wu yi* « 小五义 » [Les cinq justiciers] (1890, Beijing wenguanglou) et *Xu xiao wu yi* « 续小五义 » [La suite de cinq justiciers] (1891, Beijing wenguanglou), etc. Un savant Xu Wenying a décrit cette situation nouvelle :

À la fin de la dynastie Qing, le roman à épisodes était engagé sur la voie de

① Voir la préface à l'édition de *Shi gong'an* « 施公案 » donnée par les éditions Baowentang de Beijing indiquant que selon les recherches effectuées par Lu Xun, la première édition du texte daterait de 1838, et qu'il existerait huit tomes réunis sous le titre de *Baiduan qiguan* « 百断奇观 » [Une centaine de jugements].

② Ce volume, *Long tu er lu*, est un recueil des *huaben* de Shi Yukun 石玉昆 (1790—1882). On le connaît aussi sous cet autre titre : *San xia wu yi*. Shi Yukun, originaire de Tianjin, fut un célèbre conteur, qui interprétait des saynètes mettant en scène le juge Bao.

> la prospérité. [ ... ] Malheureusement, après le Mouvement du 4 mai, la situation a changé : de nouveaux genres litté-raires se sont établis basés sur de nouvelles formes, tandis que le roman à épisodes se retrouvait ravalé au rang de vieux roman. On considérait sa forme comme démodée, et désormais il lui serait difficile de trouver une place aux côtés de la nouvelle littérature.①

Ce faisant, il nous a donné une information importante : aux yeux des intellectuels progressistes et radicaux du Mouvement du 4 mai 1919, « le roman à chapitres » était classé dans les « romans anciens » à cause de sa forme « ancienne » de *zhanghui*. C'est donc le cas de *Shi gong'an*.

Pourtant, « la littérature nouvelle » et les « nouvelles formes » ont préexisté au Mouvement du 4 mai. Dès lors on peut logiquement se demander pourquoi, malgré le nombre élevé de « romans judiciaires à chapitres » sur le marché du livre, leur forme *zhanghui* a cessé d'être en phase avec l'époque ? Qu'était la « littérature nouvelle » ? Et d'abord en quoi celle-ci était-elle nouvelle ? Et qu'entendait-on par « littérature ancienne » ? Pour répondre à ces questions, il faut revenir rapidement sur l'histoire du Mouvement du 4 mai : on comprendra mieux pourquoi ses animateurs dédaignaient et méprisaient tant « les romans anciens ».

La « littérature nouvelle » a été promue par l'interprète anglais John Fryer②, dans un article intitulé *Qiuzhu shixin xiaoshuo* « 求著时新小说 » [Demandez de nou-veaux romans] paru en juin 1895 dans le *Wanguo gongbao*③. Dans cet article, Fryer utilise ce terme de « *xin xiaoshuo* » (新小说 nouveau roman) et lui donne un

① Xu Wenying 徐文滢, « Minguo yilai de zhanghui xiaoshuo » «民国以来的章回小说 » [Le roman à épisodes depuis la République], *Wanxiang* « 万象 » [Dix mille phénomènes], Shanghai, n° 6, décembre 1941 ; repris in Chen Huangmei, Rui Heshi, Fan Boqun, et *alii* (sous la direction de), *Yuanyang hudie pai wenxue ziliao* (*shangce*), p.139.

② L'Anglais John Fryer (1839—1928), qui avait pour nom chinois Fu Lanya 傅兰雅, travaillait comme interprète à l'arsenal de Jiangnan [江南制造局].

③ Le *Wanguo gongbao* « 万国公报 » (The Globe Magazine), créé à Shanghai le 5 septembre 1868, a paru jusqu'en 1907.

début de définition :

> Par rapport aux romans traditionnels chinois, le « nouveau roman » de la fin des Qing a quelques caractéristiques différentes. Premièrement, il existe un lien étroit entre le « nouveau roman » et la politique. Sauver la patrie, rénover des institutions politiques, promouvoir la lutte contre la dynastie des Qing, etc., tels en sont les sujets principaux. [...] Deuxièmement, les thèmes du « nouveau roman » se sont élargis. Dans ce nouveau genre, on propage des idées politiques en faveur de la réforme voire de la révolution bourgeoise, ou des nouvelles pensées telles que la démocratie, la science et la liberté. Troisièmement, dans le « nouveau roman », on imite la structure narratologique et les techniques de descriptions occidentales ou japonaises ... On se rapproche du roman occidental. Un dernier trait commun à tous ces romans, c'est leur immaturité sur le plan artistique.①

Le « nouveau roman » de la fin des Qing marque un tournant dans la conception que l'on avait de la littérature en Chine. Désormais, la littérature se devait de refléter les aspirations du peuple et de dépeindre un monde réaliste. C'est précisément pour ces raisons que Lu Xun et Guo Moruo, qui au départ se destinaient à la médecine, ont déci-dé de se lancer dans une carrière littéraire. « Mon but était de dénoncer la maladie et d'attirer l'attention pour qu'on pût la guérir. »② À lui seul, ce mot de Lu Xun reflète bien les aspirations sociales de ce courant littéraire. L'apparition du « nouveau roman » de la fin des Qing semble avoir répondu à l'attente des Chinois de l'époque. Lu Xun a eu beau le critiquer — « Bien que

---

① Sous la direction de Qiu Mingzheng 邱明正 (éd.), *Shanghai wenxue tongshi* « 上海文学通史 » [Histoire générale de la littérature shanghaïenne], Fudan daxue, Shanghai, mai 2005, pp. 364-365.

② Lu Xun, « Comment j'en suis arrivé à écrire des histoires », in Lu Xun, *Œuvres choisies*, Vol.3, Éditions en langues étrangères, Beijing, 1985, p.259.

l'intention de corriger les mœurs de l'époque qui inspirait ces écrits les rendît en cela semblables aux romans satiriques, ils les dépassaient par l'ampleur de leurs révélations ; la plume ne s'y montrait nullement allusive ... »①—, ce « nouveau roman » de la fin des Qing peut être considéré malgré tout comme un prélude au Mouvement de la Nouvelle Culture (*Xin wenhua yundong* 新文化运动) et au Mouvement du 4 mai 1919.

Quant à la littérature ancienne, autrement dit « la littérature populaire », il n'est pas très facile de la définir. C'est malgré tout ce à quoi s'est essayé Zhou Lengga②:

> Maintenant, l'expression « littérature populaire chinoise » fait référence à des romans en *baihua* qui rejettent le style didactique des romans étrangers et se caractérisent par des références à de très anciennes légendes. Elle comprend aussi le *pingshu* et le *pinghua* qu'on présente en spectacle. On peut dire qu'elle a une longue histoire.③

Les écrivains représentatifs de cette « littérature populaire chinoise » furent Zhang Henshui, Cheng Xiaoqing ou bien encore Xiang Kairan④. Ils appartenaient à la catégorie des auteurs dits du *yuanyang hudie pai*. La plupart d'entre eux étant issus des couches sociales inférieures, ils connaissaient donc les conditions de vie du petit peuple et savaient quel genre d'œuvres avait les faveurs de celui-ci. Les écrivains représentatifs de la « littérature nouvelle », eux, Cai Yuanpei 蔡元培 (1868—1940), Chen Duxiu 陈独秀 (1879—1942), Hu Shi, Lu Xun, Li Dazhao

---

① Lu Xun, *Brève histoire du roman chinois*, p.366.

② Zhou Lengqie 周楞伽 (1911—1992)

③ Cf. Zhou Yunzhong 周允中 et Zhou Lengqie, « Suwenxue de yuanyuan fazhan et yanbian » « 俗文学的渊源发展和演变 » [L'origine, le développement et l'évolution de la littérature populaire], *Shuwu* « 书屋 » [Librairie], n° 3, 2013.

④ Xiang Kairan 向恺然 (1890—1957).

李大钊（1889—1927），Zhou Zuoren ou Liu Bannong，autrement dit les animateurs du Mouvement du 4 mai 1919，étaient plutôt des intellectuels. Plusieurs d'entre eux avaient eu la chance d'étudier ou de voyager à l'étranger. À l'abri des soucis financiers，influencés par les idées occidentales，des auteurs comme Hu Shi ont eu tout le loisir de pousser leur réflexion sur les problèmes de la société，et de professer un certain idéalisme.① Le registre dans lequel ils s'exprimaient était assez éloigné des préoccupations terre à terre des petites gens.

Mais revenons à nos deux ouvrages，*Shi gong'an* et les *Huo Sang tan'anji*. Et d'abord à leur forme. *Shi gong'an* est un roman de type *zhanghui* écrit dans la langue orale traditionnelle ; les quatre premières nouvelles de la série des *Huo Sang tan'anji* ont été initialement rédigées en langue classique avant d'être réécrites en *baihua* par Cheng Xiaoqing lui-même. Quant au fond，le cadre juridique et social décrit dans *Shi gong'an* est celui de l'ancien système，celui d'avant la révolution de 1911 et de la République，lequel était complètement démodé aux yeux des intellectuels progressistes，raison pour laquelle ils s'employèrent à l'éliminer purement et simplement du cadre de la littérature chinoise. Les *Huo Sang tan'anji* ont pour cadre la société de l'époque où ils parurent，c'est-à-dire la période qui s'étend de 1919 à 1949. De l'importation du roman policier occidental en Chine jusqu'à la fin des Qing，ce genre était très populaire，comme on va le voir par la suite，mais vers 1912，ce type de roman n'intéresse plus autant les lecteurs. Aux débuts de la République，ce genre avait perdu de son prestige et il était devenu la cible de la critique. Selon Fan Boqun la raison en serait la suivante :

① « Quant aux leaders du Mouvement du 4 mai，par exemple les auteurs de la revue *Xin qingnian* « 新青年 » ［Nouvelle jeunesse］ comme Chen Duxiu，Hu Shizhi，Li Dazhao，Qian Xuantong，Lu Xun ou Zhou Zuoren，qu'ils aient été de droite ou de gauche，la majorité d'entre eux avaient fait des études à l'étranger. Une fois rentrés en Chine，ils travaillèrent comme spécialistes，savants ou professeurs. Ils disposaient d'un travail et d'un revenu stables et à ce titre ils appartenaient à la classe moyenne et menaient une vraie vie aisée. »（Chen Mingyuan，*Wenhuaren dejingji shenghuo*，p.109.）

Pour les intellectuels progressistes du Mouvement du 4 mai ( qui constituaient le gros bataillon de l'époque) qui œuvraient à la mission sacrée de renverser l'ancien ordre du monde chinois, la tâche du roman policier est de maintenir l'ordre de la société capitaliste, les détectives ayant pour unique tâche de protéger l'argent des millionnaires capitalistes. Naturellement, ils l'ont mis dans la catégorie des *yuanyang hudie pai*.①

Aux yeux de ces chefs de file de la « littérature nouvelle » du Mouvement du 4 mai 1919, *Shi gong'an*, évidemment, mais aussi *Huo Sang tan'anji* faisaient partie des « anciens romans populaires », dont nous savons maintenant pourquoi ils les méprisaient. Pour eux, qui souhaitaient un changement de paradigme de la société chinoise, voire une révolution, Cheng Xiaoqing n'était qu'un réformiste② qui n'avait pas sa place dans la littérature qu'ils appelaient de leurs vœux. Et quoi qu'il en soit le genre auquel il avait choisi de s'adonner, le roman policier, ne pouvait

① Fan Boqun, *Zhongguo xiandai tongsu wenxueshi*, p.422.

② Timothy C. Wong, « Cheng Xiaoqing (1893—1976) », Thomas Moran, (éd.) « Chinese Fiction Writers, 1900—1949 », in *Dictionary of Literary Biography*, Farmington Hills, Thomson Gale (Mich.), 2007, Vol.328, p.51 : « *When Liang Qichao urged his countrymen in* 1902 *to renovate Chinese fiction he was writing from a Japan that also looked out to the modernized West. By the time the May Fourth Movement began seventeen years later, however, serious writers were no longer as interested in renovation as they were in transformation — in using fiction to engage with China's immediate problems. In the much-quoted preface to his Nahan (*1923, *Outcry; translated as Call to Arms,* 1981*) Lu Xun declared that he was writing fiction "to change the spirit" of his countrymen, whom he saw as unable to free themselves from their attachment to the past. In* 1902 *Liang had called for the renovation of tradition; a little more than two decades later Lu Xun called for tradition to be replaced. Because of his innate cosmopolitanism, Cheng Xiaoqing can be seen as one of the few to follow Liang's true directive — that tradition be made new, rather than abandoned. Even though he never lived abroad, throughout his life Cheng had what Lee calls "an abiding" curiosity in 'looking out' — location oneself as a cultural mediator at the intersection between China and other parts of the world." Cheng's natural tendency to look beyond China, evident in his writhing, ties him culturally to Shanghai, which Lee calls "the cosmopolitan city par excellence" in* 1930*s. Since* 1986 *the publication in Beijing and Nanjing of major collections of Cheng's detective fiction is an indication that his literary legacy — and the cosmopolitanism it embodies — have revived.* ».

pas faire partie de la grande littérature chinoise. Yao Sufeng résume ainsi l'attitude des intellectuels du Mouvement du 4 mai à l'égard du genre policier :

> Concernant le roman policier, il semble qu'il ne pouvait avoir aucune place dans le nouveau monde littéraire. Pour un intellectuel du Mouvement du 4 mai, ces romans n'avaient aucune valeur éducative, et leur succès commercial auprès des lecteurs ne signifiait rien quant à leurs qualités intrinsèques. Il [l'intellectuel du Mouvement du 4 mai] rejetait généralement tous les romans popu-laires dont le roman policier, car à son avis, ce n'étaient rien que des torchons n'ayant aucune chance de prétendre accéder au panthéon littéraire de la Chine. Les grands intellectuels du Mouvement du 4 mai pensaient tous ainsi, et il en fut de même pour leurs successeurs, pour qui le ro-man policier n'avait aucune valeur quelle qu'elle soit.①

Il a existé une réelle concurrence entre la « littérature nouvelle » et la « littérature ancienne », et entre le « nouveau roman » et le « roman ancien ». Fan Boqun décrit parfaitement la relation véritable qui existait entre les écrivains du roman populaire et ceux du « nouveau roman » :

> Sur le plan théorique, les écrivains du roman populaire semblaient former une « population défavorisée ». Mais, si on considère le succès qu'ils remportaient auprès des lecteurs, ils avaient une longueur d'avance auprès des la population citadine des classes moyenne et inférieure. C'est pourquoi les écrivains pour l'élite n'ont pas pu les chasser du monde littéraire. Mieux, les

① Yao Sufeng 姚苏凤, « Huo Sang tan'an xiuzhen congkan yaoxu » « 霍桑探案袖珍丛刊姚序 » [Préface à la *Collection de poche des aventures de Huo Sang*], Shijie shuju, Shanghai, 1946, p.1.

œuvres des écrivains pour l'élite n'ont connu le succès que parmi les intellectuels, alors que les écrivains du roman populaire ont de plus en plus de lecteurs parmi les classes moyenne et inférieure.①

Le roman *zhanghui* aurait pu faire une percée dans le monde littéraire. Mais l'histoire en a décidé autrement. Sous cette forme, le « roman judiciaire » a commencé à décliner à partir de la fin des Qing pour disparaître totalement vers les débuts de la République. C'est d'abord la petite formule si typique, « Si vous voulez connaître la suite, il faudra écouter le chapitre prochain », qui a disparu, et cette disparition a annoncé le tourbillon des renouveaux sociaux et littéraires d'une époque voulant se débarrasser de toute tradition. C'est sans doute la raison pour laquelle les romans chinois modernes, à commencer par les romans policiers, ont dédaigné la forme *zhanghui*, même si après tout elle aurait pu parfaitement leur convenir. En effet, si autrefois, la diffusion des récits se faisait par le biais des conteurs, désormais, avec l'émergence d'une nouvelle classe urbaine relativement cultivée, à tout le moins alphabétisée, elle se faisait par le biais de la presse écrite.

On a observé le même phénomène qu'en Occident. En Angleterre, la Révolution industrielle, en contribuant à l'urbanisation et à l'émergence d'une nouvelle classe sociale urbaine relativement cultivée et alphabétisée, a permis l'expansion de la presse écrite, et partant la diffusion en feuilleton de romans qui sont devenus de gros succès. Songeons aux *Aventures de Sherlock Holmes* : « Le Chien des Baskerville » et « La Vallée de la peur », ces deux romans, ont paru en feuilleton dans le *Strand Magazine*, le premier en 1901 et 1902 et le second en 1914 et 1915. Cette nouvelle forme de littérature permettait de tenir son lectorat en haleine pendant de longues périodes, parfois plusieurs années.

En Chine, les feuilletons ont suscité le même engouement chez ce lectorat

① Fan Boqun, *Zhongguo xiandai tongsu wenxueshi*, p.267.

naissant. Et déjà les œuvres de Cheng Xiaoqing : « Ai hai hui bo lu » « 爱海回波录 » [Mémoires du reflux du fleuve Amour] a paru dans le *Xianshi leyuan ribao* de Shanghai à compter d'août 1918 et sa publication s'est prolongée pendant quatre mois ; *Juezhi ji* a paru dans le *Xiaoshuo daguan*, du 30 mars 1917 au 30 juin 1917. D'autres auteurs ont profité de cette vogue, par exemple Zhang Henshui, dont le roman en chapitres *Chunming waishi* « 春明外史 » [Histoire de printemps et d'automne] a été publié dans le *Shijie wanbao* « 世界晚报 » [Le journal mondial] de 1924 à 1930.

Un mot pour finir sur les raisons qui ont poussé Cheng Xiaoqing à se lancer dans la littérature policière. Cheng Xiaoqing, dont on a déjà dit qu'il n'avait pas fait d'études ni séjourné à l'étranger, et qu'il avait subi l'influence de la pensée confucéenne et de la pensée de Mozi, a d'abord été attiré par le « roman judiciaire en chapitres ». Par la suite, à force d'étudier et de traduire les aventures de Sherlock Holmes, Cheng Xiaoqing s'est non seulement passionné pour le genre au point de s'y essayer, mais il s'est laissé contaminer par les schémas narratologiques occidentaux. C'est ainsi qu'en singeant les caractéristiques du roman policier occidental, Cheng Xiaoqing a fini par inventer les caractéristiques propres au roman policier chinois. À travers l'étude de Cheng Xiaoqing et des *Huo Sang tan'anji*, nous pouvons retracer l'évolution qui mène du « roman judiciaire » au roman policier : héritier du « roman judiciaire », la série des Huo Sang l'est aussi du roman policier occidental dont il s'inspire des modes de narration.

Nous reviendrons sur la question de la narration plus loin. Avant cela, voyons ce que les *Huo Sang tan'anji* doivent au roman judiciaire.

## V.2. Les rapports entre *Shi gong'an* et les *Huo Sang tan'anji*

Parmi tous les « romans judiciaires » — tels que *Bao gong'an* « 包公案 » [Les jugements de Bao]), *Peng gong'an* « 彭公案 » [Les jugements de Peng], ou bien *Di gong'an* « 狄公案 » [Les jugements de Di] —, pourquoi avoir choisi *Shi gong'an* pour le comparer aux *Huo Sang tan'anji* ? Parce que ce roman présente non seulement toutes les caractéristiques essentielles du roman judiciaire, mais aussi parce qu'on peut en quelque sorte le considérer comme le chant du cygne du genre.

Il est de tradition en Chine de donner aux gens des noms qui ont un sens. Ainsi, le nom exprime un souhait ou une qualité, ou bien encore fait référence à un animal totem. Au temps des lettrés, les romanciers ont très souvent usé de cette tradition comme d'un stratagème. Les noms qu'ils donnaient à leur personnage étaient quasiment en soi un indice de l'intrigue...

Dans *Shi gong'an*, le juge est extrêmement attentif aux noms des plaignants ou des personnages mis en accusation, et c'est souvent en s'interrogeant sur le patronyme d'un suspect qu'il démasque le coupable. On en trouvera de multiples exemples dans les affaires concernant des animaux, des objets de la vie quotidienne ou des vêtements. Il s'agit là de l'illustration d'un procédé divinatoire fondé sur l'analyse des sinogrammes qu'on appelle « cezi » (测字) et qui consiste à interpréter les différentes parties d'un caractère pour en percer le sens caché.①

Dans sa série des « Huo Sang », Cheng Xiaoqing perpétue-t-il cette tradition ? Les personnages principaux, Huo Sang, Bao Lang ou Shi Gui, ont-ils été nommés ainsi sans la moindre arrière-pensée ? S'agissant des noms de Huo Sang et Bao Lang, on peut commencer par se référer à l'avis déjà ancien de Wuxusheng 无虚生, lequel écrivait en 1923 : « Huo Sang et Bao Lang, voilà deux noms qui sonnent bien pour les Occidentaux. [...] Il est évident qu'aujourd'hui Huo Sang et Bao Lang font partie d'une forme d'intelligentsia mondialiste. Des prénoms

① Guo Zhenya 郭振亚, « Youqu de cezi po'an » « 有趣的测字破案 » [Affaires divertissantes d'art divinatoire], *Shanxi laonian* « 山西老年 » [Personnes âgées de Shanxi], n° 10, 2003, p.33.

monosyllabiques pour tout le monde (Sang 桑 et Lang 朗), voilà qui cadre peu avec la logique de la tradition chinoise. »① De son côté, Cheng Xiaoqing répond : « Je souhaite que nos futurs adolescents prennent Huo Sang et Bao Lang comme exemple et que quelques vrais détectives modernes apparaîtront.② C'est dans ce sens-là que je fais exprès de donner un nom exceptionnel aux deux héros.③» Le nom de Huo Sang est en grande partie dérivé de celui de Holmes.④

Voyons ce qu'il en est pour les autres personnages : Bao Lang et Shi Gui. Le principal assistant de Huo Sang, Bao Lang 包朗, porte le même nom de famille que le juge Bao Zheng 包拯, héros de *Bao gong'an* ; et un domestique de Huo Sang nommé Shi Gui 施桂, le même nom que le juge Shi Shilun 施仕伦, protagoniste de *Shi gong'an*. Faut-il en déduire un rapport quelconque entre Bao Lang et Bao Zheng ou entre Shi Gui et Shi Shilun ? Le clin d'œil de Cheng Xiaoqing à ses devanciers ne fait pas de doute, il positionne clairement son héros en héritier des plus grands juges de la littérature chinoise. Un peu comme si Bao Zheng et Shi Shilun s'étaient réincarnés en Bao Lang et Shi Gui pour se mettre au service du détective Huo Sang. Par ailleurs, quand on y regarde de plus près, on constate qu'entre les prénoms de Bao Lang et de Shi Gui il est possible d'établir un lien : Lang 朗 a rapport avec la lumière de la lune, et Gui 桂 signifie « laurier », or dans la tradition chinoise, où il y est question d'un laurier dans la lune, les deux vont de

---

① « 霍桑和包朗,读到嘴里,总不免带些西洋色彩。[…] 今霍包二人,固显然为有智识阶级,谓其于一个单名之外,并无其他"字""号",此在中国社会上,实在有点说不通。» Wuxusheng 无虚生, « Huo Sang Bao Lang mingming de yanjiu » « 霍桑包朗命名的研究 » [Étude sur les noms de Huo Sang et Bao Lang], in Ren Xiang et Gao Yuan (éd.), *Zhongguo zhentan xiaoshuo lilun ziliao*, p.57.

② « 希望我国未来的少年把他们俩当作模范,养成几个真正的新侦探 » Cheng Xiaoqing, « Huo Sang he Bao Lang de mingyi », *ibid.*, p.56.

③ « 本在著这一层微意,才特地把我书中主角的名字,题得略为别致一些 » *ibid.*

④ Sur l'origine du nom du détective Huo Sang, voir la partie intitulée « Entre Sherlock Holmes et Huo Sang, genèse du premier détective chinois » (IV.2.1.).

pair.① Ce lien avec la lune qui unit ces deux pré-noms nous amène, par association d'idées, au symbole en forme de lune qui apparaît au milieu du front du juge Bao Zheng. Comme si Cheng Xiaoqing avait voulu ainsi se placer secrètement sous l'autorité de ces deux romans judiciaires que sont *Bao gong'an* et *Shi gong'an*.

Cheng Xiaoqing n'a rien laissé derrière lui qu'on puisse invoquer pour s'extraire de la pure spéculation. Cependant nous savons déjà qu'il ne faisait jamais rien au hasard... Il s'inscrit dans la tradition de ces auteurs qui donnent à leurs personnages et aux lieux dans lesquels ils les font évoluer des noms à clé qui renferment un message qui n'est perceptible qu'à qui partage la même culture qu'eux. Gageons qu'on ne pourra jamais rien prouver, mais qui sait si un lecteur curieux et versé dans les lettres chinoises classiques ne parviendra pas quelque jour à en dire plus à ce propos.

### V.2.1. Une même thématique

Trait commun évident à *Shi gong'an* et aux *Huo Sang tan'anji* : le contexte chinois. La localisation géographique est très précise, et pour qui le désire, il est tout à fait possible de se rendre sur les lieux décrits. Bien sûr, le district de Jiangdu et les villes de Shuntian et de Shanghai ont bien changé depuis l'écriture de ces romans, mais les lieux n'en sont pas moins des références réelles.

Un examen approfondi de *Shi gong'an* permet de dénombrer 44 affaires tout au long des 97 chapitres qui forment la partie classique de l'œuvre. De son côté, les *Huo Sang tan'anji* présentent la résolution d'enquêtes concernant 72 crimes et délits majeurs disséminés sur 10 volumes, certains romans comportant des affaires dans

① Dans le caractère 朗 (lǎng), 月 est la clef du sens et 良 indique la prononciation. Il s'agit d'une lune brillante. Quant au caractère 桂(guì), le laurier ou le cannelier, il faut savoir que la légende de Chang'e (嫦娥) prétend qu'il y aurait un grand laurier sur la lune. Le laurier signifie aussi la lune. Dans la littérature, la lune est parfois appelée le « palais du cannelier » ou la « lune-cannelier ».

l'affaire. Pour Cheng Xiaoqing, elles représentent autant de revendications sociales que de dénonciations d'inégalité. Ainsi, le juge Shi dénoue les mystères relatifs à 9 meurtres, 11 vols, 4 adultères, 2 kidnappings, 1 viol, 2 tromperies① ... Pour sa part, Huo Sang résout les enquêtes suivantes : 34 assassinats, 12 vols, 10 vengeances, 10 crimes de déguisement d'un cadavre, 7 suicides, 3 affaires impliquant la mafia, 3 cas concernant la psychologie, 4 kidnappings, 2 pillages et 2 cas des fantômes et esprits. Il est clair que le juge Shi et le détective Huo Sang évoluent dans des sphères analogues, et l'un comme l'autre s'occupe de crimes, de délits et de mystères à longueur d'histoires.

Pour qu'on comprenne bien à quel point *Shi gong'an* est centré sur le traitement des méfaits, il suffit de préciser que la présentation du héros, qui se poursuit pourtant sur des pages et des pages dans les romans chinois traditionnels, tient ici en 63 caractères seulement et pas un de plus ! Dès la première page, l'attention du lecteur est attirée sur un crime par décapitation. La suite de l'œuvre est à l'avenant : 44 affaires s'enchaînent. La dimension criminelle dépasse très nettement en importance la description qui est donnée du juge.

Dans les *Huo Sang tan'anji*, les crimes et délits occupent pareillement une place centrale, et les enquêteurs apparaissent en retrait de l'enquête elle-même.

Remarquons quand même que Cheng Xiaoqing s'est employé à rétablir l'équilibre en consacrant deux nouvelles entières à son héros où il revient longuement sur la personnalité de celui-ci : « Huo Sang de tongnian » et « Shijuan ». Dans les deux récits, chaque aventure s'ouvre sur l'annonce d'un forfait, mais le fond du récit tient dans la résolution du forfait en question. Dans les deux cas, c'est

① Tel est le nombre des affaires criminelles avancé par Lü Xiaopeng et calculé d'après la version des *Jugements de Shi* en 528 chapitres, version comprenant donc la partie antérieure et les suites. Nous en dénombrons 89 dans le tableau qu'il donne dans *Gudai xiaoshuo gong'an wenhua yanjiu* (pp.108-114) : une quarantaine d'assassinats, onze crimes concernant les biens, cinq vols, trois enlèvements sur la personne de Shi Shilun et deux pillages de rations alimentaires.

le héros — ici le juge Shi, et là Huo Sang — qui mène l'enquête : il s'intéresse à des détails infimes, voire imperceptibles au commun des mortels, et, par une mise en relation intelligente desdits indices, il reconstitue les faits avant de confondre le ou les coupables.

Si l'on laisse de côté la question des intrigues criminelles, *Shi gong'an* et les *Huo Sang tan'anji* reflètent aussi un même trait de la mentalité chinoise : l'intérêt pour la justice rendue et l'accent mis sur la générosité et la conduite chevaleresque.

La justice rendue est un sujet commun aux deux ouvrages. Bien que Shi Shilun et Huo Sang aient vécu dans des sociétés et à des époques différentes, ils mènent le même combat, lequel consiste à lutter contre le mal afin de rendre justice aux innocents. Toutefois, du fait de leurs fonctions respectives, ils ne le mènent pas tout à fait de la même façon.

En tant que magistrat, le juge Shi officie au tribunal ou au Palais de justice, dans ses aventures on s'arrête longuement sur les actes d'accusation et les sentences qu'il prononce. Le juge Shi respecte à la loi de la dynastie Qing et lutte contre les activités illégales. Il se dévoue pour défendre les intérêts du gouvernement, pour maintenir l'ordre public, mais jamais pour garantir les droits des individus. En revanche, le détective privé Huo Sang, lui, se désintéresse de l'acte d'accusation, dont on ne dit jamais rien dans ses aventures. Face aux lois de la République de Chine naissante, il fait preuve d'une certaine indépendance. Si la plupart du temps, Huo Sang se conforme à la loi, il lui arrive de s'en émanciper quand celle-ci lui semble aller à l'encontre de la morale. En ce sens il peut être assez proche de ce que serait un justicier. L'esprit justicier (*Xiayi jingshen*①侠义精神) est partout présent

① Sur l'esprit justicier, voir Wu Luliang (吴鲁梁), *Xiandaixing yujing xia wushu xiayi jingshen yanjiu* « 现代性语境下武术侠义精神研究 » [Étude de l'esprit justicier et des arts martiaux dans le contexte de la modernité], Beijing tiyu daxue, 2020. Cette thèse a été publiée sur le site https://cnki.net en 2022, n°9, pp.37-38. Dans cette thèse, l'auteur explique le sens de « xia » et de « yi » ainsi que leur relation.

aussi bien dans *Shi gong'an* et dans les *Huo Sang tan'anji*. Il s'agit là d'une mentalité typiquement chinoise vieille de quelques trois mille ans. Son origine remonte à la période des Printemps et des Automnes (770—476 av. J.-C.). À cette époque, où les batailles étaient fréquentes et où les coups d'État se succédaient, sont apparus ceux qu'on a appelés les *wushi*① (武士 guerriers ou soldats), des champions en arts martiaux. Par la suite, une partie d'entre eux, privilégiant la morale et la pratique des rites par rapport à la pratique des combats, sont devenus des *wenshi*②(文士 lettrés). Au fil du temps, ils ont fini par constituer une couche sociale spécifique③. Ceux qui sont ne sont pas devenus des *wenshi* se sont mués en *xiashi* (侠士 hors-la-loi) ou en *youxia*④(游侠 justiciers errants). Le *xiashi*, qui excelle en kung-fu, est un combattant altruiste. Il ressemble au chevalier français du Moyen-Âge, et comme lui combat pour une juste cause. À cette différence près qu'il appartient le plus souvent au monde des brigands, au *Jianghu*⑤. Voilà ce qui caractérise le *xiashi* et son esprit de *xiayi* : il excelle dans les arts martiaux ; il est généreux, féru de justice, désintéressé, et il vient volontiers en aide aux faibles ; il se préoccupe des problèmes sociaux.

Dans *Shi gong'an*, Huang Tianba est un voyou qui, après avoir fait la rencontre du juge Shi, va s'amender au contact de son bienfaiteur. Il devient alors un *xiashi*, et de ce jour il suivra le fonctionnaire dans les différents postes où celui-ci officiera. Quant à Huang Tianba, voici comment son créateur anonyme résume

① Chen Mingyuan, *Wenhuaren de jingji shenghuo*, pp.2-3. Dans ce mémoire, l'auteur se penche sur l'origine de *wenshi* et de *wushi*.

② *Ibid.*

③ Sur les couches sociales à l'époque, voir Wang Yun (王云), « Xianqin de shike » « 先秦的食客 » [Les parasites de l'époque d'avant dynastie Qin], in *Gudian wenxue zhishi* « 古典文学知识 » [Connaissance de la littérature classique], 2008, n° 6, p.31.

④ C'est dans le livre intitulé *Shiji · cike liezhuan* « 史记 · 刺客列传 » [Histoire : Biographie d'assassins] de Sima qian 司马迁 (145—90 av. J.-C.) que le terme de *youxia* [游侠 justicier errant] est apparu pour la première fois.

⑤ *Jianghu* 江湖, littéralement « Les rivières et les lacs ». L'expression désigne la société des justiciers chinois.

son caractère :

> Bien qu'il soit un voleur, il ne vole que des fonctionnaires cupides et corrompus, il ne nuit jamais aux hommes respectueux, aux veuves fidèles à la mémoire de leur mari défunt, aux voya-geurs solitaires ou aux pauvres marchands.①

Le héros de *Huo Sang tan'anji*, Huo Sang, est un détective moderne des débuts de la République de Chine. Lui aussi a un côté *xiayi*, et quelques pages où il apparaît mettent ce trait en évidence. Ainsi dans *Hai chuan ke* « 海船客 » [Le passager du paquebot], après avoir retrouvé la « Fleur en perles » volée, Huo Sang la restitue à son propriétaire, un malin du nom de Jin Yongqiu, qui avait frauduleusement déclaré l'attaque des pirates au capitaine du paquebot pour retrouver sa fleur. À la demande du détective, qui ne tirera aucun avantage personnel dans cette affaire, Jin fait don de 10 000 yuan à l'orphelinat. Dans « Mao'er yan », Huo Sang restitue de même une pierre précieuse à son hypocrite propriétaire, Xu Shoucai, à condition que ce dernier fasse un don de 200 yuan aux services de l'Éducation publique. C'est qu'il estime en effet que ce richard ne mérite pas sa richesse, parce qu'il n'est pas un gentleman.

Si l'on compare le détective moderne Huo Sang à ce *xiashi* traditionnel qu'est Huang Tianba, on constate qu'il est plus altruiste que lui, mais l'un comme l'autre ont un cœur d'or et ils aident les pauvres et les faibles contre les riches et les puissants. En revanche, face à la loi, leur attitude n'a rien à voir. Huo Sang respecte la loi et punit les méchants par son intelligence, tandis que Huang Tianba n'hésite au besoin pas à violer la loi et à user de son talent en arts martiaux pour protéger le bien du peuple. En tant qu'officier attaché à l'administration, Huang Tianba aide le juge Shi à tirer au clair des affaires criminelles. Un comportement

① « 虽说是贼,专截贪官污吏,不截孝子节妇、孤客穷商 » *Shigong'an*, p.109.

que Huo Sang admire beaucoup, comme on le voit dans un article de *Nan xiong nan di*, « Les frères de sang », à propos de Hong Bodao :

> Hong Bodao a inventé les circonstances du crime pour protéger Rongbang. Il s'est donc dénoncé à la justice afin de cacher la vérité et de ne pas compromettre Rongbang et sa sœur Aizhen dans l'affaire. Même quand Rongbang est arrivé sur la scène du meurtre, il a continué à prétendre être le meurtrier. L'altruisme de Hong, l'esprit *xiayi* des anciens *xiashi* est admirable.①

Hong Bodao se dévoue pour sauver son ami Zhu Rongbang. Son altruisme que Huo Sang applaudit est justement le comportement typique d'un « xiashi ». Le créateur de Huo Sang a de même créé ses propres « xiashi » dans *Duan zhi tuan* [Le groupe aux doigts coupés] pour illustrer cet esprit. Dans ce roman, tout commence par une série d'assassinats commis à Nanjing. On raconte qu'un philanthrope du nom de Dong Weishan a été assassiné, et que le tueur aurait dérobé cinquante ou soixante mille yuan. En même temps, Huo Sang reçoit un colis ne contenant rien d'autre qu'un morceau de pouce ensanglanté. À la demande d'un client, Pu Liang, vice-directeur de l'Organisme de charité de Lejishantang, Huo Sang et Bao Lang interviennent dans cette affaire de doigts coupés. Ils rencontrent le tueur Fan Baiping (un membre du groupe) dans un temple, et après avoir parlé avec lui, ils se rendent compte que « le groupe aux doigts coupés » n'est pas aussi mauvais qu'ils imaginaient. En vérité, ce serait même un organisme de justice :

> L'objectif du groupe était d'utiliser sans pitié des moyens extrêmes atroces

① « 他(洪伯道)为顾全他的谱兄,就决计代他受罪,故而伪造事节,自认凶手,以免再牵涉荣邦和荣邦的弱妹爱真。直到荣邦到场质证之后,他还争认凶手。那一种尚侠的精神真可教人钦佩。» Cheng Xiaoqing, « Nan xiong nan di », in *Huo Sang tan'anji*, Vol.5, p.263.

pour punir les méchants, pour éradiquer le mal à sa racine. Pour réaliser cet idéal, ils étaient prêts à sacrifier leur vie.①

Comment ce groupe s'y prend-il pour réformer la société chinoise ? En adressant à celui qui s'adonne au mal un avertissement singulier, qui consiste à lui faire parvenir le doigt qu'un des membres du groupe s'est coupé lui-même. Si le méchant ne com-prend pas le message, alors quelqu'un est envoyé auprès de lui qui a pour mission de le supprimer. Après avoir écouté Fan Baiping, Huo Sang réfléchit quelques instants, puis il déclare :

> Votre façon de faire est sans doute discutable. Malgré tout, vous sacrifiez votre vie pour la justice : éradiquer le mal du peuple. Et ce motif est appréciable. Veuillez accepter mes salutations.②

À la fin du roman, Fan Baiping, que Huo Sang considère comme un *xiashi*, expri-me le souhait de donner sa vie en échange de celle de la victime méchante. Il se dénonce à Huo Sang, puis à la police. L'esprit *xiayi* présent dans *Shi gong'an* est vanté aussi dans les *Huo Sang tan'anji*.

## V.2.2. Des modules d'intrigue, éléments combinatoires caractérisant les genres judiciaire et policier

Nous avons traité des origines du « roman judiciaire » dans la première partie.③.

---

① « 凭着牺牲的决心，用暴烈的手段，谋社会的根本改造，这就是我们同志们所抱的宗旨。» Cheng Xiaoqing, « Duan zhi tuan », in *Huo Sang tan'anji*, Vol.8, p.265.

② « 霍桑说你的行动或许还有讨论的余地，但你本着牺牲精神，为大众除害，动机是可敬的。请接受我的敬礼。» *ibid.*, p.271.

③ Voir plus haut, chapitre I, la partie intitulée *Le « gong'an xiaoshuo » précurseur du roman policier* (I.2.1.).

À présent, nous allons étudier les éléments constitutifs des deux genres judiciaire et policier. Nous nous inspirons ici des « gong'an yinsu » (éléments judiciaires) proposés par Lü Xiaopeng dans l'ouvrage déjà cité qu'elle a publié en 2004, *Gudai xiaoshuo gong'an wenhua yanjiu*. Cette dernière fait la distinction entre les deux types de romans mais sans pour autant expliciter en quoi consistent leurs différences. Or on peut légitimement se poser les questions suivantes : Quels sont les éléments spécifiques aux romans judiciaires ? Et comment définir ce que sont les « zhentan yinsu » (éléments policiers) ? Y a-t-il un lien entre les éléments judiciaires et les éléments policiers ? On peut faire ici une analogie avec la cuisine. De même que plusieurs ingrédients sont indispensables pour préparer un plat, un plat chinois et un plat occidental peuvent être constitués d'ingrédients parfaitement identiques, mais dans des proportions différentes et auxquels ont fait subir des processus culinaires différents. Il importe donc de connaître les ingrédients les plus fondamentaux caractérisant les genres constitutifs de chacun des récits et comprendre quel rôle ils jouent.

L'exemple des recettes de cuisine est sans doute trop simpliste pour déterminer les éléments constitutifs d'un récit. Nous allons utiliser le terme de « module » pour mieux définir le processus de construction d'un roman à énigme. Par modules il faut comprendre des éléments juxtaposables et combinables à d'autres éléments de même nature ou concourant à la même fonction. La même fonction, en l'espèce, c'est la part apportée à la construction du récit, qu'il s'agisse d'un roman policier ou d'un roman judiciaire ; quant aux éléments juxtaposables et combinables à d'autres, ce sont les éléments fondamentaux du genre, ainsi que les étapes du processus menant à l'élucidation du crime. Un roman policier ne peut se passer de ces trois éléments fondamentaux que sont le criminel, la victime, le détective①, ni de l'enquête qui établit le lien causal entre eux. S'agissant du roman judiciaire, il est possible de

① Boileau-Narcejac, *Le roman policier*, PUF, Paris, coll. « Que sais-je ? », 1975, p.7.

lister les caractéristiques suivantes : le criminel, la victime et le juge, et la condamnation. Entre le crime et son jugement, entre le mystère criminel et sa résolution, s'intercalent les étapes durant lesquelles le détective ou le juge testent les différentes pistes et procèdent aux raisonnements. C'est ce que nous appelons « l'enquête », sachant que les pistes peuvent être plurielles : piste sur naturelle ou intervention divine, hasard, raisonnement scientifique, délation, pression psychologique, torture, etc. Dès que l'on arrive à isoler ces modules fonctionnels de ces deux genres littéraires, et à observer leur présence ou absence dans le récit, leur ordre d'apparition par rapport aux autres modules, nous déterminerons plus aisément leur rôle dans le texte. Nous espérons par la suite pouvoir comparer les deux genres sur un plan narratologique déterminé par ces mêmes modules. Nous utilisons le terme de « module » aussi bien par son côté « fonctionnel » que par sa nature « amovible », car nous savons qu'il n'y a pas une seule manière de composer un récit, et les éléments fondamentaux évoqués plus haut n'apparaissent pas toujours dans le même ordre. Boileau et Narcejac parlent de « multiples combinaisons » des « pièces maîtresses du roman policier »①. Nous allons étendre cette méthode au roman judiciaire. Si les deux genres sont effectivement apparentés, ils devraient partager un certain nombre de codes.

Il nous semble nécessaire de retracer préalablement les éléments fondamentaux du genre romanesque chinois : le *xiaoshuo*. Hu Yinglin②, poète et critique littéraire des Ming, distingue six catégories :

1. Les recueils d'histoires extraordinaires.
2. Les *chuanqi*, courts récits en prose.
3. Les anecdotes diverses.

---

① Boileau-Narcejac, *Le roman policier*, PUF, Paris, coll. « Que sais-je ? », 1975, p.22.

② Hu Yinglin 胡应麟 (1551—1602).

4. Les « Conversations » ou dissertations sur les arts, la littérature et les techniques.

5. Les « Analyses et critiques ».

6. Les « Admonestations ».①

En 1933, Quan Zengjia② remarquait « que parmi les romans anciens, il semble que *Peng gong'an*, *Bao gong'an*, etc., ont quelque ressemblance avec le roman poli-cier »③. Et en 1946, Cheng Xiaoqing écrit : « Des romans populaires comme *Shi gong'an*, *Peng gong'an* et *Longtu gong'an*, etc., sont déjà des "prototypes" thématiques et narratifs du genre policier. Mais sur le fond, et concernant la théorie scientifique, les romans susmentionnés évoquent volontiers des thématiques comme les arts martiaux et n'hésitent pas à recourir à l'intervention de dieux et de fantômes. Sur ce point, ils diffè-rent du roman policier »④. Il souligne toutefois déjà un élément commun aux deux courants littéraires : les éléments thématique et narratif. C'est la raison pour laquelle certains Occidentaux pensent que le roman policier occidental a eu un précurseur dans la Chine impériale : le juge Di (ou Ti dans la transcription sous laquelle on le connaît généralement), personnage qui a réellement existé au VIIe siècle et dont Robert Van Gulik, après avoir traduit un ouvrage ancien qui le mettait en scène, a fait le héros d'une série de romans

① Lu Xun, *Brève histoire du roman chinois*, p.23.

② Du professeur Quan Zengjia (1903-1984), dont il rappelait qu'il avait écrit sur la question, comme de Hu Shi, Chen Xiaoqing expliquait qu'ils étaient tous les deux des inconditionnels du roman policier. Voir Ren Xiang et Gao Yuan (éd.), *Zhongguo zhentan xiaoshuo lilun ziliao* : 1902—2011, p.212.

③ *Ibid.*, p.167.

④ « 流行民间的通俗小说,如《施公案》《彭公案》和《龙图公案》等,虽已粗具侦探小说的雏形,但它的内容不合科学原理,结果往往侈述武侠和参杂神怪。这当然也不能算是纯粹的侦探小说 » Ren Xiang et Gao Yuan [éd.], *Zhongguo zhentan xiaoshuo lilun ziliao*, p.207. Citation tirée de Cheng Xiaoqing, « Lun zhentan xiaoshuo » « 论侦探小说 » [Sur le roman policier], *Xin zhentan* « 新侦探 » [Le nouveau détective], Shanghai, n° 1, 10 janvier 1946.

policiers écrits sur le mode « à la manière de », *Les Enquêtes du juge Ti*①. Nous retrouvons aussi dans une ancienne histoire intitulée « Congshi xuedao yu » « 从师学道喻 » [ Apprendre du maître ] un élément thématique déterminant qui est commun aux romans policiers et aux romans judiciaires, l'élucidation du mystère :

> Deux personnes voyagent dans un autre pays. En route, découvrant les empreintes de pattes d'une femelle éléphant, l'une d'elles annonce : « Cette éléphante est enceinte. Son futur bébé sera une femelle. Elle est borgne. Sur son dos, il y a une femme qui est elle aussi enceinte. ». L'autre lui demande : « Comment le savez-vous ? » Le devin répond : « Je m'inspire des cours de notre maître. Si vous n'y croyez pas, vérifiez-le ! » Les deux personnes retrouvent l'éléphante. Tout se révèle exact.
>
> Le compagnon du devin s'interroge : « Nous apprenons ensemble avec le maître, pourquoi n'ai-je pas vu ces détails ? » De retour, il demande au maître : « Pourquoi mon compagnon a-t-il pu voir ces détails que je n'ai pas remarqués ? Expliquez-le-moi lors de la prochaine leçon. » Après cela le maître demande à son élève qui est devin de s'expliquer. Celui s'exécute : « Grâce à vos leçons, après avoir observé une flaque d'urine laissée par l'éléphant, j'en ai déduit qu'il s'agissait d'une femelle. Après avoir analysé l'empreinte de son pied droit, j'en ai déduit qu'elle était enceinte et qu'elle allait donner naissance à une femelle. Quand je me suis aperçu qu'elle n'a pas mangé les herbes qui se trouvaient à sa

---

① « C'est en 1948 au Japon qu'il [ Robert Van Gulik ] traduit un roman policier chinois, le *Dee Gong An* ou *Affaires résolues par le Juge Ti*, fonctionnaire de l'époque Tang. En s'inspirant de vieux récits chinois, Van Gulik écrit alors dix-sept récits chinois fictifs, affaires débrouillées par son juge Ti, qui font découvrir au lecteur occidental maints aspects de la vie sociale en Chine ancienne. » Robert Van Gulik, *La perle de l'empereur* [ *The Emperor's Pearl* ], trad. par Roger Guerbet, Héritiers Van Gulik, Union générale d'éditions, coll. « 10/18 » [ Grands détectives ] ), Paris, 1983, p.5.

droite, j'en ai déduit qu'elle était aveugle de l'œil droit. Après avoir analysé la flaque d'urine humaine qu'il y avait à côté de celle de l'éléphante, j'en ai déduit que c'était celle d'une femme. Après avoir étudié l'empreinte de son pied droit, j'en ai déduit qu'elle était enceinte et que c'était d'une fille. L'observation minutieuse et la réflexion profonde m'aident à trouver la vérité. Si vous n'arrivez pas, ce n'est pas la faute de notre maître. ».①

Outre ces qualités qui viennent d'être énoncées, l'observation minutieuse et la réflexion profonde, il semble que l'enquêteur se doive également de paraître mystérieux aux yeux du lecteur. Sherlock Holmes et Huo Sang pour ne citer qu'eux, sont des personnages dont on ne sait pas grand-chose des pensées avant la fin de leur enquête et le dénouement de l'affaire.

Le narrateur (Watson, dans *Les Aventures de Sherlock Holmes*, ou Bao Lang, dans le cas des *Huo Sang tan'anji*) découvre en même temps que le lecteur la logique qui a guidé les actions à première vue sibyllines du héros du récit, lesquelles actions mènent finalement à la résolution de cette enquête. Le roman policier commence par la décou-verte du crime pour remonter à son origine, ainsi que le constatent Pierre Boileau (1906—1989) et Thomas Narcejac (1908—1998) lorsqu'ils écrivent que « toute histoire doit être écrite à l'envers » : « Partons de la conclusion et remontons vers le début en éliminant tous les détails fortuits, donc inutiles. »② Une fois que l'explication est donnée, tout devient clair et il ne reste plus rien d'extraordinaire. En conséquence, le dernier chapitre est crucial pour la compréhension de l'intrigue car il boucle le récit en reconstituant pièce par pièce, étape par étape, l'accomplissement du crime, selon une logique impeccable. On

① Sun Changwu 孙昌武 et Li Gengyang 李赓扬, *Za piyujing yizhu (sizhong)* « 杂譬喻经译注(四种) » [Livre d'apologues (quatre livres)], traduit et annoté, Zhonghua shuju, Shanghai, 2008, p.19.

② Boileau-Narcejac, *Le roman policier*, p.25.

parle de « structure régressive » et on doit distinguer en fait deux histoires, celle du crime et celle de l'enquête. « Il y a rupture entre ces deux histoires, l'avancée dans le temps de l'enquête correspondant à une remontée dans le temps de la première histoire. »① Dans *Shi gong'an*, en revanche, il arrive que le juge Shi trouve le coupable avant même que l'enquête ne soit lancée②, ou bien le plus souvent en recourant à des méthodes qui doivent bien peu à la science : comme les jeux de mots (dans l'affaire n° 2 le coupable est démasqué parce qu'il s'appelle Liu Yi③; dans l'affaire n° 11, parce qu'il s'appelle Piao Shu④) ; les signes reçus en rêve (comme dans l'affaire n° 1 sur l'assassinat de parents de Hu Dengjun⑤) ; ou l'intervention d'animaux surnaturels (comme dans les affaires n°s 2 et 14⑥). Ici,

---

① Yves Reuter, *Le roman policier*, Armand Colin, 2009, p.41.

② *Shi gong'an*, chap. 34, p.54. Il s'agit des Affaires n°s 16 à 23 de Yan Sanpian. Le juge voyant tomber trois (san 三) tuiles (yan 檐) comprend que le coupable s'appelle Yan Sanpian avant que les plaignants ne viennent le dénoncer. Voir aussi les chapitres 37 (p.58), 39 (pp.61-63) et 54 (p.91).

③ *Shi gong'an*, chap. 27, p.41. Il s'agit de l'affaire n° 2, où il est question d'une veste qui ne cesse de se décrocher du porte-manteau : « Liu » 流 signifiant tomber et « Yi » 衣 signifiant veste, le juge associe ces deux caractères, « Liu Yi » 流衣. Ce qui lui permet plus tard (chap. 32, pp.50-51 ; et chap. 34, p.54) de démasquer Liu Yi 刘医 (le docteur Liu) : 流 et Yi 衣 ou 医 étant les homophones respectifs de 刘 et 医.

④ *Shi gong'an*, chap. 27, p.41, il s'agit de l'affaire n° 11, relative à l'assassinat du frère de Piao Shu. Le travail du juge commence dès la veille avec un premier incident : il constate que des souris (laoshu 老鼠 en chinois) jouent dans sa chambre sans manifester la moindre peur. Plus tard, il découvre une calebasse (piao 瓢) cassée à l'entrée de son logis. Le juge associe les deux incidents, ce qui l'amène à conclure que le coupable, dans cette affaire, ne saurait qu'être Piao Laoshu 瓢老鼠. Voir aussi les chapitre 32 (p.51), 41, 42 et 43 (pp.66-70).

⑤ Le juge Shi, dans un rêve, voit neuf loriots et sept cochons au pied d'un mur. Le lendemain, ce rêve lui revient en mémoire et Shi envoie sans réfléchir plus avant, ses deux lieutenants pour arrêter deux suspects, Jiuhuang et Qizhu, dont les noms Jiuhuang 九黄 et Qizhu 七珠 sont des homonymes des expressions « neuf loriots » et « sept cochons ».

⑥ *Shi gong'an* : chap. 29, p.46 ; chap. 30 et 31, p.49 ; et chap. 40, p.64, il s'agit de l'affaire n° 14. Grâce au chien noir, le cadavre est retrouvé inhumé au fond d'une flaque d'eau, en pleine campagne.

malgré la non scientificité totale des procédures mises en œuvre par le juge Shi, on peut néanmoins établir un parallèle avec le roman policier, car le procédé narratif est pratiquement identique : tout comme Sherlock Holmes et Huo Sang, le juge Shi apparaît comme une personne qui utilise des moyens de déduction que le lecteur ne peut deviner. Pour autant les indices qui l'ont aiguillé sur la piste du criminel ne sont pas toujours révélés au lecteur. Malgré tout l'effet produit sur le lecteur est le même que dans un roman policier. Si le roman judiciaire peut sembler illogique dans ses méthodes pour le lecteur d'aujourd'hui, il faut se mettre à la place du lecteur chinois de l'époque pour qui les méthodes de l'enquêteur, qu'elles soient scientifiques ou ésotériques, étaient également valables.

Concernant les histoires judiciaires dans lesquelles interviennent dieux et fantômes, rappelons ce qu'écrit Lu Xun dans sa *Brève histoire du roman chinois* : « Non seulement les mythes antiques constituent les germes des religions et ce d'où procèdent les arts, mais encore ils sont véritablement aux sources de la littérature. »①

Lors de la résolution d'une affaire, l'intervention des fantômes et des dieux est perçue comme parfaitement naturelle et logique, tout comme on ne s'étonne pas que les dieux de la mythologie grecque interviennent dans la vie des humains chez Homère. Aux yeux du lecteur, cela ne diminue en rien le mérite du héros chargé de résoudre le mystère, car cette intervention inespérée des fantômes ou des dieux donne juste une bonne piste et le reste, surtout la recherche du coupable et les aveux, revient aux mains compétentes du juge et de ses gardes. Il est de tradition en Chine que les Chinois de la société féodale croient aux décrets de la Providence. Tout au long de l'histoire du genre judiciaire, il semble que le juge (investigateur) maîtrise une théurgie et qu'il reçoive des signes du ciel qui lui indiquent les pistes qui mèneront à la résolution de l'affaire qui l'occupe. Il profite de l'aide des fantômes et des dieux, des décrets de la Providence pour trancher ses litiges. Ainsi,

① Lu Xun, *Brève histoire du roman chinois*, p.27.

aux yeux des lecteurs actuels imprégnés de science et habitués à une logique plus scientifique dans le monde fictif du *Shi gong'an*, certains aspects des histoires du Juge Shi peuvent apparaître comme bizarres et illogiques. En vérité, ces éléments irrationnels servent le juge dans sa recherche de la vérité, parce que dieux, fantômes et humains se réunissent au sein de la société en une symbiose. En tant qu'archétype du juge parfait, le juge Shi a des capacités surhumaines lui permettant d'entrer en contact avec des dieux, des fantômes et de recevoir leur aide. Le lecteur chinois de l'époque a l'habitude de lire ce genre de roman et d'y prêter crédit. Cette méthode d'investigation prive la narration du module de déduction ou de vérification par la médecine légale, étapes indispensables dans le roman policier. Concernant les enquêtes de Huo Sang et le roman policier en général, bien que l'on évoque des démons dans *Bai yi guai* et *Bieshu zhi guai*, il s'avère que ce sont des êtres humains dé-guisés en démons. Si le surnaturel fait partie intégrante du monde décrit dans les *Shi gong'an*, dans les *Huo Sang tan'anji*, le surnaturel se révèle toujours être une manipu-lation, un mensonge, ou bien encore une ruse destinée à faire avancer une enquête. Plus jamais il ne jouera le rôle de piste ultime, main invisible et preuve irréfutable. De fait, dans *Bai yi guai*, le vieux domestique Fang Linsheng et le fils de la victime Qiu Haifeng se sont déguisés par quatre fois en démon blanc pour élucider la mort de Qiu Rihui.①

Ces éléments de mystère et d'énigme descendent directement du genre romanesque chinois traditionnel, le *chuanqi* (传奇), conte fantastique, de la dynastie Tang.② Le *chuanqi* judiciaire le plus représentatif a pour titre « Xie Xiao'e » (谢小娥), il a pour auteur Li Gongzuo 李公佐 :

Hommes d'affaires, le père et le mari de Xie Xiao'e se firent assassiner par

① Cheng Xiaoqing, « Bai yi guai », in *Huo Sang tan'anji*, Vol.2, pp.179-186.

② Lu Xun, *Brève histoire du roman chinois*, p.91.

des bandits sur le chemin. Xiao'e fit un rêve dans lequel le fantôme de son père lui annonça les indices pour connaî-tre le nom de son assassin : « Singe dans la voiture et herbe à la porte de l'Est » [Che zhong hou dong men cao 车中猴东门草]. Plus tard, le fantôme de son mari fit de même en lui disant : « Marcher dans la rizière et mari d'un jour » [He zhong zou yi ri fu 禾中走一日夫]. Personne ne comprenait son rêve. Plus tard, un sage, monsieur Li Gongzuo, déchiffra cette énigme par « cezi », un procédé divinatoire par les jeux de mot : les noms des malfaiteurs étaient Shen Lan 申兰 (« che zhong hou dong men cao », le caractère « shen » étant associé au Singe dans le calendrier chinois et constituant aussi la partie centrale du caractère traditionnel « 車 » (voiture) ; « lan » étant composé de trois parties : la clé de l'herbe, la porte et l'Est) et Shen Chun 申春 (« he zhong zou yi ri fu » car « marcher dans la rizière » équivaut à « traverser les champs », c'est-à-dire tirer un trait à travers le caractère 田 « champs » qui devient ainsi 申, et le caractère « chun » est composé des trois éléments graphiques « un », « mari » et « jour »). Elle finit par les trouver et les tuer.①

La vengeance de Xie Xiao'e, tout comme chez de nombreux auteurs de romans judiciaires, repose totalement sur les pistes surnaturelles. Dans *Shi gong'an*, le bachelier Hu Dengju du district de Jiangdu déclare que ses parents ont été assassinés à leur domicile. Après avoir examiné les deux cadavres, qui ont été décapités, et la scène du crime, le juge Shi comprend qu'il s'agit d'une vengeance pour cette raison qu'il n'y a pas eu de Vol.Le juge Shi s'endort et fait un rêve étrange qui lui indique des pistes à suivre. Entre temps, il s'active dans une vingtaine de procès, et ce n'est qu'au chapitre 22 qu'il parvient à conclure l'affaire de l'assassinat des parents de Hu

① Sous la direction de Li Fang 李昉, *Taiping guangji* « 太平广记 » [Le Grand Recueil de l'ère de la Grande Paix], t. 491, biographies diverses 8 (卷第四百九十一杂传记八), cité par Lü Xiaopeng, *Gudai xiaoshuo gong'an wenhua yanjiu*, p.50.

Dengju. Il con-damne Jiuhuang et Qizhu à la peine de mort. C'est alors seulement que les signes appa-rus en rêve au juge Shi peuvent être compris.

Le juge Shi Shilun, bien sûr, ne peut attendre du Ciel qu'il lui livre des indices pour toutes les affaires qu'il a en charge. Il parvient à percer la psychologie des suspects en observant leur physionomie, leur comportement tout en étudiant les preuves et les rapports. Dans le chapitre 34 du *Shi gong'an*, une foule de petites gens rapportent les crimes d'un seigneur nommé Guan Sheng, surnommé Guan Dadan, et de son intendant Yan Sanfu. Après avoir écouté les plaignants, Shi Shilun juge les deux coupables. Shi Shilun sait aussi aller, déguisé, sur le terrain. C'est ainsi qu'il arrive à convaincre de mensonge le commerçant Guan Sheng qui prétendait s'être fait cambrioler. Nous remar-quons que le magistrat Shi juge de manière objective ses administrés. Guan Sheng et son intendant Yan Sanfu sont réellement coupables et les jugements de Shi sont par conséquent justifiés par les preuves, les aveux qu'il a rassemblés au cours de l'enquête. Dans le chapitre 77, après un incendie qui a eu lieu chez Madame Zhang, un garde arrête celle-ci et la conduit dans la résidence officielle de Shi Shilun. Le juge Shi et d'autres mandarins présents à l'occasion l'observent pour conclure qu'elle est mauvaise à cause de son comportement.① L'observation de la physionomie du suspect fait partie des outils dont se sert volontiers le juge Shi. Il s'agit des compétences de base des man-darins aux temps antiques définies par *Zhouli qiuguan xiaosikou* « 周礼秋官小司寇 » [les Rites de l'époque de Zhou, chargés par Qiuguan xiaosikou]. Des mandarins examinent une personne accusée d'un crime par cinq moyens : ses paroles, son attitude, son intonation, il faut faire usage de ses oreilles et de ses yeux pour l'observation②.

① *Shi gong'an*, chap. 77, p.135.

② « 以五声听讼求民情,一曰辞听,二曰色听,三曰气听,四曰耳听,五曰目听 » *Zhou li zhu shu* (*qiuguan sikou*) « 周礼注疏(秋官司寇) » [Les Rites de l'époque de Zhou, annotés,] par Zhao Boxiong 赵伯雄, Zheng Xuan 郑玄, Jia Gongyan 贾公彦, Li Xueqin 李学勤, p.1073, cité par Lü Xiaopeng, *Gudai xiaoshuo gong'an wenhua yanjiu*, p.50.

Dans les *Huo Sang tan'anji*, les qualités d'observation détaillée et minutieuse de Huo Sang sont remarquables, on peut d'ailleurs en voir un parfait exemple dans les études d'empreintes de pieds qu'il réalise dans *Wu hou de guisu* et *Jiangnan yan*. Ce procédé rappro-che le juge Shi des détectives modernes.

On trouve dans le *Shui hu zhuan*, cette maxime selon laquelle sans coïncidence ni hasard il n'y aurait pas d'histoire (Wu qiao bu cheng shu 无巧不成书). Or dans *Shi gong'an*, les coïncidences et le hasard jouent un rôle essentiel dans 12 des 44 affaires. Par exemple, dans l'affaire n° 1 sur l'assassinat de parents de Hu Dengjun, c'est fortui-tement que les gardes entendent parler de Jiuhuang et de Qizhu et donc qu'ils les arrêtent ; dans l'affaire n° 7, sur le vol commis dans un temple de la divinité locale, c'est parce qu'il a attiré l'attention sur lui en séance que Liu Yi est démasqué par le juge ; dans l'affaire n° 11 sur l'assassinat du frère de Piao Shu, c'est par hasard égale-ment que le garde Guo Long entend parler du coupable en sortant de la maison de thé, et donc qu'il l'arrête, et par hasard encore que le garde Xu Mao entend parler de Piao Shu et de son père Piao Sanpian et qu'il les arrête aussi ; et dans les affaires n$^{os}$ 14 et 15, c'est un scénario qui nous est servi.

Dans les *Huo Sang tan'anji*, Cheng Xiaoqing met à son tour en scène le hasard. Dans *Jiangnan yan*, Huo Sang ramasse au pied de la muraille une perle volée par le fameux cambrioleur Jiangnan yan ; et peu de temps après, ce dernier lui téléphone pour le dissuader de se mêler d'une affaire de kidnapping. Ce double hasard — la perle trou-vée et le coup de téléphone reçu — va servir de fausse piste dans l'intrigue, pour trom-per le lecteur. Dans *Wu gu ji*, c'est par hasard que Huo Sang tombe sur le voleur de la perle en sortant de son bureau et qu'il la récupère. Après avoir analysé les 74 romans et nouvelles sur Huo Sang, nous pouvons en sortir des statistiques qu'au total, ce sont 37 des 57 affaires (crimes, délits et/ou contraventions) qui sont élucidées par Huo Sang grâce à d'incroyables coïncidences. C'est donc bien un procédé dont Cheng Xiaoqing emploie en toute conscience.

Cheng Xiaoqing résume ses réflexions sur le module d'intrigue de ses romans policiers dans un essai *Zhentan xiaoshuo de duofangmian*. Il révèle la prédilection qu'il éprouve pour la structure combinant « quatre fausses pistes et une vraie » :

> Il faut quatre pistes pour qu'une affaire soit assez complexe. Parmi elles, une seule sera retenue afin de découvrir la vérité. M. Bao Lang propose les trois autres aux lecteurs pour les égarer.①

Des œuvres représentatives de Huo Sang telles que « Wuhou de guisu », « Liang li zhu », « Shijuan » et « Chuang » peuvent nous aider à comprendre comment fonc-tionne concrètement cette structure type. Voyons par exemple le raisonnement auquel procède Bao Lang dans « Wuhou de guisu » :

> En allumant une cigarette, assis dans un fauteuil, je médite sur cette affaire et essaie de trouver une solution. Huo Sang a souligné que c'était une affaire complexe sans aucun doute. Cependant, l'avancement de l'enquête nous permet de cerner de plus en plus les suspects.
>
> Le premier suspect, c'est Yu Gantang. Si ses aveux ne sont pas faux, il sera innocent. D'après mon observation, sa parole et son attitude ont l'air honnête. On pourrait l'éliminer des suspects. Pourquoi Huo Sang voulait-il l'arrêter quand même ?
>
> Le deuxième suspect, c'est Lu Jiansheng. Selon Huo Sang, il n'a pas eu la possibilité de tuer la danseuse Wang Lilan, mais il est difficile d'expliquer que ses empreintes de pieds correspondent à celles retrouvées sur le lieu du crime.
>
> Le troisième suspect, c'est Zhao Boxiong. Il est le suspect numéro 1 dans

---

① « 写一件复杂的案子,要布置四条线索,内中只有一条可以达到抉发真相的鹄的,其余三条都是引入歧途的假线,那就必须劳包先生的神了。» Cheng Xiaoqing, « Zhentan xiaoshuo de duofangmian », in *Huo Sang tan'an kuikan*, Wenhua meishu tushu gongsi, Shanghai, 1932 ; repris in Ren Xiang et Gao Yuan (éd.), *Zhongguo zhentan xiaoshuo lilun ziliao*, p.153.

l'affaire. La balle dans la poitrine de Wang Lilan a été sortie de son pistolet. De plus, ce dernier a tiré un coup de pistolet sur le dos de Huo Sang à l'hôtel de Yadong. Ce sont des preuves irréfutables. Normalement, on peut se contenter d'enquêter sur lui seul pour découvrir la clé de l'affaire.

Maintenant la situation a encore changé. Le préfet Cui avait libéré Zhao Boxiong. Nous apprenons que Wang Lilan est morte d'un coup de couteau au lieu d'un coup de pistolet.①

N'oublions pas que le personnage Bao Lang est aussi le narrateur restreint à la première personne. Le lecteur suit le fil de sa pensée, ses remarques sur l'affaire et son analyse de la mort de Wang Lilan. Bao Lang, qui est impliqué dans l'enquête, doit analyser les pistes dont il a connaissance pour les éliminer, alors que Huo Sang agit dans l'ombre, à l'insu du lecteur, afin que le mystère perdure jusqu'à la dernière minute. Il faut absolument entraîner le lecteur sur de fausses pistes dans un premier temps et faire intervenir le plus de criminels potentiels. Cheng Xiaoqing invente « quatre fausses pistes et une vraie » afin de créer une atmosphère tendue où le suspense est maintenu le plus longtemps possible. À la fin du *Wuhou de guisu*, le lecteur comprend que les trois hypothèses émises par Bao Lang étaient erronées. Seule la piste suivie par Huo Sang conduit à la vérité : le criminel, auquel n'avait

① « 我坐在沙发上,烧着了一支纸烟,默默地把这案情推想一番,希望可能地找得一个答案 。霍桑一再说这案子内幕的复杂,眼前看来,那真是没有疑问的,从这案子的逐步发展上看,不能不说这侦查圈已逐渐缩小。第一个嫌疑人当然是余甘棠,现在据余甘棠自己的供述,假使不是虚构,显见他不是主凶。据我观察,他的声容态度和他的话,的确不象出于虚构。那末,他应当从嫌疑圈里剔除出来了。但霍桑为什么还要拘留他呢? 第二个嫌疑人陆健笙,霍桑也认为他不会打死王丽兰,但他的皮鞋和尸屋中的甲印相合的一点,还是一个难解之谜。第三个嫌疑人赵伯雄,当然是最可疑了。他的行动已有种种切实的证明,别的莫说,但瞧那一粒穿过王丽兰胸膛的子弹,还有一粒在亚东旅馆里打霍桑的子弹,都是明显的铁证。本来我们尽可把嫌疑圈收缩到他一个人身上,再进一步,就可以宣告结束。可是现在情势又变动了,他已给崔厅长释放了;而且又剖明王丽兰的死不是枪伤而是刀伤。» Cheng Xiaoqing, « Wuhou de guisu », in *Huo Sang tan'anji*, Vol.1, p.422.

pas pensé du tout Bao Lang — et par voie de conséquence le lecteur —, est l'oncle de Wang Lilan. Ce modèle d'intrigue se retrouve dans d'autres récits, comme dans *Liang li zhu*. Plusieurs pistes, ici encore, sont soumises au lecteur. L'inspecteur Wang Liangben détaille les premières informations dont il dispose et fait part de ses déductions :

> La première piste, c'est l'homme au visage noir qui se trouvait dans le même bateau. Mme Jiang en a parlé. Celle-ci est peu importante. Je ne fais pas encore d'enquête sur cela. La deuxième piste, c'est la servante Mme Zhou. Hier, malgré le fait qu'elle a accompagné son maître au cinéma, elle est restée toute la journée à la maison et elle aurait pu voler la perle, parce que l'on ne peut affirmer si c'était durant la nuit d'hier où on a perdu la perle. Je suis donc allé à la rue de Xinza et à Kangli pour l'inspection. [...] La troisième piste, Jiang Baoxiang, c'est-à-dire le neveu de Jiang Zhisheng qui travaille dans l'entreprise de farine Xinda de Hongkou, est suspect [...] Huo Sang hoche la tête : « C'est bien. Je n'en ai que deux, moins que toi encore. ».①

Ce modèle d'intrigue permet au lecteur de s'adonner, lui aussi, au jeu des déduc-tions, et l'incite à s'identifier davantage au personnage. Pour Austin Freeman, un rom-ancier dont Cheng Xiaoqing a traduit la plupart des œuvres, le lecteur a un rôle de partenaire à jouer dans le roman policier.② Il répond volontiers

---

① « 第一条,就是姜夫人所说的那个同船的黑面汉子。这一条比较上最不重要,故而还不曾进行。第二条,就是那个仆妇周妈。伊昨夜虽是一同跟进戏院里去的,但珠子的被窃是否确在昨夜,还不能证明,那末,这仆妇终日在一室之内,乘机起意,也未始不可能。故而我曾到新闸路和康里去。[...]第三条线就是那个在虹口新打面粉公司里办事的姜智生的侄儿姜宝祥 …… 霍桑连连点头道:"不错,不错,我也只有两条,还没有你多呢。"» Cheng Xiaoqing, « Liang li zhu », in *Huo Sang tan'anji*, Vol.3, pp.266-267.

② Boileau-Narcejac, *Le roman policier*, pp.45-46.

au défi que lui lance l'auteur, et il essaie de trouver le coupable avant qu'on le lui désigne.① Le lecteur assidu et attentif des aventures de Huo Sang finit par comprendre la règle d'or sur laquelle reposent les œuvres policières de Cheng Xiaoqing : c'est le personnage décrit comme le plus discret qui est le coupable. On donne une fausse impression de lui à seule fin de dissimuler que ce soit lui le coupable. À notre avis, Cheng s'est inspiré en l'occurrence d'Agatha Christie qui excelle à combiner les différentes pièces narratives pour construire ses récits. De même, tout l'art de S. S. Van Dine consiste à faire des personnages de simples pièces sur un échiquier, des « combinaisons ». L'écrivain cherche à « utiliser toutes les combinaisons possibles, les plus vraisemblables étant les meilleures »②. Un récit tel que « Dix petits nègres » est ce qu'on appelle un « roman-jeu » qui « veut surprendre et égarer le lecteur »③. Ainsi que le proclamait Cheng Xiaoqing lui-même : « L'art du roman policier est de structurer la vérité et la duperie.»④

Nous avons parcouru les principaux éléments structurant le roman policier et le roman judiciaire, les « modules narratifs ». Dans le chapitre suivant nous allons voir dans quel ordre ils composent le récit, afin de mieux cerner ces deux genres, et de mettre en évidence leurs liens et leurs différences.

① Boileau-Narcejac, *Le roman policier*, p.49.

② Boileau-Narcejac, *Le roman policier*, p.55.

③ *Ibid.*, p.62.

④ « 虚虚实实,原是侦探小说的结构艺术啊 » Cheng Xiaoqing, « Zhentan xiaoshuo de duofangmian », in Ren Xiang et Gao Yuan (éd.), *Zhongguo zhentan xiaoshuo lilun ziliao*, p.153.

# CHAPITRE VI PLAN NARRATOLOGIQUE

Dans cette partie, nous allons tenter de développer une analyse du plan narratif des romans judiciaires et des romans policiers à l'aide des modules combinatoires liés à la résolution de l'énigme. Nous mettrons l'accent sur la présence et l'absence desdits modules ainsi que sur l'ordre dans lequel ils apparaissent. Car nous pensons que si le genre romanesque se définit par ce qu'il raconte, il se définit aussi et surtout par la façon dont le texte est organisé.①

Faisons un bref rappel de ces éléments judiciaire et policier (« gong'an yinsu » et « zhentan yinsu ») perçus dans la tragédie de Sophocle, « Œdipe roi ». Bien que ce « prototype » du roman policier soit adapté par beaucoup d'écrivains et prenne forme pour leur permettre d'exposer leurs visions littéraire ou philosophique, l'essentiel de sa force dramatique réside dans le fait que le héros découvre peu à peu ses origines et que la découverte, plutôt que les crimes commis, devient la cause de son malheur. Dans la tragédie de Sophocle, « Œdipe roi », le schéma narratif est composé d'événements différents placés dans un certain ordre défini, qui n'a pas changé même jusqu'au XXe siècle, chez Robbe-Grillet (*les Gommes*). Cet ordre, nous pouvons le résumer ainsi : découverte du crime (par la peste, signe d'un châtiment du ciel), enquête, résolution (comprendre que le meurtrier n'est personne d'autre qu'Œdipe lui-même). Ce schéma réunit déjà « les pièces maitresses

---

① Vladimir Propp, *Morphologie du conte*, préface de E. Meletinskij, Paris, coll. « Poétique », 1970.

du roman policier » : « Le crime mystérieux, le détective, l'enquête. »① De plus, il présente quelques éléments récurrents du roman judiciaire chinois : sentence prononcée par Œdipe contre le meurtrier encore inconnu du public ; la torture qu'Œdipe inflige au berger témoin de sa naissance et du meurtre de Laïos ; châtiment d'Œdipe et réaction du peuple.

Malgré l'oracle prédisant son destin avant sa naissance, Œdipe a été amené à enquêter sur son passé une fois sur le trône de Thèbes. Malgré l'oracle de Delphes, le second, dont il a pris connaissance, il a dû comprendre plus tard que le voyageur en Phocide était son père. Tous les éléments épars, oracles, adoption, retour, meurtre, énig-me du Sphinx, mariage, trouvent un « fil » logique qui les lie et deviennent ainsi les différentes « étapes » d'une histoire bien ficelée. Le lecteur susceptible de faire le lien tout de suite entre les oracles et le meurtre, et qui partage ainsi un plaisir complice avec les auteurs, se laisse quand même guider par la suite des événements et gagner par la terreur devant la force du destin qu'éprouve le héros.

Le schéma narratif, ce lien temporel entre les événements pour les réunir en un récit romanesque, est en même temps un élément constructif du genre littéraire. Ses composants varient en nombre et en volume. « Dupin ne raisonne pas mieux qu'Œdipe. Ce qu'il possède en plus, c'est la maîtrise consciente des procédés de la science, dans un domaine nouveau qui est celui des "conduites". »②

Nous développons autour du crime et de sa résolution les composants suivants : découverte du crime (comment les personnages prennent connaissance du crime ? Par quelle motivation décident-ils de prendre en main sa résolution ?), enquête (par qui ? Avec quels moyens ? Quelles sont les pistes ?), élucidation (par quels moyens ? Par qui ? Explication du mobile), dénouement (jugement ou châtiment ?).

① Boileau-Narcejac, *Le roman policier*, p.22.

② Boileau-Narcejac, *Le roman policier*, p.20.

La question suivante est de savoir si le roman policier et le roman judiciaire disposent tous les deux de ces éléments, dans quelle proportion et suivant quel ordre. Si ces « modules » dans la résolution d'énigme sont présents dans chacun des deux genres, sans doute y a-t-il entre eux un lien de parenté. Dans le cas contraire, si ces « modules » ne sont pas toujours présents, ou bien s'ils n'apparaissent pas dans le même ordre, nous essaierons d'en comprendre la raison et d'établir ce qui différencie les deux genres.

Nous sommes persuadés que rien n'est laissé au hasard dans un récit romanesque et que tout a une fonction narrative, même les éléments considérés (par le simple lec-teur) comme des détails négligeables (description, psychologie, etc.), surtout dans un roman à énigme tel que le roman policier ou le roman judiciaire.

## VI.1. Le temps narratif, ordre des éléments constitutifs

### VI.1.1. Commencer par la fin, le retour en arrière

Par où commence un roman à énigme, plus précisément, un roman policier comme *Huo Sang tan'anji*, ou un roman judiciaire comme *Shi gong'an* ? Nous avons dressé un tableau « Crimes et Délits »① qui énumère les éléments constitutifs des œuvres retenues dans notre corpus, à savoir les 74 romans et nouvelles des aventures de Huo Sang (dans la version des éditions Qunzhong, Beijing, 1997), et les 44 histoires de Shi gong'an (tirées des 97 premiers chapitres dans la version Yiming (佚名 Anonyme), Shi gong'an, Shanghai guji, Shanghai, 2005). Quatre rubriques ont été distinguées, qui correspondent aux catégories temporelles

① Voir la fin du mémoire présent sur le tableau « Crimes et Délits » des *Shi gong'an* en annexe.

mentionnées plus haut : découverte/prise en main, enquête/confrontation, élucidation et dénouement. Nous avons constaté que dans les deux cas, tous ces modules apparaissent dans la construction du texte, avec des variantes plus ou moins abondantes pour certaines étapes. Toutefois, ce tableau ne tient pas compte de l'ordre dans lequel ces éléments apparaissent dans le texte. Nous nous proposons d'examiner le début de chacune des histoires citées dans le tableau, pour voir ce qui se passe au début, s'il s'agit de la découverte du crime, ou bien de l'enquête, ou du dénouement, ou bien plusieurs éléments en même temps.

Le roman judiciaire « classique », dans l'imaginaire d'un Chinois, commencerait bien ainsi : un homme ou une femme tombe devant le palanquin du juge et crie « Jus-tice ! », les gardes tentent de l'écarter, mais le juge intervient, en l'emmenant à la séance publique pour entendre ses propos...

Ce scénario stéréotypé démontre que le début d'un *gong'an* présente un grand suspense : si nous savons ce que le suppliant souhaite obtenir en offensant le palanquin d'un juge (car un roturier devait éviter les défilés des fonctionnaires), nous n'aurons sans doute plus envie de connaître la suite, tout comme le juge. Nous pourrons classer cet élément dans l'étape de découverte, éventuellement suivie de celle d'enquête. D'ailleurs cette pratique se perpétue jusqu'à nos jours avec la « Direction nationale des doléances » (国家信访局) où les citoyens peuvent se plaindre sans passer par des procédures judiciaires normales.

Une lecture attentive permet de constater que toutes les nouvelles des *Shi gong'an* ne débutent pas de cette manière. Sur les 44 histoires, cinq — les histoires 1, 27, 28, 29 et 30 — débutent par la découverte d'un crime. L'histoire n° 1 : après l'assassinat des parents de Hu Dengjun, décapités, leur tête a disparu. Effrayé, Hu court à l'audience du juge et crie justice.① Quand vient son tour, il salue le juge en lui montrant sa plainte. Le greffier prend la déclaration et la pose

① *Shigong'an*, chap. 1, p.1.

sur le bureau du juge.

Le début de cette histoire est aussi le début d'un chapitre, le chapitre 1 du volume 1. Il annonce la couleur. C'est le « prototype » des histoires de juges, qui place le lecteur dans un contexte familier : tout le monde à l'époque savait, quand se produisait un crime ou un litige, à qui s'adresser et à quel moment. Au moment où le juge arrivait à son bureau (littéralement : « sheng tang » 升堂 monter au bureau), la procédure voulait aussi que le plaignant s'écrie, en attendant que le juge accepte de le recevoir : « Que justice soit rendue ! »

Le lecteur apprend par le narrateur qu'il y a eu mort d'homme, alors que le juge n'en sait rien avant de lire la déclaration du plaignant. On peut donc dire que le récit commence par la découverte du crime.

Les quatre autres histoires commencent elles aussi par la découverte du crime, dans la terreur et le ressentiment du protagoniste. Cet élément de mystère et de suspense par excellence plonge tout de suite le lecteur dans l'ambiance, aux côtés des person-nages, éventuellement en sympathie avec eux.

L'histoire n° 29 commence par le refus du juge d'accepter un pot-de-vin, mais le crime n'est annoncé que plus tard : on retrouve la tête coupée d'une femme posée sur une statue, dans le temple de Sanjiao. « Le plaignant se présente soudain devant le juge, s'agenouille devant son bureau, la déclaration en main. »① S'ensuit une bousculade avec les fonctionnaires corrompus, et le juge est surpris par cette dénonciation, tout comme le lecteur. Le narrateur ne nous a pas laissé le temps de connaître son identité : s'agit-il de la victime, un de ses parents, un témoin ? Il faut lire la déclaration.

La même situation de surprise se produit dans l'histoire n° 40 où, après les noces, l'épouse de Hu Liu disparaît. Hu Liu soupçonne son beau-père, Ma Fu, de l'avoir cachée. Le récit commence par l'arrivée du plaignant au tribunal avec son

① « 忽见堂下走上一人,公案前跪倒,手举呈词 » *Shi gong'an*, chap. 56, pp.94-95.

beau-père. Ils relatent les faits brièvement. Comme l'indique le titre, « Demande de secrets cachés »①, ce sera pendant l'interrogatoire et non au moment où la plainte a été déposée que le juge en saura plus sur l'affaire.

En revanche, dans l'histoire n° 30 où le chef des bandits, He Tianbao, détrousse des commerçants, dont Li Dacheng, le protagoniste. Fuyant les bandits, les commerçants encore désemparés se jettent par terre pour demander justice. Le juge, tout comme le lecteur, bien que surpris par l'arrivée brusque des plaignants, « arrête son cheval et les regarde avec attention②, car il a conclu qu'il s'agit de commerçants en détresse③». Son observation lui apporte les premières informations sans avoir à poser des questions. C'est sur un ton plus compassionnel que s'annonce l'histoire n° 27④, et l'observation du juge reste minutieuse : Fang Jiecheng, âgé de 90 ans, épouse Wang Zhenniang, une jeune femme de 16 ans ayant très peu de biens. L'homme meurt le lendemain de la nuit de noces. La nouvelle venue est chassée et insultée par les autres épouses de la maison. Plus tard, elle donnera naissance à un fils et réclamera pour lui l'héritage des biens de Fang Jiecheng.

> Le juge arrive au tribunal. Soudain, des cris de justice s'élèvent et s'approchent. Une jeune femme en larmes entre par la petite porte et s'agenouille devant lui.⑤

Avant d'accepter la déclaration de la plaignante, le lecteur, comme le juge, a pu avoir une petite idée de l'affaire : il s'agit d'une jeune femme en pleurs, position

① « 问得隐情 » *Shi gong'an*, chap. 84, p.149.

② « 勒马留神 » *Shi gong'an*, chap. 60, pp.103-104.

③ « 都系买卖打扮 » *ibid.*

④ *Shi gong'an*, chap. 45, pp.73-74.

⑤ « 且说施公至三鼓而寝,次日升堂,忽有鸣冤之声,自角门进来。一个少年女子,跪在堂下,泪流满面。» *Ibid.*

de faiblesse qui suscite la pitié. Comme le travail quotidien du juge consiste à traiter des litiges quand ils arrivent, un seul regard lui apprend déjà des choses sur l'affaire. Ce constat est-il venu des yeux du juge, ou plus discrètement, du narrateur ? Ce regard, jeté si rapidement qu'on dirait un clin d'œil, met le lecteur du côté de cette femme, en « motivant » le juge à prendre sa partie.

Cette méthode qui consiste à dévisager les plaignants est aussi très fréquente dans les romans policiers. Le don d'observation fait partie intégrante des méthodes d'enquête et de déduction. Ainsi Holmes, au début de ses aventures, devine que Watson revient d'Afghanistan rien qu'à son allure (« Une étude en rouge »). Ce détective de génie n'a besoin que de quelques secondes pour arriver à cette conclusion. Le physique et les vêtements de l'homme qu'il a en face de lui suffisent à le renseigner sur son passé et l'état d'esprit dans lequel il se trouve. Une sagacité qui ne manque jamais de surprendre son visiteur (« Le soldat blafard »). D'ailleurs, le jeu préféré de Holmes est de percer avec Watson l'identité d'un visiteur ou d'un passant : dans « Une étude en rouge », Holmes déduit que le messager est un sergent de marine à la retraite, par son tatouage et son comportement. L'observation minutieuse au début du récit est une similitude entre la méthode d'investigation décrite dans le roman judiciaire et le roman policier dit « classique » représenté par la série de Sherlock Holmes.

Représentant de l'empire auprès du peuple, le juge Shi a le devoir d'assurer les séances tous les matins. Traiter les affaires et les litiges lui est une obligation, alors que les détectives modernes choisissent ce métier par vocation. Mais il n'a pas l'air de s'ennuyer ou d'avoir une attitude passive. Le fait de « scruter »① le plaignant avant de l'interroger en posant des questions et de lire sa plainte, est une manière d'enquêter par déduction avant la prise en main. Le juge a toutes les compétences d'un détective moderne. Dans l'histoire n° 28 où les aubergines de Mme Cui ont été

① « 闪目观看 » *Shi gong'an*, chap. 50, pp.83-84.

volées dans son champ, avant d'interroger Mme Cui, il s'est déjà rendu compte que cette dame en larmes, âgée d'une cinquantaine d'années, modestement vêtue de tissu blanc, est vieille et pauvre. La déduction est basée sur l'observation de son physique et de sa tenue.

Parfois le récit se contente de suggérer que le juge a observé les plaignants, en donnant d'eux une description physique ou en évaluant leur âge : dans l'affaire n° 35, deux plaignants d'« une trentaine d'années »①; dans l'affaire n° 4, la plaignante « d'une cinquantaine d'années, échevelée, des bleus au visage [arrive] en trébuchant »②; et dans l'affaire n° 8, « aux yeux du juge, le plaignant habillé en soie, l'air élégant et doux, semble avoir une quarantaine d'années »③.

L'observation de la physionomie peut aussi détecter des « méchants », par exem-ple dans l'affaire n° 38 : après qu'un incendie s'est déclaré chez lui, le cadavre de Meng Wenke est retrouvé dans les décombres de la maison. Son épouse, Mme Zhang, n'a pas été tuée par le feu. On la traîne devant le juge, et tous les fonctionnaires présents concluent qu'« elle n'est pas une femme de bonne conduite, par son comportement »④.

La présence des verbes « voir 见 » et « entendre 听 » dans le texte nous apprend que l'observation et les premières déductions sont faites. Le verbe « interroger 问 » con-firme la prise en main de l'affaire par le juge.

Les affaires n$^{os}$ 5, 6, et 7 sont fondées sur la séquence « voir-entendre-interroger » :

Devant le tribunal, encore une fois, deux personnes apparaissent qui

① « 年纪均在三旬上下 » *Shi gong'an*, chap. 75, p.132.

② « 披头散发,脸上青肿,脚步忙乱,年纪约有五旬,喊叫冤枉 » *Shi gong'an*, chap. 5, pp.13-14.

③ « 且说施公坐堂,看那告状之人,身穿绸绫,生得清秀,年纪四旬有余,面貌慈善 » *Shi gong'an*, chap. 17, p.29.

④ « 众官见其动作,非是良女 » *Shi gong'an*, chap. 77, p.135.

s'approchent et s'age-nouillent en criant à l'« injustice » d'une même voix. Le juge Shi leur demande : « Attendez, quelle affaire ? Pas de cette manière, ne parlez pas en même temps ! » ①

L'affaire n° 12 est fondée sur la séquence « entendre — interroger — voir » :

Le juge Shi donne l'ordre de partir (à sa voiture). À peine arrivé au village TaoXing, il entend une voix qui crie à l'« injustice ! » Le juge Shi frappe du pied et les porteurs s'arrêtent rapidement. Le portier s'avance et tire le rideau. Le juge demande : « Quelle personne est innocente ? » Celle que le garde emmène, c'est une vieille femme pauvre. Elle accuse sa pauvreté.②

L'affaire n° 26 est fondée sur la séquence « entendre — voir — interroger » :

Après quelques instants, devant le tribunal, il apparaît à nouveau deux personnes, un homme et une femme, emmenés par un garde : ébouriffés, ils s'agenouillent. Le garde prend la parole : « J'amène les personnes qui se sont disputées. » Le juge Shi regarde les deux personnes, en colère, il demande : « Quelle relation y a-t-il entre vous ? » L'homme répond en premier [...]③

Et l'affaire n° 32 nous fait comprendre que la description du plaignant, résultat de l'observation du juge aussi bien que du point de vue d'un narrateur omniscient

① « 又见堂下走上二人,跪在左右,都举呈词,同口呼冤。施公就问:尔等何事? 不用如此,个个讲来!» *Shi gong'an*, chap. 12, p.24.

② « 施公吩咐起身。不一时,将到桃杏村,忽听喊冤之声。施公用脚一蹬,轿夫连忙停步。门子上前,揭起轿帘。施公问:什么人喊冤? 公差带上,原是一个贫妇,口称告穷。» *Shi gong'an*, chap. 28, p.43.

③ « 片时,又见堂下带上男女二人,披头散发,跪在那边。下役打千回话:小的把吵嘴之人拿到。施公下看男女二人,带怒问说:你等系何亲眷? 男子见问,先就说话,口尊:[...] » *Shi gong'an*, chap. 43, p.70.

présente une double fonction narrative : en apparence, cette description résulte du décryptage du langage corporel et de l'attitude du plaignant par le juge ; mais au fond, elle est endossée par le regard omniscient du narrateur. Aux yeux du juge, le plaignant, un domestique nommé Dong Cheng escroqué par la banque, est un pauvre vieil homme « à la barbe et aux cheveux blancs①, avec des habits fripés, les larmes aux yeux et l'angoisse plein le front②». Cette description a l'air objective, mais elle est complice en même temps. Elle suscite la compassion chez le lecteur qui comprend que Dong Cheng ne peut être mauvais.

Dans l'affaire n° 37, mettant en scène deux cousins musulmans (un homme âgé et un aveugle) qui se disputent pour deux ligatures de sapèques, de même que dans l'affaire n° 3 où Zhu Youxin porte plainte contre Liu Yong, le patron d'un bureau de change, le juge impose sa méthode d'investigation. Il observe les plaignants (Zhu et Liu sont habillés en « 布衣 vêtement de toile », signe que ce sont des roturiers, et non des fonctionnaires ou des aristocrates) ; il leur ordonne d'exposer les faits afin de pouvoir y voir plus clair, car « la dispute ne sert à rien »③; il établit l'ordre de la séance en les menaçant de torture car leur tapage trouble l'ordre du tribunal. Dans l'affaire n° 14 il déclare : « Si vous continuez à être malpolis, on va appliquer la torture . »④; Et dans l'affaire n° 9 : « Si vous me mentez, je vais appliquer la torture . »⑤ Ces passages ne décrivent pas d'une façon compassionnelle les plaignants. Le lecteur comprend que le juge a déjà tiré quelques conclusions de son observation, d'où vient son attitude sévère à leur égard.

L'observation des plaignants constitue toujours un détail non négligeable, par exemple dans l'histoire n° 38 : quand la mariée se rend compte que l'homme dans son lit n'est pas son mari, les parents et l'entremetteur vont se plaindre au tribunal.

---

① « 须发皆白 » *Shi gong'an*, chap. 70, p.122.

② « 浑身褴褛,泪眼愁眉 » *ibid.*

③ « 何用吵嚷 » *Shi gong'an*, chap. 79, p.138.

④ « 再要无礼,定要重处 » *Shi gong'an*, chap. 40, p.64.

⑤ « 若有虚言,本县官法如炉 » *Shi gong'an*, chap. 18, p.31.

Devant un tel vacarme, le juge « après avoir pris le temps de les dévisager, leur ordonne de parler l'un après l'autre, "la femme âgée en premier" »①. Le juge, comme le lecteur, apprend le mystère à résoudre par la bouche des plaignants, en reconstituant le puzzle de leur différente version du même fait. Nous pouvons même affirmer que ce genre de début correspond typiquement aux débuts des romans policiers où, à première vue, le détective déduit l'identité de son visiteur à son physique, à ses vêtements et à son comportement, avant même de l'avoir entendu raconter son histoire et d'avoir accepté de l'aider. Comparé à l'affaire de la disparition des têtes coupées citée plus haut, où le texte commence par le crime, cet ordre narratif relève de l'« économie narrative ». Le plaignant va de toute manière raconter les faits au juge ou au détective, mieux vaut le faire une fois plutôt que deux. Dans l'affaire de la disparition des têtes coupées, le narrateur a la possibilité de relater les faits au début et l'effet de surprise et d'horreur est plutôt réussi. Mais dans les histoires où les plaignants s'accusent entre eux et se disent tous victimes, comme dans l'histoire des deux cousins musulmans, il est plus intéressant de proposer d'abord leurs versions respectives en confrontation. Le récit commence, dans ce cas, directement par la dénonciation du crime.

Le mot « observer » (et ses synonymes : 细看 scruter ; 观看 regarder ; 细察 examiner minutieusement ; 看得明白 voir clairement) précède l'expression « réfléchir »②. Toutefois, au contraire du détective, le juge ne fait que rarement état de ses déductions à ses interlocuteurs ou à son assistant (et donc au lecteur). Le récit se contente de mentionner cette étape d'investigation. La seule personne en charge de l'enquête, le juge, dispose de tous les moyens. Holmes peut s'appuyer sur Watson, dis-cuter de la déduction avec lui. Le récit du roman policier a cet avantage de disposer d'un autre angle de narration et d'en faire profiter le lecteur.

① « 贤臣看毕,道:"你们男女,既到本府衙门,不许乱说。叫一人来说。"贤臣说:"那年老的妇人先讲。" » (*ibid.*).

② « 心中思想 » (*Shi gong'an*, chap. 89, pp.160-161).

Nous reviendrons sur ce point plus loin, dans la partie consacrée à la focalisation.①

Par où commence une histoire de détective ? Entre l'époque du Juge Shi et celle de Huo Sang, le « premier détective chinois », les temps ont changé. Le narrateur, l'ano-nyme conteur, s'est transformé en homme de lettres, traducteur de renom et professeur. Le lectorat se compose désormais d'individus moyennement éduqués, lecteurs de journaux.

Voici le début de la nouvelle *Huangpujiang zhong* :

> Ce jour-là, à 10 heures du matin, tout à coup, un vieil homme d'une soixantaine d'années rendit visite au bureau de Huo Sang. Ce vieil homme, modestement vêtu, portait une tunique noire en coton. Il avait un visage carré avec un regard gentil et une apparence honnête. Bien qu'il n'ait pas de barbe, ses sourcils étaient déjà de couleur crème. À cet instant, son visage portait une expression de panique qui inspirait de la pitié. Huo Sang lui demanda poliment de s'asseoir et lui demanda les raisons de sa venue. Le vieil homme toussa un instant mais ne répondit pas. Il sortit de sa poche une photo et un exemplaire du *Shenbao*. Il tint le journal de ses mains tremblantes et le déploya, il nous indiqua un fait divers de la ville.
>
> Le titre de l'information était « la suite de la disparition d'enfants ».②

---

① Voir le détail dans la partie intitulée « Focalisation, Qui regarde ? Qui raconte ? » (VI. 2.).

② « 那天早晨十点钟时,忽有一个年约六十的老者到我们寓所里来访霍桑。那老者穿一件黑素绸的棉袍,衣饰很朴素。方形的脸儿,慈祥的眼睛,状貌也很诚恳。他虽没有留须,眉毛却已染上霜色。那时候他的脸上表现着一种惊慌含悲的神气,教人见了生怜。霍桑很殷勤地迎接他坐下,就问他的来由。老者先咳嗽了一阵,不即回答,但从他的衣袋中掏出一张照片和一张《申报》来。他举着颤动的手指,将报纸展开了,指一节本埠新闻给我们瞧。那新闻的标题是《再接再厉的小儿失踪案》。» Cheng Xiaoqing, « Huangpujiang zhong », in *Huo Sang tan'anji*, Vol.1, p.43.

Pour qui connaît les affaires du juge Shi, cette entame de texte n'est guère surprenante. Le plaignant (le client) s'annonce à la porte du détective pour lui confier l'affaire. Le narrateur (ici le partenaire et l'ami du détective, Bao Lang) le dévisage, se fait une idée sur sa personnalité et sa situation financière, son statut social. Le lecteur fait confiance à cette déduction, car la compétence d'observation du narrateur est garan-tie par le détective. C'est grâce à ce grand ami que Bao Lang a appris toutes ces tech-niques d'observation et de déduction. Le lecteur apprend ainsi que ce vieillard âgé d'une soixantaine d'années est « modestement vêtu », l'air « gentil et honnête », mais « attristé », « les mains tremblantes ». Dans *Shi gong'an*, le narrateur omniscient peut se permettre d'en arriver directement aux conclusions de l'observation du juge : « Il est touché par la tristesse du vieux domestique. »① Dans les deux cas, le narrateur nous assure que le plaignant est plutôt victime. Cette étape d'observation très familière aux yeux du lecteur nous indique le lien de parenté entre le roman judiciaire et le roman de détective.

La nouvelle intitulée *Xiangquan de bianhuan*②nous apporte un exemple typique de la combinaison des modules narratifs, à commencer par la visite impromptue du client et le déchiffrage de son comportement par le narrateur-partenaire du détective, et à terminer par la révélation de la vérité, un retour en arrière par excellence.

Alors que Huo Sang attend l'inspecteur Wang Yinlin dans son cabinet, Gao Yazi, professeur de chimie à l'université, vient le trouver pour l'entretenir d'une affaire mystérieuse : la veille, pendant la fête, la fille du président de l'université, Zhao Suxin, a perdu un collier. Or en rentrant à son hôtel avec deux de ses amis, Gao Yazi a eu la surprise de découvrir que le collier était dans sa poche. Il a apporté le collier avec lui, enveloppé dans un mouchoir, pour le montrer à Huo Sang. Or au

① « 贤臣一见老奴悲伤,不觉慈心一动 » *Shi gong'an*, chap. 71, p.124.

② Cheng Xiaoqing, « Xiangquan de bianhuan », in *Huo Sang tan'anji*, Vol.8, pp.164-183.

moment de le déballer, il constate qu'à la place du collier il y a une chaîne en métal. Que s'est-il donc passé ? Pendant la fête de l'université, Mademoiselle Lu Zhiying a constaté que Gao Yazi, son prétendant, regardait la fille du président avec des yeux énamourés. Rongée par la jalousie, elle a chargé alors un de ses autres prétendants, son cousin Fubao, de glisser dans la poche de Gao Yazi un collier identique à celui que portait la fille du président. Et le lendemain, elle a encore demandé à Fubao de publier dans la presse un article annonçant que le collier de la fille du président avait été volé. Lu Zhiying a suivi Gao Yazi jusque chez Huo Sang. Or voilà que l'inspecteur Wang Yinlin arrive. Il voit Lu Zhiying et lui trouve un air bizarre. Il en parle à Huo Sang. Huo Sang se rend à l'hôtel où réside Gao Yazi. L'employé Wu Xilin lui avoue que c'est lui qui a dérobé le collier à Gao Yazi et l'a remplacé par une vieille chaîne.

Quand un client arrive, Huo Sang a l'ouïe tellement fine qu'il l'entend aussitôt. Le partenaire pourrait avoir un avis différent sur l'origine du bruit, mais le détective possède des sens plus aiguisés. Cet « avant-goût » du crime et du mystère s'intensifie avec les « toc-toc » sur la porte au milieu de la nuit. L'ambiance n'est pas moins palpitante que la séance publique du juge sollicitée par les coups de tambour du plaignant.

Le plus souvent, le détective annonce à son partenaire : « Voilà un nouveau client. »① Et tandis que le client en question patiente à la porte, le détective et son partenaire analysent la carte de visite que celui-ci leur a fait transmettre en arrivant quelques instants plus tôt : « Directeur de la teinturerie Hu Shifang, dont la maison familiale se situe à Nanxiang. »② Comme apparemment « ce n'est pas un ami de

① « 有一个新主顾哩 » Cheng Xiaoqing, « Langman yuyun », in *Huo Sangtan'anji*, Vol.7, p.150.

② « 我从霍桑手中瞧那名片,印着"乾康染坊经理胡世芳",下面还附着"世居南翔镇"的籍 » *ibid.*

Huo Sang »①, quel est le but de sa visite ?

Parfois, le partenaire commence la déduction tout seul et ne confronte ses hypo-thèses avec le détective qu'un peu plus tard.② Dans cette affaire de double suicide, quand Bao Lang apprend la mort de la jeune mariée par la presse, il tâtonne avec les indices dont il dispose, comme son ami détective alors absent du bureau. Il essaie de relever les incohérences de cette affaire en apparence si simple : pourquoi la mariée renonce-t-elle au mariage à la dernière minute ? Y a-t-il « un secret caché »③? Car les mariés qui « se sont librement fiancés »④ ne subissent pas la pression du mariage traditionnel⑤. Avait-elle un « nouvel amant » ?⑥« Mais lui n'a pas l'air surpris, a-t-il pressenti cette volte-face ? Pourquoi n'a-t-il rien déclaré ? »⑦

Alors que le juge travesti en simple voyageur part en quête des indices, « le lendemain d'un mariage médiatisé, Bao Lang ouvre le journal et y découvre les informations les plus surprenantes : la mariée est morte empoisonnée après l'événement survenu lors du mariage. Suicide par abus de médicaments ? Avec toutes ces questions, Bao Lang court chez Huo Sang espérant pouvoir en discuter »⑧.

La plupart des histoires de notre corpus des *Huo Sang tan'anji*, 40 sur 74, débutent par une découverte/dénonciation du client au cabinet de Huo Sang en présence de Bao Lang. Rien n'a changé dans le processus narratif par rapport aux

---

① « 不像是霍桑的素识 » *ibid.*

② Cheng Xiaoqing, « Shuangxu », in *Huo Sangtan'anji*, Vol.7, pp.291-294.

③ « 我觉得这件事一定有一种隐藏的秘密 » *ibid.*, p.291.

④ « 他们本是自由订婚的 » *ibid.*

⑤ « 不比得旧式的强迫婚姻或许会有这种本人不愿的情形 » *ibid.*

⑥ « 是不是伊别有所爱 ? » *ibid.*

⑦ « 事发以后,他又现着漠不关心的样子,又不许人家查究。可见这一着对于一般人是意外的棋子 » *ibid.*, pp.291-292.

⑧ « 到了第二天二十七日早晨,忽又有一种意外的消息更使我吃惊不小。《上海日报》的本埠新闻栏中,登着一节骇人的新闻,标题用大号字排登,就是:"美满婚姻的中变"! 那新闻的上半节记着圣彼得堂行婚礼的情形,那是我眼见的;下半节却说新娘张美侠已中毒而死,这是出我意想之外的。» Ici, il s'agit d'une traduction réduite. *ibid.*

enquêtes du juge Shi : le client/plaignant s'annonce, avec fracas① ou pas, et le détective le dévisage tandis qu'il expose les raisons de sa visite. Ensuite le récit se poursuit dans la logique classique du roman à énigme : enquête, élucidation et punition (arrestation du coupable par la police, par exemple), explication, etc.

Comme nous l'avons signalé plus haut, le juge du roman judiciaire enquête parfois par lui-même dans un premier temps, soit par le biais d'une inspiration divine, soit en se travestissant en personne ordinaire, sans rien en dire à ses subordonnés. Ce module trouve ici son équivalent chez Huo Sang. Le détective accepte la mission en l'absence de Bao Lang, et l'appelle ensuite pour l'inviter à rejoindre l'enquête, ce qui donne un bon prétexte pour un retour en arrière dans lequel Huo Sang résume sa découverte à son partenaire et lui fait partager ses premières impressions. Cette technique est utilisée dans 6 des 74 récits. Le récit se développe non pas grâce à une découverte, ou à une quelconque avancée de l'intrigue, mais par une invitation adressée au binôme du détective, qui de plus qualifie l'affaire d'« étrange » ou d'« urgente ».② Cette révélation rend le suspense encore plus important ; suspense qui est encore intensifié par la suite lorsque le détective et son binôme se déplacent sur les lieux du crime pour la première fois. Huo Sang passe soit un coup de fil d'un air anodin, qui exige que Bao Lang demande un congé à sa femme pour deux heures③, soit fait apporter spécialement une lettre par un coursier, car la ligne était occupée④. Ce qui rend Bao Lang, — et par conséquent le lecteur — encore plus nerveux et curieux, à tel point qu'il lit la lettre sept fois⑤ sur le chemin vers le lieu du crime.

---

① Cheng Xiaoqing, « Maodunquan », in *Huo Sang tan'anji*, Vol.2, p.353.

② Cheng Xiaoqing : « Lunji yu xueji », in *Huo Sang tan'anji*, Vol.3, pp.305-306 ; et « Cuimingfu », in *Huo Sang tan'anji*, Vol.2, p.189.

③ Cheng Xiaoqing, « Cuimingfu », in *Huo Sang tan'anji*, Vol.2, p.189.

④ Cheng Xiaoqing, « Chuang », in *Huo Sang tan'anji*, Vol.5, p.273.

⑤ *Ibid.*

Nous avons relevé 16 autres histoires où quelque chose d'étrange arrive directement à Bao Lang et où il joue à la fois le rôle de plaignant et celui de premier investigateur avant de rapporter l'affaire à son ami détective. Les crimes lui tombent dessus soit par hasard, dans la rue, quand il « entend soudain un coup de feu dans le sifflement du vent»① et il y court, se fait renverser par « un homme de haute taille, vêtu d'une tunique grise »② s'enfuyant à toute vitesse ; soit il reçoit les clients en l'absence de Huo Sang, puisqu'ils partagent le logement et le bureau, comme dans l'histoire du collier de perles③, « Moli »④et « Wu hou de guisu »⑤.

Ces 63 histoires déploient une logique de combinaison des modules du récit de détection pas très différente de celle du roman judiciaire ou des romans à énigme. Mais les 11 restantes posent un problème quant au plan narratif.

Ces histoires ont pour point commun que le temps a passé entre le moment où l'affaire s'est produite et le récit qui en est fait. Souvent, ce sont des « souvenirs », de vieilles affaires » un peu oubliées que Bao Lang se décide à ressortir du tiroir. Parmi ces vieilles affaires, quatre sont racontées à la première personne par Bao Lang.

Huo Sang a montré ses prédispositions de détective dès l'école primaire le jour où il avait perdu son nouveau pinceau en poils de chèvre (blancs).⑥ Alors que l'instituteur estimait qu'il était impossible de retrouver un pinceau ne portant pas dessus le nom de son propriétaire, Huo Sang avait imaginé une ruse destinée à effrayer le « coupable » et l'obliger à lui rendre son pinceau. La technique était simple, elle a consisté, au nom du maître, à demander à tous les élèves de poser

① « 猛听到呼呼的风声中,突然有一声枪响 » Cheng Xiaoqing, « Huiyi ren », in *Huo Sang tan'anji*, Vol.4, p.6.

② « 他的身材似乎很高大,穿着一件灰色的长袍 » *ibid.*

③ Cheng Xiaoqing, « Zhuxiang quan », in *Huo Sang tan'anji*, Vol.1, pp.6-7.

④ Cheng Xiaoqing, « Moli », in *Huo Sang tan'anji*, Vol.7, pp.330-331.

⑤ Cheng Xiaoqing, « Wu hou de guisu », in *Huo Sang tan'anji*, Vol.1, pp.272-273.

⑥ « 纯羊毫毛毛笔 » Cheng Xiaoqing, « Huo Sang de tongnian », in *Huo Sang tan'anji*, Vol.5, p.457.

leur pinceau sur le bureau et à contrôler que le sien ne s'y trouvait pas ; comme celui-ci était « tout blanc, tout propre, et totalement neuf, il était très facilement reconnaissable »①. Et de fait, après que ses camarades ont tous posé leur pinceau sur la table, Huo Sang a reconnu le sien, que son voleur avait « tenté de camoufler »② en le maculant d'encre. Cette histoire, dont le point de départ est la perte du pinceau, suit la séquence « découverte-enquête-élucidation ».

Cependant, cette ruse de Huo Sang fait davantage penser aux histoires de juge, où l'on use de la psychologie pour confondre le coupable, comme c'est le cas dans *Mo-zhong biandao* « 摸钟辨盗 » [Toucher la cloche et confondre le voleur]. Ainsi, à des individus soupçonnés de vol, un certain juge Chen fait croire que la cloche du temple se met à sonner dès qu'un voleur pose la main dessus. Après avoir faire enduire de suie la cloche en question, il la dissimule derrière un rideau et ordonne aux suspects de la toucher en passant leur main derrière le rideau, c'est-à-dire sans la voir. C'est de cette façon qu'il confond le coupable, le seul des suspects dont la main est restée propre : craignant d'être dénoncé par la cloche, celui-ci a seulement fait semblant de la toucher.③

L'affaire de « Yizhixie » démarre de la façon suivante. Le policier Wang demande à Huo Sang de lui venir en aide. Seule la première phrase permet de savoir qu'il s'agit de souvenirs lointains de Bao Lang : « L'affaire s'est produite au début du mois d'octobre de la onzième année de la République. »④ La séquence « découverte-enquête-élucidation » n'a pas changé, ainsi que dans l'affaire de *Yingwu sheng* où le narrateur Bao Lang souligne l'ancienneté de l'affaire par « une

① « 笔杆上雪白干净,还是新笔,很容易辨认 » *ibid.*

② « 准备借此掩饰 » *ibid.*

③ « Mozhong biandao » ( « 摸钟辨盗 » Toucher la cloche « magique » pour confondre le voleur], c'est une histoire citée dans *Mengxi bitan* « 梦溪笔谈 » [Notes de Mengxi] de Shen Kuo 沈括, Shanghai shudian, Shanghai, 2003, p.120.

④ « 本篇所纪的一案发生在十一年国历十月初旬 » Cheng Xiaoqing, « Yizhixie », in *Huo Sang tan'anji*, Vol.8, p.290.

effroyable scène se passant à la morgue qui le hante encore, comme s'il l'avait encore devant les yeux »①.

L'affaire de couteau qui précède « Xue shouyin » est racontée par Huo Sang à son ami après qu'elle a été résolue. Cette fois, contrairement à l'habitude, Bao Lang n'est pas au cœur de l'action.②

Les romans policiers tout comme les romans judiciaires, par nécessité de construction narrative, commencent par un suspense, le plus souvent la découverte du crime, événement qui permet d'avancer dans l'enquête et de remonter l'action du coupable. La découverte du crime est le point convergent des deux histoires, celle du coupable et celle de l'enquêteur. « Quand on lit un roman judiciaire, c'est le présent qui compte. Quand on lit un roman policier, c'est l'avenir qui importe, même et surtout s'il s'agit d'un suspense. »③

### VI.1.2. L'anticipation

Le juge Shi, à l'instar d'autres fonctionnaires légendaires qui peuplent l'imaginaire populaire chinois, doit aussi sa réputation à sa capacité d'anticipation. Il lui arrive de juger un coupable sans avoir enquêté sur lui ou sans même rien connaître de l'affaire dans laquelle il est impliqué.

C'est ce qui arrive dans l'affaire n° 11, relative à l'assassinat du frère de Piao Shu, affaire que nous avons déjà relatée plus haut : le travail du juge commence la veille avec l'incident des souris qui s'amusent sans crainte dans sa chambre. Ce signe et les deux autres qui s'y ajoutent (« une nouvelle calebasse cassée à l'entrée de son logis »④; « une veste qui n'arrête pas de se décrocher du porte-manteau »⑤) lui

---

① « 再也不容易忘怀,我此刻执笔记述,那惨状仿佛还在眼前 » Cheng Xiaoqing, « Yingwu sheng », in *Huo Sang tan'anji*, Vol.9, p.121.

② Cheng Xiaoqing, « Xue shouyin », in *Huo Sang tan'anji*, Vol.10, pp.3-4.

③ Boileau-Narcejac, *Le roman policier*, pp.113-114.

④ « 地上只有新瓢半片 » *Shi gong'an*, chap. 27, p.41.

⑤ « 又听衣架上衣服掉落 » *ibid.*

indiquent la décision qu'il devra prendre dans le cadre de l'affaire qu'il doit juger le lendemain : arrêter la calebasse, les souris et la veste qui tombe, à savoir les assassins Piao Shu et Liu Yi (littéralement « Calebasse Souris » et « Veste tombant »①). La déduction est faite grâce au jeu de mots par homonymie. Le lecteur, tout comme le juge et les gardes, ne savent rien sur l'identité de ces deux hommes, ni sur le crime qui leur est reproché. En effet, ils n'ont pas été arrêtés en flagrant délit, et aucune plainte n'a été déposée contre eux. Nous ne savons même pas le lien qui les relie : s'agit-il de complices ou l'un des deux est-il un receleur ? L'affaire trouvera sa résolution dans les aveux que les deux hommes vont faire du meurtre qu'ils ont commis ensemble.② Le juge les a laissés seuls dans un temple, mais en chargeant quelqu'un, caché dans une armoire, d'écouter leurs conversations. Les criminels qui pensent que le juge sait quelque chose, vont essayer de se mettre d'accord sur la conduite à tenir et ils vont parler de l'assassinat qu'ils ont commis. Le juge tient les aveux, son verdict tombe et les coupables sont punis.

Ici se pose une question de classement de ce module d'arrestation dans l'ensemble des combinaisons d'intrigue : l'arrestation des coupables fit-elle partie du jugement ou bien de l'enquête ? S'agissant d'un roman judiciaire, nous considérons que nous sommes plutôt dans l'étape du jugement, car un bon juge n'arrête jamais un innocent. Prenons l'exemple de l'affaire de l'assassinat commis par Che Qiao③. Pour quelles raisons arrête-t-on ce Che Qiao ? Encore une fois, c'est le ciel qui envoie des signes : le temps change brusquement, un vent violent soulève la poussière, le soleil se cache, les hommes ont peur. Pendant ces désordres qui annoncent que le ciel est mécontent du monde, la couverture du palanquin du juge tombe dans la rivière. Pourquoi le palanquin ? Car « ce caractère est composé

① *Shi gong'an*, chap. 27, p.41.

② *Shi gong'an*, chap. 42, pp.68-69.

③ « 轿字拆开,乃"车、乔"二字,却象光棍之名 » *Shi gong'an*, chap. 40, p.63.

du caractère “che” et du caractère “qiao” qui ressemblent au surnom d'un voyou »①. Par ailleurs, un autre signe annonce qu'il faut aussi arrêter un dénommé Xie Si, car le juge fait confiance à l'homme-grenouille portant le nom de Xia Jinzhong (littéralement « dessous » et « fidélité »②, censé rapporter des preuves du fond de l'eau) et « celui-ci a trouvé un crabe (xie) à 4 (si) pattes au même endroit que la couverture du palanquin »③. Jusqu'ici, personne ne sait ce qu'ont commis Che Qiao et Xie Si, ensemble ou séparément. L'affaire de Che Qiao se résout dans le chapitre 40 et celle de Xie Si dans le chapitre 45④, de la même manière : arrestation des présumés coupables-interrogatoire sans résultat-dénonciation (Che Qiao par le chien de l'homme qu'il a assassiné ; et Xie Si par son complice sous torture)-jugement.

Dans l'affaire de Che Qiao⑤ il existe un indice supplémentaire : un chien noir qui porte plainte⑥. En suivant le chien noir, le garde a trouvé un cadavre au fond d'une flaque d'eau, en pleine campagne. Cependant nous ne savons pas encore que le cadavre censé être celui du maître du chien noir a un lien avec Che Qiao.

Jusqu'ici les indices s'accumulent et les pièces du puzzle n'ont pas encore été réunies. Le hasard veut que lors de la confrontation (fortuite), le juge dispose d'un témoin (le chien), d'un meurtre (le cadavre) et du coupable (Che Qiao). Persuadé que Che Qiao est l'assassin de Chen, le maître du chien, le juge ordonne qu'on le soumette à la torture et obtient alors de lui des aveux.

Dans l'affaire n° 2⑦, qui débute au chapitre 4, l'assassinat d'un commis par

① *Shi gong'an*, chap. 28, p.43.

② *Shi gong'an*, chap. 27, p.43.

③ « 又摸出此蟹,四根爪儿 » *Shi gong'an*, chap. 28, p.43.

④ *Shi gong'an*, chap. 45, pp.73-74.

⑤ *Shi gong'an*, chap. 29, p.46.

⑥ Le titre du chapitre 29 intitulé « 戚胡子告妻,黑犬闯公堂 Monsieur Qi barbu accuse sa femme ; Un chien noir se présente soudain au tribunal » *ibid.*

⑦ *Shi gong'an*, chap. 4, p.12.

son patron, Li Longchi, c'est une loutre blanche qui porte plainte. Elle guide le garde jusqu'au cadavre de la victime, lequel a été jeté dans une rivière, lesté de la moitié d'une meule à grain. L'affaire se résout au terme d'une enquête moins guidée par le hasard que celle du chien noir : après avoir observé attentivement le cadavre, le juge charge le garde de retrouver l'autre moitié de la meule. Le garde retrouve l'objet① ainsi que son propriétaire, suspect.

En dehors de la séquence « découverte-enquête-jugement-explication », on trouve dans les enquêtes du juge Shi une séquence tout aussi fréquente (peut-être une variante de la précédente) : « enquête-éventuelle découverte-jugement-punition et explication » (28 histoires sur 44), voire même « jugement-enquête ou pseudo enquête exécutée par un garde obéissant aux ordres-punition et explication », comme dans les exemples que nous venons tout juste de présenter. La narration dans les autres affaires suit plutôt la séquence « enquête-éventuelle découverte-jugement-punition et expli-cation », combinaison plutôt proche de celle du roman policier.

Un exemple de la séquence « jugement-enquête-solution » se trouve dans l'histoire n° 13. Le juge Shi traverse la ville en palanquin. Son passage dans une rue étroite provoque une bousculade des passants curieux qui souhaitent le voir. Un marchand du nom de Wang Er est poussé contre la statue d'un lion et renverse toute une palette de pâté de soja qu'il allait vendre.② Wang se met à hurler et le juge, craignant de lui avoir fait mal, accepte de le recevoir. Le marchand réclame le remboursement de ses pertes. Une fois la déclaration du marchand faite, le juge ordonne l'arrestation du coupable, le lion en pierre. Le juge sait pertinemment que la statue n'a rien à voir avec la perte d'argent de Wang, mais ce faisant, il tend un piège aux véritables responsables, les gens qui l'ont bousculé, en les attirant à ce procès extravagant : juger en public un lion en pierre. Il leur demande alors de faire

① *Shi gong'an*, chap. 31, p.49.

② « 一板豆腐 » *Shi gong'an*, chap. 28, pp.43-44.

un don au marchand, de payer en quelque sorte le prix de leur curiosité.

Le juge Shi a pris l'habitude d'observer ce qui se passait autour de lui même quand il n'est pas en service. Le recueil de ses aventures contient plusieurs histoires « non criminelles » dans lesquelles il se comporte comme s'il était en séance. L'affaire n° 33① relate ses « hauts faits » de bon fonctionnaire respectant la hiérarchie, tenant tête au Jiumen Tidu (littéralement « surveillant général des neuf portes ») qui se pro-mène en attelage à cinq paires de chevaux, privilège dévolu aux princes, comportement méprisé par le juge, donc à corriger. Devant la foule, il affiche ouvertement son attitude sans oublier d'observer de près et de prêter l'oreille aux rumeurs avant d'agir. Jugeant ce chef des gardes impériaux trop arrogant, au point d'en oublier son rang, il fait quelque chose d'extravagant, en s'agenouillant devant lui pour le saluer comme s'il était un prince. Il attire l'attention de tout le monde et peut ainsi atteindre son but : donner à cet insolent une leçon de bonne conduite devant ses subordonnés et le peuple. Face à une situation de crise, crime ou pas, le plan d'action de notre juge suit toujours la séquence d'« enquête-jugement/solution-explication ».

Très souvent, le juge cache son jeu jusqu'à la confrontation publique finale entre le présumé coupable et les plaignants. Il annonce le jugement puis révèle la solution de l'énigme, devant une foule médusée. Le saut qu'il effectue entre les étapes du récit inverse complètement la chronologie du crime, qui va normalement du crime à l'enquête et au jugement : le récit du *Shi gong'an*, en revanche, se déroule suivant la logique de « jugement-enquête-crime », complétée par une explication à la fin qui fait reve-nir le temps narratif au jugement, ce qui fait que le récit du roman judiciaire est circu-laire. De ce fait, le roman judiciaire est tout à fait comme le roman policier qui a pour caractéristique principale une « structure

① *Shi gong'an*, chap. 71, p.125.

régressive » avec deux histoires, celle du crime et celle de l'enquête.①

Revenir sur le jugement, le point de convergence des deux histoires, permet non seulement d'expliquer le motif du coupable, mais aussi la déduction du juge. Nous pou-vons faire le lien avec la structure du roman policier telle que la conçoit Austin Freeman : « Freeman, le premier, comprit clairement que l'auteur policier s'adressait à quelqu'un et organisa son récit pour faciliter la tâche de celui qui devenait le "co-enquêteur". C'est pourquoi, pour Freeman, la construction d'un roman doit passer par quatre phases : 1. L'énoncé du problème ; 2. La présentation des données essentielles à la découverte de la solution ; 3. Le développement de l'enquête et la présentation de la solution ; 4. La discussion des indices et la démonstration. Cette structure est devenue classique », c'est une « nécessité logique, c'est la raison pour laquelle, notamment, le dernier chapitre d'un roman de détection est, en général, si long »②. Le roman judiciaire hérite du récit de conteur : il s'adresse en permanence à quelqu'un, ce « co-enquêteur » qu'est le public, il doit laisser le plus de suspense possible et le plus longtemps possible pour que le public fasse l'enquête avec lui. Les chercheurs chinois témoignent aussi du lien étroit entre l'art *Shuochang* et le roman judiciaire :

> L'intérêt du *Shuochang* (autrement dit « art de raconter et de chanter ») se manifeste principalement par l'organisation du suspense. Une bonne organisation du suspense permet à un conteur de raconter une histoire excellente et de garder au maximum l'auditoire en haleine. On distingue le *tuozi* [grand suspense], le *guanzi* [suspense moyen] et le *kouzi* [petite surprise] dans le *Quyi*. C'est la clé du développement des intrigues et c'est un lien entre les destins des personnages. La plupart du temps, on s'arrête soudain à l'apogée de l'intrigue. C'est aussi une

① Yves Reuter, *Le roman policier*, p.41.

② *Ibid.*, p.46.

manière de créer du suspense et de faire attendre l'auditoire. C'est également le moyen le plus important d'agrandir son auditoire. Aussi, c'est une façon de fluidifier le récit des intrigues. Comme disent les proverbes : « Écouter une histoire, suivre les rebondissements. », « Si le suspense est bien organisé, l'auditoire reste. », « S'il n'y a pas de petites surprises, il n'y a pas d'auditoire ; sans suspense qui saupoudre les intrigues, il est difficile de garder un taux de présence régulier. Sans grand suspense, l'auditoire finira par diminuer ; sans très grand suspense, les auditeurs réguliers finiront par partir. » Le taux de présence journalier d'un conteur dépend de son habileté à manier le suspense. Le revenu d'un conteur dépend aussi du taux de présence journalier. Par conséquent, tous les conteurs s'ingénient à innover dans le domaine du suspense. Ils inventent quelque intrigue extraordinaire pour s'adapter au goût de l'auditoire. C'est pourquoi la structure du « roman judiciaire » de la dynastie des Qing est basée sur un modèle « multi-affaires et multi-pistes simultanément ».①

Anticiper la conclusion dès le début, déstabiliser le lecteur et ne pas lui laisser le temps de trouver l'explication, et ne donner la clé de la solution qu'à la fin, telles sont les moyens les plus efficaces pour impressionner le public et pour le faire rester sur place. Les « fausses vraies pistes » — telles que l'inspiration divine ou les signes mystérieux aidant le juge à deviner le nom du coupable auquel il sera confronté le lendemain, sans même connaître l'affaire ni la victime —, tout cela ne fait qu'ajouter au suspense.

Les signes mystérieux pris en compte dans l'enquête — ainsi les souris, la cale-basse, la veste ou le vent et les animaux qui portent plainte en séance

① Li Yanjie 李艳杰, « *Shi gong'an* anjian yuanliu yanjiu » «《施公案》案件源流研究 » [Recherches sur l'origine de *Shi gong'an*], mémoire de master, Huazhong keji daxue, 3 juin 2008, p.24.

publique — représentent la pensée chinoise de l'interaction entre l'homme et l'univers. Dans l'espace narratologique, ils ont pour fonction d'introduire la part de hasard dans un processus de déduction logique. Dans un récit judiciaire, le hasard n'est jamais en trop, il est même nécessaire. Il ne nuit pas à la logique du récit, mais au contraire, agit comme un indice ou une piste. Les phénomènes naturels tels que le vent et les nuages sont aussi considérés comme des messages surnaturels à interpréter dans les romans populaires tels que *Sanguo yanyi* et *Shui hu zhuan* où les armées battent en retraite quand le vent, mauvais présage, brise leur étendard①. Science et superstition sont mises sur le même plan dans le récit. Si tous les lecteurs pouvaient trouver le coupable dès le début, Holmes ou Huo Sang ne seraient pas de si grands détectives. Les indices (même les plus fantastiques) sont introduits un par un au fil du récit, et la dernière pièce du puzzle n'est dévoilée qu'à la fin : tous les romans à énigme reposent sur ce type de narration.

### VI.1.3. Chronologie fictive ou chronologie réelle ?

#### Genèse du texte dans la fiction populaire

Si les récits appartenant au genre judiciaire débutent souvent de la même manière que les récits relevant du genre policier, en matière de chronologie narrative une frappante différence oppose dans l'ensemble *Shi gong'an* et les *Huo Sang tan'anji*.

Dans *Shi gong'an*, les séquences-types, telles que nous les avons résumées dans le chapitre précédent, sont : « découverte-enquête-jugement-explication », « enquête-éventuelle découverte-jugement-punition-explication » (dans plus des

① Voici, par exemple, ce qu'on peut lire dans le *Shui hu zhuan* : « Tandis qu'ils trinquaient, une folle bourrasque se leva soudain, qui déchira à mi-hampe la bannière de commandement qui venait d'être confectionnée pour Chao Gai ! Atterrés par ce funeste événement, tous devinrent livides. » Jacques Dars, *Au bord de l'eau*, version française, Vol.2, p.316.

deux tiers des affaires), voire même « jugement-enquête ou pseudo enquête exécutée sur ordre par un garde-punition et explication », « enquête-éventuelle découverte-jugement-punition-explication ».

Ces combinaisons des modules narratifs des *Shi gong'an* bénéficient tous des retours en arrière. Comme si l'histoire était racontée dans le temps réel de l'enquête, c'est-à-dire de la routine du juge, donc dans l'ordre « énigme-élucidation » (même pour les affaires avec intervention divine, le juge obtient la réponse avant de la comprendre, la réponse reste dans ce cas un mystère pour lui). Le lecteur a l'impression de suivre le juge dans sa vie quotidienne, de le voir en action et de partager ses doutes. Jamais les histoires de juge ne commencent par les actions du criminel, le crime ou sa préparation.

En revanche, la narration dans les textes mettant en scène Huo Sang est plus variée, l'auteur n'hésitant pas à commencer le récit dans l'ordre chronologique véritable : le crime ou sa préparation, la découverte des faits, l'enquête, l'élucidation de l'affaire. Dans *Yige shenshi*, le changement dans l'ordre du récit est justifié par l'ab-sence du narrateur Bao Lang dans l'affaire (« En lune de miel avec Peiqin (sa femme) dans les régions du Sud-Est, j'étais resté éloigné de Huo Sang depuis longtemps »①), ce qui entraîne une modification du plan narratif (« Il m'a parlé de cette affaire après l'avoir résolue, je me vois alors obligé d'en changer le mode narratif »②) : après cette brève introduction de Bao Lang sur le contexte du récit, un narrateur omniscient commence à décrire un personnage de « gentleman » en train de manigancer avec une perle. À y regarder de plus près, est-ce que l'absence de Bao Lang peut vraiment justifier un changement dans l'ordre du récit ? Toutes les autres histoires ne sont-elles pas soigneusement retranscrites dans le journal de Bao

① « 同佩芹作过一度环游东南名胜的新婚旅行,和霍桑隔离了好久 » Cheng Xiaoqing, « Yige shenshi », in *Huo Sang tan'anji*, Vol.10, p.335.

② « 是他在事后告诉我的,故而记叙的体裁,也不能不变更一下子 » *ibid*.

Lang, une fois l'enquête terminée ? Si le récit a toujours lieu une fois l'affaire terminée, pourquoi commencer une histoire par l'escroquerie racontée en temps réel avec le coupable à visage découvert ? L'absence de Bao Lang est-elle le vrai prétexte ?①

Une autre histoire commence même par la préparation au crime, les manigances des malfaiteurs : deux hommes, à la porte d'une boîte de nuit, « un grand, haut de 2 mètres, aux bras robustes, vêtu d'une vieille tunique noire de soie et chaussé de souliers aux semelles minces, pratiques pour courir... »②, « un mince »③, au « visage noir »④, et à « l'air plus rusé »⑤ que son complice. Le récit n'a même pas encore été entamé que Huo Sang a déjà percé le mystère, quant au lecteur, il a tellement confiance en Huo Sang qu'il ne posera aucune question. Le lecteur contemporain du détective peut se féliciter de ne pas être obligé de suivre la routine du juge où les plaignants se succèdent, les dossiers s'accumulent sur le bureau et les gardes courent sans trouver le moindre indice. Au fur et à mesure, les indices surgissent et apportent une lueur d'espoir aux gardes presque désespérés,

---

① Voici le début de « Yige shenshi » : « 那位绅士模样的男子走到了远东旅社的转角，停了脚步，伸手在他的马褂袋中摸一摸，接着他的嘴唇微微地牵一牵，露出一种似笑非笑的表情。原来他的马褂袋中藏着一粒精圆的珍珠，足有黄豆般大，但是因着年代的关系，珠中所含的水分渐渐地枯涸，光泽便也暗淡了些。这粒珠子的价值，若和同样大小而光彩鲜艳的比较，自然也相差很远。Un homme, avec un air de gentleman, s'est arrêté au coin de l'Hôtel Yuandong. Il a mis la main dans une poche de sa tunique pour toucher [quelque chose]. Après quoi, il a légèrement tiré les coins de ses lèvres et a souri. En fait, une jolie perle, grosse comme une graine de soja, quoiqu'un peu jaunie et ternie par le temps, se trouvait dans la poche. Par rapport à une perle plus brillante, sa valeur était naturellement beaucoup moindre. » Cheng Xiaoqing, « Yige Shenshi », in *Huo Sang tan'anji*, Vol.10, p.335.

② « 躯干高大，足有六尺左右，两臂粗壮有力。他身上穿一件旧黑玄绸的夹袍，脚上一双薄皮底的深口番鞋，似乎很便于奔走 » Cheng Xiaoqing, « Wugong moying », in *Huo Sang tan'anji*, Vol.7, pp.360-361.

③ « 瘦子 » *ibid.*

④ « 脸色既黑 » *ibid.*

⑤ « 都表示他的狡猾多谋的智力 » *ibid.*

avant que le lecteur ne se perde dans le fil de l'intrigue. C'est pour cette raison que la narration de *Shi gong'an* est difficile à suivre : les intrigues s'entrecroisent et s'étalent sur plusieurs chapitres, de moins de 5 chapitres (16 affaires) à une vingtaine (20 affaires) en passant par celles d'une « durée moyenne » de 5 à 10 chapitres environ (5 affaires). Li Yanjie a aussi remarqué cette narration enchevêtrée et discontinue :

> Peu à peu, la narration se complexifie. Les chapitres se suivent, les affaires s'imbriquent les unes dans les autres. Cela devient une caractéristique des *Shi gong'an*. Par exemple, chapitre 1, « Hu Xiucai se plaint et demande justice », c'est l'affaire n° 1, qui se développe de manière discontinue, jusqu'au chapitre 22, dans lequel le juge rend son jugement. Entre-temps, dix délits et crimes prennent place. « Wang Zicheng trouve deux têtes décapitées » et « l'assassinat de M. Liu Junpei » (Les affaires n° 10① et n° 11) sont liées avec l'affaire n° 1. Les malfaiteurs des affaires n°s 5, 6, 7 (n° 5 « la fille de Li Haichao a été kidnappée » ; n° 6 « Li Tiancheng a été volé » et n° 7 « un moine tue un mari puis viole sa femme ») sont les mêmes coupables que dans l'affaire n° 1. Les douze malfaiteurs, à savoir les amis de Qizhu et de Jiuhuang. Dans le chapitre 22, l'affaire n° 1 est clôturée. À ce moment-là, parmi les dix affaires entamées, seules cinq affaires (les affaires n°s 3, 4, 7, 10 et 11) ont été closes. Quant aux autres affaires elles s'étalent jusqu'au chapitre 33, dans lequel on peut connaître leur épilogue. À ce moment-là, d'autres affaires sont encore intercalées, parmi lesquelles l'affaire de Qizhu, Jiuhuang et des douze malfaiteurs. Elles sont closes, mais non sans conséquences pour les protagonistes. Cela annonce un développement ultérieur dans une histoire à venir

① Voir à la fin du mémoire présent le tableau « Crimes et Délits » des *Shi gong'an* en annexe. Il s'agit de l'affaire n° 8.

et on laisse deviner que Huang Tianba volera le sceau officiel, pour délivrer les douze malfaiteurs. Plus tard, inspiré par la personnalité du magistrat Shi Shilun, Huang Tianba décidera d'être lieutenant du juge Shi (du chapitre 29 au chapitre 34). Au fur et à mesure du développement des intrigues futures, Huang Tianba tuera « ses frères de sang » au Village de Ehu (du chapitre 63 au chapitre 67) pour sauver la vie de Shi Shilun.①

Le roman traditionnel chinois achève le chapitre par des termes tel que « si vous voulez savoir la suite, il faudra écouter/lire le chapitre prochain »②. Ce qui rend possible la narration « multi-pistes et multi-affaires ». Cette narration héritée des *biji*③, respecte, en un certain sens, mieux la réalité que celle du roman policier de Cheng Xiaoqing. Pourquoi cette chronologie naturelle et « réaliste » nous paraît-elle moins « logique » alors que celle du récit de détective n'est pas toujours chronologique ? Nous détaillerons le temps narratif et le temps « réel » de l'histoire dans cette partie.

Tant que les intentions et le sort des malfaiteurs restent inconnus aux yeux du lecteur, le mystère continue. Ce plan narratif « crime-découverte-enquête-élucidation » ne gêne nullement le suspense. Cette technique narrative qui donne une « intensité au récit », d'abord adoptée par les polars dès les années 1930④, est pleinement exploitée dans les séries policières américaines d'aujourd'hui où la caméra suit en alternance les malfaiteurs et les policiers. Citons par exemple « Breaking Bad » où le destin du héros fabricant de stupéfiants croise celui de son beau-frère policier à la DEA [The Drug Enforcement Administration] et donne lieu à un face-à-face final

① Li Yanjie, « *Shi gong'an* anjian yuanliu yanjiu », p.22.

② « 欲知后事如何，且听下回分解 » Cette expression revient fréquemment dans *Shi gong'an* : voir les chapitres 24, 25, 26, 27, 28, 29, 30, 31, 32, 33, etc.

③ Jeffrey C. Kinkley, *Chinese Justice, the Fiction*, p.179.

④ Boileau-Narcejac, *Le roman policier*, pp.3-4, ainsi que le chapitre sur le polar.

dans la saison 5 ; mais aussi « Dexter », adapté du roman de Jeff Lindsay, dont le héros, expert judiciaire le jour, tue méthodiquement les criminels la nuit. De nombreuses réalisations cinématographiques et télévisuelles sur la mafia se livrent aussi volontiers à une narration parallèle en « temps réel » (temps amplifié et ralenti car la narration fait l'aller-retour entre les deux camps) et où le spectateur après avoir assisté au crime, assiste ensuite à sa découverte et à l'enquête faite sur lui. Le suspense réside dans le futur. D'un côté, nous voyons que les malfaiteurs continuent à commettre des crimes ; tandis que de l'autre côté, le spectateur se demande si les policiers arriveront à obtenir une perquisition pour pouvoir avancer dans la procédure.① Les crimes dévoilés à nos yeux ne font qu'ajouter du piment, car le fait que le spectateur sache qui est le coupable et comment le crime a été commis le rend « omniscient », au même niveau que le narrateur, à cette différence que lui ne dispose pas du dernier point crucial, le « déclencheur », le dénouement, c'est-à-dire le moment où le personnage du policier/détective trouve le dernier indice qui lui permettra de mettre la main sur le coupable. Le spectateur arrive même à savoir quel indice pourrait confondre le criminel, il savoure d'autant plus quand il se sent plus intelligent que l'enquêteur, en le voyant se tromper de piste ou rester dans l'impasse. Au lieu de suivre la logique du « héros » détective tels qu'un Sherlock Holmes ou un Hercule Poirot, les sagas policières du XX^e^ siècle semblent préférer les antihéros, les « parrains » qui échappent à la loi (tels qu'un Al Capone qui a tant nourri l'imaginaire romanesque et cinématographique). La position affaiblie de l'enquêteur compensée par une position renforcée du lecteur/spectateur change définitivement la donne d'une narration. Du point de vue de la chronologie narrative, le suspense persiste et devient même plus fort. Puisque en sachant

① *Sur écoute* (The Wire) est une série télévisée américaine, créée par David Simon et coécrite avec Ed Burns, diffusée sur HBO du 2 juin 2002 au 9 mars 2008, série policière qui adopte deux points de vue, celui des policiers et celui des gangs de criminels.

pertinemment qui est le coupable, le lecteur/spectateur se concentre sur un seul point : l'indice crucial qui fait tout basculer. Où est-il ? Quand se révèle-t-il ? Pas trop tard, mais pas trop tôt non plus. Le lecteur/spectateur semble plus impliqué dans le développement narratif. Du point de vue de la focalisation, deux narrations limitées à la 3e personne donnent une supériorité au lecteur face à l'enquêteur. Le lecteur s'est débarrassé de son « complexe d'infériorité » face au détective doté d'un pouvoir presque surnaturel, en célébrant la mort du surhumain et du « divin immortel » Sherlock Holmes. Austin Freeman parle aussi du lecteur partenaire de l'auteur, concurrent du détective.①

D'un point de vue pratique de lisibilité, l'histoire devient plus facile à suivre car le lecteur ne se perd plus dans les fausses pistes et les nombreux témoignages. Nous citons un dernier exemple, summum de la logique « crime-enquête-élucidation », un film de Hitchcock « The Rope » (1948), basé sur la pièce « Rope's End » de Patrick Hamilton. La scène du meurtre ouvre le film, au milieu duquel l'enquêteur soupçonnant déjà l'impensable découvre l'indice crucial, et se confronte avec les meurtriers. Le film s'achève sur l'arrivée des policiers.

Chez Bao Lang, le « prétexte » de ces changements d'ordre chronologique, sert à une autre fonction que nous ne tarderons pas à révéler dans le chapitre suivant : le changement de focalisation. L'imaginaire du romancier l'emporte dans le journal de bord du partenaire fidèle, comme si Bao Lang complétait les aventures de Huo Sang à travers sa propre vision : c'est Bao Lang le conteur/narrateur, et non son illustre ami. Ce « second » personnage s'affirme : sans lui, comment en effet aurait-on eu connaissances des aventures de Huo Sang ?

Nous tenons à souligner que des adaptations postérieures de *Shi gong'an* suivent plutôt le plan de mono-histoire et non celui de multiples pistes et de chronologie réa-liste. Les affaires sont rassemblées dans des chapitres distincts, un

① Boileau-Narcejac, *Le roman policier*, pp.44-49.

ou deux chapitres par histoire. Par exemple, un site internet spécialisé[1] dans la lecture des romans et contes populaires présente ainsi une nouvelle version plus « lisible » de *Shi gong'an*, où les chapitres se sont réorganisés autour d'une affaire précise.

Nous assistons ici à une métamorphose très intéressante du texte. Le texte « original », recueilli par les lettrés à partir de la tradition orale, connaît un deuxième arrangement, et sert en conséquence de base pour un texte plus moderne, prenant l'allure d'un Sherlock Holmes ou d'une Agatha Christie.

Sur le site Jingpin gushi [Bibliothèque de livres d'histoires de BoutiqueStory. com], les titres des chapitres de « Nouveau *Shi gong'an* »[2] sont organisés par affaire .

Le texte s'organise ainsi autour d'une affaire, ce qui est le cas plutôt dans le roman policier moderne. Citons quelques nouvelles de Sherlock Holmes et quelques romans d'Hercule Poirot pour montrer les similitudes avec les titres chinois : le mot « affaire » ou « crime » peut figurer dans le titre (« Le Crime de l'Orient-Express », « Shenye cike an ») ; le titre peut rappeler les principaux indices (« Laoshu Liu Yi an », « Le Ruban moucheté ») ou le nom de la victime (« Liefu gao fu an », « Le Meurtre de Roger Ackroyd »), du coupable (« Eseng yinni an », « Charles Auguste Milverton », « Le Chien des Baskerville »), ou des deux parties adverses (« Shi gong zhan tuhao », « A.B.C. contre Poirot »), etc.

En revanche, les titres de la version originale de *Shi gong'an* ont hérité de la tradition des *zhanghui xiaoshuo* (romans à chapitres). Il est absolument impossible de savoir si le chapitre parle d'une seule affaire et si elle est close ou non. Le titre résume ce qui se passe dans le chapitre, tout en restant « ouvert » et suffisamment

---

[1] Voir le site *Jingpin gushiwang gushi shuku* 精品故事网故事书库 [Bibliothèque de livres d'histoires de BoutiqueStory.com] : http://m.bestgushi.com/k/shigongan/ (page consultée le 13 octobre 2023).

[2] *Ibid.*

« flou » pour que le lecteur veuille en savoir plus et lire le roman, ce qui est typique des romans à chapitres et de la littérature orale. Le fait que presque la moitié des affaires reprennent 20 chapitres plus loin montre que le but du texte n'est sans doute pas d'essayer de traiter une affaire par chapitre et de créer une sorte de « série policière » comme « Huo Sang » ou « Sherlock Holmes », mais d'être un roman, voire même une épopée pour raconter les hauts faits du Juge Shi dans leur ensemble, et leur apporter une dimension histo-rique. Comme on le dit des romans à chapitres, leur vocation est de raconter l'Histoire.

Si nous tentons de replacer les chapitres ci-dessous de *Shi gong'an* dans le découpage du site internet Jingpin gushi, nous constatons qu'il est impossible de le faire sans avoir le texte sous la main, par exemple :

第 1 回 胡秀才告状鸣冤 施贤臣得梦访案①

Chapitre 1, Hu Xiucai se plaint et demande justice ; Le bon juge Shi investigue grâce à un rêve. 第 5 回 县主判断曲直 民妇言讲道理②

Chapitre 5, le gouvernant du district distingue le vrai du faux ; Une femme appelle à la raison. 第 10 回 诱哄恶人的实言 吩咐重刑审凶徒③

Chapitre 10, Le juge triche pour découvrir la vérité ; Il ordonne de torturer des suspects. 第 21 回 判断异事相连 人命又套命案④

Chapitre 21, Distinguer des affaires étranges ; Un meurtre en cache un autre. 第 22 回 贤臣判结案 行文斩众凶⑤

Chapitre 22, Le bon juge clôt des procès ; Il prononce des sentences de décapitation.

---

① *Shi gong'an*, chap. 1, p.1.
② *Ibid.*, chap. 5, p.13.
③ *Ibid.*, chap. 10, p.20.
④ *Ibid.*, chap. 21, p.34.
⑤ *Ibid.*, chap. 22, p.35.

Ces titres sont tellement imprécis qu'on ne peut pas faire la distinction entre les différentes affaires traitées : en effet, ils évoquent davantage une procédure qu'un indice ou qu'un nom susceptible d'être identifiés et reliés à une affaire.

Les titres de « Huo Sang », quant à eux, présentent essentiellement les caractéristiques des titres de roman policier (un titre par affaire), mais ils ont hérité d'une certaine manière du roman à chapitres en résumant le synopsis des parties par un sous-titre. Cependant, nous avons constaté que les titres résumant le contenu du chapitre existent aussi dans les romans occidentaux, et les sous-titres de chapitre chez Cheng Xiaoqing ne sont pas en vers rimés, c'est-à-dire en *duizhang*.

Chez Conan Doyle, quatre romans policiers et une nouvelle disposent de sous-par-ties ou de chapitres pourvus d'un titre : « Wisteria Lodge » (nouvelle), « Une étude en rouge » (roman), « Le Signe des quatre » (roman), « Le Chien des Baskerville » (roman), « La Vallée de la peur » (roman).① Les autres histoires de Sherlock Holmes sont des nouvelles et ne contiennent même pas de chapitres. Elles sont beaucoup plus courtes que les romans de Cheng Xiaoqing.

Ici nous pouvons encore une fois nous poser la question : le roman policier de Cheng Xiaoqing est-il plus proche du roman judiciaire ou du roman policier occidental ? Le roman judiciaire appartenant à la catégorie de « roman à chapitres » est une œuvre romanesque très longue qui tresse les événements dans un tissu complexe. Les personnages principaux sont présents du début jusqu'à la fin du texte et possèdent une personnalité unifiée et cohérente qui peut éventuellement évoluer,

① Voir les sous-parties ou de chapitres pourvus d'un titre dans « Wisteria Lodge », in Arthur Conan Doyle, *Les Aventures de Sherlock Holmes*, Vol.3, pp.300-359. « Une étude en rouge », in Arthur Conan Doyle, *Les Aventures de Sherlock Holmes*, Vol.1, pp.1-193 ; dans « Le Signe des quatre », in Arthur Conan Doyle, *Les Aventures de Sherlock Holmes*, Vol.1, pp.1-193 ; dans « Le Signe des quatre », in Arthur Conan Doyle, *Les Aventures de Sherlock Holmes*, Vol.1, pp.195-385 ; dans « Le Chien des Baskerville » in Arthur Conan Doyle, *Les Aventures de Sherlock Holmes*, Vol.2, pp.298-605, dans « La Vallée de la peur » in Arthur Conan Doyle, *Les Aventures de Sherlock Holmes*, Vol.3 pp. 6-297.

durant une période suffisamment longue, par exemple *Shi gong'an* traite l'évolution des deux personnages principaux au fur et à mesure que le juge grimpe les échelons, de manière continue. Certaines « anecdotes » le plus représentatives de leur tempérament peuvent être contées indépendamment, mais elles ne constituent qu'une part incomplète d'un processus romanesque très complexe, et n'équivalent pas à une nouvelle, qui est un texte romanesque à part entière. C'est pour cette raison que les chercheurs, a contrario, ne classent pas certains romans judiciaires dans la catégorie des romans à chapitres, mais dans celle des recueils de nouvelles, c'est-à-dire une série de contes et nouvelles qui n'a pas forcément une logique intérieure, ni les mêmes personnages.

Cette séparation du roman à chapitres et de la nouvelle policière devient floue au moment où les nouvelles et romans policiers autour d'un personnage clé, par exemple, un détective, acquièrent une sorte de cohérence et se prêtent à une évolution tout au long du récit. Parfois, cette série de textes se lit dans un certain ordre : si Holmes n'était pas « parti », comment pourrait-il faire sa réapparition ? Dans « La crinière du lion »① et « Le soldat blafard »②, Holmes rappelle que Watson lui a suggéré d'écrire ses aven-tures lui-même, ce qu'il fait dans ces deux nouvelles.

---

① « Ainsi donc dois-je être mon propre chroniqueur. Ah ! si seulement il avait été avec moi, que n'aurait-il pas fait d'un événement aussi extraordinaire et de mon triomphe final de toutes les difficultés ! Cependant, il faut que je raconte mon histoire à ma manière un peu fruste, et que je rende compte avec mes propres mots, de chacune des étapes sur la route difficile qui se présentait à moi quand j'enquêtais sur le mystère de la crinière du lion. » Voir « La crinière du lion », in Arthur Conan Doyle, *Les Aventures de Sherlock Holmes*, Vol.3, p.933.

② « Et c'est là que mon Watson me manque. Par des questions astucieuses et des exclamations de surprise, il pourrait transformer la simplicité de mon art, qui n'est que du bon sens systématisé, en prodige. Quand je raconte moi-même mes histoires, je ne dispose pas d'une telle aide. Et cependant je vais donner le cheminement de mes pensées tel que je l'ai livré à mon petit auditoire, qui comptait également la mère de Godfrey, dans le bureau du colonel Emsworth. » Voir dans « Le soldat blafard », in Arthur Conan Doyle, *Les Aventures de Sherlock Holmes*, Vol.3, p.701.

Dans l'ensemble les *Huo Sang tan'anji* sont indéniablement une série de romans et de nouvelles, et non un roman à chapitres. Dans la version des éditions Jilin wenshi parue entre 1987 et 1991, Cheng Xiaoqing attribue systématiquement un titre à chacun des chapitres qui composent ses nouvelles ou ses romans.① Il faut bien en conclure qu'il les avait conçus dès leur publication initiale en feuilleton. Il a d'ailleurs parlé de l'avantage des titres dans une interview, les qualifiant d'efficaces pour augmenter le suspense, donner envie aux lecteurs. Nous pourrons supposer qu'il tient le même raison-nement concernant les titres de chapitres, les considérant comme efficaces pour « sug-gérer » (暗示)② avec la plus grande souplesse dans l'interprétation.

Combiner l'écriture du roman policier avec l'art du conteur traditionnel, c'est là où Cheng Xiaoqing a su être moderne.

## VI.2. Focalisation : Qui regarde ? Qui raconte ?

Qui est le narrateur dans un roman policier ? Le coupable ? Le détective ? Ou

① Ainsi, par exemple, voici les titres des chapitres dans « Wu hou de guisu » (in *Huo Sang tan'anji*, Vol.1) : 1. « 一位挺漂亮的小姐 Une très jolie demoiselle ». 2. « 一页往史 Une page de souvenirs » . 3. « 对立的情报 Les informations contradictoires ». 4. « 几种推想 Quelques hypothèses » . 5. « 恶消息 Une mauvaise nouvelle » . 6. « 危险的经历 L'expérience dangereuse ». 7. « 把他押起来 Emprisonnez-le » . 8. « 捉住了两个人 Deux personnes arrêtées » . 9. « 惊人消息 Une nouvelle surprenante » . 10. « 皮鞋 问题 Le problème de souliers » . 11. « 赵伯雄的供词 Aveux de Zhao Boxiong » . 12. « 报告和解释 Le rapport et l'explication ». Ou bien encore les titres des chapitres dans « Qingchun zhi huo » « 青春之火 » *Huo Sang tan'anji*, Vol.7) : 1. « 听觉的比赛 La compétition de l'ouïe » . 2. « 案情 Détails de l'affaire » . 3. « 尸室中 Le cadavre dans la chambre » . 4. « 察勘 Investigation » . 5. « 分工 Division du travail » . 6. « 两重谋杀 Un double assassinat » . 7. « 阿荣 Arong » . 8. « 凶刀 Un poignard de l'assassin » . 9. « 意外发现 Une découverte par chance » . 10. « 一个兜得转的人 Un homme qui s'accommode de tout » . 11. « 还是一个闷葫芦 Un mystère muet encore » . — 12. « 同归于尽 La même mort ».

② Cheng Xiaoqing, « Zhentan xiaoshuo de duofangmian », in Ren Xiang et Gao Yuan (éd.), *Zhongguo zhentan xiaoshuo lilun ziliao*, p.154.

quelqu'un d'autre ? Il faut pour répondre à cette question, s'intéresser à la focalisation (ou point de vue).

Le narrateur de *Shi gong'an* sait ce que pense le juge, « embarrassé »① par la délicatesse de l'affaire. Mais apparemment il ne dit rien des pensées profondes des gardes, se contentant de rapporter leurs actes et leurs paroles. « En rentrant à la maison, ils discutent des affaires de Jiuhuang et Qizhu, et ne trouvent pas de piste. Ziren dit [...] et Gongran est d'accord avec lui [...] »②.

Un chapitre plus loin, le narrateur se rend compte que les mêmes gardes sont « ravis »③ car ils ont réussi à trouver des indices pour pouvoir « retourner en ville »④ et « classer l'affaire »⑤, tout en « constatant qu'il fait nuit déjà »⑥. On dirait que le narrateur est tout à fait au courant de la psychologie des gardes.

Quant aux focalisations des *Huo Sang tan'anji*, nous avons déjà dit dans le chapi-tre précédent que le narrateur s'incarnait en Bao Lang dans la plupart des cas. Dans 60 affaires sur 74, Bao Lang a vécu lui-même l'enquête et y a même participé.

L'affaire « Quan fei sheng », semble proposer un « prototype » de la narration dans « Huo Sang » : L'histoire débute par une citation directe du plaignant/témoin racontant aux détectives la découverte du crime, ce qu'il a enduré, sa stupeur et sa peur. « Cher Monsieur, rien que d'évoquer cette découverte j'en frémis ! »⑦ Le récit commence par le ressenti, l'émotion, d'un point de vue absolument personnel. Ici, l'émotion n'est pas un constat vu par les yeux du détective et de son assistant,

---

① « 为难良久 » *Shi gong'an*, chap. 1, p.1.

② « 回到家中,吃酒商量,九黄、七猪的事情,竟无法访缉。子仁说:"[...],"公然闻言,点头道:"[...]" » *ibid.*

③ « 满心欢喜 » *Shi gong'an*, chap. 2, p.6.

④ « 进城 » *ibid.*

⑤ « 好结此案销签 » *ibid.*

⑥ « 见天色将晚 » *ibid.*

⑦ « 先生,这件事情提起了还会教人发抖 » Cheng Xiaoqing, « Quan fei sheng », in *Huo Sang tan'anji*, Vol.7, p.507.

mais une onde de choc répercutée par le témoin. Le rapport du témoin apporte une sensation forte, plus forte encore que si elle était décrite par une autre personne. À la suite de cette citation, aussi impressionné que le lecteur, le narrateur, Bao Lang, précise le contexte de cette déclaration : « faite au bureau de Huo Sang, par le domesti-que Jiang de chez les Zhang, en présence de son jeune maître, Zhang Xinqing, qui fit ensuite sa propre déclaration . »① Nous détaillerons dans la partie suivante les caractéristiques de la narration restreinte à la première personne.

À côté de cela, la narration à la troisième personne omniprésente dans l'affaire n° 1 du juge Shi semble manquer de piment : après l'assassinat des parents de Hu Dengjun, décapités, leur tête a disparu. Effrayé, Hu court à l'audience et réclame justice. Quand vient son tour, il salue le juge en lui montrant sa déclaration. Le greffier prend la déclaration et la pose sur le bureau du juge.

Le fait de présenter d'abord le plaignant, « originaire de Jiangdu », « diplômé et lettré », « dont le nom est Hu, le prénom Dengju », ne met pas le lecteur/spectateur dans l'ambiance du meurtre et ne lui procure aucun frisson. Le narrateur a décrit ses réactions face à l'étrange meurtre en parlant d'une « frayeur telle que la vésicule biliaire explose et l'esprit sort du corps » (胆裂魂飞, la vésicule biliaire représente l'audace dans la phi-losophie et la médecine chinoises). Le simple lecteur ne peut vivre cette « explosion » et cette « sortie » du corps si le conteur ne les joue pas devant lui, ne lui décrit pas la scène ensanglantée des cadavres sans tête, et tout ce qui est possible et imaginable...

Nous avons relevé quelques variantes de point de vue et de narration, où Cheng Xiaoqing a pris soin d'annoncer son intention de changer de point de vue, contrairement à la narration du « Juge Shi », où les changements se font plutôt naturellement. Comme si le narrateur du roman de détective se sentait embarrassé de

① « 这一节故事是张才福家的男仆江荣生在霍桑的办事室中讲的。那时候荣生的小主人张杏卿也在旁边。他等荣生说完了,又开口陈说他的来意。» *ibid.*, p.508.

devoir imposer une autre focalisation à son lecteur. D'ailleurs il « s'excuse » toujours auprès de celui-ci et lui explique les raisons pour lesquelles il n'a pas pu assister à l'enquête :

> Un certain hiver, j'ai visité Beijing. Ce voyage m'a donné une impression inoubliable. En même temps, j'ai eu un regret. Premièrement, j'ai visité la Cité Interdite sublime. C'était magnifique ! Deuxièmement, en mon absence, seulement une semaine environ, Huo Sang a très rapidement tiré au clair le crime le plus étrange du monde. C'était un crime plus tortueux et plus palpitant que jamais. J'ai raté une si précieuse occasion d'assister à ce crime extraordinaire. Combien de fois l'ai-je regretté depuis ! Maintenant, je raconterai cette affaire selon le compte-rendu de Huo Sang. En l'écrivant, je me sens encore ému et stressé. Mon cœur bat si vite. Je regrette vraiment de gâcher ce prodige inouï. Par Bao Lang.①

C'est avec « regret » que Bao Lang n'a pas pu assister à l'affaire des *Moku shuanghua*, car il était « en voyage à Beijing » en ce « début d'hiver », où il a pu « apprécier la somptueuse Cité Interdite et garder une impression inoubliable », alors que Huo Sang, « en une semaine, a élucidé une affaire inédite et extraordinaire ». Bien que « Huo Sang ait pris des notes lui-même »②, Bao Lang s'est chargé d'exposer le récit aux lecteurs.

Ce point récurrent est très intéressant. Pourquoi Huo Sang n'écrit-il pas lui-

---

① « 某年的冬天,我曾有北平的旅行。这一次旅行,使我留下了一种印象,并感受了一种遗憾,这两点都是我不易忘怀的。第一,我见了故宫的富丽巍峨,深深留下了一个富有回味的印象。第二,在我旅行的当儿,霍桑竟破获了一件空前的奇案。这案子进行的时间,前后不足一个星期,但案件的曲折惊险,却可说是未曾有过。这样的案子,我竟没有躬身参与,又怎能不兴抱憾的感想?现在我凭着霍桑自己的记录,把这个案子叙述出来,还觉心头怦怦,遗憾无穷呢。包朗附识。» Cheng Qiaoqing, « Moku shuanghua », in *Huo Sang tan'anji*, Vol.3, p.123.

② « 我凭着霍桑自己的记录 » *ibid*.

même ? Autrement dit, pourquoi le récit ne se passe-t-il pas de son point de vue, mais de celui de son assistant ? Nous ne saurons jamais si le détective a éprouvé les mêmes émotions que le narrateur, mais nous sommes persuadés que ces regrets et ces exaltations sont véhiculées plutôt par le narrateur que par le héros.

Dans l'affaire *Yeban husheng*, Bao Lang s'excuse encore une fois d'être « obligé de changer le point de vue et le mode de narration »① car il était « en déplacement au moment des faits »②. De plus, cette affaire, malgré certains scrupules, mérite d'être révélée car elle est tellement « compliquée et étrange» que « même Huo Sang n'en a pas beaucoup connu de similaires »③. Bao Lang obtient ainsi une autorisation spéciale de Huo Sang de la publier avant le délai de discrétion, avec des faux noms pour les protagonistes et pour les lieux. Le lecteur ébahi, s'intéresse tout de suite à l'affaire, car « garantie » par l'« initié » Bao Lang, elle sera sûrement passionnante :

> Introduction : Le lecteur qui a lu un ou deux récits des *Huo Sang tan'anji* sait sans doute que dans la majorité des enquêtes, Huo Sang et moi travaillons ensemble. Je rédigeais ce que j'avais vécu dans les affaires. Mais après mon mariage, à cause de mon déménagement et des voyages, je ne peux plus travailler tout le temps avec lui. Depuis, dans un bon nombre d'enquêtes, il travaille tout seul, par exemple *Moku shuanghua*, *Yeban husheng* et *Yige Shenshi*. L'enquête suivante en est une aussi. Il m'a raconté plus tard son triomphe. L'intrigue est judicieusement étrange et tortueuse. Maintenant, je

① « 要请读者们予以谅解的 » Cheng Xiaoqing, « Yeban husheng », in *Huo Sang tan'anji*, Vol.4, p.149.

② « 当时我因着旅行在外,并不曾亲身预闻 » *ibid.*

③ « 但全案的情节的曲折离奇,在霍桑的经历中也是不可多得的 » *ibid.*

rédige chronologiquement, et de façon objective, l'enquête ci-dessous. Par Bao Lang.①

Bao Lang révèle que ses récits ne rapportent qu'« un ou deux dixièmes »② de tous les exploits du détective, il n'oublie jamais de rappeler aux lecteurs quelles sont les affaires qu'il rapporte d'après les notes de Huo Sang. Il qualifie ces récits (*Xinhun jie* , *Moku shuanghua*, *Yeban husheng*, *Yi ge Shenshi* ) de plus « objectifs » du point de vue de la narration. Nous pouvons en déduire que les autres affaires « vé-cues » par Bao Lang sont plus « subjectives », c'est-à-dire que ses sentiments et ses sen-sations transparaissent dans son récit.

Ces « notes de Bao Lang » nous apprennent aussi que ces récits-là, qui rapportent des événements passés, fonctionnent aussi bien que ceux qui se déroulent devant les yeux du lecteur, et n'en sont pas moins fidèles. Seul Bao Lang peut décider de les cou-cher sur le papier si « les affaires sont suffisamment attractives ou éducatives », à l'aide des notes que Huo Sang prend dans son journal intime :

> Après mon mariage, et la lune de miel avec Peiqin dans les régions du Sud-Est, [je] suis resté éloigné de Huo Sang pendant longtemps. Entre temps, Huo Sang a continué ses missions seul. Voilà pourquoi je n'ai pas assisté à nombre de ces enquêtes. Ce que j'ai noté dans ce récit est une affaire sur

① « 引言：凡读过《霍桑探案》的读者们，大概都知道他的大部分的案子，都是我和他两人合作的；案情的记述，也都凭我亲身经历的见闻。其实自从我结婚以后，我因着和他分居，或偶然旅行出外，不能和他常在一起，他一个人单独进行的案子，数量上也相当可观。就象我所发表的《魔窟双花》《夜半呼声》和《一个绅士》等，都是他单枪匹马的成绩。本篇所记，也是他一个人奏功以后告诉给我听的。就案情而论，却也当得起"离奇曲折" 的评语。我现在凭着客观的眼光，照着案子发展的程序记述如下。——包朗识 » Cheng Xiaoqing, « Xinhun jie », in *Huo Sang tan'anji*, Vol.5, p.3.

② « 然而就霍桑历年来的记录而论，还是十分之一二 » Cheng Xiaoqing, « Yeban husheng », in *Huo Sang tan'anji*, Vol.4, p.149.

> laquelle il a enquêté seul. Il m'en a parlé après l'avoir résolue, je me vois alors obligé d'en changer le mode narratif. Par Bao Lang.①

En définitive, nous pouvons légitimement poser la question de « l'utilité » de ce genre d'indication annonçant un changement de point de vue. De toute manière, les affaires seront racontées par Bao Lang après élucidation. Pourquoi certaines devraient-elles sembler moins « vivantes » que les autres ? Parce qu'elles n'ont pas été vécues par Bao Lang absent pour diverses raisons ?

> L'après-midi du 23 juillet, un nouveau client entre dans le bureau de Huo Sang. Il s'appelle Yu Haifeng, jeune homme d'une vingtaine d'années. Ce que je note dans le chapitre précédent est ce qu'a vécu Yu Haifeng hier soir. Il nous l'a raconté lors de notre rencontre. Je veux apporter du nouveau dans le regard du lecteur et fais exprès de conter ce qu'a vécu le témoin hier soir de son propre point de vue.②

Le début de *Bai shajin* est raconté du point de vue du témoin, et le chapitre suivant du point de vue de Bao Lang, recevant le témoin « Yu Haifeng, jeune homme d'une vingtaine d'années »③. Bao Lang explique cette focalisation par le

---

① « 我在结婚以后,同佩芹做过一度环游东南名胜的新婚旅行,和霍桑隔离了好久。在这个当儿,霍桑虽单身独马,但他探案仍继续不息,所以有许多案件,我都不曾亲身经历。这里所记的一篇就是他单独侦察的成绩之一,是他在事后告诉我的,故而记叙的体裁,也不能不变更一下子。——包朗识» Cheng Xiaoqing, « Yige Shenshi », in *Huo Sang tan'anji*, Vol.10, p.335.

② « 七月二十三日的午后,霍桑的办公室中又来了一位新主顾。这人叫郁海风,是一个年约二十的青年。我在上一章所记谈判的事,就是郁海风在上一天傍晚的经历。他见了我们以后,便把经历的事实详细地说给我们听。我想换换读者的目光,特地用他的叙的体载记述出来。» Cheng Xiaoqing, « Baishajin », in *Huo Sang tan'anji*, Vol.4, p.242.

③ *Ibid.*

souci d'« apporter du nouveau dans le regard du lecteur » , et « faire exprès de raconter ce qu'a vécu le témoin hier soir de son point de vue ».①

Le narrateur derrière Bao Lang est parfaitement conscient de ce changement de point de vue et semble vouloir partager les bénéfices de ces variations avec le lecteur. Cependant ce changement nous semble tout à fait « gratuit ». Est-ce au profit d'un enrichissement narratif ? Si nous considérons que rien n'est « gratuit » dans un texte et que tout a une raison, nous devrons dire que ce geste est voulu par l'auteur. Se sentant toujours trop éloigné de la psychologie du témoin et des sensations que l'affaire pourrait procurer au lecteur, il décide de se rapprocher encore plus du témoin ou de la victime, jusqu'à rapporter directement leurs propos et à décrire leur comportement. Sans doute trouve-t-il insuffisant de décrire les sensations « en direct » de Bao Lang comme il a l'habitude de le faire.

### VI.2.1. La narration restreinte à la première personne

La plupart des histoires de Huo Sang sont racontées du point de vue de Bao Lang, à la première personne. En tant qu'assistant et « apprenti » détective, de nature curieuse et brave, Bao Lang manie aussi très bien sa plume. Il se rappelle non seulement les faits du crime, les détails de l'enquête, mais aussi ses sentiments et ses réflexions, même quand son esprit est confus. Comme les affaires tombent souvent sur lui, il prend soin de décrire minutieusement tout ce qui se passe dans sa tête : « En sortant de chez mes beaux-parents, j'avais plutôt l'esprit joyeux. Mais je n'avais pas imaginé que les dix minutes qui suivent cet instant me livrent une expérience étrange, inconfortable et plutôt déstabilisante. »②

Le narrateur Bao Lang connaît aussi des hésitations, quand il voit la silhouette

① « 想换换读者的目光,特地用他叙的体裁记述出来 » *ibid.*

② « 当我从我的岳家高家里出来的时候,精神上真感到十分愉快,再也想不到就在这十分钟内。我会遭遇到这一种可怪可恨而又使人无所措施的经历 » Cheng Xiaoqing, « Zhuxiang quan », in *Huo Sang tan'anji*, Vol.1, p.3).

d'une « femme débout, ou bien plutôt appuyée contre l'arbre »①, naturellement, il s'écrie : « Peiqin ! »② Mais il se rend compte qu'il s'est « trompé », à cause « de la distance, de la lumière et de l'ombre des feuillages »③. Son œil observateur lui a permis de savoir que cette femme lui était inconnue, mais il ne peut comprendre son intention d'entrer par « la porte d'où il venait de sortir »④.

Bao Lang peut aussi bien déduire qu'observer, même dans l'urgence et en situation de danger : « Pan ! Sous le sifflement du vent, un coup de feu retentit . »⑤ Il « s'arrête net, et chasse ses idées confuses »⑥. « N'est-ce pas que le coup vient de la rue Huasheng ? Après une courte hésitation »⑦, « [il] y court et se cogne contre quelqu'un qui vient d'en face »⑧. Le temps narratif semble s'étirer et ralentir par rapport au temps vécu par les personnages pour ne pas manquer un seul détail. Au lieu de conter en direct, Bao Lang raisonne et analyse ses propres réactions, comme s'il était à la fois « dedans » et « dehors », position du narrateur-personnage par excellence.⑨

Non seulement Bao Lang observe son entourage, comme un détective, « dans

① « 一个女子站着。不,伊不是站着,仿佛把身子依靠着树干 » *ibid.*

② « 佩芹 » *ibid.*

③ « 一盏路灯,不过距离那梧桐树约有六七码远,又因着树叶的掩蔽 » *ibid.*

④ « 并且从不相识。可是伊的举动又使我出乎意外,伊踏上了阶石,似乎向我点一点头,随即更进一步,不待我的邀请,竟自动地走进了那开着的门口 » *ibid.*

⑤ « 砰! 我猛听到呼呼的风声中,突然有一声枪响 » Cheng Xiaoqing, « Huiyi ren », in *Huo Sang tan'anji*, Vol.4, p.6.

⑥ « 孟地停了脚步 » « 胡思乱想 » *ibid.*

⑦ « 这枪声不会是从那条东西向的华盛路上来的吗? 我略一踌躇 » *ibid.*

⑧ « 不料我刚才奔到转角,忽觉有一个人正从华盛路上转过来,在转角上和我撞个满怀 » *ibid.*

⑨ À titre de comparaison citons *J'irai cracher sur vos tombes*, polar de Boris Vian, publié sous le pseudonyme de Vernon Sullivan, paru pour la première fois en 1946 aux éditions du Scorpion, basé sur une focalisation intérieure stricte, ne décrivant que les sensations simultanées du protagoniste. Le suspense est d'autant plus grand que le lecteur doit deviner ce qui se passe sans être au courant du contexte.

la salle de banquet lumineuse et somptueuse, remplie de fumet appétissant, de bruit, de rire des convives »①, mais son œil de lynx peut aussi saisir les mouvements insigni-fiants d'un inconnu qui s'approche discrètement pour lui remettre un rouleau de papier puis disparaître dans l'escalier. La description concerne tour à tour l'environnement, l'ambiance, ses propres mouvements, sa perception de l'environnement, ses réactions, ses pensées, ses sensations, etc. Même s'il s'agit toujours d'une narration à la première personne, elle passe tour à tour de l'objectivité (sensation du rouleau dans la main) à la subjectivité. (« Je décide de tourner la tête pour dévisager l'inconnu . »②) Si nous tournions cette scène au cinéma, la caméra montrerait tantôt le point de vue intérieur de Bao Lang, tantôt le point de vue extérieur.

Quand Bao Lang est avec Huo Sang au moment des faits, il observe aussi bien les réactions du détective que celles des autres personnes présentes. Nous connaissons le physique et la personnalité de Huo Sang grâce aux descriptions qu'en donne Bao Lang. Nous savons que le « Holmes » chinois est vigilant et réactif, et qu'il garde son sang-froid face à l'imprévu. Il « bondit de son siège, les yeux grands ouverts, les sourcils froncés »③ et prévient les autres passagers que le train a écrasé quelqu'un, alors qu'ils sont encore plongés dans leur conversation. Quand les passagers se rendent compte de l'accident, il a déjà sorti « son petit sac de dessous le siège » et dit à son compagnon de l'accompagner pour « jeter un coup d'œil », sans oublier de demander à tout le monde de faire attention aux bagages.④

Huo Sang considère toujours les enquêtes comme plus importantes que leur

---

① « 那布置华丽灯光辉耀的宽敞的餐室中,充满了酒馨馔味,又加上食客们习惯的高声笑谈 » Cheng Xiaoqing, « Qing qun ru weng », in *Huo Sang tan'anji*, Vol.10, p.125.

② « 我索性回过头去,向他瞟了一眼 » *ibid.*

③ « 霍桑突然从座中直跳起来,他的两眼圆睁眼,双眉紧蹙 » Cheng Xiaoqing, « Lun xia xue », in *Huo Sang tan'anji*, Vol.1, p 139.

④ « 霍桑忽高声感道:"大家别慌乱,留心你们随身的行李。他把座下的一只小皮包提在手里",低声向我道:"包朗,我们下车去瞧瞧。" » *ibid.*

*confort. Quand il apprend qu'« une très lourde tâche pèse sur nos épaules »*①, il s'excuse auprès de son compagnon car ils ne passeront pas de bonnes vacances à Suzhou.

Parfois, un jeu de regards se joue entre les différents observateurs, quand il s'agit d'une visite du client au cabinet, en présence de Huo Sang et de Bao Lang. Quand « je sens le corps de Huo Sang se dresser, sa tête et son regard se tourner vers la porte②, Je suis son regard③» et vois « le vieux domestique Shi Gui entrer dans le bureau, une carte de visite à la main, suivi du visiteur impatient»④ dont les caractéristiques physiques attirent l'attention du narrateur. Ce visiteur « d'une quarantaine d'années »⑤, à l'allure tant soit peu vieillotte, « possède trois signes particuliers : des lunettes à la monture dorée, un nez aquilin et des lèvres généreuses »⑥. Son comportement « n'échappe pas non plus au regard du narrateur Bao Lang »⑦. Bao Lang confirme que la description se fait par son regard. Cependant nous pourrions aisément croire que cette description est digne de celle d'un détective, surtout quand elle est alliée aux réflexions et aux déductions, comme si l'on entendait une voix-off qui déchiffre chaque détail. Bao Lang est ce qu'on appelle un « relais de narration » : figuré textuellement par un proche de l'enquêteur. Celui-ci présente au moins trois avantages. Il permet « d'introduire de l'humour face au sérieux de l'enquête ; il permet de ne pas tout dire ; il permet encore de mimer le

① « 眼前又有重大的担子加到我们肩头上来了 » Cheng Xiaoqing, «Guo mian dao », in *Huo Sang tan'anji*, Vol.1, p.178.

② « 忽觉霍桑的身子突的站直,他的头迅速地旋转去,目光瞧着空门 » Cheng Xiaoqing, « Bai yi guai », in *Huo Sang tan'anji*, Vol.2, pp.8-9.

③ « 跟着他的目光瞧去 » *ibid.*

④ « 霍桑的旧仆施桂已走进来,手中执着一张名片,正要通报有客,但那来客已紧跟在施桂的背后,不等霍桑的邀请,早已冒失地跨进了门口 » *ibid.*

⑤ « 四五十之间 » *ibid.*

⑥ « 他面部上有三种特异之点。金丝眼镜，高耸的鼻子,尖端上似略略有些钩形。他的厚赤的嘴唇。» *ibid.*

⑦ « 可是仍掩不过我的眼光 » *ibid.*

lecteur regardant le détective et de lui adresser — via cet intermédiaire — des défis.»①

Ensuite, le regard de Bao Lang décrit la réaction de Huo Sang, qui « jette un coup d'œil à la carte, hoche très légèrement la tête, puis met le mégot dans le cendrier »②. Ici la « caméra » subjective et la « caméra » objective se fondent, les frontières entre le narrateur, le personnage et le lecteur s'effacent.③

La réaction de Bao Lang sert de repère au lecteur au moment où l'affaire débute, et lorsque Huo Sang accepte l'enquête avant d'appeler son partenaire à l'aide. Le lecteur peut ressentir l'excitation de Bao Lang : « 120% d'excitation »④. Les remarques de Bao Lang ajoutent au suspense, car son intérêt pour l'assassinat à la villa des Nuages Sauvages⑤ est similaire à celui du lecteur. La force de suggestion fonctionne efficacement à travers ce personnage-narrateur. Son constat entraîne le regard du lecteur. « Huo Sang jette le mégot, saute du fauteuil et se rue vers la cabine téléphonique »⑥. Ce qui « démontre son esprit vif qui ne s'ennuie jamais »⑦. Quand « l'étonnement s'exprime sur son visage »⑧, le lecteur comprend qu'il s'agit d'une affaire exceptionnelle, avec un pouce coupé trempé

---

① Yves Reuter, *Le roman policier*, p.45.

② « 霍桑将施桂交给他的名片瞧了一瞧,也照样微微点一点头,随手把烟尾丢进了烟灰盆 » Cheng Xiaoqing, « Bai yi guai », in *Huo Sang tan'anji*, Vol.2, pp.8-9.

③ Nous reprenons l'image de la caméra comme une métaphore du regard de l'auteur. Ce n'est pas un hasard, Cheng Xiaoqing, grand amateur du cinéma, s'est même improvisé caméraman d'un film. Ses descriptions ont une dimension clairement picturale et cinématographique. Yves Reuter a aussi mentionné le lien étroit entre le roman policier et le cinéma (*Le roman policier*, p.19).

④ « 十二分兴奋 » Cheng Xiaoqing, « Lunji yu xueji », in *Huo Sang tan'anji*, Vol.3, pp. 305-306.

⑤ « 野云寄庐的凶案» *ibid.*

⑥ « 霍桑突的丢了烟尾,从椅子上跳起来,奔向电话室 » Cheng Xiaoqing, « Shuang ren bi xue », in *Huo Sang tan'anji*, vol.4, pp.326-327.

⑦ « 他充分暴露了他的好动不耐闲的心理 » *ibid.*

⑧ « 他的脸上现出惊异状 » Cheng Xiaoqing, « Duan zhi tuan », in *Huo Sang tan'anji*, Vol.8, pp.193-194.

dans de l'alcool, qui fait « pâlir Huo Sang figé dans ses mouvements »①.

Parfois, le point de vue de Bao Lang est encore plus restreint, quand il décrit seulement ses sensations ou ses pensées vagues. Comme le personnage-narrateur n'est plus dans une totale conscience avec une caméra « dehors » et « dedans », il fournit une narration plus énigmatique car le décalage horaire entre les faits, le ressenti et la narration est presque réduit à zéro. Le lecteur écoute une histoire presque racontée en temps réel et se sent forcé de deviner avec Bao Lang ce qui se passe :

> Le mot « femme » m'a sorti du sommeil, murmuré par Huo Sang. La lueur de l'aube blanchit déjà les vitres. En ce moment de l'automne profond, nous devrions être six heures du matin. En été, Huo Sang a l'habitude de se lever à cette heure-ci pour faire du sport et respirer l'air frais. Nous avons le droit de nous lever plus tard en automne, au rythme de la saison. S'il est bien au lit, pourquoi parler d'une femme ? A-t-il rêvé d'une jeune femme ? Que c'est doux ! « La pauvre ! Elle n'a pas dormi de la nuit ! Elle devrait être venue pour un meurtre ! » Ces mots avec affection sont bel et bien prononcés par Huo Sang, quelle surprise ! Est-il réveillé ? Ou en train de rêver ? Pourquoi rester au lit s'il est réveillé ?②

L'ouïe subtile de Huo Sang est dévoilée par ce monologue intérieur de son ami,

---

① « 霍桑的手指的活动停住了。他的脸上也顿时灰白 » *ibid.*

② « 霍桑只轻轻地说了一声一个女子,我便突的从睡梦中惊醒。我向窗上望一望,晓光已是白漫漫的。在这晚秋的当儿,这样的光色,估量起来,已是六点钟光景。在夏天的这时,霍桑早应当起床,往外边作运动早课,吸收新鲜空气了。现今是秋天,我们略迟起一些。他此刻既然还好端端地躺在床上,怎么说什么女子不女子? 莫非他也做什么甜蜜的好梦,梦境中遇见了。一个女子。一个年轻的女子! [...] 可怜! 伊一夜没有睡哩! [...] 伊一定是为着什么凶杀案来的! » Cheng Xiaoqing, « Qingchun zhi huo », in *Huo Sang tan'anji*, Vol.7, pp.3-4.

car il a entendu une femme s'annoncer à la porte alors que Bao Lang rêvassait dans son sommeil. Bao Lang cite aussi les psychologues pour justifier ses pensées vagues : « la fièvre » qui « influence la psychologie », « aux moments de faiblesse ou de maladie », « produit des illusions pessimistes ».① Ses sens deviennent plus aigus, son imagination plus vivace. Il entend même les voisins compter leurs sous dans la chambre car Huo Sang a déduit qu'ils avaient les poches pleines d'argent. Il s'imagine aussi des scénarios catastrophes où son ami se fait assassiner car il a dû « susciter de la jalousie ou de la haine pendant sa dizaine d'années de carrière »②. Jusqu'à ce qu'un « sifflet bizarre irrite son ouïe »③, et cause « des maux de tête »④. Ce genre de monologue intérieur est différent de ceux qu'on trouve dans *Shi gong'an* car il est plus près du personnage-narrateur et donc plus immédiat. Le lecteur n'est pas en train de contempler le spectacle de l'extérieur, mais se trouve « enfermé » dans le corps du personnage. Enfin, Bao Lang décide de descendre l'étage pour enquêter. Le lecteur le suivra, bien sûr.

Non seulement Bao Lang étale ses sensations et pensées « subconscientes », mais il en profite parfois pour s'exprimer sur les phénomènes sociaux : « Alors que je suis au chaud, confortablement installé dans la voiture, d'innombrables pauvres gens sans toit sont en train de se battre pour survivre, ce qui est une bombe à retardement de notre société !»⑤ Est-ce Bao Lang qui parle ? Plutôt Cheng Xiaoqing qui, une fois de plus, tel un conteur [*shuoshuren*], ne peut s'empêcher

① « 心理学家说,人们的心理常会受身体的影响而转变。身体软弱或因病魔的磨折,往往会造成种种偏于消极衰颓的幻想 » Cheng Xiaoqing, « Guan mi », in *Huo Sang tan'anji*, Vol.5, pp.103-104.

② « 不免会受人的嫉妒猜忌甚至怨恨。我们干了十多年的侦探生涯 » *ibid.*

③ « 忽而有一种奇异的声音直刺我的耳官 » *ibid.*

④ « 我的头仍在刺痛 » *ibid.*

⑤ « 我感到我眼前的处境委实太安适了,但车厢外面不知有多少苦力,正为着生活问题在和寒威搏斗,有些人简直无家可归。那实在是社会全体的隐忧。» Cheng Xiaoqing, « Jiu hou », in *Huo Sang tan'anji*, Vol.5, pp.130-131.

de parler des problèmes sociaux.

Nous avons pu constater que Cheng Xiaoqing a une prédilection pour décrire « en direct » les sensations de Bao Lang, sans expliquer le contexte, comme si le lecteur devrait vivre simultanément l'expérience du narrateur Bao Lang. Ce qui pousse le lec-teur à imaginer et à réfléchir sur le devenir du personnage, à s'attendre à l'imprévisible. En revanche, le *Shi gong'an* dépeint explicitement les jeux et enjeux des personnages, transparents et prévisibles sur scène, à condition que le spectateur partage les codes et conventions de la représentation avec le conteur.

Cheng Xiaoqing lui-même a expliqué sa prédilection pour la narration à focalisa-tion restreinte (interne) dans un essai « Zhentan xiaoshuo de duofangmian »①. Selon lui, il existe deux types de narration dans le roman policier : la narration « objective » d'un point de vue omniscient ; et la narration du point de vue d'un personnage, par soi-même. Ce personnage participe aux enquêtes. Il a ses propres opinions et déductions sur les faits. Ce qui fait que sa narration devient plus proche du lecteur, semble plus « authentique » et « intéressante ».

Cheng Xiaoqing cite quelques exemples de narration en focalisation interne comme dans les cas du Docteur Watson et de S. S. Van Dine. Il souligne l'importance de ce personnage/narrateur mais aussi la différence entre Watson et S. S. Van Dine. Pour lui, la position de S. S. Van Dine est seulement celle d'un narrateur/observateur : bien qu'il suive l'enquête de Philo Vance, il ne participe ni à l'action ni aux déductions. Tandis que le Dr. Watson exprime son avis et sert d'assistant à Holmes. Il joue même un rôle central à la place de Holmes dans certaines affaires. Cheng a donc créé le personnage de Bao Lang à l'exemple de Watson, pour qu'il serve d'assistant à Huo Sang. Il s'implique parfois plus que

① Cheng Xiaoqing, « Zhentan xiaoshuo de duo fangmian », in Ren Xiang et Gao Yuan (éd.), *Zhongguo zhentan xiaoshuo lilun ziliao*, pp. 151-156. Dans ce texte Chen Xiaoqing s'explique sur son goût pour la narration restreinte à la première personne.

Watson dans les affaires, bien que de façon différente et avec son tempérament à lui. Cheng Xiaoqing « considère qu'une histoire racontée à la première personne par l'un des personnages présente non seulement cet intérêt d'être plus authentique, plus proche du lecteur »①, mais aussi de « contribuer au développement de la narration »②. Les différents personnages présents aux côtés de l'enquêteur ( ses amis, ses collègues, ses partenaires) contribuent à multiplier les possibilités de pistes, à varier les déductions, à « concevoir un labyrinthe où la plume de l'auteur guide ou perd le lecteur dans le cœur du mystère »③. « Les enquêteurs secondaires tels que Bao Lang, le policier ou l'inspecteur servent à représenter ces différentes pistes, vraies ou fausses. »④ Mais attention, « l'idée de Bao Lang n'est pas toujours fausse, même s'il représente plutôt l'état d'esprit d'un lecteur »⑤ moins intelligent que Huo Sang, il lui arrive d'avoir raison ! Pour Cheng Xiaoqing : « Des pistes tantôt vraies, tantôt fausses, voilà l'art propre à la narration du roman policier⑥, et Huo Sang est loin d'être un surhomme⑦! » Selon Cheng Xiaoqing, « l'intelligence et la perspicacité de Bao Lang ne sont nullement inférieures à celles de Huo Sang »⑧, c'est pour cette raison qu'il existe souvent des scènes où ils sont en compétition⑨: Huo Sang entend d'abord un visiteur. Bao Lang ayant perdu la première manche,

---

① « 这一种自叙体裁,除了在记述时有更真实和更亲切的优点以外 » Cheng Xiaoqing, «Zhentan xiaoshuo de duofangmian », in Ren Xiang et Gao Yuan [ éd. ], *Zhongguo zhentan xiaoshuo lilun ziliao*, p.153.

② « 在情节的转变和局势的曲折上,也有不少助力 » *ibid.*

③ « 真象是布一个迷阵。作者的笔尖,必须带着吸引的力量,把读者引进了迷阵的核心 » *ibid.*

④ « 为着要布置这个迷阵,自然不能不需要几条似通非通的线路,这种线路,就须要探案中的辅助人物;如包朗、警官、侦探长等等提示出来 » *ibid.*

⑤ « 他的见解,差不多代表了一个有健全理智而富好奇心的忠厚的读者 » *ibid.*

⑥ « 须知虚虚实实,原是侦探小说的结构艺术啊 » *ibid.*

⑦ « 既不愿把霍桑看做是一个万能的超人 » *ibid.*

⑧ « 他的智力和眼光,并不一定在霍桑之下 » *ibid.*

⑨ Voir le début de « Liang li zhu », in *Huo Sang tan'anji*, Vol.8, p.164.

essaie de se rattraper en observant le client et la réaction de Huo Sang pour se faire une première idée par ses propres déductions sur l'origine sociale du client et la gravité de l'affaire. Rien n'échappe à son regard, mais bien sûr, n'oublions pas que derrière lui il y a l'intention de l'auteur de varier les points de vue et de proposer subtilement des fausses pistes.

### VI.2.2. La narration restreinte à la troisième personne

Une petite partie des histoires de Huo Sang sont racontées du point de vue d'un personnage, à la troisième personne. Ce personnage pourrait aussi bien être le plaignant que le policier.

Tout comme dans *Shi gong'an*, le narrateur décrit ce que perçoit le personnage, ses réactions et sa psychologie. Il « s'étonne »① de l'absence de son hôte, « perd la tête »②. « Sachant que l'interrupteur se trouve sur le mur, il allume la lumière et constate que son hôte est allongé par terre, mort. »③ Il « sait que tout est fini, irréparable, et que He Shijie est mort de sa blessure, il décide donc de reculer d'un pas et se retire en hâte du salon »④. Alors que le policier Ni Jintao « ne pensait qu'à [la maladie] de son fils, il n'a pas pu prévoir le choc »⑤, quand il tourne au bout de la rue. « Son cigare tombe par terre. »⑥ Trouvant l'imprudent suspect, Ni Jintao part à ses trousses, « abandonne son cigare »⑦. Il continue à penser à l'attitude de l'inconnu et « une idée lui touche l'esprit : Pourquoi ce type

① « 诧异 » Cheng Xiaoqing, « Moku shuanghua », in *Huo Sang tan'anji*, Vol.3, p.126.

② « 有些慌乱了 » *ibid.*

③ « 知道点灯的机钮就在近门的壁上 » *ibid.*

④ « 见了何世杰的这种伤势,明知已没有挽救的希望,于是倒退一步,急忙忙从客室门口里回身出来 » *ibid.*

⑤ « 涛整个的脑子本萦回在他的儿子身上,不提防有这一撞 » Cheng Xiaoqing, « Yeban husheng », in *Huo Sang tan'anji*, Vol.4, p.150.

⑥ « 他口中衔着的雪茄也落到了地上 » *ibid.*

⑦ « 便舍了雪茄 » *ibid.*

court-il ? A-t-il commis un crime, se sentant coupable ? »① Nous sommes ici en présence d'une focalisation omnisciente mêlant « caméra extérieure objective » et « caméra intérieure subjective ».

L'affaire de « Xinhun jie » a pour particularité narrative un changement de focalisation au bout de deux chapitres. Les deux premiers chapitres sont racontés à la troisième personne, du point de vue tour à tour des malfaiteurs et de la victime. Bao Lang explique au lecteur ce changement par une note au début du récit. Il met l'accent sur le fait qu'il a essayé « d'être objectif, d'organiser le récit dans l'ordre où l'affaire s'est déclenchée et s'est développée »②.

L'affaire commence par le retour du malfaiteur Xiao Wang, dans son ancien clan avec « l'homme au visage noir », Frère Tigre. Ils discutent dans la rue d'une affaire « datant d'un an [apparemment] laissée sans conclusion »③. L'histoire se poursuit par le « monologue » du malfaiteur qui décide de faire chanter la nouvelle mariée : « Ah, Ah ! C'est bien elle ! Je me croyais à bout de ressources, mais quelle coïncidence ! »④ Ensuite, « la caméra » enregistre l'expression de son visage « les prunelles qui tournent légèrement »⑤. Le malfaiteur poursuit son monologue : « Son futur mari est un docteur ! Tant mieux ! Ne laissons pas s'échapper cette chance pour me sortir du pétrin ! »⑥ La narration oscille alors entre le monologue et la description des mouvements corporels du personnage, comme si la « caméra » suivait de près ce personnage, en gros plan.

Après avoir lu le message de félicitations de Wang Qi, qui lui propose de la

① « 一个意念打动了他:这家伙仓皇逃避,不是干了什么犯法的事吗 » *ibid.*

② « 我现在凭着客观的眼光,照着案子发展的程序记述如下 » Cheng Xiaoqing, « Xinhun jie », in *Huo Sang tan'anji*, Vol.5, p.3.

③ « 我们那一件事不是还没有了结吗? 我已候了你一年哩 » *ibid.*, p.6.

④ « 他又自言自语的说:哈哈! 果真是伊! 我正苦没有办法,那真是再巧没有 » *ibid.*, p.12.

⑤ « 他的眸子转了几转 » *ibid.*

⑥ « 对方是个博士,当然有钱。这是一个再好没有的机会。一个救穷的机会,我决不能放过 » *ibid.*

rencontrer « à 22h ce soir dans le deuxième compartiment de la Grande Scène, avant les noces »①, Mingzhu, l'héroïne, décide d'appeler Huo Sang. Cependant, elle « hésite avant de consulter l'annuaire. [Elle] hésite encore avant de composer le numéro du standard pour lui demander de la mettre en relation avec le cabinet »②. Quand quelqu'un décroche, « sa respiration s'accélère, son cœur bat plus fort »③, « ses mains tremblantes comme des feuilles qui dansent dans le vent d'automne arrivent à peine à tenir le combiné »④. Enfin, perdant courage, elle « raccroche le téléphone »⑤ sans rien dire. En quittant la cabine téléphonique, elle « sort le message et le déchire »⑥.

Au chapitre trois, Bao Lang devient le narrateur, il apprend au lecteur que celui qui a répondu au coup de fil de la nouvelle mariée n'est autre que l'inspecteur Wang Yinlin, lequel se trouvait par hasard dans le bureau de Huo Sang. Tandis que Huo Sang ouvre une lettre, Wang répond au téléphone à la place du détective.⑦ Le ton est objec-tif, sans décrire la psychologie du policier.

Cheng Xiaoqing ne laisse pas au hasard ces changements de focalisation. Il a choisi, en toute connaissance de cause, de « coller » la caméra au plus près des malfai-teurs quand ils sont en pleine action (narration « en direct »), et de l'éloigner quand il s'agit d'un souvenir (narration temporellement « décalée »). Ces variantes de focalisa-tion à la troisième personne très subtiles guident le lecteur dans la temporalité recons-tituée du récit.

---

① « 但在你结婚以前,我打算和你谈几句话。请你今夜十时到大舞台东二厢里来一见,切勿失约自误。王启 » *ibid.*., p.16.

② « 明珠经过一度迟疑,下了决心,便取过电话薄来,查找霍桑的电话号数。查得以后,伊又沉吟了一下,才毅然地摇动电话,报告号数(那时电话还不是自动的) » *ibid.*, p.18.

③ « 明珠的呼吸重新急促了,心房的跳动也骤然增加了速度 » *ibid.*

④ « 伊的握听筒的手好像风中的秋叶,颤动得几乎不能把握 » *ibid.*

⑤ « 将听筒挂上 » *ibid.*

⑥ « 将那个纸团取出来,把它撕成粉粹 » *ibid.*

⑦ « 汪银林看见霍桑正在批阅一封来信,便立起来代他接话 » *ibid.*

### VI.2.3. Exceptions et changements défocalisation

Nous avons mentionné le changement de focalisation au sein du récit « Xinhun-jie »①, dans le chapitre précédent. Il s'agissait de commencer le récit d'un point de vue autre que celui de Bao Lang et de revenir ensuite au sien plus tard. Nous avons constaté d'autres cas similaires. Bien que peu nombreux, ces récits retiennent notre attention.

Les deux premiers chapitres de « Zi xinqian » sont consacrés au récit qu'un plai-gnant fait de la découverte d'un cadavre. Ce récit n'a pas lieu au cabinet devant le détective. Il est impossible de savoir à quel moment il a été fait ni dans quelles circons-tances. Un plaignant ayant découvert un homme avec un poignard planté dans la poi-trine ne saurait commencer son récit par une description de la pluie :

> Il était minuit passé, longtemps après les douze coups de l'horloge. La pluie d'automne avait commencé à tomber la veille au matin, quelques gouttes par-ci, quelques gouttes par-là, pendant une demi-journée. À deux ou trois heures de l'après-midi, la pluie s'est arrêtée, mais le ciel était resté maussade. Après le dîner, vers huit heures, la pluie avait recommencé à tomber plus fort, et le déluge avait duré plus de trois heures. Même si je n'irai pas jusqu'à employer l'expression « pleu-voir à seaux », des flots d'eau ruisselaient de sous les toits et les deux cuves derrière la maison avaient été bientôt remplies, c'est dire la violence de l'orage. À onze heures, le vent avait tourné et la pluie s'était éloignée peu à peu.②

① Cheng Xiaoqing, « Xinhun jie », in *Huo Sang tan'anji*, Vol.5, pp.1-60.

② « 那时候是在半夜过后,十二点钟已经敲过了好一会。昨天上半天下了一阵疏疏的秋雨,午后两三点钟虽住了雨点,天色仍是阴沉沉的。到了晚饭后八点钟光景,忽又下起大雨来,足足注泻了三个多钟头。虽然不能把倾盆的字样形容那雨势,但屋檐下的水流中奔流不绝,屋后的两只大缸都已储满了水,便可见雨势的一斑。但到了十一点过后,呼呼的风声转了方向,雨脚便渐渐地收束。» Cheng Xiaoqing, « Zi xinqian », in *Huo Sang tan'anji*, Vol.3, pp.3-5.

Après cette description de la pluie digne d'un Maupassant (« Une Vie » commence par une description similaire de la pluie contemplée par Jeanne à travers la fenêtre), le héros-narrateur continue, sans se presser, à décrire ses activités au bureau.

> Je devais terminer deux plans d'architecture d'une maison d'éducation cette nuit. J'ai horreur d'être dérangé en plein travail par les visiteurs et les bruits de toutes sortes. C'est pour cette raison que ce printemps, j'ai quitté ma maison natale et cessé de vivre avec mon vieil oncle pour me construire une petite maison ici, justement pour trouver un peu de calme, loin du brouhaha de la ville. Cependant la pluie tumultueuse de cette nuit et les tic-tacs sous le toit m'ont beaucoup perturbé. Le sifflement du vent qui se lève après la tempête faisait grincer toutes les fenêtres. Les vieux sapins derrière la maison tourmentés par le vent poussaient des grondements sourds de résistance. Un bruit impossible à identifier, comme le cri d'un diable, s'est mêlé au bourdonnement des arbres, irritant mes nerfs. Les quelques bambous que j'ai plantés pour créer un peu d'ombre devant la maison commençaient eux aussi à pousser des cris de douleur discontinus. J'étais tellement énervé que j'ai failli à maintes reprises jeter mon crayon. Mais pensant aux délais proches, je me suis obligé à rester au travail.①

Malgré le doute et l'étonnement, le narrateur reste assez lucide dans ses pensées pour procéder à des déductions. Tout en dessinant ses plans, il pense que les

---

① « 我因着要赶制模范教养院的两张图样,不能不漏夜工作。当我工作的时候,最怕人家的打扰和一切声响的股耳。我在今年春天所以离了我镇中叔父的老家,在这地方建造这一所小小的屋子,就为着要避嚣取静的缘故。但昨夜里嗤嗤的雨声和叮步的檐马,已扰得我心神不宁;后来风声代替了雨声,吹得全屋子的玻璃窗都轧轧地乱响起来。屋子后面原有几棵老松,因着风力的压迫,发出一阵阵抵抗的吼声;另有一种鬼啸似的声响,也夹杂在松涛声中,越发刺激我的神经。我的屋子的前面,为着要掩蔽阳光,种了几行竹竿,这时竟也萧萧瑟瑟地发出断续的哀鸣。我实在厌烦极了,好几回想掷笔而起,可是因着交卷期限的迫促,不能不强制着继续工作。» *ibid.*

visiteurs arrivés à l'improviste sont soit « M. Zhu, secrétaire du champ de course », soit « les deux messieurs du nouveau village » venus bavarder au milieu de la nuit.① Le fil de sa pensée ne sera même pas perturbé jusqu'au cri du domestique nommé Dexing : « Aïe ! Il s'est effondré! »② Le narrateur « enfin surpris, jeta son crayon, se leva du bureau, traversa la bibliothèque, le salon et le couloir, et une fois franchie la porte du salon, il sentit un courant d'air glacial sur son visage. »③

Le récit se termine ainsi laissant le lecteur dans l'incertitude. Bao Lang reprend le récit dans le chapitre suivant de son point de vue, expliquant ce brusque changement :

> Chers lecteurs, vous avez dû être surpris par le récit précédent, non ? Excusez-moi, j'apporte tout de suite quelques éclaircissements.④
>
> Dimanche 23 septembre au matin, alors que je bavardais avec Huo Sang au cabinet, l'ins-pecteur Yao Guoying du commissariat de Songhu nous a rendu visite pour demander de l'aide.⑤

Bao Lang, le personnage-narrateur, décrit d'abord le physique du policier avant de rapporter son discours. Yao raconte la découverte du crime encore une fois, en citation directe : « Une affaire inédite ! Étrange ! Délicate à traiter ! Sûr ! Un homme poignardé avec un couteau en plein milieu de la poitrine, est allé sonner chez quelqu'un et est tombé raide mort quand la porte s'est ouverte ! Voyons !

① « 这样的深夜,赛马场里的干事朱先生,不见得再会赶来闲谈罢? 就是新村中的那两位先生,也不致于再来扰人 » *ibid*.

② « 哎哟! 怎么倒了 » *ibid*.

③ « 不能不惊诧了,丢了笔立起身来。走出了书室,穿过客室,又开门走进那近前门的市道。刚才跨出了客室的门,便觉得一阵冷风直扑脸上 » *ibid*.

④ « 读者们读了上面一节的表白,不是要觉得有些儿突兀吗? 请原谅,现在让我把这事的来由申说几句。» *ibid*.

⑤ « 九月二十三日星期日那天的早晨,我正在霍桑屋里闲谈。松沪警局的侦探长姚国英,忽赶来向霍桑求助。» Cheng Xiaoqing, « Zi xinqian », in *Huo Sang tan'anji*, Vol.3, pp.3-5.

N'est-ce pas étrange ? »① Voyant que ses propos font effet sur Huo Sang et Bao Lang « dont la curiosité instinctive s'est réveillée »②, Yao insiste sur l'importance de cette affaire en précisant que la victime et le plaignant sont tous les deux « des amis de la maison » et « des notables de la ville »③. C'est aussi dans ce paragraphe qu'on apprend le nom du narrateur des deux chapitres précédents, « Xu Zhigong, architecte à Jiangwan »④.

Nous comprenons très bien que cette affaire est rapportée *a posteriori* aussi grâce à la conclusion de la déclaration de Yao. Quand Huo Sang et Bao Lang décident tous deux d'aller enquêter sur le terrain, « ce jour-là, dix heures venaient à peine de sonner, nous sommes arrivés à Jiangwan »⑤.

Cette approche nous rappelle les caméras qui suivent tour à tour les coupables et les policiers dans les séries policières télévisées américaines (« The Wire » dont nous avons parlé au chapitre précédent). Comme nous l'avons déjà constaté, cette technique ne nuit point à la narration et à la création du suspense, au contraire, elle rajoute du suspense. Au moment où le lecteur perplexe comprend qu'il s'agit de la découverte du crime décrit « en temps réel » par le plaignant, il sera aussi curieux que le détective de connaître la fin de l'histoire.

Le premier chapitre de l'affaire de « Hai chuan ke » nous fait penser à celui de « Wugong moying » où la narration adopte un point de vue « objectif » et décrit les actions et l'attitude des personnages :

Pendant que Wu discutait avec un docker, il a vu un homme portant une

① « 他说:"这是一件难得听见的奇怪案子! 办起来一定很棘手。一个人胸膛中插了一把刀 ,半夜里去捺人家的门铃,开门后就躺倒不动。想想看! 奇怪不奇怪。» *ibid.*

② « 我的好奇本能立即激动起来。霍桑也并不例外 » *ibid.*

③ « 因为这案子既有我直属上司的关系,当然不能怠慢;而且案中人和被杀人都是社会上有地位的人物 » *ibid.*, p.7.

④ « 江湾有一个建筑工程师许志公 » *ibid.*

⑤ « 这天上午十点钟时,我们已到达江湾 » *ibid.*

tunique en vénitienne et une veste en satin foncé, planté devant la cabine, l'air curieux. L'homme portait des lunettes, il avait une petite moustache, était grand et corpulent, et semblait avoir la quarantaine. Il tenait un chapeau melon en laine noire à la main. Il a jeté plusieurs coups d'œil à l'intérieur de la cabine, visiblement et étrangement intéressé. Wu Ziruo, complètement absorbé dans la conversation, n'a pas prêté attention. Alors que Hu Si, le serviteur des compradores, lui, l'avait aperçu et l'observait en s'approchant.①

Ici tout comme plus loin, le narrateur est omniprésent et braque sa « caméra » de près sur les personnages, leur visage. « Quand il a posé la question d'un air détendu, il avait aux lèvres un cigare dans un fume-cigare en pierre de miel. Mais l'étranger nommé Tang Baochu paraissait sérieux et grave, comme s'il préparait une négociation importante. »② Le lecteur apprend, grâce aux décodages du narrateur, la psychologie des personnages, la raison de leurs réactions. L'œil du narrateur nous rappelle le regard perspicace d'un Bao Lang ou d'un Huo Sang, qui déchiffre « la nervosité des muscles sur le visage de Tang, malgré ses efforts pour rester calme »③. Tang « hochant la tête, plongeait la main droite dans sa poche. Quand sa main en est ressortie le poing serré, on aurait dit qu'il y avait quelque chose de caché entre ses doigts »④. Cette observation peut se faire par les yeux de Wu, de son serviteur ou de « la caméra » objective.

---

① « 这时候他正和一个营货舱的人谈着。舱门口忽有一个穿玄色花缎夹袍和直贡呢马褂的男人,站住了向里面张望。这人戴着一副眼镜,嘴唇上留着些短须,躯干高大,年纪约在四十左右,手中还执着一项黑呢的铜盆帽子。那人向舱内接连望了几里,态度上显然有些异样。吴子若仍和那货舱的谈着,还没有注意,但船中另有一个专任伺候买办的茶房胡四,却已一眼瞧见。他急忙走到舱门口来,向着这个穿黑衣的人仔细端详» Cheng Xiaoqing, « Hai chuan ke », in *Huo Sang tan'anji*, Vol.4, pp.452-453.

② « 他问这句话时,那支装在蜜蜡烟嘴里的雪茄仍照例衔着,神态上似乎随意得很。但这个叫唐宝楚的来客却容色严重,好像正要开什么重要的谈判的样子 » *ibid.*

③ « 唐宝楚虽还镇静,但脸上的肌肉也明明紧张 » *ibid.*

④ « 他点了点头,便把右手伸到衣袋里去。一会儿他的手伸出来了,那只手忽已握着拳头,拳头中好像藏着什么东西。» *ibid.*

Bao Lang apparaît au deuxième chapitre, en tant que narrateur à la première personne. Il explique, comme dans la plupart des situations de changement de point de vue, la raison de son choix. « Cette affaire, je l'ai vécue, comme d'autres. J'ai changé l'ordre de la narration car j'ai voulu changer le style du récit »①, et aussi parce que « j'ai quitté le logement que je partageais avec Huo Sang après mon mariage »②.

Les événements suivants ont l'air d'une découverte de crime « typique » : quelqu'un téléphone au cabinet de Huo Sang pour une affaire certainement « urgente ». Cette fois, Huo Sang était absent, probablement « au commissariat avec l'inspecteur Wang Yinlin, selon les dires du domestique Shi Gui »③. « J'avais à peine aspiré une bouffée de cigarette que le téléphone a sonné tout à coup. C'était la compagnie de transport maritime Pacifique qui demandait à Huo Sang de se rendre sur le champ sur le navire Chunjiang amarré au port de Huangpu. C'était de la part d'un certain compradore Wu Zixiu. »④ Bao Lang décide alors de se rendre là-bas avant Huo Sang.

Nous avons déjà évoqué le changement de focalisation dans le début de « Wugong moying ». Jusqu'ici, un changement de focalisation radicale intervient toujours au début du récit : on passe de la troisième personne à la première personne, du point de vue d'un narrateur omniscient à une « caméra » à la fois interne et braquée de près sur le personnage-narrateur. C'était aussi le cas dans « Bai shajin », où les deux premiers chapitres sont narrés avec un point de vue omniscient. Après une

① « 这一件案子,我当时也曾亲身经历的,我为着略略变更我记叙的体裁起见,故而顺序上稍有移动 » *ibid.*

② « 这件事的发生在我结婚以后,所以我已经和霍桑分居 » *ibid.*

③ « 不料他不在寓中。据他的旧仆施桂说,他是往警察总署汪银林探长那边去的 » *ibid.*

④ « 我的纸烟刚才吸了两口,电话忽又响动。我接了一听,却是太平轮船公司里打来的,据说有一件万分紧急的事,请霍桑立刻到黄浦码头春江轮船上去,和吴子秀买办接洽 » *Ibid.*

description du paysage, Yu Haifeng, le plaignant, apparaît dans « l'objectif », hésitant à frapper à la porte de Monsieur Jia qui l'a menacé : « Va-t-en ! Et vite ! Sinon, tu vas voir! »① Pourtant, Yu Haifeng « s'oblige à rester patient »②. Le narrateur, comme celui de *Shi gong'an*, pénètre dans l'intériorité de chacun des personnages.

Cependant, nous avons relevé des cas où le point de vue change tout au long du récit. C'est le cas dans « Wugong moying ». Dans le paragraphe qui ouvre le récit, le narrateur omniscient déchiffre le physique et l'expression des deux malfaiteurs, d'un œil expert digne d'un détective, alors que dans le paragraphe suivant, le narrateur semble pouvoir pénétrer dans l'intérieur du personnage « fort confiant »③.

La « caméra » narrative semble toujours suivre de près les personnages jusqu'au sixième chapitre où Huo Sang apparaît sur scène, tout en détaillant, comme dans *Shi gong'an*, la psychologie des personnages. « Il se baisse et se dirige lentement vers la porte, espérant que Aimei le retiendra et lui fera dire la vérité. Au contraire, Aimei ne l'a pas retenu. Sanzhi, bien que déçu, ne perd pas espoir. Il s'arrête sur le seuil et se retourne. »④

L'œil du narrateur guide le lecteur et l'enferme à l'intérieur du personnage : Yang Yiming « n'osait même pas respirer, encore moins jeter un œil pour voir qui est entré dans la pièce »⑤. Le lecteur ne peut qu'« entendre des pas lourds,

① « "走！快走！不然,我要不客气了 » Cheng Xiaoqing, « Bai shajin », in *Huo Sang tan'anji*, Vol.4, p.242.

② « 但仍耐着性子 » *ibid.*

③ « 很有把握 » Cheng Xiaoqing, « Wugong moying », in *Huo Sang tan'anji*, Vol.7, pp. 360-361.

④ « 略弯了腰,便缓步向室门走去。他的心中在估量,爱美也许要阻止他,叫他说出所说的事实。可是出乎他的意外,爱美并不留住他。三芝虽失望,但仍不甘心,他走到房门口时,又停留脚步,回过头来。» Cheng Xiaoqing, « Wugong moying », in *Huo Sang tan'anji*, Vol.7, p.385.

⑤ « 杨一鸣连呼吸都不敢透,当然更没有胆量偷看进来的是什么人 » *ibid.*, p.392.

visiblement ceux d'un homme chaussé de souliers de cuir, qui une fois au milieu de la pièce s'arrête, probablement en train d'observer les alentours. Ensuite, il l'entend crier : Xiaolian ! Xiaolian ! Xiaolian ! »①

Ne croyons pas que le narrateur se contente de montrer la psychologie des criminels, il nous livre aussi l'une des rares pensées de Huo Sang.

> La réputation de Huo Sang est en danger ! A-t-il vraiment une arme dans sa poche ? Si oui, il aurait tiré volontiers. Malheureusement il l'a oubliée avant de partir ! Il voulait faire peur avec la lampe torche cachée dans sa poche, mais l'adversaire a déjoué sa ruse. Maintenant qu'il est lui-même menacé, il a pu réagir grâce à son expérience. En voyant que Jia Sanzhi est retourné à son bureau, il dépose le combiné et revient à la vitesse de l'éclair. À peine Jia a-t-il sorti le pistolet du tiroir que Huo Sang arrive derrière son dos, avant qu'il n'ait touché la détente. Il se penche et envoie son pied droit frapper le poignet droit de Jia.②

Dans les récits de « Huo Sang » comme dans *Shi gong'an*, la narration suit aussi bien le modèle de la focalisation omnisciente que le modèle de la focalisation interne à foyer variable, le plus fréquent dans les romans contemporains. Elle dispose d'un moyen plus efficace pour impliquer le lecteur dans le développement du texte : la focalisation interne à foyer fixe, c'est-à-dire du point de vue de Bao

① « 那人的脚步很沉重,穿着皮鞋,明明是一个男子。那人到了客室的中央站住了,似乎正在向西周瞧察。接着他听那人发声喊叫:"小莲!…… 小莲!…… 小莲!" » *ibid.*

② « 霍桑的地位危险了,他的外衣袋中真有手枪吗? 如果有,他此刻尽可以开了! 可惜他今夜出来时并没有带枪! 他的衣袋中只有一只电筒。起先本想利用它演一回空城计,不料这把戏给对方看穿了,自己反陷进了危险的地位。可是临危应变,他有丰富的经验,他一瞧见贾三芝重新回到了书桌前面,便放下听筒,用百米赛的冲刺动作,直奔过来。贾三芝的手枪刚才从抽屉中取出,他的手指还没有触着机钮,霍桑已奔到他的背后,他斜倾着身子 ,飞起右腿,踢中了贾三芝的右腕。» *ibid.*, p.412.

Lang, personnage privilégié qui partage avec le lecteur la position et les méthodes d'enquête de Huo Sang. Bao Lang est le lien indispensable entre le lecteur et le texte, le relais narratif par excellence.

On ne saurait conclure que la focalisation interne à foyer variable est l'une des caractéristiques du roman populaire, sans étudier le cas de l'un des classiques du roman policier occidental, « Sherlock Holmes ». De toutes les « aventures de Sherlock Holmes », seuls deux récits connaissent un changement de focalisation (du point de vue de Watson à celui d'un narrateur omniscient, processus inverse de celui des aventures de Huo Sang). Au début d'« Une étude en rouge », dans la partie intitulée « Souvenirs de John H. Watson, docteur en médecine, ancien du corps médical des armée ; M. Sherlock Holmes », Watson apparaît en narrateur et apprend au lecteur les circonstances de sa rencontre avec Sherlock Holmes. Watson nous narre la lutte opposant Holmes et les deux inspecteurs Gregson et Lestrade au coupable, en s'exprimant toujours à la première personne, car il a été le témoin direct de la scène :

> Le tout s'était déroulé en un clin d'œil si rapidement que je n'avais pas eu le temps de prendre conscience de ce qui s'était passé. J'ai gardé un souvenir très vif de ce moment. [...].
>
> — Son fiacre est à notre disposition, dit Sherlock Holmes. Il nous servira à le conduire à Scotland Yard. Et maintenant, messieurs, continua-t-il avec un sourire aimable, nous avons mis fin à ce petit mystère. Vous êtes invités à me poser toutes les questions que vous voudrez, et il n'y a aucun risque que je me refuse à y répondre.①

① Arthur Conan Doyle, « Une étude en rouge », in *Les Aventures de Sherlock Holmes*, Vol. 1, p.101.

Jusqu'ici, rien ne change par rapport au processus narratif d'un roman de détective « classique » : l'assistant-narrateur, qu'il se nomme Watson ou Bao Lang, assiste à la découverte du crime, participe à son enquête aux côtés du détective-héros et se souvient, avec douceur ou amertume des scènes auxquelles ils ont assisté et des personnages étranges qu'ils côtoient.

Quand Cheng Xiaoqing décide de changer la focalisation à l'intérieur d'un récit, il passe normalement du point de vue des coupables, que ce soit à la première personne ou à la troisième personne, à celui de Bao Lang ou, plus exceptionnellement, à celui de Huo Sang. La découverte du crime se fait toujours au cabinet, si ce n'est au début du récit en tout cas à la fin, comme si la caméra fixait le coupable ou le plaignant. La narration qui suit cet ordre plonge le lecteur dans le mystère total au lieu de le mettre sous l'égide du détective habile et de son assistant brave et armé, comme dans la suite du roman d'« Une étude en rouge » : après avoir arrêté le coupable Jefferson Hope, Holmes annonce qu'il répondra aux questions qu'on lui posera. Le narrateur décide alors de conter à la troisième personne des aventures des mormons dans le Far West américain, et d'introduire peu à peu les victimes et le coupable dans son récit, de remonter le fil du temps pour démontrer le motif du crime. Cette méthode narrative est plus claire et présente moins de suspense que chez Cheng Xiaoqing.

> C'est ce spectacle que contemplait, le 4 mai 1847, un voyageur solitaire. Son apparence était telle qu'il aurait pu passer pour le génie ou le démon de la région. Il aurait été difficile pour un ob-servateur de dire s'il était plus près de quarante que de soixante ans.①

---

① Arthur Conan Doyle, « Une étude en rouge », in *Les Aventures de Sherlock Holmes*, Vol. 1, p.103.

Le deuxième récit avec un pareil changement de focalisation chez Sherlock Holmes est « la Vallée de la Peur ». La première partie du texte met en scène Sherlock Holmes et Watson au cabinet, en train d'étudier le message d'un indicateur. Ce message codé concerne cependant très clairement Douglas, le personnage principal, qui a été la victime d'une vengeance. La deuxième partie élucide le passé de Douglas, ancien policier infiltré chez les Éclaireurs, une organisation criminelle qui le poursuivait et a finale-ment obtenu sa mort. La deuxième partie concernant un passé lointain et une aventure sur un autre continent, est racontée à la troisième personne. Sans doute l'éloignement dans le temps et surtout dans l'espace (le Nouveau Monde, les Amériques) de ces deux histoires permet-il à Conan Doyle de narrer avec plus de facilité cette partie du récit à la troisième personne, en focalisation « objective » ou avec un narrateur omniscient.

*Première partie, La tragédie de birlstone, chapitre* 1, *L'avertissement*

[...]

Je pense être l'un des hommes les plus patients qui soient, mais je dois admettre que je fus contrarié par cette interruption sardonique.

— Franchement, Holmes, dis-je sévèrement, vous êtes parfois un peu exaspérant.①

*Deuxième partie, Les nettoyeurs, chapitre* 1, *L'homme*

C'était le 4 février de l'année 1875. L'hiver avait été rude et la neige s'amoncelait dans les gorges des monts Gilmerton.②

Le narrateur va jusqu'à avertir le lecteur de l'endroit où il doit poser le regard, dans la foule des personnages :

---

① Arthur Conan Doyle, « La Vallée de la peur », in *Les Aventures de Sherlock Holmes*, Vol. 3, p.9.

② *Ibid.*, p. 149.

> Quelques femmes de la classe laborieuse, ainsi que deux ou trois voyageurs qui pouvaient être de petits commerçants locaux, composaient le reste de la troupe, à l'exception d'un jeune homme tout seul dans son coin. C'est lui qui nous intéresse. Observez-le bien, il en vaut la peine.①

*Les Aventures de Sherlock Holmes* comptent deux histoires racontées du point de vue d'une caméra extérieure, installée face aux acteurs. Nous ne savons pas pourquoi l'auteur a choisi cet angle de narration.

Dans « La pierre de Mazarin », cette première histoire est la petite nouvelle mettant en scène deux voleurs qui, se croyant seuls, font des aveux et se dénoncent②, comme Piao Laoshu et Liu Yi dans *Shi gong'an*.③

La deuxième histoire racontée du point de vue d'un narrateur omniscient est le « Dernier coup d'archet » où Holmes se déguise en espion américain pour arrêter l'agent Von Bork, alors que Watson l'accompagne en costume de chauffeur. Dans ce cas, nous comprenons pourquoi le romancier ne nous délivre pas la vérité du point de vue de Watson : Conan Doyle préfère nous présenter Von Bork en tant qu'adversaire redou-table de Holmes.

> Un homme remarquable, ce Von Bork... pratiquement sans égal parmi tous les agents dévoués du Kaiser. C'était d'abord pour ses talents qu'il avait été désigné pour la mission en Angleterre, la plus importante de toutes, mais depuis qu'il en avait pris la responsabilité, ces talents étaient devenues de plus en plus manifestes pour la demi-douzaine de personnes au monde qui étaient

① Arthur Conan Doyle, « La Vallée de la peur », in *Les Aventures de Sherlock Holmes*, Vol. 3, p.151.

② *Ibid.*, pp.727-733.

③ *Shi gong'an*, pp.68-69.

véritablement au courant de la chose.①

Dans *Les Aventures de Sherlock Holmes*, il n'existe que deux histoires racontées à la première personne par le détective lui-même. Dans la première, « La crinière du lion », en l'absence du docteur Watson, Holmes est obligé de narrer lui-même l'affaire. Cependant, pour le héros-narrateur, l'intérêt de ce récit réside dans le fait qu'il peut enfin « raconter son histoire à sa manière ».

> À cette époque de ma vie, le bon Watson croisait rarement mon chemin. Une visite occasionnelle le week-end, tout au plus. Ainsi donc dois-je être mon propre chroniqueur. Ah ! Si seulement il avait été avec moi, que n'aurait-il pas fait d'un événement aussi extraordinaire et de mon triomphe final de toutes les difficultés ! Cependant, il faut que je raconte mon histoire à ma manière un peu fruste, et que je rende compte avec mes propres mots, de chacune des étapes sur la route difficile qui se présentait à moi quand j'enquêtais sur le mystère de la crinière du lion.②

Sherlock Holmes lance un défi à son ami Watson dans « Le soldat blafard »③, pour montrer qu'il sait non seulement enquêter, mais écrire, non pas d'une manière « superficielle », mais de manière « scientifique » et pour montrer ainsi aux lecteurs ce qu'est la vraie méthode scientifique d'enquête. Curieusement, de son côté, Watson a « abandonné » Holmes pour se marier, laissant à ce dernier l'occasion de s'essayer

① Arthur Conan Doyle, « Son dernier coup d'archet », in *Les Aventures de Sherlock Holmes*, Vol.3, p.579.

② Arthur Conan Doyle, « La crinière du lion », in *Les Aventures de Sherlock Holmes*, Vol.3, p.933.

③ Arthur Conan Doyle, « Le soldat blafard », in *Les Aventures de Sherlock Holmes*, Vol.3, p.701.

à l'écriture. Ce prétexte sera utilisé plus tard dans le duo Huo Sang-Bao Lang.

Des trois récits, *Shi gong'an*, *Les Aventures de Sherlock Holmes* et *Huo Sang tan'anji*, nous pourrons tirer les conclusions suivantes :

*Shi gong'an*, le plus « ancien » des trois, est caractérisé par une focalisation à foyers variables. La caméra suit tantôt le juge, tantôt ses gardes, tantôt les malfaiteurs, elle nous dépeint leurs expressions et les sensations qu'ils éprouvent, sans pour autant révéler l'avancement de l'enquête, jusqu'à ce qu'un personnage, très souvent le juge lui-même, parvienne à l'élucidation finale.

*Les Aventures de Sherlock Holmes*, récits moins anciens que *Shi gong'an*, mais précurseurs de *Huo Sang tan'anji*, ont introduit le narrateur-personnage secondaire, l'assistant du détective. Les aventures sont soit racontées par Watson, directement à la première personne, car celui-ci a assisté aux enquêtes menées par son ami, soit par Holmes lui-même, les très rares fois où Watson était absent. Le passage à la focalisation « objective » correspond à un éloignement dans l'espace et le temps, c'est-à-dire dans les épisodes où les personnages vivaient aux États-Unis, pays tellement fantastique et lointain qu'on peut se permettre des fantaisies narratives, comme si le narrateur invitait le lecteur à regarder un film.

*Huo Sang tan'anji*, le « cadet » des trois récits, nous offre le plus de variations dans les méthodes narratives. Non seulement Cheng Xiaoqing a hérité de Conan Doyle l'introduction du personnage d'assistant-ami, et l'a enrichi (voir ce qu'il écrit à propos des différences entre Bao Lang et Watson dans *Zhentan xiaoshuo de duofangmian*) afin d'en faire un personnage indispensable et plus actif dans le processus narratif, mais il a aussi su apprendre du roman classique chinois pour offrir une narration plus souple, avec la focalisation interne à foyers variables (par le malfaiteur ou la victime) avant la focalisation interne à foyer fixe de Bao Lang, ce qui donne plus de suspense au récit. Pour plus de lisibilité, il a aussi pris soin d'expliquer la raison de ces changements, à l'intérieur du récit romanesque ou dans les articles théoriques tels que *Zhentan xiaoshuo de duofangmian*.

# CONCLUSION

La période de création de Cheng Xiaoqing a débuté vers 1914. Elle suit d'une quinzaine d'années seulement l'explosion du roman policier dans le monde, que Yves Reuter fait débuter en 1900①. Cheng Xiaoqing, homme de son temps, semble avoir été doué d'un sens inné pour ce genre romanesque nouveau. À son époque, des « romans occidentaux traduits, ont donné naissance à une littérature policière chinoise, qui s'est rapidement développée suivant leur modèle, et a même connu une période de grande diffusion dans les années vingt et trente »②. La période de production de Cheng Xiaoqing s'est justement calée dans l'« âge d'or du roman à énigme qui se codifie au moyen d'essais »③ (Austin Freeman : *L'Art du roman policier* en 1924) et de « règles prescriptives »④ (S.S. Van Dine : *Vingt règles pour un crime d'auteur* en 1928). Bien que notre livre traite essentiellement des œuvres de création de Cheng Xiaoqing et n'évoque qu'assez peu ses traductions, il faut garder à l'esprit que ses premières contributions dans le monde littéraire ont été de traduire des œuvres occidentales. L'émergence de ces traductions en Chine a induit de nouveaux genres littéraires qui ont accompagné et participé à l'évolution du langage. Si Arthur Conan Doyle n'avait pas existé, notre Sherlock Holmes oriental

① Yves Reuter, *Le roman policier*, p.18.

② Shao Baoqing, « Les romans policiers français dans la Chine du début du XX$^{e}$ siècle », Le Rocambole, 2006, n° 36, p.113.

③ Yves Reuter, *Le roman policier*, p.21.

④ *Ibid.*

n'aurait pas vu le jour.

Sherlock Holmes a débarqué à Shanghai au début du XX$^e$ siècle. La tension politi-que internationale avait provoqué un repli de la Chine sur elle-même, et les idées occi-dentales y étaient malvenues. Aussi ses traducteurs, tels Chen Jinhan, Bao Tianxiao ou Liu Bannong, l'ont-ils parodié à plusieurs reprises.① Dans les nouvelles et les romans qu'ils nous ont laissés, le Sherlock Holmes venant d'Occident n'en finit plus d'arriver en Chine pour la première fois, il est la cible des moqueries des autochtones et échoue invariablement dans ses missions. Le lectorat chinois a entretenu un rapport de passion mêlée de haine pour ce personnage comme pour beaucoup d'autres produits d'importation. Sherlock Holmes symbolisait à ses yeux un Occident triomphant et imbu de sa supériorité, dans le même temps qu'on était obligé de reconnaître toute la force littéraire de ses romans. Aussi, arrivé en Chine, le détective occidental ne pouvait pas être un héros à plein temps. Les auteurs chinois se sont fait une joie de lui faire perdre de sa superbe en le faisant tomber dans toutes sortes de chausse-trappes et d'échecs retentissants.

Parmi nombre de romans policiers chinois qui avaient puisé leur inspiration dans des aventures de Sherlock Holmes, ceux qui mettent en scène Huo Sang sont les plus remarquables, car avec son héros Cheng Xiaoqing a su inventer un héros possédant sa propre identité. En copiant le duo Holmes-Waston, il est parvenu à

① « Xieluoke lai you Shanghai di yi an » « 歇洛克来游上海第一案 » [Sherlock voyage à Shanghai, première enquête] de Chen Jinhan (in *Shibao*, Shanghai, 18 décembre 1904), « Xieluoke chudao Shanghai di er an » « 歇洛克初到上海第二案 » [Sherlock arrive à Shanghai pour la première fois, deuxième enquête] de Bao Tianxiao (in *Shibao*, Shanghai, le 13 février 1905), « Mafei an Xieluoke laihua di san an » « 吗啡案歇洛克来华第三案 » [Sherlock arrive en Chine, troisième enquête : l'affaire de la morphine] de Chen Jinhan (in *Shibao*, Shanghai, 30 décembre 1906), « Cangqiang'an Xieluoke laihua di si an » « 藏枪案歇洛克来华第四案 » [Sherlock arrive en Chine, quatrième enquête : l'affaire du pistolet caché] de Bao Tianxiao (in *Shibao*, Shanghai, 25 janvier 1907) et une série des *Fuermosi dashibai* « 福尔摩斯大失败 » [L'échec de Holmes] de Liu Bannong (in *Zhonghua xiaoshuojie*, tome 2 (n° 2), tome 3 (n$^{os}$ 4 et 5) entre 1915 et 1916.

créer un binôme original, le couple Huo Sang et Bao Lang. Ce modèle narratologique devenu un classique, a fait la gloire d'Arthur Conan Doyle et de Cheng Xiaoqing. Mais paradoxalement, Cheng Xiaoqing n'a jamais pu dépasser le maître et est toujours resté cantonné à ce style narratif. Timothy Wong a traduit en anglais deux récits de Cheng Xiaoqing ( *At the Ball* et *One Summer Night* ) qui ne mettent en scène ni Huo Sang ni Bao Lang. Ce traducteur s'intéresse en effet à la réception et à l'influence de l'héritage de la littérature chinoise ancienne dans les créations de Cheng Xiaoqing①, et pour lui, les Huo Sang n'apportent pas grand-chose sur le plan narratologique, Cheng Xiaoqing se contentant d'imiter les structures d'œuvres occidentales. Alors quelle est la véritable valeur des récits mettant en scène Huo Sang ? Nous avons essayé de donner une réponse à cette question. La contribution à la littérature policière de Cheng Xiaoqing ne s'est pas seulement cantonnée au succès de ses traductions des romans d'Arthur Conan Doyle, mais, bien plus important encore, c'est l'élaboration du personnage du « Sherlock Holmes oriental » qui a scellé son génie. Une composante essentielle de la présente thèse aura été d'analyser la construction autour du personnage de Huo Sang aux niveaux de l'héritage de la tradition chinoise se mêlant aux sciences les plus avancées et au droit moderne. Dans les circonstances politiques et sociales chinoises, Huo Sang répondait parfaitement aux attentes du lectorat chinois. C'est ainsi que le héros a pris sa place dans le panthéon de la littérature policière chinoise. Les traductions et créations de Cheng Xiaoqing ont participé à la modernisation de la littérature chinoise. Nous avons tenté de montrer le rôle qu'elles ont joué, dans

① « 因为他翻译过所有的 Arthur Conan Doyle 作品,他写的霍桑故事实在跟福尔摩斯作者所写的没有基本的差别。所以我特别找出那两篇"没霍桑" 的故事,来看看中文传统给他的影响。Comme il [ Cheng Xiaoqing ] a traduit toutes les œuvres d'Arthur Conan Doyle, les enquêtes de Huo Sang ne sont pas fondamentalement différentes de celles de Holmes. C'est ainsi que j'ai fait exprès de sélectionner deux récits sans Huo Sang pour voir l'influence de la tradition chinoise sur Cheng Xiaoqing » Courriel de Timothy C. Wong à l'auteur de cette thèse, 12 mars 2015.

quelles circonstances, et quelle a été leur contribution dans cette modernisation.

Il faut insister encore sur le fait que la littérature « yuanyang hudie pai » a été méprisée par les critiques contemporains de Cheng Xiaoqing① et chassée des librairies ! Les nouvelles et romans de Cheng Xiaoqing n'ont pas été épargnés et les sources acces-sibles sont donc des rééditions. Dans un nouvel élan, ces dernières années, des cher-cheurs chinois comme Fan Boqun, Kong Qingdong, Ren Xiang, Jiang Weifeng, Zhan Yubing②, etc., se sont mis à étudier des œuvres populaires chinoises. C'est ainsi que Cheng Xiaoqing a fait un retour remarqué dans le monde littéraire chinois. À partir des années 1980, Fan Boqun, professeur émérite, a mis de côté la littérature classique pour étudier la littérature populaire③, à une période où peu de chercheurs s'intéressaient à ce genre d'écrit. Il s'est plongé dans les œuvres populaires et s'est employé à démêler l'histoire de ce pan de la littérature. En 2000 est paru son ouvrage *Zhongguo xiandai tongsu wenxueshi* dans lequel il a dressé un premier panorama de la littérature populaire chinoise. Il y a consacré tout son quinzième chapitre④ à présenter l'auteur-traducteur Cheng Xiaoqing et ses romans policiers, et a vanté le rôle incontournable de l'écrivain dans l'histoire de littérature policière chinoise. Le professeur de l'Université de Beijing Kong Qingdong s'est lui aussi consacré à la littérature populaire. Sa thèse intitulée *Chaoyue yasu* « 超越雅俗 » [Littératures élitiste et populaire : au-delà des frontières], publiée en 2009, a mis l'accent sur la littérature populaire. Il y a étudié

① « Certains lettrés ayant des préjugés sur ce qui est formel et ce qui ne l'est pas, il [le roman policier] avait toujours été méprisé par eux, et jusqu'aux débuts de la Nouvelle République de Chine celui-ci était considéré comme relevant du " roman pornographique ". En août 1955, le gouvernement a supprimé les œuvres, revues et périodiques pornographiques, et le *Quotidien du peuple* a publié un éditorial dans lequel un rapprochement était établi entre le roman policier et les romans pornographiques. Depuis, cette attitude de mépris et ce préjugé ont été abandonnés. » Ren Xiang et Gao Yuan (éd.), *Zhongguo zhentan xiaoshuo lilun ziliao*, p.240.

② Zhan Yubing (战玉冰), jeune chercheur de l'Université Fudan.

③ Fan Boqun, *Zhongguo xiandai tongsu wenxueshi*, préface, p.1.

④ *Ibid.*, pp. 419-433.

en profondeur l'écrivain Jin Yong et ses romans de cape et d'épée. En complément, Kong Qingdong a participé à des émissions télévisées comme *Wenhua mima* [文化密码 Codes culturels] et y a popularisé les formes anciennes de littérature. La présentation et l'analyse de Cheng Xiaoqing et de ses romans policiers occupent tout le cinquième chapitre de son ouvrage *Guowen guoshi sanshi nian*①. Madame le professeur Jiang Weifeng a également étudié Cheng Xiaoqing et ses romans policiers et publié en 2007 son livre *Jinxiandai zhentan xiaoshuo zuojia Cheng Xiaoqing yanjiu* [Recherches sur l'auteur de romans policiers modernes Cheng Xiaoqing]. Récemment, le jeune chercheur Zhan Yubing, lui aussi, s'est consacré à tout son sixième chapitre pour Cheng Xiaoqing et les *Huo Sang tan'an* dans sa thèse publiée en 2023 pour le titre du livre *Minguo zhentan xiaoshuo shilue*(1912—1949) [Brève Histoire du roman policier en République de Chine (1912—1949)]②. Grâce à leurs travaux et via des médias divers, ces chercheurs ont réussi à créer les conditions de la renaissance des œuvres populaires et de leurs auteurs, dont Cheng Xiaoqing et ses romans policiers. La littérature populaire a repris place dans les rayons des librairies depuis les années 1980 et 1990.

En général, les rééditions de tel ou tel livre se cantonnent à un simple reprint d'un ouvrage préexistant. Pourtant, le cas de Cheng Xiaoqing est bien différent, puisque, ainsi que nous l'avons signalé, à l'occasion de la réédition des *Huo Sang tan'an xiuzhen congkan* chez Shijie shuju l'éditeur a retouché une trentaine de nouvelles et romans de Huo Sang, et en a changé les titres. Sans remettre en cause l'intérêt de l'œuvre, il a souhaité l'adapter pour lui donner une dimension plus actuelle.

La guerre froide a ouvert la voie à une nouvelle tendance dans la littérature : le

① Kong Qingdong, *Guowen guoshi sanshi nian*, Vol.2, pp.147-150.

② Voir le sixième chapitre du livre *Minguo zhentan xiaoshuo shilue*(1912-1949) « 民国侦探小说史略(1912-1949) » [Brève Histoire du roman policier en République de Chine (1912-1949)] de Zhan Yubing, Zhongguo shehui kexue, Beijing, juillet 2023, Vol.1, pp.519-570 et Vol.2. pp. 571-572.

roman d'espionnage. C'est devenu un sujet populaire de nos jours. Les œuvres d'espionnage liées au contexte historique de la République de Chine ont la faveur des Chinois depuis une dizaine d'années. Cheng Xiaoqing avait pressenti l'intérêt du genre et fut un des premiers romanciers chinois à avoir écrit sur ce sujet. Il a même rencontré de très francs succès à son époque. S'inspirant des romans d'espionnage soviétiques, Cheng Xiaoqing a écrit *Ta weishenme beisha* (1956) et *Shengsi guantou* (1957). Ce nouvel ersatz du roman policier, qui a vraiment émergé dans les années 1950 et 1960, ne cesse de se développer en Chine continentale depuis les années 1990, et constitue désormais une mode.

Au début du XXe siècle, des romanciers occidentaux ont commencé à s'intéresser au cinéma, comme l'a rappelé Yves Reuter : « à partir de 1910—1915, nombre d'auteurs [français] s'intéresseront au cinéma qui produit des succès tel *Judex* »①... En Chine, dans le courant des années 1930, Cheng Xiaoqing avait déjà fait plusieurs fois l'aller-retour entre la littérature et le cinéma. Tissant des liens entre les deux domaines, il s'est même essayé à être scénariste pour une vingtaine de films, et aussi caméraman pour le film intitulé *Yingxiong meiren* 英雄美人 [Héros et belles]. Enfin, il a même créé le « Cinéma public du Parc » [公园电影院] en 1927 à Suzhou.

Aujourd'hui, ces deux domaines interagissent étroitement, alors qu'une telle collaboration était encore novatrice à l'époque. De nos jours, les romans d'espionnage chinois à fort tirage sont vite adaptés au cinéma ou à la télévision. Par exemple, le film d'Ang Lee②: *Sejie* « 色，戒 » [Lust, Caution] (2007) adapté du roman éponyme *Yidai zongshi*③ (2013) [The Grand-master]. Autour d'un

① Yves Reuter, *Le roman policier*, pp.18-19.

② Ang Lee, né en 1954, cinéaste. Son nom en pinyin est Li'An 李安.

③ Selon « Le meilleur gémissement de toute l'histoire du 7e art », on considère « Un grand maître » [The Grandmaster (2013)] comme le 51e meilleur film, au top 100 des meilleurs films de 2013 : http://www.senscritique.com/top/resultats/Les_meilleurs_films_de_2013/173207 (page consultée le 1er avril 2023).

mystère sur l'identité et les choix d'allégeance des protagonistes, la recette reste celle du roman policier : maintenir le suspense et mettre la capacité de déduction du héros en avant. D'autres adaptations télévisées et cinématographiques comme *Jiemi* « 解密 » [Décrypter], *Fengsheng* « 风声 » [Rumeurs] et *Ansuan* « 暗算 » [Ruse] de Mai Jia① sont des illustrations notables de cette tendance.

Dans la production moderne, il faut retenir le romancier He Jiahong②. Dans ses œuvres policières à succès mettant en scène l'avocat Hong Jun 洪钧, il a repris et remis au goût du jour les ingrédients de toujours : le suspense (dans le passé et dans le futur)③, la déduction et le mystère. He Jiahong a réussi à dépasser les frontières chinoises pour s'imposer en France et en Italie. Grâce à lui, les lecteurs occidentaux peuvent enfin se faire une idée du roman policier chinois contemporain et s'ouvrir à la tradition chinoise.

C'est ainsi que la nouvelle génération d'auteurs chinois de romans policiers comme He Jiahong ou Mai Jia, épaulée par des réalisateurs comme Wong Kar-wai et Ang Lee, ouvre un nouveau champ au genre policier chinois, toujours avec des références à l'auguste ancêtre Cheng Xiaoqing. Ce sont là les prémices d'une mondialisation du roman policier chinois. Dans ce contexte, il n'était pas inutile de revenir sur ceux qui ont donné ses lettres de noblesse au genre en Chine même, Cheng Xiaoqing et son héros Huo Sang.

---

① Mai Jia 麦家, né en 1964, pseudonyme de Jiang Benhu 蒋本浒, écrivain et cinéaste, considéré comme le « père » du roman d'espionnage chinois.

② He Jiahong 何家弘, né en 1953, un professeur émérite de l'Université de la Sécurité publique du peuple.

③ « 悬念大概可以分为两类:一类是"过去时"的悬念[...];一类是"将来时"的悬念。Le suspense se subdivise en deux catégories : le suspense "dans le passé" [...] ; le suspense "dans le futur". ». Voir He Jiahong, « Wode chuangzuo linggan » « 我的创作灵感 » [Inspiration de ma création], in Ren Xiang et Gao Yuan (éd.), *Zhongguo zhentan xiaoshuo lilun ziliao*, pp. 539-540.

# Bibliographie des œuvres de Cheng Xiaoqing

*Avertissement. — Certains des documents répertoriés ci-après sont aujourd'hui introuvables. Il n'a donc pas été possible d'indiquer systématiquement l'ensemble des détails bibliographiques avec précision. S'agissant des auteurs traduits, leurs noms n'étant pas toujours indiqués ou reproduits dans leur graphie originale en caractères latins ou cyrilliques, quelques-uns d'entre eux n'ont pu être identifiés. Il en a été de même pour les titres de certaines de leurs œuvres.*

## I. Traductions

« Aihai yi bo » « 爱海一波 » ou « Aiqing yi bo » « 爱情一波 » [Les flots de l'amour], *Xiaoshuo minghua daguan*, Shanghai, octobre 1916.

BALZAC (Français) [Baicaihen 摆才痕], « Xinxiang » « 信箱 » [La boîte aux lettres], *Qingnian jinbu*, Shanghai, 1924, n° 71, pp.81-86. Titre original : *Une ténébreuse affaire* (1841).

BAILEY HENRY Christopher [Henli Beili 亨利贝力], *Xiaowu* « 小屋 » [La Petite Mai-son], Dadong, Shanghai, février 1948, pp. 1-88. Traduction publiée aussi dans *Shijie mingjia zhentan xiaoshuoji* 8 « 世界名家侦探小说集 8 » [Recueil de ro-mans policiers de célèbres écrivains étrangers, recueil 8] qui comprend deux nouvelles policières. Titre original : *The Little House* (1927).

« Ban jin ba liang » « 半斤八两 » [Bonnet blanc et bonnet blanc], *Hong meigui*, Shang-hai, 11 juillet 1925, t. 1, n° 50.

BEESTON L.-J. [Bisidun 弼斯敦], « Xiezuo tan'an » « 协作探案 » [Enquêtes en colla-boration], *Zhentanshijie*, Shanghai.

· « Gu ta shang » « 古塔上 » [Une tour ancienne], *Zhentanshijie*, Shanghai, juin 1923, n° 1. Porte la mention : « Première enquête en collaboration » [协作探 案之一].

· « Zhuodaoren » « 捉刀人» [Faire à la place de quelqu'un], *Zhentanshijie*, Shanghai, juillet 1923 n° 2. Porte la mention : « Deuxième enquête en collabo-ration » [协作探案之二].

· « Shizi jiashang » « 十字架上 » [Sur la croix], *Zhentanshijie*, Shanghai, juillet 1923, n° 3. Porte la mention : « Troisième enquête en collaboration » [协作探案之三].

· « Wudishu » « 无敌术 » [Une stratégie invincible], *Zhentanshijie*, Shanghai, août 1923, n° 5. Porte la mention : « Quatrième enquête en collaboration » [协作 探案之四].

· « Zuihou de shengli » « 最后的胜利 » [Victoire finale], *Zhentanshijie*, Shanghai, septembre 1923, n° 8. Porte la mention : « Sixième enquête en collaboration » [协作探案之六].

BIGGERS Earl Derr [Ou'er Te Bigesi 欧尔特毕格斯], *Ban zhi biezhen : Chen Chali zhentan'an* « 半枝别针:陈查礼侦探案 » [Une affaire criminelle de Charlie Chan : la moitié d'épingle], Senmao wenjudian, Dalian, 1942.

BIGGERS Earl Derr, *Chen Chali zhentan'an* (1884-1933) « 陈查礼侦探案 » (1884-1933) [Les enquêtes de Charlie Chan] (1884-1933), Zhongyang shudian, Shanghai, 1948.

· Vol.1. *Muhou mimi* « 幕后秘密 » [Mystère derrière le rideau], traduit en collaboration avec Wang Quansong 王全嵩. Titre original : *Behind that curtain*.

· Vol.2. *Bailemen xue'an* « 百乐门血案 » [Le crime devant la porte de Baile], setembre 1939 (rééd. octobre 1942). Titre original : *Seven Keys to Baldpate*

· Vol.3, *Ye guang biao* « 夜光表 »［La Montre phosphorescente］, septembre 1939（rééd. octobre 1942）, pp.1-329. Traduit en collaboration avec Li Qi 李齐, Titre original : *The House Without a Key*（1925）.

· Vol.4, *Hei luotuo* « 黑骆驼 »［Le Chameau noir］, mars 1941, pp.1-276. Traduit en collaboration avec Pang Xiaolong 庞啸龙, Titre original : *The Black Camel*（1929）.

· Vol.5, *Genü zhi si* « 歌女之死 »［La mort de la chanteuse］, mars 1941（rééd. septembre 1946）, traduit en collaboration avec Wang Zuocai. Titre original : *Keeper of the Keys*（1932）.

· Vol.6, *Yingwu de husheng* « 鹦鹉的呼声 »［Le Perroquet chinois］, mars 1941. Titre original : *Chinese Parot.*

BIGGERS Earl Derr, « Yingwu sheng » « 鹦鹉声 »［Le Perroquet chinois］, *Xiaoshuo yuebao*, Shanghai, du 1er octobre 1940 au 1er août 1942, du n° 1 au 23. Titre original : *Chinese parot.*

« Bihai yi lang » « 碧海一浪 »［Une vague de mer verte］, Banyue, Shanghai, 5 février 1924, t. 3, n° 10.

CHARTERIS Leslie, *Shengtu qi'an*, « 圣徒奇案 »［Les Affaires criminelles du Saint］, Shijie, Shanghai. Titres :

· Vol.1. — *Chi lian she* « 赤练蛇 »［Le Serpent rouge］, janvier 1946 pour la 3e édition, Titre original : 1. « The Man Who Was Clever »（*Enter the Saint*, 1930）.

· Vol.2. — *Jia jingshi* « 假警士 »［Le faux policier］, janvier 1946 pour la 3e édition. Titre original : « The Policeman with Wings »（*Enter the Saint*, 1930）.

· Vol.3. — *Wocang dawan* « 窝藏大王 »［Le Grand receleur］, novembre 1948. Titre original : « The High Fence »（*The Saint Goes On*, 1935）.

· Vol.4. — *Shenmin zhangfu* « 神秘丈夫 »［Le mystérieux mari］, 1943. Titre original : The Elusive Ellshaw（*The Saint Goes On*, 1935）.

- Vol.5. — *Guai lüdian* « 怪旅店 » [ L'hôtel mystérieux ], janvier 1946 pour la réédition. Titre original: The Case of the Frightened Innkeeper ( *The Saint Goes On*, 1935)
- Vol.6. — *Lü shouling* « 女首领 » [ Héroïne ], janvier 1946 pour la réédition. Titre original : « The Lawless Lady » (*Enter the Saint*, 1930).
- Vol.7. — *Jing ren de juezhan* « 惊人的决战 » [ La Bataille décisive exceptionnelle ], novembre 1946 pour la 3e édition. Titre original : *The Wonderful War* (nouvelle parue dans le volume intitulé *Featuring the Saint*, 1931).
- Vol.8. *Bai wan pang* « 白万镑 » [ Un million de livres sterling ], octobre 1946 (titre original : *The Million Pound Day*) ; *Donghexin* « 恫吓信 » [ Une lettre comminatoire ]
- Vol.9. — *Famingjia* « 发明家 » [ Inventeur ], novembre 1946 (titre original : *The Newdick Helicopter dans Boodle*, 1934) ; « Wanju aihaojia » « 玩具爱好家 » [ l'homme adonné aux joujoux ] (titre original : *The Man who Liked Toys*) ; « Bei qifu de nüren » « 被欺负的女人 » [ Une femme maltraitée ] ; « Wangmian de bianhua » « 王冕的变化 » [ Le changement de chapeau ] (titre original : *The Prince of Cherkessia*, *dans Boodle*, 1934).
- Vol.10. — *Modeng nüli* « 摩登奴隶 » [ Esclaves à la mode ], novembre 1946 : 1. « Modeng nuli » « 摩登奴隶 » [ Esclaves à la mode ] Titre original : *The Sleepless Knight*, *dans Boodle* (1934). — 2. « tongshu » « 通术 » [ Habileté ] Titre original : *The Mixture as Before*, *dans Boodle* (1934). — 3. « Yidui baobei » « 一对宝贝 » [ Une paire de bébés ]. — 4. « Yishu shenyinshu » « 艺术摄影术 » [ L'art sur la photographie ] Titre original : *The Art Photographer*, *dans Boodle* (1934). — 5. « Xu de yinxian » « 须的引线 » [ Le fil de Xu ].

CHARTERIS Leslie, « Da dizhu » « 大地主 » [ Un féodal ], *Xin zhentan* « 新侦探 » [ Le nouveau détective ], Shanghai, 1946, n° 15 et n° 16. Titre original : *The Unpopular Landlord*, in *The Brighter Buccaneer* (1933).

CHARTERIS Leslie, « Jia jingshi » « 假警士 » [ Le faux policier ], *Shanghai* shenghuo, Shanghai, 17 janvier 1941-17 octobre 1941, nos 1 à 10. Titre original : « The Policeman with Wings » (*Enter the Saint*, 1930).

CHARTERIS Leslie, « Jing ren de juezhan » « 惊人的决战 » [Bataille décisive exceptionnelle], *Chunqiu*, Shanghai, juillet 1944-10 juin 1945, de la 1re année (n° 10) à la 2e année (n° 6). Porte la mention : « Les enquêtes du Saint » [圣徒奇案]. » Titre original : « The Wonderful War » (*Featuring the Saint*, 1931).

CHARTERIS Leslie, « Lü shouling » « 女首领 » [Héroïne], *Chunqiu*, Shanghai, d'août 1943 en juin 1944, la 1re année, du n° 1 au n° 9. Titre original : « The Lawless Lady » (*Enter the Saint*, 1930).

CHARTERIS Leslie, « Nan xiong nan di » « 难兄难弟 » [Les frères dans l'adversité], *Dazhong*, Shanghai, 1er janvier 1944, n° 15. Porte la mention : « Une enquête du Saint » [圣徒奇案之一]. » Titre original : « The Loving Brothers » (*Boodle*, 1934).

CHARTERIS Leslie, « Renzao zuanshi » « 人造钻石 » [Un diamant d'artifice], *Xin zhentan* « 新侦探 » [Le nouveau détective], Shanghai, 15 mai 1946, n° 4. Porte la mention : « Les enquêtes du Saint » [圣徒奇案]. » Titre original : « The Mixture as Before » (*Boodle*, 1934)

CHARTERIS Leslie, « Shenmin zhangfu » « 神秘丈夫 » [Le mari mystérieux], *Shanghai shenghuo*, Shanghai, du 17 avril 1940 au 17 décembre 1940, la 4e année, du n° 4 au « numéro de dongzhi » [冬至号]. Titre original : The Elusive Ellshaw (*The Saint Goes On*, 1935).

CHARTERIS Leslie, « Siren de gushi » « 死人的故事 » [L'histoire d'un mort], *Bi*, Shanghai, 1946, t. 1, n° 1. Porte la mention : « Les enquêtes du Saint » [圣徒奇案]. »

CHARTERIS Leslie, « Wanyan » « 晚宴 » [Le dîner], *Dazhong*, Shanghai, 1er février 1944, n° 16. Porte la mention : « Une enquête du Saint » [圣徒奇案之一]. »

CHARTERIS Leslie, *Wocang dawan* « 窝藏大王 » [Le Grand receleur], Shijie, Shanghai, 1937. Titre original : « The High Fence » (*The Saint Goes On*, 1935).

CHARTERIS Leslie, « Wocang dawan » « 窝藏大王 » [Le Grand receleur], *Shanghai shenghuo*, Shanghai, du 17 mai 1939 au 17 mars 1940, 3e année (n° 5) à la 4e année (n° 3). Titre original : « The High Fence » (*The Saint Goes On*, 1935).

CHARTERIS Leslie, « Xingyunren » « 幸运人 » [Un chanceux], *Libailiu*, du 2 août 1947 en septembre 1947, du n° 789 au n° 794. Porte la mention : « Les enquêtes du Saint » [圣徒奇案]. »

CHARTERIS Leslie, « Xu de yinxian » « 须的引线 » [Le fil de Xu], *Dazhong*, Shanghai, 1er septembre 1944, n° 23.

CHARTERIS Leslie, « Yige aihao wanju de ren » « 一个爱好玩具的人 » [l'homme adonné aux joujoux], *Xin zhentan* « 新侦探 » [Le nouveau détective], 1946, n° 9 et n° 10. Porte la mention : « Les enquêtes du Saint » [圣徒奇案]. » Titre original : « The Man who Liked Toys » (*Boodle*, 1934).

CHARTERIS Leslie, « Yige bei qifu de nüren » « 一个被欺负的女人 » [Une femme maltraitée], *Wanxiang*, Shanghai, 1er février 1944, la 3e année, n° 8.

CHARTERIS Leslie, « Jing ren de juezhan » « 惊人的决战 » [La Bataille décisive exceptionnelle], Chunqiu, Shanghai, de juillet 1944 au 10 juin 1945, de la 1re année (n° 10) à la 2e année (n° 6). Porte la mention : « Les enquêtes du Saint » [圣徒奇案]. » Titre original : « The Wonderful War » (*Featuring the Saint*, 1931).

CHARTERIS Leslie, « Yishu shenyinshu » « 艺术摄影术 » [L'art sur la photographie], *Xin zhentan* « 新侦探 » [Le nouveau détective], 1946, n° 11 et n° 12. Porte la mention : « Les enquêtes du Saint » [圣徒奇案]. » Titre original : « The Art Photographer » (*Boodle*, 1934).

CHARTERIS Leslie, FREEMAN Richard · Austin, « Yan xin shu » « 验心术 » [Test de bonne ou mauvaise intention], *Wangxiang*, Shanghai, 1945, « numéro extérieur » [号外]. Porte la mention : « Les enquêtes de Thorndyke » [柯柯探案]. »

CHRISTIE Agatha [Bisidongyuan 弼斯东原], « Bo jue yun gui lu» « 波谲云诡录 » [Note sur une ruse], *Xiaoshuo yuabao*, du 25 juillet 1917 au février 1921, du t. 8 (n° 7) au t. 8 (n° 9). Titre original : *N or M*.

CHRISTIE Agatha [Bisidongyuan 弼斯东原], « Bi zhu ji » « 碧珠记 » [Note sur une émeraude], *Xiaoshuo yuabao*, 25 juin 1917, t. 8, n° 6.

CHRISTIE Agatha, « Bojue yun gui lu (weiwan)» « 波谲云诡录（未完）» [Note sur une ruse (inachevé)], *Leguan*, Shanghai, avril 1947, n° 1.

CHRISTIE Agatha, « Kouwei wenti » « 口味问题 » [La question de goût], *Lanpi shu*, Shanghai, qui paraît à partir du 15 juin 1948 jusqu'en 1948 (date non précisée), n° 12. Porte la mention : « Les enquêtes de Hercule Poirot» [包罗德探案]. »

CONAN DOYLE Arthur, premier recueil, 1^er^ mai 1919 : 1. « Huang mei hu » « 黄眉虎 » [Le tigre avec les sourcis jaunes] (titre original : *The Adventure of Wisteria Lodge*). — 2. « Shuang'erji » « 双耳记 » [L'histoire sur les deux oreilles] (titre original : *The Adventure of the Cardboard Box*). — 3. « Sishen » « 死神 » [La Mort] (titre original : *The Adventure of the Dying Detective*). — 4. « Ting tu an » « 艇图案 » [Le crime sur le plan du bateau] (titre original : *The Adventure of the Bruce-Partington Plans*). — 5. « Hui zhong nü » « 榰中女 » [La femme dans le cercueil] (titre original : *The Disappearance of Lady Frances Carfax*). — 6. « Yanwu po jian » « 岩屋破奸 » [Éliminer les traitres dans la maison en pierre] (titre original : *His Last Bow*).

CONAN DOYLE Arthur [Kenan Dao'er 柯南道尔], *Biaodian baihua fuermosi tan'an daquanji* (13 ce) « 标点白话福尔摩斯探案大全集（13 册）» [Édition ponctuée en langue vernaculaire de la collection complète des *Aventures de Sherlock Holmes* (13 volumes)], traduit en collaboration, Shijie, Shanghai, février 1927 (rééd. mars 1930) :

· Vol.1. *Maoxian shi* « 冒险史 » [Les Aventures]. Titre original : *The Adventures of Sherlock Holmes*, 1892).

· Vol.2. *Huiyilu* « 回忆录 » [Les Mémoires]. Titre original : *The Memoirs of Sherlock Holmes*, 1894).

· Vol.3. *Guilai ji* « 归来记 » [Le Retour]. Titre original : *The Return of Sherlock Holmes*, 1905).

· Vol.4. *Xin tan'an* « 新探案 » [Les archives de Sherlock Holmes]. Titre original : *The Case-Book of Sherlock Holmes*, 1921-1927).

· Vol.5. *Xuezi de yanjiu* « 血字的研究 » [Une étude en rouge]. Titre original : *A Study in Scarlet*, 1887).

· Vol.6. *Si qianming* « 四签名 » [Le Signe des quatre]. Titre original : *The Sign of the Four*, 1890).

· Vol.7. *Gu di zhi guai* « 古邸之怪 » [Le Mystère de la vallée de Boscombe]. Titre original : *The Boscombe Valley Mystery*, 1891).

· Vol.8. *Kongbu gu* « 恐怖谷 » [La Vallée de la peur]. Titre original : *The Valley of Fear*, 1915).

CONAN DOYLE Arthur, *Fuermosi xintan'an quanji* (*shang zhong xia sance*) « 福尔摩斯 新探案全集（上中下三册）» [Collection complète des Aventures de Sherlock Holmes (volummes 1, 2 et 3)], Shijie, Shanghai, juillet 1927 : — 1. *Maoxian shi* « 冒险史 » [Les Aventures]. — 2. Huiyilu « 回忆录 » [Les Mémoires]. — 3, *Guilai ji* « 归来记 » [Le Retour]. — 4. « 新探案 » Xin tan'an [Les archives de Sherlock Holmes]. — 5. Xuezi de yanjiu « 血字的研究 » [Une étude en rouge]. — 6. Si qianming « 四签名 » [Le Signe des quatre]. — 7. Gu di zhi guai « 古邸之怪 » [Le Mystère de la vallée de Boscombe]. — 8. Kongbu gu « 恐怖谷 » [La Vallée de la peur]. Titres originaux : 1. *The Adventures of Sherlock Holmes* (1892). — 2. *The Memoirs of Sherlock Holmes* (1894). — 3. *The Return of Sherlock Holmes* (1905). — 4. *The Case-Book of Sherlock Holmes* (1921—1927). — 5. *A Study in Scarlet* (1887). — 6. *The Sign of the Four* (1890). — 7. *The Boscombe Valley Mystery* (1891) ; 8, *The Valley of Fear* (1915).

CONAN DOYLE Arthur, *Fuermosi zhentan'an quanji* (12 ce) « 福尔摩斯侦探案全集 » (12 册) [Collection complète des Aventures de Sherlock Holmes, 12 volumes], traduit en collaboration avec Zhou Shoujuan, Liu Bannong, Chang Jue, Xiaodie, Yan Duhe, Tianxu wosheng (Chen Diexian), Yan Tianmou, Chen Tingrui, Zhonghua shuju, Shanghai, mai 1916 (rééd. août 1916 ; 9e éd. septembre 1921, 20e éd. mars 1936).

- Vol.1 : « Xueshu » « 血书 » [Une étude en rouge]. Titre original : *A Study in Scarlet.*
- Vol.2 : « Fo guobao » « 佛国宝 » [*Trésor au pays du Boudha* ou *Le Signe des quatre*]. Titre original : *The Sign of the Four.*
- Vol.3 : « Qingying » « 情影 » [Silhouette aimée] (*A Scandal in Bohemia*) ; « Hong fa hui » « 红发会 » [La société des roux] ; « Guai xinlang » « 怪新郎 » [Le marié bizarre] (*A Case of Identity*) ; « Si fu an » « 弑父案 » [L'Affaire du meurtre du père] (*The Boscombe Valley Mystery*) ; « Wu ju hen » « 五橘核 » [Cinq pépins d'orange] (*The Five Orange Pips*) ; « Gai zhe Xu Peng » « 丐者许 彭 » (*The Man with the Twisted Lip*).
- Vol.4 : « Lan baoshi » « 蓝宝石 » (*The Adventure of the Blue Carbuncle*) ; « 彩色带 » [La bande en couleur] (*The Adventure of the Speckled Band*) ; « Jishi zhi zhi » « 机师之指 » (*The Adventure of the Engineer's Thumb*) ; « Guai xinliang » « 怪新娘 » (*The Adventure of the Noble Bachelor*) ; « Feicui guan » « 翡翠冠 » (*The Adventure of the Beryl Coronet*) ; « Jinsifa » « 金丝发 » (*The Adventure of the Copper Beeches*).
- Vol.5 : « Shi ma de ma » « 失马得马 » (*Silver Blaze*) ; « Chuang zhong ren

mian » « 窗中人面 » ( *The Adventure of the Yellow Face* ) ; « Yong shu shou zhi » « 傭书受治 » ( *The Adventure of the Stockbroker's Clerk* ).

- Vol.6 : « Guzhou haojie » « 孤舟浩劫 » [ Le sinistre d'un bateau ] ( *The Adventure of the Gloria Scott* ) ; « Ku zhong mibao » « 窟中秘宝 » [ Le trésor dans le trou ] ( *The Adventure of the Musgrave Ritual* ) ; « Wuye qiangsheng » « 午夜枪声 » [ Le coup du pistolet sous une nuit ] ( *The Adventure of the Reigate Squire* ) ; « Lou bei xuan ren » « 偻背眩人 » [ L'Estropié ] ( *The Adventure of the Crooked Man* ).
- Vol.7 : *Ke di bingfu* « 客邸病夫 » ( *The Adventure of the Resident Patient* ) ; *Xila she ren* « 希腊舌人 » [ L'Interprète grec ] ; *Haijun minyue* « 海军密约 » [ Le Traité naval ] ; *Xuanya sashou* « 悬崖撒手 » ( *The Final Problem* ).
- Vol.8 : « Jiang zhi chong su » « 绛市重苏 » [ Le retour dans la ville ] ( *The Adventure of the Empty House* ) ; « Huo zhong miji » « 火中秘计 » [ Une bonne idée au feu ] ( *The Adventure of the Norwood Builder* ) ; « Bi shang qi shu » « 壁上奇书 » ( *The Adventure of the Dancing Men* ) ; « Bi xiang shuang che » « 碧巷双车» [ Deux voitures dans la rue ] ( *The Adventure of the Solitary Cyclist* ) ; « Xi yuan di ji » « 隰原蹄迹 » [ L'école du prieuré ] ( *The Adventure of the Priory School* ) ; « Ge lian ran ying » « 隔帘髯影 » ( *The Adventure of Black Peter* ).
- Vol.9 : « Shi nei qiangsheng » « 室内枪声 » ( *The Adventure of Charles Augustus Milverton* ) ; « Poufu cangzhu » « 剖腹藏珠 » ( *The Adventure of the Six Napoleons* ) ; « Chi xin hu zhu » « 赤心护主 [ Protéger le maître ] ( *The Adventure of the Three Students* ) ; « Xue ku chenyuan » « 雪窖沉冤 » [ Une grosse injustice dans une cave ] ; « Huang cun lun ying » « 荒村轮影 » [ Trace de pneu dans un village désert ] ( *The Adventure of the Missing Three-Quarter* ) ; « Qingtian juesi » « 情天决死 » [ Un combat à mort pour l'amour ] ( *The Adventure of the Abbey Grange* ) ; « Zhang zhong qiangying » « 掌中倩影 » [ Une belle trace dans les paumes ] ( *The Adventure of the Second Stain* ).

- Vol.10：*Ao zhong* « 獒宗 »［Le chien des Baskerville］.
- Vol.11：*Mozu* « 魔足 »［Les Pieds du diable］（*The Adventure of the Devil's Foot*）；« Hong yuan hui » « 红圜会 »［Cercle rouge］（*The Adventure of the Red Circle*）；« Bing gui » « 病诡 »［（*The Adventure of the Dying Detective*）；« Qie tu an » « 窃图案 »［（*The Adventure of the Bruce-Partington Plans*）.
- Vol.12：*Zuisou* « 罪薮 »［Les Péchés］（*The Valley of Fear*, 1915）.

CONAN DOYLE Arthur, *Fuermosi tan'an* « 福尔摩斯探案 »［Aventures de Sherlock Holmes］, Nanguan shuju, Shanghai, 1943.

CONAN DOYLE Arthur, *Gu di zhi guai* « 古邸之怪 »［Le Mystère de la vallée de Bos-combe］, traduit en collaboration, Shijie, Shanghai, s.d. Titre original：*The Bos-combe Valley Mystery*（1891）. Porte la mention：« Troisième roman de Holmes »［福尔摩斯探案长篇之三］.

CONAN DOYLE Arthur, *Guilai ji* « 归来记 »［Le Retour］, Shijie, Shanghai, mars 1930-décembre 1941. Traduit en collaboration. Titre original：*The Return of Sherlock Holmes*（1905）. Porte la mention：« Collection de nouvelles policières de Holmes »［福尔摩斯探案短篇集］.

CONAN DOYLE Arthur, « Haijun minyue » « 海军密约 »［Le Traité naval］, *Zhongguo jindai wenxue daxi*（*Fanyi wenxueji'er*）« 中国近代文学大系（翻译文学集二）»［Une série sur la littérature chinoise moderne：deuxième recueil de littérature traduite］, Shanghai shudian, Shanghai, avril 1991. Titre original：*The Naval Treaty*（1893）.

CONAN DOYLE Arthur, *Huiyilu* « 回忆录 »［Mémoires］, Shijie, Shanghai, s.d. Traduit en collaboration. Titre original：*The Memoirs of Sherlock Holmes*（1894）. Porte la mention：« Collection de nouvelles policières de Holmes »［福尔摩斯探案短篇集］.

CONAN DOYLE Arthur, *Kongbu gu* « 恐怖谷 »［La Vallée de la peur］, Shijie, Shanghai, mars 1930（rééd.：décembre 1941, septembre 1943, octobre 1948）. Traduit en collaboration. Titre original：*The Valley of Fear*（1915）.

Porte la mention : « Quatrième roman de Holmes » [福尔摩斯探案长篇之四].

CONAN DOYLE Arthur, *Maoxian shi* « 冒险史 » [Les Aventures], Shijie, Shanghai, mars 1930 (4e éd. octobre 1948). Traduit en collaboration. Titre original : *The Adven-tures of Sherlock Holmes* (1892). Porte la mention : « Collection de nouvelles policières de Holmes » [福尔摩斯探案短篇集].

CONAN DOYLE Arthur, « Mozu (di sishi'an) » « 魔足 » (第四十案) [Les Pieds du diable], *Fuermosi zhentan'an quanji* (*di shi yi ce*) « 福尔摩斯侦探案全集 » (第 11 册), [Collection complète des Aventures de Sherlock Holmes, Vol. 11], Zhong-hua, Shanghai, mai (rééd. août 1916 ; 9e éd. septembre 1921, 20e éd. mars 1936). Titre original : *The Adventure of the Devil's Foot* (décembre 1910).

CONAN DOYLE Arthur, *Si qianming* « 四签名 » [Le Signe des quatre], Shijie, Shanghai, mars 1930 (rééd. octobre 1948). Traduit en collaboration. Titre original : *The Sign of the Four* (1890). Porte la mention : « Deuxième roman de Holmes » [福尔摩斯探案长篇之二].

CONAN DOYLE Arthur, « Xila she ren (di ershi san'an) » « 希腊舌人 » (第二十三案) [L'Interprète grec (23e affaire)], *Fuermosi zhentan'an quanji* (*di qi ce*) « 福尔摩斯侦探案全集 » (第 7 册) [Collection complète des Aventures de Sherlock Holmes, Vol. 7], Zhonghua, Shanghai (rééd. août 1916 ; 9e éd. septembre 1921, 20e éd. mars 1936). Titre original : *The Greek Interpreter* (septembre 1893).

CONAN DOYLE Arthur, *Xin tan'an* « 新探案 » [Les nouvelles enquêtes], Shijie, Shanghai, s.d.Traduit en collaboration. Titre original : *The Case-Book of Sherlock Holmes* (1921-1927). Porte la mention : « La collection des nouvelles policières de Holmes » [福尔摩斯探案短篇集].

CONAN DOYLE Arthur, *Xuezi de yanjiu* « 血字的研究 » [Une étude en rouge], Shijie, Shanghai, mars 1930/octobre 1948. Traduit en collaboration. Titre original : *A Study in Scarlet* (1887). Porte la mention : « le premier roman de Holmes » [福尔摩斯探案长篇之一].

CONAN DOYLE Arthur, « Zuishu (di sishi si'an) » « 罪数 » (第四十四案) [Les Péchés (la 44e affaire)], *Fuermosi zhentan'an quanji (di shi'er ce)* « 福尔摩斯侦探案全集 » (第 12 册) [Collection complète des Aventures de Sherlock Holmes, Vol.12], Zhonghua, Shanghai, mai (rééd. août 1916 ; 9ᵉ éd. septembre 1921, 20ᵉ éd. mars 1936). Titre original : *The Valley of Fear* (1914—1915).

COPPÉE François (Français) [Kaobei 考贝] « Tishen » « 替身 », *Qingnian jinbu*, Shanghai, 1925, n° 79, pp.105-113. [Titre original : « Le Remplaçant », *La Vie littéraire*, 12 août 1898.]

*Damuzhi* « 大拇指 » [Une pouce], Dadong, Fengtian, mars 1943. Porte la mention : « Une enquête de Bolton » [鲍尔顿探案之一].

« Dao zhiyin » « 倒指印 » [Une empreinte], *Zhentan shijie*, Shanghai, 19 févier 1924, n° 18.

« Dong qing shu » « 冬青树 » [Les Sapins], *Xiaoshuo baokan*, Zhonghua, Shanghai, juin 1917-novembre 1928, la 4ᵉ page, le 22ᵉ périodique.

« Di shi hao shi de zhuren » « 第十号室的主人 » [Le hôte de l'appartement n° 10.], *Zhentan shijie*, Shanghai, 22 décembre 1923, n° 14.

« Daweisu tan'an » « 大偎斯探案 » [Les aventures de Davis], *Kuaihuo* et *Xiaoshuo shijie*, Shanghai.

· « Congyuchuan » « 璁玉串 » [Un collier en jade], *Xiaoshuo shijie*, Shanghai, 6 avril 1923, t. 2, n° 1. Porte la mention : « Une enquête de Davis » [大偎斯探案之一].

· « Zuan erhuan » « 钻耳环 » [Une paire de boucle d'oreils en diamant], *Kuaihuo*, Shanghai, 1922, n° 20. Porte la mention : « Une enquête de Davis » [大偎斯探案之一].

· « Huang zuanshi » « 黄钻石 » [Un diamant jaune], *Xiaoshuo shijie*, Shanghai,

24 août 1924, t. 3, n° 8. Porte la mention : « Deuxième enquête de Davis » [大偎斯探案之二]. Auteur original : William Wilkie Collins, Titre original : Moon Stone.

- « Xian » « 险买卖 » [Une affaire dangereuse], *Kuaihuo*, Shanghai, 1922, n° 29. Porte la mention : « Deuxième enquête de Davis » [大偎斯探案之二].
- « Maoyan chong » « 猫眼祟 » [Yeux d'un chat], *Xiaoshuo shijie*, Shanghai, 13 juillet 1923, t. 3, n° 2. Porte la mention : « Troisième enquête de Davis » [大偎斯探案之三].
- « Weilai shen » « 未来神 » [Dieu de demain], *Xiaoshuo shijie*, Shanghai, 30 novembre 1923, t. 4, n° 9. Porte la mention : « Quatrième enquête de Davis » [大偎斯探案之四].
- « Du sha an » « 妒杀案 » [Crime de jalousie], Wenming shuju, Shanghai, avril 1928. p. 658.

*Duanpian zhentan xiaoshuoxuan* « 短篇侦探小说选 » [Choix des nouvelles policières], Guangyi, Shanghai.

- *Shixiang zhi mi* « 石像之秘 » [Le mystère sur une sculpture en pierre], décembre 1947 (rééd. : juin 1948, février 1949), pp.1-120 : 1. « Shixiang zhi mi » « 石像之秘 » [Le mystère sur une sculpture en pierre]. — 2. « Yunian » « 余念 » [La dernière pensée]. — 3. « Youhuoli » « 诱惑力 » [Séduction]. — 4. « Xian jiaoyi » « 险交易 » [Un commerce dangereux]. — 5. « Xunzangpin » « 殉葬品 » [L'objet qui est enterré avec un défunt]. — 6. « Yitiao xianglian » « 一条项链 » [Un collier].
- Alexandre Dumas (père), *Mu mian ren* « 幕面人 » [L'homme masqué], 1937 (rééd. juin 1948) : 1. « Mu mian ren » « 幕面人 » [L'homme masqué]. — 2. « Zui-hou de shengli » « 最后的胜利 » [Une victoire finale]. — 3. « Shen he qiangdan » « 神和枪弹 » [Un revolver et une balle]. — 4. « Moshen » « 魔神 » [Un démon horrible]. — 5. « Zhong gua de gua » « 种瓜得瓜 » [Planter des melons, cueillir des melons]. — 6. « Yiwaijiyuan » « 意外机缘

» [ Une occasion prédestinée ]

· *Shui shi jianxi* « 谁是奸细 » [ Qui est l'espion ? ], décembre 1947 ( rééd. : juillet 1948, février 1949 ) : 1. « Shui shi jianxi » « 谁是奸细 » [ Qui est l'espion ? ]. — 2. « Lan zuanshi » « 兰钻石 » [ Un diamant bleu ]. — 3. « Yi bei jiu » « 一杯酒 » [ Un verre ]. — 4. « Buxiang zhi hua » « 不祥之花 » [ Une fleur néfaste ]. — 5. « Jiaoxing de ziyou » « 侥幸的自由 » [ La liberté par chance ]. — 6. « Xin xing » « 心刑 » [ La peine du cœur ].

· *Hei shou dang* « 黑手党 » [ La Mafia ], décembre 1947 ( rééd. février 1949 ), pp.1-127 : 1. « Hei shou dang » « 黑手党 » [ La Mafia ]. — 2. « Shiqu de yizhu » « 失去的遗嘱 » [ Un testament perdu ]. — 3. « Shuangchong mousha » « 双重谋杀 » [ Un double assassissat ]. — 4. « Leisuozhe » « 肋索者 » [ Rançonneur ]. — 5. « Zuji zhi tan » « 无稽之谈 » [ Propos abscurs ]. — 6. « Henji » « 痕迹 » [ Une trace ].

· *Loudian* « 漏点 » [ Source de fuite ], janvier 1948.

· *Hei jiao zhong* « 黑窖中 » [ Dans une cave noire ], février 1948 ( rééd. septembre 1948 ) : 1. « Hei jiao zhong » « 黑窖中 » [ Dans une cave noire ]. — 2. « Feilai henghuo » « 飞来横祸 » [ Un malheur sans prévu ]. — 3. « Niuzi yu yanhui » « 钮子与烟灰 » [ Un bouton et des cendres de tabac ]. — 4. « Yi ge zhiyin » « 一个指印 » [ Une empreinte d'un doigt ]. — 5. « Tianran zhengju » « 天然证据 » [ Témoignage naturel ]. — 6. « Wangshi » « 往事 » [ Le passé ].

· *Quantao* « 圈套 » [ Piège ], 1949 : 1. « Quantao » « 圈套 » [ Piège ]. — 2. « Huazhuangren » « 化装人 » [ L'homme déguisé ]. — 3, « Nongjiachengzhen » « 弄假成真 » [ Faire de sorte que la feinte finit par devenir réalité ]. — 4, « Zai-shengren » « 再生人 » [ L'homme régénéré ]. — 5, « Shi'erbujian » « 视而不见 » [ Regarder sans approfondir ].

· *Tianxing* « 天刑 » [ Les Peines éternelles ], mars 1948, pp. 1-117 : 1. « Tianxing » « 天刑 » [ Les Peines éternelles ]. — 2. « Yi zhang guhua » « 一

张古画 » [ Une peinture antique ]. — 3. « Jiang ling hui » « 降灵会 » [ Un congrès d'inviter des esprits ]. — 4. « Yeyu zuitu » « 业余罪徒 » [ Un criminel en amateur ]. — 5. « Dans zhiyin » « 倒指引 » [ Indiquer un mauvais sens ]. — 6. « Ai zhi zhuanbian » « 爱之转变 » [ Grâce à l'amour on change d'atitude ].

· *Hong man xia* « 红幔下 » [ Une courtine rouge ], février 1942 ( rééd. avril 1948 ) : 1. « Hong man xia » « 红幔下 » [ Une courtine rouge ]. — 2. « Guaimeng » « 怪梦 » [ Un cauchemar bazarre ]. — 3. « Fengren » « 疯人 » [ Un fou ]. — 4. « Yaoyan » « 谣言 » [ Rumeurs ].

· *Sanbozi* « 三跛子 » [ Trois boiteux ], mai 1948, pp.1-109 : 1. « Sanbozi » « 三跛子 » [ Trois boiteux ]. — 2. « Diyike » « 第一课 » [ La première leçon ]. — 3. « Mupao » « 暮炮 » [ Pétards au moment de coucher de soleil ].

DUMAS Alexandre ( père ), « Mu mian wu » « 幕面舞 » [ La danse masquée ], *Xiaoshuo shibao*, Shanghai, avril 1917, n° 31. Titre original : *Un bal masqué.*

DUMAS Alexandre ( père ), « Mu mian wu » « 幕面舞 » [ La danse masquée ], *Lanpi shu*, Shanghai, 1948, n° 14. Titre original : *Un bal masqué.*

FREEMAN Austin ( Anglais ) [ Weilian · Fulimen 维廉 · 弗里门 ], « Lan zuanshi » « 蓝钻石 » [ Un diamant bleu ], *Xiaoshuo shijie*, Shanghai, 18-27 septembre 1925, t. 11, nos 12 et 13. Porte la mention : « Première enquête de Thorndyke » [ 森迪克探案之一 ]. Titre original : *The Blue Scarab.*

FREEMAN Austin ( Anglais ) [ Weilian · Fulimen 维廉 · 弗里门 ], « Shiqu de yizhu » « 失去的遗嘱 » [ Un testament perdu ], *Xiaoshuo shijie*, Shanghai, 18 décembre 1925, t. 12, n° 12. Porte la mention : « Deuxième enquête de Thorndyke » [ 森迪克探案之二 ].

FREEMAN Richard · Austin [ Aositing 奥斯汀 · 弗里曼 ], *Keke tan'an ji* « 柯柯探案集 » [ Les Aventures de Thorndyke ], *Xinyue*, Shanghai. Titre original : *La série de Thorndyke.*

1. « Yan xin shu » « 验心术 »［Test de bonne ou mauvaise intention］, *Xinyue*, Shanghai, 1925, t. 1, n° 1 et n° 2. Porte la mention : « Première enquête de Thorndyke »［柯柯探案之一］.

2. « Duyan jiaozhu » « 独眼教主 »［Un fondateur borgne］, *Xinyue*, Shanghai, 1925, t. 1, n° 3 et n° 4. Porte la mention : « Deuxième enquête de Thorndyke »［柯柯探案之二］. Titre original : *The Eye of Osiris*.

3. « Bali zhi qun » « 巴黎之裙 »［Une jupe de Paris］, *Xinyue*, Shanghai, de février 1925 au 3 avril 1926, t. 1, n° 5 et n° 6. Porte la mention : « Troisième enquête de Thorndyke »［柯柯探案之三］.

FREEMAN Richard · Austin, « Bali zhi qun » « 巴黎之裙 »［Une jupe de Paris］, *Yong'an yuekan*, Shanghai, de 1er août 1942 au 1er décembre 1942, du n° 39 au n° 43. Porte la mention : « Les enquête de Thorndyke »［柯柯探案］.

FREEMAN Richard · Austin, *Keke tan'an ji* « 柯柯探案集 »［Les Aventures de Thorndyke］, Shijie, Shanghai, 3 octobre 1946. Titre original : *La série Thorndyke* : 1. « Duyanlong » « 独眼龙 »［Un borgne］. — 2. « Yan xin shu » « 验心术 »［Test de bonne ou mauvaise intention］. — 3. « Bali zhi qun » « 巴黎之裙 »［Une jupe de Paris］. — 4. « Nüjiandia » « 女间谍 »［Une espionne］.

« Funü yu zhuangshi » « 妇女与装饰 »［Femmes et accessoires］, *Hong meigui*, Shanghai, 1926, t. 2, n° 27, p.1.

FREEMAN William Kitchen［维廉 · 弗利门 Weilian · Fulimen（1873-?）［à moins qu'il ne s'agisse encore de Austin Freeman］, recueil, 1er novembre 1919 : 1. « Bifan zhuhuan » « 璧返珠还 »［Rendre la perle］（itre original : *The Mandarin's Pearl*）— 2. « Jinggui » « 镜诡 »［Miroir et diablerie］. — 3. « Niujiao » « 牛角 »［Corne de bœuf］. — 4. « Feidao » « 飞刀 »［Coupe-mouche］. — 5. « Qinghai yi bo » « 情海一 波 »［Une vague de la mer d'amour］.

*Fu yu zi* « 父与子 »［Père et fils］, Dadong, Shanghai, 1948, pp.1-96.

GREEN Anna KatharinE (Américain) [Annakadelingelin 安那喀德麟格林] *Mang yishi* « 盲医士 » [Le médecin aveugle], Dadong, Shanghai. Titre original : *The Doctor, His Wife, and the Clock dans Mystery Detective* (1895).

« Guaizhuangwu (weiwan) » « 怪装舞(未完) » [Un bal masqué (inachevé)], *Wanxiang*, Shanghai, du 6 novmbre 1948 au 20 novembre 1948, t. 1, du n° 5 au n° 7.

*Gudeng* « 古灯 » [Une lampe antique], Dadong, Shanghai, d'avril 1925 en août 1933. C'est le huitème volume des *Aventures d'Arsène Lupin* [亚森罗苹案全集第八册]. Zhou Shoujuan, Shen Yuzhong, Sun Liaohong (éd.), traduit en collaboration avec Zhu Qingyun 朱青云.

« Guichou » « 鬼仇 » [La vengeance du démon], *Xiaoshuo yuebao*, Shangwu yinshuguan, Shanghai, 25 août 1919, t. 10, n° 8.

« Hei chi hei » « 黑吃黑 » « Le mal contre le mal », *Zhentan shijie*, Shanghai, 4 avril 1924, n° 21.

« Hukou zhong de jizhi » « 虎口中的急智 » [La nécessité rend inventif], *Zhentan shijie*, Shanghai, 5 mars 1924, n° 19.

« Jian chou ji » « 歼仇记 » [Vengeance], *Hong zazhi*, Shanghai, septembre 1922-?, nos 6, 7, 10, 11, 16, 17, 20, 21, 24 et 25.

« Jian chou ji » « 歼仇记 » [Vengeance], Shijie, Shanghai, mars 1926, 3e édition.

« Jiandie zhi nian » « 间谍之恋 » [L'amour d'espions], *Hongpi shu*, Shanghai, 20 janvier 1949, n° 1.

« Juemingshu » « 绝命书 » [Le dernier écrit inachevé par suite de l'auteur], *Zhentan shijie*, Shanghai, 18 mai 1924, n° 24.

KÄSTNER Erich (Allemand) [Kaisitenie 凯斯特涅], *Xuesheng budao ji* « 学生捕盗记 » [Des élèves arrêtent des voleurs], Nanguang shudian, Shanghai, 1943. Titre original : *Émile et les Détectives* (1929).

« Kebu de moshen » « 可怖的魔神 » [Un démon horrible], *Xiaoshuo shijie*, Shanghai, 11 janvier 1924, t. 5, n° 11.

« Kong zhong feidan » « 空中飞弹 » [Une balle volée dans le ciel], Shanghai jiaotong tushuguan, Shanghai, 1er septembre 1920, traduit en collaboration avec Zhou Shoujuan.

LE QUEUX William Tufnell, [Weilian Legou 维廉勒苟], *Tong ta* « 铜塔 » [La tour de cuivre], *Xiaoshuo daguan*, Shanghai, septembre 1916, recueil 6.

LE QUEUX William Tufnell, *X yu O* « X 与 O » [X et O], *Xiaoshuo daguan*, Shanghai, mars 1916, recueil 5, traduit en collaboration avec (Liu) Bannong.

« Liangyi » « 良医 » [Un bon médecin], *Lanpi shu*, Shanghai, 20 octobre 1948, n° 18. *Loudian* « 漏点 » [Source de fuite], Guangyi, Shanghai, 1949, pp.1-122.

*Liange ge xieren de tou'er* « 两个卸任的偷儿 » [Deux voleurs à la retraite], *Youxi shijie*, Shanghai, avril 1923, n° 22.

MENDÈS Catulle (Français) [Mendizi 门第兹] « Jiangzi » « 镜子 » [Le miroir] Qingnian jinbu, Shanghai, 1925, n° 83, pp.107-111.

MORRISON Arthur (Anglais) [Aosai Malixun 奥塞 玛利逊] *Gudi zhong de sanjian dao'an* « 古邸中的三件盗案 » [Trois vols dans la maison ancienne], Dadong, Shanghai, pp. 1-83. Cette traduction est aussi publiée dans *Shijie mingjia zhentan xiaoshuoji* 7 « 世界名家侦探小说集 7 » [Recueil de romans policiers de célèbres écrivains étrangers, recueil 7] qui comprend deux nouvelles policières.

*Oumei mingjia zhentan xiaoshuo daguan* « 欧美名家侦探小说大观 » (短篇侦探小说集) [Un recueil de romans policiers de célèbres écrivains européens et américains (Collection de nouvelles policières)], rédacteur en chef Zhou Shoujuan, traduit en collaboration avec Zhou Shoujuan, etc., Shanghai jiaotong tushuguan, 3 vol.

POE Edgar Allan [Aidijia Alan Po 哀迪笳 埃仑坡], *Maige lu de xiong'an* « 麦格路 的凶案 » [Double assassinat dans la rue Morgue], Dadong, Shanghai, février 1948, pp.1-86. Porte la mention : « Une des nouvelles policières des célèbres écrivains internationnales » [ 世界名家短篇侦探小说之一]. Texte publiée également dans *Shijie mingjia zhentan xiaoshuoji* 1 « 世界名家侦探小说集 1 » [Recueil de romans policiers de célèbres écrivains étrangers, Vol.1].

« Qi li hong wan » « 七粒红丸 » [Sept pilules rouges], *Xiaoshuo shijie*, Shanghai, 3 octobre 1924, t. 8, n° 1.

« Qi qian bang de zuanshi » « 七千磅的钻石 » [Un diamante qui coûte sept mille dollars], *Xiaoshuo shijie*, Shanghai, 6 février 1925, t. 9, n° 6.

*Quantao* « 圈套 » [Le piège], Guangyi, Shanghai, mars 1948.

QUEEN Ellery [Kuien 奎恩], « Xila guancai » « 希腊棺材 » [Le cercueil grec], *Shenghuo*, Shanghai, de juillet 1941 en juin 1943, du t. 1 (n° 1) au t. 3 (n° 2). Porte la mention : « Les enquêtes de Queen » [奎恩探案]. Titre original : *The Greek Coffin Mystery* (1932).

QUEEN Ellery (Américain) [Ailei Kuien 爱雷 · 奎恩], *Xila guancai* « 希腊棺材 » [Le cercueil grec], Zhongyang shudian, Shanghai, décembre 1946. Titre original : *The Greek Coffin Mystery* (1932).

QUEEN ELLERY [Ailei Kuining 爱雷 · 奎宁], « Mi baozang » « 觅宝藏 » [Chercher un trésor], *Xin zhentan* « 新侦探 » [Le nouveau détective], Shanghai, 1946, n° 13 et n° 14. Titre original : *The Treasure Hunt*, *dans The New Adventures of Ellery Queen* (1940).

REEVE, Arthur B. (Arthur Benjamin) (Américian) [Yasailifu 亚塞李芙, 1880-1936], 1er juillet 1919, recueil : 1. « Mo yi » « 墨異 » [noir et différence] Titre original : *The Poisoned Pen* (1912). — 2. « Dizhengbiao » « 地震表 » [Sismographe]. — 3. « X guang » « X 光 » [Rayon X] Titre original : *The Invisible Ray* (1913). — 4. « Huo mo » « 火魔 » [Le démon du feu]. — 5. « Guangmen » « 钢门 » [La porte en fer] Titre original : *The Steel Door* (1913). — 6. « Baibaoxiang » « 百宝箱 » [Le coffre de trésor]

« Shangqian » « 赏钱 » [Pourboire], *Zhentan shijie*, Shanghai, 4 mai 1924, n°

23.

« Shi'er xiaoshi de ziyou » « 十二小时的自由 » [Liberté de douze heures], *Zhentan shijie*, Shanghai, 10 octobre 1923, n° 9.

« Shifanghou » « 释放后 » [Après la liberté], *Xiaoshuo shijie*, Shanghai, 7 mai 1926, t. 13, n° 19.

*Shijie mingjia zhentan xiaoshuoji* « 世界名家侦探小说集 » [Un recueil de romans policiers de célèbres écrivains étrangers], Dadong, Shanghai, février 1948 pour la réédition, Titre original : *The Great Detective Stories* (1927).

· Vol.1. Edgar Allan Poe, *Mai ge lu de xiong'an* « 麦格路的凶案 » [Le Dou-ble assassinat dans la rue Morgue].

· Vol.2. Anna Katharine Green (Américaine) [Annakadelingelin 安那喀德麟格林], *Mang yishi* « 盲医士 » [Le médecin aveugle] (titre original : *The Doctor, His Wife, and the Clock*, 1895).

· Vol.3. Fu yu zi « 父与子 » [Père et fils].

· Vol. 4. Xuezheng « 血症 » [Leucémie] : 1. « Xuezheng » « 血症 » [Leucémie]. — 2. William Wilkie Collins (Anglais) [Huilianmuwei'erqi-koulinsi 惠廉姆 尉尔启叩林斯], « Changshi de shibai » « 尝试的失败 » [Essai raté].

· Vol.5. Ernest Bramah [Enieside Buleima 厄涅斯德布累马], *Gu zhentan* « 瞽侦探 » [Le Détective aveugle] : 1. « Gu zhentan » « 瞽侦探 » [Le Détective aveugle]. — 2. [Tao'aiqulieketicun 陶哀屈烈克梯邨 (Allemand)], « Mei de zhengju » « 美的证据 » [Témoignage de beauté].

· Vol.6. Anton Tchekhov (Russe) [Andongqihefu 安东乞呵甫], *Ruidian huocha* « 瑞典火柴 » [L'Allumette suédoise] : 1. « Ruidian huocha » « 瑞典火柴 » [L'Allumette suédoise] (titre original : *Histoire criminelle*, 1884). — 2. Maurice Leblanc [Maolisi Lebolang 毛利司勒勃朗], « Xue zhong zuyin » « 雪中足印 » [Des pas sur la neige] (titre original : *Les Huit Coups de l'horloge*).

· Vol.7. *Gudi zhong de sanjian dao'an* « 古邸中的三件盗案 » [ Trois vols dans la maison ancienne ].

· Vol.8. *Xiaowu* « 小屋 » [ La Petite Maison ].

· STEVENSON Robert Louis [ Sidiwensen 斯蒂文森 ] « Laojueshi de men » « 老爵士的门 » [ La porte des vieux chevaliers ], *Qingnian jinbu*, Shanghai, 1925, n° 81, pp.86-102. Titre original : *The Master of Ballantrae* (1889).

« Tianxing » « 天刑 » [ Les Peines éternelles ], *Xiaoshuo shijie*, Shanghai, 8 août 1924, t. 7, n° 6.

« Tou'er de huoban » « 偷儿的伙伴 » [ Un copain d'un voleur ], *Xiaoshuo shijie*, Shanghai, 15 juin 1927, t. 16, n° 3.

VAN DINE S.S., *Fei luo fan shi tan'an quanji* « 斐洛凡士探案全集 » [ Collection complète des aventures de Philo Vance ], Shijie, Shanghai, 11 volumes.

· Vol.1. *Beisen xue'an* « 贝森血案 » [ L'Affaire Benson ], juillet 1932 (titre original : *The Benson Murder Case*, 1926).

· Vol.2. *Jin si qie* (*shang xia ce*) « 金丝雀(上下册) » [ Le Canari ], 2 t., septembre 1932 [ rééd. novembre 1943 ] (titre original : *The Canari Murder Case*, 1927).

· Vol.3. *Jiemei hua* « 姐妹花 » [ Les Sœurs ], novembre 1932 (titre original : *The Greene Murder Case*, 1928).

· Vol.4. *Hei qizi* (*shang xia ce*) « 黑棋子(上下册) » [ La Pièce noire du jeu d'échecs ], 2 t., juin 1933 (titre original : *The Bishop Murder Case*, 1929).

· Vol.5. *Gujia chong* « 古甲虫 » [ Un scarabée antique ], janvier 1946 pour la 3e édition (titre original : *The Scarab Murder Case*, 1930).

· Vol.6. *Shenmi zhi quan* « 神秘之犬 » [ Un chien mystérieux ], août 1934 (titre original : *The Kennel Murder Case*, 1933).

· Vol.7. *Longchi canju* « 龙池惨剧 » [ L'Assassinat de Longchi ], novembre 1943 pour la 2e édition (titre original : *The Dragon Murder Case*).

· Vol.8. *Zise wu* « 紫色屋 » [ Le Logement violet ], novembre 1943 pour la 2e édition (titre original : *The Kidnap Murder Case*, 1936).

- Vol.9. *Huayuan qiangsheng* « 花园枪声 » [Le Coup de pistolet dans le jardin], 1943 (titre original : *The Garden Murder Case*, 1935).
- Vol.10. *Du ku qi'an* « 赌窟奇案 » [L'Affaire criminelle du Casino], septembre 1947 (titre original : *The Casino Murder Case*, 1934).
- Vol.11. *Kafeiguan* « 咖啡馆 » [Café], septembre 1947 (titre original : *The Gracie Allen Murder Case*, 1938).

VAN DINE S.S., « Du ku qi'an » (weiwan) « 赌窟奇案（未完）» [L'Affaire criminelle du Casino (inachevé)], *Shanghai shenghuo*, Shanghai, du 1er novembre 1941 au 22 décembre 1942, la 5e année, n° 11 et n° 12. Titre original : *The Casino Murder Case* (1934).

VAN DINE S.S., « Du ku qi'an » « 赌窟奇案 » [L'Affaire criminelle du Casino], *Xiaoshuo yuebao*, Shanghai, 1er septembre 1942, n° 24. Titre original : *The Casino Murder Case* (1934).

VAN DINE S.S., *Kafeiguan* « 咖啡馆 » [Café], *Dazhong*, Shanghai, du 1er novembre 1942 en août 1943, du n° 1 au n° 10. Titre original : *The Gracie Allen Murder Case* (1938).

WALLACE Edgar (Anglais) [Walasi 瓦拉斯], « Lü jianshou » « 绿箭手 », *Shanhu*, Shanghai, du 1er juillet au 16 juin 1934, du t. 3 (n° 1) au t. 4 (n° 20) (t. 4, n° 7 non publier) Titre original : *The Green Archer* (1923), publié en français sous le titre *L'Archer vert*, Paris, Hachette, coll. Les meilleurs romans étrangers, 1937 ; réédition, Paris, Néo, coll. Le Miroir obscur n° 119, 1986 ; réédition, Toulouse, Éditions L'Ombre, coll. Petite Bibliothèque Ombres, 1997.

« Wangshi » « 往事 » [Le passé], *Zhentan shijie*, Shanghai, 22 août 1924, t. 7, n° 8. WELLS H. G. (Anglais) [Wei'ershi 威尔士] « Mangren xiang » « 盲人乡 » [The Country of the Blind (1911)], *Qingnian jinbu*, Shanghai, 1922, n° 54, pp.77-86 et n° 55, pp.78-79.

WRIGHT W.H. [Laiteji 来特辑] (VAN DINE S.S. en est le rédacteur), *Shijie mingjia zhentan xiaoshuoji* (2 volumes.) « 世界名家侦探小说集 » (上下册) [Un recueil de romans policiers de célèbres écrivains étrangers], Dadong, Shanghai, 1931, Vol.2 Titre original : *The Great Detective Stories* (1927).

· Vol.1, pp.1-258 : 1. « Mai ge lu de xiong'an » « 麦格路的凶案 » [Double assassinat dans la rue Morgue] (titre original : *The Murders in the Rue Morgue*, 1841, par Edgar Allan Poe). — 2. « Changshi de shibai » « 尝试的失败 » [Essai raté]. — 3. « Mang yishi » « 盲医士 » [Le médecin aveugle] (titre original : « The Doctor, His Wife, and the Clock », 1895, par Anna Katharine Green. — 4. « Fu yu zi » « 父与子 » [Père et fils], par Arthur Conan Doyle. — 5. « Gudi zhong de sanjian dao'an » « 古邸中的三件盗案 » [Trois vols dans la maison ancienne], par Arthur Morrison. — 6. « Xuezheng » « 血症 » [Leucémie], par Richard Austin Freeman.

· Vol.2, pp.1-230 : 7, *Xiaowu* « 小屋 » [La Petite Maison] (titre original. *The Little House* (1927) par Henry Christopher Bailey [Henli Beili 亨利贝力], etc. (au total quinze œuvres). Il existe une biographie de chaque auteur original.

« Wuchang qiyu ji » « 舞场奇遇记 » [Une rencntre au bal], *Zhentan shijie*, Shanghai, du 18 avril 1924 au 18 mai 1924.

« Wuxing zhi dan » « 无形之弹 » [Une balle invisible], *Shehui zhi hua*, Shanghai, 30 septembre 1925, t. 2, n° 12.

« Yi ge lunli wenti » « 一个伦理问题 » [Une question éthique], *Xiaoshuo shijie*, Shanghai, 13 mars 1925, t. 9, n° 11.

« Yi ge zhiyin » « 一个指印 » [Une empreinte d'un doigt], *Xiaoshuo shijie*, Shanghai, 13 février 1925, t. 9, n° 7.

« Yi ju qi » « 一局棋 » [Une partie d'échec], *Lanpi shu*, Shanghai, 20 septembre 1948, n° 17, pp.29-41.

« Yi zang » « 移赃 » [Changer le lieu des objets volés], *Lanpi shu*, Shanghai,

1948, n° 16.

« Yindu daoyou » « 印度导游 » [ Le guide indien ], *Lüxing zazhi*, Shanghai, 1929, t. 3, n° 6, pp.43-50 et n° 9, pp.55-57.

*Yuhuan waishi* « 玉环外史 » [ L'anecdote de Yuhuan ], décembre 1920-septembre 1927. Selon Ren Xiang et Gao Yuan (éd.), *Zhongguo zhentan xiaoshuo lilun ziliao* (p.639), il s'agirait d'une traduction.

« Zei » « 贼 » [ Voleur ], *Zhentan shijie*, Shanghai, 19 mars 1924, n° 20.

« Zhipiao » « 支票 » [ Un chèque ], *Xiaoshuo shijie*, Shanghai, 3 avril 1925, t. 10, n° 1.

« Zimeiyu » « 姊妹玉 » [ Les sœurs ], *Xinsheng*, 9 mai 1921, n° 4, traduit en collabora-tion avec Mei Yin 梅茵.

ZOLA Émile (Français) [ Caola 曹拉 ] « Mofang de bei gong » « 磨坊的被攻 » [ Titre original : *L'Attaque du Moulin* (1880) ], *Qingnian jinbu*, Shanghai, 1923, n° 59, pp.62-74 et n° 60, pp.72-87.

## II. Œuvres de fiction : créations originales

« Ai'er » « 爱儿 » [ Mon enfant ], *Minzhong wenxue*, Shanghai, 1924, t. 11, n° 1, pp.1-6.

« Ai hai hui bo lu » « 爱海回波录 » [ Mémoires du reflux du fleuve Amour ], *Xianshi leyuan ribao*, Shanghai, du 9 août 1918 en 1919.

« Ba shi si » « 八十四 » [ Quatre-vingt-quatre ], *Shanhu*, Shanghai, du 1er septembre 1932 au 16 octobre 1932, t. 1, du n° 1 au n° 8. Porte la mention : « Les enquêtes de Huo Sang» [ 霍桑探案 ].

« Ba shi si » « 八十四 » [ Quatre-vingt-quatre ], Shijie shuju, Shanghai, 1942, pp. 1-48.

« Baibaoxiang »( inachevé) « 百宝箱 » [ Un arsenal ], *Xin zhentan* « 新侦探 » [ Le nouveau détective ], Shanghai, à partir du 10 janvier 1946, jusqu'en 1947 (date non précisée), du n° 1 au n° 17. Porte la mention : « Les enquêtes de

Huo Sange [霍桑探案].

*Bai shajin* « 白纱巾 » [Le mouchoir blanc], Liangchen haoyoushe, Shanghai, setempre 1928.

« Bai shajin » « 白纱巾 » [Le mouchoir blanc], *Dazhong*, Shanghai, avril 1936 pour la 2e édition, pp.1-145.

« Baoshi yu » « 宝石语 » [Le sens des pierres rares], *Ziluolan*, Shanghai, 1926, t. 1, n° 7, p.1.

« Ban kuai suizhuan » « 半块碎砖 » [Fragment d'une brique], *Hong meigui*, Shanghai, du 19 septembre 1925 au 3 octobre 1925, t. 2, du n° 5 au n° 7. Porte la mention : « les enquêtes de Huo Sang » [霍桑探案].

« Bieshu zhi guai » « 别墅之怪» [Démons dans la villa], *Dazhong*, Shanghai, 1er juin 1945, n° 31. Porte la mention : « Les enquêtes de Huo Sang » [霍桑探案].

« Bingren » « 冰人 » [Bonhomme de neige], *Kuaihuo*, Shijie, Shanghai, 1922, n° 23, »numéro de détective » [侦探号]). Porte la mention : « Les enquêtes du Holmes d'Orient » [东方福尔摩斯探案].

« Bukesiyi » « 不可思议 » [Surprise], *Zhentan shijie*, Shanghai, 8 décembre 1923, n° 13. Porte la mention : « Les enquêtes de Huo Sange [霍桑探案].

« Buduan de jinbao » « 不断的警报 » [Les alarmes ininterrompues], Jiangsu renmin, Nanjing, 1957.

« Dao zhi xianlu » « 弹之线路 » [La piste d' ogive], *Lipaili*, Shanghai, du 11 juin 1921 au 3 septembre 1921, du n° 113 au n° 125 (n° 115 sans publier). Porte la mention : « Les enquêtes du Holmes d'Orient » [东方福尔摩斯侦探案].

« Chi yu huan » « 赤玉环 » [Une bague rouge], *Hong meigui*, Shanghai, 1929, t. 5, n° 1. Porte la mention : « Les enquêtes de Jiangnan yan » [江南燕案].

*Cheng Xiaoqing daibiao zuo* « 程小青代表作 » [Les œuvres représentatives de Cheng Xiaoqing], édition établie par Kong Qingdong 孔庆东, Huaxia, coll.

« Ziqiang wenku 自强文库 » et « Zhongguo xiandai wenxue baijia 中国现代文学百家 », Beijing, 1999.

*Cheng Xiaoqing wenji* « 程小青文集 » [Œuvres de Cheng Xiaoqing], édition établie par Kong Qingdong 孔庆东, Huaxia, coll. « Zhongguo xiandai wenxue mingzhu baibu 中国现代文学名著百部 », Huaxia, Beijing, 2000

« Chuang » « 窗 » [Fenêtre], *Minzhong shenghuo*, Shanghai, du 20 mai 1930 au 10 septembre 1930, t. 1, du n° 1 au n° 2. Porte la mention : « Les enquêtes de Huo Sang » [霍桑探案].

« Chuang qian mei ying » « 窗前魅影 » [Les ombres devant ma fenêtre] (par Hong Xiao 红绡), « Shentan Huo Sang » « 神探霍桑 » [Huo Sang le détective], édition établie par Cai Maoyou 蔡茂友 et Xia Tianyang 夏天阳, Jinghua, coll. « Yuanyang hudie pai : zhentan xiaoshuo 鸳鸯蝴蝶派-侦探小说 », Beijing, 1994.

« Chuang wai ren » « 窗外人 » [Les ombres devant ma fenêtre], *Zhentan shijie*, Dadong, Shanghai, 5 juillet 1923.

« Cuiming fu » « 催命符 » [Sortilège], Shijie, Shanghai, de 1942 à 1945, pp.1-185.

« Cuowu de tounao » « 错误的头脑 » [La tête de l'erreur], *Lüxing zazhi*, Shanghai, 1928, « numéro de printemps » [春号]. Porte la mention : « Les enquêtes de Huo Sang » [霍桑探案].

« Danyi de ceyan » « 胆力的测验 » [L'épreuve du courage], *Lüxing zazhi*, Shanghai, 1929, t. 3, n° 5, pp.49-56.

« Dao zhi xianlu » « 弹之线路 » [La piste d'ogive], *Hong meigui*, Shanghai, 1929, t. 5, du n° 22 au n° 25.

*Dashucun xue'an* « 大树村血案» [Drame sanglant au village de Dashu], Shanghai wenhua, Shanghai, 1956.

« Dengying qiangsheng » « 灯影枪声 » [Coups de feu dans les ombres de la lampe], *Hong meigui*, Shanghai, Shanghai, 1931, t. 7, n° 1. Porte la mention : « Les en-quêtes de Huo Sang » [霍桑探案].

« Dianying bianju tan » « 电影编剧谈 » [De cinéastes], *Dianying yuebao*, Shanghai,

1928, Vol.2, n° 2, pp.67-70 ; Vol.4, n° 4, pp.55-57 et Vol.5, n° 5, pp.68-72.

« Dianying de shiming » « 电影的使命 » [La mission de cinéma], *You lian te kan*, Shanghai, 1925, n° 1, p.8.

« Dianying pingjia de duixiang » « 电影评价的对象 » [L'objet de critiques de cinéma], *Yinguang*, Shanghai, 1933, n° 1, p.16.

« Dianying yuben yu xinli » « 电影剧本与心理 » [Le scénario et la spychologie], *You lian te kan*, Shanghai, 1927, n° 3, pp.17-18.

« Di'er dan » « 第二弹 » [La deuxième ogive], *Hong meigui*, Shanghai, du 28 septem-bre 1924 au 4 octobre 1924, t. 1, du n° 5 au n° 6. Porte la mention : « Les enquêtes de Huo Sang » [霍桑探案].

« Di'er zhang zhao » « 第二张照 » [La Deuxième photographie], *Hong meigui*, Shanghai, du 1er janvier 1927 au 8 janvier 1927, t. 3, du n° 1 au n° 2. Porte la mention : « Les enquêtes de Huo Sang » [霍桑探案].

« Dongfang fuermosi de ertong shidai » « 东方福尔摩斯的儿童时代 » [La jeunesse de Huo Sang], *Jiating*, Shanghai, 1923, n° 1, pp.1-8.

« Du sha an » « 妒杀案 » [Crime de jalousie], Wenming shuju, Shanghai, mai 1928, p.763.

« Duan zhi dang » « 断指党 » [Le groupe aux doigts coupés], *Libailiu*, Shanghai, du 19 mars 1921 au 4 juin 1921, du n° 101 au n° 112. Porte la mention : « Les enquêtes du Holmes d'Orient » [东方福尔摩斯侦探案].

*Duan zhi tuan* « 断指团 » [Le groupe aux doigts coupés], Shijie, Shanghai, 1945, pp.1-211.

« Duan zhi yu bo » « 断指余波 » [Les échos de l'affaire des doigts coupés], *Dazhong*, Shanghai, 1er juillet 1945, n° 32. Porte la mention : « Les enquêtes de Huo Sangz [霍桑探案].

« Guai bieshu » « 怪别墅 » [ Démons dans la villa ], *Banyue*, Shanghai, t. 1, n° 18. Porte la mention : « Les nouvelles enquêtes du Holmes d'Orient » [ 东方福尔摩斯新探案 ].

« Fankangzhe » « 反抗者 » [ Le révolté ], *Dazhong*, Shanghai, 1er mai 1945, n° 30. Porte la mention : « Les enquêtes de Huo Sang » [ 霍桑探案 ].

« Fei sheng » « 吠声 » [ L'aboiement du chien ], *Hong meigui*, Shanghai, du 22 août 1925 au 29 août 1925, t. 2, du n° 1 au n° 2. Porte la mention : « Les enquêtes de Huo Sang» » [ 霍桑探案 ].

« Feicui quan » « 翡翠圈 » [ Collier en jade ], *Hua'an*, Shanghai, 1924, t. 2, n° 6. Porte la mention : « Les enquêtes de Huo Sang » [ 霍桑探案 ]. [ Inachevé. ]

*Fu yu nü* « 父与女 » [ Père et fille ], Wenhua meishu tushu gongsi, Shanghai, janvier 1933, pp.1-123.

« Fuqin gei de qiche » « 父亲给的汽车 » [ La voiture que le père a offerte ], *Qingnian jinbu*, Shanghai, 1922, n° 51, pp.75-88.

« Gu gangbiao » « 古钢表 » [ La vieille montre de gousset ], *Dazhong*, Shanghai, 1er décembre 1944, n° 28. Porte la mention : « Les enquêtes de Huo Sang » [ 霍桑探案 ]. « Guan dianying de liangge xiao wenti » « 观电影的两个小问题 » [ Deux petites

questions sur le cinéma ], *Hong meigui*, Shanghai, 1925, n° 50, p.5.

*Guo miandao* « 裹棉刀 » [ Le couteau enrobé de coton ], Shijie, Shanghai, 1942, pp.1-48.

« Guohua de jianglai » « 国画的将来 » [ Le futre sur la peinture chinoise ], *Jingangzuan yuekan*, Shanghai, 1934, t. 1, n° 8, pp.1-5.

« Hanyi » « 寒衣 » [ Le vêtement d'hiver ], *Leguan*, Shanghai, 1941, n° 1, pp. 97-105.

« He'erfusi de ziyou » « 荷尔夫斯的自由 » [ La liberté de Holmes ], *Qingnian jinbu*, Shanghai, 1921, n° 48, pp.78-82.

« Hei liangui » « 黑脸鬼 » [ Le démon au visage noir ], *Dazhong*, Shanghai, 1er janvier 1945, n° 27. Porte la mention : « Les enquêtes de Huo Sang » [霍桑探案].

« Hong baoshi » « 红宝石 » [Rubis], *Hong zazhi*, Shanghai, août 1922, n° 2.

« Hong quan » « 红圈 » [Cercle rouge], *Hong zazhi*, Shanghai, 10 août 1923, t. 2, n° 1. Porte la mention : « Les enquêtes de Huo Sang » [霍桑探案].

« Huangshan song » « 黄山松 » [Les bois de pins de Huangshan], *Baihehua*, Shanghai, 1938, t. 1, n° 1, pp.20-22.

« Huo Sang de xiaoyou » « 霍桑的小友 » [Le jeune ami de Huo Sang], *Banyue*, Shanghai, 9 juillet 1922, t. 1, n° 21. Porte la mention : « Les enquêtes du Holmes d'Orient » [东方福尔摩斯探案]. Erreur dans la signature : Chen Xiaoqing 陈小青, au lieu de Cheng Xiaoqing.

« Huo Sang shizong ji » « 霍桑失踪记 » [La disparution de Huo Sang], *Hong meigui*, Shanghai, du 12 décembre 1927 au 26 décembre 1927, t. 3, du n° 41 au n° 43. Porte la mention : « Les enquêtes de Huo Sang » [霍桑探案].

« Huo Sang de xunhua » « 霍桑的训话 » [Admotestations de Huo Sang], *Ziluolan*, Shanghai, 1er juillet 1929, t. 4, n° 1.

« Jia shenshi » « 假绅士 » [Un faux gentleman], *Zhentan shijie*, Shanghai, 18 avril 1924, n° 22. Porte la mention : « Les enquêtes de Huo Sang » [霍桑探案].

*Jiamian nüliang* « 假面女郎 » [Femme au masque], Fuxin shuju, Shanghai, décembre 1947.

« Jiang nan yan » « 江南燕 » [Hirondelle du sud de la rivière], *Leyuan* « 乐园 » [Paradis], autre nom, *Xianshi leyuan ribao* « 先施乐园日报 » [Le journal du paradis de Xianshi], Shanghai, du 27 mai 1919 (la 3e partie) au 22 juillet 1919, du n° 273 au n° 325. Porte la mention : « Les enquêtes du Holmes d'Orient » [东方 福尔摩斯探案].

*Jiangnan yan* « 江南燕 » [Hirondelle du sud], Huating shuju, Shanghai, avril 1921 (rééd. avril 1922), pp. 1-86. Porte la mention : « Mes enquêtes du

Holmes d'Orient »［东方福尔摩斯探案］.

« Jiangnan yan » « 江南燕 »［Hirondelle du sud］, in *Huo Sang tan'anji* « 霍桑探案集 »［Recueil des aventures de Huo Sang］, 2, pp.1-69.

« Jiehou yuanyang » « 劫后鸳鸯 »［Les amoureux après la calamité］, *Zhonghua xiaoshuojie*, 1er juin 1916, Vol.3 et n° 6.

« Jingshenbing » « 精神病 »［Maladie mentale］, *Xiaoxian yuekan*, Suzhou, août 1921, n° 4. Porte la mention : « Les enquêtes du Holmes d'Orient »［东方福尔摩斯探案］.

« Jiu hou » « 酒后 »［Après avoir bu］, *Xiaoshuo shijie*, Shanghai, 26 janvier 1923, t. 1, n° 4.

« Juezhi ji (1) (2)» « 角智记 (1) (2)» [Mémoires de combats (1) (2)], *Xiaoshuo daguan*, Wenming, Shanghai, du 30 mars 1917 au 30 juin 1917, recueils 9 et 10. Cette nouvelle n'avait pas de titre lors de sa première publication dans le *Xiaoshuo daguan*. Celui-ci lui a été donné lorsqu'elle a été reprise dans le recueil intitulé *Long hu dou* « 龙虎斗 »［Dragon contre tigre］, établi par Cheng Yuzhen et d'autres.

« Kedao'er yihua » « 科道尔轶话 »［L'anecdote de Conan Doyle］, *Zuixiao*, Shanghai, 1925, t. 6, n° 185, p.5.

« Kepa de guangdian » « 可怕的光点 »［Le point de lumière horrible］, *Minzhong wenxue*, Shanghai, 1925, t. 12, n° 13, pp.1-12.

*Kongpu de huoju* « 恐怖的活剧 »［Scène de terreur］, Shijie, Shanghai, 1947, pp. 1-57.

« Langman yuyun » « 浪漫余韵 »［Une résonance romantique］, *Lüxing zazhi*, Shanghai, 1927, t. 1, « numéros d'été et d'automne »［夏号秋号］. Porte la mention : « Les enquêtes de Huo Sang »［霍桑探案］.

« Li dai tao jiang » « 李代桃僵 »［Le remplaçant］, *Xianshi leyuan ribao*, Shanghai, à partir du 9 août 1918, jusqu'en 1919(date non précisée).

« Liangyi yu liangmei » « 良医与良媒 »［Un bon médecin et un bon mariage］,

*Xin shanghai*, 15 octobre 1933, t. 1, n° 2. Porte la mention : « Les enquêtes de Huo Sang »［霍桑探案］.

« Ling bi shi » « 灵璧石 »［La pierre rare］, *Lanpi shu*, Shanghai, 1949, du n° 20 au 26 (sans publier dans n° 26, sans achever).

« Long hu dou » « 龙虎斗 »［Dragon contre tigre］, *Ziluolan*, Shanghai, du 10 avril 1943 à avril 1944, nos 1 à 12. (Cf. <http://www.cnbksy.com>).

« Loushang ke » « 楼上客 »［Locataire qui demeure au haut］, *Lianyi zhi you*, Shanghai, du 19 août 1926 au 16 février 1927, du n° 26 au n° 38. Porte la mention : « Les enquêtes de Huo Sang »［霍桑探案］.

« Lun xia xue » « 轮下血 »［Le sang sous la roue］, Shijie, Shanghai, 1945, pp. 1-46.

« Lun xia xue » « 轮下血 »［Le sang sous la roue］, Qunzhong, Beijing, 1997, pp.1-509.

« Lü di zhi ye » « 旅邸之夜 »［La nuit de voyage］, *Lüxing zazhi*, Shanghai, 1927, t. 1, « numéro de printemps »［春号］. Porte la mention : « Les enquêtes de Huo Sang »［霍桑探案］.

« Mao'er yan » « 猫儿眼 »［La pupille du chat］, *Kuaihuo*, Shijie, Shanghai, 1922, n° 3. Porte la mention : « Les enquêtes du Holmes d'Orient »［东方福尔摩斯探案］.

« Nie jing » « 孽镜 »［Un miroir de crime］, *Youxi shijie*, Dadong, Shanghai, janvier 1923, n° 20, « numéro de roman policier »［侦探小说号］. Porte la mention : « Les enquêtes du Holmes d'Orient »［东方福尔摩斯探案］.

« Piaomiao fengxia » « 飘渺峰下 »［Au pied de la montagne infinie］, *Zhongmei zhoukan*, Shanghai, 1948, du n° 301 au n° 323 (n° 316 non publier).

« Peiyi nüshi xunxueji » « 佩宜女士殉学记 »［L'histoire des études de Madame Peiyi］, *Lianyi zhi you*, Shanghai, 1930, n° 160, p.3.

« Qimiao de panfa » « 奇妙的判罚 »［La punition fantastique］, *Hong meigui*, Shanghai, 1926, t. 2, n° 5, p.19.

« Qingchu zhi huo » « 青春之火 » [Le feu de la jeunesse], Shijie, Shanghai, 1945, pp.1-211.

« Qing jun ru weng » « 请君入翁 » [S'il vous plaît, entrez dans ma jarre], in *Huo Sang tan'anji* « 霍桑探案集 » [Recueil des aventures de Huo Sang].Vol.10, pp.281-99.

« Shenglizhe » « 胜利者 » [Les gagnants], *Ziluolan*, Shanghai, 1930, t. 4, n° 14, pp.1-12. Publié aussi dans Xiang Yannan (向燕南) et Kuang Changfu (匡长福), *Yuan-yang hudie pai yanqing xiaoshuojicui* [*Sélection des romans sentimentaux* « 鸳鸯 蝴蝶派言情小说集粹 » du courant *Canards Mandarins et Papillons*], Zhongyang minzu xueyuan, Beijing, avril 1993.

« Sheng si guan tou » « 生死关头 » [Entre la vie et la mort], Jiangsu renmin, Nanjing, 1957.

« Shengsi guantou » « 生死关头 » [Entre la vie et la mort], in *Varii auctores*, *Wu ling de mabang* « 无铃的马帮 » [Une troupe de chevaux sans clochettes], Qunzhong, coll. « Dangdai Zhongguo gong'an wenxue daxi 1 当代中国公安文学大系 1 », Beijing, octobre 1996.

« Shi » « 虱 » [Le pou], *Hong meigui*, Shanghai, 1928, t. 4, du n° 21 au n° 23. Porte la mention : « Les enquêtes de Huo Sang » [霍桑探案].

« Shifang hou » « 释放后 » [Après la liberté], *Minzhong wenxue*, Shanghai, 1926, t. 13, n° 19, pp.1-13.

« Shijie zui jiandan zhi youju » « 世界最简单之邮局 » [La poste la plus simple du monde], *Xiaoshuo yuebao*, Shanghai, 1919, t. 10, n° 8, p.12.

« Shijuan » « 试卷 » [Une composition d'examen], *Banyue*, Shanghai, 6 septembre 1922, t. 2, n° 1. Porte la mention : « Les enquêtes de Huo Sang » [霍桑探案].

« Shinian lai Zhongguo xiaoshuo de yipie » « 十年来中国小说的一瞥 » [Un coup d'œil sur les romans chinois depuis 10 ans], *Qingnian jinbu*, Shanghai, 1927, n° 100, pp.224-235.

« Shuang ren bi xue » « 霜刃碧血 » [ Du sang sur le fil de la lame ], Shijie, Shanghai, 1944, pp.1-173.

« Si dian sanshi qi fen » « 四点三十七分 » [ Quatre heures trente-sept ], *Yueliang*, Shanghai, 1924, n° 1, pp.1-9. ; n° 2, pp.1-11. et n° 3, pp.1-12.

« Ta weishenme bei sha » « 她为什么被杀 » [ Pourquoi elle a été assassinée ], Shanghai wenhua, Shanghai, 1956.

« Tan bing » « 谈冰 » [ Sur la glace ], *Ziluolan*, Shanghai, 1926, t. 1, n° 18, pp. 7-8.

« Tan tan hong hudie » « 谈谈红蝴蝶 » [ À propos di papillon rouge ], *You lian te kan*, Shanghai, 1928, t. 3, n° 8, pp.1-14.

TCHEKHOV ANTON (Russe) [ Qihefu 乞呵夫) ] « Yu de gushi » « 鱼的故事 » [ L'histoire de poissons ], *Qingnian jinbu*, Shanghai, 1922, n° 53, pp.72-75. Titre original : *Une histoire de poisson* (1885).

« Tuhua gai yan » « 图画概言 » [ La parole générale sur la peinture ], *Xin xin ribao* « 新 新日报 » [ Le nouveau journal quotidien ], février 1926.

« Wang Mianzhu » « 王冕珠 » [ La perle de la couronne royale ], *Dazhong*, Shanghai, 1er février 1945, n° 28. Porte la mention : « Les enquêtes de Huo Sang » [ 霍桑探案 ].

« Wenyi : yema » « 文艺:野马 » [ La littérature : le cheval sauvage ], *Zhongmei zhoukan*, Shanghai, 1949, n° 326, pp.22-25.

« Wo dao ji » « 倭刀记 » [ Le précieux poignard japonais ], *Xiaoshuo yuebao*, Shanghai, du 25 octobre 1919 au 25 avril 1920, du t. 10 (n° 10) au t. 11 (n° 4). Porte la mention : « Les enquêtes du Holmes d'Orient » [ 东方福尔摩斯探 ].

« Wo dao ji » « 倭刀记 » [ Le précieux poignard japonais ], Dadong, Shanghai, juin 1920.

« Wo dao ji » « 倭刀记 » [ Le précieux poignard japonais ], Shangwu yinshuguan, Shanghai, juin 1920, pp.1-87. Porte la mention : « es enquêtes du Holmes d'Orient » [东方福尔摩斯探案].

« Wo dao ji » « 倭刀记 » [Le précieux poignard japonais], *Zhongguo jindai wenxue daxi* « 中国近代文学大系 » [Une série sur la littérature chinoise moderne], Shanghai shudian, Shanghai, janvier 1992, division 2, Vol.9, n° 7, la 14ère épisode.

« Wo dao ji » « 倭刀记 » [Le précieux poignard japonais], in *Zhongguo jindai guben xiaoshuo jicheng* « 中国近代孤本小说集成 » [Recueil de romans chinois modernes uniques], Dazhong wenyi, Beijing, mars 1999, Vol.5, la 14e épisode.

« Wo dao ji » « 倭刀记 » [Le précieux poignard japonais], Réditeurs en chef, Wu Zuxiang 吴组缃, Duanmu Hongliang 端木蕻良 et Shi Meng 时萌, *Zhongguo jindai wenxue daxi : di'erji, dijiujuan, xiaoshuoji qi* « 中国近代文学大系(第2集. 第9卷. 小说集七) » [Une grande série sur la littérature moderne chinoise la 2e division : nouvelles 7, Vol.7, n° 7] (A treasury of Modern Chinese Litterature the second division : novels 7 volumes, n° 7), Shanghai shudian, Shanghai, janvier 1992, pp.338-390.

« Wo de gonglao » « 我的功劳 » [Mes efforts], *Lüxing zazhi*, Shanghai, 1927, t. 1, « numéro d'hiver » [冬号]. Porte la mention : « Les enquêtes de Huo Sang » [霍桑探案].

« Wo de hunyin » « 我的婚姻 » [Mon mariage], *Zhentan shijie*, Shanghai, du 24 octobre 1923 en décembre 1923, du n° 10 au n° 12. Porte la mention : « Les enquêtes de Huo Sang » [霍桑探案].

« Wo de shenguai yingpian guan » « 我的神怪影片观 » [Mes idées sur le film fantastique], *Shanghai* (*Shanghai* 1925), Shanghai, 1927, n° 4, pp.1-2.

« Wo suo gongxian yu guochan yingpianjie de yixie yijian » « 我所贡献于国产影片界 的一些意见 » [Mes avis sur le film national], *Minzhong wenxue*, Shanghai, 1925, t. 12, n° 1, pp.1-4.

« Wu gu ji » « 乌骨鸡 » [Le coq nègre-soie], *Zhentan shijie*, Shanghai, du 6 janvier 1924 au 5 février 1924, du n° 15 au n° 17. Porte la mention : « Les enquêtes de Huo Sang » [霍桑探案].

« Wu hou de guisu » « 舞后的归宿 » [Après le bal], Qunzhong, Beijing, 1997, pp. 1-567. « Wu ning si » « 毋宁死 » [Ou la mort], *Xin zhentan* « 新侦探 » [Le nouveau détective], Shanghai, février 1946, n° 2. Porte la mention : « Les enquêtes de Huo Sang » [霍桑探案].

« Wu tou'an » « 无头案 » [Un cadavre sans tête], *Hua'an*, Shanghai, t. 2, du n° 2 au n° 5. Porte la mention : « Les enquêtes du Holmes d'Orient » [东方福尔摩斯探案].

« Wu tou'an : *Huo Sang tan'an xuan* » « 无头案 : "霍桑探案"选 » [Choix d'aventures de Huo Sang : un cadavre sans tête], édition établie par Shi Lao 石荦, Xin shiji, coll. « 中国通俗小说精选 » Zhongguo tongsu xiaoshuo jingxuan », Canton, janvier 1993.

« Wu zhong hua » « 雾中花 » [Fleurs dans le brouillard], *Zhongmei zhoukan*, Shanghai, juin 1947, du n° 242 au n° 266 (n° 253 sans publier). Porte la mention : « Les enquêtes de Huo Sang » [霍桑探案].

« Wuchangzhong » « 舞场中 » [Au bal], *Hong meigui*, Shanghai, 1930, t. 6, n° 1. Porte la mention : « Les enquêtes de Jiangnan yan » [江南燕案].

« Wuhui » « 误会 » [Malentendu], *Hong meigui*, Shanghai, 1930, t. 6, du n° 22 au n° 23. Porte la mention : « Les enquêtes de Huo Sang » [霍桑探案].

« Wunü shengya » « 舞女生涯 » [La vie de danseuse], *Lüxing zazhi*, Shanghai, janvier 1929 à avril 1929, t. 3, nos 1 à 4.

« Wo zhi en wu » « 我之恩物 » [Ma gratitude], *Hong meigui*, Shanghai, 1927, t. 3, n° 14.

« Xiandai de yiji » « 现代的异迹 » [L'anormalité contemporaine], *Wenshe yuekan*, Shanghai, 1927, t. 2, n° 3, pp.82-88.

« Xiaolian » « 笑脸 » [Visage souriant], *Fuyinguang*, Shanghai, 1925, n° 7, pp. 17-20 « Xiaolian » « 笑脸 » [Visage souriant], *Qingnian jinbu*, Shanghai,

1925, n° 82, pp. 110-111.

« Xiaolian » « 笑脸 » [ Visage souriant ], *Xin Shanghai*, Shanghai, 1933, t. 1, n° 3, pp.99-100.

« Xiaoshenshi de xiachang » « 小绅士的下场 » [ Le destin de petit gentleman ], *Wenshe yuekan*, Shanghai, 1927, t. 2, n° 7, pp.113-120.

« Xiatian de canju » « 夏天的惨剧 » [ Le crime d'été ], *Hong meigui*, Shanghai, 1927, t. 3, n° 27, p.13.

« Xiaye de canju » « 夏夜的惨剧 » [ Le crime d'une soirée d'été ], *Hong meigui*, Shanghai, 1927, t. 3, n° 7.

« Xiatian de guoqu he xianzai » « 夏天的过去和现在 » [ L'été dans le passé et dans le présent ], *Hong meigui*, Shanghai, 1927, t. 3, n° 23, p.1.

« Xiling jieling » « 系铃解铃 » [ Faire un nœud, et puis défaire un nœud ], *Hong meigui*, 12 mars 1925, t. 1, n° 36, p.11.

« Xin jiu ling » « 新酒令 » [ Le nouvel ordre au cours de boire de l'alcool ], *Xinyue*, Shanghai, 1926, t. 1, n° 6, pp.28-29.

« Xin shidai de xiake » « 新时代的侠客 » [ Le chevalier errant du nouveau temps ], *Lüxing zazhi*, Shanghai, 1929, t. 3, n° 7, pp.91-95.

« Xinnian de xiaoqian » « 新年的消遣 » [ Loisirs du nouvel An chinois ], *Zhentan shijie*, Shanghai, 5 févier 1924, n° 17, pp.11-17.

« Xue shouyin » « 血手印 » [ L'empreinte de main ensanglantée ], *Cheng Xiaoqing daibiao zuo* « 程小青代表作 » [ Les œuvres représentatives de Cheng Xiaoqing ], édition établie par Kong Qingdong, Huaxia, coll. « Zhongguo xiandai wenxue baijia 中国现代文学百家 », Beijing, 2008.

« Yanzhi yin » « 胭脂印 » [ Une trace de fard rouge ], *Shehui yuebao*, Shanghai, 18 août 1935, n° 11, pp.1-16 ( en collaboration avec avec Fan Yanqiao et Gu Mingdao ).

« Yi fu hua » « 一幅画 » [ Une peinture ], *Banyue*, Shanghai, du 4 août 1925 au 19 août 1925, t. 4, du n° 16, pp.1-16, au n° 17, pp.1-19.

« Yi ge sizi » « 一个嗣子 » [Un successeur], *Kuaihuo*, Shijie, Shanghai, 1922, n° 11. Porte la mention : « Les enquêtes du Holmes d'Orient » [东方福尔摩斯探案].

« Yinmu shang de shijian guocheng » « 银幕上的时间过程 » [Le processus du temps sur la scène], *Yongan yuekan*, Shanghai, 1942, n° 37, p.53.

« Yingmei xiaoshuo zazhi de yipie » « 英美小说杂志的一瞥 » [Un coup d'œil sur les romans anglais et américains], *Minzhong wenxue*, Shanghai, 1927, t. 16, n° 2, pp.1-7 et n° 3, pp.1-5.

«Yitu tonggui » « 异途同归 » [La différente route, la même destination], *Banyue*, Shanghai, 8 décembre 1923, t. 3, n° 6, « numéro de roman policier » [侦探小说 号]. Porte la mention : « Les nouvelles enquêtes du Holmes d'Orient » [东方福尔 摩斯新探案].

« Yishu yu shenghuo » « 艺术与生活 » [L'art et la vie], *Wenhua*, Shanghai, 1929, n° 5, p.38 et 1930 n° 6, p.28.

« Yi zhi xiezi » « 一只鞋子 » [Une chaussure], *Kuaihuo*, Shijie, Shanghai, 1922, n° 8. Porte la mention : « Les enquêtes du Holmes d'Orient » [东方福尔摩斯探案].

« Youxiao de jingjie » « 有效的警戒 » [Vigilance efficace], *Hong meigui*, Shanghai, 1928, t. 4, n° 32.

« Yu'er de wanwu » « 玉儿的玩物 » [Le jouet de Yu'er], *Hong meigui*, Shanghai, 1927, n° 37, p.53.

*Yulanhua* « 玉兰花 » [Magnolia], Shehui xinwenshe, Shanghai, mai 1928, pp.1-116. Porte la mention : « Les enquêtes de Huo Sang » [霍桑探案]. — 1. « Ai de bozhe » « 爱的波折 » [Péripétie sentimentale]. — 2. « Jingren de huaju » « 惊人的 话剧 » [Scène de terreur]. — 3. « Qifeng duishou » « 棋逢对手 » [À bon chat bon rat]. — 4. « Yulanhua » « 玉兰花 » [Magnolia].

« Yuan hai bo » « 怨海波 » [Doléances], *Zhentan shijie*, Shanghai, de juin 1923, jusqu'en 1923 (date non précisée), du n° 1 au n° 6. Porte la mention : « Les enquêtes du Holmes d'Orient » [东方福尔摩斯探案].

*Yuan zi da dao* « 原子大盗 » [Grand voleur Yuanzi], Fuxin shuju, Shanghai, décembre 1947.

« Zi sha hou » « 自杀后 » [Après le suicide], *Ziluolan*, Shanghai, 1928, t. 3, n° 12, pp.1-8.

« Zi sha hou » « 自杀后 » [Après le suicide], in Xiang Yannan 向燕南 et Kuang Changfu 匡长福, *Yuanyang hudie pai yanqing xiaoshuo jicui* « 鸳鸯蝴蝶派言情小说集粹 » [Sélection des romans sentimentaux du courant *Canards Mandarins*], Zhongyang minzu xueyuan, Beijing, avril 1993.

*Zhentan taidou* : *Cheng Xiaoqing* « 侦探泰斗：程小青 » [Le super détective : Cheng Xiaoqing], Fan Boqun 范伯群, Yeqiang, Taipei, 1993.

*Zhen'an taidou Cheng Xiaoqing daibiaozuo* « 侦探泰斗程小青代表作 » [Les œuvres représentatives du détective Cheng Xiaoqing], édition établie par Fan Boqun 范伯群 et Fan Zijiang 范紫江, Jiangsu wenyi, Nanjing, coll. « Yuanyang hudie — li bai liu pai jingdian xiaoshuo wenku 鸳鸯蝴蝶— 礼拜六派经典小说文库 », Nanjing, 1996, pp.1-313.

« Zhexie shi zhide women xuexi de » « 这些是值得我们学习的 » [Cela mérite étude], *Hong meigui*, Shanghai, 1929, t. 5, n° 13, p.3.

*Zhuxiang quan* « 珠项圈» [Le collier de perles], Shijie, Shanghai, 1942, pp.1-43.

*Zi xinqian* « 紫信笺 » [La lettre pourpre], Shijie, Shanghai, 1944, pp.1-136.

« Ziyou nüzi » « 自由女子 » [Femme libre], *Banyue*, Shanghai, t. 1 du n° 1 au n° 24 (n° 10 et n° 16 sans publier). Porte la mention : « Les enquêtes de Huo Sang » [霍桑探案].

« Zuanshi xiangquan » « 钻石项圈 » [Le collier de diamant], in « Long hu dou » « 龙虎斗 » [Dragon contre tigre]. Cette nouvelle a été publiée seulement dans *Zhentan taidou* : *Cheng Xiaoqing* « 侦探泰斗：程小青 » [Le super détective : Cheng Xiaoqing], pp.197-256. Cette œuvre originale a été écrite en langue classique. Elle est la 1re œuvre du recueil *Juezhi ji* « 角智记 » [Mémoires de combats]. Elle a été sélectionnée dans *Yuanyang hudie libailiu pai zuopin xuan* « 鸳鸯蝴蝶礼拜 六派作品选 » [Sélection des œuvres du courant Canards Mandarins et Papillons], recueil édité par Fan Boqun (Renmin wenxue, Beijing, 1991, pp.282-325.)

« Zumu yu sun'er » « 祖母与孙儿 » [La grand-mère et son petit-fils], *Ziluolan*, Shanghai, 1926, t. 1, n° 24, pp.1-8.

« ? » « ? » [?], *Banyue*, Shanghai, du 29 novembre 1921 au 29 décembre 1921, t. 1 de n° 6 et t. 1 de n° 8, « numéro de roman policier » [侦探小说号]. Porte la mention : « Les nouvelles enquêtes du Holmes d'Orient » [东方福尔摩斯新探案].

## III. Œuvres au statut indéterminé①

ASKEW Alice et Claude, « Guidu » « 鬼妒 » [La jalousie du diable], *Xiaoshuohai*, Shanghai, 1er avril 1915, t. 1, n° 4, pp.46-55. Titre original non identifié, mais probablement il s'agit probablement de « Aylmer Vance : Ghost-Seer ». Traduction pour Ren Xiang et Gao Yuan (p.624) et Lai Yilun

① Pour certaines œuvres l'incertitude demeure quant à savoir s'il s'agit d'une œuvre originale ou bien d'une traduction. Les opinions divergent sur ce point parmi les spécialistes et on ne saurait trancher avec certitude. Selon les cas, nous nous référons aux avis de l'un ou l'autre des travaux dont la liste suit :

· Lai Yilun (auteur), « Cheng Xiaoqing zhentan xiaoshuo zhong de Shanghai wenhua tujing » « 程小 青侦探小说中的上海文化图景 » [Le paysage littéraire au travers des romans policiers de Cheng Xiaoqing], Guoli Taiwan zhengzhi daxue, Taipei, 2006.

· Ren Xiang et Gao Yuan (sous la direction de), *Zhongguo zhentan xiaoshuo lilun ziliao : 1902-2011* « 中国侦探小说理论资料(1902-2011) » [Documents sur les théories du roman policier chinois : 1902-2011], Beijing shifan daxue, Beijing, 2013.

· Wei Shouzhong, « Cheng Xiaoqing shengping yu zhuyi nianbiao » « 程小青生平与著译年表 » [Tableau chronologique de la vie et des œuvres de Cheng Xiaoqing], in Lu Runxiang, *Shenmi de zhentan shijie : Cheng Xiaoqing Sun Liaohong xiaoshuo yishu tan* « 神秘的侦探世界——程小青孙了 红小说艺术谈 » [Le monde mystérieux du roman policier : analyse de l'art romanesque de Cheng Xiaoqing et de Sun Liaohong], Xuelin, Shanghai, janvier 1996, pp.131-156.

(p.186) ; le « Tableau chronologique » de Wei Shouzhong ne tranche pas (Lu Runxiang, p.134). Récit en langue classique que Yan Fusun et Zheng Yimei considèrent comme « le premier roman policier de Cheng Xiaoqing ».

« Beigu de tou'er » « 被雇的偷儿 » [Un voleur recruté], *Xiaoshuo shijie*, Shanghai, 3 décembre 1926, t. 14, n° 23, pp.1-10. Traduction pour Ren Xiang et Gao Yuan (p.657) ; création pour Lai Yilun (p.191) ; le « Tableau chronologique » de Wei Shouzhong ne mentionne pas cette œuvre.

« Di liu hao » « 第六号 » [Le numéro 6], *Xiaoshuo shijie*, Shanghai, 10 octobre 1924, t. 8, n° 2, pp.1-11. Traduction pour Ren Xiang et Gao Yuan (p.651) ; création pour Lai Yilun (p. 190) ; le « Tableau chronologique » de Wei Shouzhong ne mentionne pas cette œuvre.

« Gu jinqian » « 古金钱 » [L'argent antique], *Xiaoshuo shibao*, Shanghai, novembre 1917, n° 33, pp.1-9. Ren Xiang et Gao Yuan ne mentionne pas ce texte qui n'est probablement pas un récit policier ; traduction pour Lai Yilun (p.187) ; le « Tableau chronologique » de Wei Shouzhong ne tranche pas (Lu Runxiang, p.135).

« Guai xipiao » « 怪戏票 » [Le billet bizarre], *Youxi shijie*, Shanghai, 1921, n° 3, pp.18-32. Traduction pour Ren Xiang et Gao Yuan (p.640) ; création pour Lai Yilun (p. 188) ; le « Tableau chronologique » de Wei Shouzhong ne mentionne pas cette œuvre.

« Guiku » « 鬼窟 » [Le trou du diable], *Xiaoshuohai*, Shanghai, 5 janvier 1917, t. 3, n° 1, pp.27-39. Ren Xiang et Gao Yuan ne mentionne pas ce texte qui n'est probablement pas un récit policier ; traduction pour Lai Yilun (p.187) ; le « Tableau chronologique » de Wei Shouzhong ne tranche pas (Lu Runxiang, p.135).

« Guo yu jia » « 国与家 » [Le pays et la famille], *Libailiu*, Shanghai, 17 avril 1915, n° 46, pp.6-9. Ren Xiang et Gao Yuan ne mentionne pas ce texte qui est classé dans la catégorie des « guomin xiaoshuo » ( 国民小说 romans nationaux) ; traduction pour Lai Yilun (p.186) ; le « Tableau chronologique » de Wei Shou-zhong ne tranche pas (Lu Runxiang, p.134).

« Jia huo » « 嫁祸 » [Faire porter le chapeau à quelqu'un], *Chunsheng*, Shanghai, 3 avril 1916, n° 3, pp.1-12. Traduction pour Ren Xiang et Gao Yuan (p.629) ; création pour Lai Yilun (p.186) ; le « Tableau chronologique » de Wei Shou-zhong ne tranche pas (Lu Runxiang, p.134).

« Jiu lifu » « 旧礼服 » [Un costume vieux], *Xiaoshuo shijie*, Shanghai, 22 avril 1927, t. 15, n° 17, pp.1-8. Traduction pour Ren Xiang et Gao Yuan (p.658) ; création pour Lai Yilun (p.191) ; le « Tableau chronologique » de Wei Shouzhong ne mentionne pas cette œuvre.

« Hei jiao zhong » « 黑窖中 » [Dans une cave noire], *Zhentan shijie*, Shanghai, 18 avril 1924, t. 6, n° 3, pp.1-11. Traduction pour Ren Xiang et Gao Yuan (p.648) ; création pour Lai Yilun (p.189) ; le « Tableau chronologique » de Wei Shouzhong ne mentionne pas cette œuvre.

« Hong bieshu zhong zhi shengjie » « 红别墅中之圣节 » [La fête sainte dans la villa rouge], *Xiaoshuo shibao*, Shanghai, février 1917, n° 30, pp.1-17. Dans le livre de Ren Xiang et Gao Yuan ne mentionne pas ce texte qui est classé dans la catégorie des « qiqing xiaoshuo » (奇情小说 récits d'amour hors du commun) ; traduction pour Lai Yilun (p.186) ; le « Tableau chronologique » de Wei Shouzhong ne précise rien (Lu Runxiang, p.135).

« Hua hou qu » « 花后曲 » [La chanson dans un jardin], *Xiaoshuo daguan*, Shanghai, juin 1916, n° 6, pp.1-19. Traduction pour Ren Xiang et Gao Yuan (p.630) et pour Lai Yilun (p.186) ; le « Tableau chronologique » de Wei Shouzhong ne précise rien (Lu Runxiang, p.135).

« Huo yu'an » « 火玉案 » [L'affaire de Huoyu], *Xiaoshuo xinbao*, Shanghai, mars 1920, t. 6, n° 3, pp.1-12. Traduction pour Ren Xiang et Gao Yuan (p. 638) ; création pour Lai Yilun (p.188) ; le « Tableau chronologique » de Wei Shouzhong ne mentionne pas cette œuvre.

« Huitou'an » « 回头岸 » [Retourner la tête], *Xiaoshuo xinbao*, Shanghai, 1920, t. 6, n° 10, pp.1-10, traduit en collaboration avec (Zhao) Zhiyan. Traduction pour Ren Xiang et Gao Yuan (p.639) ; création pour Lai Yilun [qui aurait été composée en collaboration avec (Zhao) Zhiyan] (p. 188) ; le « Tableau chronologique » de Wei Shouzhong ne mentionne pas cette œuvre.

« Langzi maoxianji » « 浪子冒险记 » [Une aventure d'un libertin], *Xiaoshuo shijie*, Shanghai, 2 janvier 1925, t. 9, n° 1, pp.1-11. Traduction pour Ren Xiang et Gao Yuan (p.652) ; création pour Lai Yilun (p.190) ; le « Tableau chronologique » de Wei Shouzhong ne mentionne pas cette œuvre.

« Loudian (weiwan) » « 漏点(未完) » [Source de fuite (inachevé)], *Xiaoshuo shijie*, Shanghai, 4 janvier 1924, t. 5, n° 1, pp.1-13. Traduction pour Ren Xiang et Gao Yuan (p.646) ; création pour Lai Yilun (p.189) ; le « Tableau chronologique » de Wei Shouzhong ne mentionne pas cette œuvre.

« Mao shizi » « 毛狮子 » [Lion], *Zhentan shijie*, Shanghai, de 1922 à 1923. Traduction pour Lai Yilun (p.188) ; le « Tableau chronologique » de Wei Shou-zhong ne précise rien (Lu Runxiang, p.138).

« Mao shizi » « 毛狮子 » [Lion], *Zhentan shijie*, Shanghai, du 20 janvier 1924 au 4 avril 1924, du n° 16 au n° 21. Porte la mention : Les enquêtes de Huo Sang » [霍桑探案]. Nous pensons qu'il s'agit d'une création originale au vu de la version qu'on peut télécharger sur le site <http://www.cnbksy.com>. Le « Tableau chro-nologique » de Wei Shouzhong ne précise rien (Lu Runxiang, p.138).

« Qingtianpili » « 清天霹雳 » [Un coup de tonnerre dans le ciel serein], *Xiaoshuo shijie*, Shanghai, du 9 avril 1927 au 15 avril 1927, t. 15, n° 15, pp.1-10, et n° 16, pp.1-7. Traduction pour Ren Xiang et Gao Yuan (p.658) ; création pour Lai Yilun (p.191) ; le « Tableau chronologique » de Wei Shouzhong ne mentionne pas cette œuvre.

« Quantao » « 圈套 » [Le piège], *Xiaoshuo shijie*, Shanghai, 24 juillet 1925, t.

11, n° 4, pp. 1-11. Traduction pour Ren Xiang et Gao Yuan (p. 655) ; création pour Lai Yilunn (p. 190) ; le « Tableau chronologique » de Wei Shouzhong ne mentionne pas cette œuvre.

« Shenmi de baofu » « 神秘的报复 » [Une vengeance mystérieuse], *Xiaoshuo shijie*, Shanghai, 13 juin 1924, t. 6, n° 11, pp.1-15. Traduction pour Ren Xiang et Gao Yuan (p.649) ; création pour Lai Yilun (p.189) ; le « Tableau chronologique » de Wei Shouzhong ne mentionne pas cette œuvre.

« Shi shang ming » « 石上名 » [Le nom sur la pierre], *Xiaoshuo daguan*, Shanghai, 1er septembre1919, n° 14, pp.1-17. Traduction pour Ren Xiang et Gao Yuan (p. 638) ; création pour Lai Yilun (p. 188) ; le « Tableau chronologique » de Wei Shouzhong ne précise rien (Lu Runxiang, pp. 136-137).

[Shilangde 史朗德(Américain)] « Heiyeke (weiwan)» « 黑夜客(未完) » [Un client de nuit (inachevé)], *Taipingyang huabao*, Shanghai, 10 juin 1926, t. 1, du n° 1 au n° 5, n° 1, pp.25-28 ; n° 2, pp.53-56 ; n° 3, pp.44-48 ; n° 4, pp.41-44 ; n° 5, pp.44-46. Traduction pour Ren Xiang et Gao Yuan (p.657) ; création pour Lai Yilun (p. 191) ; le « Tableau chronologique » de Wei Shouzhong ne précise rien (Lu Runxiang, p.141).

« Shu » « 恕 » [Pardon], *Xiaoshuo shibao*, Shanghai, novembre 1917, n° 33. Lai Yilun pense que c'est une création (p. 187). Ren Xiang et Gao Yuan ne mentionne pas ce texte qui est classé dans la catégorie des « xiaqiang xiaoshuo » (侠情小说 romans d'amour et de chevalerie) ; le « Tableau chronologique » de Wei Shouzhong ne précise rien (Lu Runxiang, p.135).

Non référencé sur le site : http://www.cnbksy.com.

« Sijiren » « 司机人 » [Conducteur de camion], *Xiaoshuo daguan*, décembre 1916, n° 8, pp.1-9. Traduction pour Ren Xiang et Gao Yuan (p.632) et pour Lai Yilun (p. 187) ; le « Tableau chronologique » de Wei Shouzhong ne précise rien (Lu Runxiang, p.135).

« Tianran de zhengju » « 天然的证据 »［Témoignage naturel］, *Zhentan shijie*, Shanghai, 16 mai 1924, t. 6, n° 7, pp.1-9. Traduction pour Ren Xiang et Gao Yuan (p.648) ; création pour Lai Yilun (p.189) ; le « Tableau chronologique » de Wei Shouzhong ne mentionne pas cette œuvre.

« Tiechuang xiaomeng » « 铁窗晓梦 »［Cauchemar à la prison］, *Xiaoshuo xinbao*, Shanghai, 1918, t. 4, n° 3, pp.1-8. Ren Xiang et Gao Yuan ne mentionne pas ce texte qui est classé dans la catégorie des « xingshi xiaoshuo » (醒世小说 romans de réveil patriotique) ; création pour Lai Yilun (p.187) ; le « Tableau chrono-logique » de Wei Shouzhong ne précise rien (Lu Runxiang, pp.135-136).

TRAIN Arthur, « Lingniu » « 领钮 »［Le bouton du col］, *Xiaoshuo daguan*, Shanghai, octobre 1916, n° 7, pp.1-11. Traduction pour Ren Xiang et Gao Yuan (p.631) et pour Lai Yilun (p.186) ; le « Tableau chronologique » de Wei Shouzhong ne pré-cise rien (Lu Runxiang, p.135).

« Wubaibang de daijia » « 五百磅的代价 »［Le prix de cinq millions dollars］, *Xiaoshuo shijie*, Shanghai, 18 janvier 1924, t. 5, n° 4. Traduction pour Ren Xiang et Gao Yuan (p. 646) ; le « Tableau chronologique » de Wei Shouzhong ne mentionne pas cette œuvre. Non référencé sur le site : http://www.cnbksy.com.

« Wubaibang de daijia » « 五百磅的代价 »［Le prix de cinq millions dollars］, *Xiaoshuo shijie*, Shanghai, 25 janvier 1924, t. 5, n° 4. Création pour Lai Yilun (p. 189) ; le « Tableau chronologique » de Wei Shouzhong ne mentionne pas cette œuvre. Non référencé sur le site : http://www.cnbksy.com.

« Xianjin ji » « 陷阱记 »［Note sur le piège］, *Xinyue*, Shanghai, d'avril 1924-avant juin 1925, t. 2, du n° 2 du n° 4. Traduction pour Ren Xiang et Gao Yuan (p.657) ; création pour Lai Yilun (p.190). Non référencé sur le site : http://www.cnbksy.com.

« Xian de xuhuan » « 险的循环 » [ Circulation dangereuse ], *Xiaoshuo shijie*, Shanghai, 3 octobre 1923, t. 4, n° 1. Traduction pour Ren Xiang et Gao Yuan (p.644) ; création pour Lai Yilun (p.188) ; le « Tableau chronologique » de Wei Shouzhong ne mentionne pas cette œuvre. Non référencé sur le site : http://www.cnbksy.com.

« Xisheng » « 牺牲 » [ Le sacrifice ], *Xiaoshuo daguan*, Shanghai, 30 décembre 1915, recueil 4. Récit an langue classique. Ren Xiang et Gao Yuan ne mentionne pas ce texte qui n'est probablement pas un récit policier ; création pour Lai Yilun (p.186) ; le « Tableau chronologique » de Wei Shouzhong ne précise rien (Lu Runxiang, p.134). Non référencé sur le site : http://www.cnbksy.com.

« Xuanzhi xi » « 轩轾戏 » [ Haut ou bas ], *Xiaoshuo shijie*, Shanghai, 26 septembre 1924, t. 7, n° 13, pp.1-11. Traduction pour Ren Xiang et Gao Yuan (p.650) ; création pour Lai Yilun (p.189).

« Yandou » « 烟斗 » [ Une pipe ], *Xiaoshuo shijie*, Shanghai, 20 août 1926, t. 14, n° 8, pp.1-15. Traduction pour Ren Xiang et Gao Yuan (p.657) ; création pour Lai Yilun (p.191) ; le « Tableau chronologique » de Wei Shouzhong ne mentionne pas cette œuvre.

« Yi ge henji » « 一个痕迹 » [ Une trace ], *Xiaoshuo shijie*, Shanghai, 5 juin 1925, t. 10, n° 10, pp.1-19. Traduction pour Ren Xiang et Gao Yuan (p. 654) ; création pour Lai Yilunn (p.190) ; le « Tableau chronologique » de Wei Shouzhong ne mentionne pas cette œuvre.

« Yi bei huisige jiu » « 一杯惠司格酒 » [ Un verre de whisky ], *Xiaoshuo shijie*, Shanghai, 19 septembre 1924, t. 9, n° 12, pp.1-12. Traduction pour Ren Xiang et Gao Yuan (p.650) ; Wei Shouzhong ne mentionne pas cette œuvre. Traduction selon le site : http://www.cnbksy.com.

« Yi qian pang de zhihuan » « 一千磅的指环 » [ Une bague qui coûte un mille dollars ], *Xiaoshuo shijie*, Shanghai, 20 mai 1927, t. 15, n° 21. Traduction pour Ren Xiang et Gao Yuan (p.658) ; création pour Lai Yilun (p.191) ; le « Tableau chrono-

logique » de Wei Shouzhong ne mentionne pas cette œuvre.

Non référencé sur le site : http://www.cnbksy.com.

« Yinguo » « 因果 » [La cause et l'effet], *Zhentan shijie*, Shanghai, 22 février 1924, t. 5, n° 8, pp.1-18. Traduction pour Ren Xiang et Gao Yuan (p.647) ; création pour Lai Yilun (p. 189) ; le « Tableau chronologique » de Wei Shouzhong ne mentionne pas cette œuvre.

Za quan « 诈犬 » [La triche d'un chien], *Xiaoshuohai*, Shanghai, 5 janvier 1917, t. 3, n° 1, pp.48-51. Ren Xiang et Gao Yuan ne mentionne pas ce texte qui n'est pro-bablement pas un récit policier ; création pour Lai Yilun (p.187) ; le « Tableau chronologique » de Wei Shouzhong ne précise rien (Lu Runxiang, p.135).

« Zeike » « 贼客 » [voleur], *Zhentan shijie*, Shanghai, 12 février 1926, t. 13, n° 3, pp.1-19. Traduction pour Ren Xiang et Gao Yuan (p.656) ; création pour Lai Yilun (p. 190) ; le « Tableau chronologique » de Wei Shouzhong ne mentionne pas cette œuvre.

« Zizuonie » « 自作孽 » [Être pris à son propre piège], *Xiaoshuo shijie*, Shanghai, 5 septembre 1924, t. 7, n° 10, pp. 1-11. Traduction pour Ren Xiang et Gao Yuan (p.650) ; création pour Lai Yilun (p.189) ; le « Tableau chronologique » de Wei Shouzhong ne mentionne pas cette œuvre.

« Zuoshou » « 左手 » [La main gauche], *Zhonghua xiaoshuojie*, 1er juillet 1914, t. 1, n° 7, pp. 1-2. Traduction pour Ren Xiang et Gao Yuan (p. 620) ; création pour Lai Yilun (p. 186) ; le « Tableau chronologique » de Wei Shouzhong ne mentionne pas cette œuvre.

## IV. Œuvres groupées

*Dongfang Fuermosi tan'an* « 东方福尔摩斯探案 » [Les enquêtes du Holmes d'Orient], Dadong, Shanghai, mai 1926, pp.1-133 (porte la mention : « Les en-quêtes du Holmes d'Orient » [东方福尔摩斯探案]) : 1. « Shijuan » « 试卷 » [Une composition d'examen]. — 2. « Guai bieshu » « 怪别墅 » [Démons dans la villa]. — 3. « Duan zhi yu bo » « 断指余波 » [Les échos de l'affaire des doigts coupés]. — 4. « Ziyou nüzi » « 自由女子 » [Femme libre]. — 5. « Huo Sang de xiaoyou » « 霍桑的小友 » [Le jeune ami de Huo Sang]. — 6. « Heigui » « 黑鬼 » [Le démon noir]. — 7. « Yitu tongxin » « 异途同行 » [Malgré la différente destination, on a le même voyage].

*Huo Sang tan'an huikan* « 霍桑探案汇刊 » [Anthologie des enquêtes de Huo Sang], Wenhua meishu tushu yinshua gongsi, Shanghai, 2 vol.

· Vol.1, 1930 à 1931, du Vol.1 au Vol.6.

Fasc. 1. *Maoyanbao* « 猫眼宝 » [Le trésor de la prunelle du chat] : 1, « Maoyanbao » « 猫眼宝 » [Le trésor de la prunelle du chat]. — 2. « Yi zhi xiezi » « 一只鞋子 » [Une chaussure].

Fasc. 2. *Di'er zhang zhaopian* « 第二张照片 » [La Deuxième photographie]

Fasc. 3. *Dao zhi xianlu* « 弹之线路 » [La piste d'ogive]

Fasc. 4. *Hei dilao* « 黑地牢 » [La prison noire souterraine]

Fasc. 5. *Wufu dang* « 五福党 » [La bande de Wufu]

Fasc. 6. *Du yu dao* « 毒与刀 » [Poison et couteau]

· Vol.2, janvier 1931, pp.1-166.

Fasc. 1. *Huting canjing* « 湖亭惨景 » [Au pavillon tragique] : 1. « Huting canjing » « 湖亭惨景 » [Au pavillon tragique]. — 2. « Shenlong » « 神龙 » [Dragon]. — 3. « Qing qun ru weng » « 请君入瓮 » [S'il vous plaît. entrez dans ma jarre]. — 4. « Diyu zhi men » « 地狱之门 » [La porte de l'enfer]. — 5. « Shibaishi de yiye » « 失败史的一页 » [Un échec].

Fasc. 2. *Shehui zhi di* « 社会之敌 » [L'ennemi de la société] : 1. « Shehui zhi di » « 社会之敌 » [L'ennemi de la société]. — 2. « Ju zhong ren » « 剧中人 » [Une personne sur scène].

Fasc. 3. *Moli* « 魔 力 » [ L'enchantement ] : 1. « Moli » « 魔 力 » [ L'enchantement ]. — 2. « Xiangquan de bianhuan » « 项圈的变幻 » [ Le changement du collier ]. — 3. « Duoluo de nüzi » « 堕落的女子 » [ Une prostituée ].

Fasc. 4 : *Wunü xue* « 舞女血 » [ Le sang de la danseuse ] : 1. « Wunü xue » « 舞女血 » [ Le sang de la danseuse ]. — 2. « Ji ling nü » « 畸零女 » [ Une femme malade ].

Fasc. 5 : *Fu yu nü* « 父与女 » [ Père et fille ].

Fasc. 6 : *Anzhong'an* « 案中案 » [ Une affaire en abyme ].

*Huo Sang tan'an waiji* « 霍桑探案外集 » [ Recueil « extérieur » au « canon » des enquêtes de Huo Sang ], préfaces de Fan Yanqiao et Gu Mingdao, Dazhong, Shanghai, juillet 1932 ( rééd. juin 1936 ) 6 vol., juillet 1932, pp. 1-1200 : « Jiangnan yan » « 江南燕 » [ Hirondelle du sud de la rivière ], « Wu tou'an » « 无头案 » [ Un cadavre sans tête ], « Hei Miantuan » « 黑面团 » [ La pâte noire ], « Wuzui zhi shou » « 无罪之凶手 » [ Assassin innoncent ], « Bai sha jin » « 白纱巾 » [ La mousseline blanche ], « Huiyi ren » « 灰衣人 » [ L'homme en gris ], « Zi xianqian » « 紫信笺 » [ La lettre pourpre ], « Liang li zhu » « 两粒珠 », [ Deux perles ], « Lunji yu xueji » « 轮痕与血迹 » [ Traces de roue et tâches de sang ], « Guai fangke » « 怪房客 » [ Un étrange locataire ], « Wuhui » « 误会 » [ Malentendu ], « Jiu hou » « 酒后 » [ Après avoir bu ], « Xinhun jie » « 新婚劫 » [ Les mésaventures du mariage ], « Huo Sang de tongnian » « 霍桑的童年 » [ L'enfance de Huo Sang ], etc.

*Huo Sang tan'an xuji : xiuxiang huitu tongsu xiushuo* « 霍桑探案续集:绣像绘图—— 通俗小说 » [ Suite illustrée des enquêtes de Huo Sang : romans populaires ], Zhongguo tushu zazhi gongsi, Shanghai, 1939 ( rééd. 1941 ), 6 vol.

· Vol.1 : « Yizhixie » « 一只鞋 » [ Une chaussure ], « Lou tou ren mian » « 楼头人面 » [ Un visage à la fenêtre ], « Sizi zhi si » « 嗣子之死 » [ La mort du successeur], « Huanshujia de anshi » « 幻术家的暗示 » [Les insinuations de l'illusionniste], « Maoyanbao » « 猫眼宝 » [Le trésor de la prunelle du chat], « Liang ge dan kong » « 两个弹孔 » [Deux ogives],

· Vol.2 : « Di'er zhang zhao » « 第二张照 » [La Deuxième photographie], « Wu gu ji » « 乌骨鸡 » [Le coq nègre-soie], « Quan fei sheng » « 犬吠声 » [L'aboiement du chien], « Xian hunyin » « 险婚姻 » [Le mariage risqué]

· Vol.3 : « Yige Shenshi » « 一个绅士 » [Un gentleman], « Dao zhi xianlu » « 弹之线路 » [La piste d'ogive], « Ban kuai suizhuan » « 半块碎砖 » [Fragment d'une brique].

· Vol.4 : « Guai shaonian » « 怪少年 » [Un étrange adolescent], « Hei dilao » « 黑地牢 » [La prison noire souterraine], « Shi » « 虱 » [Le pou].

· Vol.5 : « Wu fu dang » « 五福党 » [La bande de Wufu]

· Vol.6 : « Du yu dao » « 毒与刀 » [Poison et couteau]

*Huo Sang tan'an xiuzhen congkan* « 霍桑探案袖珍丛刊 » [Collection de poche des aventures de Huo Sang], Shijie, Shanghai, de 1942 à 1945, préfaces de Liu Cunren 柳存仁, Hu Yuanshan 胡源山, Chen Dieyi, Cheng Xiaoqing (printemps 1944 et automne 1945), Yao Sufeng, 3 Vol.en 30 fascicules.

· Vol.1, 1942 (3e. éd. 1945 ; 4e et 5e éd. 1947) : Fasc. 1 : *Zhuxiang quan* « 珠项圈 » [Le collier de perles], pp.1-43. — Fasc. 2 : *Huangpujiang zhong* « 黄浦江 中 » [Dans le fleuve de Huangpu], pp.1-50. — Fasc. 3 : *Bashi si* « 八十四 » [Quatre-vingt-quatre], pp.1-48. — Fasc. 4 : *Lun xia xue* « 轮下血 » [Le sang sous la roue], pp.1-46. — Fasc. 5 : *Guo mian dao* « 裹棉刀 » [Le couteau enrobé de coton], pp.1-48. — Fasc. 6 : *Kongpu de huoju* « 恐怖的活剧 » [Scène de terreur], pp.1-57. — Fasc. 7 : *Wu hou de guisu* « 舞后的归宿 » [Après le bal], pp. 1-270. — Fasc. 8 : *Bai yi guai* « 白衣怪 » [Le démon en blanc], pp.1-219. — Fasc. 9 : *Cuimingfu* « 催命符 » [Sortilège], pp.1-185.

· Vol.2, 1944 (2e éd. 1945 ; 3e et 4e éd. 1947) : Fasc. 10 : *Maodunquan* « 矛盾

圈 »［Contradictions］, pp.1-180. — Fasc. 11 ：*Zi xianqian* « 紫信笺 »［La lettre pourpre］, pp.1-136（« Zi xianqian » « 紫信笺 »［La lettre pourpre］；« Guai fangke » « 怪房客 »［Un étrange locataire］）. — Fasc. 12 ：*Moku shuanghua* « 魔窟 双花 »［Deux beautés chez les diables］, pp.1-182. — Fasc. 13 ：*Liang li zhu* « 两 粒珠 »［Deux perles］, pp.1-152（« Liang li zhu » « 两粒珠 »［Deux perles］；« Lun xia xue » « 轮下血 »［Le sang sous la roue］）. — Fasc. 14 ：*Huiyi ren* « 灰衣 人 »［L'homme en gris］, pp.1-163（« Huiyi ren » « 灰衣人 »［L'homme en gris］；« Xue bishou » « 血匕首 »［Le poignard sanglant］）. — Fasc. 15 ：*Yeban husheng* « 夜半呼声 »［Cri au milieu de la nuit］, pp.1-193（« Yeban husheng » « 夜半呼 声 »［Cri au milieu de la nuit］；« Bai sha bu » « 白纱布 »［La mousseline blanche］）. — Fasc. 16 ：*Shuang ren bi xue* « 霜刃碧血 »［Du sang sur le fil de la lame］, pp.1-173（« Shuang ren bi xue » « 霜刃碧血 »［Du sang sur le fil de la lame］；« Hai chuan ke » « 海船客 »［Le passager du paquebot］）. — Fasc. 17 ：*Xinhun jie* « 新婚劫 »［Les mésaventures du mariage］, pp.1-180（« Xinhun jie » « 新婚劫 »［Les mésaventures du mariage］；« Wuzui zhi shou » « 无罪之凶手 »［Assassin innoncent］；« Mi guan » « 迷官 »［Labirynthe］；« Jiu hou » « 酒后 »［Après avoir bu］；« Wuhui » « 误会 »［Malentendu］）. — Fasc. 18 ：*Nan xiong nan di* « 难兄难弟 »［Les frères dans l'adversité］, pp.1-169（« Nan xiong nan di » « 难兄难弟 »［Les frères dans l'adversité］；« Chuang »« 窗 »［La fenêtre］, pp.1-166）. — Fasc. 19 ：*Jiangnan yan* « 江南燕 »［Hirondelle du sud de la rivière］, pp.1-166（« Jiangnan yan » « 江南燕 »［Hirondelle du sud de la rivière］；« Wu tou'an » « 无头案 »［Un cadavre sans tête］；« Huo Sang de tongnian » « 霍桑的 童年 »［L'enfance de Huo Sang］. — Fasc. 20. *Huoshi* « 活尸 »［Le mort-vivant］, pp. 1-240.

· Vol.3, 1945 ：Fasc. 21. *An zhong'an* « 案中案 »［une affaire peut en cacher une autre］, pp.1-198（« An zhong'an » « 案中案 »［Une affaire peut en cacher une autre］；« Xian hunyin » « 险婚姻 »［Le mariage risqué］）. —

Fasc. 22. *Qingchun zhi huo* « 青春之火 » [ Le feu de la jeunesse ], pp.1-211 (« Qingchun zhi huo » « 青春之火 » [ Le feu de la jeunesse ] ; « Guai dianhua » « 怪电话 » [ Un étrange appel téléphonique ] ; « Langmanyuyun » « 浪漫余韵 » [ Une résonance romantique ] ). — Fasc. 23. *Wu fu dang* « 五福党 » [ La bande de Wufu ], pp.1-199. ( « Wu fu dang » « 五福党 » [ La bande de Wufu ] ;. « Shuangxu » « 双殉 » [ Les deux suicides ] ; « Modao » « 魔刀 » [ Le couteau magique ] ). — Fasc. 24. *Wu gong mo ying* « 舞宫魔影 » [ Les fantômes du palais de la danse ], pp.1-202 ( « Wu gong mo ying » « 舞宫魔影 » [ Les fantômes du palais de la danse ] ; « Di'er zhang zhao » « 第二张照 » [ La Deuxième photographie ] ; « Quan fei sheng » « 犬吠声 » [ L'aboiement du chien ] ). — Fasc. 25. *Hu qiu nü* « 狐裘女 » [ La femme à l'écharpe de renard ], pp.1-211 ( « Hu qiu nü » « 狐裘女 » [ La femme à l'écharpe de renard ] ; « Mao'er yan » « 猫儿眼 » [ La pupille du chat ] ; « Sizi zhi si » « 嗣子之死 » [ La mort du successeur ] ; « Xiangquan de huanshu » « 项圈的幻术 » [ Le changement du collier ] ). — Fasc. 26. *Duan zhi tuan* « 断指团 » [ Le groupe aux doigts coupés ], pp.1-213 ( « Duan zhi tuan » « 断指团 » [ Le groupe aux doigts coupés ] ; « Yi zhi xie » « 一只鞋 » [ Une chaussure ] ; « Lou tou ren mian » « 楼头人面 » [ Un visage à la fenêtre ] ; « Cuimianshu » « 催眠术 » [ Hypnotisme ] ). — Fasc. 27. *Zhan ni hua* « 沾泥花 » [ Fleur maculée ], pp.1-203 ( « Zhan ni hua » « 沾泥花 » [ Fleur maculée ] ; « Di'er dan » « 第二弹 » [ La deuxième ogive ] ; « Yingwu sheng » « 鹦鹉声 » [ La voix du perroquet ] ; « Mi zhong suan » « 蜜中酸 » [ Le goût acide du miel ] ). — Fasc. 28. *Taofan* « 逃犯 » [ L'évadé ], pp.1-205 ( « Taofan » « 逃犯 » [ L'évadé ] ; « Wu gu ji » « 乌骨鸡 » [ Poule-soie ] ; « Shi » « 虱 » [ Le pou ] ; « Duan zhi yu bo » « 断指余波 » [ Les échos de l'affaire des doigts coupés ] ). — Fasc. 29. *Xue shouyin* « 血手印 » [ L'empreinte de main ensanglantée ], pp.1-214 ( « Xue shouyin » « 血手印 » [ L'empreinte de main ensanglantée ] ; « Fankang zhe » « 反抗者 » [ Le révolté ] ; « 单恋 »

« Dannian » [Un amour secret] ; « Qing qun ru weng » « 请君入瓮 » [S'il vous plaît, entrez dans ma jarre] ; « Bieshu zhi guai » « 别墅之怪 » [Démons dans la villa] ; « Huanshujia de anshi » « 幻术家的暗示 » [Les insinuations de l'illusionniste]. ; « Diyumen » « 地狱门 » [La porte de l'enfer]). — Fasc. 30. *Hei dilao* « 黑地牢 » [La prison noire souterraine], pp.1-216 (« Hei dilao » « 黑地 牢 » [La prison noire souterraine] ; « Gu gangbiao » « 古钢表 » [La vieille montre de gousset] ; « Hei liangui » « 黑脸鬼 » [Le démon au visage noir] ; « Wang Mianzhu » « 王冕珠 » [La perle de la couronne royale] ; « Dadu » « 打 赌 » [Parier] ; « Yi ge Shenshi » « 一个绅士 » [Un gentleman] ; « Wu ning si » « 毋宁死 » [Ou la mort] ; « Shijuan » « 试卷 » [Une composition d'examen] ; « Lun zhentan xiaoshuo » « 论侦探小说 » [Sur le roman policier].

*Huo Sang tan'anji* « 霍桑探案集 » [Recueil des aventures de Huo Sang], Qunzhong, Beijing, 13 vol., 1986-1988.

· Vol.1, juin 1986, pp.1-251 : 1. « Zhuxiang quan » « 珠项圈 » [Le collier de perles]. — 2. « Huangpujiang zhong » « 黄浦江中 » [Dans le fleuve de Huangpu]. — 3. « Bashi si » « 八十四 » [Quatre-vingt-quatre]. — 4. « Lun xia xue » « 轮下 血 » [Le sang sous la roue]. — 5. « Guo mian dao » « 裹棉刀 » [Le couteau enrobé de coton]. — 6. « Kongbu de huoju » « 恐怖的活剧 » [Scène de terreur].

· Vol.2, juin 1986, pp.1-390 : 1. « Jiangnan yan » « 江南燕 » [Hirondelle du sud de la rivière]. — 2. « Moku shuanghua » « 魔窟双花 » [Deux beautés chez les diables]. — 3. « Guai dianhua » « 怪电话 » [Un étrange appel téléphonique]. — 4.« Langmanyuyun » « 浪漫余韵 » [Une résonance romantique]. — 5. « Shuangxu » « 双殉 » [Les deux suicides]. — 6. « Wugong moying » « 舞宫魔影 » [Des fantômes du palais de la danse].

· Vol.3, août 1986, pp.1-306 : 1. « Wu hou de guisu » « 舞后的归宿 » [Après le bal]. — 2. « Qingchun zhi huo » « 青春之火 » [Le feu de la jeunesse].

- Vol.4, août 1986, pp.1-334 : 1. « Cuiming fu » « 催命符 » [Sortilège]. — 2. « Bai yi guai » « 白衣怪 » [Le démon en blanc].
- Vol.5, avril 1987, pp.1-318 : 1. « Duan zhi tuan » « 断指团 » [Le groupe aux doigts coupés]. — 2. « Yi zhi xie » « 一只鞋 » [Une chaussure]. — 3. « Lou tou ren mian » « 楼头人面 » [Un visage à la fenêtre]. — 4. « Cuimianshu » « 催眠术 » [Hypnotisme]. — 5. « Shuang ren bi xue » « 霜刃碧血 » [Du sang sur le fil de la lame]. — 6. « Hai chuan ke » « 海船客 » [Le passager du paquebot].
- Vol.6, mai 1987, pp.1-253 : 1. « Huiyi ren » « 灰衣人 » [L'homme en gris]. — 2. « Xue bishou » « 血匕首 » [Le poignard sanglant]. — 3. « Zi xianqian » « 紫 信笺 » [La lettre pourpre]. — 4. « Guai fangke » « 怪房客 » [Un étrange locataire].
- Vol.7, août 1987, pp.1-375 : « Yeban husheng » « 夜半呼声 » [Cri au milieu de la nuit]. — 2. « Bai shajin » « 白纱巾 » [Le mouchoir blanc]. — 3. « Xinhun jie » « 新婚劫 » [Les mésaventures du mariage]. — 4. « Nan xiong nan di » « 难兄难弟 » [Les frères dans l'adversité]. — 5. « Chuang » « 窗 » [La fenêtre].
- Vol.8, août 1987, pp.1-351 : 1. « An zhong'an » « 案中案 » [La même affaire /une affaire peut en cacher une autre]. — 2. « Xian hunyin » « 险婚姻 » [Le mariage risqué]. — 3. « Huoshi » « 活尸 » [Le mort-vivant].
- Vol.9, septembre 1987, pp.1-292 : 1. « Hu qiu nü » « 狐裘女 » [La femme à l'écharpe de renard]. — 2. « Mao'er yan » « 猫儿眼 » [La pupille du chat]. — 3. « Sizi zhi si » « 嗣子之死 » [La mort du successeur]. — 4. « Xiangquan de bianhuan » « 项圈的变幻 » [Le changement du collier]. — 5. « Moli » « 魔 力 » [L'enchantement]. — 6. « Wu fu dang » « 五福党 » [La bande de Wufu].
- Vol.10, octobre 1987, pp.1-345 : 1. « Zhan ni hua » « 沾泥花 » [Fleur maculée]. — 2. « Di'er dan » « 第二弹 » [La deuxième ogive]. — 3.

« Yingwu sheng » « 鹦鹉声 » [La voix du perroquet]. — 4. « Mi zhong suan » « 蜜中酸 » [Le goût acide du miel]. — 5. « Xue shouyin » « 血手印 » [L'empreinte de main ensanglantée]. — 6. « Fankang zhe » « 反抗者 » [Le révolté]. — 7. « Dannian » « 单恋 » [Un amour secret]. — 8. « Qing qun ru weng » « 请君入瓮 » [S'il vous plaît. — entrez dans ma jarre]. — 9. « Bieshu zhi guai » « 别墅之怪 » [Démons dans la villa]. — 10. « Huanshujia de anshi » « 幻术家的暗示 » [Les insinuations de l'illusionniste]. — 11. « Diyu zhi men » « 地狱之门 » [La porte de l'enfer].

· Vol.11, juillet 1988, pp.1-258 : 1. « Taofan » « 逃犯» [L'évadé]. — 2. « Maodunquan » « 矛盾圈 » [Contradictions]. — 3. « Wu gu ji » « 乌骨鸡 » [Le coq nègre-soie].

· Vol.12, juillet 1988, pp.1-308 : 1. « Hei dilao » « 黑地牢 » [La prison noire souterraine]. — 2. « Gu gangbiao » « 古钢表 » [La vieille montre de gousset]. — 3. « Hei liangui » « 黑脸鬼 » [Le démon au visage noir]. — 4. « Wang Mianzhu » « 王冕珠 » [La perle de la couronne royale]. — 5. « Dadu »« 打赌 » [Parier]. — 6. « Yige Shenshi » « 一个绅士» [Un gentleman]. — 7. « Duan zhi yu bo » « 断指余波 » [Les échos de l'affaire des doigts coupés]. — 8. « Shi » « 虱 » [Le pou]. — 9. « Wu ning si » « 毋宁死 » [Ou la mort]. — 10. « Shijuan » « 试卷 » [Une composition d'examen]. — 11. « Wu tou'an » « 无头案 » [Un cadavre sans tête].

· Vol.13, juillet 1988, pp.1-317 : 1. « Liang li zhu » « 两粒珠 » [Deux perles]. — 2. « Lunji yu xueji » « 轮痕与血迹 » [Traces de roue et tâches de sang]. — 3. « Wuzui zhi xiongshou » « 无罪之凶手 » [Assassin innocent]. — 4. « Guan mi » « 官迷 » [Labyrinthe]. — 5. « Jiu hou » « 酒后 » [Après avoir bu]. — 6. « Wuhui » « 误会 » [Malentendu]. — 7. « Di'er zhang zhao » « 第二张照 » [La Deuxième photographie]. — 8. « Quan fei sheng » « 犬吠声 » [L'aboiement du chien]. — 9. « Huo Sang de tongnian » « 霍桑的童年 » [L'enfance de Huo Sang].

*Huo Sang tan'anji* « 霍桑探案集 » [ Recueil des aventures de Huo Sang ], Qunzhong, Beijing, 6 vol., juillet 1997 ( rééd. février 1998 ).

· *Huo Sang tan'anji* ( *yi* ), *Wuhou de guisu* « 霍桑探案集 · 1 : 舞后的归宿 » [ Après le bal ], pp.1-567 : 1. « Wu hou de guisu » « 舞后的归宿 » [ Après le bal ]. — 2. « Qingchun zhi huo » « 青春之火 » [ Le feu de la jeunesse ]. — 3. « Jiangnan yan » « 江南燕 » [ Hirondelle du sud de la rivière ]. — 4. « Moku shuanghua » « 魔窟双花 » [ Deux beautés chez les diables ]. — 5. « Guai dianhua » « 怪电话 » [ Un étrange appel téléphonique ]. — 6. « Langmanyuyun » « 浪漫余韵 » [ Une résonance romantique ]. — 7. « Shuangxu » « 双殉 » [ Les deux suicides ]. — 8. « Wugong moying » « 舞宫魔影 » [ Des fantômes du palais de la danse ].

· *Huo Sang tan'anji* ( *er* ), *Huoshi* « 霍桑探案集 · 2 : 活尸 » [ Le mort-vivant ], pp.1-569 : 1. « An zhong'an » « 案中案 » [ La même affaire/une affaire peut en cacher une autre ]. — 2. « Xian hunyin » « 险婚姻 » [ Le mariage risqué ]. — 3. « Huoshi » « 活尸 » [ Le mort-vivant ]. — 4. « Zhan ni hua » « 沾泥花 » [ Fleur maculée ]. — 5. « Di'er dan » « 第二弹 » [ La deuxième ogive ]. — 6. « Yingwu sheng » « 鹦鹉声 » [ La voix du perroquet ]. — 7. « Mi zhong suan » « 蜜中酸 » [ Le goût acide du miel ]. — 8. « Xue shouyin » « 血手印 » [ L'empreinte de main ensanglantée ]. — 9. « Fankang zhe » « 反抗者 » [ Le révolté ]. — 10. « Dannian » « 单恋 » [ Un amour secret ]. — 11. « Qing qun ru weng » « 请君入瓮 » [ S'il vous plaît. — entrez dans ma jarre ]. — 12. « Bieshu zhi guai » « 别墅之怪 » [ Démons dans la villa ]. — 13. « Huanshujia de anshi » « 幻术家的暗示 » [ Les insinuations de l'illusionniste ]. — 14. « Diyu zhi men » « 地狱之门 » [ La porte de l'enfer ].

· *Huo Sang tan'anji* ( *san* ), *Lun xia xue* « 霍桑探案集 · 3 : 轮下血 » [ Le sang sous la roue ], pp.1-509 : 1. « Zhuxiang quan » « 珠项圈 » [ Le collier de perles ]. — 2. « Huangpujiang zhong » « 黄浦江中 » [ Dans le fleuve de

Huangpu]. — 3. « Bashi si » « 八十四 » [Quatre-vingt-quatre]. — 4. « Lun xia xue » « 轮下血 » [Le sang sous la roue]. — 5. « Guo mian dao » « 裹棉刀 » [Le couteau enrobé de coton]. — 6. « Kongpu de huo ju » « 恐怖的活剧 » [Scène de terreur]. — 7. « Yeban husheng » « 夜半呼声 » [Cri au milieu de la nuit]. — 8. « Bai sha bu » « 白纱布 » [La mousseline blanche]. — 9. « Xinhun jie » « 新婚劫 » [Les mésaventures du mariage]. — 10. « Nan xiong nan di » « 难兄难弟 » [Les frères dans l'adversité]. — 11. « Chuang » « 窗 » [La fenêtre].

· *Huo Sang tan'anji* (*si*), *Bai yi guai* « 霍桑探案集 · 4 : 白衣怪 » [Le démon en blanc], pp.1-536 : 1. « Cuiming fu » « 催命符 » [Sortilège]. — 2. « Bai yi guai » « 白衣怪 » [Le démon en blanc]. — 3. « Duan zhi tuan » « 断指团 » [Le groupe aux doigts coupés]. — 4. « Yi zhi xie » « 一只鞋 » [Une chaussure]. — 5. « Lou tou ren mian » « 楼头人面 » [Un visage à la fenêtre]. — 6. « Cuimianshu » « 催眠术 » [Hypnotisme]. — 7. « Shuang ren bi xue » « 霜刃碧血 » [Du sang sur le fil de la lame]. — 8. « Hai chuan ke » « 海船客 » [Le passager du paquebot].

· *Huo Sang tan'anji* (*wu*), *Xue bishou* « 霍桑探案集 · 5 : 血匕首 » [Le poignard sanglant], pp.1-590 : 1. « Huiyi ren » « 灰衣人 » [L'homme en gris]. — 2. « Xue bishou » « 血匕首 » [Le poignard sanglant]. — 3. « Zi xianqian » « 紫信笺 » [La lettre pourpre]. — 4. « Guai fangke » « 怪房客 » [Un étrange locataire]. — 5. « Taofan » « 逃犯 » [L'évadé]. — 6. « Maodunquan » « 矛盾圈 » [Contradictions]. — 7. « Wu gu ji » « 乌骨鸡 » [Poule-soie]. — 8. « Liang li zhu » « 两粒珠 » [Deux perles]. — 9. « Lunji yu xueji » « 轮痕与血迹 » [Traces de roue et tâches de sang]. — 10. « Wuzui zhi shou » « 无罪之凶手 » [Assassin innoncent]. — 11. « Mi gong » « 迷宫 » [Labirynthe]. — 12. « Jiu hou » « 酒后 » [Après avoir bu].

· *Huo Sang tan'anji* (*liu*), *Hu qiu nü* « 霍桑探案集 · 6 : 狐裘女 » [La femme à l'écharpe de renard], pp.1-585 : 1. « Hu qiu nü » « 狐裘女 » [La femme à l'écharpe de renard]. — 2. « Mao'er yan » « 猫儿眼 » [La pupille du chat]. — 3. « Sizi zhi si » « 嗣子之死 » [La mort du successeur]. — 4. « Xiangquan de bianhuan » « 项圈的变幻 » [Le changement du collier]. — 5. « Moli » « 魔力 » [L'enchantement]. — 6. « Wu fu dang » « 五福党 » [La bande de Wufu]. — 7. « Hei dilao » « 黑地牢 » [La prison noire souterraine]. — 8. « Gu gangbiao » « 古钢表 » [La vieille montre de gousset]. — 9. « Hei liangui » « 黑脸鬼 » [Le démon au visage noir]. — 10. « Wang Mianzhu » « 王冕珠 » [La perle de la couronne royale]. — 11. « Dadu » « 打赌 » [Parier]. — 12. « Yi ge Shenshi » « 一个绅士 » [Un gentleman]. — 13. « Duan zhi yu bo » « 断指余波 » [Les échos de l'affaire des doigts coupés]. — 14. « Shi » « 虱 » [Le pou]. — 15. « Wu ning si » « 毋宁死 » [Ou la mort]. — 16. « Shijuan » « 试卷 » [Une composition d'examen]. — 17. « Wu tou'an » « 无头案 » [Un cadavre sans tête]. — 18. « Wuhui » « 误会 » [Malentendu]. — 19. « Di'er zhang zhao » « 第二张照 » [La Deuxième photographie]. — 20. « Quan fei sheng » « 犬吠声 » [L'aboiement du chien].

*Huo Sang tan'anji* « 霍桑探案集 » [Les Enquêtes de Huo Sang], Jilin wenshi, « Wanqing minguo xiaoshuo yanjiu congshu 晚清民国小说研究丛书 » [Collection de recherche sur les œuvres de la fin des Qing et des débuts de la République], Changchun, avril 1987-août 1991, 10 vol.

· *Huo Sang tan'anji* 1, *Wuhou de guisu* « 霍桑探案集 1 : 舞后的归宿 » [Après le bal 1], avril 1987, pp.1-482. 1. « Zhuxiang quan » « 珠项圈 » [Le collier de perles]. — 2. « Huangpujiang zhong » « 黄浦江中 » [Dans le fleuve de Huangpu]. — 3. « Bashi si » « 八十四 » [Quatre-vingt-quatre]. — 4. « Lun xia xue » « 轮下血 » [Le sang sous la roue]. — 5. « Guo mian dao » « 裹棉刀 » [Le couteau enrobé de coton]. — 6. « Kongpu de huo ju » « 恐怖的活剧 » [Scène de terreur]. — 7. « Wu hou de guisu » « 舞后的归宿 » [Après le bal] (nommé aussi « Yu ye qiangsheng » « 雨夜枪声 » [Le coup du pistolet sous une nuit pluvieuse]).

· *Huo Sang tan'anji* 2, *Bai ye guai* « 霍桑探案集 2 ：白夜怪 » [Démon de la nuit blanche 2], avril 1987, pp.1-492 ：1. « Bai yi guai » « 白衣怪 » [Le démon en blanc]. — 2. « Cuiming fu » « 催命符 » [Sortilège]. — 3. « Maodunquan » « 矛盾圈 » [Contradictions].

· *Huo Sang tan'anji* 3, *Moku shuanghua* « 霍桑探案集 3 ：魔窟双花 » [Deux beautés chez les diables 3], avril 1987, pp.1-368 ：1. « Zi xianqian » « 紫信笺 » [La lettre pourpre]. — 2. « Guai fangke » « 怪房客 » [Un étrange locataire]. — 3. « Moku shuanghua » « 魔窟双花 » [Deux beautés chez les diables]. — 4. « Liang li zhu » « 两粒珠 » [Deux perles]. — 5. « Lunji yu xueji » « 轮痕与血迹 » [Traces de roue et tâches de sang].

· *Huo Sang tan'anji* 4, *Bai shajin* « 霍桑探案集 4 ：白纱巾 » [Le mouchoir blanc 4], avril 1987, pp.1-470 ：1. « Huiyi ren » « 灰衣人 » [L'homme en gris]. — 2. « Xue bishou » « 血匕首 » [Le poignard sanglant]. — 3. « Yeban husheng » « 夜半呼声 » [Cri au milieu de la nuit]. — 4. « Bai shajin » « 白纱巾 » [Le mouchoir blanc]. — 5. « Shuang ren bi xue » « 霜刃碧血 » [Du sang sur le fil de la lame]. — 6. « Hai chuan ke » « 海船客 » [Le passager du paquebot].

· *Huo Sang tan'anji* 5, *Xinyun jie* « 霍桑探案集 5 ：新婚劫 » [Juste avant le mariage 5], avril 1987, pp.1-461 ：1. « Xinhun jie » « 新婚劫 » [Les mésaventures du mariage]. — 2. « Wuzui zhi shou » « 无罪之凶手 » [Assassin innoncent]. — 3. « Gong mi » « 宫迷 » [Labirynthe]. — 4. « Jiu hou » « 酒后 » [Après avoir bu]. — 5. « Wuhui » « 误会 » [Malentendu]. — 6. « Nan xiong nan di » « 难兄难弟 » [Les frères dans l'adversité]. — 7. « Chuang » « 窗 » [La fenêtre]. — 8. « Jiangnan yan » « 江南燕 » [Hirondelle du sud de la rivière]. — 9. « Wu tou'an » « 无头案 » [Un cadavre sans tête]. — 10. « Huo Sang de tongnian » « 霍桑的童年 » [L'enfance de Huo Sang].

· *Huo Sang tan'anji* 6, *An zhong'an* « 霍桑探案集 6 : 案中案 » [Une affaire peut en cacher une autre 6], août 1991, pp.1-359 : 1. « Huoshi » « 活尸 » [Le mort-vivant]. — 2. « An zhong'an » « 案中案 » [Une affaire peut en cacher une autre]. — 3. « Xian hunyin » « 险婚姻 » [Le mariage risqué].

· *Huo Sang tan'anji* 7, *Wugong moying* « 霍桑探案集 7 : 舞宫魔影 » [Les fantômes du palais de la danse 7], août 1991, pp.1-533 : 1. « Qingchun zhi huo » « 青春之火 » [Le feu de la jeunesse]. — 2. « Guai dianhua » « 怪电话 » [Un étrange appel téléphonique]. — 3. « Langmanyuyun » « 浪漫余韵 » [Une résonance romantique]. — 4. « Wu fu dang » « 五福党 » [La bande de Wufu]. — 5. « Shuangxu » « 双 殉 » [Les deux suicides]. — 6. « Moli » « 魔力 » [L'enchantement]. — 7. « Wugong moying » « 舞宫魔影 » [Des fantômes du palais de la danse]. — 8. « Di'er zhang zhao » « 第二张照 » [La Deuxème photographie]. — 9. « Quan fei sheng » « 犬吠声 » [L'aboiement du chien].

· *Huo Sang tan'anji* 8, *Hu qiu nü* « 霍桑探案集 8 : 狐裘女 » [La femme à l'écharpe de renard 8], août 1991, pp.1-370 : 1. « Hu qiu nü » « 狐裘女 » [La femme à l'écharpe de renard]. — 2. « Mao'er yan » « 猫儿眼 » [La pupille du chat]. — 3. « Sizi zhi si » « 嗣子之死 » [La mort du successeur]. — 4. « Xiangquan de bianhuan » « 项圈的变幻 » [Le changement du collier]. — 5. « Duan zhi tuan » « 断指团 » [Le groupe aux doigts coupés]. — 6. « Yi zhi xie » « 一只鞋 » [Une chaussure]. — 7. « Lou tou ren mian » « 楼头人面 » [Un visage à la fenêtre]. — 8. « Cuimianshu » « 催眠术 » [Hypnotisme].

· *Huo Sang tan'anji* 9, *Taofan* « 霍桑探案集 9 : 逃犯 » [L'évadé 9], août 1991, pp.1-357 : 1. « Zhan ni hua » « 沾泥花 » [Fleur maculée]. — 2. « Di'er dan » « 第二弹 » [La deuxième ogive]. — 3. « Yingwu sheng » « 鹦鹉声 » [La voix du perroquet]. — 4. « Mi zhong suan » « 蜜中酸 » [Le goût acide du miel]. — 5. « Taofan » « 逃犯 » [L'évadé]. — 6. « Wu gu ji » « 乌

骨鸡 » [Poule-soie]. — 7. « Shi » « 虱 » [Le pou]. — 8. « Duan zhi yu bo » « 断指余波 » [Les échos de l'affaire des doigts coupés].

· *Huo Sang tan'anji* 10, *Xue shou yin* « 霍桑探案集 10 : 血手印 » [L'em-preinte de main 10], août 1991, pp. 1-383 : 1. « Xue shouyin » « 血手印 » [L'empreinte de main ensanglantée]. — 2. « Fankangzhe » « 反抗者 » [Le révolté]. — 3. « Dannian » « 单恋 » [Un amour secret]. — 4. « Qing qun ru weng » « 请君入 瓮 » [S'il vous plaît. — entrez dans ma jarre]. — 5. « Bieshu zhi guai » « 别墅之 怪 » [Démons dans la villa]. — 6. « Huanshujia de anshi » « 幻术家的暗示 » [Les insinuations de l'illusionniste]. — 7. « Diyu zhi men » « 地狱之门 » [La porte de l'enfer]. — 8. « Hei dilao » « 黑地牢 » [La prison noire souterraine]. — 9. « Gu gangbiao » « 古钢表 » [La vieille montre de gousset]. — 10. « Hei liangui » « 黑脸鬼 » [Le démon au visage noir]. — 11. « Wang Mianzhu » « 王冕珠 » [La perle de la couronne royale]. — 12. « Dadu » « 打赌 » [Parier]. — 13. « Yige Shen-shi » « 一个绅士 » [Un gentleman]. — 14. « Wu ning si » « 毋宁死 » [Ou la mort]. — 15. « Shijuan » « 试卷 » [Une composition d'examen].

*Cheng Xiaoqing wenji : Huo Sang tan'an xuan* « 程小青文集 · 霍桑探案选 » [Compilation de Cheng Xiaoqing : quelques aventures de Huo Sang], Zhongguo wenlian chuban gongsi, Beijing, 1986, 4 vol.

· Vol.1, juillet 1986, pp.1-303 : 1. « Lun xia xue » « 轮下血 » [Le sang sous la roue]. — 2. « Yeban husheng » « 夜半呼声 » [Cri au milieu de la nuit]. — 3. « Bai sha jin » « 白纱巾 » [La mousseline blanche]. — 4. « Zi xianqian » « 紫信笺 » [La lettre pourpre].

· Vol.2, juillet 1986, pp.1-394 : 1. « Huiyi ren » « 灰衣人 » [L'homme en gris]. — 2. « Wu hou de guisu » « 舞后的归宿 » [Après le bal]. — 3. « Xinhunjie » « 新婚劫 » [Les mésaventures du mariage].

· Vol.3, décembre 1986, pp.1-340 : 1. « Xian hunyin » « 险婚姻 » [Le mariage risqué]. — 2. « Di'er zhang zhao » « 第二张照 » [La Deuxième phtographie]. — 3. « Huoshi » « 活尸 » [Le mort-vivant]. — 4. « Bieshu zhi guai » « 别墅之怪 » [Démons dans la villa].

· Vol.4, décembre 1986 ; pp. 1-308 : 1. « Huangpujiang zhong » « 黄浦江中 » [Dans le fleuve de Huangpu]. — 2. « Liang li zhu » « 两粒珠 » [Deux perles]. — 3. « Bai yi guai » « 白衣怪 » [Le démon en blanc]. — 4. « Wugong moying » « 舞宫魔影 » [Des fantômes du palais de la danse].

*Huo Sang tan'an xuan* « 霍桑探案选 » [Quelques aventures de Huo Sang], Lijiang, Guilin, mai 1987, 3 vol.

· Vol.1, pp.1-501 : 1. « Zhuxiang quan » « 珠项圈 » [Le collier de perles]. — 2. « Huangpujiang zhong » « 黄浦江中 » [Dans le fleuve de Huangpu]. — 3. « Bashi si » « 八十四 » [Quatre-vingt-quatre]. — 4. « Guo mian dao » « 裹棉刀 » [Le couteau enrobé de coton]. — 5. « Kongpu de huo ju » « 恐怖的活剧 » [Scène de terreur]. — 6. « Wu fu dang » « 五福党 » [La bande de Wufu]. — 7. « Shuangxu » « 双殉 » [Les deux suicides]. — 8. « Moli » « 魔力 » [L'enchantement]. — 9. « Taofan » « 逃犯 » [L'évadé]. — 10. « Wu guji » « 乌骨鸡 » [Poule-soie].

· Vol.2, pp.1-468 : 1. « Wu hou de guisu » « 舞后的归宿 » [Après le bal]. — 2. « Bai yi guai » « 白衣怪 » [Le démon en blanc]. — 3. « Liang li zhu » « 两粒珠 » [Deux perles].

· Vol.3, pp.1-423 : 1. « Hu qiu nü » « 狐裘女 » [La femme à l'écharpe de renard]. — 2. « Mao'er yan » « 猫儿眼 » [La pupille du chat]. — 3. « Sizi zhi si » « 嗣子之死 » [La mort du successeur]. — 4. « Xiangquan de bianhuan » « 项圈的 变幻 » [Le changement du collier]. — 5. « Duan zhi tuan » « 断指团 » [Le groupe aux doigts coupés]. — 6. « Yi zhi xie » « 一只鞋 » [Une chaussure]. — 7. « Lou tou ren mian » « 楼头人面 » [Un visage à la fenêtre]. — 8. « Cuimianshu » « 催眠术 » [Hypnotisme]. — 9. « Di'er zhang zhao » « 第二张照 » [La Deuxième photo-graphie].

*Huo Sang Jingxian tan'an* « 霍桑惊险探案 » [Les aventures passionnantes de Huo

Sang], Zhongguo guoji guangbo, Beijing, janvier 2002, 4 vol.

· Vol.1, pp.1-351 : 1. « Bai yi guai » « 白衣怪 » [Le démon en blanc]. — 2. « Yi zhi xie » « 一只鞋 » [Une chaussure]. — 3. « Cuiming fu » « 催命符 » [Sortilège]. — 4. « Shuangxu » « 双殉 » [Les deux suicides].

· Vol.2, pp.1-349 : 5. « Huoshi » « 活尸 » [Le mort-vivant]. — 6. « Jiangnan yan » « 江南燕 » [Hirondelle du sud de la rivière]. — 7. « Guai dianhua » « 怪电话 » [Un étrange appel téléphonique]. — 8. « Duan zhi tuan » « 断指团 » [Le groupe aux doigts coupés].

· Vol.3, pp.1-338 : 1. « Wu hou de guisu » « 舞后的归宿 » [Après le bal]. — 2. « Qingchun zhi huo » « 青春之火 » [Le feu de la jeunesse]. — 3. « Wugong moying » « 舞宫魔影 » [Des fantômes du palais de la danse].

· Vol.4, pp.1-352 : 4. « An zhong'an » « 案中案 » [Une affaire peut en cacher une autre]. — 5. « Xian hunyin » « 险婚姻 » [Le mariage risqué]. — 6. « Cuimianshu » « 催眠术 » [Hypnotisme]. — 7. « Xue shouyin » « 血手印 » [L'empreinte de main ensanglantée]. — 8. « Langmanyuyun » « 浪漫余韵 » [Une résonance romantique]. — 9. « Moku shuanghua » « 魔窟双花 » [Deux beautés chez les diables].

*Huo Sang tan'anji* « 霍桑探案集 » [Les aventures de Huo Sang (nouvelles)], édition préparée par Zhang Li 张丽, Haixia wenyi, Fujian, 2003, p.134.

*Huo Sang tan'anji : shijie baibu wenxue mingzhu sudu* « 霍桑探案集——世界百部文学名著速读 » (71) [Les aventures de Huo Sang : lecture en parcours panoramique d'une centaine de livres célèbres (71)], édition préparée par Sun Shaozheng 孙绍振, Haixia wenyi, Fujian, janvier 2003.

## V. Adaptations sous forme de bandes dessinées

*Huo Sang tan'an* 霍桑探案 [Enquêtes de Huo Sang], adapté de la série de Huo Sang tan'an de Cheng Xiaoqing, par Sun Jinchang 孙锦常 et Cao Lixiang 曹利祥, alii, (scénario), Wang Deliang 王德亮, Qian Dinghua 钱定华,

Xiazhou 峡州, Kongling 空灵 et Shui Miao 水淼 (dessins), Lingnan meishu, Shanghai, février 1989, 6 vol.

*Huo Sang tan'an* 霍桑探案 [Enquêtes de Huo Sang], adapté de la série de Huo Sang tan'an de Cheng Xiaoqing par Zhang Qirong 张企荣, Wu Wenhuan 吴文焕 et Gan Lile 甘礼乐 (scénario), Liu Weiming 刘为民, Liu Weiguo 刘为国 et Liu Ping 刘萍 (dessins), Shanghai renmin meishu, Shanghai, 1989, 4 vol.

## VI. Écrits théoriques sur le roman policier

« Cong "shi'er bujian" shuodao zhentan xiaoshuo » «从"视而不见"说到侦探小说» [« Regarder sans approfondir » et le roman policier], *Shanhu*, Shanghai, t. 2, n° 1, janvier 1933.

« Cong zhentan xiaoshuo shuo qi » « 从侦探小说说起 » [Commencer par le roman policier], *Wen hui bao*, 21 mai 1957.

« Guanyu Huo Sang » « 关于霍桑 » [Sur Huo Sang], *Ganlan*, 1938, n° 2.

« Huo Sang he Bao Lang de mingyi » « 霍桑和包朗的命意 » [Origine des noms de Huo Sang et Bao Lang], *Zui xiaobao*, mars 1923, n° 11.

« Kexue de zhentan shu » « 科学的侦探术 » [Techniques scientifiques], *Zhentan shijie* 18, 19, 20, de février 1923 en mars 1924.

« Lun zhentan xiaoshuo » « 论侦探小说 » [Sur le roman policier], *Xin zhentan* « 新侦 探 » [Le nouveau détective], Shanghai Wenyi, Shanghai, 10 janvier 1946, n° 1, pp.4-12.

« Suiji chufa » « 随机触发 » [Déclenchement aléatoire], *Zhentan shijie*, 19 mars 1924, n° 20.

« Tan zhentan xiaoshuo » « 谈侦探小说 » [Sur le roman policier], *Hong meigui*, les 11 et 21 mai 1929, t. 5, n^os^ 11 et 12.

« Tan zhentan xiaoshuo » « 谈侦探小说 » [Sur le roman policier], *Xinyue*, 2 octobre 1925, t. 1, n° 1. (Même titre que le précédent, mais contenu différent.)

« Zhentan tanhuahui : sugelanchang de sida zhentan » « 侦探谈话会：苏格兰场的四大 侦探 » [ Conversation entre les détectives : quatre grands détectives de Scotland Yard ], *Zhentan shijie*, Shanghai, 1923, n° 13, pp.7-11.

« Zhentan xiaoshuo de duofangmian » « 侦探小说的多方面 » [ Les multiples aspects du roman policier ], dans le 2e volume d'*Anthologie de Huo Sang*, Shanghai wenhua meishu tushu yinshua gongsi, Shanghai, janvier 1932 ; repris in Rui Heshi, Fan Boqun, et *alii*, *Yuanyang hudie pai wenxue ziliao*, vol, 1, pp.68-77.

« Zhentan xiaoshuo he kexue » « 侦探小说和科学 » [ Le roman policier et la science ], *Zhentan shijie*, 8 décembre 1923, n° 13.

« Zhentan xiaoshuo he xiaoyong » « 侦探小说的效用 » [ L'utilité de roman policier ], *Zui xiaobao*, mars 1923, n° 3.

« Zhentan xiaoshuo zahua ( liang pian ) » « 侦探小说杂话(两篇) » [ Essais sur le roman policier ( deux essais ) ], *Banyue*, 8 décembre 1923, t. 3, n° 6.

« Zhentan xiaoshuo zai wenxueshang zhi weizhi » « 侦探小说在文学上之位置 » [ Le rôle du roman policier dans l'histoire littéraire ], *Ziluolan*, 11 mars 1929, t. 3, n° 24.

« Zhentan xiaoshuo zuofa zhi yide » « 侦探小说作法之一得 » [ Une idée venant des créations policières ], *Xiaoshuo shijie*, 6 novembre 1925, t. 12, n° 6.

« Zhentan xiaoshuo zuofa zhi yide » « 侦探小说作法之一得 » [ Une idée venant des créations policières ], *Lianyi zhi you*, 1931, n° 189. Le même titre, le contenu du récit est différent que celui de *Xiaoshuo shijie*.

« Zhentan xiaoshuo zuofa zhi guanjian ( liang pian ) » « 侦探小说作法之管见（两篇）» [ Mon humble opinion sur l'Art du roman policier ( deux essais ) ], *Zhentan shijie*, juin 1923, n° 1 pour 1er essai et 1923, n° 3 pour le 2e essai.

« Zhentan xiaoshuo yu ? » « 侦探小说与 ? » [ Le roman policier et ? ], *Xin shanghai*, 15 décembre 1933, t. 1, n° 4.

« Zhentan xiaoshuo zhenhui zouyun ma ? » « 侦探小说真会走运吗 ? » [ Est-ce que Le roman policier aura de la chance ?], *Xin shanghai*, 1946, n° 16.

## VII. Préfaces (liste non exhaustive)

« "Chuang wai renying" yinyan » « "窗外人影"引言 » [Préface aux *Ombres devant ma fenêtre*], *Shanhu*, Shanghai, t. 3, n° 5, 1er septembre 1933.

« "Duanpian zhentan xiaoshuo xuan" xu » « "短篇侦探小说选"序 » [Préface au *Choix de nouvelles policières*], in *Shixiang zhi mi* « 石像之秘 » [Le mystère de la sculpture en pierre], Guangyi, Shanghai, décembre 1947, Dongwu, ville de Suzhou.

« "Huo Sang tan'an huikan" zhuzhe zixu » « "霍桑探案汇刊"著者自序 » [Préface de l'auteur Cheng Xiaoqing dans le 1er volume d'*Anthologie de Huo Sang*], Shanghai wenhua meishu yinshua gongsi, Shanghai, 1930.

« "Huo Sang tan'an xiuzhen congkan er" ji zhuzhe zixu » « "霍桑探案袖珍丛刊"(二)集著者自序 » [La préface de l'auteur Cheng Xiaoqing dans le 2e volume de *Collection de poche des aventures de Huo Sang*], *Zi xinqian* « 紫信笺 » [La lettre pourpre], in *Huo Sang tan'an xiuzhen congkan* «霍桑探案袖珍丛刊» [*Collection de poche des aventures de Huo Sang* (11e volume)], Shijie, Cheng Xiaoqing a écrit à Shanghai en 1944 [民国三十三年程小青识于上海].

« "Huo Sang tan'an xiuzhen congkan" san ji zhuzhe zixu » « "霍桑探案袖珍丛刊"三 集著者自序 » [Préface de l'auteur Cheng Xiaoqing au volume 3 de la *Collection de poche des aventures de Huo Sang*], *Anzhong'an* « 案中案 » [Une affaire en abyme], in *Huo Sang tan'an xiuzhen congkan* «霍桑探案袖珍丛刊» [*Collection de poche des aventures de Huo Sang* (volume 21)], Shijie, Shanghai, automne 1945.

« "Long hu dou" yinyan » « "龙虎斗"引言 » [Préface à « Dragon contre tigre »], *Ziluolan*, 10 avril 1943, n° 1.

« *Yasen · Luoping'an quanji* Cheng xu » « "亚森罗苹案全集"程序 » [Préface aux *Aventures d'Arsène Lupin*], janvier 1924, Cheng Xiaoqing a écrit chez Cengjing canghai shi [甲子冬月程小青识于曾经沧海室].

## VIII. Traductions scientifiques

« Gaogenxie de yanjiu » « 高跟鞋的研究 » [Étude sur les talons hauts], *Jiating*, Shanghai, 1922, n° 7, pp.1-5.

« Kexue de xiangyanshu » « 科学的相眼术 » [Étude scientifique du regard], *Huanqiu huabao*, Shanghai, 1930, n° 17, p.6.

« Kexue xiaoshi : baiguang de zuzhi » « 科学小识：白光的组织 » [Petite étude scientifique : la composition de la lumière blanche], *Funü zazhi*, Shanghai, 1920, t. 6, n° 12, pp.35-36.

« Kexue xiaoshi : ciqi » « 科学小识：磁气 » [Petite étude scientifique : le magnétisme], *Funü zazhi*, Shanghai, 1920, t. 4, n°, pp.1-3.

« Kexue xiaoshi : fadianpan » « 科学小识：发电盘 » [Petite étude scientifique : la gégène], *Funü zazhi*, Shanghai, 1920, t. 6, n° 2, pp.1-4.

« Kexue xiaoshi : jiao de yuanzhi shi shenme » « 科学小识：酵的原质是什么 » [Petite étude scientifique : questions sur l'origine des levures], *Funü zazhi*, Shanghai, 1920, t. 6, n° 3, p.9.

« Kexue xiaoshi : judian bei » « 科学小识：聚电杯 » [Petite étude scientifique : stockage de l'électricité], *Funü zazhi*, Shanghai, 1920, t. 6, n° 3, pp.6-9.

« Kexue xiaoshi : juguangdian » « 科学小识：聚光点 » [Petite étude scientifique : le point de convergence lumineuse], *Funü zazhi*, Shanghai, 1920, t. 6, n° 11, pp.6-7.

« Kexue xiaoshi : mei shi shenme zuo de » « 科学小识：煤是什么做的 » [Petite étude scientifique : : questions sur la composition du charbon ?], *Funü zazhi*, Shanghai, 1920, t. 6, n° 4, pp.3-4.

« Kexue xiaoshi : qise guangdai » « 科学小识：七色光带 » [Petite étude scientifique : les sept couleurs du spectre lumineux], *Funü zazhi*, Shanghai,

1920, t. 6, n° 12, p.35.

« Kexue xiaoshi : shuodian ... » « 科学小识：说电…… » [Petite étude scientifique : Parlons d'électricité...], *Funü zazhi*, Shanghai, 1919, t. 5, n° 10, pp.1-9.

« Kexue xiaoshi : tang de yuanzhi shi shenme » « 科学小识：糖的原质是什么 » [Petite étude scientifique : qu'est-ce que c'est la base du sucre ?], *Funü zazhi*, Shanghai, 1920, t. 6, n° 2, p.4.

« Kexue xiaoshi : wuti de yanse » « 科学小识：物体的颜色 » [Petite étude scientifique : la couleur des objets], *Funü zazhi*, Shanghai, 1920, t. 6, n° 12, p.36.

« Kexue xiaoshuo : wuxiandian » « 科学小识：无线电 » [Petite étude scientifique : la transmission sans fil], *Funü zazhi*, Shanghai, 1920, t. 6, n° 5, pp.4-8.

« Kexue xiaoshi : X guang » « 科学小识：X 光 » [Petite étude scientifique : le rayon X], *Funü zazhi*, Shanghai, 1920, t. 6, n° 6, pp.1-3.

« Kexue xiaoshi : yanjing » « 科学小识：眼镜 » [Petite étude scientifique : les lunet-tes], *Funü zazhi*, Shanghai, 1920, t. 6, n° 11, pp.5-6.

« Richang shenghuo yu huaxue » « 日常生活与化学 » [La vie quotidienne et la chimie], *Xin Shanghai*, 1925, n° 1, pp.138-144.

« Xin zhinang baiwen : hei'an weishenme shi women kongbu » « 新智囊百问：黑暗 为什么使我们恐怖 » [Nouveau groupe de réflexion sur 1001 questions : pourquoi a-t-on peur du noir ?], *Funü zazhi*, Shanghai, 1920, t. 6, n° 11, pp.2-3.

« Xin zhinang baiwen : nühaizi weishenme xihuan yang wawa » « 新智囊百问：女孩子为什么喜欢洋娃娃 » [Nouveau groupe de réflexion sur 1001 questions : pourquoi est-ce que les filles aiment les poupées ?], *Funü zazhi*, Shanghai, 1920, t. 6, n° 11, pp.3-4.

« Xin zhinang baiwen : riluo shihou de riguang weishenme fenwai meili » « 新智囊百问：日落时候的日光为什么分外美丽 » [Nouveau groupe de réflexion sur

1001 questions : pourquoi la lumière des couchers de soleil est la plus belle ?], *Funü zazhi*, Shanghai, 1920, t. 6, n° 11, p.1.

« Xin zhinang baiwen : women weishenme yao da heqian » « 新智囊百问：我们为什么要打呵欠 » [Nouveau groupe de réflexion sur 1001 questions : pourquoi baille-t-on ?], *Funü zazhi*, Shanghai, 1920, t. 6, n°, 11, pp.1-2.

« Xin zhinang baiwen : xiuzi waimian weishenme duo you niuzi » « 新智囊百问：袖口外面为什么多有纽子? » [Nouveau groupe de réflexion sur 1001 questions : pourquoi avoir des boutons sur les manches ?], *Funü zazhi*, Shanghai, 1920, t. 6, n° 11, p.4.

« Xin zhinang baiwen : zenme huanzuo miyue » « 新智囊百问: 怎么唤做蜜月» [Nouveau groupe de réflexion sur 1001 questions : qu'appelle-t-on « la lune de miel » ?], *Funü zazhi*, Shanghai, 1920, t. 6, n° 11, p.3.

« Yuxing : kexue xiaoshi » « 余兴: 科学小识 » [Ma passion : petite étude scientifique], *Funü zazhi*, Shanghai, 1919, t. 5, n° 11, pp.1-4 ; n° 12, pp. 1-3.

## IX. Divers

*Jianlu shici yigao* « 茧庐诗词遗稿 » [Poèmes posthumes de « Cocon »], Lianhe yinshu gongsi, New York, 1982.

« Laizhai miao » 赖债庙 [Le temple de « Laizhai »], essai, in *Jiangsu sanwen xuan* 1949-1979 « 江苏散文选 1949-1979 » [Choix d'essais de Jiangsu entre 1949 et 1979], Jiangsu renmin, Nanjing, pp.71-74.)

Piaomiao ge 缥缈歌 [La chanson d'insaisissable], in *Zhongguo dianying yinyue xun-zong* « 中国电影音乐寻踪 » [Recherche sur la musique et le film chinois] de Wang Wenhe 王文和, 1995 (chanson dans le film Dong Xiaowan 董小宛 [Dong Xiaowan]). (Cheng Xiaoqing est compositeur et c'est une chanson.)

« Suzhou bianhua shuo bu jin » « 苏州变化说不尽 » [Les mutations innombrables de Suzhou], *Ziliao* (Zhengxie), avril 1959.

« Suzhou xiyuan » « 苏州西园 » [Le jardin d'Ouest de Suzhou], *Jiangsu shixuan 1949-1979* « 江苏诗选 1949-1979 » [Poèmes sélectionnés de Jiangsu entre 1949 et 1979], Jiangsu renmin, Nangjing, novembre 1979, n° 1, p.105.

« Tiantang zai renjian » « 天堂在人间 » [Le paradis se trouve sur terre], Xin Suzhou bao, avril 1959.

« Weiqu » « 委屈 » [Griefs], *sanwen*, *Wenyi chunqiu* « 文艺春秋 » [Printemps et au-tomne des arts et de la littérature], Shanghai, 15 décembre 1946, Vol.3, n° 6.

# Bibliographie générale


## I. Éditions de référence

Anonyme, *Shi gong'an* « 施公案 » [ Les jugements de Shi ], Shanghai guji, Shanghai, 2005, pp.1-474.

CHENG Xiaoqing 程小青, *Huo Sang tan'anji* « 霍桑探案集 » [ Les Enquêtes de Huo Sang ], Jilin wenshi, « Wanqing minguo xiaoshuo yanjiu congshu 晚清民国小说研究丛书 » [ Collection de recherche sur les œuvres de la fin des Qing et des débuts de la République ], Changchun, avril 1987-août 1991, 10 vol.

Volumes 1-5, avril 1987 : Vol.1, pp.1-482 ; Vol.2, pp.1-492 ; Vol.3, pp.1-368 ; Vol.4, pp.1-470 ; Vol.5, pp.1-46. — Vol.6-10, août 1991 : Vol.6, pp.1-359 ; Vol.7, pp.1-533 ; Vol.8, pp.1-370 ; Vol.9, pp.1-357 ; Vol.10, pp.1-383.

CONAN DOYLE Arthur, *Les Aventures de Sherlock Holmes*, ( Nouvelle Traduction Édition Intégrale Bilingue), Omnibus, Paris, 3 vol., 2005-2007.

Vol.1, 2005, pp.1-1085 ; Vol.2, 2006, pp.1-1179 ; Vol.3, 2007, pp.1-1053.

## II. Travaux en langue chinoise

ADAMOV Arkady Grigoryévitch [ A Adamofu 阿 阿达莫夫 ], *Zhentan wenxue he wo : zuojia de biji* « 侦探文学和我——作家的笔记 » [ La Littérature et moi : journal d'un auteur ] trad. par YANG Donghua, Qunzhong, Beijing, mai 1988.

CAO Yibing 曹亦冰, *Xiayi gong'an xiaoshuoshi* « 侠义公案小说史 » [ Histoire du

« roman de justice » et du « roman de justiciers »], Zhejiang guji, Hangzhou, 1998.

CAO Zhengwen 曹正文 (éd.), *Shijie zhentan tuili xiaoshuo daguan* « 世界侦探推理小说大观 » [Anthologie du roman policier du monde], Shanghai cishu, Shanghai, novembre 1995.

—, *Shijie zhentan xiaoshuo shilue* [Brève histoire mondiale du roman policier] « 世界侦探小说史略 », Shanghai yiwen, Shanghai, novembre 1998.

CHEN Huangmei 陈荒煤, RUI Heshi 芮和师, FAN Boqun, et *alii* (sous la direction de), *Yuanyang hudie pai wenxue ziliao* (*shangce*) « 鸳鸯蝴蝶派文学资料（上册）» [Documents sur le courant Canards Mandarins et Papillons], Fujian renmin, Fuzhou, Vol.1, 1984.

CHEN Mingyuan 陈明远, *Wenhuaren de jingji shenghuo* « 文化人的经济生活 » [La vie économique des intellectuels], Wenhui, Shanghai, 2005.

—, *Zhishifenzi yu renminbi shidai* « 知识分子与人民币时代 » [Les intellectuels et l'époque du renminbi], Wenhui chubanshe, Beijing, 2006.

CHEN Pingyuan 陈平原, *Wenxue de zhoubian* « 文学的周边 » [Autour de la littérature], Xin shijie, Beijing, juillet 2004.

—, *Zhongguo xiandai xiaoshuo de qidian : Qingmo minchu xiaoshuo yanjiu* « 中国现代小说的起点——清末民初小说研究 » [Étude sur l'origine du roman chinois contemporain], Beijing daxue, Beijing, septembre 2005.

—, *Zhongguo xiaoshuo xushi moshi de zhuanbian* « 中国小说叙事模式的转变 » [Évolution des modes narratifs dans le roman chinois], Shanghai renmin, Shanghai, 1988.

CHEN Pingyuan 陈平原 (éd.), *Ershi shiji Zhongguo xiaoshuo lilun ziliao* « 二十世纪中国小说理论资料 » [Matériaux théoriques sur le roman chinois du XX^e^ siècle], Beijing daxue, Beijing, Vol.1 (1887-1916), 1989.

« Cheng Xiaoqing jiqi Huo Sang tan'an » « 程小青及其霍桑探案 » [Cheng Xiaoqing et ses Enquêtes de Huo Sang], in *Zhongguo jindai wenxue baiti* « 中

国近代文学百题 » [ 100 questions sur la littérature moderne chinoise ], Zhongguo guoji guangbo, Beijing, 1989.

DONG Miao 冬苗, « Cheng Xiaoqing xiansheng yishilu » « 程小青先生轶事录 » [ L'anecdote sur Cheng Xiaoqing ], *Suzhou zazhi* « 苏州杂志 » [ Revue de Suzhou ], Suzhou, 2006, n° 6.

FAIRBANK John King [ Fei Zhengqing 费正清 ], *Jianqiao Zhongguo wanqingshi* « 剑桥中国晚清史 » [ Histoire de Cambridge de la Chine : la fin des Qing ], Zhongguo shehui kexue, Beijing, 1996.

FAN Boqun 范伯群 ( éd. ), *Zhongguo zhentan xiaoshuo zongjiang : Cheng Xiaoqing* « 中国侦探小说宗匠—— 程小青 » [ Géant du roman policier chinois : Cheng Xiaoqing ], Nanjing chubanshe, Nanjing, octobre 1994.

—, *Zhongguo xiandai tongsu wenxueshi* « 中国现代通俗文学史 » [ Histoire de la littérature populaire chinoise moderne ], Beijing daxue, Beijing, janvier 2007.

FAN Boqun 范伯群 et KONG Qingdong 孔庆东 ( éd. ), *Tongsu wenxue shiwu jiang* « 通俗文学十五讲 » [ 15 Leçons sur la littérature populaire ], Beijing daxue, Beijing, janvier 2003.

FAN Changjiang 范长江, *Zhongguo de xibeijiao* « 中国的西北角 » [ Le Nord-Ouest de la Chine ], Sichuan daxue, Chengdu, avril 2010.

GUAN Xin 关昕, « Fuermosi zai Zhongguo de kanke mingyun » « 福尔摩斯在中国的坎坷命运 » [ La misère de Sherlock Holmes en Chine ], *Yangzi wanbao* « 扬子晚报» [ Le journal de Yangzi ], Nanjing, le 18 juillet 2008.

GUO Yanli 郭延礼, *Zixicudong : xianzhe wenhua zhi lü* « 自西徂东:先哲文化之旅 » [ De l'Ouest à l'Est : le voyage littéraire des philosophes ], Hunan renmin, Changsha, 2001.

—, *Zhongguo jindai fanyi wenxue gailun* « 中国近代翻译文学概论 » [ Une série d'études sur la traduction en Chine ] ( A series of Translation Studies in China ), Hubei jiaoyu, Wuhan, 1998. Édition revue : Hubei jiaoyu, Wuhan, 2005.

—, *Zhongguo qian xiandai wenxue de zhuanxing* « 中国前现代文学的转型 » [Évolution de la littérature pré-moderne], Shandong daxue, Jinan, octobre 2005.

HAN Han 韩晗, *Xunzhao shizong de minguo zazhi* « 寻找失踪的民国杂志 » [Enquête sur des revues et périodiques de la République de Chine], Huazhong keji daxue, Wuhan, avril 2012.

HUANG Yanbai 黄岩柏, Gong'an xiaoshuo shihua « 公案小说史话 » [Histoire du roman judiciaire], Liaoning jiaoyu, Shenyang, octobre 1992.

HUANG Zexin 黄泽新 et SONG Anna 宋安娜, *Zhentan xiaoshuoxue* « 侦探小说学 » [L'étude du roman policier], Baihua wenyi, Nanchang, août 1996.

JIANG Weifeng 姜维枫, « Cheng Xiaoqing yu Huo Sang tan'an yanjiu » « 程小青与 « 霍桑探案 »研究 » [La recherche sur Cheng Xiaoqing et ses Enquêtes de Huo Sang], Shandong daxue, Jinan, 15 avril 2003.

—, *Jinxiandai zhentan xiaoshuo zuojia Cheng Xiaoqing yanjiu* « 近现代侦探小说作家程小青研究 » [Recherches sur Cheng Xiaoqing, auteur de romans policiers de l'époque moderne], Zhongguo shehui kexue, Beijing, octobre 2007.

KONG Huiyi 孔慧怡, « Huanyi beijing, huanyi gongdao » « 还以背景,还以公道 » [Reparler de son contexte, rendre sa justice], in Wang Hongzhi (éd.), *Fanyi yu chuangzuo* : *Zhongguojindaifanyi xiaoshuolun* « 翻译与创作：中国近代翻译小说论 » [Traduction et création : sur les romans traduits chinois contemporains], Beijing daxue, Beijing, 2011.

KONG Qingdong 孔庆东, *Chaoyue yasu* « 超越雅俗 » [Littératures élitiste et populaire : au-delà des frontières], Chongqing, Chongqing, en 2009.

—, *Guowen guoshi sanshi nian* « 国文国史三十年 » [Trente ans de l'histoire littéraire chinoise], Zhonghua shuju, Beijing, 2 vol, 2011-2012.

LI Guanglei 厉广雷, « Lun Zhongguo minguo shiqi falü tixi de jiangou » « 论中国民国时期法律体系的建构 » [De la structure du système judiciaire pendant la première République chinoise], Jilin daxue, Changchun, 2011.

LI Yanjie 李艳杰, « *Shi gong'an* anjian yuanliu yanjiu» «《施公案》案件源流研究 » [Recherches sur les sources des affaires dans *Shi gong'an*], mémoire de master, Huazhong keji daxue, juin 2008.

LIU Zhen 刘臻(éd.), *Zhenshi de huanjing :jiemafuermosi* « 真实的幻境:解码福尔摩斯 » [Un monde d'illusion réelle : décoder Holmes], Baihua wenyi, Tianjin, 2011.

LU Runxiang 卢润祥, *Shenmi de zhentan shijie : Cheng Xiaoqing Sun Liaohong xiaoshuo yishu tan* « 神秘的侦探世界—— 程小青孙了红小说艺术谈 » [Le monde mystérieux du roman policier : analyse de l'art romanesque de Cheng Xiaoqing et de Sun Liaohong], Xuelin, Shanghai, janvier 1996.

LÜ Xiaopeng 吕小蓬, *Gudai xiaoshuo gong'an wenhua yanjiu* « 古代小说公案文化研究 » [Recherches sur la culture judiciaire dans le roman classique], Central compilation & Translation Press, Beijing, janvier 2004.

LU Xun 鲁迅, *Brève histoire du roman chinois*, trad. par Charles Bisotto, Gallimard, coll. « Connaissance de l'Orient », Paris, 1993.

—, *Zhongguo xiaoshuo shilue* « 中国小说史略 » [Brève Histoire du roman en Chine], Shangwu yinshuguan, Shanghai, 2011.

MIAO Huaiming 苗怀明, *Cong gong'an dao zhentan : lun wanqing gong'an xiaoshuo de zhongjie yu jindai zhentan xiaoshuo de shengcheng* « 从公案到侦探——论晚清公案小说的终结与近代侦探小说的生成 » [Du roman judiciaire au roman policier : à propos de la fin du roman judiciaire et de la naissance du roman policier moderne à la fin des Qing], *Ming-Qing xiaoshuo yanjiu* « 明清小说研究 » (Research on Ming and Qing Dynasties Novels General), Vol.60, n° 2, 2001.

QIU Mingzheng 邱明正 (éd.), *Shanghai wenxue tongshi* « 上海文学通史 » [Histoire générale de la littérature shanghaïenne], Fudan daxue, Shanghai, mai 2005.

REN Xiang 任翔, *Wenxue de ling yidaofengjing : zhentan xiaoshuo shilun* « 文学的另一道风景——侦探小说史论 » [Un autre paysage de la littérature : De l'Histoire du roman policier], Zhongguo qingnian, Beijing, janvier 2000.

REN Xiang 任翔 et GAO Yuan 高媛 (éd.), *Zhongguo zhentan xiaoshuo lilun ziliao* : 1902-2011 « 中国侦探小说理论资料(1902-2011) » [Recueil d'articles sur les romans policiers chinois 1902-2011], Beijing shifan daxue, Beijing, 2013.

SHI He 史和, YAO Fushen 姚福申 et YE Cuidi 叶翠娣 (éd.), *Zhongguo jindai baokan minglü* « 中国近代报刊名录 » [Liste des revues et périodiques chinois modernes], Fujian renmin, Fuzhou, 1991.

TANG Yiming 唐翼明 (éd.), LAI Yilun 赖奕伦 (auteur), « Cheng Xiaoqing zhentan xiaoshuo zhong de Shanghai wenhua tujing » « 程小青侦探小说中的上海文化图景 » [Le paysage littéraire de Shanghai à travers les romans policiers de Cheng Xiaoqing], Guoli Taiwan zhengzhi daxue, Taipei, 2006.

TANG Zhesheng 汤哲声, *Liuxing bainian : Zhongguo liuxing xiaoshuo jingdian* « 流行百年—— 中国流行小说经典 » [Une popularité centenaire : les classiques du roman populaire chinois], Wenhua yishu chuanshe, Beijing, janvier 2004.

WANG Hongzhi 王宏志 (sous la direction de), *Fanyi yu chuangzuo : Zhongguojindai fanyi xiaoshuo lun* « 翻译与创作:中国近代翻译小说论 » [Traduction et création : sur les romans chinois modernes traduits], Beijing daxue, Beijing, 2011.

WANG Lina 王丽娜, *Zhongguo gudian xiaoshuo xiqu mingzhu zai guowai* « 中国古典小说戏曲名著在国外 » [Les Classiques du roman et du théâtre traduits et publiés à l'étranger], Xuelin, Shanghai, 1988.

WEI Shaochang 魏绍昌 (éd.), « Minguo jiupai xiaoshuo shilue » « 民国旧派小说史略 » [Brève histoire des romans de style ancien de la République], *Yuanyang hudie pai yanjiu ziliao* « 鸳鸯蝴蝶派研究资料 » [Documentations sur la littérature *Canards Mandarins et Papillons* ], Shanghai wenyi, Shanghai, 1984,

WU Jianren 吴趼, *Zhongguo zhentan'an : bianyan* « 中国侦探案 · 弁言 » [ Les histoires policières chinoises : préface ], Shanghai guangzhi shuju, Shanghai, 1906.

WU Runting 武润婷, *Zhongguo jindai xiaoshuo yanbianshi* « 中国近代小说演变史 » [ L'évolution du roman moderne ], Shandong renmin, Jinan, novembre 2000.

XU Bibo 徐碧波 (1890-1990), « Zhongguo de Kenan Daoer : Cheng Xiaoqing » « 中国的柯南道尔——程小青 » [ Le Conan Doyle chinois : Cheng Xiaoqing ], *Beijing wanbao*, Beijing, 1988.

YAO Sufeng 姚苏凤, « Wei Cheng Xiaoqing xiansheng xie de Huo Sang tan'an xu » « 为程小青先生写的"霍桑探案"序 » [ Préface aux Enquêtes de Huo Sang de M. Cheng Xiaoqing ], *Minguo ribao : minguoxianhua*, Shanghai, 7 janvier 1946.

YU Hongsheng 于洪笙, *Chongxin shenshi zhentan xiaoshuo* « 重新审视侦探小说 » [ Re-examen du roman policier ], Qunzhong, Beijing, septembre 2008.

YU Runqi 于润琦, *Qingmo minchu xiaoshuo shuxi : Zhentan juan* « 清末民初小说书 系:侦探卷 » [ Série sur les romans de la fin des Qing aux débuts de la République : le roman policier ], Zhongguo wenlian chuban gongsi, Beijing, juillet 1997.

YUAN Honggeng 袁洪庚, « Jieshou yu chuangxin : lun Zhongguo xian dang dai zhentan wenxue de yanbian guiji » « 接受与创新 :论中国现当代侦探文学的演变轨迹 » [ Réception et création : la trajectoire évolutive de la littérature policière chinoise moderne et contemporaine ], in *Ershiyi shiji* « 二十一世纪 » [ XXIe siècle ], Xianggang zhongwen daxue, Hong Kong, 2002.

—, « Jiuping zhong de xinjiu : xuanxue zhentan xiaoshuo lun » « 旧瓶中的新酒:玄学侦探小说论 » [ Nouvel alcool dans une vieille bouteille : sur le roman policier métaphysique], *Lanzhou daxuebao*, Lanzhou, Vol.26, n° 1, 1998.

—, « Zhuanzhe yu liubian : Zhongguo dangdai xuanxue zhentan xiaoshuo fashenglun » « 转折与流变:中国当代玄学侦探小说发生论 » [Tournant et changement : l'apparition du roman policier métaphysique chinois], in *Wenxue yanjiu* « 文学研究 » [Recherches littéraires], n° 2, 2002.

YUAN Jin 袁进, *Yihai tanyou : yuanyang hudie pai sanwen daxi* (1909-1949) « 艺海探幽——鸳鸯蝴蝶派散文大系 (1909-1949) » [Les recherches dans l'Art : anthologie d'essais du courant Canards Mandarins et Papillons (1909-1949)], Dongfang chuban zhongxin, Shanghai, septembre 1997.

ZHANG Jiong 张炯 (éd.), *Xiandai wenxue* (*shang*) (*Zhonghua wenxue tongshi* 6, *Jinxiandai wenxue bian* « 现代文学 (上) (« 中华文学通史 (第六卷) 近现代文学编 ») [La littérature contemporaine volume I, Histoire générale de la littérature chinoise volume VI (littérature moderne et contemporaine)], Huayi, Beijing, septembre 1997.

ZHENG Yimei 郑逸梅, « Cheng Xiaoqing he shijie shuju » « 程小青和世界书局 » [Cheng Xiaoqing et la Librairie shijie], in *Qingmo minchu wentan yishi* « 清末民初文坛轶事 » [Anecdotes du monde littéraire de la fin des Qing aux débuts de la République], Zhonghua, Beijing, 2005.

—, « Zhentan xiaoshuojia Cheng Xiaoqing » « 侦探小说家程小青 » [Cheng Xiaoqing, écrivain de roman policier], in *Renwu he jicang* « 人物和集藏 » [Les romanciers et leurs œuvres], Heilongjiang renmin, Beijing, 1989.

ZHAN Yubing 战玉冰, *Minguo zhentan xiaoshuo shilue*(1912-1949) « 民国侦探小说史略(1912-1949) » [Brève Histoire du roman policier en République de Chine(1912-1949)], en anglais *On the History of Detective Novels in the Republic of China*(1912-1949), Zhongguo shehui kexue, Beijing, 2023.

## III. Travaux dans les langues autres que le chinois

AMEY Jean-Claude, *Jurifiction : roman policier et rapport juridique (essai d'esthéti-que narrative*), L'Harmattan, Paris, 1994.

BENVENTI Stefano, RIZZONI Gianni et LEBRUN Michel, *Le roman criminel : histoire, auteurs, personnages* (1979), trad. par Cécile Supiot, L'Atalante, Nantes, 1982.

BERGÈRE Marie-Claire Bergère, BIANCO Lucien et DOMES Jürgen (éd.), *La Chine au XXe siècle*, Vol.1 (D'une révolution à l'autre, 1895-1949), Fayard, Paris, 1989.

BIANCO Lucien, *Les Origines de la révolution chinoise*, 1915-1919, Gallimard, Folio Histoire, Paris, 1967.

BONNIOT Roger, *Émile Gaboriau ou la Naissance du roman policier*, Vrin, Paris, 1985.

BOILEAU-NARCEJAC, *Le roman policier*, Presses universitaires de France, coll. « Que sais-je ? », Paris, 1975.

BOYER Michel-Alain (éd.), *Modernité*, n° 2 (Criminels et policiers), Presses de l'Uni-versité de Nantes, 1988.

BOYER Alain-Michel et GOUÉGNAS Daniel (éd), *Poétiques du roman d'aventures*, Cécile Defaut, coll. « Horizons comparatistes », Nantes, 2004.

CAILLOIS Roger, « Le roman policier », in *Approches de l'imaginaire*, Gallimard, Paris, 1974, pp.177-205.

COLIN Jean-Paul, *Crimologies*, Frasne-Saint-Imier, Canevas, 1995.

COUÉGNAS Daniel, *Introduction à la paralittérature*, Le Seuil, coll. « Poétique », Paris, 1992.

CUI Long 崔龍, « 上海に関する探偵小説にある探偵像：程小青の「霍桑探案」シリーズをめぐって日本作家の作品との比較 » (The Detective Figure in the Detective Novel Set in Shanghai : Compare between « The Adventures of Huo Sang » Written by Cheng Xiaoqing and the Fictions of Japanese Writer), *Kaikō Toshi Kenkyū Senta* 海港都市研究, 2012, n° 7, pp.92-94

DELEUSE Robert, *Les Maîtres du roman policier*, Bordas, coll. « Les compacts

», Paris, 1991.

DUBOIS Jacques, *Le Roman policier ou la Modernité*, Armand Colin, coll. « Le texte à l'œuvre », Paris, 2005.

DUPUY Josée, *Le roman policier*, Larousse, coll. « Textes pour aujourd'hui », Paris, 1974.

EISENZWEIG Uri, *Le Récit impossible : forme et sens du roman policier*, Christian Bourgois, Paris, 1986.

EISENZWEIG Uri (éd), *Autopsies du roman policier*, UGE, coll. « 10/18 », Paris, 1983.

FODANÈCHE Daniel, *Paralittératures*, Vuibert, Paris, 2005.

—, *Le roman policier*, Ellipses, Paris, mars 2000.

FOSCA François, *Histoire et technique du roman policier*, Éd. de la Nouvelle Revue Critique, Paris, 1937.

FREEMAN, R. A, « The Art of the Detective Story », Dodd, Mead, London, 1924. GENETTE Gérard, *Figures*, essais, Le Seuil, Paris, 1966-2002.

HANAN Patrick, *Chinese Fiction of the Nineteenth and Early Twentieth Centuries*, Columbia University Press (Master of Chinese Studies, Vol.2), New York, 2004. VI pp. 1-285. (bibliographie, glossaire, index).

HIGHSMITH Patricia, *L'Art du suspense. Mode d'emploi*, Calmann-Lévy, Paris, 1987. HOVEYDA Fereydoun, *Petite histoire du roman policier*, Éd. du Pavillon, 1956.

IDIER Nicolas (sous la direction de), *Shanghai, histoire, promenades, anthologie et dictionnaire*, Robert Laffont, Paris, 2010.

IKEDA Tomoe 池田智恵, « 池田智恵, « 霍桑の限界一 1940 年代における探偵像の 変化一 » (The Limit of Huo Sang : How Changed the Image of Detective Character in 1940's China), *Higashiajia bunka kōshō kenkyū* 東アジア文化交渉研究 (Journal of East Asian Cultural Interaction Studies), n° 6, 27 mars 2013, pp.87-102.

KINKLEY Jeffrey C., *Chinese Justice, the Fiction : Law and Literature in Modern China*, Stanford University Press, Stanford, California, 2000, pp.170-240.

LACASSIN Francis, *Mythologie du roman policier*, t. 2, UGE, coll. « 10/18 », Paris, 1974.

LACOMBE Alain, *Le Roman noir américain*, UGE, coll. « 10/18 », Paris, 1975.

LÉVY André, « La condamnation du roman en France et en Chine », in *Études sur le conte et le roman chinois*, Publications de l'École française d'Extrême-Orient, Paris, 1971, pp.1-46.

—, *Le Conte en langue vulgaire du XVII^e siècle*, Collège de France, Institut des hautes études chinoises, Bibliothèque de l'Institut des hautes études chinoises, Paris, 1981.

LÉVY André (éd.), *Dictionnaire de littérature chinoise*, Presses Universitaires de France, coll. « Quadrige — Référence », Paris, 2000.

LITS Marc, *Pour lire le roman policier*, Bruxelles-Paris-Gembloux, De Boeck-Wes-mael-Duculot, 1989.

LOCARD Edmond, *Policiers de romans et de laboratoire*, Payot, 1913.

MESPLÈDE Claude et TULARD Jean, *Roman policier*, Encyclopædia Universalis, 2007.

NARCEJAC Thomas, *Esthétique du roman policier*, Le portulan, Paris, 1947.

—, *Une machine à lire : Le roman policier*, Denoël/Gonthier, Paris, 1975.

PANEK LeRoy Lad, *British Mystery : histoire du roman policier classique anglais* (1979), trad. par Gérard Coisne, Encrage, Amiens, 1990.

QUEFFELEC Lise, *Le roman-feuilleton français au XIX^e siècle*, Presses universitaires de France, coll. « Que sais-je ? », Paris, 1989.

RABUT Isabelle, « Le *sanwen* : essai de définition d'un genre littéraire », *Revue de littérature comparée*, Vol.65, n° 2, avril-juin 1991, pp.153-163.

REUTER Yves, *Le roman policier*, Armand Colin, coll. « 128 », Paris, 1997.

—, « Élément pour une typologie des romans policiers », *Tapis-Franc*, n° 2, hiver

1989, pp.77-98.

—, « Le suspense : les lois d'un genre », *Pratiques*, n° 54, juin 1987, pp.46-63.

REUTER Yves (éd), *Le Roman policier et ses personnages*, Presses universitaires de Vincennes, Saint-Denis, 1989.

SADOUL Jacques, *Anthologie de la littérature policière de Conan Doyle à Jérôme Charyn*, Ramsay, Paris, 1980.

SHAO Baoqing, « Les premières traductions chinoises d'œuvres littéraires françaises, à la fin des Qing et au début de la République », in Isabelle Rabut (sous la direction de), *Les Belles infidèles dans l'empire du milieu : problématiques et pratiques de la traduction dans le monde chinois moderne*, You-Feng, Paris, 2010, pp.127-139.

—, « Les romans policiers français dans la Chine du début du XX$^{e}$ siècle », *Le Rocambole*, 2006, n° 36, pp.107-114.

SOLDIN Fabienne, « La lecture de roman policier : une activité cognitive », *Langage et Société*, n° 76, juin 1996, pp.75-103.

SPEHNER Norbert et ALLARD Yvon, *Écrits sur le roman policier*, éditions du Préambule, Québec, 1990.

TAM King-fai (TAN Jinghui 谭景辉), « The Detective Fiction of Ch'eng Hsiao-ch'ing », *Asia Major*, 3$^{e}$ série, Vol.5, part. I, 1992, pp.113-132.

—, « The Traditional Hero as Modern Detective : Huo Sang in Early Twentieth-Century Shanghai », in Ed Christian (éd.), *The Post-Colonial Detective*, Palgrave Publishers, New York, 2001, pp.140-158.

TODOROV Tzvetan, « Typologie du roman policier », in *Poétique de la prose*, Le Seuil, coll. « Poétique », Paris, 1971, pp.55-65.

VANONCINI André, *Le Roman policier*, Presses universitaires de France, coll. « Que sais-je ? », Paris, 1993.

VAREILLE Jean-Claude, *Filatures : itinéraire à travers les cycles de Lupin et de Rouletabille*, Presses universitaires de Grenoble, Grenoble, 1980.

—, *L'Homme masqué*, *le Justicier et le Détective*, Presses universitaires de Lyon, Lyon, 1989.

WONG, Timothy C. (HUANG Zongtai 黄宗泰), « Cheng Xiaoqing (1893-1976) », in Thomas Moran, (éd.) « Chinese Fiction Writers, 1900-1949 », *Dictionary of Literary Biography*, Thomson Gale, Farmington Hills (Michigan), 2007, Vol.328, pp.43-52.

—, « Chinese Narrative », *Routledge Encyclopedia of Narrative Theory*, Routledge, 2005, pp.62-63.

—, « Commentary and Xiaoshuo Fiction », *Journal of the American Oriental Society*, 2000, t. 120, n° 3, pp.400-409.

—, *Sherlock in Shanghai* : *Stories of Crime and Detection by Cheng Xiaoqing*, Univer-sity of Hawai'i Press, Honolulu, 2006.

—, *Stories for Saturday* : *Twnetieth-Century Chinese Popular Fiction*, University of Hawai'i Press, Honolulu, 2003.

# ANNEXE 1 Tableau des crimes et des délits dans « Shi Gong'an »

| Numéro d'affaire | Problème | |
|---|---|---|
| | Synopsis | Type de crime |
| 1 | Assassinat des parents de Hu Dengjun. Les parents ont été décapités. Il n'y a pas de vol. | Meurtre |
| 2 | Assassinat du commis de Li Longsi. Grâce à la Loutre Blanche, le cadavre est retrouvé dans une rivière lestée d'une meule à grain. | Meurtre |
| 3 | Zhu Youxin porte plainte contre Liu Yong, patron d'un bureau de change. | Vol |
| 4 | Pour épouser une femme déjà mariée, un homme tue le mari de cette dernière. Elle l'apprend alors que le meurtrier, ivre, se confesse. | Meurtre |
| 5 | Vol chez Haichao et enlèvement de sa fille. | Vol et enlèvement |
| 6 | Dans la rue, vol de marchandises avec meurtre d'un commis de Li Tiancheng. | Meurtre et vol |
| 7 | Vol d'argent dans un temple de la divinité locale. | Vol |
| 8 | Wang Zicheng a vu 2 têtes suspendues devant la porte du Monastère Taoïste. Ce sont justement les têtes des parents de Hu Dengxian dans l'affaire n° 1. | Meurtre |
| 9 | 2 hommes : Zhou Shun et le muet Wu Er disent être mariés à la même femme et se disputent pour savoir qui est le vrai mari. | Adultère |

continué

| Numéro d'affaire | Problème | |
|---|---|---|
| | Synopsis | Type de crime |
| 10 | Disparition du petit cousin de Wang Gongbi. | Meurtre |
| 11 | Assassinat du frère de Piao Shu. | Meurtre |
| 12 | Une dame âgée se plaint de sa pauvreté. | Aucun crime, ni aucun délit |
| 13 | Le juge Shi traverse la ville en palanquin. Dans la rue étroite, il génère une bousculade. À cause de cela, le marchand Wang Er butte dans une statue de lion et renverse une assiette de pâté de soja. | Manque à gagner |
| 14 | Assassinat du maître du chien noir. Le cadavre est retrouvé inhumé au fond d'une flaque d'eau, en pleine campagne. | Meurtre |
| 15 | Un homme s'introduit chez le juge Shi pour le tuer. Par la discussion le juge arrive à le dissuader. L'inconnu dérobe un tampon officiel de juge et ne donne comme nom que « moi ». | Tentative de meurtre et vol |
| 16 à 23 | Plaignant 1 : Le père du plaignant meurt coups et blessures. Guan Sheng laisse un chien dévorer le cadavre.<br>Plaignant 2 : Guan Sheng abuse de l'épouse de cet homme et la garde comme concubine. Il justifie ce forfait en inventant une dette que le plaignant aurait eu à son endroit.<br>Plaignant 3 : Il accuse Guan Sheng du viol de sa fille cadette et d'avoir contraint son fils de 15 ans à être son domestique.<br>Plaignant 4 : Guan Sheng a forcé sa mère à être sa maîtresse.<br>Plaignant 5 : Guan Sheng a volé sa récolte de blé directement sur pied.<br>Plaignant 6 : Le régisseur de Guan Sheng, Yan Sanpian, commet un acte de violence.<br>Plaignant 7 : Autre méfait dû à Guan Sheng. | Meurtre<br>Pillage<br>Détournement de femmes<br>Mariées, etc. |
| 24 | Une centaine de pirates font mal à des petites gens. | Trouble de l'ordre public |
| 25 | Un passant est assassiné dans une boutique. | Meurtre |

continué

| Numéro d'affaire | Problème | |
|---|---|---|
| | Synopsis | Type de crime |
| 26 | Quand Qi Shun rentre à la maison, il est déjà en état d'ivresse. Il cache ses 50 liang dans une bonbonne sous le lit. Le lendemain, la bonbonne est toujours là, mais l'argent a disparu. | Adultère et vol |
| 27 | Fang, âgé de 90 ans épouse Wang Zhenniang, une jeune femme de 16 ans ayant très peu de biens. L'homme meurt le lendemain de la nuit de noces. La nouvelle venue est chassée et insultée par les autres épouses de la maison. Pourtant, elle donne naissance à un fils et réclame pour lui l'héritage des biens de M. Fang. | Privation du droit à l'hé-ritage |
| 28 | Les auberges de Mme Cui ont été volées dans son champ. | Vol |
| 29 | Dans le temple de Sanjiao, on retrouve la tête coupée d'une femme qui a été posée sur une statue. | Tentative de viol et meurtre |
| 30 | Le chef des bandits, He Tianbao, détrousse des commerçants, dont Li Dacheng. | Vol |
| 31 | Le juge Shi Shilun est enlevé par Wu Tianqiu et Pu Tiandiao. | Kidnapping |
| 32 | Dans une banque traditionnelle, le domestique Dong Cheng vient pour obtenir des pièces d'argent. Il dépose de l'or et doit revenir le lendemain avec son reçu pour obtenir la monnaie. Le lendemain, Dong Cheng revient à la banque, mais s'y fait voler son reçu. L'employé de la banque refuse donc de lui donner le moindre argent. | Vol avec préméditation |
| 33 | Jiumen Titu se promène en attelage à cinq paires de chevaux, privilège dévolu aux seuls princes. | Imposture à l'image |
| 34 | Le haut eunuque, M. Liang, prend le juge Shi de haut. Le juge veut se venger de ce mépris. | Aucun crime ni délit |
| 35 | Fu Yi, propriétaire d'une banque, doit s'absenter et laisse la garde à son frère Fu Ren. Au retour, l'argent a disparu de la caisse. | Vol |

continué

| Numéro d'affaire | Problème | |
|---|---|---|
| | Synopsis | Type de crime |
| 36 | Après un incendie chez Meng Wenke, le cadavre est retrouvé dans les restes de la maison. Son épouse, Mme Zhang, n'a pas été prise dans l'incendie. | Meurtre, vol et adultère |
| 37 | 2 cousins musulmans (un homme âgé et un aveugle) se disputent pour 2 diao tongqiang (2 chaînes faites de pièces percées). | Vol |
| 38 | Pendant la nuit de noces, la mariée se rend compte que l'homme dans son lit n'est pas son mari. | Tentative de viol |
| 39 | Dans le Temple de Taohua, des moines (déjà qualifié de méchants) dont le moine Hui Hai enferment un jeune homme. Guan Xiaoxi fait évader le jeune homme. | Enlèvement pour rançon, Séquestration, Traite des femmes et proxénétisme |
| 40 | Après les noces, l'épouse de Hu Liu disparaît. Hu Liu en fait le reproche à son beau-père Ma Fu prétendant qu'il l'a cachée. | Adultère |
| 41 | Dans la rue, les deux chauffeurs qui transportent le riz à fournir aux armées se querellent. À cette occasion, les passants de la rue volent du riz. Le juge constate la présence de terre dans les sacs de riz. | Vol, Association de malfaiteurs, corruption et prévarication |
| 42 | Le commissaire impérial M. Suo est très arrogant. Le juge dresse un piège pour le punir. | Manque de respect pour l'empereur |
| 43 | Les hauts fonctionnaires enfreignent la règle édictée par l'empereur : pas de viande durant la sécheresse. | Désobéissance à un décret de l'Empereur |
| 44 | Pendant la sécheresse, un génie des eaux souhaitant un poste officiel propose de faire tomber de la pluie. | Mensonge et manipulation |

# ANNEXE 2 Index des noms chinois cités

Guo Moruo 郭沫若
Guo Yanli 郭延礼

Han Han 韩晗
He Bingli 何炳棣
He Puzhai 何朴斋
Hu Jichen 胡寄尘
Hu Shi 胡适
Hu Yinglin 胡应麟
Huang Hanzhang 黄含章
Huang Shanmin 黄山民
Huang Yanbai 黄岩柏
Huang Zexin 黄泽新
Huanzhu louzhu 还珠楼主
Huo Sang 霍桑
Huo Sen 霍森
Hong Jun 洪钧
Hong Jun 洪峻

Ji 吉(Zhou Guisheng 周桂笙)
Jiang Weifeng 姜维枫
Juewo 觉我

Kangxi 康熙
Kong Huiyi 孔慧怡
Kong Qingdong 孔庆东
Kuang Changfu 匡长福

Lai Yilun 赖奕伦
Lao Cai 老蔡
Leng Fo 冷佛
Lu Ping 鲁平
Lu Runxiang 卢润祥
Lu Tan'an 陆澹安
Lu Xun 鲁迅
Li'An 李安
Li Caifu 黎采芙
Li Chu 李矗
Li Boyuan 李伯元
Li Hanqiu 李涵秋
Li Jiarui 李家瑞
Li Qi 李齐
Li Yanjie 李艳杰
Li Zhihua 李治华
Li Gongzuo 李公佐
Lin Shu 林纾
Liang Qichao 梁启超
Liu Bannong 刘半农
Liu Zhen 刘臻
Liu Zhonghe 刘中和
Long Xiang 龙骧
Lü Simian 吕思勉
Lü Xiaopeng 吕小蓬

Mai Jia 麦家
Mei Yin 梅茵
Meng Fanqiang 孟凡强
Miao Huaiming 苗怀明

Niu Su 牛肃

Pang Xiaolong 庞啸龙
Peng Zuyi 彭祖贻

Yuan Jin 袁进
Yunfu 云扶

Zeng Zongkong 曾宗巩
Zhan Yubing 战玉冰
Zhang Biwu 张碧梧
Zhang Dekun 张德坤
Zhang Guofeng 张国风
Zhang Meihun 章梅魂
Zhang Tianyi 张天翼
Zhang Wei 张伟
Zhang Yihan 张毅汉
Zhang Zhidong 张之洞
Zhao Jingshen 赵景深
Zhao Shaokuang 赵苕狂
(Zhao) Shaokuang 赵苕狂
(Zhao) Zhiyan (赵)芝岩
Zheng Dike 郑狄克
Zheng Junli 郑君里
Zheng Yan 郑焰
Zheng Yimei 郑逸梅
Zheng Zhenduo 郑振铎
Zhou Lengqie 周楞伽
Zhou Guisheng 周桂笙
Zhou Shoujuan 周瘦鹃
Zhu Qingyun 朱青云
Zhu Ding'ai 朱定爱
Zhu Yi 朱羬

# ANNEXE 3 Index des revues et périodiques chinois cités

*Banyue* « 半月 » [Le Bimensuel]

*Chunqiu* « 春秋 » [Printemps et automne]

*Dagongbao* « 大公报 » [Le journal impartial]

*Da zhentan* « 大侦探 » [Le grand détective]

*Dazhong* « 大众 » [Le grand public]

*Dianshizhai huabao* « 点石斋画报 » [Magazine du Studio de la Pierre Gravée]

*Duanpian zhentan xiaoshuoxuan* « 短篇侦探小说选 » [Choix de nouvelles policères]

*Funü* (*Tianjin*) « 妇女 (天津) » [Les femmes
(Tianjin)]

*Funü zazhi* « 妇女杂志 » [The Ladies' Journal]

*Ganlan* « 橄榄 » [Olive]

*Hongpi shu* « 红皮书 » [La couverture rouge],

*Hong meigui* « 红玫瑰 » [Rose rouge] (avant on l'appelle *Hong zazhi* « 红杂志 » [Le magazine rouge])

*Hong meigui huabao* « 红玫瑰画报 » [Peintures en rose rouge]

*Hong zazhi* « 红杂志 » [Le magazine rouge], plus tard nommé le magazine *Hong meigui*.

« 红玫瑰 » [Rose rouge], Shijie, Shanghai.

*Hulin* « 虎林 » [La foret de tigres].

*Hua'an* « 华安 » [Assurance de Chine],

*Jiating* « 家庭 » [La famille]

*Jingangzuan* « 金刚钻 » [Le diamant]

*Jingangzuan yuekan* « 金刚钻月刊 » [Le
mensuel de diamant]

*Jingwei* « 经纬 » [ Longitude et latitude ]

*Kuaihuo* « 快活 » [ La joie ]

*Lanpi shu* « 蓝皮书 » [ La couverture bleue ]
*Liangyou* « 良友 » [ Bon ami ]
*Libailiu* « 礼拜六 » [ Samedi ]

*Meigui huabao* « 玫瑰画报 » [ Peintures en rose ]
*Mingqing xiaoshuo yanjiu* « 明清小说研究 »
[ L'étude sur le roman de la dynastie Ming
et Qing ]
*Minguo ribao* : *minguoxianhua* « 民国日报.
民国闲话 » [ Journal quotidien de la

République : la parole du journal de la République ]
*Minzhong wenxue* « 民众文学 » [ La littérature du peuple ]

*Shanhu* « 珊瑚 » [ Corail ]
*Shanghai shenghuo* « 上海生活 » [ La vie de
Shanghai ]
*Shenbao* « 申报 » [ Journal de Shanghai ]
*Shenan xin bao* « 射南新报 » [ Le nouveau
journal de Shenan ]
*Shengjing shibao* « 盛京时报 » [ Le journal de Shengjing ]
*Shibao* « 时报 » [ Le journal du temps ]
*Shijie wanbao* « 世界晚报 » [ Le journal
mondial ]
*Shiwu bao* « 时务报 » [ Le journal du progrès ]
*Shiyuetan* « 十月谈 » [ Conversation du mois d'octobre ]

*Tianjin ribao* « 天津日报 » [ Journal de
Tianjin ]
*Tuhua zhoukan* « 图画周刊 » [ Hebdomadaire de peintures ]

*Wanguo gongbao* « 万国公报 » [ Le magazine mondial ]
*Wanxiang* « 万象 » [ Dix mille phénomènes ]
*Wenhua* « 文华 » [ La littérature chinoise ]
*Wen hui bao* « 文汇报 » [ Le journal de
complication de la culture ]
*Wenyi chunqiu* « 文艺春秋 » [ Le printemps et l'automne sur l'art ]

*Xin xiaoshuo* « 新小说 » [ Nouveaux romans ]
*Xinyue* « 新月 » [ La nouvelle lune ],

Xinyue zazhishe, Shanghai.

*Xianshi leyuan ribao* « 先施乐园日报 » [Le journal du paradis de Xianshi]

*Xiaoshuo hai* « 小说海 » [La mer des romans]

*Xiaoshuo daguan* « 小说大观 » [Le Grand Magazine]

*Xiaoshuo lin* « 小说林 » [La Forêt joyeuse]

*Xiaoshuo shibao* « 小说时报 » [Roman du temps]

*Xiaoshuo shijie* « 小说世界 » [Le monde romanesque]

*Xiaoshuo yuebao* « 小说月报 » [Le roman mensuel]

*Xiaoxian yuekan* « 消闲月刊 » [Mensuel des loisirs]

*Xinmin congbao* « 新民丛报 » [Le journal de la foule du nouveau peuple] *Xin qingnian* « 新青年 » [Nouvelle jeunesse]

*Xin shanghai* « 新上海 » [Le nouveau Shanghai]

*Xin xin xiaoshuo* « 新新小说 » [Tout nouveau roman]

*Xinwen bao* « 新闻报 » [Journal des nouvelles]

*Xin zhentan* « 新侦探 » [Le nouveau détective]

*Xiuxiang xiaoshuo* « 绣像小说 » [Romans illustrés]

*Yangzi wanbao* « 扬子晚报» [Le journal de Yangzi]

*Yihan zhoukan* « 艺海周刊 » [Hebdomadaire d'Art]

*Youxi zazhi* « 游戏杂志 » [Magazine du divertissement]

*Youxi shijie* « 游戏世界 » [Le monde de jeux]

*Yuanyang hudie pai wenxue ziliao* « 鸳鸯蝴蝶派文学资料 » [Documents du courant *Canard Mandarin et Papillon*]

*Yueliang* « 月亮 » [La lune]

*Yue yue xiaoshuo* « 月月小说 » [Le roman mensuel]

*Zhentan* « 侦探 » [Le détective]

*Zhentan shijie* « 侦探世界 » [Le monde détective]

*Zhonghua dushu bao* « 中华读书报 » [le Journal chinois de lecture]

*Zhonghua xiaoshuojie* « 中华小说界 » [Le monde du roman chinois]

*Ziliao* (*Zhengxie*) « 资料 » (政协) [Documentations de la Conférence consultative politique du peuple chinois]

*Ziluolan* « 紫罗兰 » [La Violette], avant 1925, on l'appelle *Banyue*.

*Zuixiao* « 最小 » [Le minimum]